탈무드

탈무드

3판 2쇄 인쇄 | 2023년 12월 25일
3판 2쇄 발행 | 2023년 12월 30일

지은이 | 마빈 토케이어
옮긴이 | 강영희
펴낸이 | 윤옥임
펴낸곳 | 브라운힐

주소 | 서울시 마포구 토정로 214(신수동 388-2)
대표전화 | (02)713-6523, 팩스 (02)3272-9702
이메일 | yuchulki@hanmail.net
등록 제 10-2428호

ISBN 979-11-5825-141-3 03890

값 22,000원

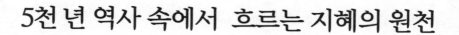

5천 년 역사 속에서 흐르는 지혜의 원천

탈무드

마빈 토케이어 지음 | 강영희 엮음

21세기에도 살아서 움직이는 유대인의 지혜!

브라운힐
BrownHillPub

유대인에 대해 연구해 보고자 결심한 한 사람이 먼저 《구약성경》을 공부한 뒤 다른 여러 책들을 읽었다. 하지만 유대인이 아닌 그 사람은 끝내 유대인이라는 인간들에 대해 명확히 알 수가 없었다.

마침내 그는 유대인들이 법도로 삼고 있는 《탈무드》를 연구해 보지 않고서는 그들을 진정으로 이해할 수 없을 것이라는 사실을 알게 되었다. 결국 그는 어느 날 랍비 한 사람을 방문했다.

랍비란 유대교의 지도자로, 유대인 사회에 있어서 경우에 따라 스승이 되기도 하고 때로는 재판관이 되기도 하며 또 어떤 때는 어버이가 되기도 하는 사람을 지칭한다.

랍비를 찾아간 방문객이 《탈무드》를 공부하고 싶다고 말하자, 상대는 그에게 아직 《탈무드》를 공부할 자격조차 갖추지 못했다고 대답하는 것이었다. 하지만 방문객은 《탈무드》 공부를 시작해 보고 싶다며 물러서지 않았다. 또한 자신에게 《탈무드》를 공부할 만한 자격이 있는지 없는지 시험해 봐 달라고 끈질기게 졸랐다.

방문객의 간곡한 청에 못 이겨 랍비는 간단한 시험을 해 보자며 아래와 같은 질문을 던졌다.

"여름방학을 맞이한 두 명의 소년이 굴뚝을 청소하게 되었소. 굴뚝 청소를 끝마친 두 소년 가운데 한 소년은 온통 그을음투성이가 된 얼굴로 내려왔고,

다른 소년은 그을음이 전혀 묻지 않은 깨끗한 얼굴로 내려왔소. 그 두 소년 중에 어떤 소년이 세수를 하리라고 생각되오?"

"당연히 그을음으로 얼굴이 더러워진 소년이 세수를 하겠지요." 하고 방문객이 대답했다.

그러자 랍비는 냉담하게 "그러니까 당신에겐 아직 ≪탈무드≫를 공부할 자격이 없다는 것이오."라고 말하는 것이었다.

방문객은 랍비가 제시했던 문제의 해답을 요구했다.

"당신이 만일 ≪탈무드≫를 공부했다면 이렇게 대답했을 거요."

그러면서 랍비는 다음과 같이 설명했다.

"굴뚝을 청소한 두 소년 가운데 한 소년은 더러운 얼굴로, 다른 한 소년은 아무것도 묻지 않은 깨끗한 얼굴로 내려왔소. 더러운 얼굴의 소년은 깨끗한 얼굴로 내려온 소년을 대하고는 자신의 얼굴 또한 깨끗할 것이라 생각하고, 반면에 깨끗한 얼굴의 소년은 더러운 얼굴의 소년을 보고 자신의 얼굴도 똑같이 더러우리라 느끼게 될 거요."

랍비의 설명이 끝나자 재빨리 "아, 이제 깨달았습니다!" 하고 외친 방문객은 다시 한 번 시험해 줄 것을 요청했다. 랍비는 앞서와 똑같은 질문을 던졌다. 그러자 이미 해답을 알고 있다고 생각한 방문객은 '물론 깨끗한 얼굴로 내려온 소년이 세수를 할 것.'이라고 대답했다.

그러나 랍비는 또다시 냉정하게 "당신에게는 아직도 ≪탈무드≫를 공부할 자격이 없소."라고 말하는 것이었다. 크게 실망한 방문객은 "그럼 대체 ≪탈무드≫에서는 어떻게 가르치고 있단 말입니까?" 하고 물었다.

"같은 굴뚝을 청소하고 내려온 두 명의 소년 중 한 소년은 깨끗한 얼굴로, 다른 소년은 더러운 얼굴로 내려온다는 것 자체가 있을 수 없는 일 아니오?"

랍비는 단호히 그렇게 반문했다.

얼마 전에 있었던 일이다. 나는 한 저명한 대학교수로부터 ≪탈무드≫를 연구하려고 하는데 하룻밤만이라도 괜찮으니 좀 빌려 주면 안 되겠느냐는 내용의 전화를 받았다. 흔쾌하게 그의 부탁을 받아들인 나는 정중히 덧붙여 말했다.

"원하시는 아무 때라도 빌려 드리지요. 하지만 오실 때는 필히 트럭을 몰고 오셔야 합니다."

《탈무드》는 모두 20권으로 1만2천여 페이지에 이르며, 그 속에 250만 개 이상의 낱말이 있고, 무게는 75kg에 달하는 엄청난 분량이다.

'《탈무드》란 무엇이며, 어떻게 만들어졌고, 어떤 책인가?' 하는 것을 몇 구절로 설명하기란 매우 곤란한 일이다. 지나치게 단순화시켜 설명하자면 진정한 의미를 변형시키게 되고, 그렇다고 자세히 설명하자면 한이 없기 때문이다.

《탈무드》는 책이 아니라 위대한 문학이다. 기원전 5백 년에서 기원후 5백 년까지 입에서 입으로 전해져 내려오던 것을, 10년이라는 긴 세월에 걸쳐 2천 명에 달하는 학자들이 힘을 합쳐 편찬해 낸 것이 바로 이 1만 2천여 페이지에 이르는 《탈무드》이다. 그리고 이것은 현재의 우리들에게까지 영향을 미치고 있다. 다시 말해, 5천 년 유대인의 지혜이고 총괄된 정보의 저장고라고 할 수 있는 것이다. 하지만 이것은 정치가나 관리, 부자 또는 유명한 사람들이 만든 게 아니다. 순수 학자들에 의해 문화, 윤리, 종교, 세습이 전해져 내려온 것이다.

이것은 법을 논하고 있지만 법전은 아니며, 역사를 얘기하고 있지만 역사책이 아니고, 수많은 사람들에 대한 이야기가 나오지만 인명사전이 아니다. 또한 백과사전이 아니면서 백과사전과 같은 역할을 하고 있다.

삶이란 어떤 의미를 갖고 있으며, 인간의 존엄성, 행복, 사랑이란 어디에서 기인하는가?

5천 년에 걸친 유대인의 지적 자산과 정신적 자양분이 모두 이곳에 집약되어 있는 것이다. 진정한 뜻에서 뛰어난 문헌일 뿐만 아니라 웅장하고 호화로운 문화의 모자이크로서 《탈무드》를 제외시킨 채 서양문명의 모체가 되는 문화 형식과 사고방식을 이해할 수는 없을 것이다.

《탈무드》는 《구약성경》에 그 뿌리를 두고 있다. 유대인의 사고라기보다는 《구약성경》 가운데 모자라는 부분을 보충해 넣고 한층 광범위하게 확대시켜 놓은 것이다. 때문에 그리스도 출현 이후의 유대 문화 전부를 무시하고자 했던 크리스천들은 ≪탈무드≫의 존재를 인정치 않고 단호히 거부해 왔다.

활자화되기 전의 ≪탈무드≫는 스승에 의해 그 제자들에게로 구전되어 왔다. ≪탈무드≫의 많은 부분이 질문과 대답 형식으로 씌어져 있는 것은 바로 이런 이유 때문이다. 그 내용이 담고 있는 범위가 대단히 넓고 주제 전체는 히브리어와 아랍어로 이야기되고 있다. 처음 활자화되었을 때는 구두점 따위는 전혀 없었고, 서문과 후기 또한 없이 오로지 내용만 가득 차 있었다.

그 당시엔 엄청나게 많은 분량이 이곳저곳으로 분산되어 있는 상태였기 때문에 유대인들은 ≪탈무드≫의 소중한 부분들이 상실될 것을 염려하여 여러 곳으로부터 전승자들을 불러 모았다. 그때 전승자들 중에서 두뇌가 우수한 사람은 의도적으로 제외시켰는데, 그 이유는 그들이 자신의 독단적인 생각을 삽입시켜 진실을 변형시키지나 않을까 해서였다. 이렇게 하여 수백 년 동안 구전되어 오던 ≪탈무드≫의 편찬 작업이 여러 도시에서 동시에 진행되었다.

그러한 과정을 거쳐 현존하고 있는 것으로 바빌로니아의 ≪탈무드≫와 팔레스티나 ≪탈무드≫가 있는데, 그중 바빌로니아 ≪탈무드≫가 정통으로 취급되어 가장 권위 있는 것으로 알려져 있다. 따라서 일반적으로 ≪탈무드≫라고 하면 이 바빌로니아 ≪탈무드≫를 일컫는 말이 된다.

≪탈무드≫에 씌어져 있는 언어들은 히브리어를 위시해 바빌로니아어, 프랑스어, 독일어, 스페인어, 북아프리카어, 터키어, 폴란드어, 러시아어, 이태리어, 영어, 중국어 등이다. 위대함을 자처하는 나라들마다 ≪탈무드≫를 공부했고, 읽고 난 뒤 사람들은 늘 새로운 말을 추가해 놓았다.

새로운 판의 ≪탈무드≫ 마지막 한 페이지가 어김없이 여백으로 비워져 있는 것은 ≪탈무드≫가 항시 덧붙여 쓸 수 있는 여지를 남겨 두고 있다는 상징적인 표시이기도 하다. 나는 나를 찾는 유대인들에게 이 여백에 뭔가를 써 넣어도 상관없다고 말해 주었다.

≪탈무드≫는 그저 읽는 것이 아니라 배우는 것이다. 내가 이른 아침부터

《탈무드》를 공부하고 있는 광경을 본 나의 어린 딸은 세 시간이 지난 뒤에 돌아와 보아도 내가 기껏 열다섯 마디 정도밖에 진도를 나가지 못하고 있는 광경을 종종 목격한다.

하지만 이 열다섯 마디를 완벽히 이해하고 진정으로 그 뜻을 파악할 수 있다는 것은 삶에의 경험을 풍족하게 해 줄 뿐 아니라 사물에 대한 사고방식을 확립시켜 주고 스스로의 기분을 매우 흡족한 느낌으로 가득 차게 해 준다. 두뇌 회전이나 정신을 단련시키는 데 이것보다 더 훌륭한 책은 없을 것이라고 생각한다.

그러므로 《탈무드》는 유대인의 영혼과도 같은 것이다. 오랜 유랑의 역사를 지니고 있는 유대 민족을 굳건히 연결해 준 것이 바로 《탈무드》 였다.

오늘날의 유대인 모두를 《탈무드》 연구자라고 말할 수는 없지만 그들이 정신적인 자양분을 《탈무드》에서 얻고 있으며 생활의 규범이 거기에서 비롯되는 것만은 사실이다.

유대인의 일부가 되고 있는 그것을 유대인이 지켜왔다기보다는 오히려 그것이 유대인을 지켜왔다고 말할 수 있다.

본래 《탈무드》란 위대한 학문, 위대한 연구 등의 뜻을 지니고 있다. 그 어느 권을 펴든 한결같이 두 번째 페이지에서부터 시작되고 있는데, 그것은 아직 《탈무드》를 읽지 않았다 하더라도 당신은 이미 《탈무드》연구자라는 것을 뜻한다. 맨 첫 페이지에는 당신 자신의 경험을 적어 넣어야 하는 것이다.

현명한 독자는 이미 알아채고 있었겠지만 이 책 또한 두 번째 페이지부터 내용이 시작되고 있다. 본래의 《탈무드》와 똑같이 첫 번째 페이지는 이미 당신이 경험했던 것으로 메워졌으리라 생각하기 때문이다.

유대인들은 《탈무드》를 '바다'에 비유하기도 한다. 그 이유는, 바다는 광대하고 온갖 것들을 포용하고 있으며 또한 그 깊은 밑바닥에 어떤 것들이 있는지를 알 수 없기 때문이다.

《탈무드》가 매우 방대한 것은 사실이지만 그렇다고 기가 꺾일 필요는 없다.

≪탈무드≫에 다음과 같은 이야기가 있다.

기나긴 여행으로 지치고 허기진 두 남자가 어떤 집에 들어가게 되었다. 먹음직스러운 과일이 담긴 바구니가 천장 높이 매달려 있는 것을 본 한 남자가 말했다.

"바구니가 너무 높은 곳에 매달려 있어서 과일을 꺼낼 수가 없겠어. 먹고 싶긴 한데 말이야."

그러자 다른 남자는 이렇게 말했다.

"정말 먹음직스럽군. 난 기어코 먹어야겠어. 분명 높은 곳에 매달려 있기는 하지만 저곳에 있다는 건 누군가가 매달았다는 얘기이기도 하지. 그렇다면 우리의 손이라고 저곳에 닿지 말라는 법은 없잖겠어."

결국 사다리를 찾아낸 그 남자는 천장 가까이 올라가 바구니 속의 과일을 꺼냈다.

제아무리 위대한 ≪탈무드≫라 하더라도 인간이 만든 것임에 분명한 이상, 같은 인간인 우리가 그것을 자기 것으로 만들지 못할 이유가 없다. 다만 사다리를 밟고 올라가듯 차근차근 올라가야 한다는 얘기일 뿐이다.

하지만 나는 독자 여러분을 고무하는 뜻에서 다음과 같이 말해 두고자 한다.

"녹음 장치가 되어 있는 방에 당신이 알고 있는 세계 위인 100명을 모아 놓고 그들이 수백 시간 동안 이야기한 내용을 녹음했다고 가정한다면 그것은 매우 값진 게 될 것이다. ≪탈무드≫는 바로 그것에 버금갈 만한 매력을 지니고 있다. 어느 권이든 한 페이지만 펼쳐 보더라도 당신은 세계 위인들이 천 년 동안 설파해 온 소리를 틀림없이 들을 수 있을 것이다. 나는 이 책에서 그 안내자의 역할을 하고자 한다."

차 례

차 례

제3부 탈무드의 해학

차 례

제4부 탈무드의 지혜

제5부 탈무드의 천재교육

차 례

제1부

탈무드의 개념

제1장

탈무드의 마음

≪탈무드≫는 '위대한 학문' 또는 '위대한 연구'란 의미로서, 5천 년의 역사를 가진 유대인의 지주로 존재하는 총체적인 생활 규범서이다. '제1장 탈무드의 마음'에서는 방대한 지침이 집대성된 본서에 관해 가능한 한 짧고도 충실히 요약하려 했다.

하지만 ≪탈무드≫의 문을 여는 것은 당신 자신의 마음이며, ≪탈무드≫의 마음을 사로잡는 것은 당신의 명철한 두뇌와 꾸준한 노력뿐이라는 사실을 거듭 강조하고 싶다.

세 사람의 랍비

《탈무드》의 신학교에 간 나는 면접 시험관으로부터 "어떤 이유로 이 신학교에 들어오려고 하는가?"라는 질문을 받게 되었다. 나는 이 학교가 좋기 때문에 입학하려 한다고 대답했다.

그러자 시험관은 "만일 공부를 하기 위해서라면 도서관으로 가는 편이 나을 것이다. 학교는 공부하는 장소가 아니다."라고 말하는 것이었다.

"그렇다면 학교에 들어가야 할 이유가 있겠습니까?" 하고 내가 묻자, 그는 이렇게 말했다.

"위대한 사람과 마주 앉는 것이 학교이고, 학생들은 훌륭한 스승이나 랍비를 지켜봄으로써 배워 나가는 것이다. 이론이 아닌 살아 행동하는 본보기로부터 지혜를 터득하는 것이란 얘기이다."

따라서 나는 《탈무드》에 나오는 세 명의 훌륭한 랍비를 여기에 소개하려고 한다.

① 랍비 히렐

그는 지금으로부터 2천 년도 더 전에 바빌로니아에서 태어났다. 스무 살이 되던 해 이스라엘로 간 그는 두 훌륭한 랍비 밑에서 공부를 했다.

그 당시 로마의 지배를 받고 있었기 때문에 유대인들의 생활은 몹시 곤란했다. 생활비를 벌기 위해 나선 그는 하루에 동전 한 닢밖에는 벌 수가 없었는데 그것을 쪼개어 반 닢은 수업료로 내야 했다.

그러던 어느 날, 일자리를 구하지 못해 그나마 동전 한 푼조차 벌지 못하게 되었지만 그는 무슨 일이 있어도 강의만은 듣고 싶었다. 그래서 학교 지붕 위로 올라가 굴뚝에 귀를 댄 채 아래 교실에서 들려오는 강의 소리를 들었다. 그러다가 자신도 모르는 사이에 그대로 잠이 들고 말았다. 냉랭한 겨울밤에 때맞추어 내리기 시작한 눈이 그의 전신을 덮어 버렸다.

다음 날 아침, 교실 안이 다른 때보다 어두운 것을 이상하게 생각한 학생들이 모두 천장을 올려다보게 되었고, 천장 채광창에 누군가가 엎드려 있는 모습을 보았다.

히렐을 끌어내린 동료들은 그의 몸을 따뜻하게 하여 원기를 회복토록 해 주었다. 그때부터 히렐은 수업료를 면제받게 되었으며, 유대학교의 수업료가 무료로 된 것은 그 뒤부터의 일이었다.

히렐이 했던 말은 지금까지도 가장 많이 전해져 내려오고 있으며, 사실 그리스도의 말 중에도 히렐의 말을 인용한 부분이 많이 있다. 매우 온화한 성격에 예의바른 천재였던 그는 마침내 랍비 가운데서도 대지도자가 되었다.

어느 날 히렐을 찾아온 비유대인 한 사람이 "내가 한쪽 발로 서 있을 수 있는 시간 동안 유대 학문 전부를 가르쳐 달라."고 억지를 부리자, 히렐은 "자기가 요구받기 싫은 일이라면 남에게도 요구하지 마라."고 대답했다.

한번은 사람들 사이에서 '과연 히렐을 성나게 할 수 있을까?' 하는 문제를 놓고 내기가 벌어졌다.

금요일 낮 히렐이 안식일 준비를 위해 목욕을 하고 있는데 한 남자가 찾아와 문을 두드렸다. 히렐이 젖은 몸을 닦고 옷을 입은 뒤 문을 열어 주자 그는 "사람의 머리는 어째서 둥근 모양일까요?" 하고 어리석은 질문을 했다. 히렐은 남자의 질문에 대답을 해 주고 나서 목욕탕으로 되돌아갔다.

그러자 그는 다시 문을 두드려 히렐을 나오게 한 다음 "흑인의 피부 색깔은 어째서 새까만가요?" 하고 우스꽝스런 질문을 했다. 히렐이 성의껏 그 이유를 설명해 주고 나서 다시 목욕탕으로 가면 그 남자는 또다시 문을 두드리곤 했다. 이렇게 하기를 무려 다섯 번이나 되풀이했다.

마침내 그 남자가 히렐에게 말했다.

"당신 같은 사람은 이 세상에 존재하지 않는 편이 훨씬 낫겠소. 나는 당신을 놓고 내기를 걸었다가 많은 손해를 보게 되었단 말이오."

이에 히렐은 "내가 자제력을 잃는 것보다 당신이 돈을 잃는 게 낫소."라고 대꾸했다.

또 언젠가는 히렐이 거리를 걷고 있는 모습을 본 학생들이 "선생님, 그렇게 서둘러 가셔야 될 곳이 대체 어딥니까?" 하고 물었다.

그러자 히렐은 "좋은 일을 하러 서둘러 가는 것이다."라고 대답했다.

학생들이 뒤따라가 보자 그는 목욕탕에 들어가 목욕을 하기 시작하는 것이었다. 어리둥절해진 학생들이 다시 물었다.

"선생님, 목욕하는 것이 그처럼 좋은 일입니까?"

그러자 히렐이 이렇게 대답했다.

"사람이 자신의 몸을 깨끗하게 하는 일은 매우 좋은 일이다. 로마 사람들을 보면 수많은 동상들을 아주 깨끗이 닦아 주고 있다. 하지만 동상을 닦기보다 자기 몸을 청결하게 하는 편이 훨씬 더 좋은 일을 하는 것이다."

② 랍비 요하난

유대 민족이 역사상 최대의 정신적인 위기에 처했을 때 참으로 훌륭한 일들을 해낸 랍비가 바로 요하난이다.

기원후 70년, 로마인들이 유대교 사원을 부수고 유대인을 멸종시키려고 획책했던 때 온건파였던 요하난은 강경파들에 의해 행동을 일일이 감시당하고 있었다.

유대 민족이 끝까지 살아남기 위해 어떻게 해야 할까를 절박하게 생각하고 있던 요하난은 이윽고 한 묘책을 떠올리고서 로마 장군과 직접 논해야겠다고 결심했다. 하지만 그는 꼼짝도 할 수 없는 처지에 놓여 있었다. 당시에 유대인들이 예루살렘 성 안에서 농성을 하고 있었기 때문이었다. 할 수 없이 요하난은 중병에 걸린 환자 행세를 했다.

대랍비인 그의 병상으로 수많은 사람들이 병문안을 하러 왔다. 그리고 그가 위독하다는 말이 퍼진 뒤 얼마 지나지 않아 마침내 죽었다는 소문이 나돌았다.

제자들은 그를 성 밖에 매장할 수 있도록 허가를 요청했다. 예루살렘 성 안에는 묘지가 없기 때문에 매장할 수 없다는 것이 그 이유였다. 하지만 강경파 수비병들은 그가 정말 죽었는지 확인해 봐야겠다며 칼로 찌르려 했다. 유대인은 절대 시신을 직접 보지 않기 때문에 칼로 관 위를 찔러 보려 했던 것이다. 그러나 제자들이 그것은 망인을 모독하는 행위라며 필사적으로 항의했다.

일반적으로 유대인은 장례식 때 관을 밖에 내다 두지만 제주들은 "이분은 대랍비이니만큼 격식대로 매장을 해야 한다."고 강경하게 주장하여 드디어 로마군 전선 쪽으로 가게 되었다. 하지만 그들이 로마군 전선을 지나려 할 때 로마 수비병들이 갑자기 칼을 치켜들더니 관을 찔러 봐야겠다면서 내리치려 했다.

이에 놀란 제자들이 "만일 죽은 사람이 로마 황제였다 해도 당신들은 칼로 관을 내리치려고 했겠는가? 우리들은 아무것도 지니지 않은 비무장 상태이다!" 하고 항변했다. 그리하여 마침내 전선을 통과하는 데 성공했다.

관 뚜껑을 열고 밖으로 나온 요하난은 사령관을 만나게 해 달라고 요청했다. 로마 사령관의 눈을 지그시 응시하던 그는 "나는 당신에게 로마 황제에 대한 것과 동일한 경의를 표한다."고 말했다.

그 말을 들은 사령관은 자기네 황제를 모독했다면서 노발대발했다.

"아니오, 내 말을 믿으시오. 당신은 반드시 다음번 황제가 될 것이오."

요하난은 그렇게 단언했다.

"얘기는 알아들었소. 그런데 당신이 원하는 게 대체 무엇이오?"

사령관이 묻자, 요하난은 한 가지 부탁이 있다고 말했다.

자, 당신이라면 어떤 부탁을 했겠는지, 잠시 생각해 보고 지나가자.

랍비 요하난은 다음과 같이 말했다.

"단 한 칸의 교실이라도 상관없으니 랍비 열 명쯤이 들어갈 수 있는 학교를 하나 지정해 주시오. 그리고 무슨 일이 있어도 그 학교만은 보호해 주십시오."

랍비 요하난은 오래지 않아 예루살렘이 로마군에 의해 점령당해 파괴될 것이며 또한 유대 민족에 대한 대학살이 자행될 것이라는 사실을 예견하고 있었다. 그렇다 해도 학교가 존재해 있는 한 유대의 전통은 영원히 명

맥을 이어갈 것이라고 생각했던 것이다.

사령관은 염두에 두겠다는 긍정적인 언질을 주었다. 그리고 얼마 뒤 로마의 황제가 죽자 사령관이 황제로 추대되었다. 그는 약속대로 병사들에게 유대인의 작은 학교 한 곳만은 그대로 두라고 명령했다.

그 당시 그 작은 학교에 남아 있던 랍비들이 유대의 지식과 전통을 고수했고, 종전 후에도 역시 그 학교가 유대인의 생활방식을 지켜 나갔다.

③ 랍비 아키바

《탈무드》 중에서도 가장 존경받고 있는 랍비 아키바는 유대 민족의 영웅이기도 하다.

대부호 집의 양치기였던 그는 주인 딸과 사랑에 빠지게 되어 주위의 맹렬한 반대에도 불구하고 혼례를 올렸다. 당연한 일로 딸은 집에서 쫓겨났다.

학교에 다닌 적이 없는 아키바는 읽기도 쓰기도 전혀 하지 못했다. 아내는 그런 남편에게 공부할 것을 간곡히 부탁했고, 그는 아내의 간청을 받아들여 어린 아이들과 더불어 학교에 다니기 시작했다.

13년 동안의 공부를 끝내고 집으로 돌아온 그는 이미 그 시대 최고의 학자로서 명성을 떨치고 있었다. 의학과 천문학을 공부했고 여러 외국어를 구사할 수 있었던 그는 후에 《탈무드》의 최초 편집자가 되기도 했다. 뿐만 아니라 여러 번 유대인 대표 사절로 선출되어 로마에 가기도 했다.

기원후 132년에는 유대인들이 로마의 지배에서 벗어나고자 반란을 일으켰는데, 아키바는 당시 유대 민족의 정신적 지도자였다. 이 반란을 진압한 로마인은 유대인이 학문에 뜻을 두는 것을 금지시켰고, 그 명령에 따르지 않는 유대인이 있다면 그가 누구든 사형에 처하겠다고 공표했다. 그들은 유대인들이 책을 통해 진정한 유대인으로 거듭 태어난다는 사실을 깨닫게 되었던 것이다.

아키바는 그때 다음과 같은 이야기를 했다.

어느 날 시냇가를 걸어가던 여우가 몹시 허둥거리며 헤엄쳐 다니는 물고기들을 보게 되었다.

여우가 물고기들에게 우왕좌왕하는 이유를 묻자, 물고기들은 "우리를 잡기 위해 던져질 그물이 두려워서 그런다."고 대답했다.

이에 여우는 "이리로 오면 내가 지켜줄 테니 아무 염려 말고 이 언덕으로 올라오너라." 하고 말했다.

그러자 물고기들이 입을 모아 외쳤다.

"여우야, 너는 매우 명석한 두뇌를 가졌다고 들었는데 이제 보니 멍청하기 짝이 없구나. 우리는 우리가 지금까지 살아온 물속에서조차 이렇게 두려워하고 있는데 언덕으로 올라가면 어떤 상태가 될지 네가 정말 모른단 말이냐?"

아키바는 이 이야기를 한 다음 이렇게 부연했다.

"유대인에게 있어 학문은 물과도 같은 것이다. 물고기가 물을 떠나 언덕으로 올라가면 살 수 없듯, 유대인은 학문을 멀리하고선 살아갈 수 없다."

로마인에게 체포되어 투옥된 아키바는 얼마 후 로마로 끌려가 사형을 당하게 되었다. 그때 대다수의 로마인들이 '십자가에 매다는 방법은 그를 너무 편안히 죽이는 것이 되므로 더욱 잔혹한 수단을 동원해야 한다.'고 주장하여 결국 불에 달군 인두로 전신을 지져서 죽이기로 합의했다.

사형 집행일에 사형수가 유대인의 지도자라 하여 로마군 사령관이 입회했다. 때마침 아침 해가 산 위로 모습을 나타내기 시작했고, 그때는 유대인의 기도 시간이었다. 시뻘겋게 달구어진 인두가 전신을 누비고 있는데도 아랑곳하지 않고 아키바는 아침 기도를 드리기 시작했다. 그 광경에 놀라 눈을 휘둥그렇게 뜬 로마군 사령관이 물었다.

"당신은 이토록 참혹한 일을 겪으면서도 아직 기도를 계속하는 건가?"

"진정으로 하느님을 믿고 있는 내가 아침 기도를 빠트릴 수는 없다. 지금 이렇게 죽어가는 순간까지 기도드릴 수 있는 스스로를 통해 진실되게 그분을 사랑하고 있는 나의 모습을 발견하게 되어 오히려 참된 기쁨마저 느낀다."

이렇게 조용히 대답하고 나서 랍비는 생명의 불을 거두었다.

제2장

탈무드의 귀

귀는 듣는 사람의 의지와는 무관하게 각양각색의 정보를 받아들이므로 그 선택이 매우 중요하다.

'제2장 탈무드의 귀'에는 ≪탈무드≫ 가운데서 특별히 흥미로운 에피소드만을 간추려 수록했다. 에피소드는 사고능력에 큰 도움을 줄 뿐만 아니라, 생각의 재료가 된다.

조미를 가해 맛있게 요리하든, 딱딱하게 굳혀 못 먹게 하든 그것은 요리사인 당신 솜씨에 의해 좌우되는 것이다.

마법의 사과

국왕의 단 하나뿐인 공주가 중병을 얻어 죽음을 눈앞에 두고 있었다.

신비의 명약을 쓰지 않는 한 소생할 가능이 없다고 의사가 말하자, 국왕은 무남독녀의 병을 낫게 해 주는 사람을 사위로 맞아들이고 자기 뒤를 이어 왕위에 오를 수 있게 해 주겠다는 포고문을 써 붙였다.

멀리 떨어진 고장에 살고 있는 3형제 가운데 한 사람이 마법의 망원경으로 그 포고문을 보았다. 그러고는 공주를 가엾게 여겨서 어떻게든 셋이 힘을 합쳐 그녀의 병을 낫게 해 주자고 결정했다. 다른 한 사람은 날아다니는 양탄자를 갖고 있었고, 또 다른 사람은 먹기만 하면 어떤 병이든 나을 수 있는 마법의 사과를 갖고 있었다.

세 청년은 양탄자를 타고 궁전으로 갔다. 마법의 사과를 먹은 공주는 곧 완쾌되어 모든 사람들을 기쁘게 했다. 큰 잔치를 베푼 국왕은 이제 사위를 맞아들여야겠다고 생각했다.

그러자 세 청년 가운데 첫째가 나와서 "제가 망원경으로 포고문을 보았기 때문에 저희들이 이곳에 올 수 있었습니다." 하고 주장했고, 둘째는 "저희가 이토록 먼 곳까지 올 수 있었던 것은 오직 마법의 양탄자가 있었기 때문입니다." 라고 주장했다. 또한 막내는 "마법의 사과가 아니었더라면 공주님은 회복될 수 없었을 것입니다."라며 제각기 다른 주장을 내세웠다.

만약 당신이 국왕이라면 3형제 가운데 어떤 청년을 사위로 삼겠는가?

그 답은 '마법의 사과를 가졌던 청년'이다.

날아다니는 양탄자의 주인인 청년은 지금도 그것을 갖고 있고, 망원경의 주인 또한 현재망원경을 지니고 있다. 그러나 마법의 사과를 공주에게 주어 버린 청년은 현재 아무것도 가지고 있지 않기 때문이다. 그 청년은 자기가 가졌던 전부를 공주에게 주어 버린 것이다.

《탈무드》는 무엇인가 남에게 베풀 때는 모든 것을 주는 것이 중요하다고 가르친다.

28

세 자매

먼 옛날, 각기 뛰어난 미모를 갖춘 세 딸을 둔 남자가 있었다. 하지만 딸들은 저마다 한 가지 결점들을 지니고 있었다. 첫째 딸은 게으름뱅이였고, 둘째 딸은 도벽이 있었으며, 막내딸은 남 헐뜯기를 매우 즐겨했다.

어느 날 세 명의 아들을 둔 남자가 찾아와 그 딸들을 자기의 며느리로 줄 수 없겠느냐고 했다. 세 딸을 둔 남자가 자기 딸들이 각자 지니고 있는 결점을 털어놓자, 세 아들을 둔 남자는 그 점에 대해 항상 신경 쓰고 주의하겠노라고 말했다.

시아버지가 된 남자는 게으름뱅이 며느리를 위해서 여러 명의 하인들을 고용했다. 그리고 도벽이 있는 며느리에게는 큰 창고의 열쇠를 주며 어떤 것이든 원하는 만큼 가져도 좋다고 말했다. 또한 남 헐뜯기를 좋아하는 셋째 며느리에게는 아침 일찍 일어나게 한 다음 오늘은 누구를 헐뜯을 계획이냐고 매일 물어보았다.

시집간 딸들의 안부가 궁금해진 친정아버지가 어느 날 방문했다. 맏딸은 원하는 대로 실컷 게으름을 피울 수 있어 행복하다고 말했고, 둘째도 원하는 물건은 무엇이든 가질 수 있어 기쁘다고 말했다. 하지만 막내딸만은, 시아버지가 자신에게 동침을 요구하고 있기 때문에 괴롭다고 하소연했다.

그러나 친정아버지는 막내딸의 말만은 믿지 않았다. 시아버지마저도 중상모략하고 있다는 사실을 잘 알고 있었기 때문이었다.

그 릇

매우 현명하지만 추하게 생긴 랍비가 로마 황제의 공주와 대면케 되었다. 공주는 대뜸 "비할 데 없는 현명함이 너무도 추한 그릇에 담겨 있군요." 하고 비아냥거렸다.

이에 랍비는 궁전 안에 술이 있느냐고 물었다. 공주가 고개를 끄덕여 보이자,

그것이 어떤 그릇에 들어 있느냐고 재차 물었다. "항아리나 물 주전자처럼 흔히 볼 수 있는 그릇에 담겨 있지요." 하고 공주가 대답했다.

짐짓 놀라는 표정을 지어 보인 랍비는, 로마의 공주님이라면 금그릇이나 은그릇을 많이 갖고 있을 텐데 어째서 그토록 흔해빠진 항아리 따위에 담았느냐고 계속 물었다.

그러자 공주는 금이나 은그릇에 들어 있던 물을 보잘것없는 그릇으로 옮겨 담고, 대신 흔하디흔한 그릇에 들어 있던 술을 금과 은으로 만든 그릇으로 옮겨 담았다.

그런데 술맛이 금세 변해 버려, 황제가 몹시 진노했다.

황제가 "이런 그릇에다 술을 옮겨 담은 사람이 누구냐?"고 묻자, 공주가 "그러는 편이 더 좋을 듯싶어 제가 옮겨 담았습니다."라고 대답했다.

황제에게 꾸중을 들은 공주는 랍비에게 가서 "랍비여, 당신은 어째서 이런 일을 권했습니까?" 하며 성을 냈다.

"저는 단지 공주님에게, 아무리 소중한 것일지라도 경우에 따라서는 하잘 것 없는 그릇 속에 넣어 두는 편이 훨씬 더 나을 수도 있다는 사실을 가르쳐 드리려고 한 것뿐입니다."

랍비의 대답이었다.

헐뜯지 않는다

세상의 모든 동물들이 한자리에 모이게 되었다.

한 동물이 뱀에게 물었다.

"사자는 먹이를 쓰러뜨린 뒤에 먹고, 늑대는 먹이를 찢어 나누어서 먹는다. 그런데 뱀, 너는 먹이를 통째로 삼켜 버리는데 그건 무슨 이유에서냐?"

그러자 뱀이 이렇게 대답했다.

"나는 그것이 남을 헐뜯는 것보다 낫다고 생각한다. 입으로는 상대방을 상처 입히지 않으니까."

어떤 유서

예루살렘에서 멀리 떨어진 고장에 살고 있는 한 지혜로운 유대인이 아들을 예루살렘에 있는 학교에 입학시켰다.

아들이 학교에서 공부를 하고 있는 사이 병을 얻어 자리에 눕게 된 아버지는 아무래도 아들을 만나지 못하고 죽게 되리란 예감에 유서를 작성키로 마음먹었다. 재산 전부를 한 노예에게 물려주되, 그 가운데서 아들이 갖고자 하는 것 단 한 가지만은 아들에게 준다는 내용이었다.

마침내 그가 죽자, 노예는 자신에게 찾아온 행운에 기뻐하며 예루살렘에 있는 아들에게로 달려갔다. 아버지의 죽음을 알리며 유서를 내보여 주자, 아들은 몹시 놀라면서 슬퍼했다.

장례식을 끝마친 다음 아들은 어찌 해야 좋을까를 골똘히 생각하다가 랍비를 찾아가서 자초지종을 이야기했다.

"아버지께선 무엇 때문에 제게 재산을 물려주지 않았을까요? 아버지의 노여움을 살 만한 짓이라곤 단 한번도 한 적이 없는데요."

"천만에! 너의 아버지는 너를 가슴속 깊이 사랑한 매우 지혜로운 분이셨다. 이 유서를 읽어 보면 그런 사실을 분명하게 알 수 있지 않느냐."

랍비가 그렇게 말하는 것이었다.

"네가 아버지같이 지혜로운 생각을 가지고 아버지께서 진정 바란 것이 어떤 것이었는가를 되짚어 본다면 너에게 모든 재산을 물려줬다는 사실을 깨닫게 될 것이다."

당신이 그 아들이라면 이 유서에서 어떤 사실을 발견해 낼 것인가?

"아버지는 너마저 없을 때 자신이 죽으면, 노예가 재산을 가지고 달아나거나 탕진해 버리거나 너에게 자신이 죽었다는 사실조차 숨겨 버릴지도 모른다는 생각에서 전 재산을 노예에게 준 것이다. 그 재산을 물려받은 노예는 좋아서 어쩔 줄 몰라하며 재빨리 너를 찾아갈 것이고, 재산 역시 소중하게 간직할 것이라 여긴 것이지."

"그것이 제게 어떤 이득이 된단 말입니까?"

"너는 역시 지혜롭지가 못하구나. 노예의 재산은 전부 주인에게 속해 있다는 걸 모르느냐? 너의 아버지께서는 한 가지만은 너에게 준다고 유서에 밝혀 놓지 않았느냐. 너는 전 재산을 물려받은 그 노예 한 사람만 택하면 되는 것이다. 어떤가, 이 유서 내용이야말로 아버지의 깊은 사랑이 담긴 지혜가 아니겠는가!"

뒤늦게나마 깨우친 아들은 랍비의 조언에 따랐고, 훗날 노예를 자유롭게 풀어 주었다. 그러고는 노인의 지혜는 따라가기 어렵다고 입버릇처럼 뇌까리곤 했다.

혀 [1]

한 장사꾼이 거리를 누비며 "참된 인생의 비결을 살 사람 없습니까?" 하고 큰 소리로 외쳐댔다. 그 소리를 들은 마을사람들이 인생의 비결을 사기 위해 우르르 모여들었다. 그 가운데는 랍비도 몇 명 있었다.

모두들 빨리 그것을 팔라고 재촉하자 장사꾼이 말했다.

"인생을 참되게 사는 비결은 자신의 혀를 함부로 사용하지 않는 것이오."

혀 [2]

한 랍비가 하인에게 '비싸더라도 맛있는 것을 사 오라.'고 시켰다. 그러자 하인이 혀를 사 가지고 돌아왔다.

랍비는 이틀 뒤에 다시 '오늘은 맛이 없더라도 값싼 것을 사 오라.'고 일렀다. 그런데 하인은 이번에도 혀를 사 가지고 왔다.

랍비가 물었다.

"너는 내가 비싸더라도 맛있는 것을 사 오라고 했을 때에도 혀를 사왔고, 맛은 상관없으니 값싼 것을 사 오라고 이른 오늘도 혀를 사 가지고 왔다.

대체 어찌된 일이냐?"

이에 하인은 "혀가 좋은 상태의 것일 때에는 그것보다 더 좋을 게 없고, 나쁜 것일 때는 그것보다 더 형편없는 것이 없습니다."라고 대답했다.

붕 대

법률과 약은 의외로 유사한 부분이 많다.

어떤 나라의 국왕이 부상당한 자기 아들에게 붕대를 감아 주면서 말했다. "네가 이 붕대를 하고 있는 동안에는 먹거나 뛰어다니거나 물속에 들어가도 아프지 않을 것이다. 그러나 이 붕대를 풀어 버리면 상처는 더욱 악화된다."

인간도 이와 같다. 인간에게는 좋지 않은 것을 원하는 성질이 있다. 하지만 법률을 풀어 버리지 않는 한 그 성질이 나빠지지는 않는다.

하느님의 보물

랍비 메이어가 안식일 날 교회에서 설교를 하고 있는 동안, 집에 있던 그의 두 아이가 갑자기 죽었다. 아내는 두 아이의 시신을 위층으로 옮긴 다음 하얀 천을 씌워놓았다.

랍비가 돌아오자 그의 아내가 물었다.

"당신에게 한 가지 물어볼 것이 있습니다. 어떤 사람이 나에게 값비싼 보물을 맡기면서 잘 지켜 달라고 부탁한 뒤 돌아갔습니다. 그런데 그 사람이 예고도 없이 불쑥 나타나 맡겼던 보물을 돌려 달라고 하면 어떻게 해야 좋을까요?"

랍비는 생각해 볼 필요도 없다는 듯 "그런 경우에는 즉시 주인에게 돌려주어야 해요."라고 대답했다.

그러자 아내는 "사실은 방금 하느님께서 귀중한 보물 두 개를 찾아가 버리셨습니다." 하고 말했다.

　충분히 납득한 랍비는 아무 말도 하지 않았다.

복수와 증오

　한 남자가 낫을 좀 빌려 달라고 하자 상대방이 거절했다. 얼마 뒤 그 거절했던 남자가 말을 빌려 달라고 찾아왔다. 하지만 상대 남자는 "네가 낫을 빌려 주지 않았으니 나도 말을 빌려 줄 수 없다."고 말했다.

　이것은 복수이다.

　낫을 빌려 달라는 부탁을 거절했던 남자가 말을 빌려 달라고 찾아왔다. 그러자 말 주인인 남자는 말을 빌려 주면서 "너는 낫을 빌려 주지 않았지. 하지만 나는 네게 말을 빌려 주겠다."라고 말했다.

　이것은 증오이다.

견해 차이

　알렉산더 대왕이 이스라엘을 방문했을 때, 유대인이 "우리가 가지고 있는 금과 은을 보고 싶지 않습니까?" 하고 물었다. 금이나 은은 자기에게도 많이 있기 때문에 욕심나지 않는다고 대답한 대왕은 "다만 당신들의 관습과, 당신들은 어떤 것을 정의라고 여기는지 알고 싶을 뿐이오."라고 말했다.

　대왕이 머물러 있는 동안에 마침 두 남자가 현명한 결단을 요구하며 랍비를 찾아왔다.

　사연인즉 한 남자가 다른 남자로부터 넝마 한 더미를 샀는데, 그 넝마 더미 속에 상당한 액수의 돈이 들어 있었다는 것이다. 그래서 그는 "내가 산 것은 넝마이지 이 많은 돈까지 산 게 아니오." 하고 판 사람에게 말했다. 하지만 판 사람은 "나는 당신에게 넝마를 송두리째 팔았으니 그 속에 들어 있는 게 무엇이든 모두 당신 것이오."라고 했다.

양쪽 얘기를 들은 랍비는 "마침 당신한테는 딸이 있고 또 당신에게는 아들이 있으니 그들을 결혼시키고 그 돈을 두 사람에게 주도록 하시오. 그것이 옳은 일이오."라고 조언해 주었다.

그런 다음 랍비는 알렉산더 대왕을 향해 질문했다.

"대왕님은 이런 경우에 어떻게 하실는지요?"

그러자 대왕이 서슴지 않고 말했다.

"두 사람을 모두 죽여 버리고 돈은 내가 가질 거요. 나에게 있어서는 그렇게 하는 것이 옳은 일이오."

가정의 화평

랍비 메이어는 연설을 잘하기로 유명했다.

그래서 매주 금요일 밤이면 수백 명의 사람들이 그의 설교를 듣기 위해 교회로 몰려들었다. 그중에 그의 설교를 매우 좋아하는 한 여성도 끼어 있었다.

일반적으로 유대의 여자들은 금요일 밤이 되면 이튿날인 안식일을 위해 음식을 장만해 놓곤 했다. 그러나 그 여성은 랍비의 설교를 듣기 위해 모든 일을 뒤로 미루었다.

오랜 시간 계속되는 랍비의 설교를 들은 뒤 그녀는 흡족한 마음이 되어 집으로 돌아갔다. 하지만 대문 앞에서 그녀를 기다리고 있던 남편이 '내일이 안식일인데 아직까지 음식을 준비해 놓지 않았다.'며 마구 성을 내는 것이었다.

"대체 당신은 지금 어딜 갔다 오는 거야?"

그녀는 교회에 가서 랍비 메이어의 설교를 듣고 왔다고 대답했다. 아내의 대답을 듣고 더욱 화가 난 남편이 소리쳤다.

"당신이 그 랍비의 얼굴에 침을 뱉고 오기 전엔 절대 집에 들여놓지 않겠소!"

아내는 어쩔 수 없이 친구를 찾아가 얹혀 있는 처지가 되었다.

그 소문을 전해들은 메이어는 자기가 설교를 지나치게 오래했기 때문에 한 가정의 화평이 깨어진 것이라고 자책하며 그녀를 불렀다. 그러고는 눈이 몹시 아프다고 호소하면서 말했다.

"이건 침으로 씻어야 나을 수 있어요. 그것이 약이 될 것입니다. 그러니 부인께서 좀 씻어내 주시오."

그러자 그녀가 그의 눈에 침을 뱉었다.

제자들이 "고명하신 랍비인 선생님께서 어찌하여 여성이 얼굴에 침을 뱉도록 그냥 두셨습니까?" 하고 질문하자, 랍비가 대답했다.

"가정의 화평을 되찾기 위한 일이라면 무엇이든 해야 한다."

선과 악

대홍수가 지구를 휩쓸었을 때 갖가지 동물들이 노아의 방주로 몰려왔다. 선도 황급히 뛰어왔으나 노아는 방주에 태워 주지 않았다.

"나는 무엇이든 짝이 있는 것만 태우고 있다."

숲으로 되돌아간 선은 자신의 짝이 되어 줄 상대를 찾아다녔다. 마침내 선은 악을 찾아내어 함께 방주로 갔다.

그로부터 선이 있는 곳에는 항상 악이 따라다니게 되었다.

포도원

어느 날 여우 한 마리가 포도원 주변을 서성대며 무슨 수를 쓰든지 그 안으로 들어가려고 했다. 하지만 울타리가 단단히 둘러쳐져 있었기 때문에 쉽지 않았다.

사흘 동안이나 굶어 살을 뺀 여우는 간신히 울타리 틈새로 기어들어가는 데 성공했다. 물려 버릴 때까지 포도를 따먹고 난 여우는 아까 들어왔던 데로 다시 빠져나가려 했으나 배가 잔뜩 부른 상태라 도저히 나갈 수가 없었다.

어쩔 수 없이 다시금 사흘을 굶어 살을 뺀 다음 울타리를 빠져나가며 여우는 중얼거렸다.

"배가 고픈 것은 들어갈 때나 나올 때나 결국 마찬가지로구나."

벌거숭이로 태어나 죽을 때 또한 벌거숭이로 돌아가는 우리 인생도 이와 똑같은 것이다.

인간은 죽은 뒤 이 세상에 가족과 재산, 선행 세 가지를 남긴다. 하지만 선행을 제외한 나머지 것들은 그다지 대단한 게 못 된다.

맹인의 등불

한 치 앞도 볼 수 없는 캄캄한 밤길을 한 남자가 걸어가고 있는데 맞은편에서 등불을 켜든 맹인이 다가왔다.

"당신은 맹인인데 어째서 등불을 켜 들고 다닙니까?"

남자가 묻자 맹인이 이렇게 대답했다.

"이것을 들고 다니면 눈이 멀쩡한 사람들이 내가 걸어가고 있다는 것을 알 수 있기 때문입니다."

유실수

한 노인이 정원에 나무를 심고 있었다.

때마침 그곳을 지나가던 나그네가 물었다.

"도대체 노인께선 언제 그 나무에서 열매를 거둘 수 있으리라 생각하십니까?"

노인은 70년쯤 지난 뒤에야 결실을 볼 수 있을 것이라고 대답했다.

나그네가 다시 물었다.

"노인께서 그토록 오래 사실 수 있겠습니까?"

그러자 노인이 이렇게 대답했다.

"아니, 그렇지 않아. 그러나 내가 태어났을 때 과수원에 있는 많은 유실수엔 열매들이 풍성히 달려 있었다네. 이는 아버님께서 채 태어나지도 않은 나를 위해 나무를 심어 놓으셨기 때문이지. 그와 똑같은 일이라네."

일곱째 사람

한 랍비가 내일 아침 여섯 사람을 모아 놓고 어떤 문제를 해결하겠다고 선언했다.

그러나 다음 날 아침에 모인 사람은 일곱 명이었다. 불청객이 한 사람 끼어 있었던 것이다. 불청객이 누구인지 알 수가 없자, 랍비는 "이 자리에 참석할 필요가 없는 한 사람은 빨리 돌아가라."고 말했다.

그러자 모인 사람들 가운데서 가장 저명한 인물이며 어느 누가 생각해 봐도 부름을 받았을 만한 사람이 자리에서 일어서더니 밖으로 나갔다.

어째서 그 인물이 그렇게 행동했겠는가?

혹시라도 부름을 받지 않았거나, 어떤 착오로 인해 나왔던 사람이 굴욕감을 느끼게 될 것이 염려되어 스스로 물러났던 것이다.

지도자

한 마리 뱀이 있었다. 항상 머리에 의해 끌려 다니기만 하던 꼬리가 어느 날 도전적으로 불평을 털어놓았다.

"왜 나는 항상 너의 뒤에 붙어 맹목적으로 끌려 다녀야만 하지? 어째서 네가 나를 대신해 의견을 말하고 방향을 결정하는 거야? 이건 공평치 않아. 나도 뱀의 일부분인데 언제나 노예처럼 달라붙어 끌려 다니기만 한다는 건 말이 안 돼."

머리가 반론을 제시했다.

"아니, 그걸 말이라고 하는 거야? 너한테는 앞을 살펴볼 눈도 없고, 위험을 감지할 귀도 없고, 행동을 결정지을 생각도 없잖아. 나는 오직 나만을 위해 이러는 것이 아니라 너를 염려해서 늘 너를 이끌고 있는 거라고."

그러자 꼬리가 크게 소리 내어 비웃었다.

"그런 따위의 말이라면 귀가 따갑도록 들었어. 독재자나 압제자들은 모두가 자기를 따르는 이들을 위해서라는 명목 하에 모든 걸 멋대로 주무르는 거라고!"

"그럼 내가 하는 일들을 네가 맡아서 해 봐."

머리가 그렇게 말하자, 꼬리는 좋아서 어쩔 줄 몰라하며 앞서서 움직여 나가기 시작했다. 그러나 얼마 가지 않아 이내 웅덩이에 빠져 버리고 말았다. 결국 머리가 이리저리 생각하고 고생한 끝에 간신히 웅덩이에서 기어 나올 수 있었다.

꼬리는 얼마를 더 기어나갔고, 이번에는 가시덤불 속으로 들어서 버렸다. 꼬리가 버둥거릴수록 가시덤불 깊숙이 갇히게 되었다. 마침내 움직일 수조차 없게 되자, 이번에도 머리의 도움으로 많은 상처를 입은 채 간신히 빠져나올 수 있었다.

다시 앞장서 가던 꼬리가 들어서게 된 곳은 활활 타오르고 있는 불꽃 한가운 데였다. 차츰 전신이 뜨거워지고 갑자기 주위가 컴컴해졌다. 뱀은 두려움에 떨기 시작했다. 다급해진 머리가 최선을 다해 달아나려고 했지만 이미 때가 늦어 있었다. 맹목적인 꼬리 때문에 결국 머리까지 파멸하고 만 것이다. 지도자를 선출할 때는 이처럼 꼬리가 아닌, 머리 같은 사람을 뽑아야 한다.

세 가지의 슬기로운 판단

예루살렘에 사는 어떤 사람이 긴 여행 끝에 병을 얻어 눕게 되었다. 아무래도 살아날 수 없겠다고 생각한 그는 숙소 주인을 불러 이렇게 부탁했다.

"난 곧 죽을 것 같소. 내가 죽은 뒤에 예루살렘에서 누가 찾아오거든 나의 소지품을 전해 주시오. 단, 슬기로운 판단 세 가지를 하지 않으면 절대로 내어주지 마시오. 왜냐하면 내 아들에게 '만약 내가 여행 중에 죽게 되면 내 유산을 상속받되, 세 가지 슬기로운 판단을 하지 않으면 안 된다.'는 유언을 미리 하고 왔기 때문이오."

그 남자가 죽자, 숙소 주인은 유대 의례에 따라 매장함과 동시에 마을사람들에게 그의 죽음을 알리고 예루살렘에도 사람을 보내어 기별했다.

예루살렘에서 부음을 접한 아들은 아버지가 죽은 마을 어귀에 이르렀다. 하지만 그는 아버지가 묵었던 집을 알지 못했다. 아버지가 아들에게 알리지 말라고 유언했으므로 아들은 스스로 그 집을 찾지 않으면 안 되었다.

고심하던 아들의 눈에 장작장수가 장작을 한 짐 지고 지나가는 게 보였다. 아들은 그를 불러 세워 장작을 산 다음 예루살렘에서 온 여행객이 죽은 집으로 그 장작을 가져가라고 일렀다. 그리고 장작장수 뒤를 따라갔다. 숙소 주인이 장작을 주문한 적이 없다고 말하자, 장작장수는 "그게 아니고 지금 내 뒤에 오는 젊은이가 이 장작을 사서 여기 갖다 주라고 했습니다."라고 말했다. 이것은 첫 번째 슬기로운 판단이었다.

숙소 주인은 기꺼이 그를 맞아들여 저녁을 차려 주었다. 식탁에는 비둘기 다섯 마리와 닭 한 마리가 요리되어 나왔다. 그 젊은이 외에 집주인과 그의 아내, 두 아들과 두 딸 등 모두 일곱 명이 식탁 앞에 둘러앉았다.

집주인이 이 요리들을 모두에게 나누어 주라고 젊은이에게 말하자, 그는 "아닙니다. 주인인 당신께서 나누는 것이 좋겠군요." 하고 대답했다. 그러나 주인은 "당신이 손님이니 당신 하고 싶은 대로 하시오."라고 말했다.

이에 젊은이가 요리를 나누기 시작했는데, 먼저 한 마리의 비둘기를 두 아들에게 주었다. 딸들에게도 한 마리의 비둘기를 주고, 또 한 마리는 주인 부부에게 주었으며, 자신은 두 마리의 비둘기를 차지했다. 이것은 그의 두 번째 슬기로운 판단이었다.

이것을 보고 집주인은 매우 언짢은 표정을 지었으나 아무 말도 하지 않았다. 다음에 그는 닭 요리를 나누었다. 먼저 머리 부분을 부부에게 주고, 두 아들에게는 다리를 한 쪽씩 주었다. 두 딸에게는 양 날개를 나누어 주고, 나머지 몸통 전체를 자기가 가졌다. 이것이 세 번째의 슬기로운 판단이었다.

집주인은 마침내 화가 잔뜩 나서 소리쳤다.

"당신네 고장에서는 이렇게 합니까? 당신이 비둘기를 나누어 줄 때만 해도 잠자코 있으려 했지만 더 이상 참을 수가 없소. 대체 이게 무슨 경우요?"

그러자 젊은이가 설명했다.

"나는 음식 나누는 일을 맡고 싶지 않았습니다만, 당신이 부탁하기에 최선을 다했던 것뿐입니다. 당신과 부인과 비둘기를 합쳐 셋, 두 아들과 비둘기를 합쳐 셋, 딸 둘과 비둘기 한 마리를 합쳐 셋, 그리고 비둘기 두 마리와 나를 합치면 각기 셋이 되니 이것은 대단히 공평한 것입니다. 또 당신은 이 집에서 제일 높은 가장이니 닭의 머리를 드린 거고, 당신의 아들 둘은 이 집의 기둥이니 다리 두 개를 주었습니다. 딸들에게 날개를 준 것은 이제 곧 나이가 차서 남의 집으로 출가해 버릴 것이므로 그렇게 한 것입니다. 나는 '배'를 타고 여기에 왔고 또 돌아갈 터이므로 '배'가 있는 몸통을 가진 것이오. 자, 어서 아버님 유산을 주십시오."

재 산

어떤 배 위에서 일어났던 일이다.

선객들은 전부 대단한 부자였는데, 그 가운데 한 사람의 랍비가 있었다.

부자들이 저마다 자기가 소유한 재산을 자랑하자, 그것을 지켜보던 랍비가 말했다.

"나는 내가 가장 큰 부자라고 생각합니다. 하지만 내 재산을 지금 당신들에게 보여 줄 수는 없소."

얼마 뒤 그 배는 해적들의 습격을 받았고, 부자들은 재산 전부를 약탈당했다. 해적이 사라진 다음 배는 간신히 어느 항구에 이르렀다.

랍비는 얼마 지나지 않아 그 항구 부근의 사람들 사이에서 덕망 높다는 평판을 받게 되어 제자들을 모아 가르칠 수 있게 되었다.

시간이 흐른 뒤 랍비는 같은 배를 탔던 과거의 부자들과 만났다. 그들은 한결같이 초라해져 있었다.

그제야 그들은 "확실히 당신이 옳았소. 배운 사람은 이미 모든 것을 소유한 거요."라고 입을 모았다.

지식은 남에게 빼앗기는 일 없이 항상 지니고 다닐 수 있기 때문에, 가장 귀중한 것은 교육이라는 말이 여기에서 생겨난 것이다.

질 서

어떤 여성을 짝사랑하다 병을 얻은 남자가 있었다. 그 남자를 진찰해 본 의사가 말했다.

"이것은 당신이 사랑을 이루지 못해 생긴 병이니 상대 여성과 성 결합을 하면 틀림없이 완쾌될 거요."

그래서 남자는 랍비를 찾아가 의사의 말을 그대로 전하며 어떻게 해야 좋겠느냐고 상의했다. 랍비는 결단코 그와 같은 성 결합을 해서는 안 된다고 말했다.

그러자 한 사람이 "만일 그 여성이 그의 병을 고쳐 주기 위해 아무것도 입지 않은 알몸으로 그의 앞에 선다면 그의 우울함이 걷혀져 병도 나을 것이므로 좋은 방법이 아니겠느냐."고 묻자, 랍비는 그것 또한 안 된다고 했다.

이번엔 다른 사람이 물었다.

"그가 그녀와 담을 사이에 두고 마주 서서 이야기만 주고받으면 어떻겠습니까?"

랍비는 그것 역시도 안 된다고 했다.

≪탈무드≫에는 이 여성이 기혼녀인지 독신녀였는지 밝혀져 있지 않다. 하지만 그 남자를 위시한 많은 사람들이 "랍비께선 어째서 모든 제안에 그토록 단호하게 반대하십니까?" 하고 항의했다. 그러자 랍비는 "우선 모든 인간은

순결해야 한다. 만일 사모한다는 이유를 앞세워 곧바로 성 결합을 한다면 사회 질서는 엉망이 되어 버릴 것이다."라고 대답했다.

천국과 지옥

어떤 젊은이가 아버지한테 살찐 닭을 요리해 주었다. 아버지가 "이 닭이 어디서 났느냐?"고 묻자 아들은 "아버지, 그런 데 마음 쓰지 마시고 어서 많이 드세요." 하고 대답했다. 그러자 아버지는 더 이상 묻지 않았다.

한 젊은이가 물방앗간에서 가루를 빻고 있었다. 그때 국왕이 나라 안에 있는 방앗간 주인들을 일제히 소집하라는 포고령을 내렸다. 아들은 아버지에게 물방앗간 일을 부탁하고 성 안으로 들어갔다.

이들 두 아들 중에 어떤 사람이 천국에 가고 어떤 사람이 지옥으로 가겠는가? 또 그 이유는 무엇인가?

두 번째 경우의 아들은 왕이 일꾼들을 모아 혹사시키고 매를 때리며 좋지 않은 음식을 줄 것이라는 사실을 알고 있었다. 그래서 자신이 대신 소집 명령에 응했으므로 천국에 갈 수 있었다. 그러나 아버지에게 닭을 가져다준 아들은 아버지가 묻는 말에 충실히 대답하지 않았다. 그래서 지옥에 갔다.

진실을 다해 대하지 않으려면 아버지에게 일을 시키는 편이 오히려 낫다는 말이다.

세 친구

한 남자가 국왕의 사신으로부터 곧 궁전으로 오라는 명령을 하달 받았다.

그 남자에겐 세 명의 친구가 있었다. 첫째 친구는 몹시 귀중히 여겨 왔으므로 매우 친한 사이라고 생각했고, 두 번째 친구는 첫째 친구만큼 귀중하지는 않지만 역시 사랑하고 있었고, 세 번째 친구는 친구이기는 하지만 크게 관심을 두지 않는 사이였다.

국왕의 사신이 왔을 때, 자기가 무슨 잘못을 저질러 벌 받을 일이 있는 것이 아닌가 하고 겁을 먹은 그는 단신으로 왕 앞에 나갈 용기가 나지 않았다. 그래서 세 친구들을 찾아가 도움을 청했다.

맨 처음 제일 친하고 귀중하게 생각하던 친구를 찾아가 함께 가 달라고 부탁하자 그 친구는 이유도 대지 않고 "나는 가기 싫다."며 일언지하에 거절했다. 부탁을 받은 두 번째 친구는 "궁전 문 앞까지만 같이 가 줄게. 그 이상은 안 돼." 하고 말했다. 세 번째 친구는 예상 외로 "좋아, 같이 가 줄게. 너는 어떤 나쁜 일도 저지른 적이 없으니 그처럼 두려워할 필요가 없어. 내가 같이 가서 국왕께 그런 사실을 말해 주지." 하고 흔쾌히 승낙했다.

각각 다르게 반응한 세 친구에 대해 생각해 보자.

첫 번째 친구는 제아무리 귀중히 여기고 사랑해 봤자 죽을 때는 남겨 두고 가야 하는 '재산'이다. 두 번째 친구는 장지까지는 따라와 주지만 그곳에다 그를 팽개쳐 버리고 돌아가는 '혈육'이다. 세 번째 친구는 '선행'이다. 평소에는 그다지 드러나지 않지만 그가 죽은 뒤에도 줄곧 같이 있어 주는 것이다.

효 자

고대 이스라엘의 두마라는 고장에 금화 6천 개의 값에 달하는 다이아몬드를 소유하고 있는 유대인이 있었다.

한 랍비가 성전을 장식하는 금화 6천 개를 준비해 가지고 그의 집을 방문했다. 하지만 공교롭게도 그의 아버지가 다이아몬드가 들어 있는 금고의 열쇠를 베개 밑에 넣어 둔 채 잠들어 있었다. 그러자 그 유대인은 다이아몬드를 팔지 않겠다고 말했다. 아버지를 깨울 수 없기 때문이라는 것이었다.

금화 6천 개를 벌기란 그리 쉬운 일이 아님에도 불구하고 아버지를 깨우지 않으려는 그의 행동에 감동한 랍비는 많은 사람들한테 그 얘기를 들려주었다.

술의 기원

포도 씨를 심고 있는 이 세상 최초의 인간 앞에 악마가 불쑥 나타나 뭘 하고 있느냐고 물었다. 인간이 아주 훌륭한 식물을 심고 있다고 대답하자, 악마는 "이런 식물은 처음 본다."고 말했다. 인간은 다시 "이 식물에선 달고 맛있는 열매가 열리는데, 그 열매의 즙을 마시면 매우 행복해진다."고 설명했다. 악마는 그렇다면 자기도 같이 마시게 해 달라고 부탁하고는 양과 사자와 돼지와 원숭이를 끌고 왔다. 그리고는 그 짐승들을 죽인 다음 그들의 피를 비료로 뿌렸다. 이렇게 해서 만들어진 것이 포도주이다.

그래서 포도주를 처음 마시기 시작했을 때는 양처럼 온순하다. 그러나 조금 더 마시면 사자처럼 광폭해지고, 거기서 더 마시면 돼지처럼 지저분해진다. 도를 넘어 마시게 되면 우스꽝스런 원숭이처럼 춤을 추며 노래를 부르는데, 포도주가 사람의 품행에 대한 악마의 선물이기 때문이다.

두 시간의 길이

국왕의 포도원에서 여러 일꾼들이 일하고 있었다. 그 가운데 다른 일꾼들보다 월등하게 일을 잘하는 매우 능력 있는 일꾼이 한 명 있었다.

어느 날 포도원을 둘러보러 나온 왕은 그 뛰어난 능력을 지닌 일꾼과 둘이서 포도원을 산책했다.

유대 풍속엔 품삯을 그날그날 지불하는 전통이 있다. 그날도 일이 끝나자 일꾼들은 품삯을 받기 위해 줄지어 섰고, 그들 모두가 똑같은 액수의 품삯을 받았다. 그러나 뛰어난 일꾼이 똑같은 품삯을 받는 것을 본 다른 일꾼들이 화를 내며 항의했다.

"저 사람은 두 시간밖에 일하지 않고 나머지 시간 동안 폐하와 함께 놀기만 했는데 어째서 우리와 똑같은 액수의 품삯을 주시는 겁니까? 이건 공평치 못한 처사입니다."

그러자 국왕이 말했다.

"이 사람은 너희들이 하루 종일 걸려 한 것보다 더 많은 양의 일을 두 시간 안에 해냈다."

인간으로서 중요한 것은 몇 년 살았느냐가 아니라 얼마만큼의 업적을 쌓아 올렸느냐 하는 것이다.

어머니

한 랍비가 어머니와 함께 길을 걷고 있었다. 울퉁불퉁하여 걷기에 매우 힘든 자갈밭에 이르자, 랍비는 자기의 손을 펴서 어머니가 걸음을 옮길 때마다 그 발밑을 받쳐 주었다.

이것은 양친이 등장하면 반드시 아버지가 먼저 얘기되는 《탈무드》 중에서 유일하게 어머니만 나오는 단 하나의 이야기로, 어머니도 아버지와 똑같이 존귀하다는 교훈을 담고 있다.

하지만 양친이 동시에 물을 마시고 싶다고 하면 먼저 아버지한테 가져가야 한다. 왜냐하면 어머니도 아버지를 존귀하게 여겨야 할 처지이므로 어머니에게 먼저 가져다준다 하더라도 다시 아버지에게 넘겨 줄 것이기 때문이다.

남자의 생애

《탈무드》에 따르면 남자의 생애는 다음 일곱 단계로 나뉜다.

1단계 : 1세 때는 왕이다. 모두들 왕을 모시듯 비위를 맞추고 어르며 달래 준다.

2단계 : 2세 때는 돼지이다. 더러운 진흙탕이건 어디건 가리지 않고 뛰어 논다.

3단계 : 10세 때는 어린 양이다. 그저 웃고, 장난치며, 마냥 뛰어다닌다.

4단계 : 18세 때는 말이다. 웬만큼 성장하여 누구에게든 자기 힘을 과시하고 싶어 한다.

5단계 : 결혼하면 당나귀이다. 가정이란 무거운 짐을 지고 끝없이 터벅터벅 걸어야 한다.

6단계 : 중년엔 개가 된다. 가족을 부양하기 위해 여러 사람들에게 호의를 청해야만 한다.

7단계 : 노년엔 원숭이가 된다. 어린아이와 같아지지만 아무도 관심을 기울이지 않는다.

자 루

최초로 쇠가 만들어졌을 때 온 천하의 나무들이 두려움에 떨었다.

그러자 하느님께서 말씀하셨다.

"염려하지 마라. 쇠는 네가 자루를 제공하지 않는 한 너를 해칠 수 없으리라."

거미와 모기와 미치광이

다윗 왕은 전부터 거미란 놈은 아무 데나 거미줄을 쳐놓는 더럽고 쓸모없는 미물이라 생각하고 있었다.

어느 전쟁 때 적에게 포위당해 퇴로가 차단되자, 그는 궁여지책으로 마침 거미 한 마리가 입구에다 거미줄을 치고 있는 동굴 안으로 피신해 들어갔다. 추격해 오던 적군 병사가 동굴 앞까지 다가와서 멈춰 섰으나 입구에 거미줄이 쳐져 있는 것을 보고는 그대로 돌아가 버렸다.

또 다른 때, 다윗 왕은 적장의 침실에 숨어 들어가 칼을 훔치고는 다음 날 아침 '너의 칼을 가져올 정도이니 죽이는 것 또한 간단한 일이었다.'고 호통을 쳐 기를 죽이려 궁리하고 있었다. 하지만 그런 기회가 좀처럼 오지 않았다. 그러던 어느 날 결국 침실 안까지 숨어들어 갔는데, 칼이 적장의 발밑에 깔려 있어 아무리 애써도 빼낼 수가 없었다. 어쩔 도리가 없어 다윗 왕이 막 되돌아가려고 했을 때 모기 한 마리가 날아와 적장의 발끝에 앉았다. 적장은 무의식중에 발을 움직였고, 다윗 왕은 그 순간을 이용하여 칼을 빼내는 데 성공했다.

또 언젠가 한 번은 적에게 포위당해 다윗 왕이 위기에 처했다. 그때 다윗 왕은 미치광이 흉내를 냈다. 그러자 적병들은 '이런 미치광이가 왕일 리가 없어.' 하는 생각에 그대로 돌아가 버렸다.

어떠한 것이든 이 세상에 전혀 쓸모없는 것이라곤 없다. 아무리 미천하고 보잘것없어 뵈는 것일지라도 소홀히 여겨서는 안 된다.

교훈적인 이야기

항해 중이던 선박 한 척이 때마침 몰아닥친 폭풍우로 인해 항로에서 벗어나고 말았다.

다음 날 아침이 되자 바다는 다시 잔잔해졌다. 배의 후미가 아름다운 섬에 인접해 있음을 알게 되자 모두들 그곳에 닻을 내리고서 잠시 쉬어가기로 의견을 모았다.

온갖 꽃들이 만발한 그 섬에는 먹음직스러운 과일이 주렁주렁 열린 나무들이 녹색 그늘을 드리우고 있었고, 새들이 정겹게 지저귀며 반겼다.

선객들은 자연스럽게 다섯 개의 그룹으로 나뉘어졌다.

첫 번째 그룹 사람들은 섬이 아무리 아름답다 해도 목적지에 빨리 도착해야 한다는 일념으로 배에 그대로 남아 있었다. 자신들이 섬에 가 있는 동안 순풍이 불어와 배가 떠나 버릴지도 모른다는 우려 때문이었다.

두 번째 그룹에 속한 사람들은 재빨리 상륙하여 꽃향기를 흠뻑 들이마시고 나무그늘 아래서 신선한 과일을 따먹고서 원기를 회복했다. 그리고 곧장 배로 돌아왔다.

세 번째 그룹의 사람들은 상륙하여 섬 안으로 들어갔는데 지나치게 오랜 시간을 지체하다가 때마침 바람이 불어오자 배가 출항할까 봐 헐레벌떡 달려왔다. 그러는 바람에 소지품들을 잃어버렸거나 어렵사리 배 안에 잡아 놓았던 좋은 자리들을 잃고 말았다.

네 번째 그룹은 순풍이 불어오고 선원들이 닻을 올리는 광경을 보면서도 아직 돛을 올리지 않았다든가 선장이 우리를 남겨 둔 채 출항할 리가 없다는 등 여러 가지 이유를 붙여 가며 계속 섬에 머물러 있었다. 잠시 후 정말로 배가 출발하려 하자 당황한 그들은 허겁지겁 헤엄쳐 와서 뱃전을 부여잡고 간신히 올라탈 수 있었다. 그러나 그들은 너무 서두르는 바람에 바위나 뱃전에 긁히고 부딪혀 부상을 당했고, 그 상처는 목적지에 도착할 때까지도 아물지 않았다.

지나치게 많이 먹고 흥분한 데다 아름다운 섬에 완전히 넋이 빠진 다섯 번째 그룹 사람들은 출항을 알리는 뱃고동 소리조차 듣지 못했기 때문에 그대로 섬에 남아 있었다. 그러다가 숲 속의 맹수에게 잡아먹히거나 독성 있는 열매를 먹고 탈이 나기도 하여 결국 모두 죽고 말았다.

당신이라면 어떤 그룹에 속했을 것인지 잠시 생각해 보기 바란다. 이 이야기 속에 나오는 배는 인생에 있어 선행을 상징하고, 섬은 쾌락을 상징한다.

첫 번째 그룹은 인생에서 약간의 쾌락도 가까이하지 않았다.

두 번째 그룹은 잠시 쾌락에 젖어들긴 했지만 배를 타고 목적지까지 가야 한다는 자신들의 의무를 결코 잊어버리지 않았다. 가장 지혜로운 그룹이다.

세 번째 그룹은 지나치게 쾌락에 빠지지 않고 되돌아오기는 했지만 다소 고생을 했다.

네 번째 그룹은 돌아오기는 했지만 너무 늦게 왔기 때문에 목적지에 도착할 때까지 갖가지 상처로 고통을 받아야 했다.

그러나 인간이 가장 말려들기 쉬운 것은, 일생을 허영의 늪 속에 빠져 지내거나 내일이 있다는 걸 망각한 채 눈앞의 달콤해 보이는 과일에 현혹되어 그것이 독을 품고 있다는 사실조차 알아내지 못하고 먹어 버리는 다섯 번째 그룹이다.

영원한 생명

랍비가 시장에 나와 "이 시장 안에는 영생을 약속받을 만한 사람이 있다."고 말했다. 모두들 주위를 둘러보았지만 랍비가 얘기한 대로의 인물은 없는 듯했다.

그 순간 두 남자가 랍비 있는 곳으로 걸어왔다. 그러자 랍비가 말했다. "이 두 사람이야말로 영원한 생명을 주어야 마땅할 훌륭한 선인이다."

주위 사람들이 다투어 물었다.

"대체 당신들은 어떤 일을 하고 있소?"

그러자 그 두 남자는 "우리는 광대입니다. 외로운 이에겐 웃음을 선사하고, 다투는 사람을 보면 평화를 나누어 주지요." 하고 대답했다.

맹세의 편지

한 청년과 미모의 아가씨가 서로 사랑하게 되었다. 청년은 일생 동안 성실할 것임을 아가씨에게 맹세했다. 얼마 동안은 모든 일이 순조로워 두 사람은 행복한 나날을 보낼 수 있었다. 그러던 어느 날 청년이 그녀를 남겨 두고 길을 떠나게 되었다. 그녀는 그가 돌아오기만을 기다렸지만 그는 웬일인지 오랜 나날이 흘러도 돌아오지 않았다. 친구들은 그녀를 가엾게 여기고, 그녀를 시기하는 사람들은 절대 그가 돌아오지 않을 것이라며 비웃었다.

그녀는 그가 일생 동안 자기에게 성실할 것을 맹세했던 편지를 꺼내어 보며 매일 울었다. 그 글은 그녀를 위로하고 그녀에게 힘이 되어 주었다.

어느 날 마침내 그토록 그리던 청년이 돌아왔다. 그녀는 오랫동안의 슬픔을 연인에게 호소했다. 그처럼 고통스러웠는데 어째서 정절을 지켜왔느냐고 청년이 묻자, 그녀는 눈물 어린 미소를 지어 보였다.

"나는 이스라엘과도 같아요."

이스라엘이 다른 나라의 지배 하에 있을 때 모든 사람들이 유대인을 멸시했다. 이스라엘이 독립한다는 이야기를 들으면 사람들은 이스라엘의 현인들을 비웃었다. 그러나 유대인들은 학교나 시너고그에서 뿐일망정 굳게 이스라엘을 지켜왔다.

유대인은 하느님께서 자기들에게 주신 명세를 거듭 읽었고, 그 안에 포함된 성스러운 약속을 믿고 살아왔다. 드디어 하느님께서는 약속을 지키셨다.

그녀도 명세의 편지를 거듭 읽으며 연인이 돌아올 것을 믿고 기다리고 있었으므로 이스라엘과 같다고 말한 것이다.

남겨 놓은 것

≪구약성경≫에 인류 최초의 여성인 이브는 아담의 갈비뼈 한 대를 뽑아 만들었다고 기록되어 있다.

한 랍비의 집을 방문한 로마 황제가 물었다.

"하느님은 결국 도둑이 아닌가? 어째서 잠자고 있는 남자의 갈비뼈를 허락도 없이 훔쳐갔느냔 말이다."

그러자 옆에 서 있던 랍비의 딸이 황제에게 청했다.

"약간 난처한 일이 생겨 그 일을 조사시키고자 하니, 신하 중 한 사람을 보내 주십시오."

황제는 어렵지 않은 부탁이니 기꺼이 들어주겠다고 말하고 나서 물었다.

"그런데 그 난처한 일이란 어떤 것인가?"

그녀는 어젯밤 집에 도둑이 들어와 금고 하나를 훔쳐가 버렸는데 대신 금그릇 하나를 갖다 놓았다고 하면서, 대체 무슨 영문인지 이유를 알아보고자 한다고 대답했다.

"그것 참 부러운 일이로군. 그런 도둑이라면 내게도 한 번 들르라고 하고 싶은걸." 하고 황제가 말했다.

그러자 랍비의 딸이 다음과 같이 말했다.

"그러실 테지요. 그건 결국 아담의 몸에서 일어났던 것과 같은 이치의

일입니다. 갈비뼈 한 대를 뽑아내신 하느님께서는 대신 이 세상에 여자를
남겨 놓으신 거지요."

실질적인 이득

길을 가던 몇몇 랍비가 사람의 골수까지도 빨아먹어 버릴 만큼 교활하고
잔인무도한 악한 무리들과 맞닥뜨렸다. 한 랍비가 이런 악한들은 모조리
물속에라도 빠져 죽어 버렸으면 좋겠다고 말했다. 그러나 그들 중에서 가장
현명한 랍비는 이렇게 말했다.

"아닐세, 유대인은 그런 생각을 해서는 안 되네. 아무리 이들이 죽어 마땅할
만큼 잔인한 인간들이라 생각되더라도 그런 기원은 하지 말아야 돼. 악한들의
멸망을 기원하기보다는 그들이 회개하기를 기원해야 하네."

악한들을 단죄하는 것은 이쪽 편에 아무런 이득도 되지 않는다. 그들을
회개시켜 이쪽 편에 서게 하지 않는 한 손해가 될 따름이다.

왕이 된 노예

매우 선량한 마음씨의 소유자인 한 부자가 있었다. 그 부자는 어느 날
자기가 부리던 노예를 기쁘게 해 주기 위해 배를 한 척 내고 거기에 많은
물건까지 실어 주며 "어디든 네가 가고 싶은 곳으로 가서 그 물건들을 팔아
행복하게 살아라."고 하면서 해방시켜 주었다.

넓디넓은 바다를 항해하던 배는 이내 폭풍우를 만나 암초에 부딪쳐서 가라
앉고 말았다. 노예는 간신히 목숨만을 부지하여 가까이에 있는 섬으로 헤엄쳐
갔다. 하지만 모든 것을 잃은 실의와 외로움에 넋을 잃고 큰 슬픔에 잠겨
있었다.

그러다가 가까스로 기운을 차려 섬 안쪽으로 들어가 보니 예상치도 못

했던 큰 마을이 있었다. 그 마을사람들은 실오라기 하나 걸치지 않은 벌거숭이로 나타난 그를 대대적으로 환영하며 "우리 왕 만세!" 하고 외치는 것이었다.

호화스런 궁전의 주인이 된 그는 어쩌면 자신이 꿈이라도 꾸고 있는 게 아닌가 생각했다. 도무지 현실이 믿어지지 않아 그는 한 마을사람에게 물어보았다.

"대체 이게 무슨 일이오? 맨몸으로 이 섬에 닿은 내가 갑자기 왕으로 추대되다니, 이게 어떻게 된 일이오?"

그러자 마을사람이 설명해 주었다.

"우리들은 살아 있는 인간이 아니라 영혼들입니다. 1년에 한 번 살아 있는 사람이 이 섬에 들어와서 우리들의 왕이 되어 주기를 희망하고 있지요. 하지만 이것을 염두에 두십시오. 1년이 지난 뒤 당신은 이곳에서 쫓겨나 생물이라곤 찾아볼 수 없는 죽음의 섬으로 보내지게 될 것입니다."

"대단히 고맙소. 그렇다면 오늘부터라도 1년 후에 대비해 여러 가지 준비를 해야겠소." 하고 왕이 된 노예가 말했다. 그리고 그는 틈이 나는 대로 사막과도 같은 섬으로 가서 각종 채소와 유실수를 심기 시작했다.

마침내 1년이 지나자 왕이었던 그는 그 즐거운 섬에서 추방되어 마을에 처음 들어왔을 때처럼 벌거숭이로 죽음의 섬을 향해 가야 했다. 거의 불모지였던 섬에 도착해 보니 이미 과일이 열리고 채소가 자라 살기 좋은 곳으로 변해 있었고, 먼저 추방되어 온 사람들도 반갑게 맞아 주었다. 그리하여 그는 그들과 더불어 행복하게 살았다.

이 이야기에는 여러 상징적 의미가 함축되어 있다.

맨 처음 등장하는 선량한 부자는 자애로우신 하느님이고, 노예는 사람의 영혼을 뜻한다. 또한 그가 오르게 된 첫 번째 섬은 현세이며, 그곳에 살고 있던 마을사람들은 인류이다. 그리고 일 년이 지난 뒤 추방되어 간 사막과도 같은 섬은 죽은 다음에 가게 될 세상, 즉 내세이다. 그리고 그곳에 있던 채소와 과일은 선행을 상징한다.

여성 상위

한 선량한 부부가 그만 이혼을 하게 되었다. 남편은 오래지 않아 재혼을 했는데 불행하게도 못된 여자를 만나 새로 얻은 아내와 똑같이 못된 남자가 되어 버렸다.

얼마 뒤 아내도 재혼을 했는데, 그녀 역시 못된 사람을 남편으로 맞이했다. 하지만 못된 남편은 그녀와 똑같이 착한 남자가 되었다.

남자는 언제나 여자가 조종하는 대로 움직이는 법이다.

유대의 은둔자

만일 어떤 유대인이 세상 모든 것으로부터 자기를 단절시킨 채 30년 동안 공부만을 계속했다면, 30년 후 신에게 희생을 바치며 용서를 빌어야만 한다.

제아무리 훌륭한 공부를 했다 하더라도 사회로부터 자신을 단절시키는 행위는 죄가 되기 때문이다. 따라서 유대 민족 중엔 은둔자가 거의 없다.

잔 치

한 왕이 종들을 잔치에 초대했다. 하지만 잔치가 언제 시작될지는 아무에게 도 알려 주지 않았다.

슬기로운 종은 "왕께서 하시는 일이니 아무 때든 잔치가 시작될 거야. 그러니 준비하고 있어야지." 하고 생각하며 미리 궁전 문 앞에 가서 기다렸 다. 어리석은 종은 잔치를 준비하자면 시간이 걸릴 터이므로 그때까지는 아직 많은 시간이 남아 있으리란 생각에 아무런 준비도 하지 않았다.

잔치가 시작되자 슬기로운 종은 곧바로 궁전 안으로 들어가 잔치에 참석했 다. 그러나 어리석은 종은 끝내 시간에 맞춰 궁전으로 들어가지 못하고 말았다.

인간은 하느님의 부르심이 언제 있을지 전혀 알지 못한다. 그러므로 그분의 잔치에 초대되었을 때 당황하지 않도록 언제나 준비되어 있어야 한다.

분실물

방문차 로마에 간 한 랍비가 길거리 벽마다 다음과 같은 포고문이 나붙어 있는 것을 보았다.

'왕비께서 고가의 장식품을 잃어버리셨다. 30일 이내에 그것을 찾아가지고 오는 사람에게는 후한 상금을 줄 것이나, 30일이 지난 후 그것을 가지고 있는 자가 발견된다면 사형에 처해질 것이다.'

우연히 그 장식품을 발견하게 된 랍비는 31일째가 되는 날에야 비로소 그 장식품을 들고 궁전으로 들어가 왕비 앞에 내놓았다.

그러자 왕비는 당신은 30일 전 포고문이 나붙었을 때 이곳에 있었느냐고 랍비에게 물었다. 랍비는 그렇다고 대답했다.

왕비가 또다시, 30일이 지난 뒤에 그 장식품을 가지고 오면 어떤 일을 당해야 하는지도 알고 있느냐고 물었다. 그러자 그는 알고 있다고 대답했다.

왕비는 다시금 물었다. "만일 이 장식품을 어제 돌려주었더라면 후한 상금을 받았을 텐데, 어째서 당신은 30일이 지날 때까지 이것을 그대로 갖고 있었지요? 당신은 생명이 소중하지 않습니까?"

그러자 랍비가 대답했다.

"만일 누군가가 30일 안에 장식품을 돌려주었다면 사람들은 왕비인 당신이 두려웠거나 당신에게 경의를 표하기 위해 돌려준 것이라고 여길 것입니다. 내가 30일이 지난 오늘에야 비로소 이 장식품을 돌려주기 위해 찾아온 이유는, 진실로 두려워해야 할 대상은 결코 왕비님이 아니라 하느님이라는 사실을 사람들에게 깨우쳐주기 위함이었습니다."

랍비의 말에 감동한 왕비는 그처럼 훌륭한 하느님을 모시고 있는 당신에게 깊은 경의를 표한다고 말했다.

희 망

랍비 아키바가 당나귀와 개와 조그만 램프를 가지고 여행 중이었다.

밤의 장막이 드리워지자, 아키바는 마침 눈에 띈 헛간 한 곳에서 하룻밤 묵기로 했다. 하지만 잠자리에 들기에는 좀 이른 시간이어서 램프를 켜고 독서를 시작했다. 그런데 때마침 불어온 바람에 불이 꺼져, 그는 하는 수 없이 잠을 청했다.

그가 잠이 든 사이 여우가 나타나서 랍비가 데리고 왔던 개를 죽였고, 사자가 와서 당나귀를 물어 죽였다. 이튿날 아침에 그 사실을 알게 된 랍비는 램프를 들고 혼자 터덜터덜 길을 떠났다.

한참을 걷다 어느 마을에 이르렀으나 사람이라고는 그림자도 볼 수 없이 거의 폐허가 되어 있었다. 그는 전날 밤 도둑 떼가 마을로 쳐들어와 모든 걸 부수고 사람들을 모조리 죽여 버렸다는 사실을 알게 되었다.

만일 램프가 바람에 꺼지지 않았더라면 그도 도둑에게 발각되었을 것이고, 개가 살아 있었더라면 짖어대는 소리로 인해 도둑에게 들켰을지 모르며, 당나귀 또한 대소동을 피웠을 것이다. 소유했던 것 전부를 잃은 덕분에 그는 도둑들에게 들키지 않았다.

인간은 아무리 최악의 상태에 놓인다 하더라도 희망을 잃어서는 안 되며, 나쁜 일이 좋은 일로 바로 연결될 수도 있다는 사실을 믿어야만 한다.

육체와 영혼

어느 왕이 오차라는 맛있는 열매가 열리는 과일나무를 가지고 있었다. 왕은 그 열매를 지키기 위해 경비원 두 명을 고용했다. 한 사람은 맹인이고 또 한 사람은 절름발이였다.

그런데 그들 둘이 합심하여 오차 열매를 훔치자고 모의했다. 맹인은 절름발이를 목말 태워 지시하는 방향으로 움직여 가서 마음껏 맛있는 과일을 훔쳤다.

진노한 왕이 두 사람을 다그쳤다. 그러자 맹인은 "저는 앞을 보지 못하므로 훔치려야 훔칠 수가 없습니다." 하고 말했다. 왕은 분명 그럴싸한 말이라고 여겼으나 두 사람의 말을 믿지는 않았다.

어떤 일에든 둘의 힘은 하나의 힘이 가해질 때보다 훨씬 강하다. 인간은 육체와 영혼 중 한 가지만으로는 아무것도 할 수 없다. 육체와 영혼이 합치되어야만 좋은 일이든 나쁜 일이든 할 수 있는 것이다.

유대인

하드리아누스는 역대 로마 황제들 중에서도 유난히 유대인을 싫어한 인물이었다.

어느 날 황제 앞을 지나가던 한 유대인이 "안녕히 주무셨습니까, 황제 폐하?" 하고 경의를 표했다. 황제가 "도대체 너는 누구냐?" 하고 묻자, "저는 유대인입니다."라고 그가 대답했다. 그러자 황제는 "당장 저놈의 목을 쳐라!" 하고 명령했다.

이튿날 또 한 유대인이 황제 앞을 걸어가고 있었다. 그러나 이번에는 어떤 인사도 하지 않았다. 그러자 황제는 "로마의 황제에게 아무 경의도 표하지 않은 죄로 저놈의 목을 쳐라!" 하고 부하들에게 명령했다. 그때 황제 주위에 있던 한 대신이 물었다.

"황제 폐하, 당신께서는 어제 당신에게 경의를 표시한 사람을 죽였습니다. 그리고 오늘은 또 경의를 표시하지 않았다는 이유로 죽였습니다. 대체 어찌된 일입니까?"

그러자 황제가 말했다.

"내가 한 일은 두 가지 다 정당한 일이다. 너희들은 모르겠지만, 나는 유대인을 어떻게 다루어야 하는지를 잘 알고 있다."

아무튼 유대인을 싫어했던 하드리아누스 황제는 유대인이 무엇을 하든 유대인이라는 이유 하나만으로 죽여 버렸다는, 널리 알려진 이야기이다.

암시

한 로마 장교가 랍비를 방문하여 "유대인은 매우 슬기롭다고 들었소. 오늘 밤 내가 어떤 꿈을 꾸게 될지 얘기해 주시오." 하고 말했다. 그 당시 로마의 최대 적은 페르시아였다.

랍비는 이렇게 말했다.

"페르시아가 로마로 쳐들어와 로마군을 물리친 뒤 로마를 지배하며 로마인들을 노예로 삼고 로마인이 제일 싫어하는 일을 강요하는 꿈을 꿀 거요."

이튿날 아침 로마 장교가 다시 랍비를 찾아와 물었다.

"당신은 어떻게 내가 어젯밤 꾼 꿈을 사전에 알 수 있었소?"

꿈은 암시에 의해 꾸게 된다는 사실을 알지 못했던 그 로마 장교는 자신이 암시에 걸려 있다는 사실조차 모르고 있었던 것이다.

무언극

로마의 황제가 자신과 생일이 같은 이스라엘 최고의 랍비와 친교를 맺고 있었다. 양국 관계가 그다지 좋지 않을 때에도 그들 두 사람은 변치 않는 친분을 유지했다. 하지만 양국 정부 관계를 고려해 볼 때 황제가 랍비와 친하게 지내는 데는 여러 가지로 어려운 점이 많았다. 따라서 황제는 랍비와 무엇인가를 의논하고 싶을 때마다 사신을 보내 우회적인 방법으로 넌지시 의견을 물어보곤 했다.

어느 날 황제는 랍비에게 사신을 보내어 '내겐 이루고 싶은 일이 두 가지 있다. 한 가지는 내가 죽은 다음 내 아들이 뒤를 이어 황제에 즉위하는 것이고, 또 하나는 이스라엘의 티베리아스라는 곳을 자유 관세 도시로 만들고 싶은 것이다. 난 지금 그 두 가지 중 한 가지밖에 이룰 수 없는 처지에 놓여 있는데, 어떻게 하면 두 가지 모두를 성취할 수 있겠는가?' 하고 물었다.

그러나 랍비 역시 황제의 질문에 답을 보내 줄 수 없는 형편이었다. 양국 관계가 매우 껄끄러운 상태였기 때문에 로마 황제의 질문에 랍비가 묘안을 알려 준 사실이 밝혀지면 국민들에게 악영향을 끼칠 우려가 있었던 것이다.

사신이 돌아오자, 황제는 "내 이야기를 전했을 때 랍비가 어떤 행동을 취하더냐?" 하고 물었다. 그러자 사신은 '랍비가 목말을 태운 아들에게 비둘기를 주자 아들이 그 비둘기를 하늘로 날려 보냈으며, 말이라곤 단 한마디도 하지 않았다.'고 보고했다.

황제는 랍비가 무언중에 보인 행동의 의미를 깨달을 수 있었다. '우선 왕위를 아들에게 물려준 다음 아들로 하여금 관세를 자유화하도록 하면 된다.'는 뜻이었다.

얼마 뒤 다시 황제로부터 '우리 정부의 관리들이 내 마음을 괴롭히고 있다. 어떻게 대응해야 하겠는가?' 하는 문의가 있었다. 랍비는 또 먼저와 같은 무언극으로, 정원에 딸린 채소밭에 나가 채소 한 포기를 뽑아 들고 왔다. 몇 분이 지난 뒤 다시 밭으로 나가더니 아까처럼 채소 한 포기를 뽑아왔다. 그리고 계속 같은 일을 반복했다. 그것으로 끝이었다.

로마 황제는 랍비의 그와 같은 행동 속에 '일시에 적을 물리치려 하지 말고 몇 차례로 나누어 하나하나 제거시켜 나가라.'는 의미가 담겨 있음을 곧 알아챘다.

인간의 생각은 말이나 글에 의지하지 않고서도 얼마든지 전달할 수 있는 것이다.

마 음

보고, 듣고, 걷고, 서고, 기뻐하고, 경직되고, 부드러워지고, 탄식하고, 두려워하고, 파괴하고, 거만해지고, 설득당하고, 사랑하고, 증오하고, 시기하고, 찾고, 반성하는 것 — 이 모든 것을 마음이 한다. 인간의 모든 기관은 마음의 지시를 받고 있는 것이다.

이런 마음을 제어할 수 있는 인간이 가장 강인한 인간이다.

기 도

세계 여러 나라 사람들이 배에 타고 있었다. 그런데 갑작스럽게 폭풍이 불어 닥치자 사람들은 제각각 자기 나라의 신에게 자기들의 방법으로 기도를 했다. 그러나 폭풍은 한층 더 사나워질 뿐 좀처럼 멈출 기색이 보이지 않았다.

사람들이 그때까지 잠자코 있는 유대인에게 '당신은 어째서 기도하지 않느냐?'고 묻자, 그도 기도를 하기 시작했다. 그러자 폭풍이 금방 수그러들었다.

배가 항구에 도착하자 사람들이 다시 유대인에게 물었다.

"우리가 그토록 열심히 기도했는데도 받아들여지지 않았는데, 어째서 당신이 한 기도는 금방 효력을 나타냈을까요?"

그러자 유대인이 말했다.

"나도 확실한 이유는 알지 못합니다. 다만 여러분은 각자 자기 나라 신에게 기도를 드렸지요. 바빌로니아 사람은 바빌로니아 신에게, 로마 사람은 로마의 신에게 기도를 드렸습니다. 하지만 바다는 그 어떤 나라의 것도 아닙니다. 다만 우리의 신은 우주 전체를 다스리는 유일신 하느님이시기 때문에 내가 바다에서 기도드렸을 때에도 응답하신 겁니다."

숫 자

예를 들어, 어떤 사람을 말로써 크게 상처 입혔다고 가정해 보자. 그 사람을 다시 만났을 때는 '지난번엔 본의 아니게 도가 지나칠 만큼 실례되는 말로 당신 마음에 상처를 입혀 대단히 미안하게 생각합니다.' 하고 정중히 사과해야 한다.

그런데도 상대가 완고하게 용서하지 않을 경우에는 어떻게 하는가? 그럴 경우엔 열 명의 사람에게 '나는 지난번 누구누구에게 지나치게 실례되는 말을 하여 그의 마음을 상처 입혔으므로 사죄했지만 그가 용서해 주지 않았습니다. 나는 정말 나 자신이 나빴다고 깊이 반성하고 있으니 여러분께서 용서해 주시겠습니까?' 하고 물어, 그 열 사람이 용서해 주면 용서받게 된다.

만약 상대가 이미 죽거나 하여 사죄할 수 없는 상황이 되면 열 사람을 그의 무덤 앞에 데려가서 증인으로 세운 다음 묘를 향해 용서를 빌지 않으면 안 된다.

유대인들에겐 열이 되어야만 비로소 집단으로 인정받게 된다. 유대교의 교회에서도 열 명이 넘어야만 기도가 성립되며, 열 명 미만의 숫자는 개인이다. 정치적 단안이 아닌 종교적인 공식 결정이 불가피한 경우에도 열 명이 되지 않으면 안 된다. 결혼식에도 사적인 결혼식과 공적인 결혼식이 있다. 공적인 결혼식일 경우에는 열 명 이상의 인원이 요구된다. 그 외에 동양에서처럼 특별히 꺼리는 숫자는 없으나 다만 불길한 날은 있다.

여름의 어느 특정일에 역사적으로 나쁜 일이 연속적으로 일어났다. 예루살렘에 있던 5백 년 전쯤의 건축물로 추정되는 두 개의 성전이 같은 날에 불타서 무너졌다. 1492년, 가톨릭교회에 의해 스페인에서 유대인이 추방된 날도 같은 날이다. 모세가 십계명이 적힌 두 개의 돌판을 깨뜨린 날도 한 날이다.

히브리 달력에서 'ab' 달의 아흐레째는 대략 8월 1일경이 되는데, 이날만은 아무것도 먹거나 마셔선 안 된다. 해가 떠오르고부터 질 때까지 무엇이든 입에 넣어선 안 되는 것이다. 시너고그에선 늘 의자에 앉아 예배를 드리지만, 이날만큼은 바닥에 내려앉는다. 부친상을 당했을 때와 같은 것이다. 유대인은 큰 슬픔에 잠겼을 땐 의자에 앉지 않고 바닥에 앉는다. 또한 장례식 때의 음악이 연주되고 촛불 아래서 일을 해야 한다. 이날은 어디를 가든지 가죽 구두를 신으면 안 된다. 가죽 구두는 자아를 상징하는 것이기 때문이다. 회교도가 사원으로 예배드리러 갈 때 구두를 들고 가는 것은 유대 풍습을 본뜬 것이다. 유대에서는 자기의 부친이 사망했을 때 절대 구두를 신지 않으며, 일주일 동안은 자기 일을 생각해서도 안 된다. 거울을 보게 되면 자연히 거울 속에 비쳐진 자기를 보고 자기 일에 신경을 쓰게 되기 마련이므로 모두 치워 버린다. 구두를 벗는 것은 자기보다 훨씬 위대한 분이 있다는 것을 상기하기 위해서이다.

새해 들어 열흘째 되는 날은 유대 민족에게 있어 가장 성스러운 날이므로 이날도 역시 구두를 신지 않는다. 유대인이 독립하기까지는 참으로 슬픈 나날이었다. 성전이 무너져 버렸다는 것은 독립을 잃은 것이므로 이날은 이스라엘이란 나라가 생겨난 이래 가장 슬픈 날로 간주되었었다.

그러나 이제 이스라엘은 완전한 독립국가가 되었으므로 이날을 폐지시켜야 한다는 견해도 대두되고 있다.

꿈

이웃집 부인과 은밀한 관계를 가져 보는 것이 소원인 한 남자가 있었다. 비록 꿈속이었지만, 그는 어느 날 밤 그녀와 성관계하는 꿈을 꾸었다.

《탈무드》에 따르면 그것은 바람직한 징조이다. 꿈은 하나의 소망이 나타나는 것이므로 현실에서 그런 일이 있었다면 꿈을 꿀 까닭이 없기 때문이다. 그 정도로 자제하고 있다는 증거로서, 그것은 매우 좋은 일이다.

암시장

한 재판관이 어느 날 시장에 나왔다가 수많은 장물이 거래되고 있는 광경을 목격했다. 그는 장물인 줄 알면서도 사는 사람들과 파는 도둑들을 일깨우기 위해 재판소에서 뭔가를 보여 주어야겠다고 마음먹었다.

한 마리의 족제비를 꺼내 놓은 재판관은 그 동물에게 조그만 고깃덩어리를 주었다. 그러자 족제비는 그 고깃덩어리를 감춰 놓기 위해 자기 집인 구멍 속으로 들어갔다. 그런 광경을 지켜보고 있던 사람들은 족제비가 고깃덩어리를 어디에 숨겼는지 이내 알 수 있었다.

그러자 재판관은 이번에는 그 구멍을 막아 버린 다음 족제비에게 더욱 많은 고깃덩어리를 주었다. 그 순간 제 집으로 달려간 족제비는 구멍이 막혀 있는 것을 보고는 그 고깃덩이를 입에 문 채 재판관 앞으로 되돌아왔다. 자기가 갖고 있는 고깃덩이를 주체하지 못하게 되자, 급기야 고기를 준 사람에게로 되돌아온 것이었다.

이 광경을 본 사람들은 그제야 시장에 나가 물건들을 확인해 보고 각자 도둑맞았던 것들을 찾아냈다.

공로자

어느 나라의 왕이 매우 희귀한 병에 걸렸다. 암사자의 젖을 구해 마시면 좋다고 의사가 말했지만, 문제는 어떤 방법으로 암사자의 젖을 구하느냐 하는 것이었다.

그 말을 전해 들은 명석한 두뇌를 지닌 한 남자가 암사자가 살고 있는 동굴 근방에 가서 새끼 사자를 귀여워해 주고 또 한 마리씩 암사자에게 건네주곤 했다. 열흘째 그렇게 하자 그는 암사자와 아주 친해지게 되었고, 국왕의 병에 약으로 쓸 젖을 조금 얻을 수가 있었다.

궁전으로 돌아오고 있을 때 그 남자는 자기 신체의 각 부분이 서로 다투고 있는 백일몽을 꾸었다. 그것은 신체 중 어떤 부분이 제일 소중한지를 놓고 겨루는 꿈이었다.

발은 만일 자기가 아니었더라면 암사자가 있는 장소까지 갈 수 없었을 것이라고 주장했고, 눈은 볼 수 없다면 아무것도 얻지 못했을 것이라고 주장했으며, 심장은 자신이 없다면 도저히 이곳까지 올 수 없었을 것이라고 했다. 그때 느닷없이 혀가 나서서 말했다.

"만약 말을 못했다면 너희들은 어떤 역할도 하지 못했을 거야."

그러자 신체의 각 부분이 제각각 "건방진 얘긴 집어치워! 뼈도 없고 아무 값어치도 없는 조그만 부분인 주제에!" 하고 몰아세워 혀를 침묵시켰다.

남자가 궁전에 당도했을 때 그 혀가 불쑥 말했다.

"좋아. 과연 누가 가장 소중한지를 이제 너희들에게 가르쳐 주겠다."

왕이 남자에게 "이게 무슨 짓이냐?" 하고 묻자 남자는 갑자기 "이것은 개의 젖입니다!" 하고 외쳤다. 방금 전에 제각각 나서서 자기의 소중함을 주장하던 신체의 각 부분들은 비로소 혀가 참으로 큰 힘을 지녔다는 사실을 깨닫고 모두 용서를 빌었다.

그러자 혀는 비로소 "아닙니다. 좀 전에는 제가 잘못 얘기했던 것이고, 이건 틀림없는 암사자의 젖입니다." 하고 바로잡았다.

중요한 부분일수록 자제력을 상실하면 엄청난 일을 저지르고 마는 것이다.

바보의 보물

한 남자가 '나의 아들에게 전 재산을 상속하겠다. 그러나 아들이 바보가 되지 않는다면 위의 약속은 무효다.'라는 내용의 유서를 작성했다.

랍비가 찾아와서 물었다.

"당신은 참으로 어처구니없는 유서를 작성했군요. 아들이 바보가 되지 않는다면 재산을 상속시키지 않겠다니, 그건 무슨 이유에서입니까?"

그러자 남자는 갈대 한 줄기를 입에 물더니 괴상스런 울음소리를 내며 마룻바닥 위를 엉금엉금 기어 다녔다. 그의 이 같은 행동은 자기 아들에게 아이가 생겨 그 아이와 어울려 놀게 되면 재산을 상속시키겠다는 뜻이었다.

'아이가 생기게 되면 인간은 바보가 된다.'는 속담이 바로 여기에서 비롯된 것이다.

유대인에게 있어 아이는 매우 소중한 존재이며, 그들은 아이를 위해 모든 것을 희생한다.

유대 민족에게 십계명을 내리실 때 하느님은 유대인들이 '틀림없이 그것을 지키겠다.'는 서약을 하기 원하셨다. 유대인들은 그들 최초의 위대한 조상인 아브라함, 이삭, 야곱의 이름을 걸고 틀림없이 지키겠다고 서약했지만 하느님은 고개를 저으셨다. 그렇다면 지금부터 모든 유대인들이 소유하게 될 재산 전부를 걸고 맹세하겠다고 했으나 역시 받아들여지지 않았다. 그러자 유대인들은 유대가 배출한 모든 철학자의 이름으로 서약하려 했다. 그러나 그것 또한 거절당했다.

끝으로 자식들에게 틀림없이 십계명을 전할 것이며, 그 아이들을 걸고 맹세한다고 했다. 하느님께서는 그제야 쾌히 승낙하셨다.

비유대인

하느님은 유대화한 비유대인을 사랑하신다. 양떼를 소유하고 있는 한 왕이 양치기를 시켜 방목하고 있었다. 어느 날 양과 비슷하지만 양은 아닌 한 마리의 짐승이 양떼에 끼어들었다.

"낯선 짐승이 양떼 속에 끼어들어 왔는데, 어떻게 하면 좋겠습니까?" 하고 양치기가 보고하자, 왕은 그 짐승을 각별히 잘 돌봐 주라고 지시했다. 이에 양치기가 어리둥절해하자 왕이 계속 말했다.

"이 양들은 본시 나의 양으로 길들여졌으니 염려할 필요가 없다. 하지만 이 짐승은 전혀 다른 환경에서 자랐을 터임에도 불구하고 이렇듯 나의 양떼들과 행동을 같이하고 있다. 얼마나 대견스러운 일이냐!"

유대의 전통 속에서 자라지 않은 사람이 유대 문화를 이해하고 유대인과 같은 행동을 한다면 그는 유대인으로 태어난 사람보다 더욱 존경을 받는다.

≪탈무드≫엔 세상 사람들을 유대인처럼 만들기 위해 특별히 애쓸 필요는 없다고 되어 있다. 어떠한 신앙을 갖고 있건 선한 사람은 누구나 구원받을 수 있기 때문이다.

결혼을 앞둔 딸에게

사랑하는 나의 딸아! 네가 남편을 왕처럼 받든다면 남편은 너를 여왕처럼 대접할 것이다. 하지만 네가 하녀처럼 행동한다면 남편도 너를 노예처럼 다룰 것이다. 네가 지나치게 높은 자존심으로 인해 남편에게 봉사하지 않는다면 남편은 자기 힘을 동원해 너를 계집종으로 삼고 말 것이다.

남편이 친구를 찾아갈 때에는 그에게 목욕을 권하고 몸치장을 정성껏 하여 내보낼 것이며, 남편의 친구가 찾아오면 힘자라는 한 최대한 융숭하게 대접을 해야 한다. 그렇게 한다면 남편은 너를 귀히 여길 것이다.

언제나 가정에 마음을 쓰고 남편의 물건들을 소중하게 다루어라. 그러면 남편은 기꺼이 네 머리 위에 애정의 왕관을 바칠 것이다.

교 사

아주 위대한 랍비가 두 명의 감찰관을 북쪽 마을에 파견했다.

목적지에 당도한 감찰관들이 잠시 조사할 일이 있어 이 마을을 지키고 있는 사람을 만나려 한다고 하자, 북쪽 마을에서 제일 높은 경찰관이 나왔다.

그러자 감찰관들은 "아닙니다, 우리는 마을을 지키는 사람을 만나고자 합니다."라고 말했다. 그러자 이번에는 수비대장이 찾아왔고, 두 명의 감찰관은 입을 모아 말했다.

"우리가 만나고 싶은 사람은 경찰서장도 아니고 수비대장도 아닌 바로 학교 교사입니다. 경찰이나 군대는 마을을 파괴하지만 교사는 진정으로 마을을 지키는 사람입니다."

감 사

최초의 인간인 아담은 빵을 먹기까지 밭을 갈고, 씨를 뿌리고, 키우고, 거둬들이고, 빻아서 가루를 만들고, 반죽하고, 굽고 하는 등의 열다섯 단계를 밟지 않으면 안 되었다.

오늘날에는 돈만 있으면 빵가게에 가서 완성되어 있는 빵을 얼마든지 사올 수가 있다. 옛날에는 혼자서 해야 했던 열다섯 단계의 일을 오늘날에는 수많은 사람들이 나누어 하고 있는 것이다. 따라서 빵을 먹을 때는 그 많은 사람들에게 감사하는 마음을 가져야 한다.

혼자였던 인류 최초의 사람은 자기 몸에 걸칠 옷을 만들기 위해 대단한 노력을 기울였다. 양을 잡아다가 키우고, 털을 깎고, 실을 뽑고, 옷감을 짜고, 꿰매어 입기까지 많은 수고를 감수해야만 했다.

오늘날에는 돈만 있으면 옷가게에 가서 마음에 드는 옷을 얼마든지 사 입을 수가 있다. 옛날에는 혼자서 해야 했던 일을 지금은 수많은 사람들이 대신 해 주는 것이므로 옷을 입을 때에도 늘 감사하는 마음을 가져야 한다.

방 문

환자에게 병문안을 가면 그 환자의 병세가 60분의 1만큼 호전되지만, 60명이 동시에 몰려간다고 해서 환자가 완쾌되는 것은 아니다.

죽은 사람의 묘지를 찾아가는 것은 가장 아름다운 행위이다. 환자의 병문안은 완쾌된 환자로부터 감사의 인사라도 받을 수 있지만 죽은 사람은 어떤 인사도 없다. 감사를 바라지 않고 취하는 행위야말로 가장 아름다운 것이다.

강 자

이 세상에는 강한 것이 두려워하는 약한 것 네 가지가 존재한다. 사자는 모기를, 코끼리는 거머리를, 전갈은 파리를, 매는 거미를 두려워한다.

제아무리 크고 힘이 강한 것이라 할지라도 반드시 최강의 것이라고는 할 수 없다. 가장 약한 것도 어떤 조건이 갖추어진다면 강한 것을 이길 수 있기 때문이다.

결 론

≪탈무드≫에는 자그마치 4개월, 6개월, 7년이라는 기나긴 시간 동안
여러 사람들이 여러 가지 것에 대해 문제를 제시한 이야기가 많이 나와 있다.
그 가운데는 결론이 나지 않은 것도 있는데, 그런 것에는 맨 끝에 '알 수
없다.'라고 기록되어 있다. 이 이야기 속에는 알지 못할 때는 알지 못한다고
말하는 편이 정당하다는 교훈이 담겨져 있다.

≪탈무드≫가운데는 갖가지 결론이 내려진 이야기가 많지만 거기엔 반드시
소수의 의견도 부연되어 있다. 소수의 의견은 기록해 두지 않으면 사라져
버리기 때문이다.

일곱 가지 계율

≪탈무드≫시대의 유대인들이 비유대인과 더불어 일하고 생활하는 것은
흔히 있었던 일이다. 유대인들에게는 천사가 지키라고 제시한 613가지의
원칙이 있었지만, 비유대인을 유대화시키려고 하지 않았던 유대교에서는
선교사를 파견하거나 하진 않았다.

다만 상호간에 평화관계를 지속시키기 위해서 비유대인에게 일곱 가지만
지켜 달라는 요청을 했다.

첫째, 살아 있는 짐승을 죽인 다음 곧 날고기를 먹지 마라.
둘째, 남의 험담을 하지 마라.
셋째, 도둑질하지 마라.
넷째, 법을 어기지 마라.
다섯째, 살인하지 마라.
여섯째, 근친상간하지 마라.
일곱째, 불륜의 관계를 맺지 마라.

하느님

랍비를 찾아온 한 로마인이 "당신들은 하느님 얘기만 하고 있는데, 하느님이 어디 있는지 보게 해 주시오. 그렇게만 해 준다면 나도 하느님을 믿겠소."라고 말했다. 물론 랍비는 로마인의 억지 질문이 불쾌했다.

로마인을 밖으로 데리고 나간 랍비는 태양을 가리키며 똑바로 바라보라고 말했다. 순간적으로 힐끗 태양을 바라보고 난 로마인은 "말도 안 되는 소리요! 어떻게 태양을 똑바로 쳐다볼 수가 있단 말이오?" 하고 소리쳤다.

그러자 랍비가 반문했다.

"하느님께서 빚어내신 많은 것 가운데 하나인 태양조차 똑바로 바라볼 수 없다면 어찌 위대한 하느님을 한눈에 볼 수 있겠소?"

작별 인사

매우 긴 여행으로 피로와 굶주림과 갈증에 시달리며 오랜 시간 사막을 걷던 여행자가 이윽고 나무가 우거진 곳에 당도했다. 그는 나무그늘 아래 앉아 휴식을 취하며 잘 익은 과일로 배를 채우고 옆에 있는 물을 마셨다. 다시 힘을 얻은 그는 여행을 계속하기 위해 길을 떠나기로 했다.

나무에 큰 고마움을 느낀 그는 "나무야, 어떻게 보답을 해야 할까. 너의 열매를 달게 해 달라고 기도하고 싶지만 너의 열매는 이미 충분하게 달고, 시원한 나무 그늘을 갖게 해 달라고 기도하고 싶지만 너는 벌써 그것을 가지고 있고, 네가 더욱 잘 성장하도록 넉넉한 물이 있게 해 달라고 기도하고 싶어도 네겐 그 물마저 충분하구나. 그러므로 내가 너를 위해 기도할 수 있는 것은 네가 될수록 많은 열매를 맺고 그 열매가 많은 나무가 되어 너처럼 아름답고 훌륭하게 성장하도록 해 달라는 것 한 가지뿐이구나." 하고 말했다.

당신이 작별하는 사람을 위해 무엇인가 기도하고 싶을 때 그가 벌써 충분히 슬기롭고, 이미 충분한 부자이며, 그가 비할 데 없이 선한 사람일 경우,

다음과 같이 기도하는 것이 가장 지혜롭다.

'당신의 자녀들이 당신처럼 훌륭한 사람으로 성장하기를 기도하겠습니다.'

엿새째

≪성경≫에 따르면 이 세상은 하루, 이틀, 사흘……의 순서로 만들어지고 엿새째 되는 날에 완성되었다. 인간은 그 최후의 날인 엿새째에야 비로소 만들어졌는데 어째서 인간이 최후에 만들어졌으며, 또 그건 무엇을 의미하는 걸까?

≪탈무드≫에 의하면, 인간으로 하여금 자연에 대해 겸손한 마음을 지니도록 가르치기 위해서라고 한다. 파리 한 마리라도 인간보다 먼저 만들어졌다고 생각하면 인간은 지나친 오만에 빠질 수 없을 것이기 때문이다.

조미료

안식일인 토요일 오후에 로마 황제가 친분 있는 랍비를 방문했다. 사전에 아무 연락도 없이 랍비의 집에 불쑥 들이닥친 황제는 그곳에서 매우 즐거운 시간을 보냈다. 음식은 모두 맛있었고 식탁에 둘러앉은 여러 사람들은 입을 모아 노래를 부르거나 ≪탈무드≫에 대한 이야기를 나누었다. 황제는 참으로 흐뭇해하면서 수요일에 다시 방문하고 싶다고 자청했다.

황제가 수요일에 다시 오자, 사람들이 미리 맞이할 준비를 해놓고 기다리고 있었다. 그리고 제일 좋은 그릇을 꺼내 놓았으며, 안식일엔 쉬던 하인들까지 전부 나와 접대를 했다. 요리사가 없어서 찬 음식밖에 내놓지 못했던 안식일과는 달리 제대로 된 음식도 많이 차려져 있었다.

그러나 황제는 역시 음식은 지난 토요일 것이 맛있었다고 말하며, 그날 사용했던 조미료가 대체 무엇이었느냐고 물었다. 그러자 랍비는 "로마 황제께서는 그 조미료를 결코 구하실 수가 없습니다." 하고 대답했다. 황제는 가슴을 내밀며 "아니요, 로마 황제는 무슨 조미료든 다 구할 수 있소."라고 장담했다. 그러자 랍비가 다시 말했다.

"유대의 안식일이라는 조미료, 이것만은 로마 황제이신 당신께서 아무리 애쓰신다 해도 결코 구하실 수 없습니다."

말로 되찾은 지갑

한 마을에 들어온 장사꾼이 며칠 뒤 그곳에서 바겐세일이 있다는 사실을 알고, 그때까지 기다렸다가 물건을 사기로 작정했다. 하지만 많은 현금을 지니고 온 그는 그것을 지니고 있는 것이 매우 염려스러웠다. 그래서 한적한 장소를 물색하여 자기가 지니고 있던 현금을 모조리 그곳에 묻어 두었다.

그러나 이튿날 다시 그 장소에 가봤더니 돈이 모두 사라지고 없었다. 아무리 생각을 거듭해 봐도 어떻게 해서 돈이 없어졌는지 알아낼 길이 없었다. 자기가 돈을 파묻는 것을 본 사람이라곤 아무도 없었기 때문이었다.

마침내 그는 그곳에서 멀리 떨어진 장소에 집이 한 채 있고, 그 집 담에 구멍이 뚫려져 있다는 사실을 알게 되었다. 그는 그 집에 살고 있는 사람이 그 구멍으로 돈을 파묻는 광경을 훔쳐보고 있다가 나중에 파내어 간 것이 거의 확실하다고 생각했다.

장사꾼은 그 집을 방문해 그곳에 살고 있는 남자를 만나 다음과 같이 말했다.

"당신은 도시에서 살고 있으니 아주 비상한 두뇌를 지녔겠지요. 난 지금 당신의 그 지혜를 빌리려고 찾아왔답니다. 사실 나는 지갑 두 개를 갖고 이 마을로 물건을 사러 왔어요. 지갑 하나에는 5백 개의 은화, 나머지 하나에는 8백 개의 은화를 넣었지요. 그리고 작은 지갑을 아무도 모르는 어떤 장소에 묻어 두었어요. 그런데 나머지 큰 지갑까지 묻어 두는 게 좋을까요, 아니면 누군가 믿을 만한 사람에게 맡아 달라고 부탁하는 것이 좋을까요?"

그러자 남자는 "내가 당신 입장이라면 그 누구도 믿지 않고 차라리 작은 지갑을 묻었던 동일한 장소에 큰 지갑마저 묻어 두겠소."라고 대답했다.

장사꾼이 집을 떠나자, 욕심꾸러기 남자는 자기가 훔쳤던 작은 지갑을 전에 묻혀 있던 장소로 가져가 다시 묻어 놓았다. 그 광경을 지켜보고 있던 장사꾼은 자기 지갑을 무사히 되찾았다.

솔로몬의 재판

안식일 날 예루살렘에 간 세 사람은 각자 지니고 있던 돈을 같이 땅에 파묻었다. 그 당시에는 돈을 맡겨 둘 은행 같은 것이 없었기 때문이었다. 그런데 그 셋 중 한 사람이 몰래 그 장소로 되돌아가서 돈을 꺼내가 버렸다.

다음 날 세 사람은 현명하기로 유명한 솔로몬 왕을 찾아가서 셋 중에 누가 돈을 훔쳐 갔는지 판결을 내려 달라고 부탁했다.

이에 솔로몬 왕은 "당신들 세 사람은 매우 지혜로운 사람들이니 내가 현재 해결하지 못하고 있는 재판 문제를 먼저 도와 달라. 당신들의 문제는 그 후에 내가 해결하리라." 하고 말했다.

어떤 젊은이와 결혼을 언약한 아가씨가 있었다. 얼마 뒤 그 아가씨는 다른 젊은이와 사랑에 빠지고 말았다. 그래서 약혼자를 찾아간 그 아가씨는 위자료를 요구해도 좋으니 파혼에 동의해 달라고 말했다. 그러자 약혼자는 위자료 따위는 받지 않겠다면서 그녀와의 약혼을 취소해 주었다.

부자였던 그 아가씨는 어느 날 한 노인에게 납치를 당했다.

"내가 결혼을 언약한 약혼자에게 파혼을 요청했더니 위자료도 필요 없다면서 나의 요청대로 해 주었다. 그러니 당신도 그와 같이 해야 한다."

아가씨의 말에 노인은 돈도 요구하지 않고 그녀를 풀어 주었다.

"이들 중에서 어떤 사람이 가장 칭찬받을 만한 사람이겠는가?" 하고 솔로몬 왕이 질문했다.

첫 번째 남자는 "파혼에 동의해 준 젊은이가 가장 칭찬받아야 합니다. 그는 위자료도 요구하지 않았고, 또한 약혼녀의 진심을 무시하면서까지 결혼하려 하지도 않았잖아요?" 하고 대답했다.

두 번째 남자는 "가장 칭찬받아야 될 사람은 아가씨입니다. 그녀는 용기를 갖고 진정으로 사랑하는 남자와 결혼하려 했으니까요." 하고 대답했다.

세 번째 남자는 이렇게 대답했다.

"이 이야기는 전혀 이치에 닿지 않아 저로서는 판단을 내리지 못하겠습니다. 노인의 경우만 보더라도 그렇습니다. 돈 때문에 아가씨를 납치했는데 돈도 요구하지 않고 풀어 주다니, 도대체 말이 되는 소리입니까?"

그러자 솔로몬 왕이 소리쳤다.

"네가 바로 돈을 훔친 도둑이다! 두 사람은 아가씨와 약혼자 사이에 존재하고 있는 애정이나 인간관계, 그 사이에 긴장된 기분 등을 신경 썼는데, 네가 골몰해 있는 부분은 오로지 돈밖에 없다. 그러므로 네가 틀림없는 범인이다."

위대한 ≪탈무드≫

6백만 명의 유대인들이 나치 수용소에서 살해된 뒤, 살아남은 유대인이 트루먼에게 답례로 ≪탈무드≫를 선물했다.

그 ≪탈무드≫는 전후 독일에서 인쇄된 것이었다. 그처럼 유대인 멸족에 갖은 노력을 기울였던 나라에서도 ≪탈무드≫를 인쇄하여 발행하고 있다는 사실은 ≪탈무드≫의 위대성을 증명해 주는 무엇보다도 값진 증거이다.

교 역

유대인들은 대단히 오랜 역사를 갖고 있다. ≪성경≫시대의 유대는 농경사회였기 때문에 교역은 거의 행해지지 않았고, 상인이라는 말은 곧 비유대인을 일컫는 말처럼 사용되고 있었다. 따라서 유대인들은 물건을 사고파는 따위의 행위는 별로 하지 않았다. 단지 유대인이 상업에 임해야 할 경우 저울을 정직하게 사용하라든지, 속이지 마라는 등의 몇 가지 단순한 계율이 있었을 뿐이다.

하지만 ≪탈무드≫시대에 와서는 상업이 매우 활발하게 이루어졌고, ≪탈무드≫에서도 교역에 관해 매우 큰 관심을 나타내게 되었다. ≪탈무드≫를 저술한 사람들은 세계가 차츰 발전되어 간다는 사실을 전제로 삼아 교역이 활발한 세계를 발전된 사회 형태로 표현했으며, 상업적 행위를 함에 있어 지켜야 할 도리가 무엇인가에 대해 많은 지면을 할애하고 있다.

교역이 미래에 중요한 역할을 담당하리라고 예지했던 ≪탈무드≫ 저술가들의 안목은 참으로 비상한 것이었다. 장차 그러한 세계의 도래를 내다보았던 그들은 여러 가지 준비를 시도했다. 그리하여 그들은 상업의 원칙을 정하려 했고, 상행위의 규칙은 일반적인 생활의 범위 밖에 있는 특별한 것이 되어야 한다고 여겼다. 따라서 상행위라는 것이 결코 '탈무드적'인 개념은 아니다.

하지만 ≪탈무드≫는 어떻게 하면 유능한 장사꾼이 될 수 있는가를 생각했던 건 아니다. 그것은 ≪탈무드≫가 자유방임주의 교역에 반대하고 있다는 사실만 봐도 잘 알 수 있다.

실례를 들자면, 구매자 쪽은 사전에 어떠한 보증이 없더라도 사들인 물건의 품질이 좋아야 한다는 것을 요구할 권리가 있다. 물건을 산다는 것은 결함이 없는 것을 산다는 의미이다. 때문에 물건에 결함이 있다면 구매자는 물건을 반품시킬 권리를 가지고 있는 것이다.

단 한 가지 경우의 예외는 있다. 처음부터 결함이 있는 물건이라는 사실을 구매자가 알고서도 구입했을 때이다. 예를 들면, 어떤 장사꾼이 '이 자동차에는 엔진이 없습니다.' 하고 사전에 알려 준 다음 자동차를 팔았을 때, 그러한 사실을 안 상태에서 자동차를 구입한 사람은 그 자동차를 반품시킬 권리가 없다. ≪탈무드≫에는 판매자에 대해 '만일 결함 있는 물건을 팔려고 한다면 사는 사람에게 그 결함을 자세히 설명해 주어야 한다.'고 적혀 있다. 따라서 구매자는 결함과 사기, 그리고 판매자가 소홀하게 흘려버린 과오로부터 보호를 받게 된다.

물건을 판다는 것은, 상대방이 물건의 대가를 지불한다는 것과 그 물건이 산 사람 쪽으로 넘어간다는 것, 이 두 가지 요소로 성립된다. 그것은 판 물건을 구매자의 손에 안전히 넘겨주어야 할 의무가 판매자 쪽에 있다는 말이 된다. 다시 말해, ≪탈무드≫에서는 어디까지나 구매자 쪽을 보호하고 있는 것이다.

또한 판매자는 팔 물건을 분명하게 갖고 있어야 한다고 되어 있는데, 이것은 물론 남의 물건을 팔거나 해서는 안 된다는 의미이다.

매매 규범

계량을 감독하는 관리는 ≪탈무드≫시대부터 생겨났다. 땅의 넓이를 재는 줄도 여름과 겨울에 쓰는 것이 따로 있었다. 기온의 차이에 따라 줄어들기도 하고 늘어나기도 하기 때문이다. 또한 액체 상태인 것을 파는 경우, 항아리 바닥을 항상 청결하게 유지하도록 엄히 단속했다. 그 항아리 바닥에 먼저 들어 있던 것이 굳어진 채로 남아 있거나 해선 안 되기 때문이었다.

물품에 따라 다르기는 하지만 물건을 구입한 다음 일주일 동안 다른 사람에게 보이고 그들의 의견을 들을 권리가 구매자 쪽에 있었다. 왜냐하면, 자기가 전혀 알지 못하는 물품을 구입한 경우 구매자로선 그 물건에 대해 올바른 판단을 내릴 수 없기 때문이다.

≪탈무드≫시대에는 물건에 일정한 값이 매겨져 있지 않았다. 오늘날에는 가령 어느 회사 차는 가격이 얼마다 하는 식으로 가격이 거의 결정되어 있지만, 예전에는 판매자가 자기 마음대로 값을 결정했다. 만일 평균적으로 거래되는 가격보다 6분의 1 이상 더 비싼 값으로 물건을 구입했을 경우, 이 거래는 무효가 된다는 것이 ≪탈무드≫의 통례이다. 또한 판매자가 계량을 잘못했을 경우, 구매자는 다시 올바른 계량을 하도록 요구할 권리가 있었다. 뿐만 아니라 구매자가 살 의사도 없으면서 물건을 흥정해서는 안 된다는

건 판매자를 보호하기 위해서였다. 그리고 다른 사람이 이미 사겠다는 의사를 표한 물건을 가로채서는 안 된다는 사항 등이 정해져 있었다.

토 지

같은 지역의 토지를 두 명의 랍비가 사려고 했다. 첫 번째 랍비가 그 토지에 값을 매기고 있을 때, 두 번째 랍비가 와서 그 땅을 모두 사 버렸다.

어떤 사람이 두 번째 랍비에게 가서 물었다.

"한 남자가 과자를 사기 위해 과자가게에 갔는데, 먼저 와 있던 다른 남자가 그 과자의 질을 알아보고 있었습니다. 그러던 중 뒤에 온 사람이 그 과자를 몽땅 사 버렸지요. 그런 경우 그 뒤에 온 사람은 어떻게 설명될까요?"

두 번째 랍비는 주저 없이 "그 나중 남자는 분명히 나쁜 사람이다."라고 대답했다.

"당신이 지금 이 토지를 매입하신 행위는 방금 이야기했던, 나중에 와서 과자를 사 버린 그 두 번째 남자와 똑같은 것입니다. 다른 랍비께서 먼저 와 이 땅의 가격을 흥정 중이었으니까요. 그런데도 이 땅을 사 버린 건 괜찮은 일입니까?" 하고 그가 다시 물었다.

그러자 도대체 이 일을 어떻게 해결하면 좋겠는가 하는 문제가 제기되었다. 한 가지 해결책으로 제안된 것은, 두 번째 랍비가 첫 번째 랍비에게 그 땅을 되파는 것이었다. 그러나 두 번째 랍비는 사자마자 곧바로 다시 판다는 것은 불길한 일이기 때문에 싫다고 거절했다. 두 번째 랍비가 첫 번째 랍비에게 그 토지를 선물하면 어떨까 하는 것이 다음 해결책으로 제시되었다. 그러나 첫 번째 랍비가 절대 그 땅을 그냥 선물로 받을 수는 없다고 했기 때문에 또다시 문제로 남게 되었다.

결국 두 번째 랍비는 그 토지를 학교에 기부했다.

제3장

탈무드의 눈

눈은 얼굴의 각 부분 중 가장 작으면서도 입에 못지않게 의사표시를 하며, 격언이나 속담 등에서 일컬어지는 그대로의 매력을 지니고 있다.

≪탈무드≫는 오랫동안 이야기로만 전해져 오던 유대인의 슬기가 응집된 지혜의 보고(寶庫)이다. 그중 '제3장 탈무드의 눈'은 극히 일부의 내용만 수록되었지만 우리의 사고(思考)를 고양시키는 밑거름이자 원천(源泉)이다.

인 생

● 인간은 경우에 따라 명예가 높아지는 것이 아니고, 스스로 그 경우의 명예를 높이는 것이다.

● 모든 인류는 단 한 명의 조상밖에 갖고 있지 않다. 따라서 어떤 인간이 다른 인간보다도 우월하다는 건 있을 수 없다.

● 요령 좋은 인간과 현명한 인간의 차이는, 현명한 인간이라면 절대 빠지지 않을 난관을 요령 좋은 인간은 잘 헤쳐 나온다는 것이다.

● 어떤 인간은 젊었으나 늙었고, 또 어떤 인간은 늙었지만 젊다.

● 자기 자신의 결점만을 염려하는 사람은 타인의 결점을 알아채지 못한다.

● 배가 고픈 인간이라면 결코 음식을 장난감으로 삼지 않으리라.

● 몰염치와 자만은 형제 사이이다.

● 하루를 공부하지 않으면 그것을 만회하기까지 이틀이 걸리고, 이틀을 공부하지 않으면 그것을 만회하는 데 나흘이 걸린다. 1년 동안 공부하지 않았다면 그것을 만회하는 데 당연히 2년을 소비해야 한다.

● 천성이 좋지 않은 인간은 이웃 사람의 수입에만 신경을 쓰고 자신의 낭비는 염두에 두지 않는다.

● 눈이 보이지 않는 것보다 마음이 보이지 않는 편이 더 두려운 일이다.

● 만나는 사람 모두로부터 무엇인가를 배우는 사람이 세상에서 가장 지혜로운 사람이다.

● 마음먹은 대로 자제할 수 있는 사람과, 적을 친구로 만들 수 있는 사람이 가장 강한 사람이다.

● 자기가 소유하고 있는 것에 만족을 느낄 줄 아는 사람이 가장 부유한 사람이다.

● 남을 찬양할 수 있는 사람이야말로 진정으로 명예로운 사람이다.

● 진실은 무거운 것이기 때문에 젊은 사람들밖에 옮길 수가 없다.

평 가

● 유대인에게는 인간을 평가하는 기준이 세 가지 있다.

첫째는 돈을 넣는 지갑이고, 둘째는 술을 마시는 잔이며, 셋째는 성격이다.

이것으로 그 사람이 돈을 어떻게 쓰는지, 술 마시는 품행이 깨끗한지 지저분한지, 인내심이 있는지 없는지를 평가하는 것이다.

● 인간은 다음과 같은 네 가지 유형으로 구분해 볼 수 있다.

첫째는 일반적인 유형으로, 내 것은 내 것이고 네 것은 네 것이라는 인간.

둘째는 이색적인 유형으로, 내 것은 네 것이고 네 것은 내 것이라는 인간.

셋째는 강한 정의감을 소유한 유형으로, 내 것도 네 것이고 네 것도 네 것이라는 인간.

넷째는 나쁜 심성을 지닌 유형으로, 내 것도 내 것이고 네 것도 내 것이라는 인간.

● 현자 앞에 앉은 인간은 세 가지로 분류할 수 있다.

첫째, 무엇이든지 흡수하는 스펀지형.

둘째, 오른쪽 귀로 듣고 왼쪽 귀로 흘려버리는 터널형.

셋째, 중요한 것과 그렇지 못한 것을 선별해 내는 어레미형.

● 현명한 사람이 되는 조건으로 일곱 가지가 있다.

첫째, 자기보다 현명한 사람 앞에서는 침묵을 지킨다.

둘째, 남이 이야기를 하는 도중에 자르지 않는다.

셋째, 대답할 때는 서두르지 않는다.

넷째, 언제나 요점이 뚜렷한 질문을 하고, 사리에 맞는 대답을 한다.

다섯째, 먼저 해야 할 일과 나중에 해도 될 일을 정확히 구분한다.

여섯째, 모를 때는 모른다고 시인한다.

일곱째, 진실을 인정한다.

친 구

아내를 선택할 때는 한 계단 아래로 내려가고, 친구를 선택할 때는 한 계단 위로 올라서라.

화내고 있는 친구는 달래려 하지 말고, 슬퍼하고 있는 친구는 위로하려 하지 마라.

인 간

● 동물은 마음으로부터 먼 곳에 아내가 있지만, 인간은 마음 가까운 곳에 아내를 가지고 있다. 이것은 하느님의 깊은 배려이다.

● 깊이 반성하는 인간이 딛고 서 있는 땅은 가장 훌륭한 랍비가 서 있는 땅보다 고귀하다.

● 진실과 법과 평화 — 세계는 이 세 가지 기반 위에 서 있다.

● 휴일이 인간에게 주어진 것이지, 인간이 휴일에게 주어진 것은 아니다.

● 평범한 사람들의 소리가 곧 하느님의 소리이다.

● 하느님이 말했다.

"내겐 네 명의 아이가 있고, 네게도 네 명의 아이가 있다. 네게 있는 네 명의 아이는 아들, 딸, 하인, 하녀이고, 내게 있는 네 명의 아이는 미망인, 고아, 이방인, 예배이다. 내가 네 아이들을 보살펴 주리니, 너는 내 아이들에게 어려움이 없는지를 돌보아 주어라."

● 사소한 남의 피부병은 염려하면서도 자신의 중병을 모르는 게 인간이다.

● 진실을 말했을 때도 누구 하나 믿어 주는 사람이 없다는 것, 이것이 거짓말쟁이에게 주어지는 가장 큰 벌이다.

● 인간은 20년이란 세월을 소비해 외운 것을 단 2년 동안에 잊어버릴 수도 있다.

● 인간은 친구를 셋 가지고 있다. 자식과 재산과 선행이 그것이다.

- 인간은 세 개의 이름을 갖게 되는데, 하나는 태어났을 때 부모가 지어주는 이름이고, 또 하나는 친구들이 애정을 담아 부르는 이름이다. 그러고 나머지 하나는 자기 생명이 다하는 날까지 얻어지는 명성이다.

우 정

만일 친구가 채소를 가지고 있다면 고기를 주어라.
친구가 꿀처럼 달다 하더라도 모조리 핥아 버려선 안 된다.

여 자

- 여자의 기묘한 아름다움에 저항할 수 있는 남자는 아무도 없다.
- 여자의 질투심엔 단 한 가지 원인밖에 없다.
- 여자는 자신의 외모를 가장 소중하게 생각한다.
- 여자는 남자보다 지각 능력이 뛰어나다.
- 여자는 남자보다 정이 두텁다.
- 여자는 비합리적인 신앙에 빠져들기 쉽다.
- 불순한 동기에서 시작된 애정은 그 동기가 사라지는 순간 사멸되어 버린다.
- 사랑에 빠진 사람에겐 남의 충고를 들을 여유가 없다.
- 여자가 술을 한 잔 마시면 아주 좋은 일이 되지만 두 잔 마시면 기품이 떨어진다. 석 잔째 마시면 부도덕한 일이 되고, 넉 잔째 마시게 되면 자멸하고 만다.
- 흔히 정열 때문에 결혼하지만 정열은 결혼보다 오래가지 못한다.
- 남자에게 여성 호르몬이 있고 여성에게 남성 호르몬이 있는 건, 하느님이 만든 최초의 남자가 양성이었기 때문이다.

●남자가 여자에게 이끌리는 것은, 하느님이 남자의 갈비뼈를 빼내어 여자를 만들었으므로 그 잃어버린 자신의 것을 되찾으려 하기 때문이다.

●여자가 남자를 지배해서는 안 되기 때문에 하느님은 최초의 여자를 만들 때 남자의 머리를 취하지 않았다. 그렇다고 남자의 노예가 되어서도 안 되기 때문에 남자의 발을 취해 만들지도 않았다. 갈비뼈를 취해 여자를 창조한 것은 여자로 하여금 언제나 남자의 마음 가까운 곳에 있게 하기 위해서이다.

술

●머리에 술이 들어가면 비밀이 밀려나온다.

●시중드는 이의 태도가 좋으면 어떤 술이라도 미주가 된다.

●악마는 누군가를 항상 찾아다니는데, 너무도 바쁠 때엔 자신의 대리로 술을 보낸다.

●포도주는 오래 묵을수록 맛이 좋아진다. 지혜도 이와 같다. 나이가 들수록 그것은 빛난다.

●한나절이 될 때까지 늦잠을 자고, 낮에 술을 마시며, 저녁에 쓸데없는 말이나 지껄이고 있으면 인생을 쉽게 소비할 수 있다.

가 정

●부부가 진정으로 사랑하고 있을 때는 칼날만한 침대 위에서도 잘 수 있지만, 불화할 땐 16미터나 되는 넓은 침대도 비좁게만 느껴진다.

●좋은 아내를 얻은 남자야말로 이 세상에서 가장 행복한 사람이다.

●남자는 결혼과 더불어 죄가 늘어난다.

●이유 없이 아내를 학대해서는 안 된다. 하느님이 그녀의 눈물방울을 세고 계신다.

● 모든 질병 가운데서 가장 괴로운 것은 마음의 병이며, 모든 악 가운데서 가장 나쁜 것은 악처이다.

● 이 세상에서 다른 것으로 갈아 치울 수 없는 것은 젊은 시절에 결혼하여 함께 살아온 늙은 아내이다.

● 아내는 남자의 집이다.

● 아내를 선택할 때는 소심해야 한다.

● 상대를 만나보지도 않고 결혼해선 절대 안 된다.

● 한 형제를 차별해 키워선 안 된다.

● 자식이 어렸을 때는 엄하게 꾸짖고, 성장한 후엔 꾸짖지 마라.

● 어린아이는 엄하게 가르쳐야 하지만 기가 꺾이게 해서는 안 된다.

● 아이를 꾸짖을 때는 잔소리를 늘어놓지 말고 단 한 번 엄하게 꾸중해라.

● 어린아이는 부모의 말씨를 그대로 모방한다. 그 말씨로 성격을 알 수 있다. 어린아이와 한 약속은 틀림없이 지켜야 한다. 지키지 않는다면 아이에게 거짓말을 가르치는 격이 된다.

● 가정에서 부도덕한 일을 하는 것은 과일에 벌레가 붙은 것과 같다. 의식하지 못하는 사이에 계속 번져나가고 있기 때문이다.

● 아이는 아버지를 존경해야 한다.

● 아이가 아버지 자리에 앉으면 안 된다.

● 아버지에게 말대꾸를 해서는 안 된다.

● 아버지가 남과 의견 대립을 보이고 있을 때 남의 편을 들어선 안 된다.

● 아이들이 아버지를 받들고 따르는 것은 아버지가 그들을 위해 먹고 입을 것을 가져다주기 때문이다.

돈

● 고민과 언쟁, 빈 지갑 ― 이 세 가지가 인간의 마음을 상하게 하는 것들이다. 그중에서도 가장 인간을 상하게 하는 건 빈 지갑이다.

- 신체의 각 부분은 모두 마음에 의지하고, 그 마음은 돈지갑에 의지한다.
- 돈은 장사를 위해 써야지 술을 위해 써선 안 된다.
- 돈은 악도 저주도 아니다. 그것은 인간을 축복하는 것이다.
- 돈을 빌려 준 사람에게 분노를 느끼는 사람은 없다.
- 부는 요새이고, 빈곤은 폐허이다.
- 돈이나 물건은 그냥 주지 말고 빌려 주어야 한다. 그냥 주면 받은 사람이 준 사람 아래에 위치하지 않으면 안 되지만, 빌려 주고 빌려 쓰면 대등한 사이를 유지할 수 있기 때문이다.

섹 스

- 히브리어로 '야다'라는 단어는 '섹스', 즉 남자 여자의 성별을 뜻하는 것과 동시에 성행위 자체를 의미하기도 한다. 또한 '상대방을 안다.'라는 뜻도 포함된다.

예를 들어, 아담이 이브를 알고 아이를 낳았다고 기록된 ≪성경≫에서의 '알고라는 말은 성행위를 했다는 의미를 내포하고 있다. 일반적으로 '사랑한다는 것은 곧 상대방을 안다는 것이다.'라고 하는데, 이것을 '사랑한다는 것은 동침하는 것이다.'라고 해석해도 무리는 없다.

- 야다는 창조 행위이며, 이것 없이는 자기완성을 성취할 수 없다.
- 야다는 일생 동안 단 한 사람의 상대에게만 허락되어야 한다.
- 야다는 자연의 일부이다. 그러므로 성행위를 함에 있어서 본래 부자연스러운 것이라곤 아무것도 없다.
- 야다는 지극히 개인적인 관계로 친밀한 분위기 속에서 행해져야 한다.
- 스스로를 통제하지 못할 환경에 처해 있을 때 성행위를 하면 안 된다.
- 아내의 동의 없이 아내와 성행위를 하면 안 된다. 아내가 승낙하지 않는데 남편이 손을 내미는 행위는 금지되어 있다.

교 육

- 향수가게에 들어갔다가 나오면 향수를 사지 않았다 하더라도 몸에서 향수 냄새가 풍기고, 가죽가게에 들어갔다가 나오면 가죽을 사지 않았다 하더라도 몸에서 고약한 냄새가 풍긴다.
- 무기를 들고 일어선 사람이 글로 흥할 수는 없다.
- 자신을 아는 것이 가장 큰 지혜이다
- 의사의 충고를 듣고만 있어야 한다면 의사에게 돈을 지불할 필요가 없다.
- 값비싼 진주를 잃어버렸을 때, 그것을 찾기 위해 값싼 양초가 쓰인다.
- 인류에게 예지를 가져다주는 것은 가난한 집 자식이므로 그들이야말로 칭찬받아 마땅하다.
- 기억 증진에 더없이 좋은 약은 감복하는 것이다.
- 학교 없는 고장에선 인간이 살아나갈 수 없다.
- 고양이에게서 겸허함을 배울 수 있고, 개미로부터 정직함을 배울 수 있다. 비둘기로부터는 정절을 배울 수가 있으며, 수탉에게서는 재산 관리를 배울 수 있다.
- 이름은 알려지면 금방 잊혀지고, 지식은 깊지 않으면 금방 잊게 된다.
- 아이들에게 교육을 시킨다는 것은 깨끗한 백지 위에 써 넣는 것과도 같다. 그러나 노인에게 뭔가를 가르친다는 것은 이미 잔뜩 씌어 있는 종이 위에 여백을 찾아 써 넣으려는 것과 마찬가지이다.

판 사

- 늘 선행에 앞장서고, 겸손하며, 단호하게 결단을 내릴 만한 용기를 지녀야 하고, 현재까지의 생애가 결백한 사람만이 판사의 자격을 갖췄다고 할 수 있다.
- 사형을 언도하기 직전의 판사는 자신의 목에 칼이 꽂힌 것과 같은 마음가

짐을 지녀야 한다.

• 판사는 항상 진실과 평화, 이 두 가지를 추구해야 한다. 하지만 진실을 추구하고자 하면 평화가 깨지고 만다. 따라서 진실도 깨지 않고 평화도 지킬 수 있는 도리를 찾아내야 하는데, 그것을 타협이라고 한다.

악

• 악을 향한 충동은 구리와도 흡사한 것이어서, 불 속에 있을 때는 어떤 형태로도 만들 수 있다.

• 만약 인간의 마음속에 악을 향한 충동이 없다면 집을 짓고, 아내를 얻고, 아이를 낳고, 일하는 따위는 생각지도 않을 것이다.

• 만일 악을 향한 충동이 느껴지면 그것을 몰아내 버리기 위해 무엇이든 배우기 시작해라.

• 보통 사람보다 뛰어난 사람은 악을 향한 충동도 그만큼 강하다.

• 항시 옳은 일만 하고 사는 인간이란 결코 이 세상에 존재하지 않는다.

• 악을 향한 최초의 충동은 매우 감미롭지만, 최후에는 몹시 쓴맛만을 남긴다.

• 인간 내면에 있는 악을 향한 충동이 선을 향한 충동보다 더 강해지는 때는 13세 때부터다.

• 태아 때부터 그 마음속에 움트기 시작한 악은 인간이 성장해 감에 따라 함께 자라나 점점 강해진다.

• 죄는 미워하되, 인간은 미워하지 마라.

• 처음에는 여자처럼 약하지만 방치해 두면 남자처럼 강해지고, 처음에는 거미줄처럼 가늘지만 방치해 두면 배를 묶어 두는 밧줄처럼 강해지며, 손님으로 찾아온 것을 방치해 두면 그 집 주인으로 들어앉아 버리는 것. 이것이 바로 악이다.

험 담

• 험담을 하는 것은 살인보다 위험하다. 살인은 한 사람만을 죽이지만, 험담은 반드시 세 명을 해치게 된다. 험담하는 장본인과 그것을 제지하지 않고 듣고 있는 사람, 그리고 험담의 대상이 된 사람이다.

• 험담하는 사람은 흉기를 사용하여 남을 해치는 것보다 더 큰 죄를 짓는 것이다. 흉기는 가까이 다가가지 않으면 상대방을 해칠 수 없지만, 험담은 멀리 떨어져 있는 사람도 해칠 수 있기 때문이다.

• 불타고 있는 장작에 물을 끼얹으면 속까지 젖어들어 꺼지지만, 험담을 전해 듣고 분노에 차 있는 사람에겐 아무리 사죄한다 해도 그 마음속의 불을 꺼줄 수 없다.

• 제아무리 착한 사람이라 할지라도 남의 험담을 즐겨 한다면 훌륭한 궁전 옆에 위치한 지독스런 악취의 무두질 집과도 같다.

• 인간이 하나의 입과 두 개의 귀를 가지고 있는 것은 말하기보다 듣기를 배로 더 하라는 뜻이다.

• 손가락이 자유자재로 움직이는 것은 남의 험담을 듣지 않기 위해서이다. 험담이 들려오면 재빨리 두 귀를 막으라.

• 물고기가 언제나 입으로 낚싯바늘을 물어 잡히듯, 인간 또한 입이 문제다.

동 물

• 고양이와 쥐는 먹이가 되는 것을 함께 먹고 있을 땐 다투지 않는다.

• 여우의 머리가 되느니보다 사자의 꼬리가 되는 편이 낫다.

• 한 마리의 개가 짖기 시작하면 많은 개가 덩달아 짖는다.

• 동물은 자기와 같은 부류의 동물과만 어울린다. 늑대가 양과 같이 노는 일은 없고, 하이에나는 개와 함께 생활하지 않는다. 부자와 가난한 자 역시 그와 같다.

처 세

- 선행의 문을 닫는 자는 다음엔 의사를 위해 문을 열지 않으면 안 된다.
- 좋은 항아리를 가지고 있다면 오늘 사용하라. 내일이면 깨져 버릴지도 모른다.
- 올바른 인간은 자신의 욕망을 통제하지만, 그렇지 못한 인간은 그것에 끌려 다닌다.
- 타인의 자비로 살아야 할 처지라면 차라리 가난하게 사는 편이 낫다.
- 이 세상에는 도가 지나치면 안 되는 것 여덟 가지가 있다. 여행과 여자와 재산, 일, 술, 수면, 약, 향료가 그것이다.
- 이 세상에는 지나치게 많이 사용해서는 안 되는 것 세 가지가 있다. 빵을 만들 때 넣는 이스트와 소금, 망설임이 그것이다.
- 한 닢의 동전이 들어 있는 항아리는 요란스런 소리를 내지만, 동전이 가득 채워진 항아리는 조용하다.
- 전당포라고는 해도 과부나 가난한 여자, 아이들의 물건을 저당 잡아서는 안 된다.
- 명성을 잡으려고 뛰어다니는 사람은 명성을 붙잡을 수 없지만, 명성을 피해 달아나는 사람은 그것에게 붙잡히게 된다.
- 결혼은 기쁨을 그 목적으로 하고, 장례식에 참석한 사람들은 마땅히 침묵을 지켜야 한다.
- 강의의 목적은 청취라는 것을 잊지 말고, 남을 방문할 때엔 일찍 도착해야 한다.
- 가르칠 때엔 오로지 집중하며, 금식의 목적은 그만한 돈으로 자선을 베푸는 것이다.
- 인간에게는 여섯 가지의 매우 요긴한 부분이 있다. 그 가운데 눈, 코, 귀 세 부분은 자신이 지배할 수 없는 부분이고, 나머지 입과 손, 발은 자신의 힘으로 움직일 수 있는 부분이다.
- 자신의 혀에게 '나로선 알 수 없습니다.' 하는 말을 열심히 가르쳐라.

- 장미꽃은 가시 틈에서 자라난다.
- 무보수로 처방전을 쓰는 의사의 충고는 귀담아 듣지 마라.
- 항아리를 보지 말고 그 내용물을 보라.
- 나무는 그 열매로 평가되고, 인간은 그가 한 일에 의해 평가된다.
- 막 열리기 시작한 오이를 보곤 장차 맛이 있을지 없을지를 알 수 없다.
- 행동은 말보다도 소리가 크다.
- 남이 자기를 칭찬하게는 해도, 자기 입으로 스스로를 칭찬하지는 마라.
- 높은 사람이 아랫사람의 이야기를 들어주며, 노인이 젊은 사람의 이야기에 귀 기울이는 세상은 마땅히 축복받을 곳이다.
- 두려움과 분노, 아이와 악처가 인간 노화를 재촉하는 네 가지 원인이다.
- 좋은 음악, 고요한 풍경, 은은한 향기는 인간 마음을 평온히 가라앉힌다.
- 좋은 가정, 좋은 아내, 좋은 옷 ― 이 세 가지는 남자에게 자신감을 가지게 한다.
- 제아무리 엄청난 부자라도 자선을 베풀지 않는 인간은 진수성찬이 차려진 식탁 위에 소금이 놓여 있지 않은 것과 같은 꼴이다.
- 자선을 베풀 때의 태도는 다음 네 가지 유형으로 분류해 볼 수 있다.

첫째, 질투심이 많은 유형은 스스로 나서서 물건이나 돈을 내놓지만 다른 사람이 내놓는 것은 싫어한다.

둘째, 스스로를 비하하는 유형은 남이 행하는 자선은 당연하게 생각하지만 자신은 자선 따위를 베풀고 싶어하지 않는다.

셋째, 매우 선량한 유형은 자기도 흔쾌히 자선을 베풀고 다른 사람 역시 그러기를 바란다.

넷째, 악인이라 할 만한 유형은 자기도 자선 베풀기를 싫어하고 남이 베푸는 것도 극히 싫어한다.

- 촛불 한 자루로 여러 자루의 초에 불을 붙인다 해도 애초의 촛불 빛은 흐려지지 않는다.
- 가난한 사람이 물건을 주워 그것을 주인에게 되돌려주는 것과, 부자가 수입 가운데 10분의 1을 떼어 남몰래 가난한 사람에게 주는 것, 도시에

살고 있는 독신자로 아무런 죄도 짓지 않는 것 — 이 세 가지야말로 하느님에게 칭찬받을 일이다.

- 식사할 수 있는 내 집에 없고, 언제나 아내 엉덩이 아래 깔려 있으며, 늘 이곳저곳이 아프다고 호소하며 지내는 남자는 목숨은 붙어 있으나 존재 가치가 없는 사람이다.

- 평생에 단 한 번 고기요리를 실컷 먹고 나머지 날을 굶주리며 지내기보다는 평생 양파만 먹고 지내는 편이 낫다.

- 자기 보존은 모든 것에 우선하지만 살인을 했을 때와 불륜한 성관계를 맺었을 때, 근친상간을 했을 때 — 이 세 가지 경우에는 생명을 버리는 편이 낫다.

- 과대 선전과 값을 올릴 목적으로 하는 매점매석, 계량을 속이는 짓 — 이 세 가지는 상인이 절대 해선 안 될 일이다.

- 달콤한 과일에는 그만큼 벌레가 많이 붙고, 재산이 많으면 걱정 또한 많다. 여자가 많으면 잔소리가 많고, 하녀가 많으면 풍기가 문란해지며, 하인이 많으면 집안 기물을 많이 도둑맞는다.

- 스승보다 깊이 배우면 인생은 보다 풍요로워지고, 오랜 시간을 명상으로 보내면 보다 지혜가 늘고, 사람들을 만나 유익한 말을 들으면 좋은 길이 열리고, 보다 많은 자선을 베풀면 보다 나은 평온이 찾아온다.

- 남들이 모두 옷을 입고 있을 때는 벌거벗지 말고, 남들이 모두 벌거벗고 있을 때는 옷을 입지 마라. 남들이 모두 앉아 있을 때는 일어서 있지 말며, 남들이 모두 서 있을 때는 앉아 있지 마라. 남들이 모두 웃고 있을 때는 울지 말고, 남들이 모두 울고 있을 때는 웃지 마라.

제4장

탈무드의 머리

　　머리를 써서 생각하지 않고 에피소드나 격언
들을 그저 읽기만 한다면, ≪탈무드≫의 진가를
맛볼 수 없는 것은 물론이고 어떤 의미도 발견하
지 못한다. 머리가 모든 인간 행동의 사령탑이기
때문이다.
　　필자는 반나절이고 한나절이고 단 한 개의
낱말에 대해 골똘히 생각해 보곤 했는데, '제4장
탈무드의 머리'에 그 내용의 일부를 소개한다.
'지혜'가 계속 이어지길 바라면서……

애 정

이 세상에는 강한 것 열두 가지가 있다.

맨 먼저 돌이다. 하지만 돌은 쇠로 깎을 수 있고, 쇠는 불에 녹는다. 불은 물에 의해 꺼져 버리지만 물은 구름이 되고, 그 구름은 다시 바람에 흩어진다. 그러나 바람도 인간을 날려 보내진 못한다. 그런 인간도 공포에 의해 산산조각으로 깨어진다. 공포는 술로 없애 버릴 수 있지만 술은 잠에 의해 깨어나고, 잠 또한 죽음만큼 강하지는 못하다. 그렇지만 그 죽음도 애정을 이겨낼 수는 없는 것이다.

죽 음

항구에 지금 막 출항하려는 배 한 척과 방금 입항한 배 한 척이 승객을 잔뜩 싣고 떠 있었다.

사람들은 일반적으로 배가 출항할 때는 떠들썩하게 환송해 주지만 입항할 때는 그다지 환영하지 않는다. ≪탈무드≫에 의하면 이와 같은 행동은 매우 어리석은 관습이다.

출항하는 배의 미래는 누구도 알 수 없다. 폭풍을 만나 침몰하게 될지도 모른다. 그런데 그것을 어째서 떠들썩하게 환송하는 것일까? 기나긴 항해를 마치고 무사히 귀환했을 때야말로 하나의 책무를 성공적으로 끝마친 기쁨을 누려야 하는 것 아닌가.

인생 또한 마찬가지이다. 갓 태어난 아기에게는 모두가 축복을 아끼지 않는다. 마치 출항하려는 배를 떠들썩하게 환송하는 것과 같다. 그러나 그 아기의 미래에 어떤 일이 있을지는 아무도 알지 못한다.

하지만 인간이 죽음을 맞이하게 될 때는 주어진 인생 안에서 어떻게 살아왔는지를 모두가 알고 있지 않은가. 이때야말로 진심으로 축복을 빌어야 한다는 생각이다.

진실이라는 낱말

히브리어의 알파벳을 아이들에게 가르칠 때는 하나하나의 글자에 담긴 의미를 일깨워 준다.

히브리어에서 '진실'이라는 낱말은 최초의 알파벳 문자와 최후의 알파벳 문자, 그리고 중간의 문자로 엮어져 있다.

왜냐하면 왼쪽 것도 옳고 오른쪽 것도 옳으며 한가운데 것 역시 옳다는 것을 가르치기 위해서이다.

맥 주

《탈무드》에선 하인이나 노예도 주인들과 똑같은 음식을 먹어야 하고, 주인이 방석에 앉으면 하인에게도 방석을 내주어야 하며, 높은 사람이라고 해서 높은 자리에 앉으면 안 된다고 가르치고 있다.

내가 이스라엘 전선에 갔을 때 부대장의 초대를 받아 식사를 함께 한 적이 있다. 그때 당번병이 맥주를 가지고 오자, 부대장이 병사들도 마셨느냐고 물었다.

"오늘은 맥주가 조금밖에 없어 이곳에만 가져왔습니다." 하고 당번병이 대답했다.

이에 부대장은 "그렇다면 나도 오늘은 마시지 않겠다."고 말했다.

바로 이것이 유대인의 전통적 사고방식이다.

죄

인간은 누구든지 죄를 짓는다. 그러므로 유대의 가르침에는 동양 도덕에서 처럼 엄격하고 긴장된 느낌은 없다. 죄를 지었어도 유대인은 유대인인 것이다.

예를 들어, 화살을 과녁에 맞힐 능력이 충분함에도 불구하고 맞히지 못할 수 있는 것처럼 본시 저지를 리가 없는데도 어쩌다 저질러졌다는 것이 유대인이 생각하는 죄의 관념이다.

유대인이 죄에 대한 용서를 빌 때는 결코 '나'라 하지 않고 '우리들'이라고 한다. 유대인들은 모두를 한 집안의 대가족으로 생각하고 있으므로 비록 혼자 죄를 저질렀어도 모두가 죄를 저지른 것이 된다.

따라서 자신이 도둑질을 하지 않았다 하더라도 도둑질이라는 행위가 저질러진 것에 대해 하느님께 용서를 빌어야 한다. 그것은 자신의 자선이 부족해서 일어난 일이라고 여기기 때문이다.

손

갓 태어날 때의 인간은 손을 꽉 부르쥐고 있지만 죽을 때는 펴고 있다. 그 이유는 무엇일까?

태어나는 인간은 이 세상의 모든 것을 움켜잡으려 하기 때문이고, 죽을 때는 모든 것을 뒤에 남은 인간에게 주고 아무것도 지니지 않은 채 떠나기 때문이다.

스 승

유대인 가정에서는 반드시 아버지가 아이들에게 ≪탈무드≫를 가르친다.

하지만 아버지의 성격이 지나치게 신경질적이거나 엄격하면 아이들은 아버지를 두려워하게 되어 가르침을 받아들일 마음의 여유를 가질 수가 없다.

히브리어의 '아버지(father)'란 낱말은 '스승'이라는 의미로도 쓰인다. 가톨릭 신부가 영어로 'father'라 불리는 이유도 바로 이 히브리어의 개념을 갖고 있기 때문이다.

유대에서는 자기 아버지보다도 스승을 더 존귀하게 여긴다. 아버지와 스승이 함께 감옥에 갇혀 있고 그 가운데 한 사람만 빼낼 수 있을 경우, 아이는 자연스럽게 스승을 택한다. 유대에서는 지식을 전수하는 스승을 매우 소중한 존재로 인식하기 때문이다.

거룩한 것

우리말이나 영어엔 없는 것으로 유대에만 있는 관념이 있다. 인간에게는 동물에서부터 천사에 이르기까지의 차이가 존재하고, 천사에 근접해 갈수록 거룩한 것에 가까워진다는 것이다.

랍비가 제자들에게 과연 거룩한 것이 무엇이겠느냐고 묻자, 대다수 제자들은 하느님을 위해 생명을 바치는 것이라고 대답했다. 또 다른 제자들은 끊임없이 기도하는 것이라고 했으며, 그 밖에도 갖가지 대답이 난무했다. 하지만 랍비는 "어떤 것을 먹느냐와 어떻게 야다를 하느냐에 달려 있다."고 말했다. 제자들은 웅성거리며 "돼지고기를 안 먹는다든지, 어떠어떠한 때에는 야다를 하지 않는다든지 따위가 거룩한 것입니까?" 하고 물었다.

랍비는 그 이유를 다음과 같이 설명했다.

"안식일을 지키고 있는 상태는 어떤 사람이라도 알 수 있는 사실이다. 하느님을 위해 생명을 바치는 것도 단번에 알 수 있다. 하지만 누군가의 집을 방문했을 때나 거리에 나왔을 때는 유대인 모두가 계율을 지켰다 하더라도 자신의 집으로 돌아가면 다른 음식을 먹을지도 모르고, 야다 또한 다른 사람이 볼 수 없는 것이다. 때문에 자신의 집에서 음식을 먹고 있을 때와 야다를 하고 있을 때 인간은 동물에서부터 천사 사이의 그 어딘가에 있을 수 있다. 이런 때 자기 자신을 숭고하게 지킬 수 있는 사람이 진정으로 거룩한 사람이다."

담보물

유대인은 박해와 살육지변의 오랜 역사를 지니고 있지만 증오에 대해 쓴 문학이나 문헌은 단 한 가지도 없다. 유대인은 격렬한 증오심을 품지 않는 민족이기 때문이다.

나치에 의해 6백만 명에 이르는 엄청난 인명이 죽임을 당했지만 독일이나 독일인을 저주하는 저서 따위는 하나도 없다. 이스라엘은 아랍인과 전쟁을 하지만 미워하지는 않으며, 크리스천들로부터 박해를 당하고 있지만 그들을 미워하지 않는다. 그러므로 셰익스피어의 희곡 ≪베니스의 상인≫에 등장하는 샤일록이 증오에 불타 '만일 당신이 돈을 갚을 수 없다면 1파운드의 살, 그것도 심장으로 잘라 갚아야 한다.'고 한 이야기는 완전히 허구일 뿐 현실의 유대인에게는 있을 수 없는 얘기이다.

베드로가 바오로에 대해 말한 것은, 바오로가 어떤 사람인가가 아니라 베드로가 어떤 사람인가를 나타내고 있는 것에 불과하다. 이와 마찬가지로 셰익스피어 역시 자기가 크리스천이므로 그 사고방식을 극명하게 반영하고 있을 따름이며, 실상 유대인과는 아무 관련도 없다.

만약 유대인이 교활하고 잔인하며 욕심꾸러기인데다 정직하지 못하고 인간에 대해 증오를 불태우고 있었다면, 어째서 가톨릭협회가 자금을 필요로 했을 때 같은 크리스천들에게 가지 않고 유대인들에게로 왔던 걸까? 그런 사실은 오히려 유대인이 가장 따뜻한 마음을 가졌고 가장 정직하며 가장 신뢰할 수 있는 인간이란 사실을 증명해 주는 것이다.

유대인은 풍부한 감정의 소유자로도 잘 알려져 있다. 그러므로 그들에게 슬픈 이야기를 하면 틀림없이 위로받을 수 있을 것이다.

유대인은 돈을 빼앗긴 경우에도 절대 그것을 벌하지 않는다. 그들이 관심을 기울이는 것은 상대방의 단죄가 아니라 빼앗긴 것을 되찾는 데만 있다. 따라서 돈 대신 자동차나 시계를 받기는 하지만 팔이나 심장 따위를 내놓으라고 하지는 않는다. 그런 것을 받아봤자 아무 쓸모도 없다는 사실을 잘 알고 있기 때문이다.

≪탈무드≫에 따르면 인간은 모두 같은 가족의 일부이다. 그러므로 만일 오른손으로 무엇을 하려 하다가 실수해서 왼손을 다쳤다 하더라도 복수를 하기 위해 왼손이 오른손을 자르는 일 따위를 해서는 안 된다는 말이다.

≪탈무드≫시대의 유대인 사회는 매우 빈한한 농경사회였기 때문에 고리대금업자 따위는 존재하지도 않았다. 따라서 셰익스피어를 읽을 때는 크리스천들이 얼마나 유대인을 미워하고 멸시했었는가에 대해 먼저 깨달아야만 한다.

≪신약성경≫에는 예루살렘의 환전상인 유대인을 그들의 마을에서 내쫓았다고 기록되어 있다. 하지만 환전상이 없다면 외국인은 다른 나라에 가서 살 수가 없다. 유대인은 일년에 세 번 정도 예루살렘을 방문해야 했으며 그곳에서 자기가 지니고 온 시리아 돈이나 바빌로니아 돈, 그리스 돈을 바꿔야만 했다. 때문에 ≪신약성경≫에서는 돈을 악이라 칭하고 있지만, 유대인들은 단 한 번도 돈을 악이라고 생각한 적이 없다.

만일 누군가가 어떤 사람에게서 돈을 빌렸다면, 돈을 빌려 준 사람은 자기가 빌려 준 돈이 되돌아올 것을 보증 받아야 한다. 하지만 ≪탈무드≫에 따르면 어떤 담보물을 잡았을 경우, 그 담보 잡은 물건이 둘 이상 있지 않으면 그것을 자기 것으로 만들 수 없게 되어 있다.

예를 들어 옷을 담보물로 했을 경우, 상대방이 옷이라곤 그것 하나밖에 가지고 있지 않다면 담보물로 취할 수가 없다. 또 접시를 담보로 잡았을 경우에도 그것이 하나뿐이라면 취할 수 없고, 집을 담보로 했을 때 거기에 살고 있던 사람이 길거리에 나앉아야만 할 처지라면 그 집을 취할 수 없는 것이다. 다만, 하나뿐일 때라도 그 물건이 사치를 위한 것일 땐 예외가 되지만 생계유지를 위해 없어서는 안 될 물건이라면 절대 취할 수 없다. 만약 상대방이 생계유지를 위한 당나귀를 소유하고 있다면 그 당나귀를 받을 수는 없지만 사용하지 않는 밤에는 가질 수 있다. 옷을 담보물로 가졌을 경우, 이스라엘의 밤은 대단히 추우므로 밤이 되면 그 옷을 되돌려주어야만 한다. 하지만 내어준 사람이 가서 그 옷을 되찾아오는 행위는 허락되지 않는다. 반드시 받은 사람이 되돌려주기 위해 가야 한다. 그래야만 인간의 존엄성이 상실되지 않기 때문이다.

담

유대인들은 인간은 인간답게 자연스러운 상태로 살아가는 것이 가장 좋다고 여겼기 때문에 수도원이나 아내가 없는 수도사의 존재를 무가치하게 생각했다.

《탈무드》에는 '1미터의 담이 100미터의 담보다 낫다.'는 얘기가 있다. 다시 말해 1미터의 담은 반듯이 서 있지만 100미터 되는 담은 힘없이 쓰러질 수 있다는 말로, 인간이 일생 동안 섹스를 하지 않고 지낸다는 것은 도저히 불가능한 일이며 그것이 바로 100미터의 담에 해당한다는 얘기인 것이다.

아내가 없는 유대인은 즐거움이 없고 하느님으로부터 축복받을 수도 없으며 선행을 쌓을 수도 없다. 그러므로 남자가 열여덟 살이 되면 결혼하는 것이 가장 좋다고 되어 있다.

학 자

있는 것 전부를 팔아서라도 딸을 학자에게 시집보내도록 하라. 또한 학자의 딸을 얻기 위해서라면 모든 재산을 들여도 괜찮다.

새 해

유대인에게 있어서 7이라는 숫자는 대단히 중요하다. 우선 7일째에 안식일이 된다. 7년째에는 밭을 쉬게 하며, 49년째는 매우 경사스런 해여서 밭을 쉬게 함은 물론 빌렸던 돈 모두가 소멸된다. 일년에 두 번 있는 대축제인 출애굽을 기념하는 유월절과, 수확의 기쁨과 그에 대한 감사를 드리는 초막절은 각각 7일 동안 계속된다.

유대의 달력은 세계에서 가장 정확하다. 모든 유대인이 노예로 있었던 이집트에서 탈출한 날이야말로 유대의 역사에 있어 가장 큰 의의가 있는 만큼 그때를 제1월로 하여 그로부터 7개월 후에 새해가 된다.

미국의 경우, 새해는 물론 1월 1일이다. 그러나 미국에서 제일 중요한 달은 독립을 선포한 7월이다. 그래서 예산 연도도, 학교 연도도 모두 7월부터 시작된다.

그와 마찬가지로 유대인들도 이집트에서 벗어난 때가 첫 달이 되는 것이다. 유월절이 1월, 그리고 거기서부터 7개월째에 새해를 맞고 초막절 축제를 갖는다.

선한 사람

이 세상에는 매우 필요한 것 네 가지가 있다. 금과 은, 철, 구리가 그것이다.

하지만 그것들은 모두 다른 것으로 대신 될 수도 있다. 진정 다른 어떤 것으로 대신 될 수 없으면서 필요한 것은 선한 사람뿐이다.

≪탈무드≫에서 이르는 선한 사람이란, 큰 야자수같이 우거지고 레바논의 삼나무처럼 늠름하게 솟아 있는 사람이다.

야자수는 한 번 잘라내면 다시 무성하게끔 성장하는 데 4년이 걸리고, 레바논의 삼나무는 아주 먼 곳에서도 보일 정도로 크다.

거짓말

특별한 경우라면 거짓말도 용서받을 수 있을까?

≪탈무드≫에 따르면, 다음과 같은 두 가지 경우에는 거짓말을 하라고 한다.

첫째, 누구든 이미 사 버린 물건에 대해 의견을 물어오면 설령 그 물건이 별로 좋지 않은 것이라 할지라도 좋다고 거짓말을 해야 한다.

둘째, 친구가 결혼했을 때 비록 신부가 뛰어난 미인이 아닐지라도 반드시 굉장한 미인이라고 말하며 행복을 기원해야 한다.

먹을 수 없는 것

유대인이 고기를 먹을 때는 그 살에 있는 피가 전부 제거되어 있지 않으면 안 된다. 피는 곧 생명이기 때문이다. 생선이나 고기를 먹을 때 거기에 있는 피를 완전히 제거해 버리기 때문에 유대인이 먹는 고기는 매우 말라 있다.

동물을 잡을 때도 때려잡거나 전기를 이용하면 피가 그대로 굳어 버리기 때문에 그런 방법은 절대 쓰지 않는다. 옛날부터 유대인은 고통을 주지 않고 피를 남김없이 제거해 버리는 방법을 연구했다. 우선 짐승을 죽인 뒤 그 고기를 30분 동안 물에 담갔다가 꺼내어 굵은 소금을 뿌린다. 그 소금이 피를 빨아내는 것이다. 빨려 나온 붉은 피는 다시 물에 씻긴다. 신체 중 간장이나 심장처럼 피가 많은 부분은 그것을 증발시켜 버리기 위해 먼저 불에 그슬린다. 하지만 그 모든 의식이 피가 더럽다는 관념에서는 아니다.

닭이나 소 등을 잡는 사람은 노련한 전문가들이며, 랍비처럼 대단한 훈련을 받은 해부학의 권위자들이고, 신앙심도 매우 깊어 사람들로부터 존경받는 위치에 있다. 유대인은 4천 년 전부터 해부학에 조예가 깊었다. ≪탈무드≫에도 랍비가 인간을 해부한 이야기가 나올 정도다. 아마 그 당시부터 해부의 지식을 거의 완벽하게 알고 있었던 듯하다.

해부를 할 땐 그때마다 새로 간 매우 예리한 칼을 사용하는데, 우선 해부할 동물을 거꾸로 매달아 놓고 목을 찌르면 피가 쏟아져 나온다. 그러고는 그 동물을 세심히 살펴보는데, 이 과정은 다른 어떤 나라의 식육 검사보다도 엄격하다.

유대인은 피를 기피하지는 않는다. 제단에 양을 바칠 때도 피를 부정한 것으로 취급하지 않는다. ≪탈무드≫에서는 자기가 새우를 먹지 않는다고 해서 새우를 먹는 사람보다 건강하다고 말하면 안 된다고 가르친다. 자신이 새우를 먹지 않으므로 새우가 나쁜 것이라고 말할 순 없는 것이다. 다만 아무 이유도 없이, 그저 하느님이 유대인에게 새우를 먹지 말라고 했으므로 먹지 않을 뿐이다.

또한 네 개의 발을 가진 짐승이라도 두 개 이상의 위가 있고 발굽이 둘로 갈라져 있는 것이 아니면 먹지 못하도록 되어 있다. 돼지는 위가 하나밖에 없으므로 먹을 수가 없고, 말도 발굽이 하나로 붙어 있기 때문에 먹을 수 없다. 생선은 지느러미와 비늘이 없으면 먹을 수 없으므로 장어는 못 먹는다. 또 고기를 먹는 새인 독수리와 매 등도 금한다.

두 개의 머리

≪탈무드≫에는 비현실적인 것이라 할지라도 원칙을 제시하는 이야기가 많이 실려 있다. 이것은 하나의 사고법을 단련시키기 위해서이다. 한 가지 실례를 들어 함께 생각해 보고자 한다.

'만일 두 개의 머리를 가지고 태어난 아기가 있다면 이 아기를 두 사람으로 보아야 하는가, 한 사람으로 보아야 하는가?' 하는 가설적인 질문이 있다. 이 질문은 언뜻 어리석게 생각될 수도 있지만 인간은 두 개의 머리가 있어도 몸체가 하나라면 한 사람이라든지, 한 개의 머리를 한 사람으로 헤아려야 한다든지 하는 식의 원칙을 세우기 위해서는 꼭 필요한 가설이다.

유대인들 역시 아기가 태어난 지 한 달이 되면 시너고그에 데리고 가서 축복을 받는다. 그럴 경우 머리가 두 개 있으면 축복을 두 번 받아야 하는지, 아니면 한 번만 받아야 하는 것인지에 대한 원칙이 필요하다. 그리고 기도할 때 작은 머리 덮개를 써야 하는데, 이럴 경우 한 사람이므로 한 개만 필요한 것인지, 아니면 머리가 두 개이므로 덮개도 두 개가 필요한 것인지에 대한 원칙이 있어야 한다는 말이다.

≪탈무드≫는 그에 대해 명쾌한 해답을 제시한다. 한쪽 머리에 뜨거운 물을 부었을 때 다른 쪽 머리도 비명을 지르면 한 사람이고, 다른 한쪽 머리가

아무 반응도 나타내지 않으면 각기 다른 사람이라는 것이다.

나는 유대인이 어떤 민족인가 대해 정의할 때 종종 이 이야기를 응용한다. 즉 이스라엘이나 러시아에 있는 유대인들이 박해를 받았다는 이야기를 듣고 직접적인 아픔을 느껴 비명을 지르면 틀림없는 유대인이고, 아무 반응도 없으면 유대인이 아닌 것이다.

이처럼 응용 범위가 넓은 에피소드는 《탈무드》에 수도 없이 수록되어 있다. 랍비들이 설교할 때 많은 에피소드를 적절히 이용하는 것은, 설교 자체는 잊기 쉽지만 에피소드 속에 담긴 교훈은 오래도록 기억되어 실생활에 도움이 되기 때문이다.

자 백

유대의 법에서는 스스로에게 불리한 증언을 하면 무효가 되므로 자백은 인정되지 않는다. 왜냐하면 자백이란 고문에 의해 얻어지는 경우가 대다수라는 것을 오랜 경험으로 알고 있기 때문이다.

오늘날에도 이스라엘에선 자백을 인정치 않는다.

자 선

《탈무드》시대의 유대 가정에서는 안식일 전날인 금요일 저녁이면 어머니가 촛불을 켠다. 그러면 아버지가 아이들의 머리에 손을 얹고 축복을 기원한다.

유대인의 집에는 반드시 '유대인 기금'이라고 쓰인 상자가 있어서 아이들에게 동전(히브리어로 '주즈'라고 하며 화폐 단위인 동시에 '움직이다'라는 의미도 있다)이 주어지고, 촛불을 켤 때 아이들은 자선을 위해 그 상자에 돈을 넣는다. 이것은 어릴 때부터 자선행위를 가르치기 위한 것이다.

금요일 밤에는 가난한 사람들이 자선을 구하기 위해 부자들의 집을 차례로 돈다. 그러면 어른들이 가난한 사람들에게 직접 돈을 주는 것이 아니라 반드시 아이들을 시켜서 그 상자 속의 돈을 꺼내 주게 되어 있다. 이것은 아이들에게 자선행위를 직접 실천시키기 위함이다.

지금도 세계에서 자선을 위해 가장 많은 돈을 쓰고 있는 민족이 유대인들이다.

간 음

《탈무드》시대의 타민족들에겐 만일 아내가 남편 아닌 남자와 성관계를 가졌을 경우, 이는 당연히 남편에 대한 죄이므로 남편은 아내와 아내의 정부에게 어떤 판결을 내려도 좋도록 되어 있었다. 남편은 아내와 정부에게 벌을 줄 수도 있고, 용서를 해 줄 수도 있었던 것이다.

하지만 그런 행위를 하느님에 대한 모독이라고 여기는 유대인 사회에서는 남편에게 벌을 내리거나 용서할 아무런 권한도 주지 않았다. 그것은 유대인을 유대인이게끔 하는 우주의 율법에 대한 죄이기 때문이었다. 다시 말해, 인간에 대한 죄가 아니고 하느님께 죄를 진 것으로 생각했던 것이다.

섹스의 세계

올바르고 깨끗하게 행해지는 성행위는 기쁨이므로 그 관계에 있어 '더럽다'는 말을 들을 만한 행위를 해서는 안 된다.

《탈무드》에 '모든 교사와 랍비에겐 아내가 있어야 한다.'라는 말이 있는데, 아내를 거느리지 않으면 완전한 인간이 될 수 없다는 관념에서 비롯된 말이다.

《탈무드》에서는 섹스를 생명의 강이라 말하고 있다. 강이 난폭해지면 홍수를 일으키고 갖가지 것들을 파괴하게 되지만, 반면에 갖가지 결실을 맺도록 하고 상쾌한 기분을 느끼게도 하는 등 세상에 도움이 되는 일도 하기 때문이다.

남자의 성적 흥분은 시각에 의해서 얻어지고, 여자의 성적 흥분은 피부 감각에 의해서 얻어진다.

≪탈무드≫에선 남자에게 여자를 어루만질 때 주의하라고 이르고, 여자에겐 옷차림에 주의하라고 가르치고 있다. 계율이 엄격한 유대인 사회에서는 장사꾼이 거스름돈을 내어줄 때도 상대가 여성일 경우 절대 손으로 직접 건네주지 않고 반드시 어딘가에 놓아서 그것을 집어가게 한다. 또한 계율을 존중하는 이스라엘 여성들은 미니스커트 같은 옷은 절대 입지 않고 긴 소매 상의에 긴 스커트를 입는다.

랍비는 남자가 절정에 이를 때와 여자가 이를 때 사이에 시간적인 차이가 있음을 주의시킨다. 남자는 여자가 미처 흥분하기 전에 끝마칠 수 있기 때문이다.

아내의 승낙 없이 품에 안는 것은 강간과도 같은 일이므로 남편은 섹스를 원할 때마다 아내를 설득해야 한다. 그래서 다정하게 이야기를 나누고 부드럽게 애무해 주는 시간을 충분히 가져야 하는 것이다. 아내가 생리 중일 때는 섹스 할 수 없고, 생리가 끝난 뒤에도 7일 동안은 금하고 있다. 부부라고 해도 십이삼 일 동안은 절대 서로 안을 수가 없다. 하지만 그동안 아내를 향한 남편의 그리움이 깊어지기 때문에 계율의 날이 끝났을 때 부부는 늘 신혼 때와 같은 관계를 유지할 수 있게 되는 것이다.

결혼한 여자는 절대 다른 남자와 동침해서는 안 된다. 하지만 남편이 다른 여자와 동침하는 것은 용서된다. 이처럼 ≪탈무드≫시대에는 두 사람 이상의 아내를 거느릴 수 있었지만, 일부일처제가 정착되면서부터는 아무도 여러 명의 아내를 갖지 않게 되었다. 그리고 아내 이외의 다른 여자와 동침하는 것은 불성실한 남편이라는 통념이 생겨났다.

하지만 ≪탈무드≫에는 매춘부를 사는 이야기가 몇 군데 나온다. 자위행위를 하기보다는 매춘부에게 가는 것이 나으므로 아내에게 계속 거절당할 때 남자가 그런 곳에 가는 것은 어쩔 수 없는 일이라 여겨지고 있다. 매춘부는 금전 때문에 몸을 파는 천한 여자로 취급되었으며, 유대 사회는 학문을 중하게 여기고 계율과 종교를 존중했기 때문에 매춘부가 번성하지는 못했다.

《탈무드》시대 때부터 랍비는 피임법에 정통해 있었고, 누구는 어떤 피임 법을 쓰는 게 좋겠다는 것까지 모두 랍비가 지도했다. 그리고 피임은 여자만이 행했는데, 《탈무드》엔 임신한 여자와 유아를 기르고 있는 여자, 소녀 — 이렇게 세 가지 경우에는 피임을 해도 좋다고 되어 있다. 당시 랍비의 지식으로 는 임신 중에 또 임신할 수도 있지 않을까 하고 생각했으므로 임신부의 피임이 허락되었고, 어린아이를 기르고 있는 어머니는 아이가 최소한 네 살이 될 때까지는 당연히 그 아이를 보살펴 주어야 한다고 생각했기 때문에 또 아기를 낳는 것을 권장하지 않았다. 소녀인 경우에는, 약혼을 했건 나이가 어려서 결혼을 했건 몸에 해롭다고 생각했기 때문이었다. 한편 기근이 들었을 때나 민족적인 위기를 맞았을 때, 또는 전염병이 창궐할 때도 마찬가지로 피임이 권장되었다.

동성애

랍비들로서는 동성애란 용서할 수 없는 행동이었다.

유대인에겐 동성애가 극히 드물었는데, 그 이유는 강인한 아버지와 상냥한 어머니가 유대 남녀의 이상적인 모습이었기 때문이다.

사 형

사형 판결을 내려야 될 경우, 판사 전원이 일치한 판결은 무효이다. 재판에 있어선 항상 두 가지 견해가 있을 수 있기 때문에 일방적인 의견밖에 드러나지 않은 것은 그만큼 공정한 재판이 아니라는 생각에서였다. 때문에 사형을 결정할 때만은 판사 전원의 의견이 일치하면 안 되었다.

광 고

　현대 사회에서는 광고를 할 때 거짓을 알리지 못하도록 규제하고 있지만 그럼에도 불구하고 자동차나 맥주, 담배 등 오늘날 범람하고 있는 광고가 반드시 올바른 상품 정보만을 전달하고 있다고 보긴 어렵다. 'A'라는 상품이 'B'라는 상품보다 훨씬 좋다고 주장하지만 뒤집어서 보면 다른 상품의 광고도 이와 똑같은 주장을 하고 있는 것이다.

　상품과 직접적인 상관이 없는 포장이나 디자인도 광고에 널리 이용되고 있다. 예를 들어, 미국의 담배 광고를 보면 아름다운 여자가 자동차 안에서 기분 좋은 표정으로 담배를 피우고 있는데, 물론 이것은 거짓말을 하고 있는 것은 아니지만 실제로 그 여자와 흡연가는 아무런 관련도 없다. ≪탈무드≫에서는 그와 같은 판매 방식을 허용하지 않는다. 이와 같은 방법은 어떤 의미에서 사람을 유혹한다고도 할 수 있는 것이다.

　≪탈무드≫에서는 소를 팔 때 다른 색깔을 칠하지 못하도록 하고 있다. 남을 속일 목적으로 상품에 색깔을 입히는 일이 금지되어 있다는 말이다. 또한 신선한 과일을 오래된 과일 위에 올려놓고 팔아서도 안 된다고 적혀 있다.

　≪탈무드≫엔 또 건물의 안전 지침에 대해 구체적인 예까지 들어가며 처마 길이의 제한, 발코니 기둥의 굵기에 이르기까지 자세히 설명하고 있다. 노동 시간에 대해서는 그 지방의 평균적인 노동 시간을 초과하여 고용인에게 일을 시켜서는 안 된다고 되어 있으며, 만약 과일 따는 일꾼을 고용했을 때 그 일꾼이 어느 정도 과일을 따먹는 행위를 금할 수 없다고도 되어 있다. 또한 ≪탈무드≫에서는 상품을 팔 때 그 상품에 걸맞지 않는 수식어를 붙이지 말라고 지시하고 있다.

　오늘날 미국의 광고에서는 킹사이즈라든가 풀야드라든가 등의 과장된 표현이 난무하고 있다. 풀야드라는 말은 실상 1야드밖에 안 되는 것이다. 그러므로 그러한 표현은 애초부터 사용치 못하도록 하고 있다.

소유권

소유권에 대해 살펴보자. 만일 동물을 소유하고 있다면 그 동물의 몸에 낙인을 찍음으로써 소유권을 보장받는다. 시계 등엔 이름을 새겨 넣을 수 있고, 양복에는 재봉질로 표시를 할 수 있으며, 자동차나 집 따위는 각각 관할 관청에 등기를 함으로써 소유권이 증명된다.

하지만 이름을 새기거나 등기하기가 어려운 것도 있는데, 그와 같은 경우엔 어떤 방법으로 소유권을 증명해야 할까?

우선 갖가지 예를 생각해 본 뒤 원칙을 세운다는 것이 ≪탈무드≫의 방법이다. 원칙을 세워두지 않으면 판단을 내리지 못하기 때문이다. 그런데 의견들이 분분하다.

두 사람이 극장에 갔다. 서로 다른 문으로 들어갔는데도 두 개의 좌석이 비어 있어서 거기에 각각 앉으려고 했다. 그런데 주인 없는 물건이 그 자리에 놓여 있었다. 두 사람은 동시에 그것을 발견했고, 서로 자기 것이라고 우겼다.

이럴 경우 어떻게 하면 해결할 수 있을까?

먼저 두 사람이 똑같이 나누어 가지면 된다는 의견이 있지만 이것을 원칙으로 삼을 수는 없다. 그 이유는 재판소에 가서 나누어 가지게 된다면 뒤에 혹은 옆에 앉아 있던 사람들도 끼어들지 모르고, 모두가 자기 것이라는 주장을 내세우게 될지도 모르기 때문이다. 그렇다고 발견한 사람에게 권리가 있다는 것을 원칙으로 삼을 수도 없다. 보지 못했으면서도 뒤에 가서 보았노라고 나서는 사람에게까지 권리가 생길 수 있으므로 이 방식 또한 곤란한 것이다.

≪탈무드≫는 '≪성경≫에 손을 얹고 선서하라. 양심에 비추어 자기 것이라고 생각되면 나누어 가지라.'고 하고 있지만, 어떤 이야기를 하면 항상 그것에 반대되는 의견이 나오기 마련이다. 이번에도 역시 누군가가 '선서도 소용없지 않느냐.'는 의견을 피력했다. 다시 말해, 자기 것이라고 선서를 했음에도

절반밖에 갖지 못한다는 것은 선서를 모독하는 것이란 얘기였다.

그러자 또 다른 사람이 그렇다면 '절반만 자기 것이라고 하는 방법으로 선서를 하면 되지 않겠느냐.'고 말했다. 그러나 그와 같은 경우에도 한 사람이 100%, 다른 사람이 50%를 주장하여 재판소에 가면 처음 사람은 절반을 인정받는 데 비해 50%라고 말한 나중 사람은 4분의 1밖에 인정받지 못하는 일이 생기게 된다.

하지만 이 의견은 어느 쪽이든 절반만은 자기에게 권리가 있다고 선서하는 것으로 최종 결론을 맺고 있다.

그러나 획득한 것이 동전 같은 게 아닌 고양이였을 때에는 어찌 되겠는가? 그런 경우엔 고양이를 반으로 나눌 수도 없으므로 두 사람이 함께 고양이를 팔아 그 돈을 나누든가, 한 사람이 고양이 값의 절반을 상대방에게 주고 고양이를 가지면 된다.

다만 고양이 같은 생물의 경우엔 일정 기간 동안 주인이 나타나기를 기다리는 등 여러 절차가 따르지만, 지폐 따위는 처음부터 주인을 찾을 수 없다고 생각하고 처리한다.

돈을 길거리에서 잃어버렸을 때, 누군가가 이미 주운 다음에 돌아와서 '내가 방금 전에 돈을 잃어버려 되돌아왔다.'고 말해 봤자 그 사람이 진짜 돈을 잃어버렸는지 아닌지 증명할 수가 없다. 돈에 표시를 해놓았다 해도, 자기 것이라는 표시를 하기 위해 자기 손에 일단 들어오는 것마다 전부 이름을 적어 둔다면 그것이 다른 사람에게 건너간 후에도 자기 것이라고 우기는 문제가 생길 수 있기 때문이다. 하지만 돈이 특별한 편지 등과 같이 있어서 그것이 자기 것임을 증명할 수 있다면 물론 사정은 달라진다.

결국 극장에서 일어난 일의 경우, '먼저 가진 사람이 소유한다.'로 결론이 났다. 물건을 봤다는 사실은 그 누구도 입증할 수 없지만 먼저 가졌다는 사실은 입증하는 것이 쉽기 때문에 그것을 하나의 원칙으로 삼은 것이다.

두 세계

한 랍비와 두 남자가 있었다. 랍비가 말했다.

"나는 모든 사람들로부터 신뢰를 받고 있는 랍비요. 나는 두 남자 중 한 사람에게서 천 원을 빌렸고, 다른 사람에게선 이천 원을 빌렸소. 그런데 어느 날 두 사람이 찾아와 모두 이천 원을 갚으라고 요구했소. 하지만 이천 원을 빌렸던 사람이 누구인지 기억할 수가 없으니 어떻게 해야 좋겠소?"

≪탈무드≫에는 두 가지 의견이 제시된다. 우선 천 원 이상씩 빌려 준 것만은 틀림없는 사실이다. 그런데 두 사람 가운데 누군가가 천 원만 빌려 주었는데 그가 누구인지 알 수가 없다. 그러므로 우선 천 원씩만 갚고 나머지 천 원은 앞으로 증거가 제시될 때까지 재판소에 맡겨 둔다는 것이 대다수의 의견이었다.

그러나 한 랍비가 다음과 같이 다른 의견을 말했다.

"잠깐만! 두 사람 중 한 사람은 천 원밖에 빌려 주지 않고서도 천 원을 더 받아내려 하는 도둑이오. 천 원씩을 갚는다면 그 도둑은 아무것도 잃는 것이 없게 되오. 그렇다면 사회 정의가 이루어질 수 없소. 도둑이나 악한 사람에게 이득을 주거나 악한을 벌주지 않고 넘어가는 것은 훌륭한 사회가 아니오. 따라서 두 사람 모두 단 한 푼도 주지 않는 게 좋겠소. 돈은 재판소에서 맡아 두어야 하오."

그러면 빌려 준 천 원마저 잃어버리게 된 도둑이 '집에 가서 수첩을 보니 천 원을 빌려 주었던 것이 분명하다.'고 하면서 찾으러 올 가능성이 있다.

앞서의 극장 이야기로 돌아가는데, 좀 전의 랍비는 거기에도 똑같은 원칙을 적용해야 한다고 생각했다. 그는 "한 사람은 거짓말쟁이다. 그럼에도 불구하고 절반을 갖게 된다는 것은 거짓말쟁이가 이익을 보는 것이 되며, 이것 또한 사회 정의 원칙에 어긋난다. 그러므로 재판소는 앞으로 증거가 나올 때까지 그 물건을 보관하고 있어야 한다."고 말했다.

그러나 극장의 경우에는 두 사람이 정말 동시에 보았을 수도 있으므로 선서를 시켜 볼 수가 있지만, 천 원과 이천 원의 경우에는 누군가가 거짓말을 하고 있는 것이 분명하기 때문에 선서를 시킬 수가 없다. 거짓 선서를 하지 말라는 것은 천주의 십계 가운데 하나이고, 만일 거짓 선서를 했을 경우엔 매를 서른아홉 대 맞아야 한다. 선서를 했으면서도 거짓말을 하는 것은 하느님을 모독하는 일이 되기 때문이다. 그러나 극장에서의 두 사람은 똑같이 자기가 발견했으니 자기 것이라고 주장했고, 선서를 한 뒤에도 각자 자기주장을 꺾지 않아 어쩔 도리가 없다는 것이다.

≪탈무드≫가 아무리 분량이 엄청난 책이라 해도 기나긴 역사를 한정된 지면 안에서 다루고 있기 때문에 지나치게 페이지를 낭비할 수는 없다. 그러나 기이하게도 이 논쟁에 대해서는 매우 여러 번 반복된다. 이것은 ≪탈무드≫에 있어 극히 드문 일이다.

그건 아마도 그처럼 절충이 불가능한 두 세계가 함께 존재한다는 것을 깨우쳐 주기 위함이 아닌가 싶다.

계 약

어느 회사의 종업원이 고용주를 위해 일해 주고 일주일 단위로 임금을 받기로 계약했는데, 현금이 아니라 근처 상점에서 임금에 해당하는 물건을 사고 상점 책임자가 그의 고용주에게서 현금을 받는다는 조건이었다.

일주일 후, 불만스러운 표정으로 고용주를 찾아온 종업원은 "상점에서 현금을 가져오지 않으면 물건을 내주지 않겠다고 하니 현금을 지급해 주십시오." 하고 말했다. 그러나 잠시 뒤 상점의 책임자가 와서는 "당신네 종업원이 이러이러한 상품을 가지고 갔으니 그 값을 지불해 주십시오."라고 하는 것이었다. 이런 경우에 고용주는 어떻게 해야 할까?

우선 사실 여부를 확인해 볼 필요가 있어서 충분히 조사를 해 봤지만, 종업원에게도 상점의 책임자에게도 아무런 증빙 자료가 없었다. 이들 두 사람은 선서를 한 뒤에도 자신들의 주장을 굽히지 않았다. 결국 ≪탈무드≫에서는 두 사람 모두에게 돈을 지불하라고 고용주에게 지시했다.

그 이유는 이렇다. 종업원은 상점의 청구와 직접적인 관계가 없고, 상점 책임자 역시 종업원과 직접적인 관계가 없다. 하지만 고용주는 양쪽 모두와 관계가 있으므로 그와 같은 관계를 맺고 있는 이상 고용주는 양쪽 모두에게 책임이 있다. 따라서 양쪽 모두에게 돈을 지불해야 하는 것이다. 이것은 ≪탈무드≫ 가운데서 오랫동안 갖가지 논쟁을 불러 일으켰던 이야기이지만 이 판결이 옳은 것에 가장 가깝다.

어느 쪽이 거짓말을 하고 있는지는 모르나 양쪽 다 선서를 했고, 고용주는 양쪽 모두에 관여되어 있으므로 다른 방법이 없는 것이다.

함부로 관여하지 마라. 다시 말해, 계약을 체결할 땐 명백한 선을 그으라는 것이 이 이야기에 담긴 교훈이다.

제5장

탈무드의 손

손은 두뇌의 판단에 의해 움직여진다. ≪탈무드≫를 연구하는 사람으로서 줄곧 '탈무드적'인 사고방식을 고수해 온 필자의 손은 어느 틈엔가 ≪탈무드≫의 판단에 따르는 사자가 되어 버렸다.

'제5장 탈무드의 손'에서는 매일처럼 상의해 오는 어렵고 또 괴로운 문제들을 내가 어떤 방법으로 해결해 왔는지를 실제 예를 들어 소개하려 한다. 지금까지의 에피소드나 격언 등의 응용편이라고 할 수 있다.

형제애

두 형제가 다투고 있었다. 서로 자기 의견만이 옳다고 주장하며 싸우는 것이 아니라, 어머니의 유언이 그 원인이었다. 어머니 유언에 대한 그들 형제의 해석은 나름대로 일리가 있었다. 이 두 사람은 어렸을 때부터 전쟁 중의 독일, 러시아, 시베리아, 만주 등지를 함께 유랑해 다녔기 때문에 매우 사이가 좋은 형제였다. 그런데 그 유언을 둘러싸고 싸움이 일어나 서로 헐뜯고 반목하는 바람에 형은 동생을, 동생은 형을 잃고 말았다. 그들은 이제 서로 얘기도 나누지 않고 같은 방에는 결코 있으려 하지도 않았다.

어느 날 그들은 각자 나를 찾아와 형은 동생을, 동생은 형을 잃은 것을 슬퍼하며 싸울 의사가 전혀 없었다고 하소연했다.

아메리칸 클럽에서 개최하는 회합에 강사로 초청되어 나가게 된 나는 주최 자에게 두 형제를 서로 모르게 파티에 초대해 달라고 간청했다. 평상시 같으면 얼굴을 마주치게 되자마자 이내 등을 돌려 버리곤 했던 두 사람이었지만, 그날은 초청자의 체면을 세워 주어야 하는 처지에 놓이게 되어 형제 모두 돌아가지 못하고 어쩔 수 없이 합석을 했다.

나는 인사를 마친 뒤 다음과 같은 ≪탈무드≫이야기를 해 주었다.

옛날 이스라엘에 두 형제가 살고 있었다. 형은 결혼하여 아내와 자식이 있고 동생은 아직 미혼이었다. 근면 성실한 농부인 두 사람은 아버지가 죽자 재산을 나누기로 하여, 수확한 사과와 옥수수를 똑같이 절반으로 갈라서 각자 자기 창고에 보관했다. 밤이 되자 동생은 '형님에게는 아내와 아이들이 있으니 어려운 일도 그만큼 많을 거야. 내 것을 좀 더 나누어 주어야겠어.' 하고 생각하고 형님 창고에 꽤 많은 양의 사과와 옥수수를 가져다 놓았다. 형도 역시 '나는 자식들이 있으니 노후를 걱정할 필요가 없지만 혼자 사는 동생은 스스로 비축해 두어야 될 거야.' 하는 생각에 옥수수와 사과를 동생의 창고로 옮겨다 놓았다.

아침이 되자 잠에서 깨어난 형제는 각기 창고에 가 보았다. 하지만 어제와 똑같은 분량의 사과와 옥수수가 창고 안에 그대로 놓여 있는 것이었다. 다음 날 밤에도, 또 그다음 날 밤에도, 같은 일이 사흘이나 반복되었다. 바로 그다음 날 밤, 각기 상대방 창고로 사과와 옥수수를 옮기던 그들 형제는 도중에서 마주치고 말았다. 비로소 모든 사정을 알아챈 두 형제는 가져가던 것을 내던진 채 끌어안고 울었다.

이들 두 형제가 서로를 끌어안고 울었던 장소는 오늘날까지 예루살렘에서 가장 존귀한 곳으로 전해지고 있다.

그 아메리칸 클럽에서 나는 혈육의 애정이 얼마나 소중한 것인지를 강조했고, 그 결과 오랫동안 반목해 왔던 두 형제는 잃어버렸던 형제애를 되찾았다.

개와 우유

어느 가족이 개를 기르고 있었다. 오랫동안 더불어 생활해 온 그 개를 가족들 모두가 사랑했다. 특별히 한 아들이 그 개를 유난히 좋아하여 잠잘 때마저도 자기 침대 밑에다 재우는 등 거의 일심동체가 되어 함께 생활했다.

그러던 어느 날 그 개가 그만 죽고 말았다. 아버지는 언젠가는 모두 죽게 되는 것이니 어쩔 수 없는 일이라고 달랬지만, 아들은 형제처럼 사랑스럽게 여겨왔던 충직한 친구를 잃은 것을 몹시 슬퍼하면서 집 뒤뜰에다 묻어 주었으면 좋겠다고 말했다. 물론 아들도 개와 인간은 서로 다르다는 사실을 알고 있었지만 사랑하던 개의 시체를 어딘가에 내다 버린다는 행위를 용납할 수 없었던 것이다.

그러나 아버지는 개를 뒤뜰에다 묻는 것을 반대했고, 그 일로 가족 사이에 일대 논쟁이 벌어졌다. 결국 그 아버지는 상담을 요청하여 혹시 유대의 전통에 개를 매장하는 의식이 있느냐고 내게 물었다. 전화로 그 이야기를 들으며 어떻게 대답해야 할지 나로선 난감했다. 참으로 여러 가지 질문을 받아왔지만 개에 관한 문의는 처음이었던 것이다. 하지만 슬퍼하고 있을 그 아들의 모습이 떠올라 몹시 안타까웠다. 나는 아무튼 당신의 집을 찾아가겠노라고 약속했다.

일반적으로 랍비들은 문의 사항에 대한 답을 전화로 하지 않는다. 상대방과 마주 보고 이야기하는 것이 하나의 관습으로 되어 있기 때문이다.

나는 그의 집을 방문하기 전에 ≪탈무드≫를 펼쳐 놓고 개에 관한 전례가 있는지를 살펴보았고, 마침내 적절한 것 한 가지를 찾아냈다.

집 안에 놓여 있는 우유통 속에 뱀이 빠져 버렸다. 고대 이스라엘의 농촌에는 많은 뱀이 있었지만 우유통 속에 빠진 뱀은 독사였으므로 우유 속에는 당연히 독이 풀리기 시작했다. 그때 마침 그 집에서 기르고 있던 개가 그 광경을 보았다. 그 집 가족들이 통에서 우유를 따르려고 하자, 개가 미친 듯 짖어대기 시작했다. 그러나 가족들은 개가 시끄럽게 짖어대는 이유를 알지 못했다.

마침내 가족 중 누군가가 그 우유를 마시려고 했을 때 개가 달려들어 우유를 엎어 버리고는 그것을 핥아먹기 시작했다. 개는 이내 죽고 말았다.

그제야 가족들은 우유 속에 독이 들어 있었다는 사실을 깨달았고, 자기를 길러 준 사람들을 구하기 위해 대신 죽은 그 개는 당대의 랍비로부터 대단한 경의와 찬사를 받았다.

그 집으로 찾아간 나는 그의 가족들에게 ≪탈무드≫에 나오는 개의 이야기를 들려주었다. 아버지의 반대는 점차 수그러들었고, 결국 아들의 애견은 그의 소망대로 뒤뜰에 묻히게 되었다.

당나귀와 다이아몬드

한 유대인 여성이 백화점으로 쇼핑을 나갔다가 돌아와서 사온 물건을 펼치자 상자 속에 자기가 사지 않은 물건이 있었다. 그녀가 산 것은 양복과 외투뿐이었는데 상자 속에는 매우 값비싸 보이는 반지가 함께 들어 있었던 것이다.

아들과 단둘이 살고 있는 그녀는 그다지 넉넉한 처지가 아니었다. 그녀는 어린 아들에게 그 이야기를 한 다음 상담을 하기 위해 랍비를 찾아가 봐야겠다고 생각했다.

그녀가 찾아오자 나는 ≪탈무드≫의 이야기를 들려주었다.

나무를 해서 그것을 팔아 생계를 꾸려가는 한 랍비가 있었다. 항상 산에서부터 마을까지 나무를 실어 나르던 그는 그 시간을 절약하여 ≪탈무드≫를 더 연구하고 싶은 마음이 들어 당나귀를 한 마리 사기로 결정했다. 그리하여 그는 마을의 아랍 상인에게서 당나귀 한 마리를 샀다.

제자들은 랍비가 보다 빠르게 산에서 마을까지 왕복할 수 있게 된 것을 좋아하며 냇가로 나가 당나귀를 씻겨 주었다. 그때 갑자기 당나귀 목구멍 속에서 다이아몬드가 튀어나왔다. 제자들은 이제 랍비가 나무꾼 생활에서 헤어나 자기들을 가르치고 연구할 시간을 보다 많이 갖게 되었다며 몹시 기뻐했다.

하지만 랍비는 제자들에게 지금 당장 마을로 가서 아랍 상인에게 다이아몬드를 되돌려주라고 명령했다. 한 제자가 "이 당나귀는 이미 선생님께서 사신 것이 아닙니까?" 하고 물었다. 그러자 랍비는 "분명 당나귀를 산 기억은 있지만, 다이아몬드를 산 기억은 없다. 나는 내가 산 것만을 갖겠다. 이것이 정당한 일이다."라고 말하며 아랍 상인에게 가 다이아몬드를 돌려주었다. 그러자 아랍 상인은 "당나귀는 이미 당신이 샀고, 다이아몬드는 그 당나귀 속에 들어 있었는데 돌려 줄 필요가 있습니까?"라고 물었다. 랍비는 유대의 관례에 따르자면 자기가 구입한 물건만을 가져야 하기 때문에 다이아몬드를 당신에게 돌려주는 것이라고 대답했다. 이에 아랍 상인은 당신들의 하느님이야말로 진정으로 위대한 신임이 분명하다면서 감탄했다.

이 이야기를 듣고 난 그녀는 "그렇다면 지금 돌려주러 가야겠군요. 그런데 뭐라고 말하면서 돌려줄까요?" 하고 물었다. 나는 이렇게 대답해 주었다.

"그들이 어째서 돌려주느냐고 묻거든, 이 반지가 백화점의 것인지 백화점 점원의 것인지는 알 수 없으나 내가 유대인이기 때문이라고 대답하시오. 그리고 반드시 아들을 데리고 가십시오. 아들은 자기 어머니가 정직한 분이라는 것을 일생 동안 잊지 않을 것입니다."

벌금의 규칙

한 유대인 회사에서 유대인 사원을 채용했다. 그런데 어느 날 그 사원이 공금을 가지고 도망쳐 버렸다. 유대인 사장은 몹시 화가 나 경찰에 신고하려고 했다. 그러자 그 회사의 중역 한 사람이 어떻게 해야 좋겠느냐면서 내게 상담을 청해 왔다.

나는 "우선 그가 정말로 돈을 갖고 도망쳤는지 사실 여부를 확인해 볼 필요가 있습니다. 조사 결과 회사 돈을 빼돌려 도망갔다는 게 사실임이 밝혀진다 해도, 경찰에 신고하면 그는 기소될 것이고 틀림없이 감옥에 들어가게 될 거요. 하지만 그것은 유대인다운 방법이 아니오."라고 대답했다.

그 이유는 그가 감옥에 수감되어 버리면 사장은 영원히 돈을 돌려받을 수 없게 되기 때문이며, 누군가 돈을 훔쳤다면 그 사람은 벌을 받는 대신 돈을 갚아야만 한다는 것이 유대의 법률이었기 때문이다.

마침내 돈을 갖고 도망갔던 유대인 사원을 찾아내어 그와 같은 이야기를 하자, 그는 수중에 한 푼도 없다고 말했다. 그러나 현재는 없다 하더라도 감옥에 들어가는 것보다는 차라리 일을 해서 돈을 벌어 분할상환 방식으로 갖고 달아났던 돈을 갚는 것이 좋을 것 같아, 나는 경찰에 신고하지 않았다. 대신 내 방에서 재판을 받도록 했다. 재판장이 된 나는 그가 훔친 돈을 벌어서 갚음과 동시에 벌금을 내놓아 그 돈을 자선사업에 쓰기로 결정했다.

유대인 사회에서는 가령 'A'라는 사람이 100만 원을 훔쳤을 경우, 그는 랍비의 재판에 회부되어 유죄가 선고되고 원금에 벌금을 합해서 110만 원을 갚으라는 판결을 받게 된다. 그 110만 원을 갚고 나면 그는 아무런 전과가 없는 결백한 사람과 똑같아진다. 전에 피해를 입었던 사람이 '저놈이 내 돈을 훔쳐 갔었다.'는 따위의 말을 하면 오히려 그처럼 욕을 한 사람이 나쁜 것으로 된다.

벌금은 평균 20% 이상인데, 여기에는 엄밀한 규칙이 있다. 즉 무엇을 훔쳤는지, 그것을 이용해서 돈벌이를 할 수 있는지, 밤이나 낮에 아니면 아침에 훔쳤는지 등등 여러 조건에 의해 적용 범위가 달라진다.

≪탈무드≫에서는 말을 훔쳤을 경우 상당한 벌금을 부과하고 있다. 말은 그것을 이용하여 돈을 벌 수도 있고, 도둑맞은 사람이 몹시 곤경에 처하게 되기 때문이다. 오늘날 같으면 트럭인 셈인데, 이 경우 400% 가량의 벌금을 물어야 한다. 보통 당나귀를 훔쳤을 때는 말을 훔쳤을 때보다 벌금이 적다. 말은 성질이 온순해 훔치기가 쉽기 때문이다. 또한 훔친 사람의 입장도 고려된다. 기아선상에 있는 사람이라면 20% 가량이 벌금에서 삭감된다.

옛날 이스라엘에서는 벌금이나 돈, 또는 이자 따위를 지불할 능력이 없는 경우엔 대신 노동으로 갚아야 했다. 최악의 경우에는 감옥에 들어가게 된다. 그러나 근본적으로 감옥에 가둬 둠으로써 문제가 해결되는 건 아니라는 것이 유대인의 사고방식이다.

아기인가, 어머니인가

극심한 난산으로 위독한 상태에 이르게 된 한 유대인 산모의 남편이 상담 요청을 해와, 나는 한밤중에 병원으로 달려갔다. 그들 부부에겐 첫아기였는데, 산모는 출혈 과다로 매우 위급한 상황이었다. 의사는 산모가 살아나기 어려울 것이라 했고, 아기의 상태를 묻자 그것 또한 미지수라고 대답했다. 결국 아기를 살리느냐, 산모를 살리느냐 하는 결정을 내려야 할 막바지 순간이 다가왔다. 산모는 그 경황 중에서도 자기는 어찌 되든 상관없으니 아기만은 살려 달라고 애원했다. 거듭 의논한 결과 내게 그 일에 대한 결정권이 주어졌다.

나는 우선 '내 결정은 나 혼자의 생각이 아니라 ≪탈무드≫, 또는 유대의 전통이 내리는 것이니 어떤 경우에든 그 결정에 따르겠느냐?'고 물었다. 그러자 부부는 '그것이 유대의 결정이라면 따르겠다.'고 대답했다. 나는 산모의 목숨을 살리고 아기를 희생시키라고 말했다. 그러자 산모가 그와 같은 일은 살인 행위와도 같다며 극구 반대하는 것이었다.

그러나 유대의 전통에 따르면 세상에 태어나기 전까지의 아기는 아직 인간이 아니고, 태아는 그저 어머니의 일부분에 불과할 뿐이라고 되어 있다.

생명을 구하기 위해 부득이하게 신체의 일부, 즉 팔이나 다리를 잘라내야 할 때도 있는 것처럼 유대의 전통에서는 이럴 경우 반드시 어머니를 살리도록 하고 있다.

때마침 그곳에 있던 가톨릭 신부는 아기를 살리고 어머니를 희생시켜야 한다고 주장했다. 잉태와 동시에 새로운 생명이 주어진다고 생각하는 가톨릭의 사고방식에 따르면 어머니에게는 이미 영세가 주어져 구원의 손길이 미치지만 아기는 아직 영세를 받지 못한 것이다. 그러므로 가톨릭 신부는 유대의 결정이 이상하다고 말했다.

어쨌든 부부는 나의 결정에 따랐고, 산모는 생명을 건졌다. 그 뒤 그들 부부에게는 또다시 귀여운 아기가 잉태되어 태어났다.

정당한 경쟁

어느 날 한 상인이 나를 찾아와 다른 상점에서 부당하게 가격을 인하하여 자기 손님을 빼앗아 가고 있다고 하소연했다. 실상 《탈무드》는 부당한 경쟁에 관해서 많은 지면을 할애하고 있는데, 그때까지 나는 《탈무드》에 그러한 것이 수록되어 있다는 사실조차 알지 못하고 있었다. 아무튼 한 주일간의 시간을 얻어 《탈무드》를 공부한 다음 결정하기로 그 상인과 합의했다.

《탈무드》는 다음과 같이 가르치고 있었다.

어떤 물건을 팔고 있는 상점 근처에 똑같은 물건을 파는 상점을 내어서는 안 된다. 하지만 두 군데의 상점 가운데 한 상점에서 어린이들에게 팝콘을 경품으로 내걸었고 아이가 그것을 좋아하여 어머니 손을 잡고 그 상점에 가서 물건을 사도록 하는 경우가 있다면 여론은 갖가지로 나누어지게 된다.

값을 내려 경쟁하는 것은 구매자에게 이익이 되므로 좋지 않느냐고 말하는 랍비도 있고, 구매자를 유혹하기 위해 가격을 내리거나 경품을 내거는 행위는 부당한 경쟁이라고 말하는 랍비도 있다. 그러나 대부분의 랍비들은 가격을 아무리 많이 내려도 그 경쟁은 불공정한 것이 아니라는 것이었다.

사는 사람이 이익을 보는 일이라면 그걸로 족하지 않느냐는 것이 ≪탈무드≫의 견해이다.

다음 주에 다시 찾아온 상인에게 나는 다음과 같이 얘기했다.

"도둑질은 분명 금지되어 있습니다. 하지만 어떤 이유로 얼마나 가격을 내리든 그것은 정당한 행위요."

나 역시 자유 경쟁의 원리에서 소비자가 이익을 보는 일이라면 바람직하다는 생각이었다.

위기를 극복한 부부

결혼한 지 10년이 된 부부가 있었다. 겉보기엔 금슬이 좋은 부부로 매우 행복해 보였다. 그러나 어느 날 남편이 이혼을 해야 될지 어째야 좋을지 모르겠다며 나를 찾아왔다. 그들 부부를 잘 알고 있던 나는 설마 그들의 결혼생활이 원만치 못했으리라고는 생각할 수 없었다.

남편은 아내와의 사이에 아이가 없다는 이유로 친척들로부터 헤어지라는 강요를 받았다고 말했다. 유대의 전통에 따르면, 결혼 후 10년이 지나도록 아이가 없으면 이혼할 권리가 보장되는 것이다.

그들 부부는 헤어져야 한다는 큰 문제 앞에서 심각했지만, 남편의 가족들로부터 매우 강한 압력을 받고 있었기 때문에 달리 방도가 없었다. 그리하여 남편이 먼저 나와 의논하기 위해 찾아온 것이었다.

그다음에 그 두 사람이 함께 찾아왔을 때, 나는 그들 부부가 여전히 서로 사랑하고 있음을 알 수 있었다.

일반적으로 랍비는 이혼에 대해서는 언제든지 일단 반대한다. 그 이유는 한 번 나쁜 아내를 얻은 사람은 헤어진다 하더라도 그와 똑같은 잘못을 무의미하게 반복하여 또다시 그런 아내를 얻게 된다는 사실을 잘 알고 있었기 때문이다.

남편은 사랑하는 아내와 이혼을 해야 하지만 아내에게 이혼 당한다는 굴욕감을 안겨주고 싶지 않다고 했다. 그래서 될 수 있는 한 평화롭게 헤어지기를 원하고 있었다.

이에 나는 '탈무드적'인 발상법을 도입했다. 그래서 남편에게 아내를 위해 성대한 잔치를 열고, 그 자리에서 10년 동안 같이 살아오는 동안 아내가 얼마나 훌륭했던가를 여러 사람들 앞에서 이야기하도록 권유했다.

그는 나의 조언을 진심으로 기뻐했다. 왜냐하면 그 자신이 아내가 싫어서 헤어지는 게 아니라는 사실을 어떤 식으로든 분명하게 밝혀 두겠다고 다짐하고 있었기 때문이었다. 나는 바로 그 점에 올가미를 달아 놓은 것이다.

그는 헤어지는 아내에게 무엇인가를 선물하고 싶다고 말했다. 내가 어떤 것을 줄 생각이냐고 묻자, 그는 아내가 진정으로 오랫동안 귀중하게 여길 수 있는 것을 주고 싶다고 대답했다. 나는 그에게 잔치가 끝나면 아내에게 '내가 가지고 있는 모든 것 중 갖고 싶은 것 한 가지만 이야기하시오. 뭐든 원하는 것을 주겠소.'라고 말하라고 충고했다. 그리고 아내에게도 같은 내용의 이야기를 해 주었다.

이윽고 잔치가 끝나자, 남편은 나의 조언대로 아내에게 뭐든지 갖고 싶어하는 것 하나를 주겠다고 말했다. 다음 날 아침 내가 입회한 자리에서 그녀는 자기가 갖고 싶은 것을 남편에게 이야기하도록 되어 있었다.

그 자리에서 그녀가 택한 단 한 가지는 남편이었고, 결국 두 사람은 이혼을 취소했다. 그 후로 그들 부부 사이에서는 두 명의 아기가 태어났다.

≪성경≫에의 맹세

어느 날 두 명의 남자가 헐레벌떡 달려오더니 나를 찾았다. 그중의 한 남자가 돈이 필요하다고 하는 친구에게 큰돈을 빌려 주었었다. 그러나 상환일이 되자 빌려준 사람은 5천만 원, 빌린 사람은 2천만 원이라고 각기 다른 주장을 하고 있는 것이었다.

나는 거짓말을 하고 있는 사람이 누구인가를 알아내야 했다. 그래서 우선 한 사람씩 따로 만나 이야기를 들은 다음, 두 사람을 같이 오라고 하여 셋이서 얘기를 나누었다. 그러고 나서 그 두 사람에게 이튿날 아침 다시 한 번 나를 찾아오면 판결을 내려주겠다고 말했다.

두 사람이 돌아간 후, 나는 서재에 있는 여러 가지 책을 들춰보며 5천만 원을 꾸어 주었다고 주장하는 사람과 2천만 원밖에 꾸어가지 않았다고 주장하는 사람이 어떤 심리상태에 놓여 있게 되는지를 연구했다. 물론 증서가 있다면 문제가 일어났을 리도 없겠지만 유대인 사회에서는 친구 사이에 돈을 빌려 주고 빌려 갈 경우에는 증서를 작성하지 않는 관습이 있다. 아무튼 나는 2천만 원밖에 빌리지 않았다고 주장하는 남자가 거짓말을 하기로 작정했을 경우, 한 푼도 빌리지 않았다고 주장해도 사실은 똑같은 것이 아닌가 하는 생각을 했다. 그와 동시에 5천만 원을 빌려 주지 않고서도 빌려 주었다고 주장하는 행위 역시 의아스럽게 여겨졌다.

그런데 ≪탈무드≫에 다음과 같은 가르침이 있었다.

거짓말쟁이가 거짓말을 할 때에는 철저하게 한다. 만일 어떤 사람이 자신에게 불리한 사실을 조금이라도 이야기할 경우, 그가 하는 말은 쉽게 믿어진다. 아직 그에게는 다소나마 정직함이 남아 있기 때문이다. 그러므로 당사자 둘이 모이면 그 거짓말의 정도는 가벼워진다.

나는 기일 안에 갚겠다고 약속한 뒤 5천만 원을 빌려 왔더라도 막상 상환일이 닥쳤는데 2천만 원밖에 없었을 경우, 2천만 원밖에 빌리지 않았다고 주장할 수도 있다고 생각되었다. 그래서 우선 2천만 원밖에 빌려가지 않았다고 주장하는 남자를 불러 정말로 2천만 원밖에 빌리지 않았느냐고 물었다. 그러자 남자는 분명히 2천만 원밖에 빌리지 않았다고 대답했다.

"당신에게 5천만 원을 빌려 준 친구는 상당한 부자이므로 그 돈이 꼭 필요한 것은 아니오. 하지만 만일 당신이 빌려간 돈을 갚지 않을 경우, 누군가가 이스라엘에 돌아가야 할 일이라든가 또는 다른 급한 볼일이 생겨 갑자기 돈이 필요해져서 그 남자에게 돈을 빌리러 간다 해도 그는 이제 결코 남에게 돈을 빌려 주지 않을 거요. 유대인 사이에는 늘 돈이 돌고 있어야 하는데 말이오. 이래도 당신은 2천만 원밖에 빌리지 않았다고 주장하겠소?" 하고 내가 다시 물어봐도 남자는 역시 그렇다고 대답했다.

다른 도리가 없음을 깨닫고, 나는 교회에 가서 ≪구약성경≫에 손을 얹고 당신이 2천만 원밖에 빌리지 않았음을 맹세할 수 있느냐고 물었다. 그제야 그 남자는 몹시 곤혹스러워하며 자기는 분명히 5천만 원을 빌렸다고 고백했다.

다른 사람에게 있어 이 일은 상상이 안 될지 모르지만 유대인 교회에서 ≪구약성경≫에 손을 얹을 경우 99.8%의 인간은 절대 거짓말을 하지 않는다. 그 정도로 맹세라는 것은 중요한 일이며 또한 두려운 일로 생각되고 있다. 현재 미국이나 유럽의 법정에서 손을 들어 맹세하는 일도 여기에서 유래된 것이다.

하나의 구멍

한 유대인 남자가 자기는 부당한 대우를 받았다고 생각하여 고용주에게 가서 말했다.

"나는 당신에게 명예를 훼손당했으므로 더 이상 여기서 일하지 않겠습니다. 퇴직금을 모두 계산해 주시오. 회사를 그만두겠소."

그러자 고용주는 고용주대로 그렇지 않아도 일을 열심히 하지 않아 해고시키려던 참에 퇴직금이라니, 단 한 푼도 줄 수 없다고 응수했다.

그러자 어느 날 남자는 금고에서 돈을 훔치고 회사의 서류까지 빼내 가지고 도망쳐 버렸다. 어디로 갔는지 행방이 묘연했는데, 한 달 후 그가 외국의 어느 거리를 걸어가고 있는 것을 보았다는 목격자들이 나타났다.

나를 찾아온 고용주는 비행기 표를 주면서 그가 있는 곳으로 가 그를 설득시켜 달라고 부탁했다. 나는 비행기에 올라 멀리 떨어진 현지로 날아갔다.

현지에 도착한 이틀 만에 간신히 그 남자를 찾아낼 수 있었다. 그는 몹시 놀랐다. 돈을 훔치고, 그에게는 별것 아니지만 회사로서는 중요한 서류를 빼돌려 도망쳤기 때문이었다.

나는 그와 거의 사흘 동안이나 이야기를 나누었다. 내가 어째서 이곳까지 오게 되었는가를 설명하고, 사소한 일은 모두 미뤄둔 채 무엇이 문제의 본질인가를 함께 생각했다.

실상 그때의 나는 법률로 처리할 수 있는 여러 가지 문제에는 관심이 없었다. 내게는 두 명의 유대인 사이에서 발생한 일이 더 중요했다. 유대인 두 명이 서로 충돌하고 헐뜯는 일은 결코 용서할 수 없었다.

나는 《탈무드》를 인용하여 유대인은 모두가 한 가족이고 한 형제이다. 우리들은 도처에서 이방인과 함께 일하고 있으니 유대인끼리는 모든 일을 평온하게 잘 처리해 나가야 한다고 말했다.

그러나 그는 자기의 주장을 굽히지 않은 채 "당신이 하는 일은 당신의 자유지요." 하고 말했다. 그래서 나는 "나로서는 자세히 모르고 있는 상황이므로 어쩌면 당신의 주장이 옳을지도 모른다. 하지만 누가 됐든 자기 마음 내키는 대로 행동하는 것만큼은 금물이다."라고 한 뒤 《탈무드》 이야기를 해 주었다.

많은 사람들이 한 배를 타고 항해하고 있었다. 그런데 한 남자가 자신이 앉아 있는 배 밑바닥을 끌로 뚫어 구멍을 내고 있는 것이었다. 사람들이 놀라서 큰 소리로 아우성을 칠 때도 그는 태연자약하게 "여기는 내 자리인데 내가 어떤 짓을 하든 무슨 상관이야." 하고 말했다. 곧이어 사람들은 그를 남겨 둔 채 배에서 빠져나가 버렸다.

한 유대인이 회사의 돈과 서류를 빼돌려 가지고 도망쳐 버렸다. 주위 사람들이 뭐라고 하겠는가? 역시 훌륭한 사람들이라고 유대인을 칭송할까? 이런 일은 유대인이란 이름을 더럽히는 짓이다.

마침내 그는 이해한 듯 "당신 말씀이 옳습니다. 당신의 의견에 따르지요." 하고 말한 뒤 자기가 빼내온 돈과 서류를 나에게 맡겼다.

다시 회사로 돌아온 나는 고용주와 만나 이야기를 나누고 일을 완전히 매듭짓기로 했다. 물론 남자의 주장이 옳다면, 내가 맡아 둔 돈과 서류를 다시 그에게 돌려주려고 생각했었다.

여러 얘기를 나눈 결과 남자가 원하던 정도는 아니었지만 얼마간의 퇴직금도 받게 되어 일은 원만하게 해결되었다.

부부 싸움

미국 군목으로 부임해 있는 랍비들의 경우, 대개가 유대 신학교를 갓 졸업한 청년들이다. 그러므로 나이가 든 나는 마치 지도자처럼 여겨져서, 무슨 문제가 발생하면 그들은 나의 견해를 듣기 위해 내 집을 방문하거나 전화를 걸어온다.

어느 날 젊은 랍비가 나를 찾아왔다. 그는 싸움 중인 한 부부를 동반하고 있었다. 나는 그들 부부에게 두 사람의 랍비가 얘기를 해도 되겠느냐고 물어 승낙을 얻었다.

부부간의 문제를 상담할 때는 그들을 함께 앉혀 놓고 들으면 안 된다. 서로 자기주장만 내세우기 때문에 반드시 두 사람을 따로 불러 상담해야 한다. 한 사람씩 따로 떼어놓고 이야기를 들으면 대개의 경우 서로가 서로를 생각하며 아껴 주고 있다는 사실을 분명히 알 수 있다. 그러므로 인내심과 동정심을 가지고 그들 문제에 접근해 나가면 대부분의 일은 해결된다.

그때도 나는 우선 남편의 이야기를 듣고 난 다음 그의 주장을 전부 인정하고 동의를 표했다. 다음엔 아내를 불러들였다. 그녀의 이야기를 참을성 있게 듣고 난 나는 이번에도 그녀가 주장하는 게 모두 옳다고 인정해 주었다.

두 사람이 나간 뒤 나는 그 젊은 랍비에게 당신이라면 어떻게 해결하겠느냐고 물었다. 그러자 그는 "저는 도저히 납득할 수가 없습니다. 선생님께서 남편의 이야기를 들었을 땐 남편이 모두 옳다고 인정했고, 아내 쪽 주장을 들었을 때 역시 모두 수긍하며 옳다고 인정했습니다. 두 사람은 전혀 다른 주장을 내세우고 있는데 어떻게 그들의 주장이 모두 옳을 수 있겠습니까?" 하고 의문을 표시했다. 나는 당신의 지금 이야기가 가장 옳다고 말했다.

이러한 해결방법을 어떻게 생각할 것인가? 나를 줏대 없는 사람이라고 몰아붙일 것인가?

여러 사람이 서로 다른 주장을 가지고 상담을 요청해 올 경우, 당신이 옳고 당신은 틀렸다 따위로 단정적인 판결을 해서는 안 된다는 것이 나의 생각이다. 그와 같은 단도직입적인 판결은 쓸데없는 마찰만을 불러일으킬 뿐이다. 이런 경우에는 쌍방의 열전 상태를 냉각시키는 데 관심을 두어야 하는 것이다. 그러기 위해서는 쌍방의 주장을 모두 수긍해 주는 것이 필요하고, 그렇게 함으로써 서로가 냉정을 되찾고 서서히 화해의 길을 모색할 수 있는 것이다.

따라서 이런 유형의 문제가 발생했을 때는 어떤 주장이 됐든 상대방의 얘기를 잘 들어주고 수긍해 주는 것이 무엇보다 중요하다.

단 결

JCC(유대 커뮤니티 센터)는 유대인 사회 중에서도 아주 색다른 사회이다. 그것은 단일 유대인종의 사회가 아니기 때문이다. 러시아계, 영국계, 프랑스계, 이스라엘계, 미국계 등 여러 계통의 유대인이 소단위로 그룹을 형성하고 있어 계율을 철저하게 지키는 사람, 그렇지 않은 사람, 자선심이 후한 사람, 그렇지 못한 사람 등 갖가지 사람들이 제각각의 출신지 국민성을 반영하고 있었다. 그러다 보니 통일성이라곤 전무한 공동체를 이루게 되었다.

이러한 군집 사회에서는 어쩔 수 없이 일종의 긴장상태가 발생되기 마련이다. 언젠가부터 이 커뮤니티가 서로 반목하는 두 그룹으로 분열될 조짐이 나타났다.

'한 줄기의 갈대는 약하지만 그것을 서로 엮으면 매우 질기다. 개떼는 그들만을 한자리에 모아 두면 서로 물어뜯고 싸우지만, 이리가 나타나면 자기들끼리의 싸움을 그친다. 유대인은 오늘날에도 완전한 안전이 보장되지 않고 아랍인이나 러시아인, 반 유대주의자들에게 둘러싸여 있으므로 서로의 싸움은 피하는 것이 좋겠다.'고, 나는 두 개의 대립하고 있는 그룹을 향해 ≪탈무드≫이야기를 해 주었다.

이 기본적인 이념 아래 오늘날에는 그리 큰 대립 없이 생활해 나가고 있다.

진실과 거짓

수많은 사람들이 나에게 갖가지 문제를 가지고 와서 해결해 달라고 부탁한다. 이 문제들은 101가지나 되며, 그중 똑같은 것은 단 하나도 없다. 다만 한 가지 공통된 점은 '누가 거짓말을 하고 있는가?', 아니면 '스스로 거짓이라는 사실을 모르면서 말하고 있는 것은 아닌가?' 하는 점을 가려내는 것이다. 진실과 거짓을 구별해 내는 일은 참으로 어렵다.

솔로몬은 매우 현명한 왕으로 알려져 있었다. 어느 날 두 여자가 한 아이를 데리고 와서 서로 자기 아이라고 주장하며 솔로몬 왕에게 재판을 의뢰했다. 당시 유대의 왕은 정치가가 아닌 랍비였다.

솔로몬 왕은 여러 사실을 조사했지만 어느 여자의 아이인지 알아낼 수가 없었다. 유대의 보편적인 관습에 따르면 소유물이 누구의 것인지 도저히 알 수 없을 때에는 공평하게 둘로 나누어 갖는 것이 관례였다.

그에 따라서 솔로몬 왕은 칼로 그 아이를 둘로 나누도록 명령했다. 그 순간, 한쪽 여자가 미친 사람처럼 "그렇게 해야 한다면 차라리 아이를 저 여자에게 주어 버리십시오!" 하고 울부짖었다.

그 같은 광경을 본 솔로몬 왕은 "그대야말로 진짜 아이의 어머니다."라고 하면서 아이를 그 여인에게 넘겨주었다.

새로운 약

내 친구 한 사람이 중병에 걸렸는데, 어떤 새로운 약을 복용하지 않으면 소생할 수 없는 상태에 이르렀다. 하지만 그 약은 수요가 너무 많아 생산이 따르질 못해 구하는 것이 쉽지 않았다.

그러자 그 가족 중 한 사람이 내게 와 "당신은 교수라든가 훌륭한 의사들을 많이 알고 있을 테니 어떻게든 그 약을 좀 구해 줄 수 없겠습니까?" 하고 간청했다. 나는 안면 있는 의사에게 이야기하며 친구를 도와 달라고 부탁했다. 내 청에 그 의사는 "만약 지금 내가 가지고 있는 약을 당신 친구에게 주게 되면 이것만을 기다리고 있던 사람은 죽을지도 모릅니다. 그렇게 되더라도 당신은 내게 그 약을 부탁하겠소?"라고 물어왔다.

나는 잠깐 생각할 시간을 달라고 한 다음 ≪탈무드≫를 펼쳐 보았다.

어떤 사람을 죽이면 자기 생명이 살아날 경우 어떻게 하는가? 만약 그 사람을 죽이지 않으면 자기가 죽을 경우엔 어떻게 하는가?

자기의 목숨을 부지하기 위해 남을 죽여서는 안 된다. 어찌해서 자기의 피가 남의 피보다 진하다고 할 수 있는가?

어떠한 인간의 목숨도 다른 인간의 목숨보다 더 소중하다고 할 수는 없는 것이다.

이것을 내 경우에 대입해 보면, 내 친구의 목숨이 그 약을 입수하지 못하면 죽을지도 모를 그 누군가의 목숨보다 더 소중하다고 할 수는 없는 것이다. 나는 이런 경우를 친구의 가족들에게 어떻게 설명해야 할지 몰라 몹시 난감했다.

친구가 위태한 지경에 이르러 그 가족들이 나를 믿고 도움을 청해 왔는데도, ≪탈무드≫에 따르자면 나는 그 친구의 죽음을 그저 기다리고 있어야만 한다. 그렇지만 나는 약을 구하지 않기로 했다. 그 결과, 내 친구는 죽고 말았다.

세 동업자

두 사람의 동업자가 있었다. 두 사람 모두 경험은 없었으나 성실하고 부지런했기 때문에 맨주먹으로 시작하여 자그마한 빌딩을 소유할 정도로 사업은 매우 성공적이었다.

그러던 어느 날, 불현듯 그들은 자기네가 대단한 성공을 거두었음을 깨닫게 되었다. 그러나 두 사람 사이에는 아무런 증서도 없었기 때문에, 그들이 건강하게 살아 있는 동안은 괜찮으나 아이들 대에 가서 말썽이 일어나지 않도록 계약서를 작성해 두기로 했다.

그런데 일단 계약서 작성이 시작되자 두 사람은 사사건건 다투게 되었다. 아니, 계약서를 만들기 직전부터 의견 충돌이 생겨났다. 왜냐하면 너는 공장 책임자이고, 나는 본사 책임자라든가 하는 따위의 세세한 것까지 문서화시키려 함으로써 서로 상대가 자기보다 유리한 조건을 차지하려는 게 아닌가 하고 의심했기 때문이다.

사업을 시작해서 성공할 때까지는 아무런 말썽도 없었던 만큼 두 사람이 나란히 내게로 상담하러 왔다. 이건 어느 쪽이 옳고 어느 쪽이 그르다는 문제가 아닌 만큼 나로서도 간단 명쾌하게 결론을 내려줄 수가 없었다. 그들은 한 사람은 영업, 한 사람은 생산으로 나뉘어 서로 자기가 없었다면 이 회사도 없었다고 주장하며 언성을 높였다. 자신은 없었지만 나는 이렇게 말했다.

"두 사람이 싸움을 하기 전까지는 모든 것이 상당히 잘 되어 왔습니다. 그런데 두 사람의 반목으로 회사가 무너지는 걸 모른다는 건 매우 어리석은 일입니다. 그렇다고 이런 상태에서 사업을 계속할 수도 없을 겁니다. 어떻게든 해결의 실마리를 찾지 않으면 안 될 시점이지요."

나는 《탈무드》를 펼쳐 다음과 같은 간단한 문구를 찾아냈다.

'태어나는 아이의 생명은 아버지와 어머니, 그리고 하느님에 의해 부여되었다. 하지만 성장함에 따라 그 아이에게는 생명을 부여하는 자가 또 한 사람 추가된다. 그건 교사이다.'

"당신네 회사의 실질적인 경영자는 누구입니까?"고 내가 묻자, 그들은 둘 다라고 대답했다. 그래서 나는 말했다.

"그렇다면 하느님도 회사 경영진에 끼워 드리는 게 어떻겠소? 어쨌든 하느님은 전 우주에 참여하고 계시니까요. 서로 자기가 잘했다고만 주장하지 말고, 모든 우주의 움직임은 하느님의 섭리이니 그분을 동료로 삼아도 무방하지 않겠습니까?"

그때까지는 두 사람이 공동 대표자여서 아무런 문제가 없었지만, 지금은 둘 다 사장이 되고 싶어했다. 그래서 나는 다시 조언을 해 주었다.

"물론 당신네들의 회사이지만, 동시에 하느님의 회사이기도 하다는 겁니다. 또한 당신들은 유대인을 위해서 일하고 있는 것이기도 하니, 자기의 회사라는 생각을 너무 내세우지 말고 하나의 의무를 수행하고 있다고 생각하면 어떨까요? 그렇게 되면 어느 쪽이 사장이 되는지 따위는 크게 중요한 일이 못 된다는 사실을 알게 될 것입니다. 영업 담당은 그대로 영업을 하고, 공장 담당은 전처럼 공장 일을 하도록 하면 좋겠지요."

그 뒤 이 회사는 대단히 번창하고 있다. 자선을 위해 수익의 몇 할 정도를 기부할 만큼 되었고, 그것이 또 하나의 목표가 되었다. 그래서인지 누가 사장이라고 규정지을 것도 없이 매출이 계속 올라가고 있다.

축복의 말

나는 어느 병실에 의사와 환자와 함께 있었다. 중상을 입은 환자는 심한 내출혈로 몹시 고통스러워했다. 병실 안은 역한 냄새로 가득했고, 마침내 환자는 혼수상태에 빠져 버렸다.

의사는 꺼져가는 목숨을 살려내려고 굵은 땀방울을 흘리며 혼신의 노력을 기울였다. 대량의 수혈이 행해지고 있었다. 수혈이 중단되면 환자는 죽게 될 상태였기 때문에 의사는 거의 절망적인 표정이었다.

그가 "대체 당신은 지금 무슨 생각을 하고 있습니까?" 하고 물어오자, 나는 "지금 생사에 대해서는 생각하지 않고 있습니다. 그저 가느다란 혈관이 귀중한 붉은 액체를 흘려내어 이 사람이 위독하다는 것을 생각하고 있지요." 하고 대답했다.

수혈이 끝난 후, 환자는 결국 죽었다. 의사는 허탈감에 빠져 나에게 정신적인 구원을 청했다.

그래서 나는 '유대인들은 왕을 만나든, 식사를 하든, 태양이 떠오르는 것을 보든, 그 모든 때에 축복의 말을 한다. 심지어 화장실에 갈 때의 축복의 말도 있다.'는 ≪탈무드≫ 이야기를 해 주었다.

그러자 의사는 "랍비는 화장실 갈 때 뭐라고 합니까?" 하고 물었다.

"몸은 뼈와 살과 여러 가지 부분으로 이루어져 있습니다. 그러나 몸 가운데 닫혀 있어야 할 것은 닫혀 있고, 열려 있어야 할 것은 열려 있어야 합니다. 이것이 반대로 되면 아주 곤란하므로 항상 열릴 것은 열리고 닫힐 것은 닫혀 있게 해 달라고 기도하지요." 하고 내가 대답했다.

그러자 의사는 "그 기도 내용은 해부학에 정통한 사람의 말과 똑같군요."라며 감탄했다.

보트의 구멍

기업에서는 고용인을 해고해야 할 때가 생기기도 한다. 그러나 이처럼 하기 싫은 일도 없을 것이고, 때로는 사회적인 문제로까지 확대된다.

특히나 유대인 기업에서 유대인 사원을 고용하고 있는 경우, 원인이 무엇이든 그를 해고시키기란 몹시 어렵다. 그 이유는 그에게 부양가족이 딸려 있기 때문이기도 하지만, 유대인은 다른 직장을 구하는 것이 쉽지 않기 때문이다. 더욱이 외국에 나가 사는 경우 취업의 기회가 극히 드물 뿐 아니라, 다른 나라로 이주하거나 본국으로 돌아가려고 해도 역시 돈이 있어야 하기 때문이다.

그런 연유로 나는 항상 고용인들이 해고당하지 않도록 신경을 쓰고 있다. 만일 누군가가 직장을 잃게 되면 자기 가족들로부터 존경받지 못하는 비참한 상태로 전락할 뿐 아니라, 그 실업자를 유대인 사회가 부양해야 하므로 결국은 유대인 사회 전체의 부담이 되기 때문이다.

그러나 본시 유대인은 풍부한 동정심의 소유자들이기 때문에 실질적으로 사원을 해고시키는 경우는 극히 드물다. 그렇다 하더라도 언젠가 그 드문 일이 발생한 적이 있었다. 그때 나와 상의하기 위해 찾아온 고용주가 이렇게 말했다.

"저는 한 사람의 직원을 해고시켜야만 됩니다. 그는 지금 해고시키지 않아도 어차피 해고당할 사람입니다. 아무 일도 처리하지 못하는 멍청이예요. 그러니 다른 직장에 가 봤자 결국 또 해고당할 게 분명합니다. 그래서 사실 저로선 그를 해고시키고 싶지 않아요. 저 자신에게 그를 해고시키지 않아도 될 어떤 좋은 명분이 없겠는지요?"

이에 나는 다음과 같은 ≪탈무드≫이야기를 들려주었다.

한 남자가 조그마한 보트 한 척을 소유하고 있었다. 그는 여름이 되면 가족들을 거기에 태우고 호수로 나가 낚시질을 하며 즐거운 시간을 보내곤 했다.

여름이 지나가자 보트를 뭍으로 끌어올려 놓은 그는 비로소 보트 밑바닥에 작은 구멍이 뚫려 있다는 사실을 알게 되었다. 하지만 그것은 매우 작은 구멍이었고, 어차피 겨울 동안은 보트를 사용하지 않을 것이므로 다시 사용하게 될 내년 여름에나 수리해야겠다고 생각하고는 그대로 방치해 두었다. 그리고 보트에 페인트칠만 새로 해 달라고 페인트공에게 부탁했다.

이듬해 여름이 일찌감치 찾아왔다. 그의 두 아이는 보트를 타고 호수로 나가고 싶어했다. 보트에 구멍이 나 있다는 사실을 까맣게 잊고 있었던 그는 그래도 좋다고 승낙했다. 그가 불현듯 보트에 구멍이 뚫려 있었다는 사실을 깨닫게 된 것은 이미 두 시간이나 지난 뒤였고, 아이들은 수영도 잘하지 못하는 상태였다. 당황한 그는 누군가의 도움을 요청하기 위해 허둥거리며 밖으로 달려 나갔다.

그러나 곧 두 아이가 다시 보트를 뭍으로 끌어올리고 있는 광경을 보게 되었다. 두 아이를 반갑게 껴안아 준 그는 보트를 살펴보았다. 밑바닥에 뚫려 있던 구멍은 누군가가 손을 보아 단단히 막혀 있었다. 그 순간 지난겨울 보트에 페인트칠을 했던 그 페인트공이 구멍을 수리해 놓았다는 사실을 깨닫게 되었다.

그는 고맙다는 인사를 하기 위해 선물을 사들고 그 페인트공을 찾아갔다. 그러자 페인트공은 "보트에 페인트칠을 하고 품삯을 받았는데 어째서 이런 선물을 또 갖다 주십니까?" 하고 물었다. 이에 그는 "보트에 뚫려 있던 작은 구멍을 당신이 손보아 주었지요. 나는 물론 보트를 사용하기 전에 그 구멍을 수리하려 마음먹었지만 그만 깜빡 잊고 말았어요. 그런데 당신이 내가 수리를 부탁하지도 않았는데 구멍까지 손을 봐주어 그 덕분에 우리 아이들이 목숨을 구했답니다." 하며 거듭 감사했다.

아무리 조그만 선행이라 할지라도 그것이 다른 사람에게 얼마나 큰 도움이 될지는 누구도 상상하지 못한다. 나는 그 고용주에게 다시 한번 그 직원에게 기회를 주는 것이 좋겠다고 충고했다.

권 유

평판 좋고 자선심 많은 데다 예의까지 바른 한 유대인이 있었다. 그러나 그는 유대인 사회에서의 공동체적인 활동은 전혀 않고 있었다.

어느 날 나는 호텔에서 그와 식사를 함께할 기회를 갖게 되었다. 유대인

사이에서는 사업을 하는 사람을 만나게 되면 '요즘 어떻습니까? 사업은 잘됩니까?' 따위의 인사를 하고, 랍비를 만났을 땐 '무슨 재미있는 책을 읽었습니까? 요금 무슨 근사한 일이라도 생각해 내셨습니까?'라는 식으로 묻는 관습이 있다. 배우는 것을 직업으로 하고 있는 랍비는 언제 어디서든 뭔가 얘기를 할 수 있도록 주머니 속에 여러 가지 얘깃거리를 넣어 가지고 다니는 것이다.

과연 그는 나를 만나자, 최근에 읽은 재미있는 책이 무엇이냐고 물었다. 나는 "요 근래에 ≪탈무드≫에서 대단히 재미있는 얘기를 발견했는데, 당신도 ≪탈무드≫를 공부할 때 그 대목을 읽어 보시도록 권하고 싶습니다." 하고 얘기를 시작했다.

모두로부터 존경받는 훌륭한 랍비 한 사람이 있었다. 그는 고결하고 친절하고 자애로운 사람이었다. 섬세한 감정의 소유자인 데다 하느님을 깊이 공경하고 있는 그는 혹 개미 한 마리라도 밟지 않을까 하여 조심해서 걸었고, 하느님이 창조하신 것을 실수로라도 파괴하지 않도록 주의하며 생활하고 있었다.

80세를 넘어서자 그의 육체가 갑자기 쇠잔해졌다. 물론 그 자신도 그것을 알아차렸고, 이윽고 죽을 때가 가까워졌음을 깨달았다. 제자들이 머리맡에 모여들자 그는 울기 시작했다.

"스승이시여, 왜 우십니까?" 하고 그의 수제자가 물었다.

"스승께선 공부하는 것을 잊은 날이 하루라도 있었습니까? 깜빡 잊고 가르치지 않은 날이 있었습니까? 자선을 베풀지 않은 날이 단 하루라도 있습니까? 스승님은 이 나라에서 가장 존경받고 있는 훌륭한 분이십니다. 하느님을 가장 깊이 공경한 분도 바로 스승이십니다. 게다가 정치세계와 같은 더럽혀진 곳에 발을 들여놓으신 적도 없잖습니까? 스승님께서 울어야 할 이유라곤 정말이지 아무것도 없을 겁니다."

이에 랍비는 더 큰 소리로 울고 나더니 말했다.

"바로 그렇기 때문에 나는 울고 있는 것이다. 죽는 순간에 하느님께서 '너는 공부했느냐? 너는 기도했느냐? 너는 자선을 베풀었느냐? 너는 바른 행실을 했느냐?'고 묻는다면 나는 모든 질문에 '네.'라고 대답할 수가 있다. 그러나 보편적인 인간 사회에 끼어들어 생활했는지를 묻는다면 '아니요.'라고 대답할 수밖에 없다. 그래서 우는 것이다."

결과적으로, 자기 일에서는 성공을 거두고 있지만 유대인 사회엔 얼굴조차 내밀지 않는 앞의 예의 바른 사나이에게 이 ≪탈무드≫사회의 생활에 참가하면 어떻겠냐고 권유한 것이다.

위생관념

≪탈무드≫를 읽어가다 보면 유대인들의 보건 위생관념이 매우 엄격하다는 사실을 자연스럽게 알게 된다.
다음은 그중 몇 가지의 가르침이다.

첫째, 컵을 사용할 땐 사용 전에 헹구고 사용 후에 또 씻어 두라.
둘째, 자신이 입을 댔던 컵을 씻지 않은 채 남에게 건네지 마라.
셋째, 안약을 넣는 것보다 아침저녁에 눈을 물로 씻는 것이 낫다.
넷째, 의사가 없는 곳에서는 살지 마라.
다섯째, 화장실에 가고 싶을 땐 잠시라도 참지 마라.

뿌린 만큼 거둔다

자선행위로서 어느 곳엔가 헌금을 하게 되면 사람들은 일반적으로 돈을 잃었다고 생각한다. 그러나 사실은 그렇지가 않다. 실제로는 남에게 베푸는 만큼 나중에 다시 돌아오게 된다.
자선에 돈을 쓰면 쓸수록 오히려 더 불어나서 다시 돌아온다는 얘기를 할 때, 나는 다음과 같은 ≪탈무드≫ 얘기를 인용한다.

큰 농장을 소유하고 있는 농부가 있었다. 그는 예루살렘 근처에서 가장 자선심이 후한 사람으로 알려져 있었으므로 매년 랍비들이 그의 집을 방문했다. 그럴 때마다 그는 아낌없이 자선을 베풀었다.

어느 해 폭풍우가 몰아닥쳐 과수원이 모두 망가져 버린 데다 가축들까지 전염병에 걸려 그가 기르던 양과 소, 말까지 모조리 전멸했다. 그러자 채권자들이 그의 집으로 몰려들어 재산을 모두 압류해 버려, 그에게는 손바닥만한 토지밖에 남지 않았다. 그러나 그는 하느님이 주시고 또 가져갔으므로 하는 수 없는 일이라며 태연자약했다.

여느 해처럼 찾아온 랍비들은 그토록 부유했는데 이처럼 한순간에 몰락해 버릴 수가 있느냐며 동정을 금치 못했다. 농부의 아내가 남편에게 말했다.

"우리는 항상 랍비들에게 학교를 세우거나, 교회를 유지하거나, 가난한 사람, 늙은 사람을 위해 헌금했었는데 올해는 아무것도 줄 수가 없으니 참으로 안타깝군요."

그리하여 부부는 랍비들을 빈손으로 보낼 수는 없다는 생각에서 마지막 남아 있던 땅의 절반을 팔아 헌금하고 그 대신 남은 절반의 땅에서 더 열심히 일해 메워 나가자고 뜻을 모았다. 뜻하지 않았던 헌금을 받고 랍비들은 매우 놀랐다.

그 후 부부는 나머지 땅에 온 정성을 다 기울였다. 그러던 어느 날 밭갈이하던 소가 갑자기 쓰러져 버렸다. 흙투성이가 된 소를 일으키려 애쓰는데 소의 발밑에서 뭔가가 보였다. 엄청난 양의 보물이었다. 그것들을 파낸 그들은 다시 예전과 같은 농장을 경영할 수 있게 되었다.

이듬해에 랍비들은 아직도 그 농부가 가난한 생활을 계속하고 있으리라 생각하고 지난해의 자그마한 땅으로 찾아갔다. 그러나 이웃사람들이 그는 이제 여기에 살지 않고 건너편의 커다란 집에서 살고 있다고 가르쳐 주었다.

랍비들이 찾아가자, 농장주는 지난 일 년 동안 있었던 일을 모두 설명하고 아낌없이 자선을 베풀면 반드시 되돌아온다고 말했다.

나는 헌금을 모을 때마다 이 얘기를 보다 자세하게 몇 번이고 한다. 그리하여 그때마다 목표했던 만큼의 헌금을 모금할 수 있었다.

사자 이야기

언젠가 'A' 나라에서 'B' 나라로 온 유대인과 대화를 나눈 일이 있었다. 대개 그러한 유대인들은 'A' 나라 편으로서 'B' 나라를 싫어한다든지, 'B' 나라 편으로서 'A' 나라를 싫어한다든지, 'A' 나라나 'B' 나라를 다 싫어한다든지, 또는 'A'도 'B'도 똑같이 좋아하는 등 갖가지 타입의 사람이 있게 마련이다. 그런데 그 유대인은 전시의 'B' 나라에 대해 기억하고 싶지 않을 정도로 불쾌한 감정을 가지고 있었다.

그 당시 유대인들은 특별 거주지역이 지정되어 집단으로 갇혀 있어야 했고, 'B' 나라 경비병에 의해 감시까지 당하는 처지였다. 유대인들은 자주 구타당하고 전염병까지 돌아 많은 친지들이 죽었고, 식량사정이 몹시 나빴기 때문에 전쟁 중에 겪었던 일들은 혹독한 배고픔과 쓰라린 고통뿐이었다.

"유럽에서 6백만 명가량의 유대인이 학살되었습니다. 전시에 유럽에 거주했던 유대인만큼 비참한 사람들도 없었죠. 현재 당신은 전쟁의 와중에 'B' 나라에서 겪었던 괴로웠던 기억을 이야기하고 있는데, 이것은 당신이 살아 있다는 증거가 아니겠습니까? ≪탈무드≫에는 이런 이야기가 있습니다."

나는 계속해서 목에 뼈가 걸린 사자 이야기를 했다.

사자는 목에 뼈가 걸리자, 누구든 자기 목에서 뼈를 꺼내 주면 큰 상을 주겠다고 말했다.

그때 한 마리 학이 날아와서 사자의 입을 한껏 벌리게 한 다음 제

머리를 사자의 입 속에 들이밀었다. 그리고 긴 부리를 이용하여 힘들이지 않고 뼈를 꺼냈다.

그러고 나서 "사자님, 제게 어떤 상을 내리시겠습니까?"라고 물었다. 그러자 사자가 학을 노려보며 말했다.

"내 입 속에 머리를 넣고도 살아남았으니, 바로 그것이 상이다. 그렇게 위험한 지경에 처했다가도 살아서 돌아갈 수 있다는 건 큰 자랑이 될 것이고, 그 이상의 상이란 없다."

살아 있는 바다

세계 여러 민족 가운데 가장 자선을 중요시하는 민족이 유대인이다. 그럼에도 불구하고 오늘날은 랍비나 혹은 이웃사람이 권유하지 않으면 자선을 베풀지 않는 유대인이 때때로 눈에 띈다. 그럴 때 나는 다음과 같은 얘기를 한다.

이스라엘의 요단 강 근처에 두 개의 호수가 있다. 하나는 사해이고, 또 하나는 히브리어로 '살아 있는 바다'라고 불리는 호수이다.

'죽은 바다', 즉 사해에는 밖에서 물이 들어오긴 하지만 다른 데로 나가진 않는다. 한편 살아 있는 바다에는 물이 들어가기도 하고 나가기도 한다.

자선을 베풀지 않는 사람은 앞에 얘기한 바로 그 사해처럼 돈이 들어오기만 하고 아무 데로도 나가지 않는다. 자선을 베푸는 사람은 살아 있는 바다와 같이 돈이 들어가고 또 나가기도 한다.

우리들은 살아 있는 바다가 되지 않으면 안 된다.

제6장

탈무드의 발

발은 미래와 과거의 역사를 그린다. 물론 현재
를 굳건히 딛고 서 있는 것도 발이다.
'제6장 탈무드의 발' 편에서는 ≪탈무드≫ 수
난의 역사를 돌이켜봄과 동시에 비유대인들에
게는 이해하기가 좀 난해한 '랍비'라는 일부 계
층에 대해 언급했다.

수난의 책

《탈무드》는 기원후 5백 년 바빌로니아에서 편찬되기 시작했다. 현존하고 있는 것 중 가장 오래된 《탈무드》는 1334년에 손으로 쓰인 것이다. 처음 인쇄된 건 1520년, 베니스에서였다.

1244년, 파리에 있던 모든 《탈무드》는 가톨릭교도들에 의해 몰수되어 24대의 짐차에 실려가 불태워지는 동시에 금서로 지정되었다. 1263년에는 가톨릭교회 대표자와 유대의 대표자가 모인 공개석상에서 《탈무드》가 가톨릭 교리에 어긋나는 것인가 아닌가 하는 논쟁이 벌어지기도 했다.

그러다 1415년이 되자 유대인이 《탈무드》를 읽는 것이 법령으로 금지되었으며, 1520년 로마에선 모조리 압수되어 불태워졌다. 그러나 박해를 가한 측은 《탈무드》를 전혀 읽지 않는 사람들이었다. 《탈무드》를 모를수록 더욱 싫어했던 것이다. 그 뒤 1553년, 1555년, 1559년, 1566년, 1592년, 1597년에도 《탈무드》는 불살라졌다. 1562년에는 가톨릭교회가 검열하여 오려내기도 하고 찢어 버리기도 해서, 오늘날 남아 있는 《탈무드》는 완전한 것이 아니다.

언젠가 《탈무드》를 마이크로필름에 담고 있을 때, 책장 사이에서 수백 년간 잃어버렸다고 여겨왔던 어떤 페이지가 발견된 적도 있다. 그런 까닭에 《탈무드》를 읽어가다 보면 갑자기 도중에 얘기가 끊기는 데도 있는 것이다. 가톨릭교회는 책 전체의 5분의 1 내지 6분의 1가량을 빼 버렸는데, 가톨릭 교리를 비판했다고 여겨지는 대목이나 또는 비유대인에 대해 쓰인 곳은 모조리 삭제해 버렸던 것이다.

현재의 《탈무드》는 여러 나라 말로 번역되어 있으며, 그에 대한 관심은 세계적으로 매우 높다. 《탈무드》는 연구서이다.

유대인에게는 공부한다는 일이 인생의 최대 목적이었다. 유대인을 다소라도 이해하려면 《탈무드》가 유대인에게 있어 얼마나 중요한 것인지를 먼저 깨닫지 않으면 안 된다. 하느님의 의지대로 행하는 것이 유대인들에게는 가장 중요한 일이었으므로 《탈무드》를 공부하지 않으면 살아갈 수가 없었다. 그러나 ≪탈무드≫의 공부는 지적인 것이 아닌 종교적인 연구이다. 유대인으로서 하느님을 찬미하는 최대의 행위는 바로 공부하는 것이다. '공부야말로 올바른 행동을 만든다.'라는 속담을 유대인들은 금언으로 받들고 있다.

고대 유대의 도시나 마을들은 그곳에 있는 학교 이름으로 불렸다. 그리고 교회는 공부하는 장소이기도 했다. 로마인은 유대인을 비유대화시키기 위해 ≪탈무드≫ 연구를 일체 금지했었다. 하지만 유대인에게 공부를 못 하게 하면 이미 유대인이 아닌 것이다. 그 공부를 계속하기 위해 많은 유대인이 죽어갔다. 그리고 지식은 모든 것을 이겨냈다.

나는 일하러 나가기 전인 새벽 5시에 일어나 ≪탈무드≫를 공부하는 유대인을 많이 알고 있다. 점심 때, 저녁식사 후, 또는 버스나 지하철을 타고서도 유대인들은 공부한다. 또 안식일에는 평소보다 더 많은 시간을 할애하여 ≪탈무드≫를 연구한다. 총 20권 중 한 권만을 통달했다고 해도 유대인으로서는 대단히 축하할 만한 일로서 친척이나 친구들을 모두 불러 성대한 잔치를 베푼다.

유대인들에겐 가톨릭교회의 교황 같은 최고 권위자가 존재하지 않는다. 유대인이 최고로 신봉하는 것은 오직 ≪탈무드≫뿐이고, 그것을 얼마나 통달했는가가 권위를 재는 척도가 된다.

그 ≪탈무드≫의 지식에 통달해 있는 사람들이 바로 랍비이며, 때문에 랍비라면 권위 있는 지도자로 인식되고 있다.

내 용

≪탈무드≫는 전 6부로 나누어져 있다. 제1부 농업, 제2부 제사, 제3부 여자, 제4부 민법과 형법, 제5부 성전, 제6부 순결이 그것이다.

그 공부에는 규칙이 있다. 반드시 '미쉬나'라는 부분에서 시작해야 한다. 미쉬나는 유대의 가르침과 약속들이 구전으로 전해지던 것을 정리한 부분이다. 이 부분은 기원 2백 년 후에 모아진 무게 500g 정도의 아주 작은 책이다.

거기에는 논의라곤 전혀 없으나, 그 미쉬나를 둘러싼 방대한 논의나 토론이 ≪탈무드≫인 것이다.

그 토론은 반드시 둘로 나누어진다. 하나는 '할라카'라고 불리는 논거이고, 또 하나는 '하가다'라고 불리는 논거이다.

유대인은 세계에서 가장 종교의 계율을 엄격하게 지키고 또 심취해 있는 사람들이라고 흔히 말하지만, 유대의 말 중에 종교라는 말은 존재하지도 않는다. 모든 생활, 행동 하나하나가 다 종교이므로 특히 종교만을 분리시켜 말하지 않는 것이다.

할라카는 유대적인 생활양식이라고 해야 할지, 아무튼 인간의 모든 행동을 성스런 것으로 높이려고 하는 것을 말한다. 제사, 건강, 예술, 식사, 회화, 언어, 대인관계 등 모든 생활을 주관하는 것 모두가 이 할라카에 속하지 않으면 안 된다. 크리스천은 그리스도를 믿음으로써 크리스천이 되지만 유대인은 그런 것이 없다. 행동, 행위만이 유대인을 유대인이게 하는 것이다.

하가다는 ≪탈무드≫의 3분의 1을 차지하는 철학, 신학, 역사, 도덕, 시, 속담, ≪성경≫ 해설, 과학, 의학, 수학, 천문학, 심리학, 형이상학, 여러 가지 인간의 지혜까지를 포함한 것이다.

랍비라는 직위

일찍이 로마인들은 자기들이 지배하고 있던 유대인을 멸종시키기 위한 여러 가지 방법을 고안했다. 어떤 때는 유대인 학교를 폐쇄해 버렸고, 예배를 금하고, 책을 불태우고, 유대의 경축일을 금지시키고, 랍비를 교육시키는 것을 중단시킨 적도 있었다. 랍비가 교육을 마치면 일반 학교의 졸업식에 해당하는 임명식이 있는데, 로마인들은 랍비 임명식에 참석한 유대인은 임명한 쪽이나 임명받은 쪽 모두를 사형에 처하고, 그런 일이 발생한 도시나 마을은 전멸시키겠다고 공표했다. 이는 로마인들이 그때까지 행한 각종 탄압 수단 가운데서 가장 현명한 조치였다. 왜냐하면 마을을 전멸시킬 일을 저지른

자에게는 대단한 책임이 돌아가게 되기 때문이다.

유대 사회에서 랍비가 사라진다는 것은 바로 그 사회가 활동하지 못하게 되는 것을 의미한다. 랍비는 정신적 지도자이며, 변호사이며, 의사이며, 판사이다. 유대인에게 있어선 모든 권위를 대표하는 사람인 것이다. 로마인도 그것을 알고 있었기 때문에 그러한 조처를 취한 것으로 생각된다.

어떤 랍비가 로마인의 그 같은 책략을 꿰뚫어보고는 그가 가장 사랑하는 다섯 명의 제자를 데리고 마을을 빠져나가 두 산 사이에 있는 계곡으로 갔다. 만약 거기서 붙잡혀 처형되더라도 마을이 전멸되진 않으리라는 생각에서였다.

그는 가장 가까운 마을에서도 2, 3킬로나 떨어진 그곳에서 다섯 명의 제자를 랍비로 임명했다. 그러나 그들은 로마인에게 발각되고 말았다.

제자들이 "스승님, 어떻게 해야 좋겠습니까?" 하고 물었다. 그러자 랍비는 "나는 이만큼 살았으니 괜찮지만, 너희들은 랍비 일을 계승해야 하니 어서 도망치라."고 명했다.

다섯 명의 제자들은 재빨리 달아나고 늙은 랍비는 붙잡혀서 300번 칼질을 당한 후 숨졌다.

이것은 랍비가 유대인 사회에서 얼마나 중요한 존재인지를 말해 주는 한 예이다. 일종의 상징이라고 생각해도 좋다.

반복되는 말이지만 《탈무드》가 얼마나 중요한 위치를 차지하고 있는지를 이해하지 않고서는 결코 유대 문화를 이해할 수 없다. 원칙적으로 모든 유대인은 《탈무드》의 모든 것에 능통하고, 《탈무드》에 담겨 있는 가르침과 《탈무드》의 이론과 같은 짜임새를 완전히 익히지 않으면 안 된다. 그러기 위해서 유대인은 매일 일정 시간을 《탈무드》의 공부에 할애해야 한다. 이것은 단지 학문으로서만이 아니라 종교적인 의무이기도 한 것이다.

랍비끼리 상하 관계나 서열 같은 것은 전혀 없다. 랍비들만의 단체도 만들지 않는다. 물론 어떤 랍비는 다른 랍비보다 현명하다고 간주되어 어려운 질문을 받거나 또 성스런 의식을 행할 때 맡겨지기도 한다.

　오늘날 이스라엘의 종교 학교에서는 9세 때부터 ≪탈무드≫공부를 시작한다. 이러한 종교 학교에서는 고등학교 과정이 끝나면 ≪탈무드≫ 이외의 공부는 가르치지 않는다. 그러므로 학생들은 10년 내지 15년간 ≪탈무드≫를 연구하게 된다.

　미국에서 랍비 양성학교에 입학하려면 먼저 일반 대학에 가서 학사학위를 따야만 한다. 랍비를 양성하는 학교는 대학원에 해당되기 때문이다. 랍비가 될 공부를 하기 위해서는 대단히 엄격한 시험을 거치며 4년에서 6년간, 처음부터가 아니라 도중에서부터 ≪탈무드≫를 배우게 된다. 그것은 그 이전에 상당히 많은 것을 배웠으리라 인정해 주기 때문이다. 그 입학시험 과목은 먼저 ≪성경≫, 히브리어, 아랍어, 역사(5천년의 역사이므로 참으로 대단한 것이다), 유대 문학, 법률, ≪탈무드≫, 심리학, 설교학, 교육학, 처세 철학, 철학들과 그 밖에 몇 권의 논문도 써야 하는데 그 모든 과목이 대단히 어렵다.

　그리고 졸업 때에 또다시 4년에서 6년간 배운 것에 대한 최후의 시험을 치른다. 이들 과목 가운데 가장 기본이고 중심이 되는 건 물론 ≪탈무드≫이다. 절반 이상의 시간이 ≪탈무드≫에 배당되고, ≪탈무드≫ 이외의 과목에서는 일반 교수의 강의로 수업이 행해지지만 ≪탈무드≫를 지도하는 강사만은 교수가 아닌 뛰어난 인격자가 선정된다. 이처럼 학교에서 ≪탈무드≫를 가르칠 수 있는 사람은 대단한 현인이며 흔히 볼 수 없는 위대한 인물이어야 한다. ≪탈무드≫ 교사는 말 그대로 유대가 낳을 수 있는 가장 우수하고 현명한 인격자인 것이다. 이는 ≪탈무드≫의 표현대로 말한다면, 왼손으로는 제자를 냉담하게 제지하고 오른손으로는 포근하게 안아 줄 수 있는 그런 재능의 소유자임을 의미한다.

　학생들 역시 ≪탈무드≫ 교사에 대해 일반 교수들과는 전혀 상충된 반응을 보인다. ≪탈무드≫는 각자 공부하지 않고 항상 두 사람이 한 조가 되어 공부한다. 한 조가 된 두 사람은 같은 책상에 앉아 3년 동안 함께 공부한다. ≪탈무드≫ 교사는 결코 어떤 방법으로 공부하라고 지시하지 않으므로 스스로 연구하지 않으면 안 된다. 혼자서 ≪탈무드≫를 생각하고, 읽고, 여러 가지 문제를 풀고 나서 두 명이 모이는 학급으로 나온다. 《탈무드》는 그저 읽는 것으로 끝나는 게 아니라 깊은 의미를 완전히 파악해야 하므로 한시간의 수업을 받기 위해 대략 4시간 정도 예습을 해 두어야만 한다. 그러나 점점 학년이 높아 가면서는 한 시간의 《탈무드》 수업을 받기 위해 20시간씩이나 예습을 해야 이해가 가능해진다.

《탈무드》 강의는 일일이 가르치는 식이 아니라 개략적인 줄거리를 얘기해 주고 어떻게 공부해야 좋은지, 그 방향만을 제시해 줄 뿐이다. 저학년 때는 모두가 책상에 빙 둘러앉아 있지만 교사는 같은 교실의 따로 떨어진 곳에서 학생들의 토론을 듣고만 있다. 물론 수업을 준비하는 단계에서는 그 교사에게 여러 가지 의문점을 언제든 질문할 수 있다. 《탈무드》 학급은 반드시 그리스어와 라틴어를 해독할 수 있어야 한다. 또한 그리스와 로마의 문화적인 생활에도 정통해 있지 않으면 안 된다.

랍비가 되기 전의 학생은 모두 독신으로 기숙사에서 생활한다. 대개 100명 정도의 학생이 합숙을 하고 있으므로 자연스럽게 하나의 소규모 사회가 형성된다. 그러나 수도원과 같은 분위기는 전혀 찾아볼 수 없다. 저녁이 되면 각기 운동을 즐기기도 하고 매우 자유로우므로 일반 사회로부터 완전히 격리된 가톨릭 수도원과는 다르다.

영광스럽게도 졸업을 할 수 있게 된 사람은, 최초의 2년간은 학교를 위해 봉사해야 한다. 학교를 위한 봉사란 종군 랍비라든가, 혹은 랍비가 없는 마을에 가서 활동할 수도 있다는 말이다.

나는 종군 랍비로서 공군에 들어가 2년간 봉사했다. 이 2년이 지나면 각자 두 가지 길 가운데 한쪽을 선택할 수 있는데, 하나는 대학에 남아 후배를 가르치거나 다른 하나는 나처럼 유대인 사회의 랍비가 되는 것이다.

하나하나의 교구는 완전히 독립되어 있으므로 가톨릭교회처럼 랍비가 어딘가로 이동되어 가는 일은 없다. 여러 곳의 유대인 지역사회에서는 자기네 구역엔 랍비가 없으니 월 보수 얼마 정도에서 랍비로 부임해 줄 사람을 추천해 달라고 랍비 양성학교로 신청서를 보내온다. 그러면 졸업이 임박한 랍비는 자기가 가고 싶은 곳을 학교 사무국에 알린 다음 의뢰해 온 그 지역사회를 찾아가 면접을 받는다. 지역사회가 어느 랍비를 선택하는가는 자유이며 랍비 쪽도 수락하느냐 안 하느냐는 본인의 자유의사에 달렸다. 그러므로 지역사회도 몇 사람의 랍비 후보자를 면접해 볼 수 있고, 랍비도 여기저기 가 보고 자기 마음에 드는 곳을 택할 수 있다. 양쪽 모두가 수락하게 되면 졸업한 랍비는 그 지역사회의 교회에 속하게 되는데, 일반적으로 임기는 2년간이다. 그리고 보수와 그 외의 조건들은 그 지역사회와 랍비 간에 계약된다.

교회나 교구, 혹은 지역사회는 자연발생적으로 생겨난다. 어느 나라에서건 어느 정도 유대인 인구가 늘어나면 교회를 갖자는 얘기가 나오게 된다. 역으로 생각해 보면 교회가 없는 곳에서는 유대인이 살 수 없다는 말과도 같다. 유대인에겐 아침에 일어나 세수를 하고 식사를 하듯 교회가 필요하며, 아이들을 위해서는 유대인 학교가 필요하다. 그래서 대개 유대인 가족이 20세대 정도쯤 되면 교회를 마련하고 랍비를 초청한다. 물론 한 지역사회에 랍비가 여러 명 있어도 좋으나 그것은 몇 사람이 거기에 거주하고 있느냐로 결정된다. 지역사회의 재원은 기본적으로는 그 사회에서 1가구당 얼마씩 내는 분담금으로 조달되며, 잘사는 사람은 한 해에 한 번씩 따로 기부를 하기도 한다.

오늘날의 랍비의 역할은 유대인 학교의 책임자이며, 교회 관리자이며, 설교자다. 그는 모두를 대신하여 유대의 전통을 공부하고, 요람에서 무덤까지 유대인 사회에 있는 문제를 해결하는 해결사이다. 새 생명이 태어나면 맞이하고, 죽으면 묻어 주고, 결혼할 때나 이혼하는 자리에 입회한다. 좋을 때나 그렇지 못할 때나 모든 일에 얼굴을 내민다. 따라서 그는 학자임과 동시에 목사이기도 하다. 15세기까지는 랍비에게 급료가 없었다. 때문에 대개는 다른 직업을 갖고 있었으나 15세기가 지나면서 지역사회가 랍비의 급료를 지불하게 되었다.

'랍비'라는 말은 1세기경부터 쓰이기 시작했는데 히브리어로는 '교사'라는 의미이고, 영어로는 '래바이'라고 발음한다.

유대교에서는 시간을 대단히 중요한 개념으로 소중히 여기지만 장소라든가 지역이라는 공간의 개념은 그다지 중요하지 않다. 따라서 가톨릭처럼 성역이라는 말은 없으나 랍비는 일반적으로 성스런 인물로 자칭된다.

유대인의 생활

해가 뜸과 동시에 일어난 유대인은 맨 먼저 세수를 하고는 30분가량 기도를 드린다. 기도 할 때에는 팔과 머리에 성스런 상자를 매달고 긴 목걸이를 몸에 감고서 한다. 집에서 기도를 드려도 상관없으나 대개는 가까운 교회에 가서 한다. 교회에서든 집에서든 기도의 말은 똑같다. 그러나 교회에 가면 다른 사람들도 모이기 때문에 모두 함께 기도할 수 있다는 이점이 있다. 심리적으로 혼자서 기도하면 기도가 이기적이 되기 쉽고 여럿이서 기도하면 집단의식이 강화된다.

그러고 나서 아침식사를 하는데 이때 다시 손을 씻고 간단한 식전 기도를 드린다. 만약 친구나 친척들이 모여 함께 식사할 때는 반드시 《탈무드》에 관한 화제를 선택한다. 식후에도 기도를 하는데, 이때는 친구나 다른 사람이 있을 경우 함께 소리를 높여 기도한다. 그런 다음에야 비로소 일하러 나간다.

오후엔 정오부터 일몰 때까지 사이에 대체로 5분 정도의 짧은 기도를 한 번 드린다. 저녁식사가 끝나고 밤이 되면 가까운 학교에 가서 탈무드를 공부한다. 그것은 유대인이라면 하루 중 어느 때든 시간을 내서 공부하지 않으면 안 되기 때문이다.

유대식 장례

죽은 이에게는 경의를 표해야 한다. 죽은 이는 잘 지켜지지 않으면 안 된다. 먼저 몸을 깨끗하게 하는데, 그 지역사회에서 가장 존경 받는 사람이 죽은 이의 몸을 씻긴다. 그것은 유대 사회에서 대단히 명예로운 일로 여겨지고 있다. 그리고 될수록 빨리 매장하는 것을 원칙으로 하여, 대개는 죽은 다음 날에 고인을 매장한다. 절대적으로 화장은 하지 않는다.

죽은 이를 조금이라도 알고 있었던 사람은 모두 장례식에 참석한다. 그중의 한 사람, 즉 랍비가 조사를 읽고 상주가 기도문을 읽는다. 그들은 함께 교회에 가서 같은 기도를 한 후 일년간 매일 왼다.

매장이 끝나면 가족들은 집으로 돌아온다. 거울은 모두 덮개로 씌워 놓고 한 자루의 촛불을 계속 켜 둔 채 열 명 이상의 친지가 모여 방바닥에 앉아 기도를 드리는데 그 의식은 한 주일 동안 계속된다.

상주는 일주일간 집 밖으로 나가지 않는다. 교회에도 일주일이 지난 뒤에 간다. 그 일주일 동안에 유가족을 알고 있는 사람들은 그 집을 한 차례씩 방문한다. 그리하여 한 주일이 지나면 가족들은 집 밖으로 나와 집 둘레를 한 바퀴 돈다.

장례식에서 돌아온 가족은 둘러앉아 달걀을 먹는다. 죽은 이에 대한 유대인의 생각은, 인간은 누구나 가족이 죽으면 슬퍼하지만 일주일 이상 지속되면 오히려 슬픔으로 인해 건강을 해치게 된다는 것이다. 또한 달걀을 먹고 원을 그리듯 집 주위를 도는 것은, 원은 시작도 끝도 없으므로 생명도 그것처럼 끝없이 돌고 있지 않으면 안 된다는 것을 상징한다. 또한 살아 있는 사람 역시 계속 살아가야 한다는 의미이기도 하다.

깊은 슬픔이 함께하는 것은 일주일간이고 그다음 일개월간의 기간은 앞서의 일주일만큼 슬픔이 깊진 않다. 그 후의 일년 사이에 슬픔은 옅어진다. 그 일년 뒤엔 기일이 아니면 상에 따르지 않는다. 일년간 상을 따르는 것은 부모의 경우이고, 친척이나 친지일 때는 일주일 내지 한 달로 상이 끝난다.

부친이 돌아가셨을 때, 나는 너무도 애통하여 식사를 할 수 없었지만 그래도 달걀을 먹지 않으면 안 되었다. 그것은 의무로 규정되어 있는 것이므로 어떻게 든 먹어야 했다. 바로 거기에 큰 의의가 있다. 죽은 이만이 살아 있는 인간을 지배하는 것이 아니라 계속 살아가야 한다는 중요성을 유대인은 뚜렷하게 인식하고 있는 것이다. 때문에 자살은 하느님의 섭리를 부정하는 큰 죄이다.

장례식은 부자나 빈자나 학자나 교육을 받지 못한 자나 모두 똑같은 관, 똑같은 수의를 입혀 거행한다. 요컨대 인간의 평등이라는 것을 존중하는 것이다. 교회에서 모드 같은 덮개를 쓰고 같은 모습으로 기도하는 것도 그로부 터 기인한 것이다.

제2부

탈무드의 향기

경외 받지만 읽히지 않는 책

일반적으로 《성경》이라고 하면 《구약성경》이든 《신약성경》이든 크리스천들의 것이라 여겨지고 있는데, 이것은 잘못된 생각이다. 실상 《구약성경》은 유대인의 것임을 우선 밝혀 두고 싶다.

하지만 오늘날 유대인을 포함하여 세계의 모든 사람들은 《성경》을 망각한 채 살고 있다. 다시 말해, 《성경》을 경외하고는 있으나 깊이 이해하려 하진 않는다는 것이다. 일찍이 프랑스의 철학자 볼테르도 '《성경》은 경외받긴 하지만 읽혀지진 않는다.'고 말한 바 있다. 이 같은 경향은 전 인류의 큰 정신적 손실이라고 말할 수도 있다.

《성경》이 역사상 가장 많은 발행 부수를 기록한 책임엔 이론의 여지가 없다. 그럼에도 불구하고 지금까지도 구태의연한 편집 체계의 사슬을 풀어 버리지 못하고 있다. 그러한 연유로 해서 가까이 있어도 선뜻 읽어 보고 싶다는 욕구가 일지 않는 것이다.

《성경》을 이해하기 위해서는 그것이 기록된 당시 사람들의 생활양식이나 그 시대의 분위기, 역사 등을 알아야 한다. 그 시대의 감각을 전혀 모르는 채 활자화된 표현만을 현대적 감각으로 이해하려 한다면, 그 자체가 이미 어려움이다.

예를 하나 들자면, 현대에선 교통이 매우 혼잡한 상태를 'a heavy traffic'이라고 하는데, 만일 《구약성경》시대의 사람들이 이 단어를 읽는다면, 짐을 잔뜩 실은 마차가 어딘가를 향해 달리고 있는 상황을 떠올리게 될 것이다. 마찬가지로 우리들이 그 시대를 상상할 때 생활양식이나 역사 등의 사전지식이 없다면, 그 당시와는 전혀 다른 장면을 연상하게 될 것임은 오히려 당연한 일이다. 더구나 《성경》이라고 하면 종교적인 차원의 선입견이 우리 의식 속에 아주 강하게 박혀 있기 때문에 그것을 이해하려 하기보다는 막연히 그대로 믿어 버리는 경향마저 있다.

본래 《성경》에 기록된 말은 95%가 히브리어이고, 나머지 5%는 아루크어(히브리어의 방언)이다. 그러므로 현재 각국의 《성경》들은 이 기록을 토대로 한 번역판인 것이다. 또한 의문 제기 없이 믿어져 왔기 때문에 오역된 부분이 상당히 많다. 이런 식으로 잘못 번역된 부분에 대한 구체적인 예를 이 부에서 지적해 보고자 한다.

고전이란 '읽어야 한다는 필요성을 느끼면서도 잘 읽혀지지 않는 책'이라고 유대인들은 정의하고 있다. 또한 번역된 책을 읽은 것은 '신부가 쓴 면사포 위로 키스하는 격'이라고도 한다. 그러나 어쨌든 각 민족 최초의 번역서는 ≪성경≫이다.

독일에선 루텔이 번역한 ≪성경≫이 가장 오래된 번역서이며, 이것은 문학적 가치로 따져 볼 때 독일어 자체에 매우 큰 영향을 주었다. 마찬가지로 1611년 영국에서 번역된 영문판 ≪성경≫도 그 이후의 영문학에 지대한 영향을 끼쳤다. 오늘날 ≪성경≫은 1천여 가지 이상의 언어로 번역되어 있으며, 방언이 섞였다는 사실은 앞서도 지적했다. 그러한 ≪성경≫은 100년간 2억만 부 이상이 출판되었다.

이제 인간은 ≪성경≫을 통해 기쁨과 슬픔, 삶의 목적과 이웃 사람들과의 관계를 이해할 수 있게 되었을 뿐만 아니라 정치나 경제, 사회적인 측면에서까지 도움이 될 지혜를 암시받고 있다.

≪성경≫에서는 한 부분에 대해 깊은 의미를 내포한 채 매우 간결한 단락을 짓고 있는데, 한 예로 그 유명한 요셉에 대한 부분도 10페이지의 ≪성경≫ 내용을 토대로 하여 무려 여섯 권의 단행본을 펴냈을 정도이다.

에덴의 손

≪성경≫은 어떤 사람들에 의해 기록되어졌는지 확실치가 않다. 다만 당시 유대인 사회의 보편적인 집필자가 자신의 이름을 밝히기 꺼려했기 때문이리라 추측될 뿐이다. 또한 ≪구약성경≫은 한 권의 책이 아니라 36권의 낱낱의 책으로 엮어진 선집인데, 그 한 권 속엔 약 6백 페이지에 이르는 색인이 첨부되어 있다.

미국의 국회도서관을 예로 든다면 ≪구약성경≫ 1장에 관한 색인 카드만도 3백 매나 분류되어 있다. 그리고 거기에는 법률, 역사, 철학, 시, 연극, 격언, 수수께끼, 서한집, 일기 따위의 온갖 형태를 갖춘 기록들이 담겨 있다.

≪성경≫은 단 한 번에 일률적으로 만들어진 것이 아니다. 그것은 1천년 이상의 세월을 거치면서 100명 이상의 저자에 의해 쓰였는데, 그들 가운데는 예부터의 관습에 따라 은둔자와도 같은 생활을 했던 사람, 전쟁터의 용사, 예언자, 또한 번성한 도시에서 살았던 사람이 있는가 하면 오지에서 어렵게 살았던 사람도 포함되었다. 그처럼 각양각색의 삶을 영위하고 있었으나 ≪성경≫을 기록했던 그 모든 사람들의 한 가지 공통점은 하느님을 믿고 찬미한다는 것이었다.

회교도는 유대인을 가리켜 '책의 민족'이라고 한다. 그런 유대인들은 이산 민족이 되면서부터 아예 ≪성경≫을 '들고 다닐 수 있는 조국'으로 여겼다. 유대교의 랍비들은 모든 유대인들에게 ≪성경≫을 보급하는 데 전념했다. 그들 민족에게 있어서 ≪성경≫은 '무한한 지혜를 풍부하게 실은 책'이며 한 마디, 한 구절마다 위대한 진리가 숨겨져 있는, 가히 보고라 할 만한 것이었다. 따라서 그것을 공부할 때의 태도는 당연히 신중할 수밖에 없다. 그러나 지성만으로는 탐구할 수 없었다. ≪성경≫은 다른 책과 달리, 그저 읽기만 하면 되는 그런 성격의 책이 아니기 때문이다. 오로지 무한한 정열과 애정을 가지고 그 내용에 담긴 진리를 깨달으면서 읽어야만 이해가 가능한 것이다.

기 적

≪성경≫은 종교적인 것이지 과학적으로 분석된 책이 아니므로 그 내용 속에서 과학적인 설명을 기대한다는 것은 애당초 무리이다. 흔히 유대인들은 ≪성경≫을 가리켜 옛날이야기를 수록한 책이라고 말한다.

한 예로, 아이가 학교에서 돌아오자 아버지가 "오늘은 학교에서 무엇을 배웠느냐?"고 물었다. 아이는 "오늘은 모세가 이집트에서 노예생활을 하던 유대인들을 구출하는 이야기를 배웠어요."라고 대답했다. 그리고 자랑스럽게 "모세가 유대인들을 이끌고 사막을 도망칠 때 이집트 군대가 맹렬히 추격해 오고 있었지요. 유대인들은 마침내 홍해에 이르렀는데 곧 이집트 군의 손아귀에 잡혀 버릴 위기에 처하고 말았어요."라고 계속 얘기했다.

아버지가 다시 "그래서 어떻게 되었지?" 하고 묻자, 아들은 "모세가 미국 공병대에 급히 연락을 취해서 홍해 위에 다리를 놓고 유대인들을 모두 건너게 한 다음 그 다리를 폭파시켜 버려, 이집트 군대는 바다를 건너지 못했어요."라고 대답했다.

아버지는 깜짝 놀라 "선생님이 정말 그렇게 설명했느냐?"고 캐묻자 아들이 "아니에요. 하지만 선생님이 얘기하신 어리석은 사건을 그대로 말씀드린다 해도 아버지는 결코 그 사실을 믿지 않으실 거예요."라며 웃었다는 이야기가 있다.

'선생님이 얘기하신 어리석은 사건'이란, 바다가 둘로 갈라져서 그 사이를 유대인들이 모두 건너갔고, 그 뒤에 다시 합쳐졌다고 하는 내용을 말한다.

이 이야기의 교훈은 '기적'에 관해 설명하고 있는 ≪성경≫의 한 구절이되 결코 우화적인 건 아니라는 사실이다.

그러나 '기적의 책'이라고 지적하는 것은 크리스천들의 말이며, 유대인 스스로는 기적을 믿지 않는다. 유대인들은 모두가 합리주의자이다. 크리스천들이 믿고 있는 기적이란 '있을 수 없는 일이 일어나는 것'이며, 유대인들의 기적이란 '일어날 수 있는 일이 일어나는 것'을 의미한다. 즉 흔히 일어나지 않는 일이 어쩌다 일어나는 것이 '기적'이다. 쥐고 있던 연필을 손에서 놓았을 때 그것이 위로 올라가면 크리스천이 말하는 기적이고, 아래로 떨어지면 유대인의 기적이다.

그러면 홍해가 양쪽으로 갈라졌다는 것은 어떻게 설명될까? 그것은 100년에 한 차례 정도 일기가 무더운 날에 홍해가 나누어지는 현상이 발생하는데, 지중해에서 강풍이 몰아치면 그 영향으로 수심이 그다지 깊지 않은 부분에 한 떼의 사람들이 건너갈 수 있을 정도의 시간만큼 바다가 갈라지는 것이다.

나폴레옹도 이와 유사한 상태에서 홍해를 건너갔다고 전해진다.

다시 말해서 유대인의 기적이란, 그러한 있을 수 있는 우연한 일이 안성맞춤으로 발생하는 것을 말한다. 그러므로 ≪구약성경≫ 가운데서 과학적으로 입증할 수 없는 기적이란 아무것도 없다.

생의 목적

≪성경≫에 의하면, 하느님의 식물을 만들 때 제일 먼저 씨앗들을 만들었다. 그 씨앗들은 물론 각기 종류가 달랐다. 유대인들은 각기 다른 씨앗을 서로 다른 것끼리 교배를 해선 안 된다는 교훈으로 해석한다. 인간 사이는 물론이며 수간을 해서도 안 되고, 양과 소 등 서로 다른 동물의 종류에도 이 교훈이 적용된다.

유대인들은 이 세상을 하느님이 창조했다는 데서 그분의 위대함을 통감하고 있다.

하느님은 물에서 사는 물고기에게는 아가미를 붙이고, 뭍에 사는 동물에게는 폐를 주었다. 만일 아가미와 폐의 위치가 잘못 바뀌게 된다면 이 세상의 모든 생명은 소멸될 것이다.

이토록 오묘한 이치로 이루어진 훌륭한 세계가 창조된 것이야말로 위대한 하느님이 보여 준 능력의 증거라고 믿고 있다. 따라서 하느님이 창조한 모든 피조물은 각기 제 나름대로의 목적을 지니고 있다.

독초 따위가 무슨 쓸모가 있겠는가 생각되지만 그것은 산소를 토해 다른 생물의 호흡을 도와주고 있다. 생물 모두가 서로 관련을 맺고 하나의 거대한 수레바퀴를 이루고 있는 것이다. 이것이 곧 생태환경이다. 비록 인간에겐 독이 될지 모르는 독초라도 다른 것에게는 유익한 구실을 하기도 한다.

요약하자면, 하느님은 모든 생물들에게 제각각의 목적을 부여하고 있는 것이다.

타 닌

흥미롭게도 〈창세기〉에는 단세포적인 것에서 복잡한 것으로 발전하는 진화론적인 순서대로 생명이 태어나고 있음이 기록되어 있다. 하지만 닭이나 고양이, 새, 사자 등과 같은 구체적인 동물의 이름은 나오지 않는다.

단 한 가지 예외가 있다면 '큰 물고기'란 명칭이다. 히브리어로 '타닌'이라 일컫는 이것은 상상할 수 없을 정도로 크고 무시무시한 동물을 가리키고 있다.

다른 생물은 구체적인 이름이 나오지 않는 데 비해 오로지 이 생물만 이름이 밝혀져서 지금까지 전해져 오는 이유는 무엇일까?

홍콩의 축제일엔 반드시 용이 등장하듯 각 민족이 제각기 어떤 한 동물을 우상화하는 경향이 뚜렷한데, 《성경》 가운데 이 '타닌'이라는 단어가 자주 거론되는 것을 보면 당시에도 역시 불가사의한 생물을 신성시하고 있었음을 쉽게 상상할 수 있다.

〈창세기〉에 보면 인간은 맨 마지막에 태어났다고 씌어 있다. 이 교훈은, 인간이 교만할 때를 경계해서 하찮게 보이는 모기보다도 더 나중에 생명을 얻었다는 사실을 깨닫게 하기 위함이다.

아담은 지구 도처에 있는 갖가지 색깔의 흙으로 빚어졌다. '아담'이란 단어는 히브리어로 '인간'이란 뜻을 가짐과 동시에 '흙'이라는 의미도 있다. 그 의미가 암시하는 건, 지구의 한 부분인 흙으로 빚어진 것이 인간이므로 어느 민족이 다른 어떤 민족보다 뛰어나다는 따위의 우월감을 가지고 차별할 수 없다는 것이다.

만물의 영장

〈창세기〉에 인간은 하느님을 닮도록 만들어졌다고 기록되어 있는데, 이것은 인간의 육체가 시각적으로 하느님과 비슷하게 만들어졌다는 뜻이 아니다.

유대인들은 하느님은 육체를 가지고 있지 않은 것으로 여기고 있다. 그러므로 인간이 하느님을 닮았다는 말은 정신과 마음이 하느님을 닮도록 만들어졌다는 뜻이다.

인간은 지상의 다른 모든 것과 같지 않은 매우 독특한 존재이다. 인간들은 과거의 일을 기억하는 능력으로 인해 배울 수 있다. 그러나 닭 같은 동물들에겐 역사가 없다. 닭은 어미 품에서 달걀이 부화했을 때가 시초이며, 사자는 새끼로 태어났을 때가 시초이다. 그 시점에서 모든 관습을 배우기 시작하는 것이다.

하지만 그 배움도 스스로의 체험 영역을 벗어나지 못한다. 동물들에게 미래를 예측할 능력이란 더더욱 없다. 그러나 인간은 역사적 과거의 경험을 자신들의 경험으로 삼을 수 있으며, 미래를 예측할 수도 있다. 인간을 만물의 영장이라고 일컫는 이유는 바로 이러한 능력을 소유하고 있기 때문이다.

안식일

≪성경≫에 따르면, 하느님은 엿새 동안 세상을 창조하고 마지막 하루를 쉬었다고 되어 있다. 하지만 하느님이 7일째에 쉬었다기보다는 그날을 축복했다 함이 옳다. 그러므로 제7일째가 성스러운 날로 인식되고 있는 것이다.

그때 하느님이 축복한 것은 어느 구체적인 장소나 존재하는 어떤 대상이 아니라 '시간'이었다. 때문에 유대인은 제7일째를 안식일로 삼고, '시간'을 매우 소중히 여겼다.

유대인들에게는 성지(聖地)가 따로 없다. 예루살렘도 그리스도교에서 일컫는 것처럼 큰 의미의 성지는 아니다. 유대인들에게는 시간이 가장 축복받은 것이며 장소는 그리 중요하지 않다.

그들은 또 '휴대하는' 민족이다. 다시 말해, 무엇이든 들고 다닐 수 있는 민족이란 뜻이다.

'시간은 항상 더불어 있다.'

그렇게 그것을 의식하는 민족으로서 오랜 기간을 살아왔기 때문에 그들 머릿속에는 시간을 소중히 여기는 관념이 완전히 못 박혀 있다.

제7일째에 쉰다는 것은 그들에게 의무로 되어 있다. 그저 일에 지쳤기 때문에, 생활에 지쳤기 때문에 적당히 휴식하는 것이 아니라 의무로서 반드시 쉬게 되어 있다. 이러한 안식일의 개념을 뚜렷하게 갖고 있지 않았던 고대 로마인이나 그리스인들은, 안식일을 이유로 하루를 쉬는 유대인들을 가리켜 '게으른 민족'이라고 비난했다. 다른 민족들이 이러한 안식일의 개념을 깨닫기 전까지는 하급 노동자나 노예계급의 사람들에겐 휴일이 전혀 주어지지 않았다. 이것은 근대에 접어들기까지 지속된 세계적인 경향이었다.

하지만 유대인들의 안식일은 오로지 육체를 쉬게 한다는 말이 아닌, 정신의 안식을 소중히 한다는 중요한 의미를 지니고 있었다. 엿새 동안엔 열심히 일하고, 식사하고, 술 마시는 등 분주한 나날을 보낸다. 이것은 동물의 생활과 별로 다를 바 없다.

그러나 유대인은 안식일이 되면 스스로가 인간이자 하느님을 닮도록 만들어진 존재라는 자각을 되새기며 자기 자신을 되찾기에 힘쓴다. 인간은 빵만으로는 살 수 없는 것이다.

유대의 격언에 이런 것이 있다.

'유대인이 오랫동안 안식일을 지켜 내려온 게 아니라, 안식일이 오랫동안 유대인을 지켜온 것이다.'

만일 안식일을 잊어버렸었다면, 유대인들은 자기 자신을 연마하는 일과, 또 다른 눈부신 발전을 이룩하지 못했으리라.

에덴동산

에덴동산 이야기는 한낱 종교적인 의미뿐만 아니라 온 세계의 사람들에게 가장 널리 알려져 있는 위대한 문학의 하나로서도 매우 높이 평가되고 있다. 이 이야기가 지닌 특징의 하나는 간결하고 알기 쉽게 쓰여 있음에도 불구하고 등장인물의 심리를 미묘한 구석까지 묘사하고 있다는 사실이다.

에덴동산에는 두 그루의 나무가 등장한다. 한 그루는 생명의 나무이고, 다른 한 그루는 지식의 나무이다. 생명의 나무는 아주 거대했으므로 에덴동산엔 그 그늘이 넓게 드리워져 있었고, 키가 작은 지식의 나무는 생명의 나무를 빙 둘러싸고 있었다.

이것은 무엇을 의미하고 있는 걸까? 지식의 나무를 거치지 않고선 생명의 나무에 접근할 수 없음을 이르고 있는 것이다. 지식의 나무란 선악을 구별할 줄 아는 나무이다.

≪성경≫은 세상의 본질을 선이라 가르치고 있다. 그러나 현실적으로는 악이 존재하고 있음도 사실이다. 때문에 ≪성경≫에 나오는 이야기를 비현실적으로 받아들일 수도 있지만, 에덴동산의 이야기는 언제부터, 어째서 악이 존재하게 되었는지를 설명하고 있다. 한마디로 요약하여, 악은 인간이 만들어낸 것이라는 교훈을 가르치고 있는 것이다. 하느님은 선의 세상을 만드셨으나, 인간은 자유로운 의사를 지니고 있는 까닭에 하느님을 거역하여 반항하거나 선을 부식시키며 동시에 악을 존재케 할 수도 있다는 이야기이다.

그 첫머리는 '아담은 완전한 행복을 누렸으며 주위에는 좋은 일만 있었다.'는 대목부터 시작된다. 먹을 것은 얼마든지 있었으므로 일을 하지 않아도 아무 걱정 없이 살아나갈 수 있었고, 아내인 하와를 사랑했다. 하지만 이야기의 종말에 이르러서는, 이 부부는 싸움을 시작하여 서로 반목하고 먹을 것도 없어졌으며 마침내 낙원에서 쫓겨나 살 곳마저 잃게 된다. 그동안 무슨 일이 일어났었는가 하는 것이 가장 뜻 깊은 대목인데, 행복의 절정에서 불행의 밑바닥으로 전락한 가장 큰 원인은 인간이 하느님에게 반항하여 악을 낳았다는 데 있다.

유대인만이 이 같은 낙원의 이야기를 갖고 있는 것은 아니다. 아랍권에도 유토피아와 같은 낙원 이야기가 있지만 근본적으로 다른 점은, 아랍권의 이야기는 모두 어떻게 해서 영원한 생명을 얻었으며, 어떻게 하면 낙원에서 살 수 있느냐가 주제로 되어 있다는 것이다. 이를테면, 어떤 종류의 물을 마신다거나 어떤 종류의 과일을 먹으면 영원한 생명을 얻을 수 있다는 따위의 이야기인 데 반하여 유대인의 이야기는 불멸의 생명을 얻고자 함이 아니라 어떻게 하면 참되고 인간다운 생활을 해 나갈 수 있는지를 강조하고 있다.

이 이야기의 또 하나의 주제는, 인간은 결코 하느님의 시야에서 벗어나 숨어 있을 수 없다는 점을 설득시킨다는 것이다. 자기 자신을 속일 수는 있어도 하느님을 속일 순 없다는 사실을 상기시킨다.

이 이야기 속에는 뱀이 등장한다. 당시 아랍권에서 뱀은 수확을 가져오는 신으로 떠받들려지고 있었다. 그러나 ≪성경≫에서 하느님은 아담과 하와에게는 말을 하지만 하와를 악의 길로 유혹했던 뱀과는 대화하지 않는다. 뱀은 하느님으로부터 버림받은 존재로 취급되어 있다. 아랍 이야기와는 그 취지가 전혀 다르다고 말할 수 있으며, 동시에 하느님과 인간은 대화를 할 수 있지만 동물과 하느님, 또 동물과 인간은 차원이 다르다는 사실을 암시하고 있는 것이라 하겠다.

더구나 이 이야기는 인간 각자에겐 자유가 있다고 강조한다. 심지어 자신들이 살고 있는 자연이며 하느님에 대해서까지 반항할 수 있음을 역설한다. 그러나 그것은 어디까지나 일정한 규율이 뒷받침된 자유라야 함은 물론이다.

≪구약성경≫은 유대교의 것이지만, 유대인들은 인간이 참된 생을 누리기 위해서는 엄격한 규칙대로 생활해야 된다고 믿었다. 인간은 하느님을 거역하고 그 곁을 떠날 수도 있다. 그러나 그에 따른 결과는 인간 스스로가 책임져야 된다. 따라서 자유라 함은, 곧잘 파멸을 가져오기도 하는 동시에 새로운 기회를 제공하는 것이기도 하다. 요컨대 양쪽에 날이 선 칼 같다는 게 인간의 자유에 대한 유대교의 해석이다.

여 자

히브리어로 '돕는다'고 하는 의미는 좋을 때나 나쁠 때나 한결같다는 뜻이고, 하와는 남편을 도와주는 사람으로 만들어졌다. 그러니까 여자는 남자를 돕는 사람으로 만들어진 셈이다.

《성경》에서도 남편이 고생하고 있을 때 아내가 도와주지 않으면 결혼생활이 제대로 이루어지지 않는다고 강조하고 있다.

유대인들에게 있어 제일 좋은 안식처는 가정이다. 가정이 그들 삶의 기초 단위이며, '돕는다'고 하는 사고방식이 인간생활의 기본을 이루고 있기 때문이다.

인격체

아담과 하와의 자식인 카인과 아벨 형제는 자주 싸웠다. 그러자 부모는 이들 형제를 좀 떼어 놓는 것이 좋겠다는 생각에서 각각 다른 직업을 마련해 주었다. 그리하여 카인은 농부가 되고, 아벨은 양치기가 되었다.

소득을 얻게 되자 두 사람은 제각기 하느님께 바칠 제물을 가지고 왔다. 그런데 카인은 자신이 가지고 온 제물이 아벨의 것보다 뒤떨어지지 않을까 내심 두려워했다. 왜냐하면 자신이 소유하게 된 것 중 가장 좋은 것이 아닌 가장 나쁜 것을 가지고 왔기 때문이다.

하느님은 카인의 제물은 받지 않고, 가장 좋은 것으로 골라 온 아벨의 제물만 기꺼이 받으셨다. 그래서 두 사람 사이는 더욱 나빠졌다. 그렇지만 두 사람은 어떻게든 사이좋게 지내보려고 의논한 끝에 갖가지 것을 나누어 가지기로 결정했다. 그 결과 카인은 토지를 전부 차지하고, 아벨은 그 이외의 모든 것을 갖기로 했다.

그러나 사이좋게 지내기 위해 나누었음에도 불구하고 두 사람의 불화는 더욱 깊어만 갔다. 아벨이 어디든 서 있기만 해도 카인은 "내 땅 위에 서 있지 마라. 대지는 모두 내 것이다."라고 억지를 부렸다. 이에 대해 아벨은 "그럼 내 의복을 돌려줘. 대지 이외의 모든 것은 전부 내 소유잖아."라고 주장했다. 이런 식으로 싸움이 계속되던 어느 날 아벨이 "우리는 형제잖아. 앞으로는 싸우지 말자."고 말했다. 그러나 카인은 돌아서 가는 아벨에게 돌을 집어던졌다. 그리고 아벨은 그 돌에 맞아 죽고 말았다.

하느님이 "네가 어찌 이런 일을 저질렀느냐?"고 묻자, 카인이 대답했다. "두 사람은 마치 경기장에 서 있는 투사와 같습니다. 그럴 때 한쪽 투사는 당연히 죽임을 당하기 마련 아닙니까? 우리들의 경우는, 왕이 싸우기를 명령했기 때문입니다. 그러므로 책임은 싸움을 지시한 왕에게 있습니다. 왕은 언제라도 두 사람의 싸움을 그만두게 하여 목숨을 구할 수 있었을 겁니다. 그런데도 이렇게 된 것은 우리들의 왕인 하느님의 뜻 아니겠습니까?"

하느님은 이에 대해 이렇게 답했다.

"카인아, 너는 인간이므로 자유의사를 가지고 있다. 그래서 네가 무엇을 하든 나는 말리지 않는다. 그러나 네 자신이 한 일엔 스스로 책임을 져야만 된다."

≪성경≫에서의 '인간'은 '하나의 자율적인 존재'로 하느님에 대한 가장 기본적인 단위이다. 이것은 인간을 가족의 일원이라는 차원에서 보지 않고, 진정한 하나의 개인으로서 인격을 부여하고 있음을 뜻한다. 따라서 '자신이 한 일에 대해 스스로 책임을 져야만 된다.'고 강조하는 것이다.

그러나 카인과 아벨은 하느님이 만든 인간이기에 앞서 인간에게서 태어난 인간이다. 그래서인지 때때로 감정에 사로잡혀 하느님에게 접근하고, 어떤 욕구를 하느님의 뜻에 상반되는 쪽으로 유도하려 한다. 카인이 이러한 모습을 보여 주고 있는 것이다.

그리고 두 형제가 하느님에게 제물을 가지고 왔다는 이야기를 보면, 카인이 가지고 온 제물은 자신이 소유한 것 중에서 가장 좋은 것이 아니었다. 하느님께 제물을 바친다거나 찬미하는 일은 그분을 공경하는 행위인데, 정해진 규율에 따라 형식적으로 준비한 카인의 제물에는 그러한 마음이 전혀 들어 있지 않았던 것이다. 하느님께 대해서는 진실한 마음만이 중요하다. 제단에 무슨 제물을 가져다 바치느냐는 것은 결코 중요하지 않다. 다만 제물 바치기를 그분이 요구하지 않더라도, 가장 귀한 것을 바치는 것은 인간으로서 마땅히 해야 될 도리임을 아벨을 통해 보여 주고 있는 것이다.

또한 〈창세기〉 제4장을 보면, '네가 어찌 이런 일을 저질렀느냐? 네 아우의 피가 땅에서 나에게 울부짖고 있다.'라고 나와 있다. 여기서 유대인은 두 가지 점에 주목했다. 하나는, 인간은 입으로 호소하는 경우는 있지만 피로써 호소하는 일은 없다는 것을 자각했다. 다른 하나는, 번역서에는 명시되어 있지 않지만 히브리어의 '피'라는 단어가 복수형으로 사용되었다는 것이다. 이 단어는 히브리어 자체로는 항시 단수로 사용되는데 어찌된 영문인지 이 경우엔 복수형으로 되어 있다. 참으로 특이한 일이 아닐 수 없다. '피'의 복수형이 사용된 이유는 무엇일까? 그리고 보통은 입으로 호소를 하는데, 어째서 '피'가 울부짖는다고 한 것일까? 유대인들은 이에 대해 '아벨이 살아 있다는 가정 하에 몇 천 년에 걸쳐 태어날 수많은 자식들, 그 후손들에게까지 호소하기 때문이다.'고 해석한다.

결국 이 이야기는 우리에게 '한 인간의 생명을 빼앗는다는 것은 오로지 그 한 사람만을 죽이는 것이 아니라, 숱한 인간을 죽이는 결과가 된다.'는 가르침을 주고 있다. 아울러 인간은 설사 형제일지라도 두 사람이 함께 있게 될 때 규율이 없으면 잘 살아나갈 수 없다는 사실을 지적하고 있으며, 나아가서 질투와 증오는 살인으로까지 발전하여 하나의 악이 다시 또 새로운 악을 초래한다는 진리를 암시하고 있다.

그런데 아우를 죽인 카인에게 "네 아우 아벨이 어디 있느냐?"고 하느님께서 묻자, 카인은 "모릅니다. 제가 아우를 지키는 사람입니까?" 하고 발뺌한다. 그는 자신이 아우를 지키는 사람이 아니라고 말하지만, 하느님께서는 "아니다. 아우를 지켜야 된다."고 말한다. 이 말은 인간은 모두 형제이기 때문에 같은 형제가 고생하고 있을 때는 도와주어야 하며, 고생하는 형제를 외면해선 안 된다는 가르침이다. 또 아우의 괴로움은 자신의 괴로움이 된다는 것을 상기시켜 주고 있는 것이다.

하지만 아벨을 죽인 카인은 죽임을 당하지 않았다. 그때까지 사람을 죽인 사건은 없었으며, 기록으로서도 처음이었다. 실상 카인은 아벨을 죽이기로 작정하고 돌을 던졌던 것은 아니다. 계획적인 살인이 아니었기 때문에 죽음이란 형벌은 가혹하다고 판단되어졌던 것이다. 대신, 카인은 결국 영원히 방랑해야 하는 벌을 받는다.

히브리어 사전에 따르면 '카인'이라는 어휘는 '무엇을 만든다.', '무엇을 소유한다.'는 두 가지 의미를 가지고 있다.

아담과 하와가 가정을 꾸며 카인과 아벨을 낳았는데, 어찌하여 카인을 살인자로 키우게 되었는가? 아담과 하와 사이에 어떤 문제점이 있었기에 한 아들이 나쁜 인간으로 되고 말았을까?

거기에 대해 고찰했던 옛날 유대인은 '아담과 하와가 어떤 방법으로 아이를 양육했는지에 대한 기록은 없지만, 자식에게 카인이라는 이름을 주었을 때 하와는 그를 부모의 것이라 생각하고 있었음이 확실하다. 부모는 자식의 동반자이지 소유주가 아니다. 그러므로 카인이 불량스런 인간으로 자란 것은 하와의 그릇된 사고방식에서 연유한다고 단언할 수 있다.'고 설명한다.

자식은 부모의 소유물이 아니다. 단지 자식은 부모의 책임 아래 성장하는 인격체이다. 따라서 부모는 자식이 착한 인간으로 자라도록 최선을 다해야 한다. 모든 인간과 사물은 하느님의 주관 안에 개개인의 자격으로 속해 있는 존재이기 때문이다.

바벨탑

'바벨'이란 낱말은 히브리어로 '혼란'을 뜻하는데, 이에 관한 이야기는 세계 문학사상 최초의 풍자문학으로 꼽힌다.

세월이 흐름에 따라 인간들은 하느님과의 약속을 잊고 지식을 늘려 벽을 만드는 기술을 익혔다. 그리하여 차츰 큰 건물이며 탑을 구축하게 되었다. 왕이나 세력자들이 자신들의 권위를 과시하기 위해 다투어서 커다란 축조물을 세운 것이다.

그 같은 큰 축조물을 세우는 데는 당연히 몇 십만이라는 노예들의 노동이 필요했다. 그때 수많은 노예들이 벽돌을 위로 쌓아올리는 작업 도중에 떨어져 죽었다. 인간들은 올바른 행실을 통하여 스스로를 빛내기보다는 오히려 높디 높은 탑을 세워 하느님의 성역에 닿아 보려고 안간힘을 썼던 것이다. 그리하여 인간보다도 벽돌의 가치가 더 높아져, 노예들이 일하는 도중 아래로 떨어져 죽음을 당해도 아무도 슬퍼하지 않으면서 그와 반대로 탑 꼭대기에서 벽돌이 하나 떨어지면 아래에 있는 인간들은 슬퍼하며 울부짖었다. 그 하나의 벽돌을 새로 쌓으려면 다시 1년이라는 세월이 걸렸기 때문이다.

하느님은 인간이 그러한 탑을 축조하고 있는 꼴을 보면서 '이것은 너무나 낮고 보잘것없는 탑이다. 저처럼 인간이 나에게 닿으려고 애를 쓰고 있다니, 내가 지상으로 내려가서 무엇 때문에 그러는지를 살펴보아야겠다.'라고 했다. 이 대목은, 하느님은 그것이 어떤 것이든 인간들이 하는 일에 비상한 관심을 가지고 있음을 강조하는 것이다. 또한 인간이 하느님께 접근을 시도할 때는, 물질적 수단이 아니라 정신적으로 가까이해야만 이를 수 있다는 것을 시사하고 있다.

인간들은 이 같은 탑을 쌓아올리는 동안에 여러 가지 이견으로 서로 싸웠다. 그러므로 하느님은 그 벌로 그들에게 각기 다른 언어를 사용하도록 했다. 서로 말을 알아듣지 못하게 한 것이다.

≪탈무드≫에서는, 랍비들이 ≪성경≫을 읽고 나서 제각각 서로 다른 해석을 한다. 그것은 여러 가지 측면에서 토론을 하기 때문이다. 그러다가 세월이 흐르면 결국엔 그중에서 한 가지나 두 가지 정도가 남게 된다. 다시 세월이 흐르는 동안에 이 한두 가지 남은 것이 유대인들이 믿는 해석으로 정착하게 되는 셈이다.

그러므로 그것은 모든 랍비들의 일치된 해석이라기보다는 몇 사람의 해석일 수도 있고, 세부적인 면에서 해석이 서로 다른 것도 더러 있게 마련이다.

고난에 처해 있을 때

아브라함의 아내 사라는 아기가 생기지 않자, 몸종을 남편에게 보내 아기를 낳도록 했다. 그 몸종의 이름은 하갈이고, 아기는 이스마엘이었다.

어느 가정이나 아내가 둘 있으면 아무래도 조용하지 않기 마련이다. 하물며 정실에게서 아이가 생기지 않아 첩에게 아이를 낳게 했을 경우, 나중에 정실에게서 자식이 태어나면 필연적으로 두 여인은 싸우기 마련이다.

아브라함의 가정에서도 예외는 아니었다. 하갈은 자기 몸에 태기가 있는 것을 알게 되자 정실을 업신여겼다. 이에 주님께서 사라를 축복해 주었다. 하갈이 낳은 자식은 성격이 거칠고 난폭했다. 때문에 자신이 낳은 이삭을 무척 사랑하고 있던 사라는 하갈과 이스마엘을 집에서 쫓아내라고 남편을 졸라댔다.

마침내 하갈 모자는 물과 먹을 것만 조금 가지고 집 밖으로 쫓겨났다. 길을 떠나서 여기저기 헤매다 보니 물과 먹을 것이 떨어졌고, 아이가 목이 말라 울어대자 하갈은 견디다 못해 아이를 나무그늘에 버리고 그 자리를 떠나려 했다. 그때 하느님이 모습을 나타내며 "하갈아, 어찌된 일이냐?" 하고 물었다.

후일의 랍비들은, 하느님은 하갈이 물도 먹을 것도 없이 망연자실하고 있음을 알아차리고 있었을 텐데 '어찌된 일이냐?'고 질문을 던진 이유가 무엇일까를 고찰했다.

하갈은 하느님이 그렇게 묻는 순간 눈을 떴고, 거기에 우물이 있음을 발견했다. 우물이 갑자기 그곳에 나타난 것이 아니라, 전부터 그 자리에 있었는데 너무 당황한 나머지 보지 못했던 것이다.

인간은 정신적으로 눈이 멀게 되면 자신의 바로 눈앞에 있는 매우 소중한 것, 자신의 눈앞에 다가온 기회를 보지 못하고 절망에 빠지기도 한다. 하느님이 어찌된 일이냐고 바보스럽기까지 한 질문을 던진 이유는, 그녀가 바로 우물곁에 서 있었기 때문이다.

우리는 하갈처럼 행복하게 될 수 있는 동기가 가까운 곳에, 바로 손이 닿는 곳에 있는데도 알아채지 못하고 있는지도 모른다. 이 이야기는 고난에 처했을 때 그냥 포기하지 말고 다시 한 번 주위를 찬찬히 점검해 볼 필요가 있음을 깨우쳐 주는 교훈이다.

가나안

'가나안'이라 함은 아브라함이 그곳에 정착할 때까지의 지명이며, 그 후에는 '이스라엘'이라 불리고 있다.

할 례

유대인이 참된 유대인으로 인정되는 것은 생후 8일째 할례를 받을 때이며, 그때에야 비로소 아브라함의 자손이라 말할 수 있게 된다.

하느님의 명에 의해 최초로 할례를 받은 사람이 바로 아브라함이다.

명 성

《성경》 가운데선 이름이 바뀌는 경우가 흔히 있다. 아브람이 아브라함이 되고, 그의 아내 사라는 애초에 사래로 불렸다. 야곱도 그렇고, 그 밖의 지명도 더러 그런 경우가 있다.

오늘날에도 서구 사회에서는 '세인트'라든가, '서어' 따위의 칭호를 붙여서 명예를 부여하는 경우가 있는데, 랍비들은 《성경》에 관해 논할 때 각자의 이름을 매우 중요한 것으로 간주했다.

《탈무드》에선, 좋은 이름은 인간이 지닐 수 있는 최고의 보배이며 질 좋은 기름보다 더 소중하다고 강조한다. 여기서 '좋은 이름'이라 함은 발음하기 좋은 이름이라든지 글자 획이 좋은 이름을 뜻하는 것이 아니라, 평판과 명성을 가리키는 것이다.

고대 유대에서는 기름이 아주 귀중한 것으로 취급되었다. 머리를 깨끗이 할 때나 식용으로, 또는 난방이나 취사에도 기름이 사용되었다.

그러나 아무리 질 좋은 기름일지라도 그대로 내버려 두면 산패하거나 증발하여 없어져 버린다. 그에 비해 명성은 시간과 더불어 한층 빛이 난다. 또한 좋은 기름은 금전으로 살 수 있지만 명성은 돈으로도 살 수 없으며, 좋은 기름은 부자밖에 얻지 못하지만 명성은 설사 가난하더라도 얻을 수가 있다.

아브라함의 이름이 주님에 의해 바뀐 데서 힌트를 얻어, 랍비들 사이에서 이러한 논의가 벌어졌던 것이다.

≪탈무드≫에 따르면, 이름에는 다음과 같은 세 가지 종류가 있다.

첫째, 왕이나 귀족들이 세습에 의해 얻는 이름.

둘째, 배움으로써 학자가 되어 얻을 수 있는 이름.

셋째, 누구나가 얻을 수 있는 이름. 이것이 곧 명성이다.

접 대

이것은 아브라함이 할례를 받은 직후의 이야기이다.

아브라함은 기꺼이 나그네를 접대하는 사람이었다. 할례를 받았을 때 그는 이미 나이가 상당히 들어 있었으므로 몹시 지친 상태였다. 그럼에도 불구하고 손님을 환대하기 위해 천막 입구에 나와 앉아 있었다.

그 무렵 그는 사막의 외딴 곳에서 천막을 치고 살았는데, 어느 쪽에서 손님이 찾아오더라도 곧 들어올 수 있도록 입구를 사방에 만들어 놓았다.

이윽고 저만치 앞에서 손님이 나타나자, 그는 육체의 괴로움을 집어 던지고 뛰어가서 맞이했다.

고대 사회에서는 전혀 모르는 사람을 자기 집으로 초대하는 일은 극히 드물었다. 그러나 아브라함은 그 누구라도 자기 집을 찾아오는 사람이라면 때를 가리지 않고 환대했다.

오늘날까지도 유대인은 모든 사람들에게 언제든 자기 집을 방문하도록 청하고, 특히 축제일에는 수많은 사람들을 초대하려 애쓴다.

가장 나쁜 사회

하느님은 자신의 눈으로 소돔과 고모라란 마을에서 무슨 일이 일어나고 있는지를 직접 살펴보려고 했다.

이 이야기는 유대인이라면 어떠한 재판관일지라도 고소당한 사람의 실정을 조사해 보지 않고서는 판결을 내릴 수 없고, 실제로 현장에 가서 살펴보아야만 된다는 사실을 가르치고 있다.

소돔과 고모라, 이 두 마을은 지상에서 가장 악한 고장이었다. 소돔이라는 마을에서는 낯선 사람이 마을에 들어오는 것을 좋아하지 않았으며, 그곳 사람들은 누구를 막론하고 모두에게 의심을 품었다. 이 때문에 어떤 여행자든 이 마을을 방문한 후엔 반드시 후회하곤 했다.

가난한 자가 구걸을 하기 위해 어쩌다가 이 마을에 들어서기라도 하면, 그곳 사람들은 헛웃음으로 맞이하며 표시해 놓은 돈을 주었다. 그러나 그 돈으로 무엇을 사려고 해도 표시가 있기 때문에 아무것도 사지 못하고 결국엔 굶어죽게 되는 것이다. 그다음에 마을사람들은 제각각 죽은 자의 주머니에서 자신들이 표시해 놓았던 돈을 되찾곤 했다.

어느 날 한 나그네가 두 딸을 데리고 이 마을에 들어와 일자리를 얻게 되었는데, 그가 맡은 일은 금화를 지키는 파수꾼이었다. 50개나 되는 금화에 모두 특수한 기름을 발라 두어, 그 냄새로 돈이 어디에 있는지를 곧 알 수 있었다. 그러던 어느 날 그곳에 도둑이 들었다. 금화는 아무도 모르게 깊숙이 감추어 두었지만 그 냄새 때문에 이내 발견되어 모조리 털리고 말았다. 금화는 물론이고 나그네가 가지고 있던 개인 물품까지 몽땅 잃어버렸다.

그는 그 책임을 면할 길이 없어 재판에 붙여졌고, 결국엔 50 닢의 금화를 변상하지 못했다는 이유로 딸들과 함께 노예로 팔려 버렸다. 물론 도둑은 그 마을사람이었다.

며칠 후 두 딸 중 한 딸이 친구를 만났는데, 그녀의 안색이 몹시 창백한 것을 보고 친구가 사유를 물었다. 그녀는 지금까지의 일을 전부 털어놓으며, 먹을 것이 없어 굶는 것은 물론이고 노예로 팔려 있는 몸이라고 말했다.

그러자 친절한 친구는 가엾은 생각이 들어 약간의 먹을 것을 갖다 주었다.

얼마 후 소돔 마을사람들은 이 가족이 아직도 살아 있는 것을 발견하고는 누군가가 먹을 것을 갖다 준 것이 분명하다고 생각했다. 그리하여 조사를 시작했고, 그 친구가 먹을 것을 갖다 주었다는 사실을 알게 되었다. 그녀는 붙잡혀서 재판에 붙여졌고, 재판 결과 사형선고를 받았다. 그녀의 몸은 발가벗겨졌고, 몸에는 벌꿀이 발려졌다. 그리고 두 개의 벌집이 매달려 있는 나무 사이에 묶여졌는데, 인정사정없는 벌들이 몸에 독침을 쏘아대는 바람에 그녀는 몸부림치다 드디어 죽고 말았다.

그때 하느님은 지상에서 들려오는 여자의 비명소리가 너무나 처절하여 몸소 조사해 볼 작정을 했다.

유대인의 해석에 따르면, 소돔과 고모라 사람들의 가장 큰 죄는 인간이 좋은 일 하는 것을 금하고, 좋은 일 한 자를 벌했다는 점이다.

올바른 행동을 금지하는 사회는 세상에서 가장 나쁜 곳이다. 벌꿀처럼 달콤하고 자양분 있는 것을 나쁜 수단에 사용한 것은 이러한 상황을 적절하게 상징하기 위함이다.

가정과 사회

'이삭'이란 히브리어로 '명랑한 웃음'이란 뜻이다. 어린이는 항상 명랑하게 웃고 있어야 한다.

이삭이 태어났을 때 그 어머니는 상당히 나이가 들어 있었으므로 남들이 혹시나 남의 자식이 아닌가 하는 오해를 하게 될까 봐 모유로 길렀다. 게다가 진짜 어머니임을 나타내기 위하여 이웃 아기에게도 젖을 먹였다. 그러나 그녀는 자기 자식에게 먹이기 위해 남의 자식에게는 젖을 충분히 주지 않았다.

이것은 자신이 지니고 있는 힘이나 재능은 우선 자신의 가족에게 베풀고, 그다음에 이웃과 사회에 베풀도록 가르치고 있는 것이다.

외국인

고대에는 인간이 죽으면 동굴 속에 매장하는 풍속이 있었다.

아브라함은 하느님으로부터 가나안이라는 땅을 제공받았지만 거기서 태어난 것이 아니었으므로 실상 그 토지는 아브라함의 소유가 아니었다. 그리하여 아브라함은 죽은 자기 아내를 매장하기 위해 토지를 사려고 했다. 하지만 가나안 사람들은 그에게 팔려고 하지 않았다.

여기서 랍비가 문제로 삼는 ≪성경≫ 대목은 '나는 당신들 중에 나그네지만 거주한 자이니……'라고 한 말이다. 자신은 여기에 거주하고 있지만 이방인이라는 뜻이 아닐까? 즉 외국인과 거주자라는 별개의 개념에 대해 일깨워 주고 있는 것이다.

≪성경≫에서는 아브라함이 주위 사람들과 우호적일 때는 거주하는 자였지만 관계가 나빠졌을 때엔 외국인이라는 처지가 뚜렷하게 드러난다. 그렇다면 아브라함 시대에 이방인이라는 존재가 어떤 뜻을 지니고 있었는지를 인식해야 되는데, 오늘날과 마찬가지로 어떤 나라에서 60년 혹은 70년 동안 거주했다 하더라도 결국 완전히 그 나라 사람이 되지는 못했던 것이다. 아무리 오랜 기간 동안 그 나라에서 살았을지라도 외국인은 그 나라에서 태어나 자란 사람과 동일한 권리를 갖지 못한다. 외국인은 여러 가지 의미에서 뚜렷이 차별된다. 현대에 와서도 외국인이 어떤 나라의 국적과 시민권을 획득하려면 여러 가지 어려운 일이 따른다.

아브라함은 필시 주위 사람들과 마찬가지로 그 고장에서 오랫동안 거주했음에 틀림없지만 그랬어도 외국인 거주자라는 자격밖에는 없었다. 그러므로 아브라함은 가나안 사람들끼리 거래하는 가격에 비해 훨씬 비싼 값을 지불하고 묘지를 구했다. 그 이유는 단 하나, 그가 외국인이었기 때문이다.

이스라엘의 아들 요셉이 이집트인 집에서 하인으로 일하게 되었을 때의 일이다. 어느 날 그는 터무니없게도 그 집 여주인을 강간했다는 누명을 쓰고 투옥되었다. 그는 그 감옥 안에서 이집트의 왕을 받드는 시종장을 알게 되었는데, 그의 꿈 해몽을 잘해 준 덕에 절대 권력자인 파라오의 꿈 해몽을 하게 되었다. 그의 모든 예언이 너무나도 적중하여, 마침내는 이집트의 파라오에 의해 수상 지위에까지 올랐다. 요셉은 가족들을 불러들이고, 유대인을 위한 비상한 수완을 발휘했다. 그러나 그의 사후엔 이집트에 있는 유대인들이 모두 노예가 되고 말았다. 유대인이 고난을 겪게 된 것은 외국인으로서 거주하는 자였기 때문이다.

이 이야기는 외국인 거주자일지라도 그 나라 사람들과 동등하게 대하라는 교훈이다.

인종차별

아브라함은 아들인 이삭을 같은 종족과 결혼시키려고 작정했기에 이웃인 가나안 여성과 결혼하면 안 된다고 훈계한다. 만일 이삭이 가나안 사람과 인연을 맺게 되면 아브라함이 애써 일구어 놓은 종교의 밭을 이삭의 자식들이 갈지 않게 될 것이며, 또 가나안 사람과 혈연을 맺게 되었을 때 과연 평화롭게 살 수 있을지 알 수 없었기 때문이다. 만일 아들이 가나안 여성과 결혼하게 되면, 그곳은 가나안 사람이 대다수를 차지하고 있는지라 차츰 그 풍습이며 종교 등에 휘말려들고 말 것이라 판단한 것이다. 그리하여 그는 이삭에게 동족과 결혼한 후 가나안 땅으로 되돌아오도록 명했다.

역사적으로 본다면 유대인은 소수 민족이기 때문에 주위의 민족들에게 흡수되어 버릴까 봐 무척 경계했다. 유대인들은 인종을 차별하지 않는다. 또한 다른 민족과의 결혼에도 반대하지 않는다. 그러나 유대인만의 종교를 지켜나가고 싶다는 의지만은 확고했다. 설령 다른 민족과 결혼할 상황일지라도 그 배우자는 반드시 유대교를 믿어야 했다.

남편의 자리, 아내의 자리가 종교적으로 견고하게 확립되어 있으므로 만일 한쪽 배우자가 그 규율을 지키지 못한다면 유대의 가정은 붕괴해 버린다. 때문에 서로 다른 종교를 믿는 다른 민족의 배우자와 결혼하는 것을 반대하는 것이다. 이것은 인종차별과는 차원이 다른 문제이다.

눈물의 벽

야곱은 메소포타미아에 살고 있는 숙부 라반을 만나러 갔다. 이 숙부에게는 두 딸이 있었는데, 야곱은 동생 쪽인 라헬과 사랑에 빠졌다. 그러자 숙부가 7년 동안 일하면 라헬을 아내로 주겠노라고 약속했다. 야곱은 라헬과 결혼하게 될 날을 꿈꾸며 열심히 일했다. 약속했던 7년이 지났을 때 숙부는 라헬이 아니라 그 언니인 레아를 맞이하도록 종용했다. 결국 그는 숙부에게 속았던 셈이다. 그러나 숙부는 다시 7년을 더 일하면 틀림없이 라헬을 주겠노라고 말했다. 레아와 이미 결혼한 터였지만 라헬을 사랑하고 있었기 때문에 야곱은 다시 7년 동안을 열심히 일했다.

야곱은 자신이 사랑하는 사람을 위하여 그토록 열심히 일했다는 사실로 인해 지금까지도 유대인들에게 대단한 존경을 받고 있다. 동시에 이 얘기는 무엇인가 목적을 위해 일하게 되면 그 대상이 더욱더 소중한 것이 된다는 진리를 내포하고 있다.

그 후 예루살렘에 신전이 세워지고 있을 때, 유대인 모두는 신전을 세우는 데 참가하려고 작정했다. 동쪽의 벽은 부자들이 인부를 고용하여 만들었고, 남쪽 벽은 귀족들이, 북쪽 벽은 정부가 세웠다. 일반 대중은 손수 벽돌을 쌓아올리고 흙을 이겨 발라 서쪽 벽을 만들었다.

기원후 70년에 신전이 파괴된 이후 오늘날까지 유적으로 남아 있는 것은 일반 대중이 만들었던 서쪽의 벽뿐이다. 그것이 유명한 '눈물의 벽'인 것이다. '눈물의 벽'이라는 명칭은 유대인들 자신이 붙인 게 아니라, 그 벽을 보며 감격에 겨워 울고 있는 유대인들을 보고 다른 사람들이 붙여 준 것이다.

가알티이

메소포타미아의 가족과 헤어져 되돌아온 야곱은 자기 쌍둥이 형제를 만났다. 그때 '나는 메소포타미아에서 숙부 라반에게 붙어 있었다.'라고 말하는데,

이 '붙어 있었다.'라는 어구에 사용되고 있는 히브리어가 '가알티이'이다.

유대인은 세계의 민족들 중 최초로 숫자를 사용했던 민족이 아니라, 알파벳에 낱낱이 숫자의 의미를 부여하여 사용했던 민족이다. 예를 든다면, 히브리어의 22개 알파벳은 'a＝알파＝1, b＝베트＝2, c＝긴멜＝3…….' 등등이다. 그리하여 가알티이라는 낱말에 사용된 철자는 전부 613이란 수가 된다. 유대의 여러 가지 규칙이나 전통을 하나하나 들추어내어 셈해 보면, 고대 유대 시대부터 오늘까지 전부 613이었다.

여기에서 중요한 것은 야곱이 메소포타미아에 거주하면서도 유대 계율을 지켰다는 데 있다. 후일 랍비들은 ≪성경≫에 사용된 글자를 모두 뽑아내어 그 숫자가 얼마나 되며, 무슨 뜻이 내포되어 있는지를 헤아려 보기도 했다.

또 한 가지 예를 들어 보자면, ≪성경≫의 모든 구절에는 멜로디가 있는데 오늘날에도 시너고그에서 읽혀질 때에는 그 멜로디에 따라 노래를 부른다. 다만 토라에는 멜로디 표시가 붙어 있지 않다. ≪성경≫은 2천 5백 년 전부터 노래로 불리게 되었는데, 이것은 ≪성경≫ 전부를 암기하기가 매우 어렵기 때문에 노래로 기억하는 편이 가장 빠르다는 연유에서 유래되었다.

3, 4세기 무렵의 성인인 성제롬(Saint Jerome)은 ≪성경≫을 라틴어로 번역했는데, 그의 기록에 의하면 ≪성경≫을 처음부터 끝까지 암기하지 못하는 유대인은 한 사람도 없었다는 것이다. 아직 인쇄물이 없었던 당시 모든 유대인은 노래로 만든 ≪성경≫을 외웠던 것이다. 그러나 이 멜로디를 누가 작곡했는지는 알려져 있지 않다.

토라에는 구두점이 전혀 없다. 하지만 노래가 끊어지는 대목이 문장의 끝임은 누구라도 쉽게 알 수 있다.

편 애

야곱에게는 열둘이나 되는 아들과 고명딸이 있었다. 그는 그 열두 명의 아들 가운데서 유달리 요셉만을 사랑했는데, 그것을 표시하기 위하여 그 아들에게만 특별하게 지은 옷을 입혔다. 이것이 어떤 옷이었는지는 분명치 않으나 어쩌면 비단 셔츠가 아니었을까 추측되고 있다.

아무튼 요셉에게만 특별한 옷을 입혔기 때문에 다른 형제들은 요셉을 몹시 미워했다. 야곱이 한 자식만을 편애했기 때문에 결국엔 가족 사이에 위화감이 생긴 것이다.

여기에서 유대인은 매우 중요한 교훈을 끌어냈다. 한 자식만을 사랑함으로써 가족이 뿔뿔이 흩어지고 말 수도 있다는 사실이다. 여럿 가운데서 한 자식만을 편애하는 잘못은 자칫 범하기 쉬우므로 충분히 경계해야 한다.

바위와 부자(父子)

'바위'에 해당하는 히브리어는 '에벤'이라는 단어이다. 이 단어는 ≪성경≫에 자주 등장한다. 이를테면 '십계'가 '바위' 위에서 씌어졌으며, 야곱은 곧잘 '바위' 위에서 잠을 잤다. 이 '바위'가 바로 '에벤'인 것이다.

'에벤'이란 '아브(아버지)'와 '벤(아들)'이라는 두 개의 낱말이 합쳐진 단어로, 곧 '부자(父子)'라는 말도 된다. 아버지와 아들이 결합되면 바위처럼 단단해진다는 뜻이다.

유대 민족이 지속적으로 발전해 온 첫째 비결은 가족 단결의 관념이 강하다는 점이다. 하느님과 이스라엘 백성과의 특이한 관계 관념이라든가, 아버지와 자식 간의 관념 등이 관계로 굳게 결속되어 있는 바로 그 점이 오늘날까지 유대 민족을 지탱시켜 왔다고 말할 수 있다.

신 발

모세의 일생 중 가장 중요한 경험의 하나는, 떨기나무가 불에 탔다는 것이다. 유대인들이 의아스럽게 생각했던 것은, 왜 하느님이 하필 떨기나무에 나타났을까 하는 점이다. 만일 그것이 대단한 의미를 지닌 행동이라면 높은 산이라든가 벼락이 떨어지는 날, 혹은 거대한 나무 아래 등의 장소를 택했어야 마땅했다. 그런데 하느님은 작은 가시가 무성한 떨기나무를 택했다. 그 나무엔 먹을 만한 열매 따위도 열리지 않을 뿐더러 인간은 물론 동물마저 가까이하지 않고 꽃도 피지 않는다. 약간만 손을 대도 상처투성이가 될 만큼 그 주위는 형편없는 곳이다.

이 상황은 유대인들에게 있어서 매우 중요하다. 인간은 스스로에 대해 좋은 일, 혹은 나쁜 일의 차이가 무엇인지를 터득해야 한다. 그렇지 않다면 길을 걷고 있는 사람을 누군가가 뒤에서 밀어 넘어뜨려 다치게 해 놓고도 뭐가 나쁘냐고 반문할지 모른다. 토라에는 그에 관한 하나의 가르침이 있다.

하느님이 굳이 세상에서 가장 의미 없는 곳으로 여겨질 장소를 택한 이유에는 아주 심오한 교훈이 담겨져 있다. 하느님은 모든 것에 관심을 가지고 있음을 표명하기 위하여 그러한 곳을 선택하셨다. 이것은 유대인들에게 매우 소중한 가르침이다. 특히 그들이 이집트에서 노예 상태로 고생하고 있을 적에 이 같은 가르침을 받았다는 사실은 한층 중요하다.

떨기나무와 유대인은 다 같이 하찮은 존재이다. 그러나 떨기나무를 뿌리째 뽑아 버리려고 한다면 가시로 말미암아 손에 상처를 입는다. 마찬가지로 유대인 속에 손을 집어넣고 멸망시키려 하면 그 손은 피투성이가 될 것이다. 떨기나무의 불은 타고 또 타올랐다. 이것은 유대인이 언제까지나 멸망하지 않음을 시사하고 있다. 또한 떨기나무와 불이란 것은 함께 있어서는 안 된다. 불이 붙으면 떨기나무는 몽땅 타 버리기 때문이다. 그러나 이들 두 개체는 평화로운 가운데 제각각 살아나갈 수도 있다. 다시 말해, 평화란 두 개의 대립되는 것이 공존하는 것임을 가르치고 있는 셈이다. 결국 이것은 유대인이 세계의 평화 속에서 생존한다는 것이 무엇을 뜻하는지 말해 주고 있는 것이다.

불타는 떨기나무 장면에서, 하느님이 홀연히 모세 곁에 나타났을 때 모세는 단 한 가지 행동을 보였다. 아무 말 없이 다만 신발을 벗었을 따름이었다. 이것은 무슨 뜻인가? 고대에 있어서 신발은 자아의 상징이었다. 모세는 자신이 그리 중요치 않은 인간임을 드러내 보이기 위하여 그런 행동을 했던 것이다.

그에게 가장 중요한 일은 유대인들을 이집트에서 끌어내어 십계를 안겨 주고 유대의 나라, 즉 이스라엘로 데리고 돌아오는 일이었다. 이것은 지도자의 자격을 의미하는데, 지도자로서의 우선적인 조건은 자신을 버리고 타인을 돌보는 것이다.

유대인은 현재까지도 이 가르침을 지키고 있다. 예를 들어, 가족 중의 누군가가 죽었다거나 가까운 친척이나 친한 친구 등이 죽으면 장례식 후 한 주일 동안은 가족 모두가 집 안에 틀어박혀 버리는데, 그동안은 절대 신을 신지 않는다. 이것은 살아 있는 자신들보다도 죽은 사람을 기리는 일이 더 중요함을 암시하고 있다.

유대 민족에게 있어 1년 중 가장 중요한 날은 정월 초하루부터 세어 열흘째이다. 모든 유대인은 '욤키이프'라 일컫는 이날 내내 시너고그에서 지낸다. 24시간 동안 아무것도 먹지 않고, 지난 한 해에 있었던 갖가지 일에 대해 하느님께 용서를 청하는 것이다. 이날도 물론 신발을 신지 않는데, 앞서와 마찬가지로 '자기'가 중요하지 않음을 나타내기 위함이다.

지도자의 비극

랍비들은 과거 수천 년에 걸쳐 지도자에게 있어서의 인간적인 면이 기본적인 문제가 되어 왔음을 지적했다. 지도자라면 위대한 교사와 종교적인 사제, 정부 관계자, 나아가서는 사회사업 봉사자도 있다. 그들은 세상 사람들에게서 추앙받기 위해 막상 자신의 가족을 등한시하는 경우가 많았다.

모세는 출애굽 때에 자기 자식을 아내의 친정에 맡겨 두고 있었다. 그의 장인이 자식들을 데리고 돌아왔을 때, 하느님은 모세에게 장인을 맞이하여 인사를 올리도록 권했다. 모세는 무릎을 꿇고 앉아 장인에게 머리를 숙여 보인 다음 키스까지 했다. 그러고는 즉시 중요한 일에 관해 의논을 시작했다. 그러나 이 이야기 가운데 단 한마디도 자신과 자식들의 재회에 관해선 말하지 않았다. 다시 말해, 사적인 감정을 드러내지 않았다는 것이다.

이것은 위대한 지도자로서 매우 비극적인 상황이다. 남에게 봉사하는 일에 몰두한 나머지 자기의 가족을 돌보지 못하는 경우의 구체적인 예라 하겠다. 모세의 자식들은 도대체 어떻게 되었는지, 유대인 가운데서 어떤 지위에 있었는지 따위는 전혀 알려져 있지 않다. 오늘날에도 랍비의 자식들은 그 옛날 모세의 자식과 비슷한 상황에 놓여 있다.

최초의 교육자

하느님이 모세에게 이르기를, 십계의 구상을 먼저 '야곱의 가족'에게 고하고 다음에 '이스라엘의 자식들'에게 고하라고 했다. 그때 하느님은 처음엔 매우 달콤하고 부드러운 어조로 말하고, 두 번째는 강한 어조로 말했다.

랍비는 여기에서 커다란 교훈을 얻었다. 즉 십계의 기본적인 구상은 최초로 여성에게 주어지고, 다음 남성에게 주어졌다는 사실이다. 그것은 여성이야말로 최초의 교육자이기 때문이다. 우선적으로 자식을 가르치는 것은 어머니이다.

유대의 격언에 '여성의 가르침은 곧 가정의 가르침이다.'란 것이 있다. 그 때문에 십계도 여성에게 먼저 주어지고 다음에 남성에게 주어진 것이라 여겨진다. '야곱의 가족'이라는 말도 히브리어로는 아주 부드럽고 여성적인 느낌으로 발음된다. 이 같은 사실 모두로 미루어 보더라도 랍비들이 그와 같은 교훈을 끌어낸 데는 이론의 여지가 없겠다.

환 경

황금 송아지를 만든 유대 민족은 하느님의 격노를 사게 되었다.
하느님이 모세에게 말했다.
"당장 내려가 보아라! 네 백성은 부패했다……."

하느님은 분명히 '네 백성'이라 지칭했다. 그러자 모세는 "네 백성이라 함은 무슨 뜻입니까? 주여, 당신의 백성이라 해야 되지 않겠습니까?"라고 반문했다.

모세는 유대인들이 범한 죄를 하느님께 미루려 했다. 이 일화는, 환경이 인간의 인격 형성에 얼마나 중요한지를 보여 주고 있다. 환경이 인간에게 끼치는 영향은 헤아릴 수조차 없이 많다. 따라서 모세는 하느님을 원망했다. 그리하여 '어째서 인간들을 이같이 지독한 상황 아래 몰아넣고는 훌륭한 행동만을 요구하느냐?'고 반문했던 것이다.

이와 관련하여, 랍비는 다음과 같은 이야기를 인용한다.

한 화장품 상인이 매춘부가 득실거리는 거리에다 가게를 열었다. 가게는 번창했다. 그러나 어느 날 자기 아들이 창부와 함께 놀아나고 있는 장면을 목격하고는 분노를 터뜨렸다.

그때 한 친구가 '왜 화를 내느냐? 그것은 네 책임이 아니냐? 자식을 이런 환경에 끌어들인 것은 바로 너 자신이 아니냐?' 하며 책망했다.

이것은 환경이 인간에게 얼마나 지대한 영향을 끼치는가를 시사하기 위해 인용되는 이야기이다.

다아로쉬 다아로쉬

히브리어인 '다아로쉬 다아로쉬'라는 낱말은 필시 '가르침'을 뜻하는 것이리라고 유대인들은 고찰했다.

그런데 어째서 그것이 항상 두 번 반복하여 사용되고 있는지, 그 연유에 대해 깊이 연구하게 되었다.

여기서 끌어낼 수 있는 것은, 토라는 유대인들에게 어떻게 하면 좋은 생활, 올바른 삶을 누릴 수 있는지를 가르치고 있으며, 그것을 가르치는 두 가지 방법이 있다는 것이다.

그중 한 가지는 선생이 학생을 가르치는 것과 같은 개방적이 방법이고, 또 한 가지는 '백문이 불여일견(百聞而不如一見)' 식으로 실례를 보이면서 스스로 경험을 얻도록 하는 방법이다.

그처럼 똑같은 단어를 되풀이하는 것은, 결국 위의 두 가지 교수 방법을 뜻한다고 풀이할 수 있다.

보건 위생

3천 년도 더 전에 이미 유대인들은 전염병이라든가 역병에 대해 많은 관심을 가지고 있었다. 또한 병을 예방하기 위해 몸을 자주 씻어 깨끗이 해야 한다든지 따위로 방역에 관한 처치를 실행하고 있었다. 물이 귀한 까닭에 집단을 이루어 사막을 여행할 때 만일 한 사람이라도 병에 걸리게 되면 그것이 곧 돌림병이 되기도 하는 형편이어서 보건 위생의 필요성이 그만큼 절실했던 것이다.

근대에 접어들면서부터는 나병을 비롯한 갖가지 질병에 대한 수수께끼가 이미 풀렸다. 하지만 유대인들은 ≪성경≫의 한마디 한마디를 그 시대에 맞춰서 해설하기에 노력을 기울였다. 그렇다면 여기에서 어떠한 교훈을 끌어 낼 수 있을 것인가?

우선 첫째 의문은, 피부에 종기가 생겼을 때는 사제에게 데려가라고 기록되어 있는데, 왜 사제에게로 가지 않으면 안 되는가? 그 당시 사제는 의사이기도 했다. 하지만 종기가 난 사람은 자진해서 사제에게 가려 하지 않는다. 따라서 이 이야기에서는 인간이란 남의 결점은 이내 발견하므로 누군가 어쩐지 이상하다고 여겨지면 곧 도와주어야 된다고 가르치고 있다. 인간이 두 개의 눈을 가지고 있는 이유는, 한쪽으로 자신의 결점을 살피고, 다른 한쪽으로는 타인의 장점을 보기 위해서라고 한다.

≪성경≫의 이 부분에는 세 가지 질병 증세가 기록되어 있는데, 그 첫째는

부종이다. 이것은 몸이 부어오르는 증상을 말하지만, 인간이 너무 교만해지면 마치 자신이 거대해진 것처럼 느껴지는데 이것도 일종의 부종이다. 이 증상이 나타나면 우선 자신의 내부에서부터 치료를 시작할 필요가 있다.

그다음은 종기이다. 종기는 손으로 만져보면 단단한데, 인간도 타인을 용서하지 않거나 어떤 원한을 품고 있노라면 어느덧 단단해진다. 이것은 마치 종기와 같은 것이라 말할 수 있다.

세 번째는 살갗이 번쩍거리는 증세로, 인간이 돈으로 귀금속만을 좋아하게 되는 것을 말한다. 금전만을 지나치게 생각하고 있는 인간은 병에 걸렸다고 볼 수밖에 없는 것이다.

인구 비율

이것은 실화이다. 어느 날 나는 한 장군을 만났다. 그는 제2차 세계대전 중에도, 그리고 전쟁이 끝났을 때도 팔레스티나에 파견되어 있었다.

나는 그에게 1948년에 일어난 이스라엘과 아랍제국 사이의 전쟁이 어떤 결과를 가져올 것 같으냐고 물었다. 그러자 그는 예루살렘의 지사도 똑같은 질문을 한 적이 있는데 매우 흥미로운 문제라고 하면서, 다음과 같은 이야기를 들려주었다.

그 장군이 아랍권에선 인구 비율을 아랍인 1명당 유대인 40명으로 친다고까지 말했을 때, 예루살렘 지사는 그건 엉터리 거짓말이라며 인구 비율로 따지자면 유대인의 100배나 되는 아랍인이 있지 않느냐고 반문했다고 한다. 그래서 장군은 이렇게 말했다고 한다.

"전쟁이란 것은 절대로 인구 비율을 가지고 따지면 안 됩니다. 그 이유는, 조국을 위해 생명을 바치려는 아랍인은 한 사람인 데 비해 조국을 위해 목숨을 내놓는 유대인은 40명이란 얘기입니다. 이처럼 희생정신이 강하므로 유대인들은 반드시 전쟁에 이길 것입니다."

지도자의 자질

모세는 스스로 모든 일을 하기로 다짐한 뒤 남에게 자신의 일을 대신해 달라고 부탁한 적이 없었다. 이것은 지도자에게 있어서 매우 중요한 정신으로, 그는 남에게 대행을 바라는 것은 지도자로서 바람직하지 않은 자세라는 사실을 일찍이 고찰했던 것이다. 뭔가를 하려고 작정했으면 스스로가 계획했던 대로 진행시켜야만 한다.

또한 모세는 자기 형에게 깊은 존경심을 가지고 있었다. 물론 그는 자기가 형보다 유명하다는 사실쯤은 알고 있었다. 그러나 어디서건 형이 있는 자리에 서는 항상 형을 존경하는 마음을 나타냈다. 이것은 지도자에게 요구되는 중요한 자질 가운데 하나이다. 그는 타인의 이익을 보호하기 위해 스스로의 목숨이 위태로웠던 일도 여러 번 겪었다.

모세는 노인들의 지혜를 신뢰하여 항시 그들의 충고를 받아들이곤 했다. 종교적인 문제를 비롯하여 개인적이거나 혹은 정치적인 문제 등 어떠한 일에 서건 우선 나이 많은 선배들의 조언을 즐겨 경청했다. 이것은 그의 지혜의 일부이다.

명 예

모세는 유대 민족의 위대한 지도자이며 사령관이었다. 하지만 유대인들은 절대적인 독재자라든가 지도자를 믿지 않았으므로, 모세는 늘 다른 사람의 의견에 귀를 기울였다. 그 때문에 각기 의견을 내놓으면서 모세를 돕는 70명으로 된 한 단체가 조직되게 되었다.

그 무렵 유대 민족은 열두 씨족으로 구성되어 있었는데, 거기에서 어떤 방식으로 70명을 선출하느냐가 또 문제가 되었다. 한 씨족에서 5명씩 선출된다면 60명이 되므로 10명이 부족하고, 6명씩 나오면 72명이 되어 두 사람이 넘치게 된다.

모세는 해결책을 생각해 내어, 일단 한 씨족에서 6명씩 나오도록 했다. 그래서 72명이 되자 72매의 종잇조각을 만들어 각자 한 장씩 뽑게 했다. 그 가운데 두 장만 아무 표시가 없었는데, 그것을 뽑은 두 사람을 제외시키기로 한 것이다. 이 70이라는 숫자는 하느님이 정했기 때문에 어쩔 수 없는 노릇이었다. 모세가 이런 방법을 택한 데는 두 가지 중요한 이유가 있었다. 그중 하나는 그 누구라도 남에게 창피를 당하게 해서는 안 된다는 것이고, 또 하나는 남의 명예를 지켜 준다는 것이다.

시너고그에서 예배를 보고 있는 도중일지라도, 거기에 참석한 유대인들은 각 개인 모두가 예배를 중단시킬 권리를 가지고 있었다. '나는 모욕을 당했다.'라고 한마디만 꺼내면, 그로써 예배는 중단되고 그 사람의 명예가 회복될 때까지 재개되지 않는다.

유대인들의 조직에는 부회장이니 부위원장이니 하는 칭호가 상당히 많은데, 이것도 회장이나 위원장이 되지 못한 사람들의 명예를 고려해서이다.

보편 가운데의 비범

모세가 이스라엘에 열두 명의 스파이를 파견하여 국정을 탐지하거나 정찰시켰을 때의 이야기다. 그 당시 유대인들은 사나이반도의 사막지대에 있었다. 그들 스파이가 돌아와서 한 보고는 두 갈래로 나누어져 서로 달랐다.

우선 열 명은 이스라엘이란 나라는 아름답기는 하지만 그곳에 들어가기란 도저히 불가능하므로 오히려 이집트로 되돌아가 노예 상태로나마 살아가자는 것이었고, 다른 두 사람은 이스라엘은 매우 아름다운 나라이므로 어떻게든 정착하게 되면 유대 민족은 반드시 부흥할 것이라는 의견이었다.

이 소식이 알려졌을 때 모든 유대인들이 공포에 빠져 떨었다. 왜냐하면 열두 명의 스파이들 중 대다수가 이스라엘 땅에 들어가기란 불가능하다고 주장했기 때문이다. 그러나 후일 유대 민족은 별다른 어려움도 겪지 않고 이스라엘 땅에서 번성된 사회를 이룩했다. 이것은 앞서의 대다수 의견이 잘못이었음을 시사하고 있는 증거이다.

후일 랍비들은 왜 다수인 열 명의 의견이 잘못되었는지, 어째서 열 명이 깨닫지 못했던 사실을 두 사람만 깨달았는지에 대해 진지하게 고찰해 보았다.

결론은 이러했다. 그 대다수는 당시 상태를 있는 그대로 받아들였고, 소수는 그 상태를 초월하여 어떻게 하면 좋은가를 깊이 생각했기 때문이었다. 실제로 두 사람은 매우 진지하게 숙고했으나, 나머지 열 명은 있는 그대로의 정세만을 살펴보기에 급급했던 것이다. 그로부터 줄곧 유대인들은 정세가 어떤 상태에 있느냐가 아니라, 그런 상황에서 어떠한 것이 발생할 수 있는가를 캐냄이 중요하다는 사실을 인식하게 되었다.

인간을 대할 때도 현재의 모습, 예컨대 어리석다거나 경솔하다거나, 또는 나쁜 인간이라든가 하는 단정이 아니라 그 이면에서 무엇을 발견할 수 있는가를 깊이 생각해야만 한다.

이 에피소드가 있은 다음 유대인들은 바로 이스라엘을 향해 다시 여행을 계속한다. 몇 해가 지나 모세가 은퇴하고 여호수아가 지도자가 되었다. 여호수아 시대에도 이스라엘 근방으로 열두 명의 스파이를 보내 정찰을 시켰다. 그 스파이들은 이스라엘로 들어가면 장래가 매우 탄탄할 것이라고 보고했다. 여기서 흥미 있는 것은, 모세가 여호수아보다 훨씬 위대한 지도자였음에도 불구하고 그가 파견했던 스파이들은 거의가 그릇된 보고를 했다는 사실이다.

랍비들은, 왜 모세는 실패하고 여호수아가 성공했는가에 관해 토론하여 다음과 같은 결론을 내렸다.

모세의 경우, 구성원들이 대개 귀족 출신이거나 사회적으로 존경받고 있던 사람들이었는데, 그들은 모두 씨족의 우두머리였다. 때문에 보고를 올릴 때는 먼저 자신들이 거느린 씨족을 염두에 두었다. 그러므로 그들의 보고는 공정치 못했다. 반면에 여호수아의 구성원들은 평범한 가정 출신이었으므로 특별히 염두에 둘 것이 없었고, 물론 그들 이름도 사회적으로 전혀 알려져 있지 않았다. 그리하여 그들의 보고는 정확할 수밖에 없었다.

이 이야기의 교훈은 극히 일반적인, 평소 아무것도 아닌 듯싶던 사람들로 구성된 단체나 집단이 오히려 큰일을 곧잘 이룩할 수 있다는 사실이다.

인간 대 신(神)

'하나'라는 뜻인 히브리어의 '에하드'라는 낱말은, 숫자의 '1'이라는 뜻뿐만 아니라 '독특하다'는 의미도 지니고 있다.

우선 그 낱말의 처음 부분은, 아버지 무릎에 어린 자식이 앉아 있는 것과도 같다. 그 자식은 아버지를 인식하게 되고, 그다음엔 아버지를 사랑하게 되고, 그다음에는 복종하게 되는 것이다.

그와 같은 상태를 인간 대 신(神)으로 나타내 볼 수 있다. 최초에 하느님을 알고, 두 번째는 하느님을 사랑하고, 세 번째는 하느님께 복종함을 이르는 것이다.

책의 민족

유대인들에게 있어서 하느님을 공경하는 최고의 기도 방식은 공부하는 일이다.

모든 시너고그엔 빠짐없이 공부하는 장소가 따로 마련되어 있었다. 그 이유는, 공부하지 않는 한 종교는 미신이 되어 버린다는 사실을 잘 알고 있었기 때문이다. 그러므로 전원이 함께 공부하고 서로 가르쳐야 했으며, 더구나 부모는 언제든 반드시 자식들의 교사가 되어 주어야만 했다. 여기서 유대인은 세계 최초로 의무교육의 필요성을 절감했으며, 또한 그대로 시행했다. 그럼으로 인해 '책의 민족'이라 일컬어지게 되었다.

타 협

히브리어로 '메즈사'란 문설주를 지칭하는 단어다. 오늘날에도 유대인들의 집에는 '메즈사' 위에 새끼손가락 정도 크기의 작은 상자가 매달려 있고,

거기엔 《구약성경》 중 〈신명기〉 제6장 4절부터 9절까지의 글귀를 적은 종이가 들어 있다.

이것은 어느 집에든 45도 각도로 비스듬히 걸려 있는데, 그런 형태로 달아 놓은 데는 나름대로의 의미가 있다.

어떤 사람은 수직으로 매달라고 하고, 또 누군가는 수평으로 달아 놓아야 한다고 주장했다. 그래서 타협 끝에 비스듬히 걸어 놓기로 결정했던 것이다. 이것은 유대인들에게 타협 정신이 얼마나 중요한가를 가르치는 좋은 예이다.

식 사

《탈무드》가운데에는 유대인이 먹어도 좋은 것과 먹어서는 안 될 것이 정리, 기술되어 있다. 이것은 음식물을 섭취한다는 것을 포함하여 일상생활의 행위 하나하나가 종교적인 의미를 지니고 있음을 시사하는 것이다.

동물들은 먹기 위하여 산다. 하지만 인간은 살기 위해 먹는다. 먹는다는 것 또한 삶의 일부이므로 당연히 종교적인 것이 될 수밖에 없는 것이다.

《성경》 속의 최초 문자

〈창세기〉는 우리 한글의 'ㄱ'자와 비슷한 문자로 시작되는데, 이것은 히브리 문자로는 'B'에 해당한다.

오랜 기간 유대의 랍비들과 유대인들 사이에서는, 《성경》이 알파벳의 많은 글자 가운데서 하필이면 왜 이 글자부터 시작되었을까 하는 논의가 활발했었다.

그 해답은 결국, 《성경》에서는 오직 한 문자로부터도 배울 수 있음을 가르치기 위해서라는 것이다. 만일 맨 처음 문자에서 무엇인가를 배울 수 있다면, 계속 이어지는 1행, 2행, 3행……, 1면, 2면, 3면……, 1장, 2장,

3장……의 식으로 ≪성경≫ 가운데서 숱한 사항을 배울 수 있다는 마음가짐을 가질 수 있다는 얘기다.

도대체 어떤 연유로 ≪성경≫의 맨 처음 문자로 히브리어에서 두 번째인 '베트(B)'라는 글자가 선택되었을까?

그것은 'A'에 해당하는 '알레프'는 저주란 의미를 지니고 있는 데 반하여 '베트'는 축복을 뜻하는 문자여서 알레프를 피하고 베트를 택한 것이라 해석되고 있다.

또한 베트는 맨 위와 오른쪽과 아래, 이 세 곳이 닫혀 있고 왼쪽만이 크게 열려져 있는 형태이다. 그 맨 위에 닫혀 있는 것의 상징은 이렇다.

즉 제일 위에 있는 것은 하느님인지라, 일생 동안 하느님이 어떠한 존재인가를 알기 위해 헤매선 안 된다는 것을 의미한다. 아래쪽은 죽음을 의미하는데, 그것이 닫혀 있음은 죽음에 관해 일생을 소비하거나 고찰해서도 안 된다는 것을 나타낸다. 닫혀 있는 오른쪽은 과거에 해당되는 셈인데, 과거에 사로잡혀 미래를 허비해서도 안 된다는 뜻이다. 또한 왼쪽이 열려 있는 것은 쓸데없이 그러한 일에 구애받지 말고 앞으로 나아가라는 의미이다.

또 한 가지, '알파벳'이라 일컬어지는 낱말은 이 히브리어의 'A'인 '알레프'와 'B'인 '베트'를 합친 '알레프베트'를 어원으로 한다.

토 라

'토라'라 함은 ≪성경≫의 맨 처음 다섯 편, 즉 〈창세기〉·〈출애굽기〉·〈레위기〉·〈민수기〉·〈신명기〉를 가리키는 것이다.

토라는 정의감이 넘쳐흐르는 좋은 사회를 만들 계획서이므로 그것을 보는 인간은 좋은 것과 나쁜 것을 분별할 능력을 갖추게 된다. 하느님이 만들고자 한 세계는 '사랑 가득하고 매우 현명하게 선과 악을 분간하는 사람들이 사는 좋은 사회'이다.

토라 가운데서 〈창세기〉에는 하느님을 지칭하는 두 개의 다른 히브리어

낱말이 나오는데, 하나는 '정의'를 뜻하고 또 하나는 '자비'를 뜻한다. 이것은 하느님의 정의만으로 세계를 만들 수 없었음을 암시하고 있는 것이다. 고지식하게 정의만을 지키고 있으면 살아나갈 수 없기 때문이다. 지나치게 엄격히 정의를 실현하려고 하면, 인간이 잘못을 범했을 경우 절대 용서받을 수 없게 되어 버린다. 한편으로 이 세상이 자비에 의해서만 지배된다고 하면 결국 악의 손에 떨어져 버리게 될 것이다. 그래서 하느님은 '정의'와 '자비'를 적당히 혼합한 세계를 만들었다.

히브리어로 '정의'는 '에로힘'이라고 읽는다. 그러나 '자비'라는 히브리어의 철자는 널리 알려져 있지만 그 발음을 제대로 할 줄 아는 사람이 드물다. 이 낱말은 매우 신성하다고 생각되어, 옛날 유대인들은 일년에 한 번, 그것도 시너고그에서밖엔 입 밖에 내지 않았기 때문이다.

유대인 가운데는 이를 가리켜 하느님이 정의보다도 자비 쪽이 인간에게 더 소중한 것임을 가르치기 위함이라고 해석하는 사람도 있지만, 나는 그렇게 생각하지 않는다. 《구약성경》은 아주 옛날 것이므로 그 당시에 있어서는 어쩌면 이 '자비'라는 낱말이 하느님의 진짜 호칭이고, '정의'는 2차적인 호칭으로 쓰였던 게 아니었을까 하는 생각이다. 물론 《구약성경》이 기록될 당시에 이 두 가지 말이 진정 어떠한 뜻으로 쓰였는지는 알 수 없다. 아무튼 몇천 년 동안 유대인들이 《성경》을 읽어 내려가며 자신들의 한 가지 신조를 만들어 냈을 때는 '하느님'을 지칭하는 말로 '정의'와 '자비'라는 두 낱말이 다 쓰이고 있었다.

히브리어의 철자는 모음이 없고 자음뿐이기 때문에 진정으로 올바른 발음 방식은 알 수 없다. 크리스천들은 이것을 '야웨'나 '야훼'라고 발음하고, 현재의 유대인들은 '아드나이'라고 발음하는데, 물론 그것이 옛날 그대로의 올바른 발음인지 어떤지는 전혀 알 길이 없다.

그 당시부터 《성경》에 기술되어 있는 이야기는 아니지만, 유대인은 '자비'와 '정의'를 함께 사용하는 낱말로서 다음과 같이 풀이했다.

어떤 왕이 매우 값비싼 유리잔을 가지고 있었는데, 그 술잔은 뜨거운 물이나 얼음물을 부으면 깨져 버리는 것이었다. 그러므로 왕은 언제나 뜨거운 물과 얼음물을 섞어서 붓는 방법을 택하고 있었다.

이 비유에서도 알 수 있듯이, 유대인들은 타협을 생활의 큰 지혜로 알고 있다. 한 가정을 살펴보더라도 부모가 교육을 지나치게 엄하게 하면 자식은 반항하게 될 것이고, 그렇다고 해서 지나치게 사랑만 주면 자식은 불량스럽게 되어 버리기 십상이다. 그러므로 이 양쪽을 적당히 혼합한 것만이 균형 잡힌 교육이라 말할 수 있다.

일곱 가지 규범

〈창세기〉에는 아담과 이브로부터 인류가 시작되어 차츰 죄를 범하게 되고 결국 홍수로 인해 전멸한다. 그리하여 지금의 인류는 노아로부터 새로 출발한 셈인데, 과연 이 새로운 인류는 성공할 것인가?

하느님은 인류가 평화롭게 살아나갈 수 있도록 하기 위해 노아에게 일곱 가지 규범을 부여했다. 매우 많은 법률을 가지고 있는 유대 민족은 그중에서도 이 일곱 가지 규범만은 인류 모두가 지켜야 된다고 생각하고 있다. 그 많은 법률 가운데 일부는 《성경》에 실려 있으며, 일부는 그 해석에서 유도되어 나온 것이다. 《성경》 가운데는 천주의 십계가 실려 있다. 이것이 유대인을 위한 것이라면, 노아에게 준 일곱 가지규범은 온 인류에게 주어진 것이라고 말할 수 있다. 그러니 만큼 매우 중요한 계율이라 하겠다.

1. 정의를 규정하는 재판소가 있다는 사실을 명심하여 이해 당사자끼리 함부로 힘을 가지고 해결하려 해선 안 된다.
2. 살인을 범해서는 안 된다.
3. 도둑질을 해서는 안 된다.
4. 살아 있는 동물의 살을 떼어 먹어서는 안 된다.

5. 근친결혼을 해서는 안 된다.
6. 우상을 숭배해서는 안 된다.

내용 자체는 간단한 것처럼 생각되지만 이것이 4천 년 이상이나 전에 만들어졌음을 감안해야 된다. 너무 간단한 것이라 하여 현대적 감각으로 그 경중(輕重)을 판단하려 함은 큰 잘못이다.

추 상

그리스도교에서는 '주'의 형상을 인간의 형태를 지닌 모습으로 그려 낸다. 그러나 유대인들은 하느님을 인간에게 맞추어 그린 적이 없다. 고대 이스라엘 때부터도 하느님이나 주의 모습을 그림으로 그리는 일은 일체 없었다. 그것은 결국 우상 숭배로 연결되기 때문이다.

유대인은 옛날부터 추상적인 하느님의 개념을 가지고 있기 때문에 은연 중 추상적으로 사물을 고찰하는 훈련을 쌓게 된다. 때문에 자연스럽게 추상적으로 창조하는 힘이 저장되어, 이론 물리학 따위의 분야에서 뛰어난 업적을 남긴 인물을 배출하게 된 것이다. 다른 민족은 예부터 주로 손에 닿는 것들을 만들어서 파는 일에 종사해 왔는데, 유대인들은 '어디에서 무엇인가를 쌓아 어디까지 가지고 간다.' 따위의 추상적인 비즈니스를 성립시키고 있었다.

이를테면, 유대인 아버지가 자식에게 가게를 보게 한 다음 하루가 끝났을 때, 자식이 "아버지, 오늘 제가 올린 매상은 이만큼이에요."라고 말하면, 그 아버지는 "그건 네가 판 것이 아니야. 고객이 필요한 물건을 사려고 왔을 뿐이지. 고객이 필요로 하지 않는 것까지 팔아야 돼."라고 말한다.

이것 무슨 뜻일까? 알기 쉽게 말하자면, 햇볕이 내리쬐는 한여름 낮에 우산을 파는 것과 같은 일이다. '이 가뭄이 끝나 비가 내리는 날엔 우산이 없으면 곤란할 것이고, 또 언제 우산을 살까 하고 신경을 쓴다는 것도 골치 아픈 노릇이니, 지금 사 두시는 게 여러 모로 이득일 겁니다.'라고 설득하여 고객에게 우산을 팔 수 있는 게 진짜 상인이라는 말이다.

유대인 비즈니스맨은 일을 시작하기 전부터 이런저런 계획을 짜서 갖가지 물건을 판다. 그 경우에 추상적인 사고방식이 불가결하게 되기 마련인 것이다.

선민의식

현대의 많은 유대인들이 자신들만이 하느님으로부터 선택된 민족이라는 데 대해 의아심을 가지고 있음은 사실이다. 얼마 전엔 영어로 이러한 시가 씌었었다.

하느님이 유대인을 선택하신 것은
참으로 기이한 노릇이 아닌가.
하지만 그것은
숱한 하느님 가운데서 유대인만이
올바른 하느님을 뽑은 것인지라
기이한 일은 아니로다.

이것은 유대 시인이 쓴 것이므로 자화자찬으로 받아들여질지도 모르겠으나, 결코 하느님이 유대인을 택한 것이 아니라 유대인이 하느님을 선택했다는 점이 중요하다.

하느님은 다른 민족에게도 선민이 되어 달라고 했다. 그러나 '죽여서는 안 된다.'라든가, '훔쳐서는 안 된다.'라는 등의 십계를 지켜야 됨을 알자 모두들 꽁무니를 뺐다. 그리하여 결국 유대인에게 부여된 역할은 두 가지가 있는데, 우선 세계의 모든 사람들에게 유일신의 존재를 가르칠 것과 모두에게 평화를 주도록 노력하는 일이다.

유대에는 이러한 조크가 있다. 유대인이 하느님에게 가서 "우리는 당신이 선택한 백성이지요?"라고 묻자, 하느님은 "물론 그렇고말고." 하고 대답한다.

그러자 유대인은 "그렇다면 저희는 선택된 민족의 구실은 상관하지 않겠으니 누군가 다른 민족을 선택해 주세요."라고 말했다 한다.

이 뜻은, 유대인이 하느님에게 선택된 백성이라 하여 너무나 많은 고난을 겪어 왔다는 이야기다. 우선 아담과 하와가 실패하고, 바벨탑에서 실패하고, 노아 세대도 성공하지 못했다.

하느님은 인간이 지상에서 올바른 세계를 실현할 수 있다고 믿고 옳은 행동을 제시하기 위해 한 민족에게 그와 같은 모범적 역할을 부여한 것이기 때문에, 만일 온 세계가 올바른 행동을 하게 되면 유대인은 이미 선민이라는 의식을 버려야 한다고 유대인들 스스로 생각하고 있는 것이다.

자 유

천주의 십계를 토대로 하여 유대인들이 지켜야 될 갖가지 규율 가운데는 '무엇 무엇을 해서는 안 된다.'라고 부정하는 형식이 많다. 천주의 십계에는 일곱 가지 부정적인 금지 조항이 있고 세 가지만 종용하는 형식으로 되어 있다.

유대인의 사고방식으로는 '무엇 무엇을 하라.' 식의 명령조만 늘어놓으면 인간은 자중을 잃어버리고 말 것이라 여긴다. 거꾸로 '이것만은 하지 마라.'고 한다면, 나머지는 전부 자유이므로 진보를 기대할 수 있다는 이야기가 된다. 금기 사항이 많음에 대해 부자유스런 느낌이 들지도 모르겠으나, 우리들의 행위는 그보다 훨씬 많기 때문에 실은 이쪽이 더 자유롭다.

인간이 만들어질 때 하느님으로부터 내려진 최초의 명령은 '생육하고 번성하여 충만하라.'는 것이었다. 따라서 유대인 사이에서 섹스는 결코 죄가 아니다.

두 번째 명령은 '바다의 고기와 공중의 새와 땅에서 움직이는 모든 생물을 다스리라.'였다. 다시 말해 '세계를 자기 소유로 하라. 세계를 이해하여 인간의 갖가지 지혜를 끌어내라. 요컨대 진보하라.'는 명령이었다.

올리브

〈창세기〉 가운데 노아의 이야기에 따르면, 평화의 상징이 되었던 비둘기를 날려 보냈으나 비둘기는 올리브 가지를 입에 물고 되돌아왔다고 되어 있다. 그리하여 랍비들은, 어째서 비둘기가 향기로운 장미나 맛있는 열매 따위가 아닌 씁쓸한 올리브 가지를 물고 왔는가에 관해 오랫동안 논의를 거듭했다.

그 결과, 비둘기는 올리브 가지를 하느님에게서 받았는데 하느님이 내리시는 것은 인간이 만든 어떤 달콤한 것보다도 귀중하다는 사실을 가르치고 있는 것이라는 쪽으로 의견이 기울었다.

동물원에 가 보면 코끼리며 사자, 기린 등등이 있다. 물론 이들 동물은 인간에 의해 후한 대접을 받고 있다. 식사도 제공되고 실내 기온까지 조정된다. 하지만 기린이나 사자에게 물어본다면, 필시 그들은 우리 속에 갇혀 있는 편안함보다는 비바람에 시달리더라도 자유롭게 되는 편이 훨씬 행복하다고 할 것이란 이야기이다.

진정한 재산

유대 어머니들은 교육에 대한 열의가 대단하다. 그러나 자녀가 일정한 나이에 달했다거나 입시를 치러야 한다거나 해서 갑작스레 열의를 갖는 형태의 것이 아니므로 그다지 압박감이 없다. 교육이란 오랜 세월에 걸친 전통인 동시에 유대식 생활양식의 하나이다.

100년 전, 미국에서 최대의 갑부라고 일컬어지던 한 유대인이 맨해튼을 몽땅 사지 않겠느냐는 교섭을 받았다. 그는 빈털터리로 미국에 와 20년 동안을 일하여 큰 부자가 된 사람이었다. 그러나 그는 그 권유를 정중히 거절했다. 그는 필경 자기가 거주하는 저택마저 사지 않았을 것이다.

이 에피소드는, 유대인이라면 누구든 항시 이동성을 갖추라는 신조를 지니고 있음을 시사하고 있다.

유대인들은 박해를 받은 역사가 매우 길었으므로, 만일 다급한 일이 일어났을 때는 재산을 아무리 많이 가지고 있다 해도 아무 소용이 없음을 스스로의 체험으로 알고 있는 것이다. 게다가 오랜 세월 동안 유대인은 유럽에서 재산을 소유하는 것이 금지되어 있었다. 그래서인지 유대인들은 유럽에 부동산을 가지고 있는 것은 매우 어리석은 일이라고 생각했다. 그런 것을 지니고 있으면 만일의 경우 피신해야 할 때 어려워질 수 있기 때문이다. 따라서 유대인들은 조금이라도 정세가 불안한 나라에선 절대로 부동산을 사들이지 않는다.

이 같은 사정으로 인해 유대인들은 지식이나 학문을 자신의 재산으로 지닐 것을 체득해 온 것이다.

천 사

유대인의 머릿속에는 크리스천들이 믿는 것과 같은 천사나 악마가 존재하지 않는다. 천사에 해당하는 히브리어는 '마우쓰하'라고 발음되는데, 이것은 '사신'이라는 뜻도 지닌다.

《구약성경》에 등장하는 천사는 거의 실재하는 인간을 하느님이 사신으로 정한 것이거나, 아니면 그에 가까운 형태일 따름이다. 그것은 결코 크리스천들이 말하는 천사는 아니다. 유대교에서는, 하느님은 친척도 동료도 없는 외로운 존재이다.

유대인들은 괴로움이나 고통까지도 여러 모로 인간의 삶에 유효한 구실을 하는 것으로 생각하고 있다. 이를테면, 사람이 죽지 않는다면 세계는 어떻게 될까? 사계절이 있기에 나무는 시들고, 물고기며 고양이, 개도 언젠가는 죽는다. 만물에는 끝이 있다. 만약 인간이 죽지 않는다면 지나치게 많아져서 손을 쓸 수 없게 될 것이다.

악이라는 부정적인 것이 어떠한 역할을 하고 있는지는 에덴동산을 찾아가면 알 수 있을 것이다. 하느님은 세상을 만들었다. 그다음엔 인간이 자신들에게 알맞도록 세상을 가꾸어 나가야만 된다. 다시 말해, 하느님은 빵을 만들지는 않았지만 밀을 존재케 했다. 인간 역시 세상을 보다 좋게 하기 위하여 만들어진 것이다. 밀은 잠재적인 빵이며, 인간도 하나의 가능성을 비장한 잠재적인 원료이다.

그 밖의 자연도 역시 마찬가지이다. 우리들은 모두 동물적인 요소를 지닌 동시에 '가능성'이라고 하는 하나의 '신성함'을 지닌 요소도 가지고 있는 것이다.

개인주의

아인슈타인이 이스라엘의 초대 대통령으로 추대되자, 이스라엘은 젊은 나라이니 만큼 더 젊은 사람을 대통령으로 선출해야 한다며 거절했다.

젊었을 때의 아인슈타인은 수학이 딱 질색이어서 대수 시험에 낙제 점수를 받은 적도 있었다. 프로이드도 학교 성적은 매우 나빴다.

유대인이 성공하는 비결은, 그들이 극도의 개인주의자라는 점에 있다. 요컨대 어느 타인과도 상이함을 의미한다. 때문에 유대인들은 기하나 대수처럼 자로 재듯이 너무나 틀에 박힌 그런 것에는 서툴지만, 대신 인습 따위에 사로잡히지 않고 새로운 발상을 해내는 특기를 가지고 있다.

제3부

탈무드의 해학

● 유대인에 있어서의 유머 ●

유대인 몇 명이 모이면 거의 반드시라고 할 정도로 유머가 오간다. 그들에게 있어 유머란 지혜의 산물이며 생활의 일부분이다.

히브리어로 '호프마'란 단어는 '유머'와 '영특한 지혜'를 동시에 의미한다. 유머를 적절히 구사할 줄 알고 또 이해하는 사람은 지적인 두뇌가 뛰어나게 발달한 사람이다. 실상 유머처럼 폭넓은 창조력과 번득이는 기지가 요구되는 것도 드물다. 또한 그것은 매우 교육적인 것이기도 하다. 어떤 사물이든 한편에서만 바라보는 것이 아니라 잽싸게 그 둘레를 빙그르 돌아 다각도로 살펴볼 수 있는 능력을 필요로 하기 때문이다.

유대가 배출한 위대한 학자인 아인슈타인이나 프로이드도 유머 감각이 뛰어난 인물들이었다. 그들은 늘 주위 사람들을 웃음의 정원으로 이끌어 즐겁게 했다. 우리의 감각으로는 잘 납득되지 않을지도 모르지만, 그들 유대인들에겐 세계적으로 저명한 물리학자나 심리학자가 마치 직업적인 코미디언처럼 틈틈이 주위 사람들을 웃기는 게 너무도 자연스런 일로 받아들여진다. 다시 말해 그만큼 유머 자체가 대우를 받고 있다는 얘기이기도 하다.

유대인들은 해학을 지적이며 고상한 것으로 받들기에 주저치 않는다. 만물의 영장이라 일컬어지는 인간과 동물과의 큰 차이 중 하나가 인간은 웃을 줄 안다는 것이며, 인간의 교양의 척도를 적나라하게 드러내는 것 또한 바로 웃음인 것이다.

랍비의 당좌수표

어느 정도 재산을 모아 놓은 유대인이 노쇠하여 죽음을 맞게 되었다. 드디어 임종이 임박하자 그는 괴로운 표정으로 아들에게 말했다.

"랍비를 불러다오, 어서 랍비를!"

곧 랍비가 당도할 것이라는 말을 듣고 노인이 아들에게 물었다.

"랍비에게 기도를 부탁하면 틀림없이 천국에 갈 수 있겠느냐?"

"물론이죠, 아버님. 랍비에게 기도를 부탁하면 틀림없이 천국에 가실 수 있을 겁니다."

그러나 노인은 더욱 괴로운 표정을 지으며 말했다.

"음, 그렇지만 거액의 헌금을 요구하겠지?"

"아버님, 천국에 가시려면 아무래도 1만 달러는 주셔야 할 겁니다."

"그러면 정말 천국에 갈 수 있을까?"

노인은 괴로운 숨을 내뱉으며 물었다.

"물론 가실 수 있을 겁니다."

그러나 노인은 못 미더운 듯 말했다.

"애야, 가톨릭 신부도 불러라. 가톨릭 신부에게도 기도를 부탁하는 거야. 그에게 1만 달러를 주고 기도를 부탁하면, 만약 유대교의 천국이 없을 경우 가톨릭의 천국에라도 갈 수 있을 것 아니냐."

사랑하는 아버지가 임종에 처한 마당이므로 아들은 가톨릭 신부에게도 와서 기도를 해 달라고 기별했다.

"아버님, 가톨릭 신부도 오십니다."

"그래? 하지만 유대교나 가톨릭이나 기도의 효험이 없으면 어쩌지?"

"1만 달러씩 주면 두 사람 합해서 2만 달러군요. 그렇다면 개신교의 목사도 부르는 게 어떨까요?"

"그래그래, 개신교 목사도 부르려무나. 그쪽에도 1만 달러는 헌금해야겠지. 내가 천국에 갈 수 있도록 세 사람에게 기도를 부탁하는 거야."

이윽고 유대교의 랍비와 가톨릭의 신부, 개신교의 목사가 병실에 들어와 오랫동안 기도를 올렸다.

노인은 평화로운 미소를 지으며 세 군데의 천국 가운데 어느 곳인가에 오르려 하고 있었다. 그러나 그는 마지막 순간에 눈을 떴다. 아들에게 모든 재산을 물려주었다는 사실이 생각났기 때문이다. 노인은 마지막 힘을 쥐어짜내 말했다.

"랍비님, 신부님, 목사님! 나는 여러분에게 드릴 3만 달러만을 제외하고는 아들에게 재산을 죄다 물려주었습니다. 그런데 가만히 생각해 보니 천국에 가서 돈이 필요할지 모른다고 여겨집니다. 그러니 여러분, 내가 각자에게 드리는 1만 달러 가운데서 2천 달러씩만 깎아 도로 내 관 속에 넣어 주십시오."

물론 랍비도 신부도 목사도 1만 달러씩이나 받았으므로 그 가운데서 2천 달러를 노인의 관에 넣어주는 데 이의가 없었다. 그리하여 모두가 틀림없이 천국에 갈 거라고 축복하는 가운데 노인은 숨을 거두었다.

장례식 날이 되었다. 우선 가톨릭 신부가 일어서서 가까이 다가가 2천 달러를 관 속에 넣었다. 다음에는 개신교의 목사가 관에 다가가 역시 2천 달러를 넣었다. 그다음엔 랍비 차례였다.

랍비는 엄숙한 태도로 자기 주머니 속에서 당좌수표를 꺼내어 6천 달러라고 기입하더니, 그것을 관 속에 넣고 4천 달러의 거스름돈을 집어 들었다.

소의 날개

두 남자가 대화를 나누며 걷고 있었다. 날씨는 화창했으며 푸르른 녹음이 들판과 산을 물들인 봄이었다. 새들은 즐겁게 지저귀고 있었으며 목장에서는 소가 한가로이 풀을 뜯고 있었다.

한 남자가 입을 열었다.

"아, 우리의 창조주는 참으로 위대하시다. 벌레 한 마리에서도 하느님의 위대함을 깨달을 수 있지. 자, 한번 생각해 보게. 저기 보이는 저 커다란 소가 처음에는 작은 송아지였단 말일세. 하늘을 나는 저 새는 처음엔 알이었고."

그러자 모세가 말했다.

"나도 하느님은 위대하시다고 생각하네. 그런데 한 가지 모를 일이 있단 말이야. 우선 새들은 몸집이 작으니까 조금 먹지 않나? 소는 몸집이 크니까 많이 먹고. 그러니까 새의 몸집과 소의 몸집을 비교해 보면, 어째서 소는 많이 먹고 새는 조금밖에 먹지 않는지를 누구나 알 수 있지. 그런데 많이 먹어야 하기 때문에 먹을 것을 찾아 다녀야 하는 소에게는 날개가 없고, 얼마 먹지도 않는데다가 주위에 떨어져 있는 것만 주워 먹어도 되는 새에게는 날개가 있으니 정말 이상한 노릇 아닌가? 하느님의 뜻을 통 모르겠단 말일세."

그가 그렇게 말을 끝낸 순간 새 한 마리가 두 사람의 머리 위를 날아가면서 모세의 이마 위에 똥을 떨어뜨렸다. 그러자 모세가 외쳤다.

"아하! 이제 그 이유를 알겠군. 역시 하느님은 위대하시다니까."

남은 죄

한 남자가 랍비를 찾아와서 자신의 죄를 고백하겠노라고 했다. 고백은 오랫동안 계속되었다. 그는 ≪성경≫에 하지 말라고 기록된 모든 죄를 범했던 것이다. 도둑질, 강간, 간통, 동성애, 살인, 강도, 사기……

"저는 그 모든 죄를 범했습니다. 아마 저처럼 ≪성경≫에 기록된 모든 죄를 범한 자는 그리 흔치 않을 것입니다." 하고 그 남자는 고백을 마쳤다.

그는 후회하고 있는 듯한 표정을 짓고 있기는 했지만, 한편으로는 은근히 자랑스러운 듯한 기색도 드러냈다. 그러자 랍비가 말했다.

"아니오, 아직 한 가지가 모자라는군."

남자는 의외라는 듯 불만스러운 투로 물었다.

"모자란다고요?"

랍비가 천천히 대답했다.

"당신은 아직 자살을 안 했잖소?"

코엔의 설교

어느 날 아침 산책을 하고 있는 랍비 코엔 앞으로 아브라함이 다가왔다. 랍비가 "샬롬!" 하고 인사를 했으나 아브라함은 얼빠진 얼굴을 하고 있었다. 그래서 랍비는 다시 한 번 큰 소리로 "샬롬, 아브라함! 좋은 날씨지요?" 하고 인사를 건넸다.

그제야 정신이 든 듯 아브라함도 공손히 인사를 했다.

"랍비님, 실은 어제의 그 설교를 듣고 나서 밤에 통 잠을 이룰 수가 없었답니다. 아침까지도 눈을 붙일 수가 없었어요."

그 말에 랍비는 큰 감동을 받았다. 자신의 설교가 그토록 큰 감명을 주다니! 그래서 그는 얼굴 가득 미소를 지으며 아브라함에게 말했다.

"내 설교가 그렇게까지 당신의 마음을 움직였다니 정말 기쁘군요. 하지만 잠을 설쳤다니 안됐소. 매사를 너무 깊이 생각하는 것은 좋지 않아요."

그러자 아브라함이 겸연쩍은 표정을 지으며 이렇게 말했다.

"저는 랍비님이 설교하실 땐 늘 잠을 자거든요. 그래서 설교를 들은 날 밤엔 전혀 잠을 못 자요."

끝없는 용서

아브라함과 솔로몬이 동업으로 섬유회사를 경영하고 있었다. 그런 어느 날 갑작스럽게 아브라함이 급환으로 쓰러져 임종이 가까워졌다.

아브라함은 고통스럽게 숨을 내쉬며 솔로몬에게 말했다.

"여보게, 솔로몬. 자네에게 꼭 고백할 일이 있네. 자네와 난 30년간이나 동업을 해왔지. 그런데 왜 그 미니스커트 있잖나? 자네가 아이디어를 개발해 냈을 때 우리의 경쟁사가 일주일 먼저 그것을 발매하기 시작했었지? 사실은, 내가 그 정보를 경쟁사에 팔아넘겼다네."

그러자 솔로몬은 너그럽게 고개를 끄덕였다.

"뭘 그런 걸 가지고 그러나. 용서할 테니 잊어버리게."

"한 가지 더 용서를 빌 것이 있네. 솔로몬, 전에 자네가 여비서 스샤와 호텔에 갔다가 부인한테 들킨 적 있었지? 그것도 내가 자네 부인에게 전화로 고자질을 했기 때문이야. 그리고…… 또 있어. 자네 금고에 있던 돈이 없어진 일 생각나나? 자넨 그때 금고 여는 방법을 알고 있던 경리부장이 의심스럽다며 그를 해고했었지……. 하지만 그것도 내 짓이었네."

"알았네, 용서하지. 용서하겠네. 정말이야. 난 조금도 화내지 않을 거야."

"……언젠가 자네가 외국에 가서 진주를 사 온 적 있었지. 회사에서 여러 사람들에게 구경시켜 주고 난 뒤에 감쪽같이 없어졌었잖나? 그것을 가로챈 것도 나였다네. 난 그걸 바의 웨이트리스 레베카에게 선물로 주어 버렸다네."

"아, 그것도 용서하지. 아무튼 자네가 한 짓은 모두 용서해 주겠네."

아브라함은 숨을 가쁘게 몰아쉬며 간신히 말을 했다.

"또 있어……. 고백할 것이 아직도 무척 많아. 들어 줄 텐가?"

"아니야, 난 다 용서했으니 이젠 됐어. 다만 나도 꼭 한 가지 자네에게 용서받을 것이 있네."

"말해 보게. 뭐든지 다 용서해 줄 테니까……. 그게 뭔가?"

솔로몬은 측은한 듯 아브라함을 바라보며 대답했다.

"내가 자네에게 독약을 먹였단 말이야."

독일인의 특질

상대성원리를 발견한 앨버트 아인슈타인은 1930년대에 나치에 의해 고향에서 쫓겨나 미국으로 갔다. 그 무렵 이미 저명한 물리학자였던 아인슈타인은 미국에 도착하자마자 그곳의 정치가나 학자들로부터 나치 독일 치하의 생활에 관한 여러 가지 질문을 받았다.

어느 날 저녁 아인슈타인은 하버드 대학 측의 초청으로 학장의 접대를 받게 되었다. 학장이 물었다.

"아인슈타인 박사, 우리로서는 아무래도 이해할 수 없는 일이 있습니다. 독일은 그렇게 위대한 과학과 예술을 낳았으면서도, 다른 한편으로는 나치와 같은 야만적이고도 잔인한 집단을 구성했습니다. 도대체 어떻게 그런 일이 있을 수 있을까요?"

그러자 아인슈타인이 대답했다.

"독일은 세 가지의 특질을 지니고 있지요. 지성과 정직, 그리고 나치입니다. 그런데 창조주인 하느님은 한 인간에게 두 가지 이상은 부여해 주시질 않습니다. 그러므로 독일인들은 우선 정직하면서도 나치인 자, 지성적이면서 나치인 자, 그리고 정직하면서도 지적인 자 — 그 셋으로 나뉘어져 있습니다."

하느님의 뜻

가톨릭의 신부와 개신교의 목사 그리고 랍비, 이 세 사람이 각기 자기들의 교회에서 모은 헌금을 어떻게 분배할 것인가에 대해 의논하고 있었다. 이윽고 헌금의 일부는 자선사업에 돌리고 일부는 각자의 생활비로 남겨 두기로 결정했다.

신부가 먼저 말했다.

"나는 땅에 원을 그려 놓고 저 헌금을 모두 하늘로 던지겠습니다. 그리하여 원 밖에 떨어진 돈을 자선사업에 쓰고, 원 안에 떨어진 돈은 내 생활비로 쓰겠습니다."

그 의견에 적이 놀란 개신교의 목사도 재빨리 말했다.

"그래요? 그럼 나도 그렇게 하지요. 나는 다만 선을 하나 그어 놓고 돈을 하늘로 던져서 왼쪽에 떨어진 것은 자선사업에, 오른쪽에 떨어진 돈은 내 생활비로 하겠습니다. 이것 역시 하느님의 뜻일 테니까요."

목사의 말을 듣고 신부가 머리를 끄덕였다.

잠시 후 두 사람은 잠자코 있는 랍비에게 물었다.

"그런데 당신은 어떻게 하시겠습니까?"

그러자 랍비가 점잖게 대답했다.

"나도 두 분처럼 돈을 하늘로 던지겠습니다. 그럼 자신에 필요한 돈은 하느님께서 거두실 거고, 내게 주실 돈은 전부 땅으로 떨어뜨리실 겁니다."

말 뚝

학살 현장에서 도망쳐 나온 유대인 한 사람이 폴란드에 이르렀다. 길은 꽁꽁 얼어붙고 싸락눈이 쏟아지는 한겨울이었다. 유대인은 가까스로 가져온 전 재산을 등에 지고 북쪽을 향해 황량한 겨울 들판을 걷고 있었다.

그때 어둠 속에서 무시무시하게 으르렁거리는 소리가 나더니 커다란 늑대 한 마리가 불쑥 뛰쳐나왔다. 늑대는 이빨을 있는 대로 드러내면서 그에게 덤벼들 자세를 취했다. 그는 마침 옆에 꽂혀 있던 말뚝을 발견하고 그것을 뽑으려 했다. 그러나 땅에 박혀 얼어붙어 버린 말뚝은 꿈쩍도 하지 않았다.

늑대는 한 발 한 발 다가서고 있었다. 그는 또다시 말뚝을 뽑으려고 애쓰면서 소리쳤다.

"이런 고약한 나라가 있나. 늑대는 묶지 않고 말뚝을 묶어 두다니!"

십자가의 위력

모세는 이루 말할 수 없는 개구쟁이였는데, 학교 갈 나이가 되자 유대인 초등학교에 입학하게 되었다. 그가 입학한 지 일주일 뒤 교장이 부모님을 호출했다.

"댁의 아드님은 도저히 손을 써볼 도리가 없습니다. 벌써 유리창을 수십 장이나 깨뜨려 놓고, 교무실에는 쥐를 잡아다 풀어 놓고……. 선생님의 의자에다 압핀을 거꾸로 늘어놓지 않나, 제 짝인 여자아이의 옷 속에다 개구리를 집어넣질 않나! 오늘 아침에도 내가 교장실로 들어서려다 미끄러져 넘어졌어요. 모세가 마룻바닥에 초를 칠해 놓은 겁니다."

교장은 붕대로 싸맨 머리를 누르면서 계속 말했다.

"물론 그때마다 나는 벌을 주었습니다. 오랫동안 세워 놓거나, 교정을 한 바퀴 뛰도록 하거나, '잘못했습니다.'를 백 번 쓰라고 시키거나……. 그래도 댁의 아드님은 여전히 말썽을 부립니다. 그래서 말입니다만 다른 애들에게 미칠 영향도 있고 하니 딴 학교로 데리고 가십시오. 우리 학교에선 더 이상 아드님을 가르칠 수가 없습니다."

그래서 모세는 가까운 사립 초등학교로 전학을 가게 되었다. 여기서도 마찬가지로 일 개월쯤 지났을 때 모세의 부모는 교장으로부터 호출을 받았고, '도저히 이 아이를 맡을 수 없다.'는 선고를 받았다.

이번에는 이웃 마을의 친척집에 맡겨져 다시 유대인 학교에 다니게 되었는데, 앞서와 매한가지로 쫓겨나고 말았다. 그래서 그 마을의 공립학교로 전학했으나 역시 마찬가지였다. 다음에는 그곳의 다른 사립학교로 옮겼지만 거기에서도 너무 말썽을 부린다는 이유로 퇴교 처분을 받았다.

당연히 모세의 성적은 형편없었고, 그의 부모가 근심에 싸인 나날을 보내는 것도 무리가 아니었다. 모세의 어머니가 남편에게 말했다.

"아브라함, 이제 근처에 남은 학교라곤 가톨릭 초등학교밖에 없어요."

"가톨릭 학교? 아니, 우리 유대인이 자식을 가톨릭 학교에 넣을 수 있다고 생각하오?"

그러자 그의 아내가 말했다.

"하지만 이제 남은 학교라곤 그곳밖에 없어요. 그러니 거기에라도 넣어야 하잖겠어요?"

이렇게 하여 할 수 없이 모세는 가톨릭 초등학교에 다니게 되었다. 그리고 일 개월이 지났을 때, 이번에도 모세의 부모는 그곳의 교장으로부터 와 달라는 연락을 받았다. 두 사람이 나란히 교장실에 들어서자, 수단을 입은 교장 신부가 만면에 미소를 머금고서 이렇게 말했다.

"어서 오십시오. 이렇게 두 분이 나와 주셔서 감사합니다. 우리는 댁의 아드님 모세에게 정말 탄복하고 있습니다. 그처럼 예의바르고 또 열심히 공부하는 학생은 이제까지 본 적이 없습니다. 전교에서 모세의 성적이 가장 우수하고 품행도 제일 좋답니다. 그런 아이는 정말이지 찾아볼 수 없을 정도로 드물지요. 모세는 우리 학교의 자랑입니다. 덕분에 우리는 유대인들에 대한 편견을 말끔히 씻어 버렸습니다."

모세의 부모는 어리둥절해하며 아들을 데리고 집으로 돌아왔다. 유대인이 칭찬을 받은 것은 더없이 기쁘지만, 모세가 그토록 예의바르고 공부도 열심히 한다는 사실이 믿어지지 않았다. 그래서 이들 부부는 집에 돌아오자마자 아들에게 어찌된 일이냐고 물었다.

모세가 재빨리 대답했다.

"그건요, 그 학교에서 장난을 쳤다간 끝장날 거라는 사실을 알았기 때문이에요. 글쎄, 입학하던 날 벽을 보니까 어떤 사람이 십자가에 매달려 피투성이가 되어 있잖아요!"

겸손한 랍비

헬름 시에서 다른 시로 여행을 간 남자가 자기 고장의 랍비에 대해 자랑을 늘어놓았다.

"우리 헬름 시의 랍비님은 하느님을 어찌나 극진히 섬기는지 유월제 전에는 2주간이나 단식을 한답니다. 대개의 랍비들은 며칠밖에 단식하지 않잖아요. 우리 랍비님이 하느님을 섬기는 정성은 정말 지극하답니다."

그의 말을 듣고 있던 한 남자가 반론을 제기했다.

"그게 무슨 말이오? 사흘 전에 헬름 시에 갔었는데, 그때 내가 들어간 식당에서 바로 당신네 랍비가 식사하는 걸 내 눈으로 봤단 말이오."

그러자 헬름 시에서 온 여행자가 분연히 말했다.

"그야 당연하죠! 우리 랍비님은 누구보다도 겸손한 분이거든요. 2주일이나 단식하는 걸 남한테 자랑하거나 하는 분이 절대 아니란 말이오. 오히려 그 사실을 숨기기 위해 모든 사람이 보는 데서 식사를 하고 있었던 거라고요."

사자와 양

《신약성경》에는 지상에 낙원이 생기게 되면 사자나 양, 말, 사슴 등 모든 동물이 으르렁거리는 일 없이 평화롭게 공동생활을 하리란 얘기가 수록되어 있다. 하지만 유대인들은 그리스도를 구세주로 믿고 있지 않기 때문에 《신약성경》 역시 신빙성 없는 것이라 생각하고 있다.

어느 날 크리스천인 부부가 동물원을 구경 갔다. 그런데 한 우리 안에서 사자와 양이 함께 누워 편안히 자고 있는 것이 아닌가! 부부는 눈을 휘둥그렇게 뜨며 말했다.

"세상에! 이것 참 신기한 일이군요."

"글쎄 말이오. 이렇게 평화로운 광경은 그야말로 하느님의 나라에서나 볼 수 있는 거요."

마침 유대인 사육사가 지나가자, 그들이 물었다.

"이것 좀 보시오. 이 광경은 《신약성경》에 나오는 얘기와 똑같은데 어떻게 해서 이처럼 될 수 있었습니까?"

나이 든 유대인 사육사가 대답했다.

"그야 간단하죠. 매일 아침마다 사자 우리 안에 양 한 마리씩만 집어넣으면 되니까요."

하느님의 은총

어느 날 밤 헬름 시에 큰 불이 났다. 주민들은 랍비의 지시에 따라 있는 힘을 다해 불을 끄기 시작했다. 30채 가량의 집을 태운 불길은 주민들의 노력에 의해 가까스로 진화되었다. 사람들이 겨우 안도의 한숨을 내쉬며 둘러앉아 쉬고 있을 때 랍비가 말했다.

"이 불은 하느님께서 내리신 은총이오. 우리는 축복을 받은 거요."

사람들이 깜짝 놀라서 물었다.

"저렇게 집을 많이 태웠는데 하느님의 은총이라니, 그게 무슨 말씀이십니까?"

"만약 하느님이 은총을 내리시지 않았다면, 이 칠흑같이 캄캄한 밤중에 어떻게 불을 끌 수 있었겠소?"

엄 벌

금요일 아침이었다. 헬름 시의 랍비가 샤바트의 저녁식사 때 먹기 위해 시장에서 커다란 잉어 한 마리를 샀다. 잉어는 유대인들이 즐겨 먹는 어류이다.

랍비가 긴 외투 속으로 잉어를 묶어 들고 집으로 돌아오고 있었는데, 마을 한가운데에 이르렀을 때 느닷없이 잉어가 불쑥 뛰어 오르더니 꼬리로 랍비의 뺨을 세차게 후려쳤다.

랍비가 깜짝 놀라 외쳤다.

"수백 년 전 이 마을이 생긴 이래 랍비에게 이처럼 무례한 짓을 한 자라곤 한 명도 없었는데, 하찮은 물고기가 이런 무례를 범하다니!"

화가 난 랍비는 시너고그로 가서 교구의 장로들과 의논했다. 그리하여 무례하기 짝이 없는 그 잉어에게 선고가 내려졌다.

그놈을 냇가로 가져가서 물에 처넣어 빠져 죽도록 하라는 엄벌이었다.

목숨 바치기

현인으로 유명한 랍비 솔로몬이 인생의 마지막 작별을 고하려 하고 있었다. 시너고그에 모인 교구 사람들이 열심히 기도를 드렸다.

"우리의 랍비를 구해 주소서. 제발 랍비의 수명을 연장시켜 주소서."

그러던 중 갑자기 천장 위에서 하느님의 음성이 장중하게 들려왔다.

"그대들의 기도가 지극히 정성스러우니 받아 주겠노라. 그 대신 각자 자신의 수명에서 얼마씩을 떼어 바쳐야 하느니라. 그러면 그대들이 바친 만큼 솔로몬의 수명을 연장시켜 주겠노라."

이윽고 하느님의 음성이 사라졌다. 교회 안은 숨소리 하나 들리지 않고 조용했다. 잠시 후 구둣방을 하는 장로 야곱이 일어서서 엄숙히 말했다.

"나는 한 달 치의 내 목숨을 내겠소."

"나는 거기다 2주일을 보태겠습니다."

야곱의 아내가 일어서서 날카로운 목소리로 덧붙였다.

"나는 한 달 사흘을 내겠어요!"

양복점 주인 조슈아가 말했다.

"나는 열흘 내겠소."

80세를 넘긴 식품점 주인 데이비드가 목청을 높였다.

"나는 2주일!" "두 달!" "25일!" "나흘 내겠소!" "한 달하고 1주일!" "솔로몬에게 12일의 목숨을 보태겠소!" "3주일을 덧붙여 드리겠습니다."

"나는 20년!"

깜짝 놀란 사람들이 그 소리가 난 쪽으로 일제히 고개를 돌렸다. 그곳엔 인색하기로 유명한 담뱃가게의 모세가 서 있었다. 사람들은 숨을 죽이고 그를 바라보았다. 모세는 큰 소리로 이렇게 덧붙였다.

"단, 내 계모의 목숨에서!"

속죄의 방법

조슈아가 랍비를 찾아갔다.

"랍비님, 저는 큰 죄를 지었습니다. 생활고를 이기지 못해 그만 양초 여섯 자루를 훔치고 말았습니다."

"양초를 여섯 자루나 훔쳤단 말이오? 그것은 모세의 십계에 위배되는 크나큰 죄요. 그걸 회개하려면 우리 교회에 최고급 포도주를 여섯 병 갖다 바치시오.

그러면 당신의 죄는 내가 마실 최고급 포도주로 깨끗이 씻겨 버릴 것이오."

"랍비님, 그건 무리한 말씀이십니다. 저는 생활고 때문에 양초 여섯 자루를 훔친 것입니다. 양초 여섯 자루도 살 수 없는 제가, 어떻게 그것보다 훨씬 더 비싼 포도주를 살 수 있겠습니까?"

"그건 간단한 거요, 조슈아. 양초를 손에 넣은 방법으로 포도주를 구하면 될 테니까."

그리스도는 유대인

가톨릭의 신부와 유대교의 랍비가 이야기를 나누고 있었다.

"사실 랍비 노릇도 별것 아니잖소? 아무리 세월이 흘러도 랍비는 그저 랍비일 뿐 전혀 계급이 오르질 않으니 말이오."

신부의 그 말에 랍비가 퉁명스럽게 대꾸했다.

"그래서 그게 어쨌다는 거요?"

"글쎄, 랍비는 일생 동안 일해도 계급이 오르지 않잖소? 하지만 우리 가톨릭에선 시간이 갈수록 자꾸 계급이 오른단 말이오. 처음엔 주교가 되고, 그다음엔 추기경이 되며, 그다음엔 상급 추기경이 되고……."

"그래서 대체 어쨌단 말이오?"

"상급 추기경 위엔 고급 추기경, 고급 추기경 위엔 대추기경이 있소. 이렇게 계급이 자꾸자꾸 올라간단 말이오."

"그렇게 계급이 올라가면 나중엔 어떻게 되오?"

신부는 답답하다는 듯이 가슴을 치며 대답했다.

"아이고, 맙소사! 대추기경 위는 교황이오. 그래서 우리 가톨릭 신부는 누구든지 열심히 맡은 일을 하고, 운이 따르면 교황도 될 수 있단 말이오."

"그래, 그 높은 교황 위는 누구요?"

"참 답답한 사람이로군. 교황 위가 어디 있소? 만약 있다면 그리스도겠지."

"우리 유대인이 그리스도가 됐는데!"

돼지고기와 결혼식

가톨릭 신부와 유대교의 랍비가 길에서 우연히 만났다.

신부가 먼저 입을 열었다.

"도대체 당신네 유대인은 언제까지나 그 어리석은 식사의 계율을 지킬 작정이오? 당신네들은 새우를 안 먹지 않소? 그 맛있는 새우를 말이오. 굴도 마찬가지지. 지금이 한창 맛있을 때인데."

이 대목에서 신부는 침을 꿀꺽 삼켰다.

"게다가 기름이 자르르 흐르는 맛있는 돼지고기도 안 먹고. 그런 어리석은 짓은 집어치우는 게 어떻겠소? 도대체 언제쯤 그 맛있는 새우나 굴, 돼지고기를 먹을 참이오?"

랍비는 대수롭잖은 일이라는 듯 대답했다.

"당신 결혼식 날에 실컷 먹어 드리지."

선 택

뛰어난 이론가로 유명한 랍비가 언제나처럼 제자들을 가르치고 있었다.

제자 한 사람이 질문을 했다.

"랍비님, 만약 다섯 명의 딸과 5천 달러 중 하나를 택일하라면 어느 쪽을 선택하시겠습니까?"

"그거야 간단하지. 나는 두말없이 다섯 명의 딸 쪽을 선택하겠네."

그러자 제자가 다시 물었다.

"그 선택은 논리적으로 냉철하게 생각한 결과입니까?"

"물론 그렇고말고. 이런 문제는 지극히 논리적으로 생각하지 않으면 안 되네. 만약 5천 달러를 갖게 된다면 필시 나는 더 많은 돈이 갖고 싶어질 걸세. 돈이란 원래 그런 것이니까. 그러나 하느님의 충실한 종인 나는 탐욕스럽게 되고 싶지 않다네. 그렇지만 딸이 다섯이나 생긴다면 절대로 그 이상은 바라지 않을 것 아닌가. 그러므로 나는 탐욕스러워지지 않을 수 있는 것이지. 게다가 5천 달러라는 돈은 내가 현실적으로 갖고 싶어한다 해도 수중에 들어오지 않네. 다시 말하자면 손에 들어오지 않는 걸 원해 봤자 아무 소용없다 이 말일세."

제자는 고개를 끄덕였다.

"잘 알겠습니다."

게다가 랍비는 한마디 더 덧붙였다.

"또한 내게는 나름대로의 이유가 있다네. 내겐 현재 딸이 여덟이나 있거든."

무선전화기

가톨릭의 신부와 유대교의 랍비가 논쟁을 하고 있었다. 가톨릭과 유대교 둘 중 어느 종교가 인류에게 더 공헌을 했느냐에 대해서였다.

신부가 주장했다.

"가톨릭은 인류에게 과학의 진보를 가져오게 했소. 왜냐하면 작년에 로마의 카타콤에서 아주 기다란 선이 발견되었단 말이오."

"기다란 선이라고요?"

"그렇소, 매우 긴 선이오. 카타콤에 선이 있다는 것은, 지금부터 2천 년 전에 이미 가톨릭 신자들이 전화를 가지고 있었다는 사실을 증명하는 것이오. 벨이 태어나기도 전에 이미 가톨릭 신자들은 전화를 발명해서 사용했단 말이오."

그 말을 들은 랍비는 몹시 당황했다.

"하지만 얼마 전 사해 근처에선 사해문서가 발견되었었소. 그 사해문서는 10미터 깊이의 땅 속에 있었다오. 그것으로 미루어보면, 지금으로부터 6, 7천 년 전, 그러니까 사해문서가 씌어졌을 무렵부터 이미 유대교도들의 과학이 앞서 있었다는 것이 증명되는 거요."

"아니, 그럼 땅 속에서 선이나 아니면 그와 비슷한 것이라도 나왔단 말이오?"

"아니오. 선이고 뭐고 사해문서 이외엔 나온 것이 없었소."

신부는 그것 보라는 듯 의기양양하게 말했다.

"나도 사해문서를 읽어 봤소. 그러나 거기엔 유대인이 뭔가를 발명했다는 기록 따위는 한 줄도 없었소!"

그러자 랍비가 대꾸했다.

"답답하군. 거기서 아무것도 나오지 않았다는 것은, 유대인은 그때 이미 무선전화기를 발명했다는 뜻이잖소."

남의 장례식

유대 장례식은 사람들이 모두 비탄에 빠져 있으므로 분위기가 매우 어둡고 무겁다. 그와 반대로 가톨릭의 장례식은 만장과 성상을 들고 화려한 제복을 입은 사제가 성가를 부르며 술을 마시기도 한다.

어느 날 유대교의 랍비와 가톨릭의 신부가 길에서 마주쳤다.

신부가 물었다.

"당신네 유대교도들의 장례식은 도대체 왜 그리 음산한 거요? 우리 가톨릭에서는 천주님의 부르심을 받았으므로 슬픈 중에도 기뻐하며 그 감정을 그대로 표현하는데 말이오."

랍비가 고개를 끄덕였다.

"그래서 나는 유대교의 장례식보다 가톨릭의 장례식 보는 걸 더 좋아한다오."

내용이 문제

닭고기는 유대인이 가장 좋아하는 육류이다. '어머니' 하면 닭고기 수프를 연상할 정도로 유대인에게 있어서 닭고기는 큰 비중을 차지한다.

아브라함은 양계장을 경영하고 있었는데 번창일로였다. 사업가로서 상당히 성공한 그는 행실이 별로 좋지 않았으나 금요일마다 교회에 나와 버젓이 경건한 유대교도로 행세했다.

어느 날 랍비가 그를 불러 말했다.

"아브라함, 요즘 당신에 대한 불미스러운 소문이 나돌고 있어서 몹시 걱정이 됩니다."

그러자 아브라함이 시치미를 뚝 떼고 말했다.

"그럴 리가 있습니까? 랍비님께서도 아시다시피 전 금요일엔 반드시 교회에 나오고, 하루도 빠짐없이 아침마다 ≪성경≫을 읽고 있는데요."

"아브라함, 당신은 하루도 빠짐없이 당신의 양계장에도 나가죠? 하지만 매일 양계장에 간다고 해서 당신이 닭이 되는 건 아니잖소?"

광 견

자기가 랍비보다 머리가 더 좋다는 것을 나타내 보이려 애쓰는 한 남자가 늘 랍비에게 대답하기 곤란한 질문만을 던지곤 했다. 어느 날, 여느 때와 마찬가지로 그는 랍비에게 무례하기 짝이 없는 태도로 질문했다.

"만약 길을 가다가 광견을 만나면 그대로 주저앉아 꼼짝도 하지 않는 것이 좋다고 합니다. 그런데 우리에겐 랍비를 만나면 일어서는 관습이 있지요. 그렇다면 길에서 광견과 랍비를 동시에 만났을 경우엔 어떻게 해야 될까요?"

"광견과 랍비를 동시에 만나는 일은 그리 흔치 않으므로 그럴 경우에 어떻게 하면 되느냐 하는 관례는 아직 없습니다. 광견을 만나서 주저앉는 것은 그렇게 하는 것이 안전하다는 경험에서 나온 것이고, 랍비를 보고 일어서는 것은 경의를 표하기 위한 예부터의 관습에 따라서 그러는 것입니다. 그러니 지금부터 우리 둘이 함께 마을을 거닐어 봅시다. 그래서 사람들이 어떻게 하는지를 보면 되지 않겠소?"

대단한 작자

데이비드는 미국에 사는 아들을 뒤따라 이민해 온 유대 노인이다. 그가 어느 날 아들에게 물었다.

"모제스! 우리와 동족인 아인슈타인이라는 사람이 아주 유명하다던데, 그가 말하는 상대성원리라는 게 도대체 뭐냐?"

"그 상대성원리란 건 20세기에 들어 가장 중요한 원리라고들 하는데요, 그것으로 아인슈타인은 노벨상을 탔을 뿐만 아니라 세계에서 가장 훌륭한 학자로 손꼽히고 있어요. 간단히 설명하자면, 지금처럼 아버지가 손자를 무릎에 앉혀 놓고 어르고 있을 땐 30분이란 시간이 1분 정도로밖에 느껴지지 않지만, 만약 벌겋게 달구어진 난로 위에 앉아 계셨다면 1분이 30분만큼이나 길게 느껴지지 않겠어요? 말하자면 이런 원리죠."

데이비드는 비로소 이해하겠다는 듯 고개를 끄덕였다.

"그게 다냐? 그 참, 대단히 머리가 좋은 작자로구나! 그런 멍청이 같은 소리를 해 가지고 유명해져서 상도 받고 잘산다고 하니, 정말 머리가 좋은 자야!"

테이프엔 테이프로

미국의 대학교수 중에 유대인이 많다는 것은 널리 알려진 사실이다. 뉴욕의 컬럼비아 대학에도 많은 유대인 교수들이 있는데, 그 가운데 한 사람이 강의가 있는 날 워싱턴에 가 있었다. 되도록이면 강의시간 전까지 뉴욕으로 가려 했으나 볼일이 끝나지 않아 도저히 갈 수가 없었다. 그래서 그는 대학의 비서에게 전화를 했다.

"메리! 아무래도 강의에 늦을 것 같아서 그러는데, 강의 내용을 녹음해서 그 테이프를 버스 편으로 보낼게. 그리고 마지막 5분이 남더라도 강의실에 얼굴을 내밀도록 할 거야."

그러고는 녹음된 테이프를 학교로 먼저 보내고, 볼일을 끝낸 후 급히 뉴욕으로 돌아왔다. 그가 공항에서 택시를 타고 학교에 도착했을 땐 강의시간이 끝나기 10분 전이었다. 그는 학생들이 지금까지 자신이 녹음한 강의를 들었을 터이므로 남은 시간은 질문을 받아야겠다고 마음먹었다.

그러나 너무 서두르는 바람에 캠퍼스 내의 여신상 앞 계단에서 몇 번이나 굴러 상처투성이가 되는 통에, 교수는 가까스로 강의실에 도착했다. 안에서 자신의 듣기 좋은 목소리가 흘러나오고 있었다. 학생들이 조용하게 앉아 강의를 듣는 것 같아 내심 크게 흡족해했다.

그는 우선 호흡을 가다듬은 다음 조심스럽게 강의실 문을 열었다. 맨 먼저 눈에 띄는 것은 교탁 위에 놓여 있는 테이프레코더였다. 강의실엔 아무도 없었다. 대신, 학생들의 책상 위에도 테이프레코더가 죽 놓여 있었다.

반 격

변호사 슈발츠에게 오랜 만에 일거리가 생겼다. 자기 아내와 이혼하려고 마음먹었던 것이다.

이혼 청구서가 접수되자 슈발츠는 법정에 나가 배심원들에게 아내를 되도록 나쁘게 보이게 하려고 애를 썼다. 그는 자신만만한 어조로 아내에게 물었다.

"슈발츠 부인, 당신은 결혼하기 전 어떤 직업을 가지고 있었습니까?"

"레스크 바에서 스트리퍼로 일했었습니다."

"레스크 바에서 스트리퍼로 일했다고요? 그 크와렙스키 가에 있는 형편없는 곳 말이군요. 당신은 그런 직업이 좋은 것이라고 생각합니까?"

슈발츠의 의기양양한 질문에 슈발츠 부인이 조용히 대답했다.

"그렇습니다. 내 아버지가 하던 일에 비하면 훨씬 순수한 일이었다고 생각합니다."

슈발츠는 마지막 일격을 가하듯 크게 소리쳤다.

"그렇다면 슈발츠 부인, 당신 아버지가 무슨 일을 했었는지 이 법정에서 말해 주십시오!"

슈발츠 부인은 남편을 똑바로 바라보며 대답했다.

"내 아버지는 변호사였습니다."

게으름뱅이의 25시

게으름뱅이 모세가 고용주인 아브라함에게 가서 말했다.

"아아, 하루가 스물다섯 시간이라면 얼마나 좋을까요!"

모세가 늘 게으름만 피우는 것을 누구보다도 잘 알고 있던 아브라함은 깜짝 놀라서 말했다.

"이제야 마음잡고 열심히 일하기로 작정한 모양이구나!"

"그게 아녜요. 그렇게 되면 하루에 한 시간만 일하면 되잖아요."

악 운

유대의 속담에 '운 나쁜 놈은 빵을 떨어뜨릴 때 반드시 버터 바른 쪽이 아래가 된다.'는 것이 있다.

지독하게 운이 나쁜 아이작은 무슨 일이든 제대로 되는 것이 없었다. 어느 날 야곱과 함께 식당에서 식사를 하던 그는 실수로 빵을 떨어뜨렸다. 빵을 집어든 그는 아주 오랜만에 태양을 본 사람처럼 얼굴을 빛내며 소리쳤다.

"여보게, 야곱! 이제 내 악운이 사라졌나 봐."

"어째서 그렇게 흥분하는 거야?"

"이 빵이 버터 바른 쪽을 위로 향한 채 떨어졌단 말이야. 이제 내 운도 바뀐 거야."

야곱은 도무지 믿어지지 않는다는 듯이 말했다.

"설마 그러려고! 틀림없이 자네가 위아래를 잘못 알고 버터를 바른 거겠지."

220

위엄

새로 연대장이 된 아브라함은 부하들 앞에서는 반드시 위엄을 보여야 한다고 생각하는 사람이었다.

어느 날 오후, 그가 연대장실에서 만화책을 읽고 있는데 돌연 노크 소리가 들려왔다. 당황한 아브라함은 보고 있던 만화책을 황급히 서랍에 집어넣은 다음 수화기를 들어 귀에 대면서 소리쳤다.

"들어와!"

손에 연장통을 들고 들어온 사람은 신병인 데이비드였다.

아브라함은 목에 힘을 주고 위엄 있는 목소리로 말했다.

"지금 사령관과 중요한 이야기를 하고 있는 중이다. 용건이 뭔가?"

데이비드는 이상하다는 듯이 고개를 갸웃거리며 대답했다.

"연대장님, 저는 전화가 고장 났다는 부관님의 연락을 받고 그것을 수리하러 왔습니다."

교환 조건

유명한 피아니스트 루빈슈타인이 파리에 살고 있을 때였다. 같은 아파트에 똑같은 이름을 가진 은행가 루빈슈타인이 살고 있었다. 그래서 우체부가 곧잘 우편물을 바꿔 넣고 가곤 했다.

어느 날 은행가 루빈슈타인이 피아니스트 루빈슈타인을 찾아와 편지다발을 내밀며 말했다.

"루빈슈타인 씨, 실은 좀 난처한 일이 생겼습니다. 당신께 부탁을 해도 될는지요?"

"잘됐군요. 나도 마침 당신을 찾아가려던 참이었습니다."

"그렇다면 다행입니다. 루빈슈타인 씨, 저희 집에 가셔서 이 프라하의 루이즈, 부쿠레슈티의 일제, 바르샤바의 마가렛, 로마의 소피아가 모두 당신의 친구라는 것을 제 아내에게 밝혀 주시겠습니까?"

"물론 좋습니다."

피아니스트 루빈슈타인은 은행가 루빈슈타인이 건네준 편지다발을 받아 겉봉을 뜯고는 읽기 시작했다. 틀림없이 자기 앞으로 온 편지들이었다.

"분명히 제 것입니다. 미안하지만 잠깐만 기다려 주십시오."

피아니스트 루빈슈타인은 자기 서재로 가더니 다른 편지다발을 들고 와 은행가 루빈슈타인에게 건네주었다.

"루빈슈타인 씨, 당장에라도 나는 댁으로 가서 부인께 이 루이즈나 일제, 마가렛, 소피아의 편지들이 분명히 내게 온 것이라는 사실을 밝혀 드리겠습니다. 그 대신 여기서 내 아내에게 지금 드린 그 편지들이 당신에게 온 것이라는 사실을 밝혀 주십시오. 로마 은행의 50만 달러와 프라하 은행의 150만 달러, 그리고 바르샤바 은행의 40만 달러가 전부 선생 거라는 사실 말입니다."

과연 누가 행복한가

옛날 동유럽의 유대인 가에는 가난뱅이와 갑부, 그리고 귀족과 러시아 황제는 어떻게 다른가에 대한 이야기가 비교되어 구전되고 있었다.

가난뱅이는 금요일의 샤바트가 되어야 새 셔츠를 갈아입을 수 있지만, 갑부는 매일 새 셔츠를 갈아입는다.

귀족은 하루에 세 번 셔츠를 갈아입고, 황제에게는 의상 담당 시종이 붙어 있어서 쉴 새 없이 셔츠를 갈아입는다.

가난뱅이는 아침 일찍 일어나 식사를 하나, 갑부는 오전 10시까지 자고 일어나 식사를 한다.

귀족은 오후 2시나 3시 무렵까지 잠자리에 있다가 일어나 식사를 하고, 황제는 꼬박 하루를 자고 나서 다음 날에야 식사를 한다.

가난뱅이가 낮잠을 잘 때는 아내가 깨우게 되어 있다. 그러나 갑부는 침실

밖에 서 있는 하인이 주인의 낮잠에 그 무엇도 방해가 되지 않도록 망을 보고 있다.

귀족쯤 되면 열두 명 정도의 하인이 곳곳에서 망을 보고 있으므로 집 전체가 조용하지만, 황제의 침실 앞엔 1개 연대의 병사가 늘어서서 큰 소리로 '조용! 조용!' 하고 외친다.

큰 착각

헬름 시에 사는 야곱과 사무엘이 논쟁을 벌이고 있었다. 사람은 머리 쪽으로 자라는가, 다리 쪽으로 자라는가에 대해서였다.

사무엘이 말했다.

"내가 어렸을 때는 말이지, 아버지가 사 준 바지가 자꾸 작아지는 것을 보고 사람은 다리 쪽으로 자라는 모양이라고 생각했었네. 그런데 어제 병사들이 이 앞의 거리를 행진하며 지나갔잖나?"

"그랬지. 100명가량의 병사들이 줄지어 지나가는 걸 나도 봤어."

야곱이 대답하자, 사무엘이 무릎을 치며 말했다.

"바로 그걸세! 병사들의 다리를 보니 모두 가지런하더란 말이야. 그런데 머리 쪽을 보니까 하나같이 들쭉날쭉하더군. 그 순간 나는 이제까지 큰 착각을 했었다는 걸 깨달았네. 사람은 역시 머리 쪽으로 자라나 봐."

경쟁자

예루살렘의 어느 호텔 바에서 두 시인이 우연히 만났다. 이디시어로 시를 쓰는 두 사람은 서로에 대해 강한 라이벌 의식을 느끼고 있었다.

두 사람은 다정한 척 인사를 하고 테이블에 앉았으나, 앉자마자 한 시인이 자기의 시집이 얼마나 많이 팔렸는가에 대한 자랑을 늘어놓았다.

"그러니까 꼭 1년 만에 자네를 만나는군. 작년보다 내 시의 독자가 꼭 배로 늘었다네."

그러자 마주 앉은 시인이 고개를 끄덕이며 대꾸했다.

"그런가? 정말 축하하네. 난 자네가 결혼한 줄 몰랐어."

아가씨의 코

어느 날 미모의 아가씨가 병원에 와 슈발츠 박사에게 자신의 증상을 설명했다.

"박사님, 아무래도 제 배 속에 이상이 생겼나 봐요. 가스가 자주 나오는데 냄새라곤 전혀 없거든요."

"그래요? 그럼 상태를 알 수 있도록 방귀를 좀 뀌어 보시죠."

"어머나, 그게 어디 뀌고 싶다고 마음대로 뀌어지나요?"

듣고 보니 그도 맞는 말이었다. 그래서 슈발츠 박사는 이렇게 말했다.

"그럼 다음에 방귀가 나올 것 같은 낌새가 있으면 곧장 내게로 달려오세요."

아가씨는 고개를 끄덕이고 돌아갔다. 그로부터 사나흘이 지나, 슈발츠 박사는 그 아가씨에 대한 일을 까맣게 잊어버리고 있었다.

어느 날 박사가 환자를 진찰하고 있는데 간호사가 뛰어 들어와, 그 아가씨의 이름을 대며 응급환자이니 빨리 와 보시라고 소리쳤다.

"박사님, 빨리요! 빨리!"

아가씨의 이름이 금방 기억나진 않았으나, 간호사가 가스가 자주 나오지만 냄새가 없다는 바로 그녀라고 말하자 박사는 급히 뛰어나갔다.

병원 복도에 서 있던 아가씨가 외쳤다.

"나와요! 나와!"

슈발츠 박사와 아가씨가 엄숙한 표정을 짓고 잠시 기다리고 있자니 이윽고 조그맣게 소리가 났다.

슈발츠 박사는 코를 벌름거리며 냄새를 맡고 나서 말했다.

"말씀대로군요, 아가씨. 이건 대단히 심각한 상태입니다. 바로 수술해야
되겠어요."

아가씨는 새파랗게 질려 물었다.

"네? 수술을 해야 된다고요?"

"네. 아가씨 코를 한시라도 빨리 수술해야겠어요."

내 아들 역시

아들인 아브라함이 개신교의 세례를 받겠다고 하자 모세는 기절할 듯 놀랐
다. 그리하여 일주일 동안이나 단식을 하며 하느님께 기도를 드린 후 또다시
교회에 나가 일주일간 기도를 올렸다. 너무 굶어 현기증이 일었으나 그는
아랑곳하지 않고 열심히 하느님께 도움을 청했다.

그러던 순간, 눈앞에서 이상스런 빛이 둥글게 생겨나기 시작하더니 도저히
형용할 수 없는 성스러운 형태가 찬란한 후광을 내뻗치며 나타났다.

모세는 넙죽 엎드렸다. 마침내 하느님을 대면케 된 것이다.

"하느님, 전지전능하신 나의 하느님! 하나밖에 없는 제 자식 아브라함이
개신교의 세례를 받겠다고 합니다. 대체 이 일을 어쩌면 좋겠습니까?"

그러자 장엄하기 이를 데 없는 음성이 들려왔다.

"할 수 없지. 내 아들 역시 그랬느니라."

왜 블라우스를

아브라함은 밤에 백화점에 숨어들어가 서른여덟 벌의 블라우스를 훔친
죄로 기소되었다. 법정에서 재판장이 그에게 물었다.

"피고는 4월 3일 밤 백화점에 침입하여 한 장에 2달러짜리 블라우스를
서른여덟 벌 훔친 사실을 인정하는가?"

"네, 인정합니다."

"그렇다면 유죄다. 그러나 초범인 데다 비싼 물건도 아니고, 피고가 이미 변상을 했으므로 징역 1개월에 집행유예 2년을 선고한다."

"재판장님, 고맙습니다."

"앞으로 다시는 이런 짓을 저지르지 말고 올바르게 살아가도록 하게."

"네, 주의하겠습니다."

아브라함이 법정을 나가려 하자, 재판장은 호기심 어린 표정으로 그를 다시 불러 세웠다.

"이봐, 잠깐만. 그 백화점의 다른 진열대에는 밍크나 아스트라칸 모피가 잔뜩 쌓여 있었다는데, 어째서 겨우 2달러짜리 블라우스를 훔쳤나?"

그러자 아브라함이 괴롭다는 듯 내뱉었다.

"그 소리는 이제 제발 그만하십시오. 체포될 때까지의 두 달 동안 매일 마누라한테 그 일로 추궁당했다고요."

소유자

태풍이 일자 상하좌우로 흔들리는 선체는 그야말로 나뭇잎처럼 제멋대로 바다 위를 떠돌았다. 갑판 위에는 하느님께 기도를 올리는 사람도 있었고, 아무런 여유가 없는 사람들은 비명을 지르거나 부들부들 떨고 있었다. 하지만 이 아비규환의 수라장 속에서도 헬름 시에서 온 사람들만은 아무 일도 없는 듯이 침착하게 앉아 있었다.

선객 중의 하나가 그들에게 물었다.

"당신들은 무섭지도 않소?"

헬름 시에서 온 사람들은 머리를 가로저었다.

"전혀 두렵지 않아요."

그 사이에도 배는 휘몰아쳐오는 파도에 휩쓸리며 널을 뛰듯 심하게 요동치고 당장에라도 부서질 것같이 삐걱거렸다.

226

"배가 산산조각 날 것 같아요!"

모두들 아우성을 쳤으나 헬름 시에서 온 사람들은 여전히 태연했다.

"왜 우리들이 배를 걱정해야 합니까? 우리 소유도 아닌데."

정확한 시계

가난한 유대인 코엔은 손목시계를 하나 가지고 있었으나 고장이 나서 바늘이 움직이질 않았다. 그러나 그는 만나는 사람마다 붙잡고 자기 시계를 자랑했다.

"내 시계는 그 누구 것보다도 좋은 시계라네."

"어째서?"

"우선 이것보다 조용한 시계는 없을 거야."

"그야 그럴 테지."

"조용하기만 한 게 아니야. 본래 시계란 움직이고 있으면 절대로 시간이 맞질 않네. 반드시 1분 정도가 빠르거나 늦지. 하지만 내 시계는 이렇게 7시 반을 가리키고 있으니 하루에 두 번은 틀림없이 맞는다네. 정확한 시간을 한 번도 가리키지 않는 시계보다는 하루에 딱 두 번이라도 정확히 맞는 시계가 낫지 않나. 그러니 이보다 더 좋은 시계가 어디 있겠나?"

불 신

두 남자가 같은 병실에 입원하게 되었다. 한 사람은 팔을 다쳤고 또 한 사람은 다리를 다친 환자였다.

의사가 회진시간에 들어와 팔을 다친 환자에게 가더니 붕대를 풀고 치료를 시작했다. 환자는 통증을 견디지 못하여 큰소리로 비명을 질렀다.

그 치료가 끝나자 의사는 다리를 다친 환자에게로 다가섰다. 치료를 받는 동안 그 환자는 단 한 번도 소리를 내지 않았다.

이윽고 의사가 나가자 팔을 다친 환자가 물었다.

"당신은 나보다 더 심한 상처를 입은 것 같은데 어떻게 신음소리 한번 내지 않았습니까? 어쩌면 그렇게 고통을 잘 참는지요?"

그러자 다리 다친 환자가 대답했다.

"설마 당신은 내가 저런 돌팔이 의사에게 상처 난 다리를 내밀었으리라 생각하진 않겠죠?"

입장권

해마다 이스라엘의 독립기념일이면 예루살렘의 경기장에서 성대한 축제가 벌어진다. 군대가 행진을 하고, 전국에서 모여든 남녀 학생들이 가지각색의 퍼레이드를 펼치기 때문에 모든 사람들이 이 독립기념일 축제에 참가하려고 야단들이다. 때문에 경기장 입장권을 구하기란 하늘에서 별을 따는 것만큼이나 어렵다.

경기장의 직원이 행사 중에 입장권을 조사하러 돌아다니다가 꼬마가 1등석에 혼자 앉아 있는 것을 발견하고는 물었다.

"꼬마야, 너 혼자 왔니? 입장권은 있어?"

"응, 나 혼자 왔어."

꼬마는 대답하며 입장권을 내밀었다. 겨우 대여섯 살 정도로 보이는 꼬마가 혼자 왔다는 것이 좀 의아해서 직원은 계속 물었다.

"아빠는 어디 있지?"

"아빠는 집에 있어. 지금 우리 집은 엉망진창일 거야."

"그래? 너 혼자 오느라고 힘들었겠구나. 도대체 너희 집에 무슨 일이 일어났는데?"

"아빠가 이 입장권을 찾느라고 집 안을 다 뒤집어놨을 거야."

두통거리

히스테리가 심한 코엔 부인이 어느 날 랍비를 찾아와 두통을 호소하고 나서 언제나처럼 자신의 고민거리부터 시작해서 이웃 사람들의 험담에 이르기까지 쉴 새 없이 지껄여 댔다. 지껄였다기보다 부르짖었다는 것이 오히려 정확한 표현일 것이다. 그리고 두 시간이 지났을 때 갑자기 코엔 부인이 말했다.

"휴우! 이제야 두통이 사라졌네요."

그러자 랍비가 고개를 저었다.

"두통이 사라진 게 아닙니다, 부인. 내게로 온 거예요."

부전자전

좀 경박하고 모자란 사람을 유대인들은 '슈레밀'이라고 부른다. 슈레밀은 착한 마음씨를 갖고 언제나 노력하지만 운이 나쁘고 머리가 안 좋아 무슨 일이든 잘 되지 않는 사람이다.

가령 슈레밀이 자동차를 운전하면 난데없이 철재가 날아와 보닛을 부순다. 그래서 놀라 허둥지둥 뛰쳐나오다가 바나나 껍질을 밟아 앞으로 자빠져 코피가 터진다. 이런 식으로 매사가 잘 맞아 돌아가지 않는데다가 멍청하게 당하기만 하는 것이다.

이제부터 이 슈레밀 중의 한 사람인 코엔을 눈여겨보자.

그는 어째서 자신이 슈레밀이 되었는지를 곰곰 생각해 보았다. 그리하여 마침내 정식으로 학교 교육을 받지 못한 데 그 원인이 있다고 결론을 내렸다. 그래서 어려운 살림을 꾸려가는 중에도 아내 베키와 힘을 합쳐 열심히 저축해서 그 돈을 아들 모세의 교육에 몽땅 바쳤다.

그 아들 모세가 대학에 진학하고 첫 방학을 맞아 집에 돌아왔다.

"아버지, 어머니! 여름방학을 집에서 보내려고 왔어요!"

모세가 눈을 빛내며 이렇게 말하자, 코엔 역시 반가움과 자랑스러움이 뒤섞인 표정으로 아들을 끌어안았다. 그의 아내 베키도 감동적인 장면이라는 듯 이들 부자(父子)를 바라보았다.

변변한 것은 없지만 말끔히 정돈된 거실로 들어서자 코엔이 입을 열었다.

"대학에서 여러 가지를 배웠겠지, 모세야?"

아들이 고개를 끄덕였다.

"그렇다면 내게 좀 가르쳐다오."

한껏 들뜬 코엔은 아들을 한번 시험해 볼 요량으로 물었다.

"저 바다의 깊이가 도대체 얼마나 되느냐?"

"바다는 물의 표면에서 밑바닥까지 사이의 깊이가 있어요, 아버지."

"오, 그래? 그것 참 대단하구나. 그런데 어떻게 그걸 알았니?"

"그건 말이죠, 해양학을 공부하면 금방 알 수 있어요."

"그리고 지네는 다리가 100개나 된다던데 좌우에 각각 몇 개씩 붙어 있느냐?"

"그야 좌우에 50개씩 붙어 있죠. 곤충학과 생물학을 공부하면 알 수 있어요. 왜 50개씩 붙어 있나 하면 말이죠, 만약 한쪽에 51개가 붙어 있고 다른 한쪽에 49개가 붙어 있다면 51개가 붙은 다리 쪽에 힘이 더 가해져서 지네는 똑바로 걷지 못하고 언제나 빙글빙글 원을 그리며 돌고 있게 될 테니까요."

"그래! 그것 참 대단한 학식이로구나!"

코엔은 아들의 지식에 탄복했다. 이토록 훌륭하게 학문을 습득한 아들이 대견스러워 그만 말문이 막히고 말았다. 아내 베키도 부자의 대화를 듣고는 남편 못지않게 감탄했다.

코엔은 슬그머니 바지 주머니에 손을 넣어 10센트짜리 동전 하나를 움켜쥐었다. 그러고는 동전 쥔 손을 아들 앞에 내밀며 물었다.

"모세야, 지금 내 손에 쥐어져 있는 게 뭔지 알겠니? 잘 생각하고 대답해보아라."

모세는 진지한 눈빛으로 주먹 쥔 아버지의 손을 뜯어보다가 신중한 태도로 입을 열었다.

"이것을 해부학, 물리학, 형태인류학, 생태학 등 그 모든 학문의 관점에서 보면…… 아버지의 손 안에 있는 것은 분명히 둥근 것입니다."

코엔은 다시 깜짝 놀랐다.

"그래! 둥근 것이라고?"

그는 너무나 기쁜 나머지 자신도 모르게 눈물을 흘리고 말았다.

모세도 역시 신중한 태도로 말을 계속했다.

"네. 미분과 적분, 기하학적으로 볼 때도 역시 둥근 거예요. 둥근 것……. 그러니까 아버지, 그건 분명히 자동차 바퀴예요."

남의 일

호로비츠가 의사한테 건강진단을 받았다. 의사는 여러 가지 검사를 한 후 결과를 살펴보며 말했다.

"호로비츠 씨, 당신은 지극히 건강합니다. 당뇨기가 약간 있긴 하지만 건강 상태는 아주 양호합니다. 나 같으면 전혀 걱정하지 않겠어요."

호로비츠가 재빨리 대꾸했다.

"당신한테 당뇨기가 있더라도 내가 걱정할 것 같습니까?"

축제일에

히틀러가 점쟁이의 판단에 따라 많은 일을 처리했다는 것은 널리 알려진 이야기이다. 어느 날 그가 다시 점쟁이를 불러들였다.

"내가 언제쯤 죽을 것 같은가?"

"네, 총통 각하는 어느 때고 유대인의 축제일에 돌아가시게 될 겁니다."

그러자 히틀러는 즉시 자기 테이블 위에 있는 벨을 눌렀다. 그러자 친위대 장교복을 입은 부관이 뛰듯이 들어와 부동자세를 취했다.

"하일 히틀러!"

"빨리 유대의 축제일 표를 가져와!"

오른손을 번쩍 쳐들어 보이고 나간 부관은 이내 그것을 가지고 왔다. 히틀러는 안경을 쓰고 들여다보더니 안도의 한숨을 내쉬었다. 축제일이라야 며칠 안 되었던 것이다.

"잘 들어라. 이날들엔 경호원을 백 배로 늘려라!"

그때 옆에 있던 점쟁이가 나섰다.

"하지만 각하, 그렇다고 마음을 놓아선 안 됩니다. 어느 때 돌아가시든 그날이 바로 유대인들에겐 축제일이 될 테니까요."

수녀와 펭귄

파티에 초대받은 모세는 파티장에 늦게 도착했다. 그는 가쁜 숨을 몰아쉬며 인사도 없이 친구 아브라함에게 대뜸 물었다.

"여보게, 아브라함. 펭귄의 키가 얼마쯤 되지?"

"뭐? 펭귄의 키?"

"그래, 펭귄의 키 말이야."

"글쎄…… 남극에 사는 펭귄은 1미터 정도 될 테고, 북극에 사는 펭귄은 약 80센티 정도 되지 않을까?"

"그, 그게 정말인가?"

"의심스러우면 백과사전을 찾아보지."

아브라함은 책장에 꽂혀 있던 백과사전을 꺼내 들추기 시작했다.

"페, 펭, 펭귄…… 여기 있군. 인조목 펭귄과에 속하는 해조로 약 17종이 있다. 날개는 지느러미 형상이고……."

"그것보다 펭귄의 키가 어느 정도인지 빨리 좀 알아봐 주게."

"알았어. 곧게 섰을 때의 키가…… 가장 작은 난쟁이 펭귄은 오스트레일리아와 뉴질랜드 산으로 30센티미터, 가장 큰 키의 황제 펭귄은 90센티가 넘는다…… 이렇게 씌어 있군."

"저, 정말인가?"

"그럼! 백과사전이 농담하겠나?"

모세는 절망적인 표정으로 하늘을 올려다보았다.

"아! 그럼 좀 전에 여기 오다가 내 차가 들이받은 것은 수녀였구나!"

아는 비밀

어느 마을에 대단한 갑부가 살고 있었다. 그는 인색한데다 남몰래 갖가지 나쁜 짓을 하고 다니는 것으로 소문이 나 있었다.

어느 날 랍비가 이 갑부의 집을 방문했다. 교회에 기부하라고 권하기 위해서였다. 이 마을에 부임한 지 오래지 않은 랍비에게 마을사람들은 소용없는 일이라고 말렸지만 랍비는 그것을 뿌리치고 찾아온 터였다.

"≪탈무드≫에 나오는 이야기를 알고 계시겠죠? 어째서 사해가 사해로 불리며, 이스라엘 영토 안에 있는 다른 호수인 갈릴리호는 그 이름으로 불리는지 말입니다."

랍비의 말에 인색하고 못된 갑부가 대답했다.

"물론 알고 있죠. 갈릴리호는 밖으로 흘러나가는 시내를 가지고 있기 때문에 이름이 제대로 붙어 있지만, 사해는 그저 가득 차 있을 뿐 밖으로 흘러나가는 시내가 없어서 사해로 불린다는 사실을 말입니다."

"네, 그렇습니다. 그래서 오늘 나는 자선을 베풀지 않으면 당신의 인생도 사해와 같이 될 거라는 말씀을 드리고 싶어 찾아온 것입니다."

"아닙니다, 랍비님. 나는 충분히 자선을 베풀고 있습니다. 다만 남에게 자랑하고 싶지 않아서 그걸 비밀로 하고 있을 따름이지요."

그러자 랍비가 고개를 갸우뚱거리며 말했다.

"그것 참 이상하군요. 당신이 비밀로 하는 나쁜 짓은 온 마을사람들이 다 알고 있는데, 어째서 똑같이 비밀로 하는 자선은 아무도 모르고 있을까요?"

누가 돌았나

물장수인 아이작이 물통에 물을 받아 집으로 돌아오고 있었는데 길에서 느닷없이 한 남자가 달려드는 것이었다.

"마이야! 어디 맛 좀 봐라!"

그러면서 남자는 아이작을 정신없이 두들겨 팼다. 그러나 신나게 얻어맞은 아이작은 일어나며 유쾌한 듯 웃었다.

그를 때린 남자가 오히려 눈이 휘둥그레져서 물었다.

"마이야, 뭐가 우습니? 이 녀석이 돌았나?"

아이작은 여전히 웃으며 대답했다.

"너야말로 돌았구나. 난 마이야가 아니라고!"

줄서기

거의가 관료제인 이스라엘에선 어느 관청을 가든 간단한 서류 하나를 떼는 데도 오랫동안 줄을 서서 기다려야 한다. 주민증을 발급받을 때, 세금을 납부할 때, 운전 면허증을 경신할 때, 여권을 신청할 때 등……. 아무튼 관청이란 소리를 들으면 맨 먼저 떠오르는 것이 길게 늘어선 행렬이다.

미국에서 살다가 이스라엘로 이민 온 지 얼마 되지 않은 아브라함은 이 줄서기가 정말이지 견디기 힘들었다. 관청에서 볼일을 마치고 돌아오는 길에 친구 모세를 만나자 아브라함이 말했다.

"정말 이렇게 비능률적으로 행정을 처리하는 나라는 처음 봤네. 무슨 수를 써야지 안 되겠어. 이게 전부가 골다 메이어 수상 탓이라고. 그자를 내가 암살해 버리고 말겠어."

그러자 모세가 놀려댔다.

"호오! 자네가 그런 일을 할 수 있다고? 어림없는 소리 하지도 말게. 자네에게 그런 배짱이 있을 리 만무야."

234

"아니야, 두고 보라고. 내가 꼭 해치우고 말 테니까."

그로부터 한 달 후, 아브라함이 서류를 뗄 일이 있어서 관청 앞에 줄을 서 있는데 우연히 또 모세를 만나게 되었다.

모세는 아브라함을 보고 웃으며 말했다.

"이봐, 아브라함. 수상께선 아직 건재하신 모양이더군!"

"내 말을 들어 보게. 지난번에 수상을 암살하려고 관저에 가지 않았겠나? 그런데 나 같은 생각을 가진 자가 너무 많아 거기도 긴 줄이 서 있지 뭔가. 그 줄을 서는 게 지겨워서 포기해 버렸다네."

딸과 며느리

코엔 부인이 거리에 나섰다가 아는 부인을 만났다.

그 부인이 먼저 인사를 건넸다.

"안녕하세요, 코엔 부인. 결혼한 따님도 잘 지내고요?"

"네, 염려해 주신 덕에 잘 있어요. 우리 딸은 남편을 잘 만나서 아주 팔자가 늘어졌답니다. 매일 대낮까지 실컷 자고 나선 침대에서 식사를 한 후 머리 손질을 하러 미장원에 가죠. 그다음엔 백화점에 가서 쇼핑을 하고, 저녁 땐 칵테일파티에 참석하고요. 꼭 할리우드의 여배우같이 산다오, 호호!"

"그것 참 부럽군요. 아드님도 별일 없죠?"

"아유! 말도 마세요. 그 애는 어찌 그리 지지리도 복이 없는지 모르겠어요. 글쎄 며느리라는 애가…… 나 참, 기가 막혀서! 해가 중천에 뜰 때까지 마냥 자고선 침대에서 그냥 식사를 하는 거예요. 그래 놓고서도 집안일은 돌보지 않고 미장원으로 쪼르르 달려가 그 잘난 머리를 수세미처럼 만들어 가지고 와요. 요즘은 그런 머리가 유행이라나 뭐라나. 그 정도라면 말도 안 해요. 집에 와서 이젠 저녁 준비를 하려는가 보다 하면 손 하나 까딱 않고 옷치장에만 열을 올리다가 파티에 가지 뭐예요. 그야말로 칠칠치 못하고 사치스러운 할리우드 여배우랑 똑같다니까요. 우리 아들이 불쌍해서 미칠 지경이에요!"

멋진 복수

헬름 시에 사는 한 남자가 이웃 시에 들어온 연극을 구경하러 갔다가 오는 길에 친구를 만났다.

친구가 물었다.

"그래, 연극이 어떻던가?"

"형편없었어."

"대체 어떤 연극이었는데?"

"연극은 구경하지도 않았어. 글쎄 매표원 녀석이 나한테 '당신, 더러운 유대인 아냐?' 그러잖아."

"세상에! 그런 못된 놈이 어디 있어?"

"그래서 내가 멋지게 복수해 줬지. 표를 사긴 했지만 극장에 들어가 주질 않았거든."

당연지사

다니는 교무실로 불려가 선생님께 추궁을 당하고 있었다.

"다니, 어떻게 고양이에 관한 네 작문이 시몬의 것과 똑같지?"

다니는 조금도 망설이지 않고 대답했다.

"시몬과 저는 같은 고양이에 대해서 썼거든요."

동 감

절도 현장에서 붙잡힌 아브라함이 재판을 받게 되었다. 재판이 시작되기 전에 검사가 그에게 물었다.

"특별히 부탁할 것이라도 있나?"

"내게 이 도시에서 가장 뛰어난 변호사를 붙여 주십시오."

검사는 깜짝 놀라며 말했다.

"이것 보게, 자넨 현행범이야. 아무리 변호를 잘해도 소용없지. 도대체 어떤 변호를 할 수 있겠나? 만약 그렇게 된다면 흥미진진하겠는걸."

아브라함은 미소를 지으며 말했다.

"네, 나도 동감입니다."

축 배

데이비드는 술에 잔뜩 취해 비틀거리며 예루살렘 거리를 돌아다니다가 경찰에 붙들렸다. 그는 보호실에서 하룻밤 신세를 지고 다음 날 아침 경찰서장에게 호출되었다. 서장이 점잖게 타일렀다.

"그렇게 술을 많이 마시다간 주위 사람들에게 폐를 끼칠 뿐만 아니라 자신이 사고를 당할지도 모르오. 이제부턴 조심하도록 해요. 도대체 웬 술을 그리 마셨소?"

"어제는 그럴 수밖에 없었어요. 저녁 때 우선 한 잔 했죠. 서장님도 아시겠지만 술을 한 잔 하면 새로운 인간이 태어난답니다. 그리고 ≪성경≫에도 나오지만 두 사람의 유대인이 만나면 우정을 축하하는 잔을 거듭하죠. 그래서 난 새로 태어난 또 한 사람의 유대인과 둘이서 우정을 축복하는 성대한 파티를 열었었지요."

당사자

초등학교에 다니는 벤자민이 학교에서 돌아와 아버지에게 말했다.

"아버지, 오늘 우리 선생님이 나밖에 대답할 수 없는 질문을 했어요."

"아니, 벤자민. 뭔데, 너만 선생님 물음에 대답을 할 수 있었단 말이냐?"

아버지는 매우 기뻐하며 아내를 불러 자랑스럽게 말했다.

"오늘 우리 벤자민이 제 반에서 아무도 대답할 수 없는 질문에 답을 했다는군."

어머니 역시 대견스럽다는 듯 미소를 띠며 물었다.

"그래, 벤자민. 정말 기특하구나. 그런데 그 질문이 대체 뭐였니?"

"그건 말예요, 교실 유리창을 깬 사람이 누구냐는 거였어요."

비극적인 25년

예루살렘의 어느 나이트클럽에 노래를 부르는 중간 중간 우스갯소리를 하며 돌아다니는 코미디언 겸 가수가 있었다. 그는 객석을 돌면서 손님을 붙잡고 '어디서 왔는가, 이스라엘에선 무엇을 하고 있는가, 이스라엘의 인상은 어떠한가?' 등의 질문을 하면서 거기에 대해 우스갯소리를 하는 것이었다.

어느 날 그가 언제나처럼 객석을 돌다가 한 테이블 앞에서 멈췄다.

"당신은 어디에서 오셨습니까?"

테이블에는 유대계 미국인으로 보이는 초로의 부부가 앉아 있었다.

"미국의 시카고에서 왔습니다."

이렇게 대답하면서 남편이 하염없이 눈물을 흘리고 있었는데, 그의 곁에는 다이아몬드 반지에 목걸이와 팔찌를 한 부인이 매우 불쾌하다는 듯한 표정을 짓고 앉아 있었다. 남편은 앞에 놓인 술잔에 손도 대지 않은 채 계속 울고 있는 참이었다.

코미디언이 그에게 물었다.

"도대체 당신은 왜 그렇게 울고 계시죠?"

그러자 곁에 앉은 부인이 대답을 가로챘다.

"오늘은 우리의 25주년 결혼기념일이랍니다. 그런데 이 얼간이 모제스가 아까부터 계속 울기만 하는 거예요."

코미디언은 다시 울고 있는 남편에게 물었다.

"부인 말씀대로 결혼 25주년 기념일이라면 유쾌하게 축배를 드셔야지, 왜 울기만 하십니까?"

그러자 남편 쪽은 더욱 소리 높여 울다가 겨우 울음을 그치고 나서 입을 열었다.

"내 말 좀 들어 보시오. 사실은 결혼한 지 5년째 되는 날 아침에 난 여기 있는 내 아내 레베카를 죽이려고 했습니다. 하지만 대학까지 나온 지성인인 내가 무작정 사람을 죽일 순 없잖습니까? 그래서 잘 아는 변호사에게 아내를 죽였을 경우 어느 정도의 형벌을 받겠느냐고 물었었죠. 그러자 그는 육법전서를 들춰보더니 20년 동안 감옥에 갇히게 될 거라더군요. 그래서 못 죽였는데……. 차라리 그때 실행을 하는 건데 그랬어요. 오늘이 결혼 25년째인데, 아직까지도 난 자유롭지 못하단 말입니다."

가장의 고민

폴란드의 어느 마을에 유대인 부부가 살고 있었다. 학교 선생인 남편은 이웃 마을의 학교로 발령을 받아 그곳에서 혼자 살게 되었는데, 아내와 아이들이 있는 자기 집에는 일년에 한 번밖에 오지 않았다.

유대인들은 원래 가정을 매우 소중하게 생각한다. 그 선생이 자기 집에 온 날 랍비가 그의 집을 방문했다.

"어째서 집에 자주 들르지 않습니까? 그렇게 먼 거리도 아니니 주말마다 올 수도 있을 텐데요."

그러자 선생은 고개를 저으며 대답했다.

"랍비님, 제가 일년에 한 번씩만 집에 오는 데는 다 이유가 있습니다. 생각해 보십시오, 제가 이웃 마을의 학교로 부임해 간 지 벌써 8년이 되는데 그동안 제 아내는 여덟 명의 아이를 낳았습니다. 그런데 매 주마다 제가 집에 온다면 도대체 애가 몇이 되겠습니까?"

가르침

랍비 두 사람이 얘기를 나누고 있었다. 전능하신 하느님이 아담이 잠자고 있을 때 갈비뼈를 하나 빼내어 그것으로 이브를 만든 데 대한 것이었다.

"하느님의 능력이라면 그저 가볍게 입김만 불어도 이브를 만드실 수 있었을 겁니다. 그런데 무엇 때문에 굳이 아담이 잠자는 틈에 갈비뼈를 훔쳐내서 만드셨을까요?"

"그야 어렵지 않은 문제죠. 인간에게 교훈을 줄 의도였던 겁니다. 하느님은 훔친 물건치고 변변한 게 없다는 사실을 가르치시려는 거였소."

권 리

유대인 거리는 항상 혼잡하지만 오후 5시가 되면 퇴근하는 사람들과 쇼핑하고 돌아가는 주부들 때문에 더욱 붐빈다. 그래서 이때쯤이면 버스 정류장에도 기다란 줄이 늘어서 있게 마련이다.

사라는 백화점에서 모자와 구두, 스커트, 핸드백, 화장품 등등 열아홉 가지나 되는 물건을 사 가지고 나오는 길이었기 때문에 양팔에 쇼핑백 몇 개를 걸치고, 양손으로는 상자를 잔뜩 안고 있었다. 몸에 착 달라붙는 옷을 입은 그녀는 그런 모습으로 정류장의 선두에 서서 버스를 기다렸다.

이윽고 버스가 와서 멈췄다. 그러나 사라는 좀체 버스에 탈 수가 없었다. 양팔과 손에 짐을 들고 몸에 꼭 끼는 옷을 입었으므로 높은 승강대에 오를 수가 없었던 것이다. 그래서 스커트의 지퍼를 좀 내리면 오를 수 있으리라 생각하고, 그녀는 양손에 들고 있던 짐을 가까스로 한쪽에 몰아든 다음 스커트 뒤의 지퍼를 조금 열었다. 그러자 뒤에 서 있던 젊은 남자가 느닷없이 그녀를 번쩍 안아 버스 위로 올려 주었다. 덕택에 사라는 자리에 가 앉을 수 있었다.

그런데 그녀를 안아 버스에 올려 준 남자가 곁에 앉아 손을 잡더니 놓아 주질 않는 것이었다. 남자가 어느 정도 괜찮게 생겼다면 그녀도 가만히 있었을 터이지만, 그는 형편없는 추물인 데다 땀으로 손이 축축해져 있어 몹시 기분이 나빴다.

마침내 사라는 냉담하게 말했다.

"이 손 좀 놓으세요! 아무리 내가 차에 오르지 못해 쩔쩔매고 있었기로서니, 생전 처음 보는 사람을 안아 올려 준다는 게 애당초 뻔뻔스런 일 아닌가요? 게다가 이렇게 손까지 잡고선……. 어서 놔요."

그러나 그는 그녀를 잡은 손에 더욱 힘을 주면서 말했다.

"그렇지만 아가씨! 아가씨가 내 바지 지퍼를 세 번씩이나 열어 젖혔으니 손잡는 것 정도는 괜찮지 않소?"

여자의 허영

퇴근하여 집으로 돌아온 벤자민이 아내 레베카에게 말했다.

"오늘 시내 바에서 우체부가 자랑삼아 늘어놓는 소리를 들었는데, 우리 아파트에서 딱 한 명을 빼놓고는 모든 주부들과 키스를 했다는 거야."

"그래요? 그렇다면 그 여자는 아래층의 스샤일 거예요. 그렇게 못생긴 여자는 또 없을 테니까요."

최악의 것

이스라엘에서 이상적인 생활을 말해 보라면 미국 회사에서 월급을 받고, 일본 여자를 아내로 맞으며, 중국 요리를 먹고, 영국식 저택에서 사는 것이라고 한다. 물론 이런 생활은 전 세계에서 널리 말해지고 있는 것이기도 하다.

어느 파티에서, 그렇다면 어떤 것이 최악의 생활일까에 대한 이야기나 나왔다.

한 사람이 말했다.

"중국 회사의 월급을 타고, 일본식 집에 살며, 영국인 요리사를 두는 거겠죠."

그러자 다른 사람이 물었다.

"그렇다면 어느 나라 여자를 아내로 맞는 것이 최악일까요?"

모두의 의견이 금방 일치되었다.

"그야 미국인 여자를 아내로 맞는 거죠."

그러시다면

모피상으로 많은 돈을 번 아인슈타인은 새로 들어온 여비서에게 홀딱 반하고 말았다. 그래서 그는 매일 고급 레스토랑에 가자고 하는가 하면 값비싼 보석반지를 사 주겠다고도 하고, 자기 회사에서 가장 비싼 모피 코트를 선물로 주겠다고도 하면서 치근거렸다. 그러나 여비서는 전혀 흔들리지 않았다.

그녀가 거절할 때마다 아인슈타인의 연모의 정은 더욱 깊어갔다. 날이 갈수록 그의 유혹이 집요해지자, 여비서도 더 이상 견디기 힘들어했다.

아인슈타인은 오늘도 여느 때와 다름없이 그녀를 불러 다시금 치근덕거리기 시작했다.

"이봐, 내가 공중에 붕 뜰 것 같은 대답을 좀 해 줘. 제발!"

"그러시다면 목을 매달면 될 텐데요."

참기 힘든 환희

아브라함은 급한 볼일이 생겨 민스크에 가야만 했다. 알다시피 러시아의 한겨울은 몹시 매섭다. 꽁꽁 얼어붙은 도로 위에 눈보라가 무서운 기세로 내리꽂히고 있었다.

아브라함은 아내와 함께 겨우겨우 그 눈보라를 헤치고 역마차 집으로 갔다. 그가 민스크까지 가자고 하자, 마부는 보드카 냄새를 풀풀 풍기며 말했다.

"농담이시겠죠, 손님. 민스크로 가는 도로는 모두 꽁꽁 얼어 있어요. 게다가 이렇게 눈보라까지 치니 앞이나 볼 수 있겠소? 이 눈보라가 가라앉을 때까지 기다리시는 게 좋을 겁니다. 한 사나흘은 계속될 모양이에요."

그러자 아브라함이 다급한 목소리로 반박했다.

"안 되오, 무슨 일이 있어도 가야 해요. 아주 중요한 거래이기 때문에 안 가면 큰일 난단 말이오. 당신은 여기 핀스크에서 민스크까지 가는 데 보통 10루불을 받았잖소? 하지만 이번엔……."

"글쎄, 안 된다니까요. 이런 날씨는 너무 위험해요. 저 눈보라 속에서 늑대가 한두 마리 나타나는 줄 아십니까? 손님은 무서워서라도 도저히 못 갈 겁니다."

"아니오, 난 무슨 일이 있어도 가야 하오. 자, 민스크까지 가는 데 50루불을 내겠다니까. 알아듣겠소? 금화 50루불이란 말이오. 단, 한 가지 조건이 있소."

50루불이란 말을 듣자, 마치 일시에 눈보라가 그치고 햇살이 비쳐드는 것처럼 마부의 얼굴이 환히 빛났다. 그는 눈을 반짝이며 물었다.

"그래, 그 조건이 뭡니까?"

"조건은 이렇소. 만약 민스크까지 가는 동안 내가 한마디라도 소리를 내면 당신에게 50루불을 지불하겠지만, 그 대신 작은 소리 한마디도 내지 않으면 당신이 나를 공짜로 태워 주는 거요."

마부는 잠시 생각하더니 이윽고 고개를 끄덕이며 흔쾌히 대답했다.

"좋소. 그럼 당장 떠납시다."

마차는 눈보라 속에 꽁꽁 얼어붙어 미끄럽고 울퉁불퉁한 도로를 전속력으로 달렸다. 그러면서 돌에 채이고 얼음덩어리 위를 미끄러지는 등 금방이라도 뒤집혀 버릴 듯이 요동을 쳤으나 아브라함은 소리를 내지 않았다. 겁에 질려 얼굴은 사색이 되어 있었지만 그는 이를 악문 채 참고 견뎠다.

마차는 더욱더 속력을 내기 시작했다. 좁은 길을 달리다가 살짝 얼어붙은 개울에 빠질 뻔하기도 하고, 커브 길에서는 당장에라도 벌렁 나자빠질 듯하며 달렸다. 그래도 아브라함은 소리를 내지 않았다. 이제 민스크까지는 얼마 남지 않았다.

마지막 산길에 다다르게 되자 마부는 차츰 조바심이 나기 시작했다. 마차는 절벽 옆의 아주 좁다란 길을 지나고 있었다. 마부는 공포에 질려 얼굴을 일그러뜨리면서도 연신 말을 채찍질했다. 급커브가 보였으나 속도를 늦추지 않았다.

한편 아브라함은 마차의 한쪽 바퀴가 까마득한 절벽 위의 허공에 뜬 채 앞으로 나아가고 있다는 것을 알았지만 사력을 다해 참고 있었다. 그 길을 지나자 어지러운 눈보라 사이로 민스크 시의 불빛이 아련하게 보였다.

이윽고 마차가 민스크에 닿았다. 마부는 주머니에서 보드카를 꺼내 단숨에 들이키며 말했다.

"손님, 내가 졌소이다. 공짜로 해 드리죠."

그러자 아브라함이 대답했다.

"고맙소. 실은 한 가지 고백을 해야겠소. 나는 아까 하마터면 크게 소리를 지를 뻔했다오."

"아아, 아까 그 커브를 돌 때 말이죠? 나도 이제까지 그렇게 무서워 본 적이 없었다오."

"아니, 무서운 거야 그럭저럭 참을 수가 있었죠. 하지만 아까 절벽의 커브에서 마차 문이 열리고 내 아내가 그 아래로 떨어질 때 하마터면 환성을 올릴 뻔했는데, 그걸 참기가 정말 힘들었단 말이오."

최소한

퇴근해서 집으로 돌아온 코엔은 아내 스샤가 젊은 남자를 끌어들여 바람피우고 있는 현장을 목격하게 되었다. 분노의 피가 끓어오른 코엔은 권총을 꺼내 상대편 남자가 아닌 아내 스샤를 사살하고 말았다.

이윽고 코엔은 재판에 회부되었다.

재판장이 물었다.

"그대는 어째서 아내를 죽였는가?"

"재판장님, 제가 만약 아내를 죽이지 않았다면 남자를 도대체 몇이나 더

죽여야 될지 알 수 없기 때문입니다. 살인은 한 번 하는 것만도 끔찍한 일
아닙니까?"

음 질

아내가 남편을 향해 말했다.
"당신은 왜 내가 노래를 부를 때마다 발코니로 나가는 거죠? 내 노래가
그렇게 못마땅해요?"
"오, 아니야. 당신 노래는 참 듣기 좋아. 다만 이웃들에게 내가 당신을
두들겨 패는 것으로 오해받고 싶지 않아서 그래."

실 물

프라하에서 50킬로쯤 떨어져 있는 곳의 유대인 마을 랍비는 기적을 행하는
사람으로 유명했다. 때문에 갖가지 문제를 지닌 사람들이나 환자들이 매일
그를 찾아와 기적에 의해 구원을 받았다.
어느 날 한 여인이 찾아왔다. 랍비의 비서가 맞이하며 사연을 물어보자
여인은 울면서 한 통의 편지를 꺼냈다. 그녀의 남편이 이혼을 요구하는 내용이
었다.
비서가 물었다.
"부인은 기적을 믿습니까?"
"이곳의 랍비께서 기적을 행하신다는 건 전 유럽에 알려져 있는 사실입니다.
그래서 제가 밤차를 타고 파리에서 여기까지 달려온 것 아니겠어요?"
"그럼 잠시 기다려 주십시오. 랍비님께 편지를 보여 드리고 여쭈어 보도록
하겠습니다."
여인이 한동안 대기실에서 기다리고 있노라니 이윽고 비서가 돌아와서

말했다.

"랍비님께서 이렇게 말씀하셨습니다. '지금으로부터 128시간 54분 12초 후에 남편이 당신에게 돌아올 것이오. 그리고 다시는 이혼 얘기를 꺼내지 않을 테니 걱정 마시오.'라고요. 그러니 빨리 파리로 돌아가십시오."

울어서 퉁퉁 부은 얼굴에 웃음을 지으며 여인은 그곳을 나갔다.

그러자 비서는 랍비에게 돌아가 말했다.

"랍비님, 저는 랍비님께서 기적을 행하신다는 사실을 믿고 있습니다. 지금까지 계속 기적이 이루어지는 것을 보아 왔으니까요. 그렇지만 방금 그 여인의 남편이 128시간 54분 12초 후에 돌아오리라는 것은 도무지 믿어지지 않습니다."

랍비는 깜짝 놀라서 비서에게 물었다.

"내가 지금까지 예언한 것 중 이루어지지 않은 게 있었나?"

"아닙니다. 한 번도 없었습니다."

"그렇다면 어째서 이번 일은 믿어지지 않는다는 얘긴가?"

"랍비님께선 편지만 보셨죠. 하지만 저는 그 여인의 얼굴도 봤거든요."

밖이 추워서

아이작과 스샤 부부가 방안에서 책을 읽고 있었다.

스샤가 말했다.

"여보, 밖이 추우니 창문 좀 닫아 줘요."

아이작이 귀찮아서 꼼짝도 하지 않자 스샤가 다시 말했다.

"여보, 안 들려요? 밖이 추우니 문을 닫으라고요!"

그러나 남편은 일어서려고도 않고 계속 책만 읽고 있었다.

"여보! 귀가 먹었어요? 창문 좀 닫으라니까요!"

할 수 없다는 듯 일어나서 창문을 닫으며 아이작이 말했다.

"자, 이제 밖이 따뜻하겠지?"

질투의 대가

아이작은 유난히도 질투심이 강한 남자였다. 그는 어렸을 때부터 부모가 자기 몰래 다른 형제에게 과자나 장난감을 더 주지 않을까 의심하여 늘 투정을 부렸다. 학교에 들어가서도 친구가 자기보다 높은 점수를 받으면 그것을 질투하여 심술을 부렸고, 물론 성장하여 회사에 들어가서도 마찬가지였다.

그러나 뭐니 뭐니 해도 그가 가장 심하게 질투심을 불태운 것은 사샤와 결혼하고 나서부터였다. 아이작은 자기가 사는 아파트에 우유 배달부나 신문 배달부가 들어서지 못하도록 복도 끝에 그것들을 놓아두게 하고는 자기가 직접 가지고 오는 것이었다. 물론 사샤가 쇼핑하는 것도 금지하고 자기가 물건을 사가지고 들어왔으며, 웬만한 수리라든가 하수구 막힌 것 따위도 손수 했다.

그러나 아무리 질투심이 강한 아이작이라 해도 생활을 위해 회사에 나가지 않으면 안 되었다. 어쩔 수 없이 회사에 나가서도 그는 집에 계속 전화를 해서 아내가 다소곳이 집에 있는지를 확인했다.

그러던 어느 날 오전 11시쯤, 아이작은 갑자기 이상한 예감에 사로잡혔다. 사샤가 틀림없이 남자를 끌어들여 바람을 피우고 있을 것이라는 생각이 든 것이다. 그는 황급히 회사에서 뛰쳐나와 택시를 잡아타고 전속력으로 달려 집으로 가서 단숨에 계단을 뛰어올라 몸 전체로 문을 열어젖히며 소리쳤다.

"사샤! 어서 남자를 끌어내! 빨리! 숨기지 말고!"

사샤는 잠옷을 입은 채 눈을 비비며 침실에서 나왔다.

"어머! 이 시간에 웬일이세요? 그리고 그건 또 무슨 말예요?"

"허튼 수작 말고 남자를 끌어내! 남자를!"

"아니, 설마 내가 남자를……. 정말 우습군요. 호호!"

아이작의 눈에는 자신이 출근하고 난 뒤 아내가 다시 한잠 자고 막 일어난 것처럼 꾸미는 것으로 보였다. 그는 틀림없이 남자가 어딘가에 숨어 있을 것이라고 확신하여 온 아파트를 샅샅이 뒤졌다. 침실 침대 밑을 들여다보고 다락문도 열어 보았다. 목욕탕도 뒤지고 거실의 테이블 밑도 살폈다. 커튼

뒤쪽을 훑어보기도 했으며 심지어는 카펫까지 들춰보았다. 여하튼 모든 곳을 다 뒤졌으나 쥐새끼 한 마리도 없었다.

아이작은 그 남자가 창틀에 매달려 있을지도 모른다고 생각해서 창밖으로 몸을 쑥 내밀고는 살펴보았다. 때마침 한 남자가 허리춤을 잡고 벨트를 손에 든 채 황급히 뛰어가는 것이 보였다. 아이작은 그 순간 물이고 불이고를 가릴 겨를도 없이 곁에 있는 냉장고를 치켜들어 남자를 향해 내던졌다. 냉장고는 똑바로 떨어져 그 남자를 깔려죽게 하고 말았다.

남자가 죽은 것을 보고서야 아이작은 제정신을 차렸다. 곰곰 생각해 보니 그가 아내와 부정한 짓을 저질렀다는 증거라곤 아무것도 없었다. 그것은 자신의 지나친 질투심에서 생긴 망상에 지나지 않은 것이다. 그 길로 아이작은 화장실에 가서 천장에 끈을 달아 목을 매어 자살을 하고 말았다.

의식이 되살아난 아이작은 자신이 하늘나라에 당도해 긴 행렬에 끼어 있다는 것을 깨달았다. 바로 앞에는 그가 죽인 남자가 서 있었다.

이윽고 하느님 앞에 이르자, 하느님께서 아이작 앞에 서 있는 남자에게 물었다.

"나의 아들이여, 그대는 어찌하여 여기 오게 되었느냐?"

그러자 남자가 대답했다.

"저는 아침에 탁상시계의 종이 울리지 않아 늦잠을 잤습니다. 눈을 떠 보니 11시가 넘었더군요. 그래서 옷을 입으며 황급히 뛰쳐나가는데 어쩐 일인지 위에서 냉장고가 떨어져내려 그걸 맞고 여기 오게 되었습니다."

하느님은 머리를 끄덕이셨다.

"그럴 수도 있겠지. 자, 천국으로 가거라."

이번엔 아이작의 차례였다. 하느님은 그에게도 똑같이 물으셨다.

"나의 아들이여, 그대는 어찌하여 여기 오게 되었느냐?"

"저는 어렸을 때부터 유난히 질투심이 강했습니다. 아침에도 회사에 있던 중 아내가 바람을 피우는 것 같아서 급히 집으로 왔죠. 집 안을 뒤지다가 창밖을 내다보니 어떤 남자가 다급하게 옷을 입으면서 뛰어가기에 그가 아내와 정을 통한 자인 줄 알고 그만 냉장고를 던져 죽게 했습니다. 그 죄를 생각하여 저는 자살했습니다."

하느님이 너그럽게 말씀하셨다.

"그래, 그런 일도 있을 수 있겠지. 하지만 이제 그대는 용서받았으니 천국으로 가거라."

그리하여 두 남자는 하느님이 이르신 천국 쪽으로 가기 시작했다.

그때 아이작은 자기 뒤에 서 있던 남자가 대답하는 소리를 듣게 되었다.

"어떻게 해서 이곳에 오게 되었는지 잘 모르겠습니다. 저는 그냥 냉장고 속에 들어가 있었거든요."

해결 방안

9년 동안 아홉 명의 아이를 낳은 가난한 집의 가장이 랍비에게 넋두리를 늘어놓고 나서 해결 방안을 물었다.

"아무리 열심히 일해도 애들이 잇달아 태어나서 늘 밥조차 실컷 못 먹는답니다. 아홉이나 되는 애들과 아내를 어떻게 벌어 먹여야 될지 난감하기만 하니, 도대체 어떻게 해야 될까요?'

랍비가 대답했다.

"아무 일도 하지 마시오."

나이 차

40세 된 텔아비브의 사교계 인사 루벤은 20세밖에 안 된 아가씨와 결혼했다. 나이 차가 스무 살이나 되기 때문에 사교계에선 이러쿵저러쿵 말이 많았다.

어느 날 루벤은 길에서 부유한 노부인과 마주쳤다. 사교계에서 소문 퍼뜨리기로 유명한 이 노부인은 주저 없이 그 얘기를 끄집어냈다.

"저, 얘기를 듣자니 아주 젊은 부인을 얻으셨다고요?"

루벤은 고개를 저으며 대답했다.

"아닙니다. 저와 아내와 동갑인걸요. 누가 그런 말을 합디까?"

노부인은 정확한 소식통임을 자부하고 있었으므로 기분이 좀 언짢았지만 겉으로는 내색하지 않았다.

"아니, 난 부인이 소녀처럼 젊다는 말을 여러 번 들었는데요. 호호!"

"아닙니다, 그럴 리가 없어요. 우린 동갑이라니까요. 아내는 20세이고 저는 40세이거든요. 그런데 함께 사니 저는 10년이 젊어진 것 같고 아내는 그만큼 더 성숙한 것 같은 느낌이 들죠. 그러니까 내 나이에서 열 살을 빼어 아내 나이에 보태면 둘 다 30세가 된다 이 말씀이에요."

여자의 희망

두 사람의 랍비가 토론을 하고 있었다.

한 랍비가 말했다.

"어째서 하느님은 아담을 먼저 만들고 그다음에 이브를 만드셨을까요?"

또 한 랍비가 대답했다.

"그야 간단하지요. 만약 하느님이 여자를 먼저 만드셨다면 그녀의 희망을 들어주어야 될 게 아니겠소? 여자의 희망을 들어주다 보면 하느님은 다른 것은 아무것도 만들 수 없으셨을 거요."

회 한

한 남자가 어느 무덤 앞에 엎드려 흐느껴 울고 있었다. 그가 너무나 오랫동안 그런 상태로 있었으므로 걱정이 된 묘지기가 말을 건넸다.

"여보시오, 거기가 당신 어머니의 묘인가요? 아니면 형제의?"

남자는 고개를 가로저었다.

"그렇다면 아내의 묘요? 그도 아니면 자식?"

남자는 계속 흐느끼며 정신없이 고개를 가로저었다.

"그럼 누이의 묘인가요?"

그래도 남자는 흐느껴 울며 고개를 가로저을 뿐이었다.

묘지기는 더 이상 호기심을 참을 수가 없었다.

"그럼 도대체 누구의 묘란 말이오?"

남자는 눈물을 줄줄 흘리며 대답했다.

"지금 내 아내가 된 여자의 전 남편 무덤이랍니다."

능 력

결혼도 못해 보고 50세를 넘긴 노처녀가 있었다.

랍비가 물었다.

"당신은 왜 결혼하지 않았습니까?"

그러자 그녀가 되물었다.

"종일 재잘거리는 앵무새를 기르는 데다 집안을 늘 어지럽히는 개도 있고, 밤새도록 야옹거리는 고양이도 있어요. 게다가 손이 많이 가는 금붕어와 거북이도 기르고 있답니다. 그런데 어떻게 남편까지 키울 수 있겠어요?"

부조화

모제스는 미인인데다 정숙하고 일 잘하는 성실한 아내와 살고 있었다. 그 모제스가 랍비를 찾아와 이혼을 허락해 달라고 말했다.

랍비가 물었다.

"모제스, 도대체 왜 이혼을 하겠다는 거요? 그토록 현숙한데다 그만한 미모를 갖춘 여자도 없는데 말이오."

그러자 모제스는 오른쪽 구두를 벗어 랍비에게 내밀며 슬픈 표정으로 말했다.

"보십시오, 랍비님. 이건 아주 좋은 가죽으로 만든 최고급 구두입니다. 하지만 아무리 좋아도 내게 맞지 않으면 무슨 소용이 있겠습니까?"

완전한 불신

결혼한 지 일년이 된 레베카가 친정 나들이를 하게 되었다. 마침내 친정어머니와 둘만 있게 되자, 그녀는 남편인 야곱이 언제나 거짓말만 한다고 하소연했다.

여자에겐 확실히 동물적인 예리한 직감력이 있어 여러 일을 꿰뚫어보거나 예감하기도 한다.

"하지만 레베카, 그가 늘 거짓말만 한다는 걸 어떻게 알 수 있니?"

"왜 그걸 몰라요? 난 야곱이 거짓말할 때엔 틀림없이 알아차릴 수 있어요."

"애야, 난 네 아버지와 오랫동안 함께 살아왔지만 너처럼 거짓말할 때를 틀림없이 알아차릴 순 없단다."

"어머니, 글쎄 나는 틀림없이 안다니까요!"

"대체 어떻게 그걸 알 수 있느냐고?"

"야곱이 거짓말을 할 때는요, 틀림없이 입을 벌리고 입술을 움직이거든요."

말년의 데이트

올해로 80세가 된 야곱의 어머니는 아침부터 한껏 들떠 있었다. 이웃에 사는 노인으로부터 데이트 신청을 받았기 때문이었다.

저녁때가 되자 어머니는 정성껏 치장을 하고 집을 나섰다. 야곱은 손수 저녁을 지어 먹고 책을 읽으면서 어머니가 돌아오기를 기다렸다. 그러나 밤이 이슥해졌는데도 좀체 기척이 없었다. 10시…… 12시…… 12시30분이 다 되었을 때야 이윽고 어머니가 돌아왔다.

야곱은 반갑게 맞으며 물었다.

"어머니, 데이트는 어떠셨어요?"

"글쎄 내가 그 영감을 세 번이나 발로 차야 했단다. 아주 형편없는 영감이더구나!"

야곱은 85세나 된 이웃집 노인을 머릿속에 그려 보면서 믿어지지 않는다는 듯이 물었다.

"설마 이상한 짓을 하려고 든 건 아니겠죠?"

야곱의 어머니는 고개를 저으며 대답했다.

"아니야, 난 그 영감이 죽은 줄 알았다니까."

세상살이

한 부인이 남편의 성격이 너무 좋지 않아 이혼하고 싶다며 랍비에게 의논을 청해 왔다. 그런데 그녀에겐 이혼에 걸림돌이 되는 이유가 꼭 한 가지 있었다. 아이가 모두 아홉인데, 남편과 똑같이 나누어 기르고 싶지만 홀수이므로 나눌 수가 없다는 것이었다.

머리 좋은 랍비가 현명한 제안을 했다.

"그럼 일년만 더 함께 살다가 애가 하나 더 생기면 그때 이혼하시오."

그로부터 1년 6개월이 지난 후, 랍비는 그 부인과 길거리에서 우연히 마주치게 되었다.

랍비가 웃음을 띠며 물었다.

"어떻습니까, 부인? 일은 잘됐나요?"

"아뇨."

"하지만 출산 소식을 들었는데요?"

"네, 아이를 낳긴 낳았는데 그게 쌍둥이지 뭐예요."

변 화

결혼한 야곱이 아직 독신으로 있는 친구 야곱에게 말했다.

"결혼하고 나서부터 아내와의 관계가 많이 변했다네."

"어떻게 변했는데?"

"결혼 전엔 주로 내가 얘기를 하고 레베카가 들었지. 그런데 결혼한 후엔 레베카가 혼자 떠들고 내가 듣게 되더군. 그러다가 결혼한 지 3년이 지나니까 우리들이 서로에게 큰 소리를 질러대고, 그걸 이웃들이 듣게 되더라니까."

나는 피아니스트

20세기가 낳은 천재적인 피아니스트 타마셰프스키가 어느 도시에서 연주회를 끝냈다. 엄청난 박수갈채를 받으며 무대 뒤에서 나와 복도로 나서는데 젊은 여인이 양팔에 아기 하나씩을 안고 앞쪽에 서 있었다. 그가 무심코 지나치려 하자 여인이 그를 불러 세웠다.

"타마셰프스키 씨!"

타마셰프스키는 걸음을 멈추고 뒤돌아서 여인을 보았지만 한 번도 본 적이 없는 낯선 얼굴이었다. 그러자 여인은 매우 서글픈 듯한 어조로 말을 꺼냈다.

"나를 기억하고 계시겠죠? 꼭 1년 반 전에 당신은 나와 정열적인 하룻밤을 보냈었잖아요. 그 결과로 이 아이들이 태어났답니다."

"그것 참 축하하오! 잘 기르시오."

만찬회 약속이 있어 몹시 바빴으므로 타마셰프스키는 이렇게 대답했다.

끝내 그 여자를 기억해 내지 못한 그는 재빨리 그 자리를 뜨려 했지만 여인은 그를 쫓아오며 말했다.

"타마셰프스키 씨, 얼마 전에 부모를 잃고 형제들마저 뿔뿔이 흩어져 애를 기르기는커녕 내 생계조차 막연하답니다. 이 애들을 잘 기르고 싶어도 그럴 수가 없어요. 제발 부탁이니, 양육비 좀 주지 않겠어요?"

그 말을 들은 타마셰프스키는 어쩌면 자기가 그런 일을 저질렀을지도 모른다고 생각하며 상의 주머니에서 다음 연주회의 입장권을 몇 장 꺼내 여인에게 주었다.

연주회 입장권을 받아 든 여인은 눈물을 흘리며 신경질적으로 소리쳤다.

"타마셰프스키 씨! 내가 바라는 것은 아기들의 먹을 것이지, 음악회 입장권이 아니에요! 이 따위 것이 무슨 소용이 있겠어요? 내가 말하는 것은 빵이란 말이에요, 빵!"

그러자 타마셰프스키가 태연히 대꾸했다.

"그렇다면 1년 반 전에 빵집 남자하고 잘 것이지!"

금고 값

한눈에도 유대인이라는 걸 알아볼 수 있을 만한 남자가 뉴욕의 한 은행에 들어서더니 대부계가 어디냐고 물었다. 그리고는 곧장 담당자의 책상 앞에 가서 앉았다.

대부 담당자는 죄다 고급품인 그 유대인의 양복과 구두, 벨트, 시계, 커프스 버튼과 넥타이 핀 등을 훑어보며 물었다.

"무슨 일로 오셨는지요?"

"네, 실은 대부를 좀 받으려고요……."

"얼마나 쓰실 예정이신지요?"

"1달러만 빌려 주시오."

"지금 1달러라고 하셨습니까?"

"그렇소, 1달러요."

"네, 물론 우리 은행에선 담보만 있으면 1달러 이상을 얼마든지 대부해 드리고 있습니다만……."

"담보가 이 정도면 되겠습니까?"

유대인은 고급 가죽 가방에서 주권이라든가 채권 따위를 잔뜩 꺼내어 대부

담당자 책상 위에 늘어놓았다.

"전부 합치면 50만 달러 정도 되는데, 이거면 되겠소?"

"네, 물론입니다. 그런데 분명히 1달러라고 하셨죠?"

"그렇습니다."

"금리가 연 6%니까 6센트를 지불해 주시고, 1년 후에 1달러를 갚아 주시면 이 담보들을 모두 되돌려 드리겠습니다."

"고맙소."

유대인은 1달러를 지갑 속에 소중히 집어넣더니 일어섰다.

그동안 이들이 주고받는 이야기를 듣고 있던 지점장은, 50만 달러나 가지고 있는 사람이 어째서 1달러를 빌리러 왔는지 도무지 이해할 수가 없어서 그 유대인을 불러 세웠다.

"저, 실례입니다만……."

"뭔가요?"

"아니, 다름이 아니라 50만 달러나 가지고 계신 분이 왜 1달러를 빌려 가시는지요? 그 정도의 담보라면 저희 은행에서 30, 40만 달러도 빌려 드릴 수 있는데요."

"아니, 그럴 필요는 없어요. 여기 오기 전에 금고상에 들러 금고를 사려고 했지만 하나같이 비싸지 않겠소? 그래서 제일 싼 금고가 무엇일까 곰곰 생각하다가 은행을 생각한 거요. 1년에 6센트로 이만큼 안전하고 훌륭한 금고를 어디서 살 수 있겠소?"

유 산

로드차일드 남작이 사망하자, 유럽 전역에서 수많은 문상객들이 모여들어 성대한 장례식이 올려졌다. 이 장례식에서 매우 큰 소리로 슬프게 우는 한 남자가 있었다. 장례식이 끝나자 로드차일드 가문의 한 사람이 그 남자에게 물었다.

"당신은 남작의 친구이신가요?"

남자는 세차게 머리를 가로저으며 한층 더 큰 소리로 울어 댔다.

로드차일드 가문 사람은 '유대인은 전 세계에 흩어져 있으니까 어쩌면 한 집안 사람이 남미나 아프리카에서 살다가 소식을 듣고 왔을지도 모른다.'는 생각이 들어 다시 조심스럽게 물었다.

"그렇다면 혹시 우리 로드차일드 가문의 일족이신가요?"

그 얘기를 듣고 더욱 큰 소리로 목이 찢어져라 울던 남자가 제풀에 지친 듯 얼굴을 들더니 처량하게 말했다.

"아니니까 이렇게 우는 것 아니겠소?"

걱정도 팔자

야곱은 아이작에게 5백 달러의 빚이 있는데 내일 아침까지 갚아야 했다. 아이작은 사흘 전부터 기한에 꼭 갚아 달라고 일깨워 왔으나 야곱에겐 50센트도 없었다. 어쨌든 야곱은 그때마다 틀림없이 갚을 테니 걱정 말라고 큰소리를 떵떵 쳤지만 내일 아침엔 어째야 좋을지 알 수가 없었다. 보나마나 내일 아침이면 아이작이 득달같이 집으로 달려올 것이라 생각하니 도무지 잠이 오지 않아, 그는 우리에 갇힌 곰처럼 벌써 두 시간째 방 안을 서성거리고 있었다.

그때 침실에 있던 아내 레베카가 남편을 불렀다.

"여보, 도대체 왜 잠을 안 자고 그러고 있어요?"

"아이작에게 빚진 돈 말이오. 무슨 일이 있어도 내일 아침까진 갚아야 한다고."

"그래, 갚을 돈이 있어요?"

"글쎄, 돈이 없으니까 이러지."

"걱정도 팔자군요. 그렇다면 어서 잠이나 자요. 잠을 못 자고 밤새 서성거려야 할 사람은 당신이 아니라 아이작 아녜요?"

부자의 상상력

두 사람의 랍비가 이야기를 나누고 있었다.

"부자들은 왜 학문을 연구하는 학자들은 돌보지 않고 장애자나 가난한 사람들에게만 기부를 할까요?"

"그야 뻔한 일 아니겠소? 부자들은 원래 지독한 이기주의자들이오. 그들은 자기가 장애자나 가난뱅이가 되는 것은 상상할 수 있어도, 학자가 된다는 건 상상할 수 없기 때문이오."

가난한 사람의 돈

뉴욕의 공중전화 박스에서 10만 달러를 주운 아이작은 그것을 경찰서에 신고하지 않고 착복해 버렸다가 결국 탄로가 나서 경찰에 붙잡히고 말았다.

"그 돈의 임자를 찾아 돌려주라고 경찰에 맡겨야겠다는 생각은 들지 않았소?"

경찰관이 그렇게 묻자 아이작이 대답했다.

"물론 돌려주려고 생각했죠. 만약 그 돈이 가난한 사람의 것이었다면 그 자리에서 돌려주었을 겁니다."

갑부의 최후

일생 동안 소문난 구두쇠 노릇을 한 갑부 조슈아는 막대한 재산을 갖고 있었다. 그런 그에게 임종의 순간이 다가왔다.

그의 병은 참으로 기이하고도 무거운 것이었다. 의사가 땀을 빼면 낫는다고 했지만 현대 의학이 할 수 있는 모든 방법을 다 동원해도 땀이 나지 않았으므로 이제 마지막 순간을 맞게 된 것이다.

언제나 마지막 순간에 불려오는 사람은 랍비이다. 조슈아는 랍비에게 이제까지의 죄를 모두 고백한 다음 유언을 하려고 했다. 랍비가 먼저 말을 꺼냈다.

"시너고그가 다 낡았습니다. 새로 지어야 하는데요……."

조슈아는 가쁜 숨을 내쉬며 물었다.

"돈이 얼마나 들까요?"

"적어도 20만 달러는 들 겁니다."

"좋습니다. 시너고그를 다시 짓는 데 20만 달러를 기부하겠다는 내용을 유언장에 기록하십시오."

"그리고 조슈아 씨, 시너고그엔 도서실도 있어야 합니다. 다른 마을의 시너고그엔 모두 도서실이 있는데 우리만 없어요."

"그래……요? 그건…… 얼마나 들겠습니까?"

"한 3만 달러면 될 겁니다."

"좋소, 시너고그에 도서실을 마련하는 데 3만 달러를 기부하지요."

"또한 맞벌이 부부들을 위한 탁아소도 꼭 필요합니다."

"그…… 그건 얼마면 됩니까?"

"음…… 대략 2만5천 달러쯤 들 것 같습니다. 그걸 허락해 주시면 수많은 맞벌이 부부들이 안심하고 일할 수 있답니다."

"그럼…… 탁아소 짓는 데 2만5천 달러!"

조슈아의 얼굴에 고통스러운 기색이 사라지더니 차츰 편안한 표정으로 바뀌었다. 랍비는 계속 말을 이었다.

"조슈아 씨, 자선을 베푸는 것이 얼마나 보람 있는 일인가를 알게 됐을 겁니다. 얼굴까지 달라 보이는군요. 그 얼굴이면 천국까지 편안하게 갈 수 있을 거요. 그래서 말인데…… 시너고그에 우리 청소년들을 위한 풀을 하나 만들었으면 해서……."

조슈아는 이제 완전히 무아지경에 빠져든 듯한 표정이었다. 랍비는 옳다 싶어 잔뜩 기대에 찬 목소리로 물었다.

"그럼 풀도 허락하시는 거죠?"

"잠깐, 잠깐만 기다리시오! 말은 하지 말고! 지금 땀이 나기 시작했소."

종이 값

뉴욕의 한 공중변소에 들어가서 볼일을 보던 모제스는 화장실에 휴지가 없다는 사실을 뒤늦게야 깨달았다. 곰곰 생각하던 그는 옆 칸에 있는 남자에게 말을 건넸다.

"여보시오, 대단히 미안하지만 혹시 그쪽에 휴지가 걸려 있습니까?"

그러자 벽 너머에서 심란한 목소리가 들려왔다.

"아뇨, 여기에도 휴지가 없어 난처하답니다."

"그럼 뭐, 잡지라든가 신문 같은 거라도 갖고 있는 게 없나요?"

"없어요, 아무것도."

"그렇다면 미안하지만 10달러짜리를 잔돈 지폐로 바꿔 주시겠습니까?"

기적의 샘

솔로몬은 뉴욕의 횡단보도에서 교통사고를 당했다. 운전하던 사람은 가볍게 스쳤다고 생각했지만 솔로몬은 그 자리에 주저앉아 움직이지 않았다. 그는 병원으로 옮겨졌고, 그로부터 한 달 후에 재판이 열렸다.

솔로몬은 법정에서 목 아래쪽은 전부 마비되었다고 주장했다. 그러나 그를 진단한 의사들은 모두 그가 지극히 건강한 상태로서 마비라는 건 당치도 않다고 증언했다. 하지만 이 마비상태라는 것은 겉으로 보아선 알 수 없는 것이므로 솔로몬의 요구가 받아들여져, 가해자는 50만 달러를 지불해야 했다.

이것은 사고 당시 횡단보도의 신호등이 파란색이었음에도 가해자가 차를 안전선 안으로 몰고 들어간 부주의가 인정되어서였다.

솔로몬은 들것 위에 누운 채 구급차에 실려 집으로 돌아왔다. 그는 집에 도착하자마자 펄쩍펄쩍 뛰면서 소리쳤다.

"와! 만세! 50만 달러를 벌었다!"

그러자 그의 아내 레이첼이 걱정스러운 표정으로 말했다.

"여보, 50만 달러가 들어왔으면 뭘 해요? 당신도 재판장의 말을 들었잖아요. 만약 당신이 몸을 움직일 수 있다는 사실이 판명되면 50만 달러를 돌려주는 것은 물론이고, 위증죄로 감옥살이를 해야 된다고요. 보험회사에서 미심쩍다며 계속 감시를 붙여 반드시 잡아내겠다고 했어요. 그러니 50만 달러가 무슨 소용이에요."

하지만 솔로몬은 싱글벙글 웃으며 대답했다.

"모르는 소리 말아. 여보, 50만 달러를 손에 쥐는 즉시 우린 구급차를 타고 케네디 공항으로 직행하여 프랑스로 날아가는 거야. 프랑스 공항에도 물론 구급차를 대기시켜 둬야지. 그리고 곧장 루르드(가톨릭에서 성모 마리아가 나타나 축복했다는 성스러운 샘물. 이 샘물을 마시면 희생 불가능한 병이 치유되는 기적이 이루어진다고 함)로 가는 거야. 그 루르드에서 또다시 기적이 일어나 내가 멀쩡히 일어나게 되는 거지."

경우 없는 얘기

나치에 의해 독일에서 쫓겨나온 모제스는 간신히 미국에 도착했다. 그는 뉴욕에서 아는 사람에게 소개를 받아 어떤 사람을 찾아가서는 소개장을 내밀며 말했다.

"제발 부탁입니다. 500달러만 빌려 주십시오."

그러나 상대방은 소개장을 다 읽고 나서 이렇게 말했다.

"하지만 나는 잘 알지도 못하는데 어떻게 당신에게 500달러라는 큰돈을 빌려 주겠습니까?"

그러자 모제스가 분연히 말했다.

"독일에 있을 땐 모두들 나에 대해 잘 알고 있었기 때문에 아무도 돈을 빌려 주지 않았습니다. 그런데 이번엔 나에 대해 아무것도 모르기 때문에 돈을 빌려 줄 수 없다니! 이런 경우 없는 얘기가 어디 있습니까?"

인플레

미국의 인플레는 이루 말할 수 없을 정도로 심각했다. 지난주에 25센트하던 햄버거가 이번 주엔 35센트로 올랐으며, 담배나 살라미 소시지, 구두, 연필, 버스 요금 등 모든 가격이 치솟고 있었다.

무거운 병을 앓던 벤자민은 이제 자신의 생명이 얼마 남지 않았음을 깨달았다. 그러던 중에 친구의 소개로 찾아간 의사가 3년 후면 의학의 진보로 이 병을 고칠 수 있는 약이 발명될 것이라고 장담했다. 그래서 벤자민은 그 의사의 권유대로 3년 동안 의학적 동면을 하기로 했다.

이윽고 금발의 어여쁜 간호사가 벤자민의 몸을 씻긴 후에 주사를 놓은 다음 얼려서 병원 동면실에 보관시켰다.

'80년, '81년, '82년…… 드디어 그를 회생시킬 수 있는 약이 발명되어 벤자민은 의식을 되찾았다. 곧장 신약으로 치료를 받고 완쾌된 그가 맨 처음 한 일은 증권회사의 친구에게 전화를 건 것이었다.

"여보게, 모제스인가? 나 벤자민일세. 그래, 내 주들은 어떻게 됐나?"

"오, 벤자민이군. 이제 완쾌됐다고? 정말 다행이야, 축하하네."

"고맙네. 그것보다 내 주들이 어떻게 되었는지 그것부터 좀 알려 주게. 우선, 그게 뭐더라…… 아, 제너럴 일렉트릭, 그게 지금 얼만가?"

"주당 50달러가 됐네."

"응? 그게 정말인가? 3년 전에 주당 10달러씩 주고 샀는데…… 그래, 보잉은 어떻게 됐나?"

"보잉은 주당 2백 달러라네."

"난 그걸 주당 30달러에 샀었지. 그때 100주를 샀으니까, 꽤 번 셈이군. ITT는 어떤가?"

"280달러."

"오, 세상에! 그건 주당 45달러를 주고 100주 사 뒀었는데, 거기서도 수입이 짭짤하군. 그럼 이익금이 전부 얼마나 되나……."

그는 전화를 끊고는 이익금을 계산해 보려 하다가 먼저 교환원을 불렀다.

이 전화요금이 자기 앞으로 나오기 때문이었다.

"교환, 지금 통화료가 얼마요?"

"4만 달러입니다."

어떤 환자

정신병원에 찾아온 한 부인이 의사에게 자신의 증상을 호소했다.

"선생님, 전 요즘 통 잠을 이룰 수가 없어요. 낮에도 별의별 환상이 다 보인답니다. 죽은 남편이 발가벗고 바나나를 까먹으며 집 앞 도로에서 한여름에 스케이트를 신은 채 장송곡을 부르는 게 보이지 뭐예요. 제정신으로는 생각도 못 할 일이죠. 또 제가 기르는 개가 갑자기 보라색으로 보이기도 하고, 어항에 있는 금붕어가 느닷없이 하늘로 뛰어오르기도 하고요…….그런데다가…….'"

의사가 고개를 끄덕이며 말했다.

"허어, 그건 대단히 심각한 증세군요. 그런데 부인, 우리 병원에선 환자의 증상을 다 듣기 전에 초진료를 받도록 되어 있습니다. 초진료는 50달러예요."

깜짝 놀란 그 부인이 의자에서 벌떡 일어났다.

"50달러라고요? 저는 그만한 돈을 낼 정도로 미치진 않았어요."

누가 바보인가

기원전 73년에 예루살렘의 신전은 로마군에 의해 모두 파괴되고 유대인들은 그들의 노예가 되어 로마로 끌려갔다.

그때 로마군에 끌려간 유대인 가운데 뛰어나게 머리가 좋은 사람이 있었다. 그래서 로마인 주인은 이 유대인 노예 모제스를 귀하게 여기고 신용했다.

원로원 의원인 주인이 어느 날 모제스를 불러 명했다.

"모제스, 나와 관계가 있는 자들을 똑똑한 자와 바보 양편으로 나누어 그 리스트를 작성하도록 해라."

며칠 후 모제스가 그 리스트를 주인에게 바쳤다. 로마인 주인은 그것을 받자 먼저 바보 쪽에 올라 있는 이름들을 주의 깊게 살폈다.

"키케로, 플루타크, 세네카……. 음…… 이들이 모두 바보란 말이지?"

계속 리스트를 훑어 내려가던 주인은 맨 끝에 자기 이름이 적혀 있는 것을 발견하곤 매우 언짢은 표정을 지으며 말했다.

"여기 적혀 있는 자들은 확실히 좀 모자란 사람들임에 틀림없다. 그런데 어째서 내 이름이 여기 끼어 있어야 하지?"

모제스가 침착하게 대답했다.

"사실 주인님은 총명하십니다. 오늘 아침까지도 저는 그렇게 생각했죠. 그런데 주인님께선 아침에 그리스에서 온 상인과 곡물 매입에 대한 상담을 하셨습니다. 그리고 그때 황금 30냥을 지불하셨습니다."

"하지만 그 그리스 상인은 제 나라로 돌아가는 즉시 이리로 곡물을 부쳐 주겠노라고 약속했단 말이다. 너도 그 자리에 있었으니까 잘 알 것 아니냐?"

"제 생각은 좀 다릅니다. 만약 그가 약속대로 곡물을 보낸다면, 거기에서 주인님의 존함을 빼고 대신 그 상인의 이름을 넣도록 하겠습니다."

고마운 배려

아브라함은 단골 상점에 들어가 물건 하나를 놓고 흥정을 했다. 그가 계속 물건값을 깎는 통에 15달러가 10달러가 되고, 9달러 90센트가 되었다가 9달러 87센트까지 내려갔다. 아브라함은 9달러 86센트로 달라며 끈질기게 물고 늘어졌다. 그러나 점원은 이제 더 이상 깎아 줄 수 없다고 딱 잘라 말했다. 그래도 아브라함은 집요하게 9달러 86센트로 해 달라며 물러서지 않았다.

"아닙니다, 더는 한 푼도 깎아 드릴 수 없습니다. 절대로!"

"한 번만 더 생각해 보게. 9달러 86센트! 나도 여기서 물러설 순 없네."

"내 참! 겨우 1센트를 가지고 이렇게 승강이를 하다니, 이해가 안 가는군요. 하여간 86센트 이하로는 안 됩니다. 게다가 손님은 이 물건을 외상으로 가져가시는 것 아닙니까? 그러니 1센트 정도 더 내시는 건 괜찮지 않습니까?"

아브라함이 진지하게 대답했다.

"여보게, 나는 이 상점을 몹시 좋아한다네. 그러므로 만일 내가 외상값을 갚지 못할 경우까지도 생각 안 할 수 없단 말이야. 그래서 단 1센트라도 더 깎아 이 상점의 손해를 덜어 주려고 이처럼 애쓰는 것 아닌가."

1만 달러의 가치

한 중매쟁이가 청년에게 말했다.

"내가 중매쟁이 노릇을 그렇게 오래했지만 지참금을 1만 달러나 가진 아가씨는 없었다네. 게다가 이 아가씨는 대단히……."

거기까지 듣고 있던 청년이 눈을 빛내며 말했다.

"와! 1만 달러라고요? 굉장한데요. 그럼 먼저 사진을 보여 주시겠어요?"

그러자 중매쟁이가 놀란 듯 되물었다.

"사진이라고? 아니, 지참금이 1만 달러나 되는데 사진을 보여 줄 것 같나?"

알 수 없는 일

뉴욕에서 제법 알려진 양복점을 경영하고 있는 토빈은 부자이면서도 인색한 사람으로 소문이 자자했다. 오늘도 양복점 문을 닫은 그는 가까운 호텔의 바에서 위스키 한잔만을 주문해 홀짝거리고 있었다.

그때 친구 솔로몬이 다가오자, 토빈은 잘 만났다는 듯 이렇게 말했다.

"하여튼 우리 마누라는 골치라네. 그저 나한테서 돈만 긁어내려고 한다니까.

그저께는 150달러를 달라더니 어제 아침엔 80달러를 달라지 뭔가? 그러더니 오늘 아침엔 또 100달러를 달라잖아."

솔로몬은 토빈이 염전처럼 짠 사람이라는 것을 알고 있었으므로 깜짝 놀라서 물었다.

"아니, 도대체 자네 부인은 어디에다 그 돈을 다 쓰는 거야?"

"글쎄, 나도 그 사람이 어디다 돈을 쓰는지는 알 수 없지. 아직까지 한 푼도 줘 본 적이 없으니까."

차 이

랍비가 설교를 하고 있었다.

"이 세상에 태어나서 죄를 범하지 않는 인간이란 아무도 없습니다. 하지만 선량한 인간과 악한 인간 사이엔 큰 차이가 있지요. 선량한 인간은 자신이 살아 있는 한 죄를 범한다는 사실을 알고 있습니다. 그렇지만 악한 인간은 죄를 범하고 있는 동안에만 자기가 살아 있다는 것을 알고 있습니다."

유능한 사원

어느 생명보험 회사의 사원인 모세는 성실 근면한 데다 매우 유능했으므로, 회사의 경영자들이 회의를 열어 그를 중역으로 발탁하자는 결정을 내렸다. 그런데 한 가지 문제가 있었다. 이 회사의 중역들은 모두 가톨릭 신자인데 모세는 유대교도였던 것이다.

중역회의 석상에서 사장이 입을 열었다.

"에…… 모세가 우리 회사의 중역이 될 자질을 충분히 갖추고 있다는 것은 모두 인정하는 바입니다. 그러나 모세는 유대교도가 아닙니까? 가톨릭의 오랜 전통 속에서 성장했고, 그것을 자랑스럽게 생각하는 우리 중역진에 유대교도를 끌어들인다는 것은 문제가 있다고 생각합니다. 거기에 따른 대책이 있다면 또 모를까……."

그러자 역시 가톨릭 신자인 전무가 일어나서 말했다.

"네, 제가 아주 훌륭하고 현명한 신부님을 한 분 알고 있습니다. 이웃 시에 살고 계시는 맥카란 신부님이신데, 그분이라면 모세를 가톨릭으로 개종시키실 수 있을 것입니다. 그분께 한 번 부탁드려 보는 게 어떻겠습니까?"

중역회의 석상의 모든 사람들이 고개를 끄덕였다.

그리하여 회사에서 맥카란 신부님을 모셔왔다. 신부는 무려 세 시간 동안이나 모세와 단둘이 응접실에 있다가 나왔다. 중역들은 신부가 회의실로 들어서자 각기 감사를 표했다. 그러나 맥카란 신부는 눈에 띌 정도로 당황스러운 표정을 지었다. 사장이 그 모습을 보고 걱정이 되어 물었다.

"신부님, 물론 성공하셨겠지요?"

"아, 아니오. 시간이 더 필요합니다. 오히려 내가 지금까지 그의 설명을 듣고 있다가 설득되어, 당신네 회사의 10만 달러짜리 보험을 계약해 버렸지 뭡니까."

지혜의 효용

두 사람의 랍비가 이야기를 나누고 있었다.

"지혜와 돈, 그 둘 중 어떤 게 더 중요할까요?"

한 랍비가 이렇게 묻자, 다른 랍비가 대답했다.

"물론 지혜 쪽이 더 중요하겠죠."

"하지만 정말 지혜가 더 소중하다면 어째서 지혜로운 사람이 돈 많은 사람에게 부림을 당하지요? 돈 많은 사람은 지혜로운 사람들에게 부림을 당하지 않잖아요."

"그야 아주 간단한 문제죠. 지혜로운 사람들은 돈의 소중함을 알지만 부자들은 지혜의 소중함을 모르기 때문이에요."

싼 물건

모세가 새로 산 말을 끌고 집으로 돌아와 아내 미리엄에게 말했다.

"여보, 시장에서 제일 교활하다고 소문난 집시한테서 이 말을 샀어. 이 정도로 좋은 말이면 50달러는 줘야 되는데, 난 20달러에 사 가지고 왔단 말이야."

"어머, 20달러에 그렇게 좋은 말을 샀다니 정말 잘했어요."

"아냐, 그런데 그게 잘못됐어. 말이 너무 작거든."

"그래요? 그럼 잘못했네요."

"아냐, 그래도 괜찮아. 작긴 해도 매우 튼튼한 말이거든."

"그래요? 작아도 튼튼하다니 다행이군요. 50달러짜리 말과 똑같은 양의 일만 한다면 크든 작든 상관없으니까요."

"아냐, 그게 잘못됐어. 말이 절름발이야."

"저런! 어쩌죠? 절름발이 말이라면 무거운 걸 끌지 못할 것 아니에요?"

"그런데 그게 아냐. 내가 말 뒷발굽 속에 작은 못이 박힌 걸 발견하고 살짝 뽑아냈거든. 그러고 나니 말이 잘 걷더라고."

"그렇게 좋은 말을 겨우 20달러에 샀다니, 정말 운이 좋았어요!"

"아냐, 바로 그게 좋지 않았어. 내가 실수해서 50달러를 줬지 뭐야."

"어머나! 그럼 20달러짜리 말을 산 게 아니잖아요?"

"아냐, 그게 아니라고. 내가 집시한테 준 50달러짜리는 가짜였거든."

마음 좋은 랍비

마음 좋은 드라즈네의 랍비가 이웃 마을에 볼일이 있어서 마차를 불렀는데, 출발하기에 앞서 마부가 말했다.

"미리 부탁드릴 말씀이 있습니다. 산에 오르게 될 때는 마차에서 내려 주십시오. 그러지 않으면 말이 너무 힘들어 지치게 됩니다. 그리고 산을 내려갈 때도 내려 주십시오. 내리막길은 위험하거든요. 또 평탄한 길에서는 걸어가시는 게 건강에 좋으실 겁니다."

마부가 말한 대로 하여 목적지에 도착한 랍비가 말했다.

"나는 볼일이 있어서 이곳에 왔소. 그것은 당연한 일이지. 당신은 돈을 벌기 위해서 이곳에 왔는데, 그것도 당연한 일이었소. 그런데 왜 우리가 말까지 끌고 왔는지를 모르겠군. 그 점이 도무지 풀리지 않는 수수께끼라오."

정확한 거짓말

어느 마을에 큰 부자가 있었다. 그는 너무나 심심해서 밖에 나가 어슬렁거리다가 현자로 유명한 랍비를 만나자 이렇게 말했다.

"랍비님, 랍비님이 내게 좀 그럴듯한 거짓말을 하시면 내가 교회에 1달러를 기부하지요."

"오오, 백 달러나요!"

눈에는 눈

란코비츠는 마을에서 가장 큰 부자인 동시에 가장 인색한 구두쇠였다. 그런 그가 감기로 고열에 시달리다 못해 병원에 갔다.

현관에 초진료가 10달러이며 그다음부터는 진찰비가 5달러라고 씌어 있는 것을 본 란코비츠는 의사를 만나자마자 이렇게 말했다.

"이거, 또 찾아뵙게 되었습니다."

의사는 청진기를 꺼내 들고 천천히 신중하게 란코비츠를 진찰했다. 목, 눈, 귀 등을 들여다보며 그의 증상에 대해 필요 이상의 많은 질문을 하고는 마침내 진찰을 끝낸 의사가 말했다.

"지난번에 알려 드린 조처와 똑같이 하십시오."

선생님이 몰라

초등학교 교사인 데이비드가 산수를 가르치고 있던 중 모세를 지명하여 문제를 냈다.

"모세야, 내가 만약 네 아버지한테 백 달러를 빌렸는데 그중 50달러를 갚았다면, 현재 내가 빚지고 있는 돈은 얼마지?"

그러자 모세는 믿지 못하겠다는 듯이 되물었다.

"선생님이 우리 아버지한테 백 달러를 빌리셨다고요?"

"아니, 이건 문제니까 그냥 빌렸다고 치는 거야. 백 달러를 빌려서 50달러를 갚았다면 나머지는 얼마지?"

모세는 가슴을 쭉 펴고 대답했다.

"나머지는 백 달러입니다."

"백 달러 빌린 데서 50달러를 갚았다니까. 잘 생각해 봐. 자, 얼마가 남았지?"

데이비드는 약간 짜증을 섞어 큰 목소리로 그렇게 물었다.

그러자 모세도 큰 소리로 대답했다.

"그러니까 백 달러 남았다니까요!"

데이비드는 마침내 화가 나서 소리쳤다.

"너는 뺄셈도 못하니? 그만큼 배우고도 그것 하나 못해?"

"아뇨, 저는 산수를 잘하는데요. 다만 선생님께서 우리 아버지를 잘 모르고 계신단 말이에요."

훌륭한 랍비

각기 다른 마을 사람 둘이 이야기하고 있었다.

"우리 마을의 랍비는 독일에 가서 공부를 하고 왔다더군. 아주 박식한 분이야. 어제 처음으로 설교를 했는데 참으로 훌륭했었지."

"뭐라고 했는데?"

"그거야 알 수 있나? 아마 그분이 하는 말을 알아들을 놈은 우리 마을에 아무도 없을 거야."

초 조림 청어

유대식 요리만 전문으로 하는 곳을 코샤 레스토랑이라 한다.

어느 날, 뉴욕의 코샤 레스토랑에 거구의 아일랜드인 경관이 들어와 주인인 시몬에게 물었다.

"도대체 어째서 유대인은 그처럼 머리가 좋은 거요? 아무래도 무슨 비밀이 있음에 틀림없어요. 그 비밀을 내게 좀 가르쳐 주시오."

시몬은 크리스천에게 유대인의 비밀을 가르쳐 줄 필요는 없다고 생각했다. 게다가 그 경관의 태도는 거만하기 짝이 없었다.

그래서 시몬은 이렇게 대답했다.

"우리 유대인들의 머리가 좋은 것은, 매일 저녁 초에 조린 청어를 먹기 때문이라오."

그때부터 아일랜드인 경관은 매일 저녁 6시면 어김없이 나타나 초에 조린 청어를 사 먹었다.

그로부터 6개월이 지난 어느 날, 분노를 참느라 입술을 지그시 물고 코샤 레스토랑에 들어온 경관이 여느 때처럼 초 조림 청어를 주문하는 게 아니라 곧장 시몬에게로 다가서더니 떨리는 목소리로 따져 물었다.

"당신은 이제까지 나한테 초 조림 청어 1인분에 40센트씩 받아왔지? 그런데 밖에 씌어 있는 메뉴를 보니 1인분에 35센트잖아! 여태껏 나를 속여 온 거지!"

그러나 시몬은 조금도 당황하지 않고 대답했다.

"거 보시오, 내가 뭐랍디까? 그게 바로 초에 조린 청어의 효험이 나타난 증거라고요."

재혼 조건

하이네는 임종이 다가왔음을 느끼자 친구에게 유언을 했다.

"내가 죽으면 전 재산을 내 아내 마티르데에게 상속하되, 단 그녀가 재혼한다는 조건을 붙여야 하네."

친구는 어리둥절해서 물었다.

"그게 무슨 뜻인가?"

"적어도 한 사람쯤은 나의 죽음을 진심으로 이해하고 애도해 줄 것을 바라기 때문이라네."

여관의 이

양복점을 경영하는 야곱이 옷감을 사들이기 위해 여행길에 나섰다가 며칠 만에 어느 유대인 마을의 자그마한 여관에 묵게 되었다. 아침이 되자 야곱은 수면 부족으로 인해 퀭한 얼굴로 내려와 볼멘소리로 주인에게 말했다.

"여긴 정말 형편없는 여관이오!"

여관 주인도 야곱만큼 불쾌한 얼굴로 대꾸했다.

"도대체 왜 그러시오? 뭐가 어쨌다는 거요?"

"어젯밤 침대에 죽은 이 한 마리가 있었단 말이오."

그 말을 들은 주인은 더욱 거친 목소리로 대꾸했다.

"아니, 손님! 침대에 죽은 이가 한 마리 있었다고요? 그래, 그 죽은 이 한 마리가 손님을 물거나 간질이기라도 했단 말입니까? 그 따위 일로 지금 내게 시비를 거는 거요?"

주인이 눈을 비비며 도로 안으로 들어가려고 몸을 돌리자 야곱이 소리쳤다.

"이것 보시오, 끝까지 들어 봐요. 물론 죽은 이가 날 물거나 기어 다니진 않았소. 하지만 그게 굉장히 유명한 놈이었던지, 친척과 친구들이 다 모여들어 밤새도록 아주 성대한 장례식을 올리더란 말이오!"

272

큰 불행

담뱃가게를 하고 있는 아브라함에게 한 손님이 와서 말했다.

"제일 질이 좋은 시거로 하나만 주시오."

아브라함은 그에게 시거 하나를 건네주고 50센트짜리 은화를 받았다.

손님은 성냥을 그어 시거에 불을 붙이고는 한 모금 깊숙이 빨아들였다. 그러더니 이내 기침을 해대기 시작하며 아브라함에게 소리쳤다.

"이봐! 이렇게 형편없는 시거가 어디 있소? 이제까지 이렇게 질 나쁜 시거를 피워 보기는 처음이야. 이런 걸 팔아먹다니!"

그러자 아브라함이 정색을 하고 말했다.

"그래도 손님은 운이 매우 좋은 편입니다."

"뭐라고?"

"손님은 그걸 하나밖에 안 가지고 있지만, 불행하게도 난 스무 보루나 가지고 있단 말이오."

나쁘지 않은 도둑

아인슈타인은 수표를 현금으로 바꾸기 위해 차를 불러 타고 은행에 갔다. 용무를 끝내고 차로 돌아온 그는 자신의 오버코트가 없어져 버린 걸 알게 되었다.

여러 사람들이 그를 에워쌌는데, 그중의 한 남자가 말했다.

"당신이 나빠요. 코트를 눈에 띄지 않게 잘 간수해 두었어야지."

"아니야. 운전기사가 나빠. 그가 주의하지 않았기 때문이야."

다른 사람이 나서서 말했다.

"사실은 은행 수위가 부주의했어."

또 다른 남자가 입을 열었다.

"도둑이 코트 훔쳐가는 것을 발견했어야 해."

"맞았어. 그들 세 사람이 모두 나빴어. 나쁘지 않은 사람은 도둑뿐이야. 그만은 자기 일에 충실했거든."

황금 송아지

저명한 작가 데이크에게 한 남자가 물었다.
"유대인들은 왜 사막에서 황금 송아지를 만들었나요?"
"그야 간단하지요. 황소를 만들기엔 금이 모자랐던 거요."

전 략

모제스는 미국의 한 작은 고장에서 모자점을 경영하고 있었다. 그런데 매일같이 그의 점포 앞에 근처 꼬마들이 몰려와서 "유대놈! 유대놈!" 하며 외쳐대곤 했다.
어느 날 저녁, 모제스는 그 아이들에게 똑같이 25센트씩을 나눠 주며 "고맙다, 얘들아." 하고 말했다.
다음 날도 아이들이 모여서 "유대놈! 유대놈!" 하고 떠들었다. 저녁때가 되자 모제스는 또다시 아이들에게 15센트씩을 나누어 주었다. 그다음 날 역시 그는 10센트씩을 주었다.
그리고 다음 날, 아이들이 다시 몰려와서 여느 때처럼 "유대놈! 유대놈!" 하고 외쳐댔다. 저녁때가 되자 아이들은 모제스가 나타나기를 기다렸다. 이윽고 그가 나오더니 양손을 벌려 보이며 아무것도 없다는 시늉을 했다. 그러자 아이들이 이상하다는 듯이 물었다.
"아저씨, 오늘은 왜 돈을 안 주는 거예요?"
그러자 모제스가 말했다.
"얘들아, 그동안 열심히 선전을 해 줘서 고마웠다. 하지만 이젠 돈이 다

떨어졌단다."

그다음 날부터 아이들은 모습을 나타내지 않았다.

근원지

어느 아랍인이 파리 시내 한복판에다 카펫을 펼쳐 놓고서 팔고 있었다.

"무슈, 이 근사한 카펫을 사십시오. 내가 손수 짜서 가져온 겁니다."

한 프랑스인이 발을 멈추고 서서 카펫을 살펴보았다. 확실히 여느 카펫보다 아름답고 질이 좋았으므로 그가 값을 물었다.

아랍인이 대답했다.

"이것은 여기 있는 것들 중에서도 최상품이기 때문에 5백 프랑은 받아야 합니다. 이걸 짜는 데 꼭 3개월이 걸렸죠. 게다가 이건……."

그때 프랑스인이 얼굴을 찌푸리며 말했다.

"아니, 그만두겠소. 이렇게 지독한 냄새가 나서야 원……."

그러자 아랍인이 필사적으로 말했다.

"아닙니다, 이 카펫에선 아무런 냄새도 나지 않아요. 냄새는 나한테서 나는 거라고요."

말똥 담배

아브라함은 어느 도시에서 담배 공장을 경영하고 있었다. 그런데 그의 공장에서 만드는 담배가 너무 맛이 없어서 그 도시 사람들은 담배 속의 반은 말똥이라고들 비아냥거렸다. 물론 정말로 그럴 리는 없다고 생각하지만 농담으로 그랬던 것이다.

어느덧 세월이 흘러 아브라함이 임종의 순간을 맞게 되었다. 그 도시 사람들은 그의 담배를 반은 말똥이라며 깎아내린 것이 후회되어, 대표를 뽑아 그에게 사과하러 보냈다.

"아브라함 할아버지, 정말 저희들이 나빴어요. 할아버지네 담배가 반은 말똥이라고 깎아내리며 말똥 담배라는 별명까지 붙였거든요. 아무리 농담으로 그랬다 해도 그건 나쁜 짓이었어요. 죄송합니다. 부디 용서해 주세요."

그러자 아브라함이 숨을 헐떡이며 말했다.

"확실히 여러분은 내 담배를 중상모략했소……. 내 담배의 반이 말똥이라니, 그건 말도 안 되는 얘기지……. 사실은 백 퍼센트 말똥이었단 말이오!"

예수의 아류

어떤 크리스천이 하이네에게 말했다.

"당신은 예수와 같은 민족이 아닙니까? 내가 당신이라면 굉장히 자랑을 하겠습니다만."

"나도 그렇답니다. 단, 예수밖에 아무도 없다면 말입니다."

거 래

양복점을 경영하고 있는 코엔에게 어느 날 이웃 마을의 골드버크로부터 대량 주문이 들어왔다. 그래서 코엔은 편지를 썼다.

'언제나 저희들을 아껴 주시고, 이번에도 또 대량의 주문을 해 주신 데 대해 감사를 드리는 바입니다. 그런데 단 한 가지, 이번 주문에 응해 드릴 수 없는 이유가 있습니다. 지난번에 납품한 상품대를 지불받지 않고서는 이번의 주문에 응하기가 대단히 곤란합니다. 죄송합니다.'

골드버크에게서 즉시 답장이 왔다.

'이번에 주문한 것은 대단히 급한 것이어서, 유감스럽지만 그렇게 기다릴 수가 없어서 다른 양복점에 부탁하기로 결정했습니다.'

완벽한 마술

마술사인 아이작은 아주 영리한 앵무새 퐁피의 주인이었다. 퐁피를 데리고 하는 흥행은 언제나 대성공이었다. 아이작은 천재적인 재능을 가진 마술사이기도 하지만 사실 퐁피의 도움이 컸다.

3년이 지나고 4년이 지나고, 해가 갈수록 퐁피는 더욱더 총명해졌다. 최근 들어서는 똑같은 마술을 서너 번 되풀이하면 퐁피가 그 술수를 죄다 알아차려서, 마술이 채 끝나기도 전에 관람석을 향해 그 속임수를 폭로해 버리는 것이었다. 이렇게 퐁피가 비밀을 폭로할 때마다 아이작은 다시 머리를 싸매야 했다. 이대로 가다가는 실업자가 되기 십상이었으므로 그는 정말 곤혹스러웠다.

아이작이 알아듣도록 타이를 때마다 퐁피는 날카로운 목소리로 '알았어, 알았다니까.' 하고 대답했으나, 새로운 쇼가 시작된 지 사나흘 후면 영락없이 아이작이 고안해 낸 마술의 속임수를 간파하고 말해 버리는 것이었다.

절망에 빠진 아이작이 어찌할 바를 몰라 걱정하고 있을 때 그의 친구 야곱이 이스라엘에 한번 가 보라고 권했다.

"예루살렘의 한 마을에 아주 현명한 랍비님이 계시다는 얘기를 들었네. 그분과 의논하면 아마 좋은 방법을 가르쳐 주실 걸세."

다음 날 아이작은 예루살렘의 랍비에게 편지를 썼다. 이러저러한 사정 얘기를 늘어놓으며, 그곳으로 갈 테니 꼭 자신을 만나 달라고 부탁했다.

그로부터 2주일 후에 랍비로부터 찾아오라는 답장이 오자, 아이작은 퐁피를 데리고 이스라엘로 향하는 여객선에 올랐다. 그런데 항해 중 태풍을 만나 가녀린 나뭇잎처럼 흔들리던 여객선이 뒤미처 엄청난 파도가 연달아 내려치자 마침내 서서히 침몰했다. 한순간 밑에서부터 우지직 하는 소리가 나더니 결국 배가 두 동강나고 가라앉기 시작한 것이다. 그러자 선원이고 승객이고 할 것 없이 다들 비명을 지르며 무엇이든 잡을 만한 것을 찾으려고 춤을 추듯 갑판 위를 뛰어다녔다. 물론 아이작도 이들과 함께 악을 써대며 난리를 쳤으나 퐁피만은 냉정했다. 이윽고 배는 완전히 가라앉고 말았다.

태풍이 지나가고 나자 바다는 마치 아무 일도 없었던 듯 고요하고 평화로웠다. 다행히도 아이작은 퐁피를 데리고 구명보트를 탈 수 있었다. 그러나 보트 위에는 그들 둘뿐, 아무리 주위를 둘러보아도 침몰한 배에 탔던 사람이나 섬 그림자 하나도 보이지 않았다. 아이작이 퐁피를 보고 말했다.

"퐁피, 우린 이렇게 살아남았으니 다행이다."

그러나 폭풍이 일고 나서 지금까지 퐁피는 입을 굳게 다물고 있었다. 시간이 지나 해가 뉘엿뉘엿 지기 시작했다. 아이작은 답답함을 견디다 못해 소리를 질렀다.

"퐁피야, 무슨 말이든 한마디만이라도 해 봐! 이 넓은 바다에 우리 둘밖에 없잖아! 제발 무슨 말이든 해 보라니까! 태풍에 놀라서 말이 안 나오니?"

그래도 퐁피는 아무 말을 하지 않은 채 그 크고 동그란 눈을 들어 아이작을 빤히 바라보았다.

밤이 되어 온 하늘에 별들이 빛나고 둥근 달이 보이자, 아이작이 다시 말했다.

"퐁피야, 제발 한마디만 해 봐! 너 정말 머리가 어떻게 됐니?"

그러자 퐁피가 가까스로 입을 열었다.

"네가 어디에다 배를 감췄는지, 아무리 애를 써 봐도 생각해 낼 수가 없단 말이야."

최소한의 희망

레스토랑에 들어간 손님이 수프가 나오자 큰 소리로 주인을 불렀다.

"이 수프 속에 있는 검은 게 도대체 뭐요?"

"검은 보리가 한 톨 떨어졌군요. 그게 어쨌단 말씀입니까?"

손님이 다시 물었다.

"그럼 양쪽에 세 개씩 달려 있는 이 다리는 뭐요?"

주인은 여전히 뻔뻔스럽게 대답했다.

278

"다리가 달렸다고요? 그럼 어떻소?"

"이건 보리가 아니라 파리란 말이오. 틀림없소."

"아니, 그게 또 파리이기로소니 무슨 대수요?"

"그렇다면 최소한 수프에 물살이나 일으키지 않도록 잘 얘기해 주시오."

사인(sign)의 이유

한 남자가 리퍼만을 만나자 물었다.

"화가는 왜 사인을 반드시 그림의 오른쪽 아래에다 하는 겁니까?"

"그것은 그림을 소유하게 된 사람이 거꾸로 걸지 않도록 하기 위해서죠."

얼간이

얼간이 사립탐정 시몬은 근무 시간에 조는 것이 버릇이 되어 중요한 일을 그르치는 경우가 적지 않았다. 당연한 일이지만, 그런 사실이 소문나다 보니 일이 제대로 될 리 만무했다.

이웃 마을에 사는 그의 친구 아브라함이 보석상을 경영하여 큰 성공을 거두자, 시몬이 사는 마을에 지점을 내고 그곳의 경비를 시몬에게 맡겼다. 친구인데다가, 무엇보다도 아브라함은 시몬에 대한 평판을 모르고 있었기 때문이었다.

시몬으로서는 오랜 만에 얻은 일자리이고 하루에 30달러씩이나 받기로 했으므로 아예 상점에서 숙식을 하기로 작정했다. 처음 일주일은 평화롭게 지나갔다. 시몬은 되도록이면 낮에 자고 밤엔 깨어 있으려고 노력했지만 평소의 버릇이 나타나 밤에도 꾸벅꾸벅 졸기 일쑤였다. 어쨌든 일주일은 그렇게 대충 넘겼지만 여드레째 되는 날 밤에 일이 터지고 말았다. 시몬이 상점 안의 긴 의자에 누워 정신없이 자고 있는 사이에 도둑이 들어 몇 만 달러어치의 보석을 훔쳐 달아난 것이다.

다행히 보험에 들어 있었으므로 큰 손해는 없었지만 보험금이 지급될 때까지 한참을 기다려야 하며, 그 사이에 진열 상품의 수가 줄어들어 사업상으로 지장이 생겼다. 아브라함이 친구이니까 한 번은 용서하지만 다음번에 이런 일이 또 일어난다면 해고시키겠다고 하자, 시몬은 마음속으로 이젠 다시 졸지 않을 것이며 더욱이 그렇게 잠에 흠뻑 빠지는 일은 없게 하겠다고 굳게 다짐했다. 또한 자기가 경비를 맡고 있는 한 다시 도둑이 들 것이라고 판단하고, 마지막 남은 4백 달러를 털어 고급 카메라를 샀다. 그리고는 진열장 위에다 가짜 보석들을 잔뜩 늘어놓은 다음, 만일 자신이 깊이 잠들었다 해도 도둑이 들면 자동적으로 사진이 찍히도록 카메라를 장치해 놓았다. 그리고 만약 이번에 보석 도둑을 잡기만 하면 널리 소문이 나서 다시는 얼간이 사립탐정이란 소리를 듣지 않게 될 것이라고 생각했다.

그는 첫날과 그다음 날 밤을 꼬박 지새우고 아침을 맞이했다. 그러나 셋째 날에 다시 평소의 버릇이 나와 잠깐 존다는 게 그만 잠이 들어 버려 곯아떨어지고 말았다. 새벽녘에 잠깐 눈을 뜬 시몬은 차가운 공기가 들어오는 기미에 깜짝 놀라 벌떡 일어났다. 실내를 살펴보니 도둑이 들었던 흔적이 역력했다.

"됐다! 도둑이 들었구나!"

그는 그렇게 소리치며 우선 불을 켜고 카메라부터 찾았다. 그런데 가짜 보석들은 얌전하게 제자리에 그대로 있는데, 전 재산을 털어서 구입한 카메라만 흔적도 없이 사라졌다.

윤 리

알다시피, 박사학위를 따지 못한 사람은 인생의 낙오자라고 생각할 정도로 유대인들의 교육열은 대단하다. 때문에 충분히 교육을 받지 못한 유대인 부모들은 무슨 짓을 해서든 자식만은 제대로 가르치겠다고 온갖 노력을 아끼지 않게 마련이다.

미국으로 이민 와서 친구와 함께 상점을 경영하고 있는 조슈아 역시 장사로 번 돈을 거의 모두 자식의 교육비에 쏟아 넣었다. 덕분에 그의 아들은 뉴욕의 컬럼비아 대학에 입학했다.

여름방학이 되어 아들이 집으로 돌아오자, 조슈아가 물었다.

"야곱, 넌 대학에서 어떤 공부를 하니?"

야곱이 시원스럽게 대답했다.

"사회학, 계량경제학, 형태 인류학, 근대 라틴아메리카 역사, 아메리카 역사, 국방경제학…… 그리고 윤리를 배우고 있어요, 아버지."

그중에서 조슈아가 알아들은 것은 맨 끝의 윤리라는 단어뿐이었다.

"아, 윤리 말이냐? 그거라면 나도 좀 알지. 실은 어떻게 하면 좋을지 알 수 없어서 고민하고 있는 문제가 있는데 말이다……. 윤리적 문제거든."

"말씀해 보세요, 아버지."

"음…… 지금까지 15년간 매일 아침 우리 상점에 들러서 《뉴욕 타임스》와 담배 한 갑을 사 가는 손님이 있단다. 그 손님은 언제나 아침 9시 직전에 와서 1달러짜리 지폐를 내밀지. 이젠 나도 익숙해져서 아침마다 상점 문을 열면 《뉴욕 타임스》 한 부와 담배 한 갑을 세트로 마련해 놓거든. 50센트짜리 동전도 함께 말이야. 오늘 아침에도 어김없이 그 손님이 왔었지. 나도 늘 해왔던 것처럼 《뉴욕 타임스》 한 부와 담배를 건네주고 돈을 받은 다음 거스름돈 50센트를 주었단다. 그런데 손님이 나가고 나서 1달러짜리 지폐를 금고에 집어넣으려고 보니까, 그게 10달러짜리 지폐이지 뭐냐? 손님이 잘못 알고 10달러짜리를 준 거지. 그래서 지금 고민하는 거야. 내가 그 10달러짜리를 받은 사실을 동업자에게 말해야 될지 말아야 될지……."

경제 원리

어느 마을의 랍비와 교사가 이야기를 나누고 있었다.

교사가 말했다.

"세상살이는 모순투성이에요. 이 마을도 예외가 아니죠. 부자들은 후불로도 물건을 살 수 있는데, 가난한 사람들은 현금을 내지 않으면 아무것도 살 수 없으니까요."

"그야 간단한 이치지요. 부자는 돈이 있고 가난한 사람은 돈이 없잖습니까? 그러니 장사꾼들이 부자에게 외상을 주는 것은 당연하지요. 하지만 돈이 없는 사람들에게도 외상을 주면 모두 망하고 말지 않겠어요?"

랍비의 말을 들은 교사는 다시 고개를 저으며 말했다.

"그렇지만 부자는 돈이 있으니까 현금으로 물건값을 지불하고, 가난한 사람들은 돈이 없으니까 후불, 그러니까 외상으로 물건을 사야 이치에 맞지 않을까요? 정작 외상이 필요한 사람은 부자가 아니라 가난뱅이란 말입니다."

"당신은 왜 그렇게 내 말을 못 알아듣소? 만약 돈이 없는 사람들에게 외상으로 물건을 판다면 상점 주인들이 모두 파산하여 가난뱅이가 될 것 아니오?"

그러나 교사는 끝까지 우겼다.

"아니, 못 알아듣는 쪽은 랍비님이십니다. 상점 주인들이 가난해지면, 상점 주인도 외상으로 물건을 사들이면 되지 않느냐 이 말이에요."

돈벌이

뉴욕에서 성공적인 비즈니스맨으로 발돋움한 슈발츠는 루주벨트 호텔에서 친구인 모세 프랑켈과 함께 점심식사를 하고 있었다. 식사 도중에 그는 자기 주머니 속에서 커다란 에메랄드 반지를 꺼내 모세에게 보여 주었다.

"이 에메랄드 어떤가? 지난번 베네수엘라에 갔을 때 아내에게 선물하려고 산걸세. 모레가 내 아내 생일이거든."

모세는 그 에메랄드를 이리저리 살펴보며 연신 감탄했다.

"정말 멋있군! 도대체 자네, 이거 얼마 주고 샀나?"

"응, 1만 2천 달러 줬네."

모세는 깊이 생각에 잠긴 듯한 표정을 지으며 말했다.

"어때, 나한테 1만 4천 달러에 팔지 않겠나?"

슈발츠는 앉은 자리에서 2천 달러를 번다면 그것도 나쁘지 않다고 생각하여 모세에게 에메랄드를 팔아 버렸다.

모세는 신이 나서 그것을 가지고 갔다. 한편 사무실로 돌아온 슈발츠는 아무리 생각해도 아내의 생일 선물로는 에메랄드 반지 이상의 것이 없을 듯하자 곧 친구에게 전화를 걸었다.

"아, 모세인가? 한참 생각해 봤는데 말이야, 아무래도 그 반지를 아내에게 선물하는 게 좋겠어. 1만 6천 달러 줄 테니 내게 도로 팔지 않겠나?"

수화기를 든 모세는 재빨리 머리를 굴려 보았다. 하지만 단 세 시간 만에 2천 달러를 벌기란 그리 쉬운 일이 아니었으므로 결국 그는 승낙을 했다.

"그래, 좋아. 내 비서에게 갖다 주라고 하겠네."

이리하여 에메랄드 반지는 다시 슈발츠에게 돌아오게 되었다. 모세의 비서가 그 반지를 가져왔을 때, 마침 슈발츠의 사무실에 친구인 골드버크가 와 있다가 그 반지를 보자 눈을 휘둥그렇게 뜨며 말했다.

"와! 이거 대단한 에메랄드로군! 나한테 안 팔 텐가?"

"팔라고? 얼마에 사겠나?"

"얼마 주면 팔겠나? 1만 9천?"

슈발츠는 1만 9천 달러를 주겠다는 말에 혹해서 골드버크에게 그것을 팔아 버렸다. 잠시 후에 골드버크는 반지를 가지고 돌아갔다.

저녁 무렵, 모세가 슈발츠의 사무실로 전화를 걸어왔다.

"여보게, 아무리 생각해도 그 반지가 탐나는군. 자네한테 2천 달러 벌게 해 줄 테니 내게 되팔지 않겠나?"

"그럴 수가 없게 됐네. 아까 낮에 골드버크가 와서 그 반지를 꼭 사고 싶다기에 적당한 가격에 팔아 버렸거든."

그러자 모세는 혀를 차며 말했다.

"자넨 참 멍청이로군. 우리 둘이 오후 몇 시간 동안 서로 몇 천 달러씩 벌고 있었는데 그걸 팔아 버리다니! 매일 이 짓을 하면 우린 금방 백만장자가 될 수 있었을 텐데 말이야!"

상도의(商道義)

어느 마을의 랍비가 생활이 몹시 어려워서 시장에 나가 생선 장사를 하기로 했다. 새벽에 아내가 생선을 사다 손질하여 고추냉이를 흠뻑 발라 놓으면, 랍비는 그것을 포장마차에 싣고 시장으로 나가 항상 은행 맞은편에 자리 잡고 서서 팔았다.

그가 장사를 시작한 지 며칠이 지났을 때 이웃 마을의 랍비가 그를 찾아와서 말했다.

"여보게, 장사는 잘되나?"

"응, 그럭저럭 해가고 있네."

이웃 마을의 랍비는 몹시 미안스런 얼굴로 그에게 부탁을 했다.

"저…… 실은 자네한테 부탁을 좀 하려고 왔는데……. 혹시 5달러만 있으면 좀 빌려 주게나."

그와 이웃 마을의 랍비는 매우 친한 사이였으므로 5달러 정도는 빌려 주고 싶었지만, 워낙 생활이 어려워 생선을 팔아야 할 처지였으므로 그는 거절하기로 마음먹었다.

"여보게, 저 길 건너 은행이 보이지? 여기서 장사를 시작한 후부터 난 은행과 계약을 했다네. 내가 사람들에게 돈을 빌려 주지 않는 한 은행에서도 생선을 팔지 않기로 말이야. 서로의 장사를 방해하지 말자, 이거지."

부자가 죽지 않는 곳

유명한 대부호 로드차일드 남작이 앓아누웠으나 병이 몹시 위중하여 아무도 손을 쓰지 못했다. 영국 내의 모든 의사들이 포기했을 정도였으므로 남작도 이제 자신에게 죽음이 다가온 것을 깨닫고 있었다.

그때 어떤 사람이 유대인 거리 — 그곳은 시내에서 제일가는 빈민가이다. — 에 사는 사람 하나가 남작의 병을 고칠 수 있다고 호언장담하더라는 얘기를 전해 주었다. 그래서 남작은 집사를 보내 그토록 장담한다는 그 사람을 정중히 모셔오도록 했다.

푹신푹신한 롤스로이스에 몸을 싣고 집사에게 안내되어 로드차일드 남작 저택에 도착한 모세는 2천 장 정도의 조각 천을 이어서 꿰맨 셔츠와 양복을 입고 있었는데, 여하튼 보기에 따라서는 고급이라고 할 수도 있을 정도로 엄청나게 잔손질이 많이 가는 그런 옷이었다. 이윽고 그는 발목까지 파묻힐 듯한 카펫을 밟으며 남작의 병실로 들어섰다.

남작이 그를 보고 물었다.

"내 병을 고칠 수 있다는 사람이 바로 당신이오?"

"네. 고칠 수 있다고 장담할 순 없지만, 적어도 제 충고를 들으면 돌아가시진 않을 겁니다."

"하지만 영국 왕실 주치의인 리빙스턴 박사와 글래드스턴 수상의 주치의인 스탠레이 교수, 로열 아스코트 경마의 마주들만을 상대하는 리치 박사에 이르기까지 우리나라 최고의 의사들이 나를 진찰했지만 다들 가망이 없다고 했소. 그런데 당신은 의사요?"

"아닙니다, 저는 거지입니다."

그 말에 로드차일드 남작이 깜짝 놀라서 외쳤다.

"거지라고!"

"네, 거지입니다. 하지만 남작님께서 제가 살고 있는 곳으로 이사를 오시면 절대 목숨을 잃지 않으실 겁니다."

"음…… 당신이 사는 곳이 어디라고 했소?"

"저 강 건너 쓰레기하치장 옆에 있는 빈민가의 좁은 다락방입니다. 그 근처 어디라도 좋으니까, 남작님께서 그리로 옮겨와 사시면 문제가 깨끗이 해결되는 겁니다."

"어째서?"

"어째서냐 하면, 지금까지 몇 백 년 동안 그곳에서 큰 부자가 죽었다는 말은 들어본 적이 없으니까요."

갑부 2대

로드차일드 남작은 자기 가문을 일으킨 장본인이다. 그는 많은 자식을 두었는데, 유럽 각국의 수도에 아들 한 명씩을 보내 살게 하여 로드차일드 가의 국제적인 네트워크를 형성해 놓았다.

어느 날 노령의 로드차일드 남작이 베를린의 한 거리를 걷고 있는데, 한 거지가 그를 알아보고 다가와 애원했다.

"로드차일드 남작님, 부디 한 푼만 적선해 주십시오."

그는 인정 많은 사람이었으므로 지갑에서 소액의 지폐 몇 장을 꺼내 거지에게 주었다. 그러자 거지가 아쉬운 표정을 지으며 말했다.

"남작님, 지난번 아드님께서는 이것의 몇 배나 더 주셨는데요."

그러자 로드차일드 남작은 상냥한 미소를 지으며 이렇게 답변했다.

"내 아들에겐 돈 많은 아버지가 있지만, 유감스럽게도 나에겐 그런 아버지가 없다네."

지혜 대결

한 거지가 마을에서 인색하고 교활하기로 유명한 아브라함을 찾아가 공손히 말했다.

"실은 멀리 살고 있는 친척이 저희 집을 방문하여 식사를 대접해야 한답니다. 그렇게 멀리서 찾아온 친척에게 제가 이 마을에서 얻어먹으며 살고 있다는 걸 보이기가 부끄럽습니다. 그래서 식사 때 은접시를 내놓으며 자랑을 좀 하고 싶은데, 미안하지만 한 개만 빌려 주시겠습니까?"

이렇게 하여 거지는 아브라함에게서 은접시 하나를 빌리는 데 성공했다.

다음 날 아침, 거지는 커다란 은접시를 돌려주러 와서는 작은 은접시 하나를 함께 내놓았다. 아브라함은 의아해서 물었다.

"이 작은 접시는 뭔가?"

거지는 그에게 차근차근 설명했다.

"글쎄 제 얘기 좀 들어 보십시오. 댁의 이 커다란 은접시를 제가 간직하고 있는 동안 밤중에 작은 접시를 낳았지 뭡니까. 그러므로 이 작은 접시는 당연히 댁의 은접시 새끼이므로 같이 돌려드리는 게 옳은 일이지요."

아브라함은 물론 몹시 기뻐했다. 마음속으로는 '세상에 이런 얼간이를 보았나.' 하고 생각했지만 입으로는 이렇게 말했다.

"뭐 또 필요한 것이 있으면 말하게. 빌려 줄 테니까."

그러자 거지는 기다렸다는 듯 말했다.

"네. 어제는 친척을 대접하고 이제 겨우 돌아갔나 했더니, 이번엔 또 친구가 멀리서 찾아왔지 뭡니까. 이 친구한테도 제가 웬만큼 사는 것처럼 보이기 위해 댁의 은촛대를 빌려다 놓으면 하는데, 어떻습니까?"

아브라함은 기꺼이 은촛대를 빌려 주었다.

다음 날 아침이 되자, 거지는 아브라함에게서 빌린 커다란 은촛대와 함께 역시 작은 은촛대를 하나 가져왔다.

"아브라함 씨, 어젯밤에 댁의 은촛대가 산기를 보이더니 글쎄 이 새끼 은촛대를 낳았지 뭡니까? 이것도 댁의 것이니 돌려드려야죠."

아브라함은 너무도 좋아서 어제 한 것과 똑같은 말을 했다.

"앞으로도 필요한 것이 있으면 주저하지 말고 얘기하게. 얼마든지 빌려 줄 테니."

거지는 내심 쾌재를 불렀으나 물론 표정에는 나타내지 않았다.

"네, 실은 이웃 마을에 사는 친구를 찾아가야 된답니다. 그 친구에게 내가 목에 힘을 주고 산다는 걸 좀 보여 주기 위해 그러는데, 지금 차고 계신 금시계를 잠깐 빌려 주실 수 있겠는지요?"

아브라함은 선뜻 금시계를 풀어 거지에게 주었다.

다음 날 아침이 되었다. 거지가 찾아오자 아브라함은 새끼 금시계 생각을 하면서 상냥한 얼굴로 문을 열었다. 그러나 거지는 수심에 싸인 표정을 짓고 있었다.

"아브라함 씨…… 아주 나쁜 소식입니다. 제가 어제 빌려간 시계가 간밤에 고통스럽게 앓더니 글쎄 죽어 버렸지 뭡니까."

"뭐? 시계가 죽어 버렸다고? 아니, 그 따위 엉터리 얘기가 어디 있나?"

거지는 의기양양하게 대꾸했다.

"하지만 아브라함 씨, 은접시와 은촛대가 새끼를 낳을 수 있다면 시계가 죽지 말란 법이 있습니까?"

그러나 아브라함은 당황하지 않고 말했다.

"알겠네, 알겠어. 시계가 죽었다니, 참!"

이번에는 거지도 웃음을 참지 못하고 낄낄거리며 아브라함을 놀려댔다.

"이거, 정말 안됐습니다. 얼마나 상심되세요?"

그러자 아브라함은 거지를 바라보며 점잖게 대꾸했다.

"그렇더라도 장례 치를 시체는 돌려 줘야 될 것 아닌가?"

은행가

어느 동네에 거지가 들어와 은행가의 집으로 구걸을 하러 갔다.

은행가가 그 거지를 보고 말했다.

"이것 참, 우리 동네에 잘 오셨소!"

거지는 깜짝 놀라서 물었다.

"아니, 내가 이 동네에 처음 왔다는 걸 어떻게 아셨습니까?"

"이 동네에선 내게 구걸하러 오는 작자가 없으니 말이오."

거지의 사업장

한 거지가 지나가는 사람에게 적선을 부탁했다.

"선생님, 한 푼만 적선하십시오."

그러자 그 사람은 고개를 저으며 말했다.

"난 이처럼 길에서 남에게 돈을 주는 걸 싫어해서……."

그러자 거지가 반박했다.

"아니, 그럼 나더러 버젓한 사무실이라도 차리란 말씀입니까?"

여 유

거리에 사람들이 몰려 웅성거리고 있기에 보니, 한 거지가 모자와 신발 속을 뒤적이며 뭔가를 열심히 찾고 있는 중이었다. 구경꾼 한 사람이 물었다.

"도대체 지금 뭘 하는 거요?"

거지가 대답했다.

"1센트짜리 동전을 하나 갖고 있었는데 그게 없어졌지 뭡니까."

구경꾼 중의 또 다른 사람이 말했다.

"아까부터 자네 행동을 보고 있었는데, 그 바지 주머니는 살펴보지 않았 잖아."

"하지만 만약 여길 뒤져도 없으면 그땐 정말 어떻게 해야 될지 모르잖겠 어요?"

개의 속삭임

은행가이며 대부호인 데이비드의 집에 어느 날 거지가 찾아왔다. 이 거지는 전에도 몇 번 이 집에 왔었지만 단 한 푼도 못 받고 쫓겨났었다. 그는 데이비드에 게 머리를 숙이며 애원했다.

"제발 부탁입니다, 나으리. 이제 곧 과월절이 다가오는데 애들에게 먹일 것이라곤 쌀 한 톨도 없답니다. 게다가……."

거지가 자신의 궁색한 살림 얘기를 계속 늘어놓자 데이비드는 냉정하게 그의 말을 잘랐다.

"자네는 전에도 우리 집에 여러 번 왔었지? 그런데 내가 동전 한 닢이라도 줘 본 적 있나?"

"없었습죠. 단 한 푼도 주신 적이 없었습니다. 하지만 오죽하면 제가 또 찾아왔겠습니까? 그만큼 사정이 절박해서 그런 것 아니겠습니까? 제발 이번엔 좀……."

거지는 정말이지 최선을 다해 사정했다. 그러나 데이비드는 인정머리 없이 문을 닫아 버리려 했다. 그 순간 거지가 소리쳤다.

"잠깐만, 잠깐만 기다려 주십시오! 나으리께 탈무드에 나오는 얘기 한 가지를 들려 드리겠습니다. 허락해 주십시오."

데이비드는 문을 닫으려던 손길을 멈추고 말했다.

"흥! 얘기 한 가지를 해 줬다고 해서 내가 단돈 1센트라도 줄 것 같아? 그래, 정 하고 싶다면 해 보게. 되도록 빨리!"

거지는 얘기를 하기 시작했다.

"탈무드엔 개가 돼지를 잡을 때 반드시 귀를 물어서 잡는다고 씌어 있습니다. 물론 개는 가난한 사람을 이르고, 돼지는 부자를 말하지요. 어째서 개가 돼지를 잡을 때 귀를 무는가에 대해서는 이렇게 설명되어 있습니다. '개가 돼지의 귀에 대고 속삭였다. 어째서 돈이 있으면 돼지가 되느냐?'고 말입니다."

이래 보여도

부자인 모세에게 어느 날 거지 모제스가 찾아와서 죽어가는 목소리로 구걸을 했다.

"부디 보태 주십시오, 나으리. 먹고 살자니 아무래도 나으리 같은 분께 신세를 지지 않으면 안 될 처지입니다. 제발 한 푼만 적선하십시오!"

그러나 모세는 고개를 갸웃거렸다. 모제스에게는 아들이 여섯이나 되는데 그들 모두가 양복점이나 양화점, 문방구, 꽃가게 등을 경영하여 나름대로 성공하고 있었던 것이다.

그래서 모세가 물었다.

"당신에게는 훌륭한 아들이 여섯이나 있는 걸로 아는데, 어째서 그들에게 도와 달라고 않고⋯⋯."

거지 모제스는 그의 말이 채 끝나기도 전에 단호하게 대답했다.

"이래 보여도 내게는 아직 독립심이 남아 있답니다!"

터무니없는 일

한 거지가 길거리에서 애처롭게 적선을 구하고 있는 걸 보고 지나가던 한 사람이 말했다.

"자넨 멀쩡한 두 팔을 가지고 있으면서 왜 일을 하지 않나?"

그러자 거지가 정색을 하고 대꾸했다.

"그럼 당신이 주는 동전 몇 푼 때문에 두 팔을 끊어 버리란 말이오?"

사업상의 자유

유대어로 거지를 '슈노라'라 한다.

어느 날 새벽 5시에 시몬의 집 문을 요란하게 두드리는 사람이 있었다. 단잠을 깨게 된 시몬이 몹시 불쾌한 표정으로 문을 여니 밖에 슈노라가 서 있었다.

"한 푼 보태 주십시오, 나으리. 적선하십시오."

시몬은 잔뜩 화가 나 소리쳤다.

"내 돈을 온 세계에 뿌려 버린다 해도 너 따위에겐 동전 한 닢 주지 않겠다! 세상에, 이렇게 이른 새벽부터 남의 집 문을 두드려 구걸을 하다니! 뻔뻔하기 이를 데 없는 작자로군. 에잇, 재수 없어!"

그러자 슈노라가 가슴을 펴고 말했다.

"여보시오! 난 당신의 일이나, 당신이 일하는 방식에 대해선 아무 말도 하지 않았소. 그러니 당신도 내가 일하는 시간이나 방법에 대해 이러쿵저러쿵 말하지 마시오. 이건 어디까지나 사업상의 자유란 말이오."

최초의 공산주의자

1961년, 케네디와 흐루시초프가 빈에서 정상회담을 가졌다. 그때 흐루시초프는 케네디를 마치 풋내기 다루듯 했다.

첫날 회담에서 흐루시초프가 처음 한 말은 이랬다.

"젊은이, ≪성경≫을 읽어 본 적 있소?"

케네디는 가톨릭 신자였으므로 물론 ≪성경≫을 읽었을 것이다. 흐루시초프는 혼자 계속 말을 이었다.

"그 가운데서도 〈구약성경〉의 창세기 말이오. 거기에 인류 최초의 남녀인 아담과 이브가 나오지. 그 아담과 이브가 사실은 공산주의자였다는 걸 알고 있소? 물론 그들이 살고 있던 곳은 낙원이었고."

케네디는 이에 대해 어떻게 대답해야 좋을지 알 수가 없었다. 그래서 숙소인 미 대사관으로 돌아가서 본국에 있는 추기경 몇 사람에게 전화를 걸려다가, 생각 끝에 이스라엘의 벵그리온 수상에게 전화를 했다.

"오늘 제가 흐루시초프를 만났는데, 그의 말이 인류 최초의 남녀인 아담과 이브가 공산주의자라는 겁니다. 도대체 어떻게 대답하면 좋을까요?"

벵그리온 수상은 전화 저편에서 잠시 생각하다가 쉰 목소리로 말했다.

"대통령 각하, 그렇다면 아담과 이브가 공산주의자였다는 것을 인정하면 되겠습니다. 우선 아담과 이브에겐 입을 옷이 없었습니다. 그래서 벌거벗고 있었죠. 또 두 사람이 들어가 살 집도 없었습니다. 어디를 가고 싶어도 갈 곳이 없었으며, 먹을 것이라곤 사과뿐이었습니다. 그런 주제에 자기들이 낙원에 살고 있다고 확신했던 겁니다. 그러니까 공산주의 사회에 살고 있었다는 주장에도 일리가 있습니다."

제발 그것만은

히틀러는 바바리아 알프스를 즐겨 산책했다. 오바 잘츠부르크라는 곳에 산장을 가지고 있었던 것이다.

어느 날, 여느 때처럼 산장을 나서서 숲길을 산책하던 그는 발을 잘못 디뎌 그만 냇물에 빠지고 말았다. 수영을 할 줄 몰랐던 그는 오른손을 앞으로 곧바로 치켜 올리고 소리쳤다.

"사람 살려! 사람 살려!"

때마침 숲 속에 있던 한 사나이가 그 소리를 듣고 달려와 구해 주자, 히틀러는 물에 빠진 생쥐 꼴로 흠뻑 젖어 있으면서도 짐짓 위엄을 갖추어 말했다.

"나는 독일의 총통이다. 구해 주어서 고맙다. 그래, 자네 이름은 뭔가?"

꾀죄죄한 몰골의 그 남자가 대답했다.

"이스라엘에서 온 코엔입니다."

"뭐? 그럼 유대인이란 말인가? 음, 유대인이라도 용기 있는 자로군. 소원이 있으면 한 가지만 말하라. 무엇이든 들어주겠다."

히틀러는 손수건으로 젖은 콧수염을 닦으며 대답을 기다렸다. 유대인 남자는 잠시 망설이더니 이렇게 말했다.

"저…… 그러시다면…… 좀 어려운 건데, 정말 말씀드려도 될까요?"

히틀러는 흔쾌히 고개를 끄덕였다.

"좋다, 말하라."

"제발 제가 총통 각하를 구해 드렸다는 얘기를 딴 사람들에게 하지 말아 주십시오."

인명 존중

러시아의 유대인 가에 있는 신학교에서 랍비와 학생들이 징병으로 끌려 나가게 되었다. 전쟁이 일어난 것이다.

랍비와 학생들이 사격훈련에서 대단히 좋은 성적을 내자 러시아 장교는 몹시 기뻐했다. 훈련이 끝나자 학생들과 랍비는 러시아 장교에게 인솔되어 전선으로 나갔다.

이윽고 전선에 도착하자, 러시아 장교가 명령을 내렸다.

"사격 개시!"

그러나 총소리가 들리지 않았다.

러시아 장교는 다시 한 번 소리쳤다.

"사격 개시!"

그래도 총소리는커녕 숨소리 하나 들리지 않았다. 화가 머리끝까지 솟구친 러시아 장교가 유대인 병사들을 다그쳤다.

"너희들은 사격훈련에서 그렇게 우수한 성적을 올렸는데 어째서 총을 쏘지 않는 거냐?"

그러자 이등병인 랍비가 대답했다.

"어째서냐고요? 당신은 저 앞에 사람이 있는 게 보이지 않습니까?"

독해력

1967년의 6일 전쟁에서 이스라엘은 세계 전쟁사상 유례가 없는 대승리를 거두었다. 인구 3백만이 채 못 되는 이스라엘이, 전부 합치면 인구 1억이 넘는 아랍제국군을 엿새 동안 도처에서 격파한 이 기록은 정말 놀랄 만한 것이었다. 이스라엘군은 모든 전장에서 적을 대파하여 광대한 시나이 반도를 비롯한 아랍 국토의 대부분을 점령했다.

가장 영토를 많이 잃은 나라는 시나이 반도의 소유주인 이집트였다. 그런데 이집트군은 소련의 지원을 받아 최신식 전투기에서 미사일 전차에 이르기까지, 이스라엘군에 비해 몇 배나 우수한 전력을 보유하고 있었다. 그러므로 그처럼 강대한 이집트군이 어째서 싸울 때마다 번번이 이스라엘군에게 패해 연일 후퇴만 하고 있는지 이상하게 생각되었다.

그러나 결국은 그 이유가 판명되어 모든 사람이 알게 되었다. 6일 전쟁 마지막 날, 이스라엘군 이등병인 모제스가 사막의 사령부에서 러시아어로 쓰인 극비 명령서를 발견한 것이다. 이 명령서는 즉시 텔아비브에 있는 국방성으로 보내졌다.

명령서는 소련의 군사고문단이 이집트의 군사령관 앞으로 발송한 것이었는데, 번역해 놓고 보니 이집트군이 치명적인 과오를 범하고 있다는 사실을 알게 되었다.

그 내용은 아래와 같았다.

'가장 유효한 전술은 후퇴에 후퇴를 거듭해서 적군을 아군의 영토 깊숙이 유인하는 것이다. 한때 나폴레옹이 침략해 왔을 때, 우리나라에선 모스크바까지 점령하도록 프랑스군의 공세를 거의 묵인하고 있었다. 그러고는 적당한 시기에 프랑스군의 퇴로를 차단하여 적을 궤멸시켰다. 1941년에 독일군이 침공해 왔을 때도 우리는 똑같은 작전을 취했다. 그리하여 독일군도 우리의 영토 깊숙이 들어와 거의 전멸하다시피 되고 말았다. 적군이 제아무리 강하다 해도 우리나라의 그 무서운 동장군과는 결코 대적할 수 없는 것이다.'

알 리가 있나

미국에서 징병된 코엔 이등병이 어느 날 밤 PX로 달려가다, 칠흑같이 어두운 길에서 누군가와 부딪쳐 상대를 넘어뜨리고 말았다.

넘어졌던 사나이가 일어나서 바지를 툭툭 털며 코엔 쪽을 바라보았다. 군복에 별을 다섯 개나 붙인 장성이었다.

"내가 누군지 아나?"

5성 장군이 화가 나서 소리치자 새파랗게 질린 코엔이 큰 소리로 대답했다.

"넷! 아이젠하워 원수 각하이십니다!"

"이건 군법회의감이다!"

몹시 당황한 코엔이 재빨리 물었다.

"각하, 제가 누군지 아십니까?"

아이젠하워는 더욱 화가 나서 소리쳤다.

"네놈이 누군지 내가 어떻게 알아?"

그러자 코엔은 죽을힘을 다해 어둠 속으로 도망쳐 버렸다.

비상한 대책

전 세계 오일 매장량 중 4분의 3이 중동지방에 몰려 있다고 한다. 그처럼 오일이 풍부하므로 아랍권 국가들은 별다른 노력을 하지 않아도 마치 화수분을 가진 듯 한량없는 돈을 벌게 되었다.

이렇게 많은 달러가 중동으로 몰리자, 카이로에서 열린 아랍연맹의 비밀회의에서 주요 산유국 거두들은 미국이나 일본, 서유럽의 주요 기업을 모조리 사들이기로 결정했다. US 스틸, 제너럴 모터스, 제너럴 일렉트릭, 도요다, 올리베티, 크루프, 롤스로이스와 같은 기업들이 그 대상으로 선정되었다. 그러나 이 비밀회의의 결정사항은 즉시 이스라엘의 첩보기관에 의해 탐지되었다.

언제나처럼 이스라엘 정부는 이 정보를 미국 정부에 흘렸다. 그 소식을 듣고 깜짝 놀란 닉슨 대통령은 골다 메이어 이스라엘 수상에게 급히 전화를 걸었다. 닉슨은 워터게이트 사건보다 더 심각한 위기를 맞아 몹시 곤혹스러워하고 있었다.

"그들이 1천 수백억 달러나 가지고 일을 벌인다면, 세계의 주요 기업이 모두 아랍에 팔려 버리고 말 것입니다. 도대체 이 일을 어떻게 하면 좋겠습니까?"

그러자 골다 메이어 수상이 침착하게 대답했다.

"그렇게 당황하실 필요 없습니다. 아랍이 세계의 기업을 부지런히 매입하도록 놔두십시오. 그러다가 주요 기업들이 전부 아랍 소유가 되었을 때, 미국이나 일본, 서유럽 국가들이 그들 기업을 국유화해 버리면 되니까요."

의미 있는 광고

6일 전쟁 후 텔아비브의 신문에 다음과 같은 광고가 실렸다.

'매물 있음 : 아랍군한테 노획한 소총 10만 정. 완전 신품으로 한 번도 발사한 적 없음. 단, 한 번 떨어뜨린 적은 있음.'

나폴레옹의 대답

몹시도 추운 한겨울에 러시아에서 일어났던 일이다.

19세기, 러시아 대원정 길에 올랐다가 모스크바에서 패배한 나폴레옹은 코자크 기병들에게 쫓겨 남으로 남으로 도망치고 있었다.

이 프랑스 황제는 드디어 코자크 기병에게 사로잡힐 지경이 되자, 말을 버리고 어느 마을의 허름한 집을 찾아 노크를 했다. 양복점을 경영하고 있는 시몬의 집이었다.

나폴레옹이 다급한 목소리로 사정했다.

"난 지금 러시아군에게 쫓기고 있소. 날 좀 숨겨 주시오. 부탁이오!"

신앙심이 돈독한 유대인인 시몬은 이 회색 망토를 입은 작달막한 사나이가 누구인지 전혀 알지 못했으나, 창백한 얼굴의 그 사나이를 불쌍히 여겨 기꺼이 안으로 맞아들였다.

시몬은 나폴레옹을 침실로 데리고 가서 벽장 안에 들어가게 한 후 그 위에 이불을 몇 채 뒤집어씌웠다. 이불을 다 씌우고 나서 한숨 돌리려는데 현관문을 난폭하게 두드리는 소리가 들려왔다. 그는 놀란 나머지 자빠질 듯이 휘청거리며 문을 열었다.

밖에는 구름이라도 꿰뚫을 듯이 키가 큰 코자크 기병 대여섯 명이 창을 들고 서 있었다. 그중 대장으로 보이는 사내가 허리에 찬 사벨을 철커덕거리며 큰 소리로 물었다.

"이봐, 이쪽으로 도망 온 놈 못 봤나? 혹시 자네가 숨겨 준 것 아니야?"

시몬은 눈을 휘둥그렇게 뜨고 말했다.

"천만에요. 저는 우리 러시아 황제 폐하의 적이 될 만한 사람은 절대로 숨겨 주지 않습니다. 그럴 만한 용기도 없고요. 우리 집은 그리 넓지 않으니 한 번 찾아보도록 하십시오."

그러자 코자크 기병들은 러시아 말로 곰처럼 중얼거리며 집 안을 뒤졌다. 그들은 침실로 가서 벽장의 이불더미를 창으로 쑤셔 보았으나 창날에 아무것도 묻어나오지 않자 그냥 나가 버렸다.

기병들의 말발굽 소리가 멀리 사라져 들리지 않게 되자, 나폴레옹은 새하얗게 질린 얼굴로 비틀비틀 걸어 나와 시몬이 건네주는 포도주 한 잔을 간신히 마셨다.

이윽고 가까스로 황제의 위엄을 되찾은 그가 시몬에게 말했다.

"당신은 나를 구해 줬소. 내 생명의 은인이오. 소원이 있으면 말하시오. 무엇이든 들어줄 테니."

시몬은 한참을 곰곰 생각하더니 이렇게 대답했다.

"아, 그러시다면 이 지붕 구석에 구멍이 난 걸 좀 고쳐 주시겠소? 얼마 전부터 비가 새거든요."

나폴레옹은 기가 막힌다는 듯이 말했다.

"허어, 당신은 참으로 바보로군! 지붕에 난 구멍을 고쳐 달라니, 소원이 그렇게도 없소? 하여튼 그럼 또 한 가지 소원을 들어주겠소. 나는 뭐든지 할 수 있으니 말해 보시오."

시몬은 또다시 이것저것 열심히 궁리를 하고 나더니 대답했다.

"참, 모제스가 우리 집 바로 건너편에다 양복점을 차려서 우리 손님을 많이 빼앗겼지 뭡니까? 그러니 모제스에게 다른 마을로 가서 양복점을 차리라고 좀 말씀해 주시겠습니까?"

나폴레옹은 점점 기분이 상했다.

"도대체 당신은 아직도 내가 누군지 모르겠소? 나는 프랑스의 황제 보나파르트 나폴레옹이오."

시몬은 깜짝 놀랐다.

"넷? 프랑스의 황제시라고요?"

"그렇소. 그러니 다시 한 번 소원을 말해 보시오. 이 황제에게 어울릴 만한 것을 요구하라는 거요."

그가 나폴레옹이라는 말을 듣고 기절할 듯 놀라긴 했지만 시몬은 간신히 용기를 쥐어 짜내어 이렇게 말했다.

"폐하께서 그 이불 밑에 숨어 계시는 동안 코자크 기병들이 들어왔었습니다. 그리고는 창으로 이불을 푹 찔렀었죠. 하지만 신의 은총으로 폐하께선 위기를 모면하셨습니다. 기병들이 가고 나서 이불더미를 헤치고 나오신 폐하께선 몹시 겁을 먹고 계신 것 같았는데…… 외람된 부탁입니다만, 그때 어떤 기분이 었는지 말씀해 주시겠습니까?"

그 말을 듣고 몹시 화가 난 나폴레옹이 붉어진 얼굴로 말했다.

"나는 겁에 질린 적이 없어! 한 번도! 내게 그런 무례한 질문을 하다니, 내일 아침에 총살해 버리겠다!"

이윽고 프랑스군이 시몬이 사는 마을에 닿아서 황제의 말을 발견하고 한 집 한 집 찾아다니다가 마침내 나폴레옹을 찾아냈다.

나폴레옹은 부하들을 보자마자 명령을 내렸다.

"이놈을 즉시 체포하고 날이 새면 총살하라!"

시몬은 손목에 수갑을 찬 채 프랑스군 진영으로 끌려갔다.

다음 날 아침 닭이 울자, 시몬은 춥고 황량한 러시아의 들판으로 끌려 나가 나무기둥에 묶였다. 그는 어젯밤부터 한숨도 자지 않고 눈물을 흘리며 하느님께 기도를 드리고 있었다.

또다시 닭이 소리를 높여 울어댔다. 이윽고 동쪽 하늘이 훤하게 밝아오자, 프랑스군 장교가 총살대를 향해 소리쳤다.

"하나, 둘, 셋……."

장교의 지휘봉이 높이 올려졌다. 바로 그때, 전령이 말을 타고 달려오며 외쳤다.

"잠깐! 잠깐 기다리시오!"

전령은 장교 곁으로 달려가 말에서 내렸다.

"폐하의 명령으로 이 총살은 취소되었습니다."

그는 기둥에 묶인 시몬을 풀어 주고는 한 장의 메모를 내밀었다.

"황제 폐하의 전언이시오."

거기엔 이렇게 씌어 있었다.

'내가 그때 어떤 기분이었는지, 이제 알겠지?'

두뇌 회전도

제정 러시아 때였다. 한 장군이 먼 국경의 수비대를 시찰하기 위해 찾아왔다. 그는 장병들을 열병하고 난 뒤 얼굴을 잔뜩 찌푸리며 수비대장에게 물었다.

"이거 웬 냄새가 이리 지독한가? 여기에선 속옷이나 제복을 갈아입지 않나?"

장군의 나무람에 수비대장은 떨떠름한 표정으로 대답했다.

"물론 갈아입을 수 있다면 정말 그렇게 하고 싶습니다. 하지만 중앙에서 새 속옷이나 제복이 전혀 보급되지 않고 있습니다."

수비대장은 바로 이때다 싶어 불만을 얘기했던 것이다.

그러자 장군은 턱수염을 매만지며 위엄을 갖추고 호통을 쳤다.

"자네는 어째 그렇게 머리가 돌아가지 않나? 병사들을 두 줄로 마주 보게 세워 놓고, 속옷과 제복을 서로 바꿔 입도록 하면 되잖겠나!"

경 사(慶事)

이집트의 사다트 대통령이 소련의 브레즈네프 서기장에게 긴급 전화를 걸었다.

"큰일 났습니다. 지금 이스라엘 전투기가 국경을 넘어 이쪽으로 향하고 있다는 보고가 들어왔습니다!"

그러자 브레즈네프는 몹시 언짢은 목소리로 대꾸했다.

"도대체 몇 시인데 전화질이오? 모스크바는 지금 새벽 4시 반이오."

모스크바와 카이로 간의 전화는 이내 끊어졌다.

그로부터 15분 후, 또다시 브레즈네프의 머리맡에 있는 전화벨이 울렸다. 브레즈네프는 졸린 목소리로 전화를 받았다. 이번에도 역시 사다트였다.

"브레즈네프 서기장, 이스라엘군의 전차가 수에즈 운하를 넘어 이쪽으로 진격해 오고 있습니다."

브레즈네프는 간단하게 대답했다.

"그 따위 시시한 일로 날 깨우지 마시오."

하지만 15분쯤 후에 다시금 전화벨이 울렸다. 이번에는 잠이 깨어 있었지만 브레즈네프의 음성엔 노기가 잔뜩 서려 있었다. 물론 이번에도 사다트였다.

"큰일입니다! 이번에는 이스라엘의 낙하산 부대가 내가 있는 대통령 관저를 포위했습니다. 그리고 시내에선 이집트의 처녀들이 무차별로 강간당하고 있습니다."

브레즈네프는 수화기에 대고 악을 썼다.

"진심으로 축하하오! 그건 경사로군. 앞으로 20년 후엔 분명히 좀 더 훌륭한 병사들이 태어날 것이오!"

함께 뛰어서

나치 독일하의 유대인은 언제 어디서든 신분증명서를 휴대하고 다니지 않으면 안 되었다.

유대인 두 사람이 베를린 시내를 걷고 있는데 저만치 앞에서 경찰이 다가오는 것이 보였다. 한 사람은 신분증명서를 지니고 있었고, 또 한 사람은 가지고 있지 않았다. 증명서를 가지고 있는 사람이 말했다.

"내가 갑자기 도망치면 분명히 경찰이 나를 쫓아올 걸세. 그동안 자네는 재빨리 숨게."

이윽고 경찰이 가까이 다가왔을 때 신분증명서를 가진 남자가 죽어라고 달아나기 시작했다. 예상대로 경찰은 그를 추격했다. 2킬로미터쯤 달렸을 때 사나이는 결국 붙잡히고 말았다.

경찰이 권총을 뽑아들고 소리쳤다.

"손들어라!"

경찰이 신분증을 요구하자 사나이는 순순히 그것을 내보였다. 그러자 경찰이 물었다.

"정지하라고 그렇게 소리쳤는데, 왜 계속 뛴 거요?"

"아뇨, 난 못 들었는데요. 정신없이 뛰고 있었으니까요."

"어째서 정신없이 뛴 거요?"

"아, 갑자기 의사와 약속한 시간이 생각나서요."

"하지만 내가 당신을 뒤쫓고 있다는 걸 알았을 텐데?"

"물론 알고 있었습니다. 하지만 같은 의사한테 가는 모양이라고 생각했지요."

바로 근처

해군에 입대한 모제스는 난생 처음 항해에 나서게 되었다. 그런데 바다에 나간 지 얼마 되지 않아 풍랑이 일어서 배가 나뭇잎처럼 흔들렸다. 그런 상태는 며칠 동안이나 계속되었다. 모제스는 뱃멀미를 심하게 해서 이제 더 이상 토할 것이 없는데도 계속 구역질을 하고 있었다. 그렇지만 배가 가라앉지나 않을까 하는 공포 때문에 고통을 느끼지도 못했다.

견디다 못한 그가 고참에게 물었다.

"지금 우리는 육지에서 얼마나 떨어져 있는 겁니까?"

"글쎄…… 약 4천 내지 5천 미터 정도일 거야."

"아니, 그렇게 가깝습니까? 여기서 어느 쪽인가요?"

고참은 손가락으로 아래쪽을 가리켰다.

"똑바로 말이지."

황제보다 바보

제정 러시아 시대 때 붉은 바지 차림의 병사들을 태운 열차가 폴란드의 바르샤바로부터 오늘날 레닌그라드로 불리는 페테르스부르크를 향해 달리고 있었다. 같은 무렵에 회색 바지 입은 병사들을 태운 열차는 페테르스부르크에서 바르샤바를 향해 달렸다.

그리하여 폴란드와 러시아 사이에 있는 어느 간이역에서 그 두 열차가 함께 정차하게 되었다. 이 마을사람들에게, 붉은 바지의 병사들은 자기들 부대가 바르샤바에서 페테르스부르크로 이동하는 중이라고 했고, 회색 바지의 병사들은 페테르스부르크에 있던 자기 부대가 바르샤바로 옮겨가는 참이라고 말했다.

그 말을 들은 모제스는 야곱을 역 뒤로 데리고 가서 말했다.

"황제는 정말 바보야. 저렇게 골치 아프게 부대를 이동시키지 않아도 되는데 말이야. 붉은 바지는 페테르스부르크로 보내고, 회색 바지는 바르샤바로 보내서 그것을 양쪽 병사가 바꿔 입게 하면 되잖아. 그러면 바르샤바엔 회색 바지 부대가 생기고, 페테르스부르크엔 붉은 바지부대가 생길 텐데."

그러자 야곱이 말했다.

"바보는 황제가 아니라 바로 너야, 모제스. 그러면 병사들은 그동안 무엇을 입고 있니?"

사이렌

소련 관리가 미국의 한 공장으로 기계를 사러 왔다. 공장에서 매매 교섭이 이루어지고 있는 동안 정오가 되자 점심시간임을 알리는 사이렌이 울렸다. 공원들이 점심을 먹기 위해 떼 지어 공장 밖으로 나가자, 그 모습을 본 소련 관리가 새파랗게 질린 얼굴로 다급하게 말했다.

"큰일 났소이다! 공원들이 전부 도망치고 있습니다!"

미국의 공장 주인은 여유만만하게 웃으며 대답했다.

"염려 마십시오. 다시 돌아옵니다."

한 시간 후에 또다시 사이렌이 울리자 소련 관리는 밖을 내다보았다. 정말 공원들이 다시 꾸역꾸역 들어오는 것이 보였다.

미국의 공장 주인은 설명을 계속하려 했다.

"이 기계로 말씀드릴 것 같으면……"

그런데 소련 관리가 재빨리 그의 말을 막으며 다급하게 말했다.

"아니, 그 기계보다는…… 저 사이렌을 좀 샀으면 하는데요."

양심상

6일 전쟁 당시, 이집트의 카이로 방송은 아군이 이스라엘의 많은 도시들을 점령했다고 발표했다. 그러나 실제로 이들 도시에선 이집트 군인들의 그림자 조차 볼 수 없었다.

어느 이집트군 부대가 사령부 전방에 있는 이스라엘의 작은 도시를 점령하라는 추상같은 독촉을 받았다. 다섯 번이나 똑같은 독촉 명령을 받자, 그 부대의 부대장이 무전으로 물어왔다.

"이미 점령됐다고 발표된 도시를 어떻게 두 번씩이나 점령하겠습니까?"

피에로의 명답

옛날 아라비아에 칼리프(회교국의 지배자)를 오랫동안 모시던 유대인 피에로가 있었다.

어느 날 궁전에 들어간 이 피에로가 본의 아니게 칼리프의 노여움을 사게 되었다. 그리하여 칼리프는 피에로에게 사형을 언도했으나, 이 피에로는 자기가 어렸을 때부터 궁전에서 일해 온 사람이었으므로 마지막 자비를 베풀기로 했다.

"나에게도 자비심이 있느니라. 내가 어렸을 때부터 너는 나를 웃기기 위해 열심히 노력해 왔으므로 마지막으로 한 가지 소원을 들어주도록 하겠다. 너는 어떻게 죽었으면 좋겠느냐? 죽는 방법을 네 마음대로 택해라."

칼리프는 왕좌 옆에 있는 작은 모래시계를 거꾸로 놓으며 덧붙여 말했다.

"이 모래가 다 흘러내릴 때까지 생각했다가 대답하도록 해라."

유대인 피에로는 모래시계의 알갱이가 마지막까지 다 흘러내릴 동안 아무 말도 하지 않았다.

최후의 모래알이 유리관 안으로 떨어지자 칼리프가 물었다.

"그래, 이제 마음을 결정했느냐?"

그러자 유대인 피에로는 명랑한 표정으로 대답했다.

"네, 결정했습니다. 저는 노망이 들어 죽기를 바랍니다."

애국심의 발로

전쟁이 일어나자 러시아군은 수시로 유대인을 징병하곤 했다.

그 바람에 전선으로 보내진 야곱은 적과 마주치자 가장 먼저 도망치고 말았다.

결국 헌병에게 체포된 야곱은 사령관 앞으로 끌려갔다. 야곱을 본 사령관은 얼굴을 찌푸리며 말했다.

"너는 애국심이라곤 눈곱만치도 없는 놈이다. 가장 먼저 도망치다니! 당연히 총살감이야!"

그러자 야곱이 말했다.

"아닙니다, 사령관님. 저는 조국을 진심으로 사랑하고 적을 미워합니다. 너무나 애국심이 강하고 그 누구보다도 적을 미워하기 때문에 적 가까이만 가도 더러운 생각이 들어서 견딜 수가 없습니다. 그래서 되도록 멀리 떨어져 있으려고 했던 것입니다."

같은 이유

1968년, 체코슬로바키아에 눈이 녹아내리기 시작할 무렵이었다.

두브체크가 자유화 정책을 내세우자, 소련은 바르샤바 조약군을 체코슬로바키아에 몰아 보내 두브체크 정권을 타도해 버렸다.

그러나 소련을 분노케 한 진짜 핵심은 두브체크와 브레즈네프가 마지막 회담을 가졌을 때였다.

두브체크가 입을 열었다.

"해군성을 새로 설립했으면 하는데, 허가해 주시기 바랍니다."

브레즈네프가 놀란 표정을 지으며 물었다.

"해군성이라고? 체코슬로바키아엔 바다가 없잖소? 그런데 어째서 해군성이 필요하단 말이오?"

그러자 두브체크가 재빨리 반문했다.

"그러면 어째서 소련엔 문화성이 있습니까?"

모독죄

모든 게 얼어붙을 듯이 추운 러시아의 어느 겨울날, 한 유대인 젊은이가 발을 헛디뎌 모스크바 강에 빠지고 말았다.

불행히도 얼어붙어 있는 것은 도로뿐이고, 강물은 이제 막 얼기 직전이었다. 강물은 여름날 칵테일 해 먹기에는 알맞을지 모르나 겨울에 빠져 있기엔 너무 차가웠다.

유대인 청년이 미친 듯 소리쳤다.

"사람 살려요! 사람 살려!"

강가엔 주재 경찰이 대여섯 명이나 있었지만, 모두들 물에 빠진 유대인을 냉랭한 눈초리로 바라보고만 있었다.

청년은 계속 외쳤다.

"사람 살려! 사람 좀 살려요!"

이렇게 외침에도 불구하고, 러시아 경찰들의 표정에 변화가 생겼다면 그들이 웃었다는 것뿐이었다.

안 되겠다고 생각한 유대인 청년은 지혜를 짜내어 더욱 큰 소리로 외쳤다.

"러시아 황제는 당나귀보다 더 멍청하다!"

그러자 당황한 경찰들이 날렵하게 강물로 뛰어들어 그 유대인 청년을 물 밖으로 끌어냈다. 그리고 이렇게 말했다.

"황제를 모독한 죄로 즉시 감옥행이다."

그러자 유대인 청년의 얼굴에는 엷은 미소가 어렸다.

뇌수의 가치

의학이 진보할 대로 진보하여 뇌수 이식수술까지 가능해지자, 급기야는 뇌수만 전문적으로 파는 상점까지 생겨났다.

주인이 진열되어 있는 뇌수들을 하나하나 가리키며 친절하게 설명했다.

"이것은 유명한 미 대학교수의 뇌로, 아깝게도 노벨 물리학상을 놓치고만 사람의 것입니다."

"그게 얼마죠?"

"9백 달러입니다. 어떻습니까?"

"노벨상을 놓쳤다고요?"

그렇게 묻는 손님의 표정은 약간 불만스러운 듯했다.

그러자 주인은 다른 뇌수를 가리켰다.

"그러시다면 이 유명한 비즈니스맨의 뇌수는 어떻습니까? 그는 뉴욕의 월스트리트에서 크게 성공한 사람입니다. 사망 당시의 신문기사를 스크랩해 놓은 것이 있는데, 보시겠습니까? 가격은 7백 달러입니다."

그러나 손님이 여전히 마뜩치 않아 하자, 주인이 또 하나의 뇌수를 손가락으로 가리키며 말했다.

"이것은 한 이집트 장군의 뇌수입니다. 9천 달러죠."

그러자 손님이 깜짝 놀라며 물었다.

"9천 달러요? 다른 것에 비해 너무 비싸잖소? 대체 무엇 때문에 그렇게 비싼 거요?"

"이건 단 한 번도 사용되지 않은 것이거든요."

제4부

탈무드의 지혜

시메온의 지혜

요하이의 아들 시메온이 살아 있을 무렵, 로마의 왕이 모든 유대인들에게 세 가지 엄격한 명령을 시달했다.

유대 사내아이에게 할례를 금지할 것과 안식일을 지키지 말 것, 여인들이 율법에 정해져 있는 대로 몸을 깨끗이 해야 함을 금지토록 한 것이었다.

그 무렵 로마에 살고 있는 유대인 가운데 아리스토부르크의 아들로 루벤이 라는 이름을 가진 노인이 있었는데, 이 노인만은 왕궁에 자유로이 드나들 수 있도록 허용돼 있었다.

어느 날, 그는 혼자 왕을 방문하여 이렇게 질문했다.

"적을 가지고 있는 사람이 있다고 가정한다면, 그 사람은 적이 강하기를 바라겠습니까, 약하기를 바라겠습니까?"

"그야 당연히 적이 약하기를 바라겠지."

황제가 이렇게 답하자, 루벤이 계속 말했다.

"유대인은 약한 민족입니다. 그들이 할례를 행하는 동안은 말입니다. 그들은 사내아이가 태어난 지 8일 후면 그 아이 살을 조금 베어 냅니다. 그렇게 하면 그 아이는 자라서도 힘을 쓸 수 없어집니다. 그런데 국왕께서 할례를 금하시게 되면, 그들은 단번에 강해져서 설사 군대를 보낸다 하더라도 왕에게 대항하게 될 겁니다."

그 말을 듣고 왕이 대답했다.

"좋은 정보를 알려 주었군. 이 법은 취소하기로 하지."

루벤이 다시 말을 이었다.

"또한 적을 가지고 있는 사람은 적에게 돈이 있는 걸 바라겠습니까, 없는 걸 바라겠습니까?"

"그야 물론 돈이 없는 걸 바라겠지."

"그렇습니다. 유대인들이 가난한 까닭은 안식일을 지키고 있기 때문입니다. 그들은 일주일 동안 일해서 번 돈을 몽땅 안식일을 위해 써 버리고 있습니다. 일주일 동안 필요한 만큼 돈을 벌지 못하는 자는 남에게 꾸어서라도 안식일을 축하합니다. 만일 국왕께서 안식일 폐지를 고집하신다면, 그들은 얼마 안 있어 모두 부자가 되고 말 것입니다."

"그럼 이 법도 폐지하기로 하자."

루벤은 이어서 말했다.

"적을 가지고 있는 사람은 적의 수가 많기를 원하겠습니까, 적기를 원하겠습니까?"

"적의 수가 많아지면 안 되지. 절대로 안 되고말고."

"지금 유대인은 그다지 수가 늘어나지 않고 있습니다. 그 이유는 여인들이 몸을 깨끗이 하는 율법을 지키고 있기 때문입니다. 그 율법은 한 달에 14일, 출산 후엔 48일 동안 부부의 동침을 금하고 있습니다. 만일 국왕께서 이 율법을 지키지 못하도록 금지하신다면, 그들은 제멋대로 동침하게 되므로 그 결과 인구가 급격히 늘어나서 국왕의 군대로 억누르는 것이 어렵게 될지도 모릅니다."

"그대 말이 모두 옳다. 이 법도 없애기로 하자."

그러자 루벤이 또다시 말했다.

"그러시면 이 사실을 문서로 작성하여 이스라엘로 보내십시오."

왕은 당장 문서를 만들게 했다.

루벤이 물러간 후 로마의 귀족들이 왕을 찾아왔다. 그들은 유대인에 관한 법령을 폐지했다는 얘기를 듣자, 이구동성으로 그 유대인의 수작이 틀림없다고 비난하면서 왕에게 그것을 취소해 달라고 졸랐다.

"하지만 왕이 일단 입 밖에 낸 말을 어떻게 쉽사리 취소할 수 있겠는가?"

"그러면 그 문서를 이스라엘로 가지고 가는 자는 사형에 처한다고 명령을 내려 주십시오."

왕은 어쩔 수 없이 그러한 포고를 냈다. 이 사실을 알게 된 루벤은 급히 이스라엘에 살고 있는 동포들에게, 이곳에 이러이러한 사건이 일어났으니 여러분 가운데 기적을 행할 수 있는 자가 있으면 빨리 이곳으로 와서 문서를 가지고 가기 바란다는 편지를 보냈다.

유대의 현자들은 약속이라도 한 듯 모두들 요하이의 아들 시메온에게 주목했다. 시메온은 하인과 더불어 출발했다.

바다로 나간 시메온이 돛대를 쳐다보니 그 위에 마녀가 앉아 있었다. 시메온이 마녀를 향해 소리쳤다.

"넌 거기서 뭘 하고 있느냐?"

"그대가 기적을 행하는 걸 도와주려고 합니다."

그 말을 듣고 시메온은 하늘을 향해 외쳤다.

"주여, 이집트의 여인 하갈에게는 다섯 명의 천사를 내려 주셨는데, 어째서 제게는 마녀 하나만을 내려 보내신단 말입니까?"

그러자 마녀가 말했다.

"나는 먼저 가서 공주의 몸속에 들어가 있겠어요. 그러면 공주가 신음을 하면서 요하이의 아들 시메온을 불러오라고 소리칠 겁니다. 그때 그대가 와서 공주 귀에다 뭔가를 속삭이고 나면, 나는 공주 몸에서 빠져 나올 거예요. 그걸 이용하세요."

"하지만 네가 공주의 몸속에서 빠져 나왔다는 사실을 내가 어떻게 알 수 있겠는가?"

"나는 나오면서 궁전 안에 있는 유리로 만들어진 물건을 모조리 깨뜨려 버릴 겁니다."

"그럼 빨리 가서 지금 얘기한 바를 행동으로 옮겨라."

그리하여 마녀는 공주에게로 가서 그 몸속으로 들어갔다. 공주는 신음을 하며 요하이의 아들 시메온을 불러오라고 소리쳤다. 당장 시메온을 데려오기 위해 사자가 이스라엘로 떠났다.

시메온은 도착하자마자 곧바로 왕에게 안내되었다.

"그대가 요하이의 아들 시메온인가?"

"그렇습니다."

"내 딸의 병을 고칠 수 있겠는가?"

"네, 틀림없이 고쳐 드리겠습니다."

"어떻게 해서 고치겠느냐?"

"제가 공주님 귀에다 한마디만 속삭이면 그 길로 공주께선 회복되실 겁니다."

그리고 그가 덧붙여 말했다.

"그때는 성 안의 유리로 만들어진 물건이 모두 산산조각 나고 말 터이니 미리 알아 두십시오."

그러고 나서 시메온은 공주의 귀에다 뭔가 두세 마디를 속삭였다. 그러자 공주는 당장 원기를 되찾았다.

왕은 몹시 기뻐하며 시메온에게 말했다.

"바라는 것이 있으면 말해 보라. 그대에게 무엇이든지 주겠다."

시메온이 대답했다.

"저는 아무것도 바라지 않습니다만, 한 가지 부탁이 있습니다. 유대인을 압박하는 법률 폐기 문서를 이스라엘로 보내지 못하도록 포고를 내리셨는데, 그것을 취소해 주십사 하는 것입니다."

왕은 다시 그 명령을 취소했고, 유대인의 자유를 약속하는 문서는 곧장 이스라엘로 보내졌다.

최후의 희망

한 여인이 있었는데, 나이를 많이 먹게 되자 스스로가 다른 사람들에게 무거운 짐이 되고 있음을 깨달았다. 그래서 하라프타의 아들인 랍비 요쎄를 찾아가서 말했다.

"랍비님, 저는 너무 오래 살았습니다. 이젠 살아 있다는 게 아무 의미도 없군요. 먹고 마시는 일도 귀찮기만 하고, 오직 이 세상과 작별하는 일 이외에는 아무런 희망도 없습니다."

요쎄가 여인에게 물었다.

"당신이 이렇게 고령이 되도록 살 수 있었던 까닭은 뭔가 좋은 일을 해왔기 때문일 텐데, 도대체 무슨 일을 해왔나요?"

"좋은 일이라고 말하기도 쑥스럽습니다만 저는 일생 동안 하루도 빠짐없이 아침 일찍 일어나서 기도하러 갔습니다. 다른 일은 못 하더라도 이 일만은 빼먹은 적이 없습니다."

그러자 랍비가 말했다.

"그럼 사흘 동안만 기도하러 가지 말아 보시오."

랍비가 시키는 대로 행한 여인은 사흘째에 병에 걸려 죽고 말았다.

혈 육

결혼한 딸이 외간 남자와 바람피우는 꼴을 본 어머니가 은밀하게 충고를 했다.

"바람피우는 것도 좋지만, 제발 네 남편이 눈치채지 못하도록 몰래 해라. 나도 전에 그렇게 했었으니까 말이다. 지금 네 남동생이 열이나 되지만, 실상 네 아버지의 자식은 단 하나뿐이란다."

우연히 그 말을 듣게 된 아버지는 그 사실을 가슴 깊이 담아 두고 있었다. 그러다가 아내가 먼저 죽고 자기도 병에 걸려 머지않아 죽을 처지가 되자, 자신의 유산을 하나뿐인 친자식에게만 물려주어야겠다고 결심했다. 하지만 그 이름을 엿듣지 못했기 때문에 누가 친아들인지를 알 수가 없었다.

결국 아버지가 세상을 떠나자, 유산을 사이에 두고 아들 열 명이 큰 싸움을 벌였다. 그리하여 자식들은 랍비 베너에게 몰려가서 판정을 부탁했다.

"이 사건은 다루기가 어렵군. 이걸 판정할 사람은 아버지 외엔 아무도 없을 것이다. 그러니 너희들 모두 아버지 무덤에 가서 누구에게 유산을 물려주려고 했는지 답이 나올 때까지 무덤에 돌을 던져 보아라."

그 말을 듣자 자식들 아홉 명은 아버지 무덤으로 몰려가 정신없이 몽둥이로 두들기고 돌을 던지고 했다. 그러나 단 한 아들만은 울며 탄식하는 것이었다.

"무덤일지언정 아버지를 향해 돌을 던지다니, 그게 인간으로서 할 짓인가! 그러느니 나는 차라리 유산을 받지 않겠다."

그걸 본 랍비 베너는, 유산은 바로 그 아들의 것이라고 판정을 내렸다.

더 나은 보석

스페인의 돈 페드로 왕의 고문으로 있던 발렌샤 니콜라우스는 자기 지위를 이용하여 왕을 꾀어서 유대인을 탄압하려 했다. 그러자 왕은 에프라임 산초라는 랍비를 불러 물었다.

"우리 것과 그대들 것을 비교하면 어느 쪽 신앙이 좋다고 생각하는가?"

랍비가 대답했다.

"저희들 입장으로서는 저희네 쪽이 좋은 신앙입니다. 저희들이 이집트의 노예가 되어 있을 때, 하느님이 저희들을 그곳에서 탈출시키고 인도해 주셨기 때문입니다. 하지만 폐하의 입장에서는 폐하의 신앙 쪽이 더 좋을 것입니다. 그것은 폐하에게 지상의 권력을 약속해 주고 있기 때문입니다."

그러자 왕이 말했다.

"내가 묻는 바는 신앙 그 자체이지, 신앙이 신자에게 무엇을 부여하느냐 하는 문제가 아냐."

"허용해 주신다면 사흘 동안 깊이 연구해 보고 나서 제 의견을 말씀드릴까 합니다."

그 말에 왕이 승낙했다.

사흘 후, 다시 왕 앞에 나타난 랍비의 얼굴에 어두운 그늘이 깊게 드리워져 있었다. 그것을 본 왕이 물었다.

"왜 그처럼 어두운 표정을 하고 있느냐?"

"저는 오늘 부질없는 중상모략을 당했습니다. 폐하께서 판결을 내려 주시기 바랍니다. 다름이 아니라 한 달 전의 바로 오늘, 제 이웃 사람이 먼 곳으로 여행을 떠났습니다. 그에겐 아들이 둘 있었는데 서로 사이좋게 지내라고 보석을 두 개 두고 갔지요. 그 형제는 저를 찾아와서 이 보석이 무엇인지, 어떻게 다른지 말해 달라고 부탁했습니다. 그래서 저는 '그건 아버님께 여쭤봐라, 너희 아버님은 위대한 예술가이며 보석에 관해서도 전문가이시니 필시 올바른 판정을 내려 주실 것이다.'라고 대답했습니다. 그런데 이러한 조언을 했다고, 두 형제는 제게 마구 주먹다짐을 하며 차마 듣지 못할 악담까지

퍼부었습니다."

그 얘기를 듣고 난 왕이 말했다.

"그들에게 그대를 모욕할 권리는 전혀 없다. 그들이야말로 벌을 받아 마땅하
지."

랍비가 다시 말을 이었다.

"폐하께서 방금 말씀하신 것을, 폐하의 귀가 분명히 들으셨을 줄 믿습니다.
여기서 사흘 전 얘기로 되돌아갑니다만, 폐하께선 어느 쪽 신앙이 더 좋으냐고
물으셨는데 하늘에 계시는 아버지에게 사자를 보내시면 그 신앙이 어떻게
다른지에 대해 대답이 있을 줄 믿습니다."

이 말을 들은 왕은 자기의 고문 쪽을 돌아보며 말했다.

"알았는가, 니콜라우스? 유대인의 이 현명함을 말이야. 이 사람은 존경할
만한 가치가 있지만, 그에 반해 그대는 벌을 받아야 마땅하다. 그릇된 중상모략
을 일삼았기 때문이지."

스스로 판 무덤

터키 물라드 왕의 고관 한 사람이 얘기 중에 유대의 랍비에게 물었다.

"그대들은, 이스라엘을 지켜 주는 신은 쉬지도 않으며 잠을 자지도 않는다고
뽐내며 외치고 있다. 그렇다면 그 밖의 민족들에겐 지켜 주는 신이 없단
말인가?"

랍비가 대답했다.

"온갖 민족 중에서 저희들처럼 약한 민족은 없습니다. 하느님이 특별히
저희들을 보살펴 주시지 않는다면, 양과 같은 이스라엘 민족이 70여 마리의
이리들 사이에서 어떻게 생명을 유지해 나갈 수 있겠습니까?"

물라드 왕의 치세 하에 있는 수도 이스탄불엔 크리스천들이 많이 살고
있었다.

그들은 자식 중의 하나를 터키 군대에 보내는 게 관습처럼 되어 있었다.

그 자식들은 회교 신앙 속에서 길러지고 자라서는 터키 군대의 병사가 되었는데, 그들은 유독 유대인에 대해 나쁜 감정을 가지고 사사건건 흉계를 꾸며내곤 했다.

어느 해 유월절이 다가왔을 때, 두 병사가 유대인을 모함할 궁리를 하고 있었다. 그중 한 병사가 말했다.

"유대인들은 지금 유월절을 맞이하기 위해 음식을 만드느라 한참 들떠 있어. 그 녀석들의 기분을 망쳐 버리기엔 지금이 절호의 기회야."

"대체 어떻게 하자는 얘긴가?"

"내게 아들이 하나 있어. 잘생긴 녀석이지만 유대인들을 골탕 먹이려면 어쩔 수 없지. 그놈을 죽여서 유대인 거리에다 몰래 던져 버리는 거야. 그러고 나서 내일쯤 유대인의 소행이라고 왕에게 가서 일러바치는 거야."

그러나 일은 그들이 기대했던 대로 진행되지 않았다. 두 병사는 유월절 전날 밤 자기 손으로 죽인 아이를 안고 유대인 거리로 들어서려 했으나 그곳으로 통하는 문은 굳게 닫혀 있었다.

마침 그 문의 바로 맞은편에 한 고관 집이 있었는데, 그날 밤 고관은 잠이 오지 않아 창가에 앉아서 밖을 내다보고 있다가 달빛 아래에서 두 사나이가 뭔가를 안고 있는 걸 보았다. 다음 날 아침, 그는 간밤에 목격했던 광경을 왕에게 보고했다. 왕은 세밀히 조사해 보기로 했다.

그런 지 얼마 후, 두 병사가 출두하여 말했다.

"왕이시여, 저희들을 구제해 주소서. 하느님의 거룩하신 이름 아래, 유대인들에게 복수하도록 해 주시옵소서."

왕이 물었다.

"도대체 무슨 일을 당했단 말이냐?"

한 병사가 대답했다.

"제 아들이 유대인 거리로 나가자 주민들이 습격해서 어린 아들을 죽였습니다. 그 피로 유월제의 빵 반죽을 하기 위해서입니다. 그들은 이 축제일에 그런 빵을 먹도록 되어 있습니다."

또 한 사람의 병사가 거들었다.

"친구가 말씀드린 얘기엔 조금의 거짓도 없습니다."

왕은 두 병사를 따로 떼어 놓도록 하고, 우선 두 번째 병사를 호출하여 모든 진실을 고백하면 상을 내리겠다고 말했다. 그러자 그는 친구가 자기 아들을 죽여 유대인에게 죄를 뒤집어씌우려고 했던 사실을 털어놓았다. 그래서 다음에는 아들의 아버지 쪽을 심문하여 네 친구는 네가 자식을 죽인 사실을 자백했다고 말했다.

"당치도 않은 말씀입니다. 제가 어찌 제 자식을 죽일 수 있겠습니까? 제 자식을 죽인 건 바로 그놈입니다."

왕은 두 악당을 당장 사형에 처하라고 명령했다.

정해진 인연

한 랍비가 자기 집에 사동을 고용하고 있었다.

그런데 눈이 펑펑 쏟아지는 몹시 추운 어느 겨울날, 랍비가 소년에게 말했다.

"이 집에서 당장 나가거라. 이젠 너의 얼굴도 보기 싫다!"

소년은 서럽게 울며 이렇게 추운 날 어디로 가란 말이냐고 호소했다. 랍비의 제자들도 소년의 딱한 사정을 동정했다. 하지만 랍비의 태도는 완고하기만 했다.

"내 집에서, 아니 이 마을에서 썩 사라져 버리란 말이다. 여긴 네가 있을 곳이 아니야. 네가 내 마음에 들지 않는 이상, 여기 있어 보았자 헛일이야."

소년은 어쩔 수 없이 스승의 집을 떠날 수밖에 없었다. 날이 저물어 한 여관 앞에 닿은 소년은 안주인에게 하룻밤만 묵게 해 주면 내일 아침 일찍 떠나겠다고 애원했다. 안주인은 가엾게 여겨 안으로 들어오게 했다. 방 안에 들어서자 소년은 한쪽 구석에 누워 이내 잠들어 버렸다.

그날 밤, 상인 몇 사람이 들어와 같은 여관에 투숙했다. 그들은 자고 있는 안주인을 깨워 식사와 술을 청해 먹고 마시더니 거나하게 취했다. 모두들 부자로서 돈을 많이 가지고 있었다. 기분이 유쾌해지자, 그들은 뭔가 재미있는 일이 없을까 하고 주위를 살피다가 한구석에서 잠들어 있는 소년을 발견하자 깨워서 함께 음식을 들게 했다.

여관 안주인은 오래간만에 손님이 몰려온 걸 기뻐하며 그들을 응대했는데, 상인들이 아들이나 딸이 없느냐고 묻자 딸이 하나 있다면서 데리고 나와 모두에게 소개했다.

그러자 상인들은 소년을 가리키며, "이 젊은이를 남편으로 맞을 의향은 없는가? 만일 좋다면 당장 식을 올리기로 하자."고 말했다. 딸이 무슨 영문인지 몰라 어리둥절해하자, 그 어머니는 손님들이 더 오래 묵어 주었으면 하는 얄팍한 장삿속으로 "농담 삼아 하는 말이니 그러겠다고 대답하렴." 하고 딸에게 권했다.

이리하여 일은 상인들의 뜻대로 진행됐다. 식은 진짜처럼 거행되었고, 랍비를 섬기고 있던 소년은 율법과 관습에 따라 신부를 축복했다. 물론 안주인은 그때까지도 모두 장난이라고만 생각하고 있었다. 어쨌든 식이 끝나자, 상인들은 모든 비용을 지불하고 먼 목적지를 향해 떠났다.

그러고 나서 몇 시간 후에 여관 주인이 여행에서 돌아왔다. 아내가 가엾은 소년을 무료로 재워 주었다는 것과 재미있는 손님들이 떼 지어 몰려와서 숙박했다는 얘기 등을 하면서 그들이 장난삼아 딸과 소년의 결혼식을 올려 주었다고 하자, 주인이 벌컥 화를 냈다. 장난이든 농담이든 식은 식인지라, 돌이킬 수 없는 난처한 지경에 처한 것은 아닐까 걱정되었던 것이다.

그는 소년을 불러들여 어디서 왔는지, 뭘 하고 지냈는지, 왜 여기에 오게 되었는지 따위를 캐물었다. 소년은 이웃 마을 랍비와의 관계와 충실하게 섬기고 있었는데도 쫓겨나고 말았다는 얘기를 털어놓았다.

다음 날 아침, 여관 주인은 소년을 데리고 랍비가 살고 있는 마을로 떠났다. 그 두 사람이 집 앞에 채 도착하기도 전에 랍비가 웃는 얼굴로 맞으러 나오며 축하한다고 말했다.

"난 당신의 딸이 이 젊은이의 아내가 되리라는 사실을, 이 두 남녀가 태어날 때부터 예감하고 있었소. 그러나 그 기정사실을 어떻게 실현해야 될지는 모르고 있었던 거요. 당신은 지체 있는 가문의 분이신지라 따님을 호락호락

내주실 리가 없다고 생각되어, 부득이하게 이 젊은이를 내쫓았던 거요. 그리고 일은 계획대로 진행됐어요. 이제 이 젊은이는 당신의 사위가 됐소. 당신이 슬퍼할 이유라곤 전혀 없습니다. 주께서 그렇게 정하신 일이므로 그 거룩한 마음을 거역할 수 없는 거지요. 여기까지 얘기했으니, 결혼식을 올려 주었던 그 상인들이 누구였는지는 당신도 짐작할 수 있을 겁니다."

친구와의 약속

유명한 성자인 랍비 에리메렉에게는 어릴 적에 학교를 함께 다니던 유독 친한 친구가 있었다. 그 친구가 갑자기 병에 걸려 눕게 되었다는 소식을 듣자, 에리메렉은 문병차 찾아갔다. 친구는 울면서 자기가 죽으면 하나밖에 없는 어린 자식을 맡아서 보살펴 달라고 부탁했다.

에리메렉이 대답했다.

"약속하겠네. 하지만 자네가 만일 진짜 죽는다면 언젠가 내게 찾아와 자네가 저승에서 어떠한 대우를 받고 있는지 얘기해 주겠노라고 약속해 주게나."

그 친구는 오른손을 쳐들어 맹세하더니, 이 세상일은 살아 있는 자에게 모두 맡긴다는 한마디를 남기고 숨을 거두었다.

에리메렉은 약속대로 고아가 된 소년을 데려다 양육하여 훌륭하게 키웠다. 소년이 자라서 사랑의 마음이 싹틀 무렵, 명문가의 규수를 아내로 맞이하게 되었다.

결혼식 당일이 되자 마을사람들이 모두 몰려왔으나, 막상 신랑의 후견인인 랍비 에리메렉은 별실에 틀어박힌 채 좀처럼 나오질 않았다. 손님 몇 사람이 참다못해 열쇠구멍으로 실내를 들여다보니, 랍비가 의자에 앉아 뭔가 깊은 사색에 잠겨 있는 듯해 방해하지 못하고 그대로 기다렸다. 이윽고 서너 시간이 지난 뒤에야 랍비가 나와서 관습과 율법에 따라 식을 거행했다.

축하연이 벌어지고 있는 자리에서 에리메렉이 손님들에게 말했다.

"왜 내가 그처럼 늦게 나왔는지 궁금하셨겠지요? 그 이유를 여러분께 말씀드리겠습니다."

그는 축하객들에게 신랑 아버지는 어떠한 사람이었는지, 죽기 전에 자기와 어떠한 약속을 주고받았는지를 먼저 얘기하고 나서 말을 이었다.

"그는 그동안 그 약속을 이행치 않고 있었습니다. 그런데 오늘, 그러니까 식이 시작되기 조금 전에 드디어 내 앞에 나타났습니다. 살아 있을 때와 조금도 달라지지 않은 모습이더군요. 내가 잘 있느냐고 묻자 친구가 이런 얘기를 했습니다.

'삶에 이별을 고했을 때, 나는 전혀 고통을 느끼지 않았네. 내 영혼은 마치 우유에서 쇠털을 집어내듯이 몸에서 쑥 빠져나오더군. 깊은 잠에 빠졌을 때와 마찬가지였지. 내게 수의를 입히기 시작하기에, 난 일어나서 도망치려고 했지만 왠지 그럴 수가 없었어. 드디어 날 무덤 속에다 가두고 비석을 세우더니, 그때까지 따라왔던 사람들이 제각기 흩어져 돌아가더군. 난 땅 속 구덩이에서 벌떡 일어났지. 죽었다는 기분은 전혀 들지 않았어. 나 자신이 무덤 속에 파묻혀 있다는 게 우스꽝스러울 지경이었지. 난 집으로 돌아가려고 울타리를 뛰어넘어 곧장 묘지 밖으로 나섰다네. 묘지가 갑갑해서 견딜 수 없었거든. 날은 벌써 저물어 해가 서산으로 기울어 있었어. 앞에 작은 연못이 보이기에 그걸 건너려 하는데 물이 갑자기 불어나서 망설이고 있었지. 그런데 그때 비가 억수같이 쏟아져 졸지에 흠뻑 젖어 버렸지 뭔가. 어느 쪽으로 가야 될지도 모르겠더군. 뒤에는 묘지가 버티고 있고, 앞에는 연못이 가로막고 있어서 말이야. 그래도 역시 집으로 돌아가고 싶어서 발을 동동 구르다가 난 참다못해 결국 울음을 터뜨리고 말았네. 그러자 바로 그때 내 앞에 굉장히 키가 큰 사나이가 나타났어. 그 사람의 머리는 하늘까지 닿을 정도였다네. 그가 나이 먹은 사람이 어찌하여 이런 데서 엉엉 울고 있느냐고 묻기에 집에 가고 싶어서 그런다고 대답했더니 바보라고 꾸짖더군. 그러면서 '아직도 하계에 있는 줄 알고 있느냐? 네 목숨은 내가 맡고 있다.' 이렇게 말한 뒤 나를 번쩍 쳐들어 올리는가 싶더니 어느덧 최고 재판관 앞에 데려다 놓았겠지. 내겐 지옥으로 떨어져야만 될 죄는 없었지만 그렇다고 전혀 죄가 없는 것도 아니기 때문에 천국으로 갈 생각은 아예 포기하고 있었다네. 그랬더니 지옥과 천국 사이에 있는 널찍한 대기실을 가리키면서 거기 가 있으라는 판결을 내리더군. 한쪽 문은 지옥을 향해 열려져 있고, 또 한쪽 문은 천국을 향해 열려져 있었어. 난 지옥으로 떨어진 사람들의 온갖 고생을 바라보면서 내가 범했던 과오를 속죄하려고 마음먹었지. 하지만 그토록 고생하는 꼴을 바라보고 있노라니 정말 괴롭더군. 지옥에서 고생하는 자들 가운데는 하계에서 내가 잘 알던 사람들도 많이 있었어. 그러나 착한 사람들이 누리고 있는 행복한 영생은 보여 주지 않더군. 그 황홀경을 누릴 자격이 아직 내겐 주어지지 않았다네. 그래도 안식일이 되자 조금이나마 죄인들의 고통을 덜어 주더군. 내가 마음대로 돌아다니게 해 달라고 부탁했더니, 어렵사리 내 소원을 들어주었어. 그래서 난 안식일을 즐기려고 하는 숱한 영혼들을 만날 수 있게 되었단 말일세.'

이렇듯……."

랍비 에리메렉은 잠시 말을 멈췄다가 다시 말을 이었다.

"……죽은 친구는 나를 찾아올 때까지 14년 동안을 줄곧 헤매 다녔다는 겁니다. 그러는 동안 아들이 자라서 결혼식을 올리게까지 되었고, 때마침 식을 거행하기 직전에 내 앞에 나타나서 그 약속으로부터 자신을 해방시켜 달라고 간청하게 된 것이지요. 나는 이왕이면 식이 끝날 때까지 여기 있어 달라고 권해 봤습니다만 그는 이렇게 말했습니다.

'날 더 이상 붙잡지 말게. 천국의 아름다움이란 도저히 말로는 표현할 수 없다네. 지금의 내게 있어 하계는 아무런 뜻도 없단 말일세.'

그래서 내가 약속으로부터 해방시키겠노라고 쪽지에다 써 주고 나자, 그의 모습이 홀연히 사라져 버렸습니다."

조랑말이 된 사나이

한 랍비가 이 마을 저 마을을 떠돌아다니다가 어떤 유대인 농가에서 하룻밤을 묵게 되었다.

세상 돌아가는 얘기를 주고받던 집 주인과 랍비의 화제가 어느새 말에 대한 것으로 바뀌자, 주인은 손님을 마구간으로 안내해서 자기가 기르는 말들을 구경시켜 주었다.

그 가운데 몸집이 매우 작은 조랑말 한 필이 랍비의 눈길을 끌었다. 그가 이 말을 자기에게 팔지 않겠느냐고 묻자 주인이 대답했다.

"이 말만큼은 팔라고 하지 마십시오. 내가 애지중지하며 가장 소중히 여기는 놈이거든요. 비록 체구는 작지만, 다른 말 세 필이 함께 덤벼도 끌지 못하는 마차까지 거뜬히 끌어 버린답니다. 그러니 제발 그런 말씀은 하지 마세요. 절대 내놓을 수 없습니다."

랍비는 할 말을 잃고 다시 방으로 들어가 주인에게 물었다.

"누군가 댁에서 돈을 꾸어갔던 사람은 없나요? 만약 있다면, 그 차용증서를 좀 보여 주셨으면 좋겠습니다."

주인이 증서들을 찾아 보여 주자, 랍비는 몇 장 안 되는 증서 가운데에서 한 장을 골라내어 그걸 자기에게 달라고 말했다.

"그 증서는 이제 아무 가치도 없습니다. 그걸 써 주었던 자는 몹시 가난한 사람이었을 뿐만 아니라 몇 해 전에 이미 죽어 버렸답니다."

그래도 랍비는 한사코 그걸 달라고 졸랐다. 주인이 휴지와도 다를 바 없는 그 차용증서를 내주자, 랍비는 뒤늦게나마 죽은 사나이의 빚을 청산해 주려는 듯이 그 자리에서 그것을 갈가리 찢어 버렸다. 그러고 나서 주인에게 말했다.

"이제 다시 한 번 마구간에 가 봅시다."

그런데 주인이 조금 전까지도 그렇게 자랑을 하던 말이 어느새 싸늘히 죽어 있었다.

랍비가 말했다.

"이 말은 댁에서 돈을 꾸어갔던 가난한 사나이였답니다. 그 빚이 남아 있었기 때문에 이 사나이는 죽은 뒤에도 한 필의 조랑말이 되어 일을 하도록 명을 받았던 거요."

죄의 대가

티베리아의 한 청년이 ≪성경≫ 공부를 하기 위해 베델로 갔다.

매우 늠름해 보이는 그에게 홀딱 반한 그 마을의 한 아가씨가 자기 아버지에게 말했다.

"아버지, 제발 그 청년과 결혼하게 해 주세요."

딸의 간청을 들은 아버지는 청년을 찾아갔다.

"여보게, 내 사위가 되어 주지 않겠나?"

"좋습니다."

청년도 흔쾌히 대답했다. 그리하여 결혼식을 올린 그는 아내를 데리고 자기 집으로 돌아가서 일년 정도 즐겁게 지냈다.

어느 날 아내가 남편에게 말했다.

"부탁이 하나 있어요. 부모님을 뵙고 싶으니 나를 친정에 데려다 주세요."

이리하여 남편은 먹을 것과 마실 것, 선물 등을 말에 싣고 아내와 함께 베델로 떠났다.

얼마 후 그들이 으슥한 산길에 이르렀을 때 무기를 든 강도가 앞을 가로막았다. 그 강도를 본 아내는 어느새 그에게 반해서 남편을 배반하고 강도 쪽에 붙었다. 나무에 묶인 남편은 강도와 아내가 서로 어울려 먹고 마시며 즐기는 광경을 그저 바라보고 있어야 했다.

식사가 끝나자 강도는 여인과 동침을 했다. 두 남녀가 포도주 단지 옆에서 쾌락에 취해 있을 때, 뱀 한 마리가 슬며시 기어와 단지 속에 독을 토했다. 강도는 잠시 후 목이 마른 듯 단지를 들고 포도주를 마셨고, 그 자리에서 죽고 말았다. 눈앞에서 기적이 이루어졌음을 본 남편이 아내에게 말했다.

"나를 풀어 줘, 부탁이야."

"무서워요, 당신은 나를 죽일 거예요."

"맹세코 그런 짓은 하지 않겠어."

부정한 아내는 부들부들 떨며 일어나 밧줄을 풀었다.

두 사람은 다시 여행을 계속하여 베델로 갔다. 딸과 사위가 도착하자,

노부부는 기뻐하며 진수성찬을 마련했다. 그러자 사위가 말했다.

"음식을 들기 전에 먼저 도중에서 일어났던 사건을 얘기하지요."

그러고는 숲 속에서 있었던 일을 모두 털어놓았다.

그 말을 다 듣고 난 장인이 벌떡 일어서더니 단칼에 자기 딸을 베어 죽이고 말았다.

수탉의 충고

솔로몬 왕에게는 먼 곳에 살고 있으면서도 새해가 되면 어김없이 찾아오는 가까운 친구가 있었다. 왕은 친구가 돌아갈 때면 가족들에게 줄 푸짐한 선물을 딸려 보내곤 했다.

그러던 어느 해, 훌륭한 선물을 가지고 온 그 친구에게 왕이 선물을 주려 하자 그 친구는 굳이 사양하면서 말했다.

"왕이시여! 큰 은혜 덕분에 저는 살아가기에 아무 불편이 없습니다. 만일 제게 뭔가 주시려거든 단 한 가지, 동물들의 말을 가르쳐 주십시오."

그러자 왕이 대답했다.

"친구여! 소원을 들어줄 수도 없고, 그렇다고 거절할 수도 없네. 왜냐하면 그건 매우 위험한 것이거든. 아무튼 그처럼 간절히 원한다면 절대적으로 비밀을 지켜야 해. 만일 들은 얘기를 한마디라도 누설하면 그대는 당장 죽게 된다네."

왕이 그 소원을 들어주자, 친구는 기뻐하며 자기 집으로 돌아갔다.

어느 날 그가 아내와 함께 앉아 쉬고 있노라니 들일을 마친 황소가 돌아왔다. 그날 꾀병을 부리고 외양간에서 쉬고 있던 당나귀가 황소에게 말했다.

"요즘 기분이 어떤가?"

"말도 말게. 온종일 죽도록 일만 해야 되는 신세지 뭔가."

"몸을 아껴야지. 내가 좀 더 편히 살 수 있는 좋은 방법을 가르쳐 줌세."

"그렇게까지 생각해 주니 고맙네. 자네 말이라면 뭐든지 듣지."

"오늘 밤엔 여물을 먹지 말게나. 자네가 아무것도 안 먹으면 주인은 병에 걸린 줄 알고 고된 일에서 해방시켜 줄 걸세. 그럼 자네도 나처럼 편히 쉴 수 있을 게 아닌가."

황소는 당나귀의 충고를 받아들여 그대로 했다.

날이 밝은 다음 농장 주인이 외양간에 들러보니, 당나귀가 황소 몫의 여물까지 먹어치웠고 황소는 자고 있었다. 그는 어제 그 두 마리가 주고받던 대화를 기억해 내곤 '당나귀 녀석이 잔꾀를 가르쳐 줬구나.' 하는 생각에 큰 소리로 웃어댔다. 그 웃음소리를 들은 아내가 남편이 다시 방으로 들어오자 물었다.

"왜 그렇게 큰 소리로 웃었어요?"

"응, 좀 우스꽝스런 일이 생각나서 나도 모르게 웃음이 터져 나온 거야."

그날 아침에 주인은 외양간 관리인에게 이렇게 명령했다.

"오늘은 황소를 쉬도록 하고, 그 대신 당나귀를 끌고 나가서 황소 몫까지 일을 시키게."

저녁이 되자, 당나귀는 녹초가 되어 외양간으로 돌아왔다. 황소가 물었다.

"매정한 인간들이 나를 빗대어 무슨 말을 하지 않던가?"

"왜 안 하겠나. 자네가 앞으로도 여물을 먹지 않고 일을 못 한다면 잡아먹을 수밖에 없겠다고 하더군."

황소는 소스라치게 놀라 여물통에 머리를 처박더니 바닥이 드러날 때까지 고개를 들지 않았다.

주인은 또 두 짐승의 대화를 듣고서 당나귀의 발상이 너무도 우스꽝스러워 혼자서 또다시 킬킬거렸다. 그러자 아내가 화를 내며 말했다.

"어제 당신이 웃었을 적엔 그저 우연한 일로 그랬으려니 하고 생각했지만, 오늘만은 따져 봐야겠어요. 단지 우리 둘밖에 없는 집 안에서 두 번이나 혼자 웃다니, 틀림없이 날 보고 그런 걸 거예요. 그 이유를 솔직히 얘기하기 전까지는 절대로 내 곁에 오지 마세요."

난처해진 남편이 애원하듯 말했다.

"그렇게 따지지 말아요. 비밀을 누설하면 큰일 나니까, 단단히 입을 닫고 있어야 해. 만일 그걸 얘기하는 날엔 내 목숨이 끊어져 버린다고."

그래도 아내는 진실을 들을 때까지는 먹지도 마시지도 않겠노라고 억지를 부렸다. 마침내 남편이 입을 열었다.

"당신이 정 알아야겠다면 내 목숨을 내놓고 알려 주지. 당신 없는 세상에서 나 홀로 살아간들 아무 낙도 없을 테니까. 하지만 이야기를 들려주기 전에 마지막으로 처리해 둘 일이 있어."

그는 친구들을 모두 불러들였다. 모두에게 뒷일을 잘 부탁해 둘 속셈이었다.

그때 그가 기르고 있던 개가 몹시도 슬픈 듯 고개를 숙인 채 빵과 고기를 주어도 입에 대지 않았다. 얼마 안 있어 죽게 될 주인의 모습이 슬퍼서 견딜 수 없었던 것이다. 그런데 커다란 수탉이 암탉들을 거느리고 그 자리로 다가오더니 빵과 고기를 맛있게 쪼아 먹었다. 그걸 본 개가 화를 내며 수탉에게 덤벼들었다.

"너는 어쩌면 그렇게도 욕심쟁이인데다 배은망덕하냐! 지금 우리 주인이 곧 죽을 판국인데, 네놈은 조금도 걱정이 되지 않니?"

그러자 수탉이 대답했다.

"주인이 어리석기 짝이 없어서 그 꼴인데 나더러 어떻게 하라고 그러니? 봐, 난 아내를 열씩이나 거느리고 있지만 내 말 한마디면 모두들 쩔쩔맨단 말이야. 그런데 주인은 단 하나밖에 없는 아내조차 제대로 거느리지 못하고, 야단 한 번 못 치는 형편이 아니냐?"

그러고는 입을 더 크게 벌려 외쳐댔다.

"아내의 엉덩이에 깔려 있는 주인이야말로 참말 꼴불견이지 뭐니. 내가 하는 말을 잘 듣고 다소라도 좀 영리해졌으면 좋으련만."

그러자 개가 다시 물었다.

"그럼 주인께서 어떻게 하면 좋단 말이니?"

"그야 두말할 것도 없지. 그저 굵직한 몽둥이로 죽도록 두들겨 패야 돼. 그럼 부인은 잘못을 빌 거고, 당연히 주인으로선 비밀을 털어놓을 필요가 없게 되지."

수탉의 얘기를 들은 사나이는 그대로 실행했다. 그리하여 간신히 목숨을 건질 수 있었다.

환 심

솔로몬 왕이 어느 날 시온 성에서 잠시 휴식을 취하고 있노라니, 뒤뜰 숲 속에서 작은 새 두 마리가 마주 보며 지저귀고 있는 게 보였다. 솔로몬은 새들의 말을 알아들을 수 있는지라 그 두 마리의 새가 무슨 얘기를 하고 있는지 이내 알아챘다.

먼저 수놈이 암놈을 향해 말했다.

"그대가 명령만 내린다면 국왕 폐하가 살고 계시는 이 성조차도 하루아침에 무너뜨려 보일 거야."

솔로몬은 그 말을 듣고, 과연 작은 새가 그런 엄청난 일을 해낼 수 있을까 하고 궁금히 여겼다. 그래서 그 새를 잡아오도록 명령했다.

마침내 그물에 사로잡혀서 날개를 파닥거리고 있는 작은 새에게 솔로몬이 물었다.

"너는 그 연약한 몸으로 어떻게 내가 살고 있는 이 성을 무너뜨리겠다는 거냐?"

그러자 작은 새가 반문했다.

"솔로몬 왕이시여, 폐하께선 그만한 지혜도 없으십니까? 뭇 사내가 계집의 환심을 사기 위해서 감히 생각할 수도 없는 일을 과장해서 얘기한다는 것을 정말 모르신단 말씀이십니까?"

알렉산드리아

알렉산더 왕은 자신의 이름을 후세에 남기기 위해 새로운 도시를 세우기로 작정했다.

드디어 대역사가 시작되어 지주가 세워졌는데, 몇 만 마리인지 셀 수조차 없을 만큼 많은 새들이 날아와 기둥 주위에다 집을 지었다. 그뿐 아니라 뒤따라서 다른 새들이 날아와 지금까지 있던 새를 모조리 잡아먹어 버렸다.

이를 본 알렉산더는 건설을 중지하는 편이 좋지 않을까 하는 생각이 들 정도로 걱정스러웠다.

"이건 흉한 징조인지도 모르겠다. 이 도시가 언젠가 다른 나라에 짓밟힌다는 뜻인 것만 같구나. 그렇다면 이 같은 계획은 아예 포기하는 게 현명하지 않을까?"

그러자 이집트의 현자와 사제, 역법에 통달한 사람들이 모여 각기 생각하는 바를 토로한 다음 왕 앞으로 나아가서 의견을 말했다.

"이번 일은 국왕 폐하의 결심을 뒤흔들 만큼 중차대한 것이 아니라고 생각됩니다. 도시 건설을 중단하지 마십시오. 이 일은 도리어 여러 나라 사람들이 이 도시를 찾아들어 한층 번성하고, 영원히 부를 누릴 수 있다는 상징으로 보입니다."

이 얘기를 듣자 알렉산더 왕은 비로소 안심하고 건설을 계속하도록 명령했다. 그리하여 완성된 도시가 알렉산드리아이다.

마지막 손질이 끝났을 때, 알렉산더는 이집트의 현자들을 모아 예언자 예레미야의 무덤을 찾아내도록 명했다. 그리하여 예언자의 뼈를 파내 새로 세운 도시의 네 방향에 각기 묻음으로써 그곳을 영원토록 해충이나 맹수의 피해로부터 보호하려 했다.

그래서 그런지, 사실상 오늘에 이르기까지 알렉산드리아에선 맹수며 해충을 찾아볼 수 없다.

신 뢰

모세가 광야에서 장인의 양떼를 돌보고 있을 때였다. 어느 날, 흰 늑대의 모습으로 변신하고 나타난 천사가 그에게 말했다.

"하느님의 아들이여, 그대에게 평안이 깃들기를……."

그 모습에 잔뜩 겁을 먹은 모세를 보고 늑대가 계속 말했다.

"한 가지 부탁이 있습니다. 난 지금 배가 고파서 죽을 지경입니다. 당신

양을 한 마리만 잡아먹도록 해 주십시오."

모세가 어떻게 짐승이 말을 할 줄 아느냐고 물었다.

"앞날에 당신은 시나이 황야에서 성스러운 글을 받을 것입니다. 또한 황금 송아지가 얘기하는 걸 듣고, 빌레암의 암탕나귀 얘기를 쓰게 될 겁니다. 그런 당신이 나에게 그런 말을 해야 되겠습니까? 당신 양을 한 마리만 주십시오. 그러면 나는 달려가서 창조주의 생각을 터득하고 열심히 일할 작정입니다."

"이 양들은 내 것이 아니고 장인 이드로의 소유야. 나는 '하느님과 이스라엘 앞에서 깨끗해야 된다.'고 배웠어. 난 날품팔이와 다를 바 없지. 라반의 양을 충실히 지키며 한낮의 더위와 밤의 추위를 견뎌야 했던 야곱과 마찬가지야. 우리의 조상들은 '마음이 성실한 자에겐 남들이 엿볼 수 없는 아름다운 땅을 에덴동산에 내려 주신다.'고 말씀하셨다."

"나는 당신의 얘기를 들으러 온 게 아닙니다. 어서 장인한테 달려가 내게 양을 한 마리 줘도 좋은지 물어봐 주십시오."

"내가 여기를 떠나면, 그동안에 누가 이리며 표범 따위의 짐승들로부터 양떼를 지켜 준단 말이냐? 너 역시 그들과 같은 무리가 아닌가? 다른 난폭한 녀석들이 습격해 오면 어떤 결과가 되는지 잘 알 텐데?"

"나를 여기에 두고 간다면 양떼는 내가 지키겠어요. 한 마리도 다치지 않게 할 뿐 아니라, 하늘에 맹세코 잡아먹지도 않겠어요."

그리하여 모세는 장인에게로 가서 이 기묘한 사건에 대해 얘기했다. 그러자 이드로가 말했다.

"내 양 가운데서 가장 좋은 놈을 골라 그 늑대에게 주게. 나를 대신해서 그걸 줘."

모세가 양떼 있는 곳으로 되돌아가 보니, 머리를 앞발 위에 얹고 양떼 곁에 엎드려 있던 늑대가 물었다.

"장인께서 뭐라고 말씀하시던가요?"

"양 가운데서 가장 좋은 놈을 골라 네게 주라고 하시더군."

그렇게 말하고 늑대 쪽을 돌아보니 늑대의 모습은 이미 사라져 버리고 없었다.

불가사의한 일

모세는 평소에 곧잘 인기척 없는 곳을 찾아가서 묵상하곤 했다. 그럴 때면 으레 하느님이 그의 앞에 나타났다.

그날도 모세는 샘터 근처의 나무그늘에 앉아 쉬며 사색에 잠겨 있었다. 그때 한 사나이가 샘터로 다가오더니 물을 떠 마시고는 이내 발걸음을 재촉하여 떠났는데, 너무 서두르는 바람에 지갑을 떨어뜨린 것도 모르고 그냥 가 버렸다.

얼마 후 다른 사나이가 샘터로 와서 역시 물을 마시고는 지갑이 떨어져 있는 걸 발견하자 그걸 집어 안주머니에 넣더니 서둘러 그 자리를 떠났다. 그 뒤 또 한 나그네가 샘터로 왔다. 그는 물을 마시고 나서도 한동안 앉아 쉬고 있었다.

그때 지갑이 없어진 사실을 깨닫게 된 맨 처음 사나이가 분명히 물을 마시려고 허리를 굽혔을 적에 떨어뜨렸으리라 생각하고 서둘러 샘터로 되돌아왔다. 그리하여 한 사나이가 거기 앉아 있는 걸 보고는 물었다.

"여기서 뭘 하고 있소?"

"피곤하기에 잠시 쉬고 있는 참이오. 배도 채우고 물도 실컷 마셨기에 이제 서서히 떠나려 하고 있었소."

그러자 지갑을 잃어버린 사나이가 다짜고짜 그에게 덤벼들었다.

"그럼 내가 떨어뜨린 지갑을 보았겠군. 바로 조금 전에 있었던 일이니까 말이야. 네놈밖에는 없다고."

"당신 지갑을 내가 알 리 있소? 무턱대고 누명을 씌울 셈이오? 딴 데 가서 찾아보시지."

결국 격한 싸움이 벌어지고 주먹이 오가게 됐다. 모세가 다가가서 말리려고 했으나, 그가 끼어들기도 전에 지갑을 떨어뜨렸던 사나이는 나중의 사나이를 때려죽이고 도망가 버렸다.

모세는 죄도 없이 살해당한 사나이가 불쌍해서 견딜 수 없었다. 하느님은 어찌하여 이 같은 억울한 일이 일어나도록 그냥 내버려 두시는지 의아하게 여겨졌다.

모세가 말했다.

"저는 지금 세 가지 부당한 행위를 이 눈으로 보았습니다. 첫째는, 한 사나이가 자기 물건을 떨어뜨리는 걸 당신은 보고만 계셨습니다. 둘째는, 다른 사나이가 아무런 방해도 받지 않고 그것을 자기 소유로 하는 것을 보고만 계셨습니다. 셋째로, 아무런 나쁜 일도 하지 않은 사나이가 살해당하는 꼴 역시 그냥 보고만 계셨습니다. 뿐만 아니라, 지갑을 떨어뜨린 사나이는 살인자가 되어야 했습니다. 이렇듯 풀기 힘들게 서로 얽혀 버린 문제를 어떻게 판단하면 좋을지…… 전능하신 하느님이시여, 가르쳐 주소서!"

그러자 하느님이 대답했다.

"너는 마치 내가 한 일이 잘못이라 생각하는 것 같구나. 인간에겐 이따금 내가 하는 일이 불가사의하게 여겨지겠지만, 모든 일에는 필연적으로 그 연유가 있음을 모르기 때문이다. 그럼 네게 가르쳐 주겠다. 지갑을 떨어뜨린 사나이는, 과연 억울하게 죄를 짓긴 했지만 그 지갑은 그의 아버지가 훔친 것이다. 그리고 지갑을 발견한 사나이는 지갑을 도난당한 사람의 아들이었다. 살해당한 사나이는, 벌써 먼 옛날의 일이지만 지금 그를 죽인 사나이의 형을 죽인 적이 있다. 증인도 없이 그러한 일이 일어났으므로 동생의 손을 빌어 그 원수를 갚게 한 셈이지. 너희들은 번번이 어째서 악인이 번성하고 정직한 자가 괴로운 일에 부딪쳐야 하는지를 이해하지 못하는 경우가 많겠지. 하지만 인간에겐 내가 걷는 길이 보이지 않는 법이다."

신의 뜻

여호수아의 아버지인 눈은 미즈라임에서 살고 있었는데, 그의 아내는 오랫동안 아기를 낳지 못했다. 눈은 아내를 위해 열심히 기도를 드려 마침내 그 소원이 이루어지게 되었다.

아내가 잉태하자, 신심 깊은 눈은 단식하며 밤낮을 가리지 않고 울었다.

아내가 깜짝 놀라 남편에게 물었다.

"하느님이 우리의 소원을 들어주셨는데 왜 그렇게 울고 계셔요?"

남편은 대답이 없었다. 그러나 같은 물음을 며칠째 되풀이하자 마침내 남편이 입을 열어 얘기했다. 앞으로 태어날 자식이 언젠가는 자기를 죽이게 된다는 계시가 있었다는 것이었다.

드디어 달이 차서 사내아이가 태어나자, 아내는 작은 나무상자 안에 찰흙과 역청을 발라 튼튼히 만든 후 그 속에 아기를 넣어 강물에 띄워 보냈다. 하지만 하느님이 커다란 물고기를 내려 보내 그 상자를 삼키게 했다.

때마침 왕이 제후들을 초대하여 성대한 잔치를 벌이고 있었는데, 어부에게 잡힌 어마어마하게 큰 그 물고기가 연석에 바쳐졌다. 왕 앞에서 물고기의 배를 가르자 상자가 나오고, 그 안에서 울고 있는 사내아이가 발견되었다. 무척 놀란 왕은 재빨리 유모를 데려오도록 명령했다.

그리하여 여호수아는 왕 슬하에서 양육되었고, 자라서 사형 집행인으로 임명되었다. 이때 여호수아의 아버지가 죄를 범하자, 왕은 사형 집행인인 여호수아에게 그 목을 치라고 명령했다.

나라의 법이 정한 바에 의해, 처형된 자의 소유물은 아내나 자식까지도 모두 사형 집행인의 소유가 되었다.

여호수아는 처형된 사나이의 아내인 자신의 생모에게 접근하여 동침하려 했다. 그러자 그녀의 양쪽 유방에서 젖이 쏟아져 나와 이부자리를 흠뻑 적셨다. 여호수아는 소스라치게 놀라 창을 집어 들어 찌르려 했다. 마녀임에 틀림없다고 생각했기 때문이었다. 그때 그의 어머니가 남편의 말을 상기하며 아들에게 말했다.

"그대가 보고 있는 나는 결코 마녀가 아니며, 여기 이것은 그대가 먹었어야 했던 것이다. 나는 그대의 어머니이다."

그리고는 과거에 있었던 일을 전부 얘기했다. 여호수아 역시 자신이 물고기의 배 속에서 발견됐다는 얘기를 어렴풋이 들었던 기억을 되살렸다. 그렇다면 자신이 처형했던 사나이는 아버지가 아닌가 하며 그는 몹시 슬퍼하면서 울었다.

우월한 종교

유대인과 아랍인이 우연히 같은 길을 걷게 되었을 때 아랍인이 말했다.
"우리의 종교가 당신네 종교보다 훨씬 우월하다."
유대인이 대답했다.
"아냐, 우리 종교가 당신네 것보다 월등하다. 이런 말이 있지 않은가. '오늘 그대들에게 베푸는 가르침 같은 올바른 정신과 계율을 지닌 위대한 민족이 또 어디에 있겠는가?' 하는 성전의 말씀 말이야."
"그럼 어디 다른 사람에게 물어보기로 하자. 모두들 내 종교가 당신의 것보다 좋다고 말한다면, 내게 당신의 돈을 모두 줘라. 하지만 당신의 종교 쪽이 위라고 판정한다면 내 돈을 몽땅 주겠다."
"좋다, 그렇게 하자."
이리하여 둘은 앞으로 걸어 나갔다. 그때 악마가 노인으로 변신하여 다가왔다. 두 사람이 어느 쪽 신앙이 위냐고 묻자 그 악마는 '아랍인의 신앙만이 진짜다.'라고 대답했다. 두 사람이 다시 걸어 나가자 또다시 악마가 이번에는 젊은이의 모습을 하고 다가왔다. 두 사람이 아까와 같은 질문을 던지자 악마는 또 '진리는 아랍인 쪽에 있다.'고 대답했다. 둘이 다시 걷기 시작했을 때 악마는 노인의 모습을 하고 세 번째로 그들의 앞을 가로막더니 '아랍인 말이 옳다.'고 대답했다. 이리하여 유대인은 가지고 있던 돈을 몽땅 내주어야 했다.
기가 죽은 유대인은 그곳을 떠나 어느 폐허에 이르러 그대로 쓰러져 잠이 들었다.
밤이 깊어졌을 때 문득 잠에서 깨어나 보니, 악마들이 서로 제 자랑을 하는 소리가 들려왔다. 두 악마가 한 악마에게 물었다.
"자넨 오늘 어디를 갔다 왔나?"
"난 유대인과 아랍인이 서로 자기네 신앙이 우월하다고 다투는 걸 봤지. 재미가 나서 계속 아랍인 편을 들어주었다니까."
두 악마는 또 다른 악마더러 물었다.
"자넨 오늘 어딜 돌아다녔나?"

"난 어느 왕의 딸이 출산하는 걸 계속 괴롭혀 주었지. 공주는 7일 동안이나 고통을 받으면서 울어야 될 거야. 하지만 성 뒤에 자라고 있는 작은 나무의 잎을 따서 그 즙을 내어 코에다 발라 주면 쉽사리 아기를 낳을 수 있을 텐데."

그 뒤에 또 다른 악마가 질문을 받았다.

"자넨 어디에 갔었나?"

"난 어느 마을에 가서 단 하나밖에 없는 우물의 물구멍을 막아 버렸지. 그렇지만 검은 황소를 그 우물 앞에 끌어다가 제물로 바치면 당장에 도로 솟아나올 거야."

유대인은 그 말들을 마음에 새겨 두고는 아침 일찍 일어나서, 한 악마가 얘기하던 왕의 나라로 향했다. 그곳에 가 보니, 정말로 공주가 난산으로 고통을 당하고 있었다.

그가 왕에게 가서 말했다.

"성 뒤쪽에 자라고 있는 작은 나무의 잎을 따서 그 즙을 코에 발라 드리시오."

그대로 실행하자, 공주는 이내 옥동자를 낳았다. 그녀는 왕의 단 하나밖에 없는 자식이었으므로 왕은 매우 기뻐하면서 유대인에게 막대한 돈과 보물을 주었다.

유대인은 다시 우물이 막혔다고 하던 마을로 가서 그곳 주민들에게 말했다.

"우물 앞에다 검은 황소를 제물로 바치시오. 그러면 다시 물이 솟아나올 거요."

주민들이 낯선 사나이의 말대로 행하자 과연 물이 다시 솟아나왔으므로 그들 역시 막대한 돈과 보물을 내놓았다.

다음 날, 유대인은 우연히 자기의 돈을 몽땅 가져갔던 그 아랍인을 다시 만나게 되었다. 아랍인은 빈털터리가 되었어야 할 지난번의 나그네가 그와는 반대로 당당한 모습으로 나타난 걸 보고 소스라치게 놀라며 물었다.

"며칠 전에 당신의 돈은 모두 내 것이 되었다. 그런데 어떻게 해서 이처럼 큰 부자가 되었는가?"

유대인은 그동안에 일어났던 일체의 일을 얘기해 주었다. 그러자 아랍인이 말했다.

"그렇다면 나도 그 폐허에 가서 좋은 일을 가르쳐 달래야지."

그러고는 폐허를 찾아가서 거기에 누워 있었다. 그러자 악마들이 인간을 발견하고 자기들 일을 방해한 자라며 그 자리에서 잡아 죽이고 말았다.

소년 재판관

사울 왕이 나라를 다스리고 있을 무렵, 이스라엘의 시골에 한 노인이 살고 있었다. 그에게는 젊고 아름다운 아내가 있었는데, 이 지방의 대관이 전부터 뛰어난 미모의 이 여인에게 눈독을 들이고 있다가 마침내 노인이 세상을 뜨자 강제로 첩을 삼으려 했다. 여인에겐 그를 따를 의사가 추호도 없었으나, 상대방이 나는 새도 떨어뜨릴 만한 권력자인지라 할 수 없이 도망치기로 결심했다.

그녀는 가지고 있던 돈을 몇 개의 단지에 나눠 담고, 그 위에다 벌꿀을 부었다. 그리고 증인 앞에서 그 단지들을 고인의 가까운 친구에게 맡긴 다음 그 고장을 떠났다.

그런데 단지를 맡아 뒀던 사나이가 아들의 결혼식 때문에 벌꿀이 필요하게 되었다. 그는 맡아 가지고 있던 벌꿀 단지를 생각해 내고는 지하실로 내려가 단지 뚜껑을 열었다. 그런데 벌꿀을 조금 떠내고 보니 그 아래에 금화가 반짝이는 게 아닌가. 다른 단지도 모두 마찬가지였다. 사나이는 금화를 몽땅 꺼내고는 다음 날 벌꿀을 사들여 도로 단지를 채워 놓았다.

마침내 대관이 죽자 여인은 고향으로 되돌아왔다. 그리고는 사나이를 찾아가서 단지를 되돌려 달라고 하자 사나이가 말했다.

"내가 단지를 맡을 때 입회했던 증인을 데리고 오면, 그가 보는 앞에서 단지를 되돌려 주겠소."

여인이 증인을 데리고 오자, 죽은 남편의 친구가 증인 앞에서 단지를 되돌려 주었다. 그러나 집에 돌아와서 열어 보니 단지에는 벌꿀밖에 들어 있지 않았다. 여인은 너무도 분하여 울부짖으며 고소를 하기에 이르렀다.

재판관이 물었다.

"그 사나이에게 돈을 맡겼다는 사실을 아는 증인이 있는가?"

"단지에 돈이 들어 있었다는 사실은 아무도 모릅니다."

"그럼 나로서는 도저히 처리할 수 없군. 사울 왕한테 가 보는 게 좋겠다. 그분이라면 힘이 되어 주실지 모르니까."

그리하여 여인은 왕한테 갔는데, 왕은 상급 재판소로 가도록 명령했다. 상급 재판관이 그 단지에 돈이 들어 있었다고 증언할 수 있는 자가 있는지를 물었다.

"아무에게도 그 얘기는 하지 않았습니다."

여인이 대답하자 재판관이 말했다.

"우리는 증인이 있어야 재판을 할 수 있다. 그대 외에 아무도 모르고 있는 일을 무작정 사실로 받아들일 수는 없다."

여인은 낙담하여 그 자리에서 물러났다. 도중에, 후일 왕이 된 다윗을 만나게 되었다. 다윗은 당시 목동이었는데, 다른 아이들과 더불어 뛰어놀고 있었다. 여인은 그 억울함을 아이들에게라도 호소하고 싶은 심정이 되어 말했다.

"나를 속인 사나이를 고소했는데도 받아들여지지 않는구나. 제발 내 얘기를 듣고 어느 쪽이 옳고 그른지 판단해 보렴."

그러자 다윗이 말했다.

"왕께 가서 내가 재판을 해도 좋을지 허락을 받아 오십시오. 그럼 내가 판결을 내려 드리겠어요."

여인은 또다시 왕에게로 갔다.

"폐하, 저는 길에서 한 목동을 만났습니다. 그가 이 사건을 재판할 수 있다고 합니다."

왕은 그 소년을 데려오도록 명했다.

여인이 그를 데리고 나타나자, 왕이 말했다.

"네가 증인 없이도 진실을 밝힐 수 있다고 장담했다던데, 그게 사실이냐?"

"허락해 주신다면 최선을 다해 보겠습니다."

"그렇다면 허락하노라."

그러자 여인은 단지를 모두 가져와 다윗에게 건네주었다.

소년 재판관이 심문을 시작했다.

"이 단지가 그 사나이에게 맡겨 놓았던 물건이 틀림없습니까?"

"틀림없습니다."

다음엔 고소당한 사나이를 향해서, 지하실에 들여 놓았던 단지가 틀림없느냐고 물었다.

"틀림없습니다."

사나이가 대답하자, 다윗은 단지 안의 내용물을 모두 비워 달라고 지시했다. 그러고 나서 모두가 지켜보고 있는 앞에서 텅 빈 단지를 연달아 두들겨 부순 후 파편을 조사해 보았다. 뜻밖에도 금화 두 닢이 단지 조각들 가운데서 발견되었다. 벌꿀 때문에 단지 안쪽에 딱 달라붙어 있었던 것이다.

다윗은 여인을 속인 사나이를 향해 선고했다.

"당신은 맡았던 돈을 이 부인에게 전부 되돌려 줘야 합니다."

이 얘기를 전해 들은 이스라엘 백성들은 하느님이 다윗과 더불어 존재하심을 알게 되었다.

필 연

솔로몬 왕에게는 딸이 하나 있었다. 그녀는 이스라엘을 통틀어 봐도 비길 사람이 없을 만큼 아름다웠다.

솔로몬은 딸의 남편감이 어떤 사람인지를 알아보고자 성좌를 짚었다. 별의 위치는, 딸의 남편이 나라 안에서 가장 가난한 사나이임을 나타냈다.

왕은 당장 바다 가운데의 무인도에 높은 탑을 세워 그 둘레를 돌담으로 둘러쌌다. 그리고는 공주를 그 속에 들어가게 한 다음 씩씩한 병사 70명을 뽑아 딸을 돌보도록 했다.

그러고 나서 솔로몬이 중얼거렸다.

"자, 하느님이 어떻게 하시는지 지켜봐야겠다."

어느 날 밤, 남루한 옷차림의 한 젊은이가 허기진 배를 움켜쥐고 잠잘 곳을 찾아 헤매고 있었다. 그러다가 죽어 있는 소를 발견한 젊은이는 조금이라도 몸을 녹이려고 그 갈빗대 사이로 기어들어가 잠이 들었다. 그때 거대한 독수리가 날아와 소의 사체를 무인도의 탑 꼭대기로 물어갔다. 마침 공주의 방 바로 위였다. 독수리는 지붕 위에 앉아 죽은 소의 살덩이를 뜯어먹었다.

다음 날 아침, 여느 때처럼 맑은 공기를 접하기 위해 탑 꼭대기로 나온 공주는 뜻밖에도 한 젊은이를 발견하고 물었다.

"당신은 누구세요? 어떻게 여기까지 오게 됐나요?"

젊은이가 대답했다.

"나는 이스라엘에서 왔습니다. 독수리에 납치되어 여기까지 오게 됐지요."

공주가 자기 방으로 데리고 가서 목욕하게 하고 새 옷으로 갈아입힌 다음 자세히 보니 젊은이는 세상에 둘도 없는 미남자였다. 공주는 점차 젊은이에게 마음이 끌렸다. 그는 미남자였을 뿐 아니라 갖가지 재능이 뛰어났고, ≪성경≫에도 능통해 있었기 때문이었다.

어느 날 그녀가 젊은이에게 말했다.

"나를 축복해 주실 의향은 없으신지요?"

"오! 제가 그렇게 해도 좋겠습니까?"

말을 마치자마자 젊은이는 벌떡 일어서더니 자신의 살을 조금 베었다. 그리고는 거기서 나온 피로 약혼을 맹세하고 공주를 축복하며 이렇게 말했다.

"주여, 저희들을 위해 증인이 되어 주소서. 천사 미카엘, 가브리엘이여, 저희들의 증인이 되어 주소서."

일련의 절차를 마치고 두 사람은 다른 사람의 눈에 띄지 않게 비밀리에 결혼을 했고, 얼마 후 공주는 잉태를 하게 되었다.

솔로몬의 명령으로 공주를 호위하던 병사들은 그녀의 몸에 일어난 이상을 알게 되자 경사라며 축하해 주었다. 그러면서 어떤 분의 아기인지를 거듭 물었으나 공주는 대답하지 않았다. 결국 왕의 노여움을 두려워한 병사들은 사자를 보내어 왕림을 청했다.

배를 타고 섬으로 건너온 솔로몬은 병사들로부터 그간의 사정을 들었다. 그리고 공주를 불러 어떻게 하여 이리 됐는지를 물었다.

"하느님께서 한 젊은이를 제 곁으로 보내 주셨습니다. 아름답고 친절한 마음씨에 교양이 있으며, ≪성경≫에도 능통한 분입니다."

공주의 말을 듣고 나서, 솔로몬이 젊은이를 불렀다. 젊은이는 공주와 혼약을 맹세했던 글을 내보였다.

그의 양친과 가문, 출생지 등을 낱낱이 물어 얘기를 듣고 난 솔로몬은 지난날 자신이 성좌를 짚어 점쳤던 젊은이임에 틀림없음을 알고는 매우 기뻐하며 하느님을 찬미했다.

사필귀정

요야힌이라는 한 유대인이 아내인 수잔나와 함께 살고 있었다. 그는 대단한 부자로 모든 사람들로부터 존경을 받고 있었으며, 그의 집에는 언제나 문중 사람들이 와 묵곤 했다. 그의 집에는 꽤 넓은 정원이 있었는데, 수잔나는 곧잘 이곳을 산책하기도 하고 연못에서 목욕을 즐기기도 했다.

그 무렵 마을 재판관으로 선출된 두 랍비가 요야힌의 집에서 일을 보게 되었다. 그런데 이 두 사람은 모두 수잔나의 미모에 반해 윤리에 어긋나는 욕망을 품었다.

처음에는 서로 자신의 심정을 숨기고 있었으나, 어느 날 사람들이 모두 밖에 나가고 집 안이 텅 비게 되자 이들은 각기 안채 정원으로 숨어 들어갔다. 정원에서 마주치게 된 두 사람은 서로의 마음을 털어놓은 다음, 수잔나가 나무 그늘 아래 연못으로 목욕하러 와서 두 하녀에게 향유를 가지러 보내는 틈을 노렸다.

마침내 수잔나가 옷을 모두 벗고 물속으로 들어가려 하자, 두 사람은 숨어 있던 데서 나와 나체인 여인을 붙잡고 말했다.

"우리들의 말을 들으시오. 그렇지 않으면 당신이 젊은 놈과 놀아나는 현장을 목격했다는 소문을 퍼뜨릴 거요."

소스라치게 놀란 수잔나는 온몸을 떨었으나 이 악한들로부터 빠져나갈 방도가 없다는 것을 깨달았다. 절망적인 지경에 이르자, 그녀는 하느님의 은총을 빌어 볼 도리밖에 없다고 생각하여 큰 소리로 외쳤다.

"주여, 이 악한들로부터 저를 구해 주소서!"

그러자 두 랍비도 고래고래 소리를 질렀다.

그 바람에 밖에서 돌아온 집안사람들이 소란스러운 소리를 듣고 달려왔다.

그들이 그 자리에 왔을 때, 두 랍비는 능청스럽게 수잔나를 간음죄로 문책하고 있었다. 모두들 이 광경을 보고는 놀라 어찌할 바를 몰라했다. 지금까지 그녀에 관한 나쁜 소문이라곤 단 한 번도 들어본 적이 없었기 때문이었다.

다음 날 여느 때처럼 많은 사람들이 요야힌의 집에 모이자, 두 랍비는 일어서서 수잔나를 가리키며 번갈아 말했다.

"우리들은 이 여인을 정원 속에서 발견했습니다. 그녀가 향유를 가져오라며 두 하녀를 집 안으로 돌려보냈을 때 한 젊은 남자가 나타나서 그녀와 간음을 했습니다. 우리들이 급히 뛰어가 붙잡으려 했으나 아깝게도 놓치고 말았던 것입니다."

모두들 랍비들이 한 이 증언을 믿었다. 지금까지 본 바로 랍비들은 더없이 정직한 사람들이라 여겨졌기 때문이었다.

랍비들은 수잔나를 앞으로 끌어내어, 그녀에게 옷을 모두 벗도록 명령했다. 다시 한 번 그녀의 나체를 보려는 비열한 속셈이었다.

마침내 마을사람들이 던지는 돌에 맞아죽어야 할 형벌에 처해진 수잔나는 다시금 하늘을 우러러 기도를 올렸다.

"저의 억울함을 잘 알고 계시는 진정한 재판관님, 저를 부당한 벌로부터 구해 주소서! 세상 사람들에게 제가 죄를 범하지 않았음을 증명해 주소서!"

그러자 하느님은 예언자 다니엘을 그 자리에 입회토록 보냈다.

"주여, 이 올바른 여인의 죽음을 제 책임으로 돌리지 마소서!"

사형장에 입회했던 모든 사람들은 무슨 말을 하고 있느냐고 다니엘에게 물었다.

그러자 다니엘이 대답했다.

"하느님의 뜻에 따르겠다는 말이다. 대신 이스라엘에서는 사형 판결을 내릴 경우 자세한 사정을 조사하지 않는가? 이 사건을 다시 한 번 조사해 봐야 되겠다."

그리하여 수잔나는 일단 형장에서 풀려나와 집으로 돌아왔다.

재판이 다시 시작되자, 두 랍비는 출두하여 허위 증언을 되풀이했다. 그러자 다니엘은 두 랍비를 따로따로 심문했다. 그가 먼저 한 랍비에게 물었다.

"이 여인이 어떤 나무 아래서 젊은이와 함께 있는 걸 봤는가?"

"테레빈 나무 아래서입니다."

"그런 나무는 이 정원에 한 그루도 없다. 나쁜 놈은 바로 너다."

다니엘은 다른 랍비를 데려오게 하여 같은 질문을 했다.

"플라타너스 아래서입니다."

결국 두 랍비의 죄가 만천하에 드러났다. 그리고 수잔나가 받을 뻔했던 형벌은 그들 두 랍비에게 인도되었다.

백정의 이면

랍비 시메온은 천국으로 가게 됐을 때의 자기 자리를 미리 가르쳐 달라고 하느님께 부탁했다. 그러자 하느님은 백정의 옆자리를 가리켰다.

랍비 시메온은 의아하게 여겨 마음속으로 '나는 밤낮 성전 연구에만 골몰했는데, 그럼에도 불구하고 앞으로 백정을 이웃으로 삼아야 하다니……. 마음에 들지 않지만, 일단 나가서 어떤 사나이인지 살펴보자.' 하고 다짐했다.

그 백정을 찾아가 보니 그는 상당한 부자였다. 랍비는 손님으로 가장하고 그 집에 들어가 8일 동안 유숙했다. 백정은 그를 매우 융숭하게 대접했다.

그래서 랍비는 백정을 불러 조용히 물었다.

"자네는 지금까지 어떠한 일을 해 왔는지를 얘기해 주게."

그러자 그 사나이가 대답했다.

"저는 무척 죄 많은 인간으로서 ≪성경≫조차 배우지 못했습니다. 어려서부터 푸줏간에서 열심히 일한 덕분에 이젠 제법 여유가 생겨 매주 이 마을의 가난한 사람들에게 고기를 나누어 주고 있습니다. 그 밖에 회사도 좀 하고 있지요."

이 말을 듣고 랍비가 말했다.

"아니야, 단지 그뿐이 아니고 더욱 좋은 일을 한 적이 더 있을 걸세."

"언젠가는 이런 일이 있었습니다. 저는 이전에 이 마을의 세무원으로 일했던 적이 있었답니다. 항구에 들어오는 선박으로부터 세금을 받아들이는 일이었죠. 어느 날 배가 한 척 들어왔는데, 세금을 지불하고 난 선장이 제게 이렇게 말하더군요. '아주 색다른 물건을 사지 않겠소? 당신에게라면 팔겠소.'라고요. 저는 그게 어떤 물건인지 먼저 얘기하라고 했죠. 그러나 그 사나이는 '돈을 지불하기 전에는 가르쳐 줄 수 없소. 당신이 그 물건을 당장에 사지 않겠다면 팔지 않겠소.'라고 말하더군요. 제가 값을 말해 보라고 하자, 금화 만 닢이라고 했어요. 제가 다시 그 물건을 보여 주면 돈을 지불하겠다고 했으나 선장이 딴전을 부리지 뭡니까. 그 사나이가 값을 마구 올리는 걸 보자 저는 필시 귀중한 물건임에 틀림없겠다고 생각하여 그 값으로도 승낙했죠. 그가 물건을 보여 주기 전에 대금을 먼저 지불해 달라고 말하기에 또 그대로 해 주었습니다. 그러자 선장은 맨 아래 화물칸에서 200명의 노예를 데리고 나오더니 제게 말했습니다. '당신이 이 노예를 사 주지 않았다면, 오늘 모두 바다에다 처넣어 버릴 참이었소.' 저는 그들을 집으로 데리고 가서 식사를 하게 하고 목욕을 시킨 다음 새 옷으로 갈아입혔죠. 그 가운데 미혼 남녀가 있기에 그들끼리 짝을 지어 줬고요. 그런데 그중 뛰어나게 예쁜 아가씨가 있기에 제 자식놈의 아내로 삼으려 작정했답니다. 결혼식 날 저는 마을사람들을 모두 초대했습니다. 그런데 막상 손님들이 몰려왔을 때, 눈이 부어오르도록 울고 있는 한 젊은이를 발견하게 되었습니다. 그도 역시 노예 중의 한 사람이었어요. 왜 그렇게 울고 있느냐고 물어도 도무지 대답을 하지 않기에 별실로 데리고 들어가 달랬지요. 그는 모두 내게 넘겨지던 바로 그날이 그 아가씨, 그러니까

제 아들의 신붓감과 결혼식을 올리기로 되어 있던 날이라고 털어놓더군요. 저는 그에게 은화 이백 닢을 주겠으니 잊어버릴 수 있겠느냐고 물었지요. 하지만 그는 '온 세상의 모든 보석보다도 제겐 그 아가씨가 더 소중합니다. 하지만 지금의 처지로선 어찌할 수도 없는 노릇이니, 제발 아드님의 신부로 삼아 주십시오. 그녀에게도 그쪽이 더 행복하겠지요.'라고 하더군요. 그래서 저는 아들한테 가 모든 사정을 얘기했지요. 그러자 아들이 자기가 그 아가씨를 단념하겠다고 말하기에, 그날 젊은이와 아가씨를 결혼시켜 주었습니다. 만일 뭔가 하느님의 눈에 뜨일 것이 있다면, 그 일이 아닌가 싶습니다."

얘기를 다 듣고 난 랍비 시메온이 말했다.

"저세상에서 그대와 이웃이 될 수 있다니, 난 정말 행복하기 그지없네."

엉뚱한 시험

한 사나이가 이스라엘을 여행하고 있던 중에 무심코 하늘을 쳐다보니 어미 까마귀와 어린 까마귀가 말다툼을 하고 있었다.

"어째서 넌 말을 듣지 않는 거냐? 내가 들판에 쓰러져 있는 인간의 눈알을 파먹지 말라고 입이 닳도록 말하지 않더냐? 인간이란 간사하기 짝이 없어서 죽은 척하고 있기가 십상이란다. 도대체 네가 내 말을 제대로 들은 적이 있느냐?"

어미 까마귀가 이렇게 간곡히 훈계하는데도 새끼 까마귀는 귀를 기울이기는 커녕 장난만 치고 있었다. 어미 까마귀는 마침내 참지 못하고 울화통을 터뜨려 새끼 까마귀를 때려죽이고 말았다. 그러나 노여움이 가라앉자 자신의 과격한 행동을 후회하더니 어디론가 서둘러 날아갔다가 잠시 후 되돌아왔는데, 입에 풀 한 줄기를 물고 있었다. 그걸 새끼 까마귀의 몸 위에 얹자, 죽었던 새끼 까마귀가 되살아났다. 그러고 나서 까마귀 두 마리는 함께 날아가 버렸다.

사나이는 우두커니 서서 이 광경을 바라보고 있다가 앞에 떨어져 있는 풀을 집어 올려 품 안에 넣고 여행을 계속했다. 얼마 동안 걸어가다가 문득 하늘을 올려다보니 이름 모를 새 두 마리가 싸우고 있는 광경이 눈에 들어왔다. 싸움이 차츰 치열해지는가 싶더니, 이윽고 한 마리가 상대편을 죽여 버리고는 어디론지 날아갔다. 사나이는 무슨 일이 일어날까 호기심이 일어서 걸음을 멈추고 서 있었다. 얼마 후 날아갔던 새가 되돌아왔는데, 앞서와 마찬가지로 입에 풀 한 줄기를 물고 있었다. 그러고는 그 풀로 죽은 새를 소생시키고 나서, 두 마리는 나란히 날아가 버렸다.

사나이는 까마귀의 경우와 똑같은 것인지 확인해 보고 싶어져서 그 풀을 집어 비교해 보았다. 분명히 처음 것과 같은 것이었다.

"참 이상한 풀도 다 있군. 두 번이나 기적을 일으키다니……. 그렇다면 이걸 가지고 가서 죽은 사람들을 모두 되살려 주어야겠다."

그는 그렇게 중얼거리며 발걸음을 재촉했다. 얼마를 걸어가다 보니, 길바닥에 사자 한 마리가 쓰러져 죽어 있었다. 그는 또다시 혼잣말을 했다.

"이 풀에 진짜로 그런 힘이 있는지 어떤지, 이 죽은 사자에게 시험해 보자."

그는 사자 몸에 풀을 얹었다. 그러자 사자가 벌떡 일어나더니 눈 깜짝할 사이에 사나이를 잡아먹어 버리고는 입맛을 다시며 제 갈 길로 사라졌다.

세 가지 교훈

한 사나이가 끈끈이로 새를 사로잡았다. 70가지 언어에 통달해 있던 그 새가 사나이에게 말했다.

"제발 나를 놓아 주세요. 그럼 매우 쓸모 있는 세 가지 교훈을 가르쳐 드리겠어요."

"좋아! 놓아 줄 테니 말해 봐라."

"하지만 그전에 정말로 날 자유롭게 보내 주겠다고 맹세해 주세요."

사나이가 맹세하자, 새가 말했다.

"그 교훈은 이렇습니다. 첫 번째, 다 끝난 일을 후회하지 마라. 둘째는 있을 수 없는 일을 얘기하는 자를 믿지 마라. 셋째 가르침은 할 수 없는 일을 하려 하지 마라."

그러고 나서 새는 이제 자유로운 몸이 되게 놓아 달라고 부탁했다. 사나이가 약속대로 놓아 주자, 새는 아주 높은 나무 위로 날아갔다. 그리곤 우두커니 서 있는 사나이를 내려다보며 말했다.

"당신은 나를 놓아 줬는데, 내 몸 속에 큼직한 진주가 들어 있다는 사실은 몰랐겠지? 그 진주가 나를 현명하게 만들어 주고 있는 거야."

사나이는 새를 놓아 준 자신의 어리석은 처사를 후회하며 새가 앉아 있는 나무로 뛰어가서 오르려 했지만 도중에 그만 떨어지고 말았다. 발목이 부러져 고통스러워하고 있는 사나이를 보면서 새가 깔깔거렸다.

"당신은 둘도 없는 바보로군. 내가 가르쳐 준 교훈을 그처럼 금세 잊어버렸단 말인가? 이미 말했을 터인데, 다 끝난 일을 후회하지 말라고. 그런데도 당신은 나를 놓아 줬다고 후회했지. 또한 있을 수 없는 일을 믿지 말라고 가르쳐 줬는데도 내 말을 사실로 믿고 내가 진주를 가지고 있는 줄 알았지. 난 온종일 먹이를 찾아 헤매는 평범한 한 마리 새에 지나지 않아. 마지막으로 할 수 없는 일을 하려 하지 말라고 가르쳤지. 그런데도 당신은 새를 손으로 잡으려고 덤벼들었어. 그러니까 발목을 부러뜨리고 만 거지. '현자의 한마디는 바보를 백 번 가르치는 것보다 가치 있다.'라는 격언은 바로 당신을 두고 하는 말이야. 인간 중에는 당신처럼 어리석은 자가 어쩌면 그다지도 많은지, 정말 알다가도 모르겠어."

가장 무거운 죄

경건한 마음씨를 지닌 한 왕이 궁정에 모인 현자들과 함께 옳은 행실과 그른 행실에 관한 논의를 하고 있었다.

"우리가 해서는 안 될 일 중 가장 나쁜 건 무엇인지, 각기 의견을 진술해 보라."

왕이 말하자, 현자 한 사람이 대답했다.

"사람을 죽이는 일 이상으로 큰 죄는 없습니다. 사람의 피를 흘리게 하는 자는 인류를 파괴하고 세계를 멸망케 합니다. 죽임을 당한 자의 피는 영원히 외쳐댈 것입니다. 살인자는 역시 죽여야 마땅합니다."

두 번째 현자가 말했다.

"저로선 가장 나쁜 죄는 간통이라고 생각합니다. 남의 아내와 동침하는 자는 살인과도 같은 죄를 범하는 것입니다. 간통으로 말미암아 잉태한 여인이 그 영아를 죽이는 일도 드물지 않습니다. 그러므로 불륜의 행실은 살인과도 연결되는 것입니다."

세 번째 현자가 말했다.

"저는 도둑질이 죄 가운데서 가장 무서운 죄라고 생각합니다. 밤에 남의 집 담을 넘는 도둑은 누군가가 깨어나 저지하려고 하면 살인을 하기도 합니다. 또한 절도는 나중에 범행을 부인하는 위증죄를 유발하기도 합니다."

또 다른 현자가 말했다.

"여러분께서 말씀하신 그 모든 죄보다도 더욱 나쁜 행실은 바로 우상 숭배입니다. 우상을 숭배하는 자는 사람 손으로 만든 물건에 기도를 올립니다. 또한 보지도 느끼지도 못하는 나무나 돌과 같은 우상에게 절을 합니다. 그리하여 우리를 창조하시고 이 세상으로 인도해 주신 하느님, 삶을 누리게 해 주시는 하느님을 망각해 버립니다."

현자 가운데 한 노인이 끼어 있었는데, 그때까지 입을 열지 않고 있었다. 왕이 특별한 관심을 보이며 그의 의견을 요청하자 노인이 대답했다.

"지금까지 여러분께서 말씀하신 갖가지 죄와는 비교할 수도 없을 만큼 무거운 죄가 있습니다. 그건 바로 지나친 음주입니다. 실은 제가 젊었을 때 이런 일을 본 적이 있었습니다."

그 노인은 다음과 같은 이야기를 들려줬다.

평소 사이가 좋은 세 친구가 한집에 모여 온종일 먹고 마시며 진탕 놀았다. 밤이 되어 술이 바닥나자 그들은 이웃집 담을 뛰어 넘어가 닥치는 대로 물건을 훔쳐다가 팔아 가지고 이웃 마을의 술집으로 갔다.

술집 주인에겐 뛰어난 미모의 딸이 있었다. 주인은 촛불을 켜서 딸에게 주고 포도주를 꺼내려고 지하실로 내려갔다. 그러자 이미 취해 있던 세 사람이 주인을 굵다란 밧줄로 목 졸라 살해한 뒤 딸을 방으로 끌고 들어갔다.

그러나 맨 먼저 겁탈하려고 하던 한 놈은 나머지 두 놈의 분노를 사게 되어 그들이 휘두르는 단도에 찔려 죽었다. 두 놈은 날이 새기까지 내내 번갈아 가며 딸을 윤간했다.

아침에 술이 깨어 간밤에 저지른 일을 생각하니 너무도 엄청난 죄를 짓고 말았으므로 그들은 딸마저 죽이고 먼 곳으로 도망치고 말았다.

랍비의 예언

랍비 유다가 사는 마을에 한 부자가 있었는데, 그는 계율을 무시하고 수염을 짧게 깎고 다녔다. 랍비가 그 부자를 볼 때마다 율법을 지켜야 된다고 주의를 주었지만 부자는 아랑곳하지 않았다.

"난 깨끗한 사람이기 때문에 수염을 길게 기르는 데는 취미가 없소."

결국 랍비가 분노하여 말했다.

"두고 보아라! 네놈은 비참한 최후를 맞게 될 것이다. 황소로 변신한 악마가 나타나, 이스라엘의 성스러운 표시를 모욕한 네놈의 턱을 짓밟으리라."

얼마 후 그 부자가 죽자, 마을의 유지들이 모두 모였다. 랍비 유다도 그 속에 끼어 있다가 성스러운 이름을 종이에 써서 부자의 시신 위에 얹었다. 그러자 놀랍게도 시신이 벌떡 일어나는 것이 아닌가. 그걸 보고 조문객들은 모두 뒤로 나자빠졌다. 일어난 사자가 제 머리카락을 마구 쥐어뜯으며 울부짖었다. 랍비가 말을 걸었다.

"어찌된 셈인가?"

"아아! 저는 랍비님 충고를 듣지 않았기 때문에 정말 혼났습니다."

"무슨 일이 있었는가 말해 보게."

"제가 죽음의 길로 들어가자 황소 모습의 악마가 나타나서 불같이 화를 내며 제 턱을 짓밟았습니다. 그러고는 유황과 역청과 구운 소금이 들어 있는 커다란 가마 속에다 제 영혼을 집어넣었어요. 그러자 최고 법정의 형리가 와서 그 가마를 번쩍 들어 만물을 창조하신 분의 옥좌 앞에 가져다 놓았습니다. 그분은 벽력같은 소리로 제게 질문하더군요.

'넌 성전을 읽고 가르침을 연구해 본 적이 있느냐?'

제가 율법은 잘 이해하고 있다고 대답하자, 모세의 규율이 실려 있는 책을 주며 읽어 보라고 명령하더군요.

책을 펴서 읽어 나가다가 '그대, 수염을 깎지 말지어다.'라고 하는 글귀가 보이자 전 부끄러워서 잠자코 있었지요. 그러자 또다시 벽락 치는 소리가 떨어지더군요.

'이놈을 지옥의 맨 밑바닥에다 내던져라!'

형리들이 저를 끌고 가 막 던지려고 했을 때, 다시금 큰 소리가 울렸습니다.

'기다려라! 우선 내 아들 유다에게 어떠한 벌이 이놈을 기다리고 있는지 알려 줘야겠다. 그런 다음에 이놈의 영혼을 지옥으로 떨어뜨려 버려라.'

그리고 그다음에 눈을 떠보니……."

도움 되는 존재

어느 날 다윗이 산책을 하다 보니 말벌 한 마리가 거미를 막 잡아먹고 있는 중이었다. 때마침 거기에 백치 아이가 달려오더니 막대기로 말벌을 쫓아내려고 했다.

다윗이 하느님께 말했다.

"이 세 가지 생물은 무슨 쓸모가 있을까요? 말벌은 꿀을 핥고, 그 침은 격렬한 통증을 줍니다. 거미는 실을 뽑아내지만 자신의 옷조차 만들 수 없습니다. 또한 백치는 사고만 일으킬 뿐 당신의 위대함마저 전혀 모릅니다."

그러자 하느님이 대답했다.

"다윗아, 너는 지금 내가 만들어 낸 것을 비웃고 있지만 언젠가는 네가 그들을 필요로 하고, 그들이 왜 존재하는지를 알게 될 날이 올 것이다."

그리고 오랜 세월이 흘렀다. 전쟁 중에 다윗이 사울의 추격을 피해 동굴 속으로 몸을 감췄을 때 하느님은 거미를 내려 보내 동굴 입구에다 집을 짓도록 했다. 사울은 동굴 입구에 거미줄이 드리워져 있는 것을 보고 중얼거렸다.

"설마 여기에 숨어 있진 않을 거야. 누군가 안으로 들어갔다면 거미줄이 뚫려 있을 테니까."

그는 속을 살펴보지도 않고 가 버렸다. 동굴에서 나온 다윗은 거미에게 입을 맞추며 말했다.

"네게 축복이 깃들기를! 너를 존재케 하신 분을 찬미하겠노라."

다시 다윗은 가드의 왕 아기스 땅으로 피신했지만, 그곳에서는 골리앗을 죽인 복수가 기다리고 있었다. 그래서 다윗은 왕과 대신들 앞에서 미치광이 시늉을 했다. 아기스에게는 정신이 이상한 딸이 하나 있었는데, 끌려 들어온 다윗을 보자 왕이 말했다.

"너희들은 지금 나를 조소하려 하는가? 내게 머리가 돈 딸이 있다고 하여 이 바보 녀석을 데리고 왔단 말인가? 아니면 내게는 아직 바보들의 수가 모자란다는 말이냐?"

이렇게 하여 다윗은 풀려나게 되었고, 그는 다시 하느님께 감사를 드렸다.

그리고 다윗이 하길라 산에 이르렀는데, 거기서는 사울이 참모장인 아브넬과 더불어 진을 치고 있었다. 아브넬은 왕을 지키기 위해 그 앞에서 다리를 구부린 채 자고 있었다. 그곳에 침입한 다윗은 살며시 다가가 아브넬의 무릎 사이로 손을 뻗어 사울 곁에 있는 물병을 집으려 했다. 그 순간 아브넬이 발을 뻗어, 다윗의 작은 몸은 두 개의 굵은 기둥 같은 아브넬의 다리 틈새에서 꼼짝도 못하게 되었다.

다윗은 하느님께 도움을 청하는 기도를 올렸고, 하느님은 말벌을 내려 보냈다. 말벌이 예리한 침으로 아브넬의 발을 쏘자, 그는 다시 무릎을 구부렸다. 그 틈에 다윗은 도망쳐 나올 수 있었다. 다윗은 다시 하느님께 감사드렸다.

삶은 달걀

다윗의 시동들이 식사를 하기 위해 식탁에 둘러앉아 있는데, 그중 한 소년이 몹시 배가 고팠기 때문에 자기 몫의 삶은 달걀을 먼저 먹어 버렸다. 다른 아이들이 먹기 시작했을 때 자신의 접시만 비어 있는 게 부끄러워 그는 옆에 있는 소년에게 달걀을 하나 꾸어 달라고 했다.

"그러지. 여기 있는 모두가 증인이 돼 줄 테니. 내가 돌려 달라고 했을 때 그 달걀과 그때까지 그 달걀이 내게 가져다 줄 이익을 전부 합쳐서 갚겠다고 약속하겠다면 말이야."

그는 틀림없이 그렇게 하겠노라고 약속했다.

그 뒤, 그가 그 일을 까맣게 잊어버렸을 무렵에 옆자리의 소년이 그에게 꾸어 간 달걀을 갚아 달라고 했다. 그가 꾼 달걀은 단 하나뿐이었는데, 그 친구가 갚으라고 졸라 대는 것은 훨씬 많았다. 서로 의견이 엉뚱하게 다르기 때문에 둘은 다윗 왕에게로 갔다.

다윗의 아들 솔로몬은 궁전 문 곁에 앉아 있다가 부친을 찾아오는 방문객이 있으면 반드시 용건을 물었다. 두 소년 역시 찾아오게 된 이유를 얘기해야 했다.

자초지종을 다 듣고 나서 솔로몬이 말했다.

"우리 아버님께 말해 보렴. 그리고 돌아갈 때, 어떠한 판결이 내려졌는지 내게 알려 줘."

소년들은 다윗 앞에서 전후 사정을 모두 이야기했다. 고소한 측은 증인들의 증언을 내세우며 달걀을 꾸어 줬을 때의 조건을 들고 나왔다. 그에 따르면, 달걀을 꾼 자는 꾸어준 자에게 달걀 하나가 오랫동안 만들어 낼 이익을 전부 돌려주어야 한다고 주장했다. 그 얘기를 듣고 난 왕은 고소당한 측에 빚을 모두 갚도록 명령했다.

"하지만 대체 얼마나 지불해야 될지 저로선 모르겠습니다."

그 소년이 이렇게 말하자, 달걀을 꾸어 준 소년이 계산을 했다.

"첫해엔 달걀에서 병아리 한 마리가 부화되어 나옵니다. 그 병아리가 두 번째 해에는 열여덟 마리의 새끼를 치고, 세 번째 해에 가선 그 열여덟 마리가 제각각 다시 열여덟 마리의 새끼를 칩니다. 이런 식으로 해마다 늘어나게 되지요."

그렇게 계산을 하니 그 숫자가 대단했다. 소년은 어찌할 바를 몰라하며 법정을 나섰고, 다시 솔로몬과 마주쳤다.

"그래, 판결을 어떻게 하셨느냐?"

"달걀 한 개로 인해 생길 수 있는 이익을 모두 갚아야 한다고 하셨습니다. 하지만 해마다 늘어나는 숫자가 어마어마해서 저로선 도저히 갚을 길이 없습니다."

그 말을 듣자 솔로몬이 말했다.

"그럼 내가 좋은 지혜를 가르쳐 주지. 밭에 나가서 일을 하고 있어라. 그리고 삶은 팥을 가지고 있다가 대왕의 군대가 지나가면 병사들이 볼 수 있도록 밭에 한 줌씩 뿌리는 거야. 그래서 뭘 하고 있느냐고 묻거든 삶은 팥을 뿌리고 있다고 대답하는 거야. 물론 병사들은 삶은 팥을 밭에 뿌린다는 얘기는 금시초문이라고 할 거야. 그러면 너는 '삶은 달걀에서 병아리가 부화한다는 얘기는 들어 본 적이 있느냐?'고 대꾸하란 말이다."

소년은 그 충고에 따라 곧장 솔로몬이 일러준 장소로 가서 삶은 팥을 밭에 뿌리기 시작했다. 그러자 지나가던 병사들이 이구동성으로 물었다.

"대체 뭘 하고 있느냐?"

"삶은 팥을 뿌리고 있는 참입니다."

"삶은 팥에서 싹이 튼다는 얘기는 금시초문이다."

그러자 소년이 대답했다.

"그럼 삶은 달걀이 부화해서 병아리가 된다는 얘기는 들어본 적이 있습니까?"

병사들이 지나갈 때마다 똑같은 문답을 되풀이하고 있는 동안 마침내 왕의 귀에까지 이 얘기가 들어가게 되었다. 그러자 왕이 다시 소년을 불러들여 물었다.

"누가 그런 지혜를 네게 가르쳐 줬느냐?"

"제가 생각해 낸 것입니다."

하지만 왕은 솔로몬이 귀띔해 주었으리라 단정하고 엄하게 물었다. 그러자 소년은 솔로몬이 일러 주었다고 솔직하게 털어놓았다.

왕은 아들을 불러들여 물었다.

"너 같으면 이 사건을 어떻게 판결하겠느냐?"

그러자 솔로몬이 대답했다.

"그 소년은 본디 아무것도 책임질 것이 없습니다. 뜨거운 물에 삶아진 달걀은 결코 병아리가 될 수 없는 법이니까 말입니다."

소년은 삶은 달걀 하나를 갚아 주는 것으로 사건을 결말지었다.

배은망덕

어느 겨울날, 한 노인이 길을 가다가 거의 얼어 죽어가고 있는 뱀을 발견했다.

노인은 문득 '자비는 모든 생물에게 미친다.'라는 경구를 떠올리고 뱀을 품 안에 넣어 녹여 주었다. 뱀은 차츰 원기를 되찾기 시작하더니 이윽고 완전히 회복됐다.

그런데 뱀이 생명의 은인도 알아보지 못하고 노인의 목을 친친 감아 죽이려고 했다. 그러자 노인이 분개하여 소리쳤다.

"이 은혜도 모르는 놈! 내가 없었다면 넌 얼어서 죽었을 것이다. 어디 나와 함께 재판관 앞으로 가서 판결을 받아 보자."

그러자 뱀이 대답했다.

"나도 찬성이다. 하지만 누가 우리의 주장을 옳게 판가름해 줄 수 있을까?"

"우리가 최초로 만나는 생물에게 부탁하기로 하자."

얼마 후 그 길에 황소가 나타났다. 노인이 어떤 일이 있었는지를 얘기하고 판결을 부탁하자, 뱀이 그 사이에 끼어들어 한마디 했다.

"난 당연한 일을 했을 뿐이야. ≪성경≫에도 분명히 '뱀과 인간 사이에 적의를 심어 주어야겠다.'고 씌어 있거든."

그러자 황소가 말했다.

"뱀이 옳다. 당신이 좋은 일을 해 줬다 하더라도, 뱀으로선 나쁜 짓으로 보답해도 무방하다. 그것은 이 세상의 질서로 묵인되어 있다. 내 주인이 내게 하는 것도 전혀 다를 바 없지. 난 주인을 위해 피땀 흘리며 온종일 일한다. 그래도 식사 때가 되면 주인은 맛있는 것을 먹고 내게는 지푸라기밖에 주지 않아. 잠자리 역시 주인은 침대에서 편히 자는 데 비해 난 뜰이나 땅바닥에서 자고 있는 형편이지."

노인은 황소의 말에 화를 내면서 뱀과 함께 다시 걸어갔다. 잠시 후, 당나귀 한 마리가 다가왔다. 당나귀도 황소와 마찬가지로 뱀이 옳다고 주장했다.

그 무렵, 유대의 왕은 다윗이었다. 그리하여 노인은 뱀과 함께 왕 앞으로 나기기로 했다. 그러나 다윗도 노인에게 유리한 판결을 내리지 않았다.

"≪성경≫이 가르치고 있듯이, 옛날부터 뱀과 인간은 서로 적대적인 관계에 있다. 그에 대해 나도 어찌할 수가 없노라."

분하고 억울함을 간신히 삭히며 왕 앞을 물러나온 노인은 안뜰 우물가에 다윗의 아들 솔로몬이 서 있는 걸 보았다. 그 무렵 솔로몬은 아직 귀여운 소년이었는데, 그는 우물 둘레의 흙을 파내는 작업을 감독하고 있었다. 아버지 다윗의 지팡이가 우물 속으로 떨어져 바닥에 꽂혀 버리자, 우물을 넓혀서 수심을 얕게 한 다음 지팡이 끝이 물 위로 나오도록 할 셈인 것 같았다.

그 광경을 보고 노인은 문득 '매우 현명한 소년이군. 내 고민을 해결해 달라고 부탁해 봐야겠다.' 하고 생각했다.

그래서 소년에게 다가가 뱀이 얼마나 배은망덕한 짓을 했는지를 얘기했다.

그러자 솔로몬이 물었다.

"그래서 당신들은 아버님께 판결을 내려 달라고 부탁했었나요?"

"그랬지요. 하지만 국왕께선 자기 힘으로도 어쩔 수 없다고 하시더군요."

"그렇다면 다시 한 번 아버님께 가 봅시다."

그리하여 다 같이 다윗 앞에 서게 되었다. 우물에서 꺼내 올린 지팡이를 손에 들고 있던 솔로몬이 왕에게 말했다.

"어찌하여 아버님은 이 노인과 뱀 사이의 주장에 정당한 판결을 내려 주시지 않았습니까?"

"이 노인이 ≪성경≫의 말씀을 잊어버리고 있었는지라 나로서도 어쩔 수 없었다."

그러자 솔로몬이 다시 말했다.

"아버님, 저에게 이 일에 대한 판결을 내리게 해 주실 수 없겠습니까?"

"아들이여, 네게 맡기겠노라."

그러자 솔로몬이 먼저 뱀을 향해 물었다.

"어째서 너는 네게 온정을 베푼 사람을 해치려 했느냐?"

뱀이 대답했다.

"그렇게 하라고 하느님이 명령하셨기 때문입니다."

"그럼 너는 ≪성경≫에 씌어 있는 가르침은 무엇이든 따르고 있느냐?"

"물론이지요."

"그렇다면 우선 노인에게서 떨어져 똑바로 서라. 율법에 이렇게 가르치고 있지 않느냐? '서로 다투는 두 사람이 판결을 받는 마당에서는 똑바로 서 있어야 한다.'라고 말이다."

"알겠습니다. 그렇게 하겠습니다."

그제야 뱀이 노인의 몸에서 흘러내렸다. 그러자 솔로몬이 노인을 향해 말했다.

"≪성경≫에는 또 이렇게 씌어 있다. '그는 그대 머리를 짓밟아 뭉개리라.' 자, 그 말씀에 따라 명령하는 대로 행하라."

그 말에 따라 노인은 그 즉시 지팡이로 뱀을 때려죽였다.

지혜로운 왕

옛날 어느 왕이 훌륭한 도자기와 유리로 만든 꽃병을 여러 개 선물로 받았다. 모두가 정교한 솜씨로 만들어진 참으로 아름다운 것이었다. 왕은 무척 흐뭇하게 여겨 이를 바친 사람에게 충분한 보답을 했다.

그런 뒤에 왕은 꽃병을 하나하나 집어 들어 산산조각 내 버렸다. 그 자리에 있던 한 대신이 깜짝 놀라 물었다.

"아니, 어찌하여 그러십니까?"

그러자 왕이 대답했다.

"나는 스스로가 매우 과격한 성격의 소유자임을 잘 알고 있다. 때문에 내 자신에게 이렇게 타일렀다. '언젠가 그대의 하인이 이 훌륭한 꽃병을 깨뜨릴 수도 있을 것이다. 그렇게 되면 그대는 화가 나서 그 하인을 죽이고 말 것임이 분명하다. 그런 결과가 될 바에야 차라리 지금 이 꽃병들을 깨뜨려 버리는 편이 좋다.'라고 말이야."

주술사를 물리친 여인

'이처럼 현명한 여인을 어디에서 찾아볼 수 있으랴.'라는 잠언 속의 여인 같은 여성이 있었다.

어느 날 그녀의 남편이 시장에 나갔다가 매우 좋은 옷감을 발견했다. 남편은 '이걸로 옷을 한 벌 지어 줘야지. 아내에게 잘 어울릴 거야.' 하며 기뻐했다. 그는 그 옷감을 사 가지고 와 바느질집에 갖다 주며 옷을 만들어 달라고 부탁했다.

얼마 후 이교도인 주술사가 바느질집 앞을 지나가다가 다 만들어진 옷을 보고, 이런 옷을 입은 여인은 정말 아름다워 보일 것이라고 혼자 생각했다. 그러자 한 번도 보지 못한 여인에 대해 강렬한 욕망이 느껴져서 바느질하는 이에게 얼마간의 돈을 쥐어 주고 부적을 그 옷 속에 꿰매 넣도록 부탁했다. 그 옷을 입기만 하면 자기 곁으로 오지 않고선 견딜 수 없게 하는 기괴망측한 부적이었다.

속죄일 전날 밤이 되자, 단식이 시작되기 전의 마지막 식사를 한 여인은 그 새 옷을 입었다. 그러자 불현듯 이상야릇한 심정이 되어 뭔가 나쁜 짓을 저지르고 싶어서 견딜 수가 없었다. 남편이 어서 하느님의 집으로 가자고 재촉하자, 여인이 말했다.

"어서 먼저 가세요. 전 조금 뒤에 갈 테니까요. 그러고 나서 기도를 올립시다."

남편이 나가자마자 여인은 그 주술사의 집으로 뛰어갔다. 마치 누군가의 손에 의해 마구 끌려가는 것만 같았다.

여인이 집 안으로 불쑥 들어서자 주술사는 그녀를 진수성찬이 차려져 있는 방으로 데리고 갔다. 함께 먹고 마시고 나서 이윽고 동침하기 위해 여인은 옷을 벗고, 주술사는 먼저 자리로 들어갔다. 그런데 여인은 막상 옷을 벗고 나니 본래의 올바른 마음이 되살아나 자신이 어떤 짓을 하고 있는가를 깨닫게 됐다.

여인은 살그머니 집 밖으로 빠져나갔다. 주술사도 여인이 나간 사실을 알고 있었으나 대문에 커다란 자물쇠를 채워 두었으므로 안심하고 있었다.

밖으로 나온 여인은 망연자실해서 울며 기도했다.

"주여, 저는 이제까지 깨끗한 몸과 마음으로 살아왔으며 언제나 착하고 올바른 일을 하고 있었음을 굽어 살펴 주십시오. 제발 저를 오늘 밤 저 악인의 손에 넘겨주지 마시옵소서. 오늘 밤은 이스라엘의 뜻이 이루어지는 날이며, 모든 죄가 씻기는 날이 아닙니까?"

하느님은 애절하게 호소하는 여인의 기도를 듣고 돌풍을 일으켜 그녀를 집으로 날려 보냈다. 그녀는 취해 있었기 때문에 자리에 쓰러졌다. 그 뒤 남편이 돌아와서 시너고그에 와 있었느냐고 물었다. 여인은 다만 기분이 좋지 않아서 가지 못했다고 하며, 자신의 신변에 일어났던 일은 전혀 입 밖에 내지 않았다.

꽤 여러 날이 지난 뒤 주술사는 여인의 옷을 시장으로 팔러 갔다. 아내의 옷을 시장에서 발견한 남편은 매우 수상히 여겨 그것을 아내에게 보여 줘야겠다는 생각에서 사 가지고 돌아왔다. 그러고는 집에 들어서자마자 아내를 추궁하기 시작했다.

"내가 당신에게 선물했던 옷은 어디에 있소? 오늘 이것을 어느 이교도가 가지고 있는 걸 봤는데."

그러자 아내가 말했다.

"이젠 진실을 말씀드려야 되겠군요. 우선 하느님께 감사합니다. 저는 나쁜 짓은 전혀 하지 않았어요."

남편은 당장 마을의 현자들을 불러 모아 그들이 지켜보는 앞에서 옷을 갈기갈기 찢었다.

마침내 부적이 발견되고, 따라서 아내의 말이 진실이었음이 명백히 밝혀졌다. 그리고 이들 부부는 다시 평온한 생활로 돌아갔다.

그 후 대관의 판결에 의해 그 바느질집 주인은 벌을 받고, 주술사는 교수형에 처해졌다.

증인이 된 족제비와 우물

아름다운 아가씨가 보물을 잔뜩 지닌 채 혼자 아버지를 찾아가고 있던 중에 길을 잃었다. 사방 어디를 보아도 인가라고는 한 채도 없었다. 마침 한낮이어서 심한 갈증을 느끼던 그녀는 천우신조로 우물을 하나 발견했다. 거기엔 밧줄에 큰 물통이 매어져 있었기 때문에 그것을 타고 아래로 내려가 물을 마셨다. 그러나 막상 갈증을 해소하고 위로 올라가려 하니 방법이 없었다. 마침내 아가씨는 울기 시작했다.

그때 우연히 한 젊은이가 근처를 지나가다가 그 울음소리를 들었다. 그는 소리가 나는 우물가로 다가가서 안쪽을 들여다봤지만 캄캄해서 아무것도 눈에 띄지 않자 큰 소리로 물었다.

"그대는 누구냐? 사람이냐, 귀신이냐?"

"저는 사람입니다."

"아냐, 너는 귀신임에 틀림없어. 지금 나를 홀리려는 속셈이 아닌가?"

"아닙니다, 전 정말 사람이에요."

"하느님께 맹세할 수 있겠나?"

아가씨가 맹세하자, 젊은이가 다시 물었다.

"그럼 어째서 그런 곳에 들어가 있느냐?"

아가씨의 설명을 듣고 난 젊은이가 말했다.

"그럼 살려 주지. 하지만 그 조건으로 내 아내가 돼야 해. 그렇게 하겠나?"

"그렇게 하겠어요."

아가씨를 우물에서 끌어올린 젊은이는 그 아름다움에 매료되어 곧바로 껴안으려 했다. 그러자 아가씨가 물었다.

"당신은 어떤 분이신가요?"

"난 이스라엘 출신으로, 사제를 배출해 낸 가문의 사람이오."

"저도 세상에 널리 알려져 있는 가문의 출신으로 우리 문중에는 고명한 분이 많이 계십니다. 당신이 진정 하느님이 선택하신 종족의 한 분이라면, 결혼의 맹세와 예식도 없이 짐승처럼 야합하려 하시진 않겠지요. 제 부모님께로 와 인사드려 주세요. 그러고 나면 당신 곁으로 가겠습니다."

이리하여 둘은 장래를 약속했다. 아가씨가 누군가 증인이 되어 주었으면 좋겠다고 했을 때 족제비가 두 사람 곁을 스쳐 달아나는 걸 보고 젊은이가 말했다.

"저 족제비와 이 우물을 우리의 증인으로 세웁시다."

그러고 나서 두 남녀는 제각각 목적했던 길로 헤어져 갔다.

그 후 아가씨는 두 사람 사이의 약속을 지키기 위해 모든 결혼 신청을 거절했으나 집안사람들이 강제로라도 시집을 보내려 했다. 그러자 그녀는 미친 척하기로 작정하고 자신의 옷가지는 물론 접근해 오는 남의 의복까지도 마구 찢어 버리곤 했다. 그로부터 아무도 그녀 가까이 다가오지 않았다. 그토록 그녀는 그 나그네와 주고받은 맹세를 소중히 여기고 있었던 것이다.

그러나 남자 쪽은 그렇지가 않았다. 그녀의 모습에 대한 기억이 날이 지날수록 흐릿해지는가 싶더니 드디어는 완전히 잊고 말았다. 그리하여 자기 고향에 돌아가 일자리를 얻고 다른 아가씨를 아내로 맞아들였다. 아내는 곧 임신하여 아들을 낳았으나 석 달 후 족제비에게 목을 물려 죽었다. 아내는 또다시 임신하여 두 번째 사내애를 낳았지만 그 아기는 우물에 빠져 죽고 말았다. 그러자 아내가 말했다.

"아이들이 병을 앓다가 죽었다면 어쩔 수 없는 노릇이라고 체념할 수도 있겠지만 두 아이 모두 불가사의한 죽음을 당하다니, 이는 필시 무슨 까닭이 있는 게 분명합니다. 다 털어놓아 보세요. 과거에 당신에게 무슨 일이 있진 않았나요?"

그제야 남편은 오래전에 있었던 일을 떠올리고 솔직히 털어놓았다.

"당신은 하느님 앞에서 맹세한 분의 곁으로 가셔야 됩니다."

그리하여 사나이는 그 아가씨가 살고 있는 마을로 가서 수소문했다. 그러자 마을사람들이 그에게 말했다.

"그 아가씨는 가엾게도 정신이 돌아 버렸답니다. 결혼을 신청해 오는 사나이는 누구를 막론하고 마구 옷을 찢어 버리곤 하지요."

그러나 이미 자신의 잘못을 깊이 뉘우치고 있는 젊은이는 아가씨의 부친을 찾아갔다. 아버지는 딸의 딱한 형편을 소상히 얘기했다.

"하지만 그렇다고 해도 저는 따님을 아내로 삼고 싶습니다."

젊은이가 다가서려 하자, 아가씨는 또다시 미친 것처럼 옷을 찢으려 했다. 그때 젊은이가 재빨리 말했다.

"족제비와 우물이 우리들의 증인이오."

이 말을 듣자, 아가씨는 고개를 들어 젊은이를 바라보더니 말했다.

"저는 당신과의 약속을 단 하루도 잊은 적이 없습니다."

이윽고 맺어진 두 사람은 여러 명의 자녀를 낳고 잘 살았다.

왕비가 된 농부의 딸

대단한 명군으로 이름을 날리며 국력을 강대케 하고 많은 처와 첩을 거느린 왕이 있었다.

어느 날 밤, 왕은 테먼국에서 온 원숭이가 왕비와 애첩들 주위를 뛰어 돌아다니는 꿈을 꾸었다.

다음 날 아침 눈을 뜨자, 왕은 우울한 얼굴로 중얼거렸다.

"이 꿈은 테먼 왕이 이 나라를 점령하고 나서 내 처첩들을 빼앗으리란 암시임에 틀림없다."

때마침 한 대신이 들어와서 한숨을 쉬고 있는 왕을 보더니 말했다.

"그토록 슬픈 표정을 하고 계시다니, 어찌된 연유입니까?"

"실은 간밤에 흉몽을 꾸었다. 내가 죽임을 당할 것 같은 예감이 드는구나. 그대는 혹 해몽을 잘하는 현인을 알고 있는가?"

"네, 이곳에서 사흘쯤 가야 되는 마을에 매우 현명한 사람이 살고 있다는 얘기를 들었습니다. 아무리 괴이한 꿈일지라도 완벽히 풀이해 낸다고 합니다. 그 꿈을 말씀해 주시면 제가 그 현인을 찾아가 보겠습니다."

왕이 간밤의 꿈을 얘기하자, 대신은 그 현인을 기필코 찾아내야겠다고 다짐하면서 당나귀를 타고 길을 떠났다.

다음 날 아침에 그는 자기와 마찬가지로 당나귀를 타고 오는 한 농부를 만났다.

"흙을 갈고 흙을 먹는 그대에게 평안이 있으라."

그 말을 듣자 농부가 웃었다.

대신이 그에게 물었다.

"어디로 가는 길이오?"

"집으로 돌아가는 길입니다."

"당신이 나를 업어 주시겠소, 아니면 내가 당신을 업어 드릴까요?"

그러자 농부가 말했다.

"당신이나 나나 다 같이 당나귀를 타고 있는데, 내가 당신을 업어 드릴 필요가 어디 있겠소?"

얼마 동안 두 사람이 함께 가노라니, 이삭이 풍성하게 맺힌 밀밭이 보였다. 농부가 그걸 가리키며 말했다.

"이 아름다운 밭을 보시오. 올가을 수확은 넉넉하겠군요."

"이미 먹어 버리지 않았다면 오죽 좋겠소."

대신이 그렇게 대꾸했다.

다시 앞으로 가노라니, 이번엔 바위산 위에 우뚝 서 있는 탑이 하나 보였으므로 농부가 말했다.

"보시오, 정말 훌륭하고 견고한 탑이지요."

"속에서 무너지지 않으면 좋겠소이다."

그러고 나서 대신이 덧붙였다.

"산에 눈이 쌓여 있군요."

농부는 또다시 껄껄 웃었다. 지금은 무더운 여름인지라 어디를 보나 눈이 있을 리 없기 때문이었다.

길은 이제 보리밭 가운데로 통해 있었다. 그때 대신이 말했다.

"아까 말이 이 길로 뛰어가더군요. 한쪽이 안 보이는 애꾸눈 말인데 등에 얹힌 짐은 절반이 초요, 절반은 기름이었다오."

두 사람이 마을로 들어서자 관을 메고 가는 사람들이 보였다. 그걸 보고 대신이 물었다.

"저 관 속에 누워 있는 사람은 죽었을까요, 아니면 살아 있을까요?"

그러자 농부는 생각했다.

'제 딴엔 똑똑하다고 생각하는 모양이지만, 이 사나이는 천하에 둘도 없는 바보천치로군.'

해가 저물기 시작하자 대신이 물었다.

"이 근방에 여관이 없을까요?"

"조금 더 가면 또 마을이 보이는데, 거기에 내 집이 있소. 댁만 좋으시다면 묵어 가셔도 괜찮소. 먹을 것이야 얼마든지 있고, 당나귀를 먹일 풀도 있지요."

"그렇다면 하룻밤 신세를 져야겠군요."

두 사람은 마침내 농부의 집 앞에 이르렀다. 농부는 손님을 집 안으로 안내하여 식사를 대접하고, 당나귀에게도 여물을 주었다. 그러고 나서 침실을 알려 준 다음, 자기도 안방으로 들어가 부인과 두 딸과 함께 누웠다.

농부는 부인과 딸을 향해 말했다.

"함께 온 그 사나이는 정말 바보더구나."

그러고는 함께 오는 도중에 늘어놓던 괴상한 얘기들을 자기 가족에게 들려 주었다.

그러자 15세 된 막내딸이 이렇게 말했다.

"아버님이 집으로 데려온 그분은 결코 바보가 아니에요. 그분의 말씀 가운데는 깊은 뜻이 있어요. 흙을 가는 사람이 흙을 먹는다는 뜻은 먹을 것의 근원을 말하고 있으며, 모든 농산물이 흙에서 생산됨을 강조하고 있는 거예요. '그대는 먼지에서 태어나 먼지가 될지니라.'라는 글귀에서 나온 사상이지요. 누가업어 주기로 하겠느냐고 물어본 뜻은, 누가 얘기를 시작하는 게 좋겠느냐는 말이에요. 서로 얘기를 주고받으면 여행길의 피로를 잊게 되어 마치 남의등에 업혀가는 것처럼 편안해지기 때문입니다. 밀밭 얘기 역시 어쩌면 그분 말씀이 사실일지도 모르니까요. 탑 또한, 식료품이며 음료수를 저장해 두지않으면 견고하지 못하다고 그분은 해석하고 있는 겁니다. 왜냐하면 먹을것이 없는 성채란 애초부터 함락된 것과 뭐가 다르겠어요. 산에 쌓여 있는눈이란 말은 아버님의 수염을 가리키는 거예요. 그러므로 그럭저럭 살다보니 나이를 많이 먹게 되었다고 대답하셨더라면 좋았을 거예요. 그분이앞서 간 말이 애꾸인 것을 알게 된 건 필시 길의 한쪽 풀만 뜯어먹었기 때문이겠죠. 등에 실린 짐이 반은 초고 나머지 반은 기름인 것을 알게 된 건, 땅바닥에떨어진 흔적이 있었기 때문이에요. 초는 흙에 흡수되지만 기름은 그렇지않거든요. 또한 관 속의 사람이 죽었느니 살았느니 했던 까닭은, 자손이남아 있으면 완전히 죽어 버린 게 아니기 때문이지요."

농부의 막내딸이 하는 이야기를, 대신은 자지 않고 옆방에서 다 듣고 있었다.

다음 날 아침, 그 딸이 아버지에게 말했다.

"그분이 떠나기 전에 이걸 드리세요."

딸이 내놓은 것은 달걀 30개와 큼직한 사발에 가득한 우유, 그리고 빵한 덩이였다.

"그리고 손님에게 '한 달에서 며칠이 빠져 있습니까? 달과 해는 동그랗습니까?' 하고 물어봐 주세요."

아버지는 그것 가운데서 달걀 두 개와 빵과 우유를 조금씩 자기 몫으로떼어 놓고 손님 앞에 내놓으며 딸이 부탁한 질문을 던졌다. 대신이 대답했다.

"따님께 전해 주시오. 달도 해도 동그랗지 않고, 한 달에선 이틀이 부족하다고 말입니다."

농부는 딸에게 가서 그대로 말했다.

"그 사나이는 바보천치라고 내가 말했잖아. 지금 보름인데, 그 녀석은 이틀이 모자란다고 당치도 않은 소리를 지껄이고 있더구나."

그러자 딸이 물었다.

"아버님께선 제가 드린 걸 잡수시지 않으셨던가요?"

"달걀 두 개와 빵을 조금, 우유도 한 모금 마셨지."

"알겠어요. 그분은 아주 현명하신 분이에요."

대신은 이 딸의 총명함에 또다시 깜짝 놀랐다. 그리하여 농부에게 그 딸과 얘기하고 싶다고 부탁했다.

이윽고 딸이 나타나자, 그는 갖가지 질문을 던졌는데 무슨 물음이든 척척 대답해 냈다. 그래서 대신은 이번 여행의 목적을 밝히고 왕의 꿈 얘기를 꺼냈다. 얘기를 다 듣고 난 딸은 웃으며 말했다.

"그 꿈이 무슨 뜻인지, 저는 잘 알고 있습니다. 하지만 그건 국왕 폐하께가 아니면 말씀드릴 수 없습니다."

대신은 농부의 허락을 얻어 그 딸을 왕 앞으로 데리고 갔다. 왕은 그 아가씨에게 대단한 호감을 가졌다. 그리하여 별실로 데리고 가 다시 꿈 얘기를 털어놓았다. 딸이 말했다.

"꿈에 관해선 조금도 염려하실 것이 없습니다. 그다지 불길한 꿈은 아니라고 봅니다. 하지만 국왕 폐하께 심려를 끼치는 결과가 될까 봐 그 뜻은 말씀드리지 않기로 하겠습니다."

"왜 설명해 주지 않겠다는 거냐? 괜찮다. 여긴 아무도 없잖느냐?"

"정 그러시다면 말씀드리겠습니다. 처첩들과 시녀들을 모두 조사해 보시기 바랍니다. 그 가운데 여장을 한 사나이가 있을 겁니다. 여자들과 생활하고 있는 그 사나이가 꿈에 보셨던 원숭이의 정체입니다."

왕이 당장 엄중히 조사하도록 명령을 내리자, 시녀들 방에서 그러한 사나이가 발견됐다.

왕은 여인들이 지켜보는 앞에서 그 사나이를 처형하고 몰래 놀아나고 있던 여인들도 죽이도록 명령했다.

이 사건이 마무리되자, 왕은 그 현명한 아가씨를 왕비로 맞이하여 왕관을 머리 위에 얹어 주었고 그 후부터는 다른 여인을 거들떠보지도 않았다.

시간이 없는 세계

두 왕이 크지도 않은 땅덩어리 때문에 오랜 기간 부질없는 전쟁을 지속하고 있었다. 어느 때는 이쪽이 이기고, 또 어느 때는 저쪽이 승리하며 서로의 재산과 인명을 엄청나게 낭비했다.

마침내 두 왕은 서로의 가문을 조사하여 보다 고귀한 쪽이 전쟁의 원인이 된 땅을 소유하기로 합의하기에 이르렀다.

그때 한쪽 왕이 자신은 일찍이 유대인 몰살을 꾀했던 페르시아의 대신 하만의 자손임을 뒤늦게 깨달았다. 이 사실을 알게 되자, 그는 선조였던 하만과 마찬가지로 유대인을 괴롭혀 보고 싶은 생각이 들었다. 그리하여 그는 자국 내의 유대인 모두가 짧은 기간 내에 은 10만 닢을 지불해야 된다는 명령을 하달하고, 몰데하이라는 이름의 유대 사나이를 인질로 잡아 놓았다. 그리고는 만약 그 액수를 지불하지 않으면 그 사나이를 교수형에 처하겠다고 선포했다.

이 사실을 안 유대인들은 당장 단식을 시작하고 각처에 흩어져 있는 현자들에게 사자를 보내어 기도를 올려 달라고 부탁했다.

그때 그중의 한 현자가 이렇게 말하는 것이었다.

"이러이러한 마을로 가 보시오. 그곳 성문 밖에 누더기를 꿰매고 있는 사나이가 있을 테니, 그에게 내 이름을 대고 도움을 청해 보시오."

사람들은 그 말대로 찾아가 가난한 바느질꾼을 발견하자, 지금 겨레가 어떠한 고난을 겪고 있는지를 설명했다.

"제겐 당신들을 도와드릴 만한 힘이 없습니다. 저는 바느질품팔이를 하는 가난뱅이에 지나지 않아요."

사자가 이러이러한 현자로부터 당신을 찾아가라는 말을 듣고 왔노라고 하자, 그가 대답했다.

"알겠습니다. 아무 걱정 마시고 돌아가십시오."

그러고 나서 얼마 후, 유대인을 괴롭히려는 왕에게 불가사의한 일이 발생했다.

왕은 언제나 일찍 일어나는 버릇이 있었는데, 아침엔 아무도 자기 방에 들어오지 못하도록 명령을 내려놓고 있었다.

그런데 어느 날 아침, 그가 여느 때처럼 일찍 깨어 보니 방 안에 누더기를 걸친 사나이가 서 있었다. 그는 불같이 화를 내며 시퍼렇게 날이 선 칼을 집어 들었다. 그 순간, 그는 보이지 않는 손에 의해 하늘 높이 치켜 올려지더니 성에서 100마일이나 떨어진 한 묘지 앞으로 내던져졌다. 묘지는 하늘까지 치솟아 있는 높은 담으로 둘러싸인 것처럼 보였다.

왕은 인기척 없는 묘지에서 온종일 큰 소리로 외쳐댔다. 하지만 메아리만 되돌아올 뿐, 아무 소용이 없었다. 저녁 무렵, 담 바깥쪽에서 사람의 발소리가 들려오는 것 같아 왕은 황급히 구원을 요청했다. 그러자 어깨에다 자루를 두 개 메고 있는, 흉측스러울 만큼 키가 큰 거지가 나타났다. 거지는 그 자루 하나에서 빵을 꺼내어 왕에게 주었다. 다음 날에도, 또 다음 날에도 거지는 역시 같은 시간에 찾아와 빵을 내놓았다. 그것이 한주일 동안이나 계속되었다.

8일째에, 묘지 사이에 멍하니 앉아 있는 것보다는 아무리 괴롭더라도 일을 하는 편이 나을 듯했으므로 왕은 먹을 것을 주는 사나이에게 사람 사는 곳으로 데려가 달라고 애원했다. 그러자 거지는 그를 숲 속으로 데리고 갔다. 거기서 왕은 지붕에 얹은 나무 자르는 일을 하게 되었다. 얼마 후에는 조금 편한 일이 주어지고, 거기서 꼬박 3년 동안 막일을 했다.

그러던 어느 날, 언젠가의 거지가 다시 나타나서 말했다.

"이봐, 이제 이러이러한 곳으로 가라. 거기엔 국왕이 죽고 없다. 네가 국왕이라 자칭하고 있는데, 그렇다면 나라를 다스리는 방법도 잘 알고 있겠지? 다만 한 가지 미리 말해 둘 것이 있다. 그것은 유대인에 대한 모든 차별 규정을 폐지하겠노라고 선언해야 한다는 것이다."

왕은 그 사실을 성실히 이행하겠다는 맹세를 문서로 작성해서 도장을 찍은 다음, 그가 가르쳐 준 나라로 갔다.

거기서 그는 백성들이 환영하는 가운데 정식 왕으로 추대되었고, 아름다운 왕비와 결혼하여 행복하게 살며 나라를 다스리는 데 뛰어난 능력을 보였다.

그러던 중 그는 자신이 과거에 다스리던 나라에 가까이 가게 되었다. 저 멀리 자기가 살던 성도 보였다. 그는 총총걸음으로 다가가 옛날의 자기 방으로 들어섰다. 놀랍게도 거기에는 그 옛날의 어느 날 아침 일찍 자기 앞에 버티고 서 있던 그 거지가 있었다. 그의 손엔 유대인에 대한 모든 차별 규정을 폐지한다는 문서가 쥐어져 있었는데, 그 문서에는 틀림없는 자기의 도장이 찍혀져 있는 게 아닌가.

모든 일들이 사실상 몇 초 사이에 왕의 뇌리를 스쳐간 것이었지만, 왕 자신에겐 오랜 세월 동안 이 방을 비워 두고 있었던 것처럼 느껴졌다.

그 기묘한 거지 사나이는 왕을 시간이 없는 세계로 데리고 갔었던 것이다.

금언 실행

한 늙은 아버지가 자식에게 좋은 습관을 길러 주기 위해 '빵을 물에 던져라. 머지않아 그걸 다시 발견하리라.'라는 금언을 철저히 머릿속에 주입시켰다.

아버지가 죽자, 아들은 가르침을 잊지 않고 매일 강에 나가 빵을 찢어 던졌다. 그러면 언제나 같은 물고기가 한 마리 나타나서 그 빵을 먹곤 했다. 그 물고기는 금세 크게 자라서 그 곁으로 접근해 오는 다른 물고기들을 쫓아 버렸다. 그래서 물고기들은 한데 모여 레비아탄(Leviathan, 리워야단 혹은 리바이어던이라고도 불리는 사탄 또는 악마)을 찾아가서 하소연했다.

"이 강에는 굉장히 큰 물고기가 살고 있습니다. 너무 커서 저희들 모두가 힘을 합쳐도 그 한 놈을 당할 수가 없습니다. 게다가 그놈은 날마다 저희들을 마구 잡아먹곤 합니다."

레비아탄은 당장 사자를 보내 그 나쁜 물고기를 잡아오도록 명령했다.

그러나 그 물고기는 사자마저 한입에 삼켜 버렸다. 레비아탄은 또 다른 사자를 파견했으나 그도 거대한 물고기의 먹이가 되고 말았다. 그래서 이번엔 레비아탄이 직접 나섰다.

"이 강에는 숱한 물고기가 살고 있지만 너같이 큰 놈은 없다."

"그렇지요. 이 강가에서 살고 있는 한 사나이가 날마다 빵 조각을 던져 주어서 그걸 먹고 이렇게 커졌습니다. 그 밖에도 다른 물고기를 매일 아침 20마리, 저녁 식사로 30마리를 먹고 있습니다."

"어찌하여 동료들까지 잡아먹느냐?"

"내 빵을 빼앗아 먹으려고 덤벼들기 때문이죠."

그러자 레비아탄이 말했다.

"그럼 빨리 가서 네게 빵을 주는 사나이를 데려오너라."

"내일 또 나타날 테니, 그때 데려오겠습니다."

그리하여 이 물고기는 젊은이가 늘 나타나는 강가로 가서 함정을 파 놓았다.

다음 날 젊은이는 여느 때와 마찬가지로 강가에 다가서다가 그만 함정에 빠져 물속으로 가라앉았다. 그러자 함정 바로 곁에서 입을 딱 벌리고 있던 물고기가 그를 삼킨 다음 헤엄쳐 나가 레비아탄 앞으로 갔다. 물고기 입에 있던 젊은이는 이번엔 레비아탄의 배 속으로 들어가게 되었다.

레비아탄이 물었다.

"너는 왜 날마다 빵을 물속에다 던졌느냐?"

"어릴 적부터 아버지가 그렇게 하라고 하신 말씀을 실행한 것입니다."

레비아탄은 젊은이의 효성에 감동하여 그를 토해 내고 온 세계의 70가지 언어를 가르쳐 경전에 통달케 했다. 그러고 나서 300마일이나 멀리 떨어진 오지로 데려다 놓았다. 그곳은 아직 사람의 발길이 닿지 않은 곳이었다.

젊은이가 그곳에 쓰러져 있는데 까마귀 두 마리가 머리 위로 날아왔다. 어린 까마귀가 말했다.

"어머니, 저기 쓰러져 있는 인간을 보세요. 살아 있을까요, 죽었을까요?"

"나도 모르겠구나."

"내려가서 눈알을 파먹고 싶어요. 인간의 눈알이 가장 맛이 좋다더군요."

"내려가면 안 된다. 저 인간은 살아 있는지도 모르니까 말이야."

그래도 새끼 까마귀는 말을 듣지 않고 아래로 내려왔다.

젊은이는 레비아탄의 덕택으로 까마귀들의 대화를 모두 알아들을 수 있었다.

새끼 까마귀가 이마에 내려앉아 막 눈알을 쪼아 먹으려고 했을 때, 그는 까마귀의 두 다리를 꽉 붙잡았다. 새끼는 비명을 지르며 어머니에게 구원을 요청했다.

"인간에게 붙잡혔어요, 어머니. 날 구해 주세요."

이것을 본 어미 까마귀는 눈물을 흘리면서 젊은이에게 간절히 애원했다.

"제 아들을 놓아 주세요. 제 말을 듣고 있지요? 그 대신 좋은 것을 가르쳐 드리겠어요. 일어나서 당신이 누워 있던 장소를 파 보세요. 이스라엘의 솔로몬 왕이 묻어 두었던 보물을 찾아낼 수 있을 겁니다."

젊은이는 새끼 까마귀를 놓아 주고 자신이 쓰러져 있던 장소를 파 보았다. 과연 엄청난 양의 솔로몬의 보물이 있었다.

이리하여 젊은이는 큰 부자가 되었으며, 후손들에게까지 막대한 재산을 남겼다.

한 처녀의 용기

셀레우코스 왕이 예루살렘의 포위를 풀지 않자, 유대인들은 누더기를 걸치고 단식에 들어갔다. 그 가운데 아히투의 딸인 '유디트'라고 불리는 매우 아름다운 아가씨가 있었다.

그녀 역시 날마다 누더기를 뒤집어쓰고 머리에 재를 뿌린 뒤 하느님께 기도했다. 그 마음을 가엾게 여긴 하느님께서 그녀의 뇌리에 어떤 착상을 불어넣어 주었다.

유디트는 성문 파수꾼에게로 가서 말했다.

"빨리 문을 열어 주세요. 제 손으로 기적을 일으킬지도 모르니까요."

"뭔가 엉뚱한 생각을 하고 있는 게 아니오?"

"말도 안 되는 얘기입니다."

파수꾼들이 문을 열어 주자, 유디트는 하녀 한 사람을 데리고 셀레우코스의 진영으로 가서 병사에게 말했다.

"그대 왕께 은밀히 부탁드릴 것이 있습니다."

호위병은 안으로 들어가 아름다운 아가씨가 찾아와서 뭔가 은밀히 말씀드릴 것이 있다 한다고 전했다.

"그렇다면 안내해라."

유디트는 왕 앞에 나아가서 무릎을 꿇었다. 왕이 물었다.

"무슨 용건으로 여기까지 왔는가?"

"폐하, 저는 예루살렘의 지체 높은 가문 출신입니다. 아버지나 친척 모두가 영주며 사제장이었습니다. 들은 바에 의하면 예루살렘의 최후가 임박하여 폐하의 수중에 떨어질 날이 멀지 않은 듯하기에 폐하께 자비를 베풀어 주십사고 부탁드리러 이처럼 황망히 왔습니다."

왕은 아가씨의 아름다운 얼굴을 보고 그 간곡한 얘기를 듣자 큰 호감을 느꼈다. 그녀가 제공한 정보도 왕을 매우 흐뭇하게 했으므로 곧 성대한 연회를 베풀도록 명했다.

하인들이 그 준비를 서두르고 있는 동안, 왕은 측근자들에게 자리를 물러나도록 눈짓했다. 마침내 단둘이 되자, 왕은 그녀에게 동침을 요구했다.

그러자 유디트가 말했다.

"폐하, 저도 뜻에 따르려고 여기까지 왔습니다. 하지만 지금은 안 됩니다. 아직 몸의 더러움을 씻지 못했습니다. 오늘 밤, 몸을 깨끗이 한 뒤 다시 찾아뵙기로 하겠습니다. 그러니 오늘 밤 하녀를 동반하고 우물가로 가는 여인을 발견하더라도 잠자코 통과시켜 주도록 명령을 내려 주십시오. 그러면 저는 폐하의 품 안에 있게 될 것입니다."

왕은 흔쾌히 승낙하고는 연회석에 측근이며 하인들까지 모두 불러들여 함께 식사를 하고 포도주를 마셔 거나하게 취해 버렸다. 이윽고 왕이 졸기 시작하자, 측근들이 속삭였다.

"우리들은 어서 물러가기로 하자. 왕께선 저 유대 처녀와 단둘이만 있고 싶어하실 테니까."

그들이 자리를 뜨자 유디트와 하녀는 숨겨 온 비수를 뽑아 셀레우코스를 찔러 죽인 다음 머리를 베어 보자기에 싸 가지고 재빨리 방을 나왔다. 도중에 호위병이 그녀들을 발견했지만, 그녀들에게 손을 대서는 안 된다는 왕의 엄명이 이미 내려져 있었으므로 아무런 제지도 하지 않았다.

여인은 다급하게 걸음을 옮겨 드디어 예루살렘의 성문 앞에 도착했다. 유디트는 파수꾼에게 말했다.

"어서 문을 열어 주세요. 우리들은 구제됐습니다."

그러자 파수꾼이 냉엄하게 꾸짖었다.

"그대는 죄를 범하는 것만으로도 부족해서 이스라엘의 피까지 희생시킬 작정이오?"

아무리 틀림없다고 말해도 믿어 주지 않자, 그녀는 셀레우코스의 머리를 보자기에서 꺼내 보였다.

그다음 날, 이스라엘 군은 대대적으로 출격하여 셀레우코스 군을 섬멸해 버렸다.

그 뒤 유디트가 셀레우코스를 죽인 날은 축제일로 지정되었다.

제5부

탈무드의 천재교육

제1장

지(知)를 위하여

남과 다르게 되라고 가르쳐라

영어의 'Jewish Mother(유대의 어머니)'라는 말은 여러 의미를 내포하고 있는데, 그 가운데 하나가 '아이들에게 학문의 필요성을 지나칠 만큼 강조하는 어머니'란 뜻이다.

유대인으로서는 별로 듣기 좋은 말이 아니지만, 한편으론 그러는 것이 어머니로서 당연한 의무라는 생각도 가지고 있다.

≪구약성경≫의 〈출애굽기〉 19장에는 다음과 같은 얘기가 있다.

'모세는 하느님 계신 곳으로 올라갔다. 주님께서 산에서 그를 불러 말씀하시기를, 이처럼 야곱의 일족에게 이르고 이스라엘 자손에게 가르쳐 주어라.'

야곱은 유대인의 대표적 조상으로서, 다시 말해 모든 유대인을 가리키는데, 지금 하느님이 모세에게 훗날 유대인의 생활에 기본이 되는 십계를 가지고 가서 가르치라고 명령하고 있는 것이다.

여기서 주목을 끄는 점은, 하느님이 처음엔 그것을 매우 부드럽게 말하고, 다시 아주 엄하게 강조한 사실이다. 이 일로 해서 '십계'의 구상은 먼저 여성에게 주어지고, 다음에 남성에게 주어진 것이라고 랍비들은 믿고 있다. '야곱의 일족'이라는 말이 히브리어로는 여성적인 느낌으로 부드럽게 발음된다는 것으로 미루어서도 수긍이 가는 해석이다.

먼저 하느님의 가르침을 받은 여성은 그것을 가족들에게 전할 의무를 지니게 된다. 때문에 유대의 어머니들은 여성이야말로 최초의 교육자이며, 아이들을 가르치는 사람은 여성이라는 자부심을 가지게 되는 것이다.

하지만 유대의 어머니들은 극성스런 동양의 '교육 어머니'들과는 조금 다르다. 이웃집 아이가 피아노를 배운다고 해서 자기 아이에게도 피아노를 가르치거나, 다른 아이들이 모두 일류 학교를 목표로 공부한다고 해서 같은 일을 강요하진 않는다. 늘 아이들 옆에 붙어 '남보다 뛰어나라. 다른 아이보다 앞서야 한다.'고 채근하지는 않는다는 것이다. 무엇이든 자기가 배우고 싶다면 배우도록 해 줄 뿐이며, 또한 어느 학교가 일류인지 거의 신경을 쓰지 않는다.

유대인들이 늘 입에 담는 말 중 하나가 아인슈타인에 관한 것이다. 그는 물론 '상대성원리'를 발견한 세계적인 물리학자 앨버트 아인슈타인을 말한다.

그러나 어렸을 적의 그는 말을 잘 못하여 네 살 때까지도 그의 부모는 그를 저능아로 생각했었다고 한다. 학교에 들어가서도 열등아로서 다른 아이들과 잘 어울리지 못했기 때문에 1학년 때의 담당교사는 '이 아이에게서는 아무런 지적 능력도 기대할 수 없으며 오히려 다른 아이들에게 방해가 될 뿐이니, 될 수 있으면 학교에 보내지 않았으면 좋겠습니다.'라고 부모에게 통보할 정도였다.

나의 어머니는 여동생이 어렸을 때 "너는 쯔바이슈타인이다."라는 말을 자주 했었다. 아인슈타인의 '아인'은 독일어로 '1'을 의미하고, '쯔바이'는 '2'를 뜻하는 것이므로 '너는 아인슈타인만큼이나 뛰어날 것이다.'라는 농담 비슷한 말이었다. 그러나 아인슈타인을 끌어들여 말하는 참된 목적은 모두에겐 저마다의 개성이 있으므로 누구라도 일률적으로 생각하지 않고 나름의 개성에 따라 긴 안목으로 보아 주고 싶다는 것이다. 바로 그것이 '유대식 교육 어머니'의 진정한 의도이다.

유대 어머니는 자기 자식이 다른 아이들과 똑같이 행동하고 똑같이 배우는 걸 원치 않는다. 다른 아이들과는 다르게 성장하는 것이 장래를 위해 좋은 일이라고 굳게 믿고 있다. 우열을 다투는 한 승자는 언제나 소수이지만, 저마다 남과 다른 능력을 갖게 된다면 모든 인간이 서로를 인정하며 공존할 수 있게 된다고 생각하기 때문이다.

일찍이 아인슈타인은 다른 아이들과 비교 따위를 잘하는 교사들로부터 멍청하다고 도외시되었었으나 15세가 되었을 무렵엔 이미 유클리드, 뉴턴, 스피노자, 데카르트를 독파했다. 훗날 그는 그때의 자신은 강한 지식욕을 가졌었다고 술회했는데, 당시엔 아무도 그 사실을 발견치 못했던 것이다. 만일 그때 그가 다른 아이들과 똑같이 되라는 강요로 계속 억눌려졌다면 뛰어난 재능의 꽃은 피우지 못하고 말았을지도 모른다.

유대의 어머니들은 자기 아이가 다른 아이들과 어디가 다른가를 찾아내어 그것을 북돋아 주려고 애쓴다. 필자에게는 13세 된 딸이 있는데, 모국어인 히브리어는 물론 영어와 프랑스어, 일본어 등 3개 국어를 자유롭게 구사할 수 있을 만큼 어학에 재능이 있다. 그래서 가끔씩 "너는 동시통역을 하기에 제격이구나." 하고 말해 주긴 하지만, '너는 어학을 잘하므로 수학에도 조금만 더 노력을 기울인다면 틀림없이 일류 대학에 갈 것이다.'라는 말은 결코 하지 않는다.

배움엔 듣기보다 말하기가 더 중요하다

동양의 어머니들은 흔히 칭찬의 말로 '댁의 누구누구는 어쩜 그렇게도 얌전하고 착한지 모르겠어요.'라고 한다. 그러나 유대인들이 만약 그런 말을 듣는다면 큰일 났다고 몹시 걱정할 것이다. '얌전하다.'는 말은 '잘 배울 수가 없다.'는 말과 같은 뜻으로 받아들여지기 때문이다.

유대의 속담에 '수줍음 타는 아이는 배우지 못한다.'라는 것이 있다. 이 말은 내성적인 아이들은 모두 공부를 못한다는 것이 아니라, 수줍음을 잘 타 남의 앞에서 말도 못하고 얌전하게만 행동해서는 학문을 익힐 수가 없다는 것이다. 다시 말하자면, 아이들에게 무엇이건 서슴없이 물어볼 수 있는 습관을 들여 주라는 얘기이다.

폴란드 태생으로 소련 문제 연구가이며 러시아 혁명사의 권위자로서 세계적으로 유명한 아이작 도이처는 불과 13세 때 랍비가 된 천재적인 소년이었다. 그가 부모로부터 반복하여 주입받은 충고는 '자신의 생각을 정리하여 할 말이 정해지면 똑바로 서서 큰 소리로 분명하게 발표하라.'는 것이었다. 이 충고에 따라 그는 랍비 자격을 얻기 위한 발표 때에 성인들을 앞에 놓고 두 시간에 걸친 대연설을 해냈다. 그때 모든 청중은 그 13세 소년에게 완전히 매혹된 듯 감탄한 얼굴로 고개를 끄덕이며 조용히 듣고 있었다고 한다. 그렇게 하여 그의 연설을 들은 100여 명의 랍비들 판정에 따라 어린 나이에 랍비로 임명받은 것이다. 유대인 사회에서 가장 존경 받는 대상인 랍비가 되기 위해서는 수줍고 점잖은 품행보다 자기 의사를 확실히 표명할 줄 아는 태도가 훨씬 더 이로웠던 것이다.

동양 사람과 이야기할 때 가장 난처한 경우는 상대방과의 대화 사이에 침묵이 끼어드는 일이다. 사실 필자도 유대인으로서는 그리 수다스런 편이 아니지만, 동양인과 대화를 하다 보면 나 혼자 연신 지껄이게 되는 때가 많다. 어려서부터 말에 의해 배우는 것을 습관으로 삼아온 유대인들에게 있어 침묵이란 배우기를 거부하는 일로밖엔 여겨지지 않는다. 매사를 분명하게 말한다는 것은 외부를 향해 자기 마음을 열어 놓는 일과도 같다. 그럼으로써 다른 사람들에게 '나는 배우고 싶다.'는 신호를 계속 보내는 것이다.

어느 동양인 어머니에게 "당신은 아이를 처음 학교에 보낼 때 뭐라고 일러 보냅니까?" 하고 묻자, 그 어머니는 "선생님 말씀을 잘 들으라고 한다."라는 것이었다. 이 대답에 솔직히 참으로 답답하다는 생각이 들었다. 뒤미처 교실에서 교사 혼자 떠들고 여러 아이들이 말없이 듣고만 있는 광경이 떠오르자 끔찍하게까지 느껴졌다. 그런 상태라면 아이들이 교사의 가르침을 일방 통행식으로 듣기만 할 뿐 아무 의문도 갖지 않으며 결과적으로는 독창성 없는 인간이 되기 십상이다.

유대인의 교육은 그 경우와는 딴판이다. 어머니들은 아이에게 "선생님께 되도록 자주 질문하라."고 일러 학교에 보낸다. 유대 아이들에게 요구되는 건 암기가 아니고 근본적인 이해력이다. 교사가 학생에게 문제를 주면 학생은 그것을 풀며 모르는 일은 묻고 또 물어 뿌리까지 캐어서 결국은 이해하는 것이다.

5천 년 전부터 유대인에게 전해져 내려오는 성전 《탈무드》는 이렇게 가르친다.

'교사 혼자 지껄여서는 안 된다. 만일 학생들이 말없이 듣고만 있다면 많은 앵무새를 길러내게 되는 격이기 때문이다. 교사가 어떤 얘기를 하면 학생들은 그것에 대해 질문을 해야 한다. 그리하여 서로 주고받는 의견이 분분하면 할수록 교육의 효과는 높아지게 된다.'

필자가 잘 아는 분으로, 일본에서 그가 발간한 《일본인과 유대인》이 베스트셀러가 되어 유대 붐을 조성한 사람이 있다. 그 책이 출간되자 그분은 일본에 거주하는 유일한 랍비로서 자주 여기저기 강연을 다니게 되었다.

그런데 매번 참으로 기이한 느낌을 받는다는 얘기를 들었다. 왜냐하면 강연이 끝나도 누구 하나 질문하려는 이 없이 청중 모두가 침묵만 지키고 있다는 것이었다.

이것은 우리 유대인의 상식으로는 도저히 생각할 수 없는 일이다. 유대인의 모임에서라면 위와 같은 경우 강연자가 난감해할 만큼 갖가지 질문이 수도 없이 쏟아져 나오기 마련이다. 그것은 비단 강연자가 하는 말을 머릿속에 넣어 두기 위한 것뿐만이 아니라 그때까지 모르던 사실을 확실히 밝혀 이해하려는 의욕의 발로인 것이다.

몸보다 머리 쓰기를 가르쳐라

오늘날 '유대인의 두뇌는 매우 우수하다.'는 사실은 세계적으로 인정되고 있다. 실상 미국에서 아이비리그로 통하는 하버드, 예일, 컬럼비아, 프린스턴 같은 일류 대학 교수의 30%가 유대인이란 통계가 있다. 또 1905년에서 1973년까지의 노벨상 수상자 310명 중 유대계의 수상자가 전체의 10%가 넘는 43명에 이른다.

하지만 이것은 유대인이 선천적으로 월등하다는 뜻이 아니다. 인종이나 민족에 따라 지능의 우열에 차이가 있을 리는 없기 때문이다. 단지 다음과 같이 생각해 볼 수는 있다.

즉 유대인들은 자식들에게 어려서부터 몸을 움직여 일하기보다는 두뇌의 기능을 십분 발휘해야 한다고 늘 주지시켜 왔던 결과라는 것이다. 또 교육 환경 자체가 늘 머리를 써서 대비하도록 되어 있으므로 그건 매우 자연스런 일이다. 다시 말하자면, 성장 배경부터가 모두 머리를 쓰지 않고는 안 되게끔 되어 있다. 그런 결과가 앞에 든 통계 치로 나타난 것이라 생각된다. 그렇다고 해서 유대인들이 육체노동에 대해 어떤 경멸감이나 편견을 가지고 있는 것은 절대 아니다.

'머리를 쓰라.'는 말은 어느 유대인 아이든 부모로부터 항상 듣는 얘기이다.

그러므로 어쩔 수 없이 아이에게 손을 대야 할 때도 유대인 어머니는 결코 머리를 때리진 않는다. 혹시 뇌에 어떤 충격이라도 가해질까 봐 염려스럽기 때문이다.

결국 유대인들이 머리가 좋다는 것은, 선천적으로 그렇다기보다 일상생활에서부터 두뇌를 창조적으로 활동시키도록 늘 훈련되어진 결과라고 할 수 있을 것이다. 또한 그것은 누구든지 그러한 환경에서 성장하게 되면 높은 지적 수준의 인간이 될 수 있다는 말이다.

똑같이 머리를 쓰는 방법이라 해도, 지식을 가르쳐 주는 것보다 한 걸음 더 나아가 지식 얻는 방법을 가르치는 게 훨씬 낫다는 사실엔 아무도 이의를 제기하지 않을 것이다. 이것을 단적으로 표현하는 유대의 오랜 속담이 있다.

'물고기 한 마리를 주면 하루를 살지만, 물고기 잡는 방법을 가르쳐 주면 일생을 살 수 있다.'

여기에서 '물고기'를 '지식'과 바꿔 놓고 보면 이 속담의 뜻을 금방 깨우칠 수 있다. 아이들에게 학문만을 가르치는 게 능사가 아니라 배우는 방법을 가르쳐 주는 것이 훨씬 더 중요하다는 이야기이다.

그런데 동양에선 일정한 양의 지식을 아이들의 뇌리에 주입시켜 어떻게든 상급학교에 진학시키는 일에 대부분의 능력을 소모케 하고 있는 것 같다. 이것은 물고기 한 마리를 주는 것과도 같은 일이다. 그런 식이라면 진학은 무난히 할 수 있겠지만 그 뒤엔 쓸모가 없게 되는 것은 아닐까. 그보다는 차라리 어떻게 자신의 지식 세계를 넓히느냐에 대한 방법 쪽으로 아이들을 이끌어 주는 게 좋지 않을까 생각된다. 그렇게 한다면 아이들은 그 방법을 다른 쪽에도 응용할 수 있게 되어 학문에 대한 흥미를 증대시켜 갈 것이다.

이러한 이유로 유대 학교에서는 학생들에게 리포트 제출을 요구할 때 먼저 많은 자료를 수집하라고 충고한다. 그리하여 그 자료를 짜 맞추고 배열해서 스스로의 두뇌로 리포트를 완성케 한다. 그러므로 리포트의 평가에 있어선 단순한 내용이 아닌, 자료들을 어떻게 활용했는가를 우선적으로 판정한다.

이처럼 모든 유대인은 최대한 두뇌를 회전시켜야 하는 환경 안에서 단련되고 성장되는 것이다.

지혜만이 줄지 않는 재산이다

유대의 격언에 이런 것이 있다.

'아무리 살아남고 싶어도 식음료나 일, 또는 오락, 재산에 의해서는 그럴 수가 없다. 오직 지혜를 가짐으로써만이 살아남을 수 있다.'

역사가 시작됨과 동시에 박해에 시달리게 되었다고 말할 수 있는 유대인들에게 축적된 지식이 없었더라면 지금쯤은 아무것도 남지 않았을 것이다.

중세 유럽에선 유대인의 토지 소유가 금지되었고 직업인들의 조합인 길드에 가입할 수도 없었다. 유대인이 가질 수 있었던 일이란 의사와 여행뿐이었다고 할 수 있다. 공부를 해서 의사가 되어 정착해 살거나, 그렇지 않으면 어디에서든 통용될 수 있는 지혜를 익혀 각지를 떠돌며 장사를 할 수밖에 없었다.

19세기 초, 유럽의 유대인들 사이에 미국으로의 이주 운동이 활성화되었다. 당시 독일의 바바리아 지방 바이엘스돌프에 살고 있던 패니 셀리그먼이라는 여성은 어떻게든 자기 자식들을 불편한 유대인 거주지역 생활의 때를 벗겨야겠다고 생각했다. 그리하여 먼저 장남인 조셉을 미국으로 보낼 결심을 했다. 그러나 한낱 직공에 불과했던 남편 데이비드는 어떻게 그 엄청난 학비를 댈 수 있겠느냐며 반대했다. 그러자 패니는 비상금으로 모아 두었던 돈을 내놓았다. 그 돈으로 겨우 10세였던 조셉은 에르랑겐 대학에 입학할 수 있었고, 그곳에서 그리스어, 영어, 프랑스어를 배워, 이미 알고 있던 독일어, 이태리어, 히브리어 등과 함께 6개 국어에 능통하게 되었다.

드디어 대학을 졸업한 조셉은 17세의 나이에 도미하게 되었는데, 그때 그가 가진 것이라곤 어머니가 바지 속에다 꿰매 넣어 준 미화 백 달러뿐이었다. 신대륙 미국은 지혜가 있는 자에게는 약속의 땅이리라고 그들 모자는 굳게 믿고 있었다.

사실 그는 그 뒤 형제들을 뉴욕으로 불러들여 'J.W. 셀리그먼 컴파니'라는 은행을 설립했고, 어학 능력을 유감없이 활용하여 국제 금융시장을 마음대로 주무르게 되었다.

이주인들에게 'Mount Seligman(셀리그먼 산)'이라고 지칭될 만큼 큰 성공을 거둔 조셉의 어머니인 패니는 아들에게 교육이라는 '지혜'만을 갖춰 주고 신대륙으로 건너가게 했던 것이다.

지혜가 없으면 아무것도 못 가진다는 건, 지혜 있는 자라면 모든 것을 가졌다는 말과도 같다. 유대인은 그러한 믿음을 가지고 2세들을 교육시켜 온 것이다.

배움이란 꿀처럼 감미롭다는 체험을 반복시킨다

아이들이 공부하기를 싫어하게 되는 책임은 거의가 어른에게 있다고 생각한다. 이 점에 대해서 구체적인 예를 들자면, 동양에서는 공부를 '하지 않으면 안 되는 것'으로, 학교나 유치원은 '가지 않으면 안 되는 곳'이라 생각하고 있는 것 같다. 그러므로 아이들은 자연히 공부나 학교를 '의무'라고 생각하게 되는 것이다.

이 세상에 의무처럼 따분한 것이 또 어디 있겠는가. 어쩔 수 없이 가는 곳이 좋아질 리가 없고, 안 하면 벌을 받는 일이 즐거워질 수가 없는 것이다. 공부하기 싫다고 하면, 안 하면 안 된다는 한결 같은 대답이 돌아올 뿐이므로 아이들이 더욱 공부를 싫어하는 악순환이 계속될 수도 있다.

유대인들의 눈에는 이런 일들이 참으로 기묘하게 보인다. 인간에게 있어서 배움이란 곧 기쁨이라고 알아왔기 때문이다. 스스로 길을 닦으며 지혜의 체계를 세우는 건 즐거움이 아닐 수가 없다.

동양권의 여러 나라에서는 의무교육이 실시되고 있는데, 부모들이 이 '의무'라는 의미를 잘못 파악하고 있는 것 같다. 그것이 어른으로서 아이들에게 교육을 받게 할 의무라면 타당하지만, 반드시 좋은 성적을 받아 와야 되는 아이들의 의무는 아닌 것이다.

유대인 학교에서는 학생들에게 공부란 '달콤하고 즐거운 것'이라는 인상을 심어 주려고 많은 노력을 기울인다.

이스라엘의 초등학교에서는 등교 첫날을 공부의 '달콤함'을 학생들에게 가르쳐 주는 날로 정해 놓고 있다. 교사는 신입생에게 히브리어의 알파벳 스물두 자를 가르치는데, 꿀 묻힌 손가락으로 글자를 써 보이는 것이다. 그러면서 이제부터 배우게 될 모든 것은 전부가 꿀처럼 달고 맛있는 거라고 얘기해 준다. 또 학생 전부에게 케이크를 나눠 주는 학교도 있다. 맛있는 크림으로 만든 달콤한 그 케이크 위에는 히브리어 알파벳이 역시 크림으로 씌어져 있다. 학생들은 교사를 따라 크림 알파벳을 손가락 끝으로 더듬어 가며 빨아먹게 된다. 이것도 배움이란 그처럼 달다는 것을 가르쳐 주는 의식적 노력인 셈이다.

싫으면 하지 말되, 하려면 최선을 다하라

유대인들은 자식의 장래에 대해서 아무런 환상도 갖지 않는다. 다시 말해, 아이들에게 '커서 훌륭한 의사가 되라.'는 식으로 말하지 않는다는 얘기다. 물론 학문에 정진하는 것, 공부하는 것은 장려하지만 그 목적은 '무엇무엇이 되기 위해서'가 아니다. 학문 자체가 목적이지 수단은 아니기 때문이다.

장래에 대한 선택은 아이들 자신의 행복과 직관되는 것이며, 부모들과는 얼마만큼 거리가 있는 것이다. 이런 이유들 때문에 공부 이외의 레슨이나 예능 따위에 대해서는 전혀 강요하지 않는다. 피아노든 바이올린이든 아이들 스스로가 배우고 싶어하면 배울 수 있도록 뒷받침해 주고, 싫다고 하면 그만이다.

유대의 어머니들이 늘 아이들에게 하는 말은 '싫으면 할 필요가 없다. 하지만 하려면 최대한의 능력을 발휘하라.'는 것이다. 아이들이 만일 뭔가 스스로 선택하여 하고 싶다고 하면 그것을 위해서 후회 없는 노력을 하도록 충고를 아끼지 않는다. 이것은 아이들의 의지와는 상관없이 부모가 멋대로 결정해서 억지로 배우게 하는 따위와는 완전히 상치되는 방식이다.

레너드 번스타인은 러시아계 유대인으로 〈웨스트사이드 스토리〉 영화음악 작곡 등으로도 유명한 미국의 음악가인데, 그의 아버지는 자기 아들이 피아노를 배우고 싶다고 간청했을 때에야 비로소 근교의 여교사에게 한 시간에 1달러를 내고 레슨을 받는 데 동의했다고 한다. 레너드는 비록 병약했지만 의지만은 굳어서, 자기의 용돈을 아껴 레슨비를 내면서 기량을 닦았다고 한다.

또한 앨버트 아인슈타인은 일곱 살 때부터 바이올린을 배우기 시작했으나 레슨 시간이 길고 매우 엄했기 때문에 싫증을 느끼게 되어 일년 만에 그만두어 버렸다. 그러나 2, 3년 지난 어느 날 스스로 모차르트의 곡을 연주하고 싶다는 생각을 하게 되어 다시금 레슨을 시작했다. 그리하여 그가 일생 동안 바이올린을 사랑했다는 것은 널리 알려진 에피소드이다.

그처럼 의사를 존중해 주면 아이들은 공부에서도 스스로의 능력을 적극적으로 나타내 보이려 하는 좋은 경향이 나타난다.

어떤 유대인 아이는 10세 때 이미 남을 능가하고자 하는 갈망을 느끼게 되어 교사도 풀지 못할 어려운 문제를 구상해 내어 사람들을 놀라게 했다고 한다. 물론 이것은 지나치게 자기 능력을 시험해 보고 싶어하는 행동의 일면이기도 하지만, 어쨌든 이처럼 유대 아이들은 부모의 희망을 수렴할 때도 자기 의사를 반영시키길 주저하지 않는다. 그 좋은 예의 하나가 유명한 정신 의학자 지그문트 프로이드이다.

그는 17세 때 빈 오스트리아 대학에 진학하여 아버지의 희망에 따라 의학부에 적을 두었다. 그러나 개업의가 되기를 거부한 채 13년 동안이나 연구실에 주저앉아 보다 과학적인 의학 연구에 몰두했다. 그의 정신분석 학설은 오랜 연구결과 얻은 자연과학을 그 기초로 했기 때문에 그때까지의 심리학 수준을 훨씬 능가한 것이 되었다.

아이들의 장래에 지나치게 큰 기대를 가지거나, 환상으로 인하여 그들의 나아가는 길에 방해물이 되어선 안 된다. 그들 스스로 자신이 나아갈 길을 찾아내어 제 나름의 능력껏 나아가도록 밀어 주는 것만이 최선책이라고 할 수 있다.

아버지의 권위는 아이들의 정신적 지주이다

유대 사회는 부계 사회이다. ≪탈무드≫에 부모 이야기가 나올 때는 반드시 아버지가 먼저 등장하며, 어머니가 먼저 나오는 이야기는 단 한 가지밖에 없다. 이 성전에는, 부모가 동시에 물을 원하면 먼저 아버지에게로 가져가라고 씌어 있다. 어머니에게 가져가도 어머니 역시 아버지를 존중하기 때문에 결국 아버지에게 넘어가게 되는 것이다.

이러한 연유로 해서 예부터 아버지의 권위는 매우 강하며, 지금도 유대인 가정에서 자녀들에게 ≪탈무드≫를 가르치는 사람은 아버지이다. '아버지'라는 히브리어는 '교사'라는 의미도 포함하고 있다. 아버지의 권위는 아이들에게 있어 마음의 지주이다.

프로이드와 동격으로 일컬어지고 있는 오스트리아의 심리학자 알프레드 애들러도 아버지의 권위의 비호 덕분에 공부할 수 있었던 사람이다. 교사는 알프레드가 너무도 공부를 못해 수학에서 낙제 점수까지 받자, 알프레드의 아버지에게 '그 애는 공부라곤 전혀 못하니 학교를 그만두고 차라리 구둣방 같은 데서 기술이나 배우게 하라.'고 권했다. 그러나 그의 아버지는 그 충고를 물리치고 계속 학교에 다니도록 함과 동시에 아들이 돌아오면 맹렬하게 수학 공부를 시켰다. 앞서도 이야기한 것처럼 유대 가정에서는 아버지의 권위가 아주 강하므로 알프레드도 그에 따르지 않을 수 없었다. 그러다 보니 그를 몹시도 괴롭히던 수학 콤플렉스는 차츰 사라져 갔다.

어느 날 교사가 어려운 수학 문제를 칠판에 써 놓고 누구든 나와서 풀어 보라고 했을 때 모두들 고개만 갸웃거릴 뿐이었으나 애들러만은 자신 있게 손을 들었다. 교사는 속으로 고개를 저었지만 여하튼 시켜 보기로 했다. 애들러는 모두의 비웃음을 등에 받으며 앞으로 나아가 완벽하게 문제를 풀었다. 물론 그의 수학 성적은 학급에서 첫째가 되었다고 한다. 애들러는 후일 열등감 학설을 기초로 하여 심리학의 한 체계인 개인 심리학의 이론을 세우고 프로이드 학파에 완강하게 대립했다. 아버지로부터 가르침을 받은 '분발의 정신'이 그것에 영향을 주었는지도 모른다.

요즈음 동양 각국에서는 아버지의 권위가 폭락하고 있다는 말을 흔히 듣는다. 주위 사람 하나도 "우리 집 아이들은 내 말을 들은 척도 안 해요. 댁의 아이들이 부럽군요." 하고 한탄하는 걸 들었다. 그는 아내가 자기를 마치 돈이나 벌어들이는 일벌처럼 생각하며 아이들 앞에서도 무심코 그러한 태도를 나타낸다고 말했다. 얘기를 듣고 보니, 그러한 태도가 아이들에게도 나쁜 영향을 미쳐 결국 아버지의 권위가 무시당할 수도 있다는 생각이 든다.

하지만 그런 상황은 유대 가정에서는 상상조차 할 수 없다. 아내는 남편을 가정의 지도자로서 존경하며 모든 최종 결정권을 일임하고, 이것을 보는 아이들은 가정 안에서의 아버지의 지위에 존경과 신뢰를 갖게 된다.

바로 이러한 존경과 신뢰가 유대인 가정에 확고한 질서를 뿌리내리게 하는 근본이다. 아이들은 항시 이상적인 아버지상을 추구하면서 정신적 완성을 이루어 나가고 있는 것이다.

배움은 흉내에서부터 시작된다

《탈무드》엔 '돈을 빌려 주는 것은 거절해도 좋으나 책 빌려 주는 것을 거절해선 안 된다.'는 격언이 있다. 이것은 유대인이 얼마나 독서를 중요시하는가를 명확히 나타내 주는 말이다.

공부하는 아버지의 흉내를 내며 성장하여 세계 최고의 외교가로 명성을 드날린 사람이 있다. 유대인으로선 최초로 미 국무장관의 지위에 오른 헨리 키신저가 바로 그이다. 그는 자서전에서 자기가 어렸을 때 매주 아버지와 함께 공부를 했다고 밝혔다. 그의 아버지 루이는 과거 독일에서 여고 교사를 했던 사람인데, 가족들이 살던 방 다섯 개짜리 아파트는 책으로 미어터질 지경이었다고 한다.

화려한 키신저 외교의 배경에는 19세기 유럽 외교사에 대한 그의 깊은 조예가 깃들어 있다고 알려져 있다. 어렸을 적에 늘 대하던 아버지의 모습이 그를 학문의 세계로 이끈 계기가 되었음에 틀림없다.

배운다는 말 속에는 흉내 낸다는 뜻이 내포되어 있는데, 배움이 흉내에서 비롯된다는 점에서 그건 유대인의 생각과도 같다.

그런데 동양의 나라들을 다녀 보면, 아버지들이 아들이 흉내 내도 좋을 만한 일을 별로 하지 않는다는 사실에 놀라게 된다. 때때로 동양권의 어느 가정에 초대를 받아 한동안 머무는 때도 있는데, 아버지가 책상 앞에 앉아 있는 모습을 거의 볼 수 없으니 참으로 이상한 일이 아닐 수 없다. 아버지 전용의 책상이나 책장조차 없는 가정도 있는데, 유대인의 시각으로 볼 때는 정말 이해할 수 없는 상황이다. 사회나 기업의 구조가 우리와 다른 게 원인이 되어 그런 것일까? 혹은 회사에서 내내 일을 하다가 돌아왔으므로 집에서까지 책상 앞에 앉을 필요가 없다고 생각하는 것일까?

그러면서도 아이들에게만은 공부하라고 몰아붙이는 건 더욱 모를 일이다. 아무리 얘기를 해도 자기 아이가 공부를 하지 않아 속이 상하다고 애로를 털어놓는 그들을 보면 안타깝기도 하다. 실은 그렇게 말하는 그들이 어렸을 때 흉내 낼 만한 아버지상을 갖지 못했었기 때문에 자신들도 그런 모습을 보여 주지 못하는 것은 아닐는지……

배우기를 중단하면 20년 공부도 허사가 된다

유대인 사이에는 어진 사람이 존재하지 않는다. 다만 현명하게 배운 사람이 있을 뿐이다. 사람은 일생 동안 공부하도록 만들어져 있다는 것이 유대인의 기본적인 생각이며 신념이기도 하다.

아무리 지혜로운 사람이라도 배우기를 중단하는 것은 용납되지 않는다. 중단한 그 순간에 지금까지 배운 모든 것을 잊게 된다고 생각하는 것이다. 흔히 20년 동안 배운 것도 2년 만에 모두 잊는다고 충고하는 것도 그런 이유에서이다. 다시 말하면, 인간에게는 '현명한 사람'과 '어리석은 사람'의 구별이 있을 따름이므로 '안 배운 사람'은 '제대로 된 사람'이 아니라는 인식이 뇌리에 단단히 박혀 있다.

유대의 오랜 전통에 의하면 하느님을 '공경한다.'는 것은 '배운다.'는 것과 같은 뜻이다. 시너고그에 모이는 사람들에게 있어 '예배'란 단지 하느님에게 기도하는 일일 뿐만 아니라, '토라'를 배우는 것 역시 중요한 포인트였다. 이렇게 날마다 배움에 힘써야만 비로소 부모는 자녀의 교사가 될 자격이 있는 것이다.

예부터 유대인은 '책의 민족'이라 일컬어지고 있다. 유대인이 다른 민족으로부터 숱한 박해를 받은 근본적인 이유도, 그들이 책으로 인해 뛰어난 지혜를 획득하여 강력히 정의를 주장하지 않을까 하는 두려움 때문이었다고 말할 수 있다.

《탈무드》 율법이 가르치는 것처럼, 책은 만인의 공유물이며 만인은 배움의 의무를 지니고 있다. 이 '책의 민족'의 전통은 유대인이 사는 곳이라면 어디서건 대할 수 있는 독특한 것이다. 아침 통근차 안에서 《탈무드》를 공부하고, 퇴근 후 집에 돌아오는 차에서 또 《탈무드》를 읽는다. 안식일에는 몇 시간 동안 《탈무드》에 파묻혀 있는 사람도 많다.

평생을 읽어도 다 못 읽을 《탈무드》이므로 한 권을 완전히 다 읽는 것만도 유대인으로서는 다시없는 기쁨이기 때문에 그때는 친척이나 친구를 불러 축하 파티를 연다. 또한 유대인은 이처럼 학문에 대한 열정을 일생 동안 간직할 수 있다는 데 큰 긍지를 느끼고 있다.

그러므로 동양인들이 학교를 마치고 나면 공부를 중단해 버리고, 읽는 책이란 게 겨우 주간지 정도라는 말을 들을 때면 정말 의아하게 생각된다. 동양에서의 배움이란, 직장이나 결혼을 위한 통과증 정도로 여겨지고 있는 것이 아닐까?

이렇게 해서 그들이 다시 부모가 되고 나면 십몇 년 동안 학교에 적을 두고 애써 배운 것을 완전히 잊어버리고, 마치 학문과는 전혀 인연이 없는 사람처럼 되곤 한다. 그러면서도 그런 그들이 자녀 교육을 위해 그토록 열정적으로 달려드는 일은 참으로 웃지 못할 난센스이다.

배움과 거리가 먼 생활을 하는 부모가 아이들에게 인생의 훌륭한 모델이 될 수 있다고는 도저히 생각할 수 없기 때문이다.

사실만을 얘기해 주어라

아이들이 가장 큰 흥미를 느끼면서도 결코 이해할 수 없는 관념의 하나가 죽음이다. 가까운 사람이 죽으면 아이들은 몹시 의아스러워하며 묻는다.

'왜 죽었나요?'

'나이를 많이 먹었기 때문이지.'

그렇게 사실을 대답해 주지만, 나이가 많지 않은 데도 죽은 경우엔 이해하지 못할 수 있다. 따라서 그런 경우엔 '매우 큰 병이 들어서.'라고 하면 된다.

그렇지만 아이들은 거기서 끝나지 않고 더욱 추궁하는 게 보통이다.

'죽으면 어디로 가나요?'

'죽으면 그것으로 끝이란다.'

유대인은 내세라는 것을 믿지 않기 때문이기도 하지만, 죽은 뒤의 세계를 상상할 만한 여러 이야기를 결코 아이들에게 해 주지 않는다. 아이들의 상상력은 그들 스스로 자유롭게 펼쳐 보도록 맡겨 두면 되는 것으로, 부모가 개입할 필요가 없다고 여기는 것이다.

죽음에 대해서는 위와 같은 대답을 해 줄 수도 있지만 아이들이 직접적으로 확인할 수 없는 관념, 예를 들자면 신에 대한 것 등은 대답 방식이 다르다.

필자의 딸이 세 살 때 "도대체 하느님이 뭐냐?"고 물어온 일이 있었다. 내가 "하느님은 어디에나 있다. 물론 공기 속에도 있지." 하고 말하자, 아이는 연이어 숨을 들이쉬면서 "보세요, 나는 지금 하느님을 들이마시고 있어요."라고 자랑스럽게 말하는 것이었다.

유대의 어머니는 아이들에게 무리하게 깨닫도록 하려 하지 않는다. 아이들의 상상력이 미처 이르지 못함을 알면서도 그들의 사고 방향을 조종하여 멋대로 끌고 가는 일은 하지 않는다는 얘기이다.

그것을 위해서 항시 스스로 명심하는 일은, 우선 아이들에게 거짓말을 하지 않는 것이고, 다음엔 공포심을 주지 않는 것이다. 그러므로 아이들이 신에 대해 물어도 산꼭대기를 가리키며 '하느님은 저기에 살고 있다.'라든가 하는 따위의 거짓말은 하지 않는다. 또한 '나쁜 짓을 하면 하느님이 내려와서 벌을 준다.'는 등의 공포심을 자극시킬 만한 말도 삼간다.

아이들에게 어려운 관념에 대해 거짓말로 얼버무리지 않고 간단명료하게 대답해 주는 것은 원래는 ≪성경≫에서 비롯된 것이다.

≪구약성경≫에서 아브라함의 죽음에 대한 기술을 보면 이해가 된다. '아브라함은 나이 175세에 이르러 수가 차고 쇠진하여 죽어서 그 백성에게 끼워졌다.'

이건 너무도 미진한 설명이라 생각될지도 모르나, 죽음이나 신에 대해 거짓말과 공포를 뒤섞은 이야기를 구성하여 아이들에게 들려주는 일 따위는 하지 않는다.

그럴듯하게 이야기를 하면 일단은 만족시켜 줄 수 있을지 모르지만 아이들의 내부에 뿌리 내린 죽음이나 신의 그림자가 진실을 캐기 위한 노력을 차단해 버릴 수도 있다고 우려하기 때문이다. 이야기가 화려한 상상으로 부풀어 있으면 있을수록 그 위험이 크다고 생각하는 것이다.

유대인들은 지나치게 일에 빠져 가정을 소홀히 하는 극단적인 상황을 좋아하지 않는다. 식욕이나 술, 돈에 대해서도 그러하다. 전통적으로 중용을 가르치고 있는데, 관념의 세계에서도 그건 마찬가지이다.

지나친 자극을 주어 마음의 동요를 일으키는 것을 심적으로 건강하다고 생각지 않는다. 아이들의 상상력에 무리한 요구를 하지 않고 사실만을 진지하게 말해 주는 것도 그들에게 적당한 자극을 주자는 데 있다. 자극을 알맞게 주어서 아이들의 심성을 계발시켜 자연스럽게 뻗어나가게 하자는 배려인 것이다.

신에 대한 상상이 추상적 사고의 계기가 된다

유대 민족은 높은 추상적 사고력이 요구되는 학문이나 사업 분야에서 수많은 인재를 배출해 냈다. 이처럼 그들이 추상 능력이 뛰어난 것은 어려서부터 '추상으로서의 신'에 대해 깊이 생각하는 습관을 들여왔기 때문이라고도 말할 수 있다.

유대인은 일체의 우상 숭배를 거부한다. 그리스도교에서는 신을 그림이나 조각으로 나타내는 것은 당연한 일이 되어 있고, 예수 그리스도가 십자가에 매달려 있는 그림을 흔히 볼 수 있다. 신이나 주님을 추상으로서가 아닌 구상으로 언제나 바라볼 수 있도록 했다는 말이다.

그러나 유대교에서는 하느님을 인간의 형체처럼 구체적으로 그린 예가 전무후무하다. 하느님은 언제나 추상의 영역에 있으며, 그런 의미에서 유대인들은 늘 '구상화할 수 없는 신'을 깊이 사고하는 훈련을 지속하고 있는 셈이 된다.

바로 이 일이 사물을 논리적·추상적으로 사고할 계기를 만들어 주고 있는 것이다. 특히 아이들에겐 눈으로 볼 수는 없지만 엄연히 존재하는 신에 대해 생각하는 것이 커다란 지적 자극이 된다는 점을 간과할 수 없다.

유대 아이들이 자주 듣게 되는 이야기 가운데 최초의 유대인인 아브라함에 대한 우화가 있다. 아브라함은 그의 아버지가 작업장에서 손수 만든 나무 우상을 사람들이 사 가지고 가서 신으로 공경하는 것이 너무도 이상하게 생각되었다. 바로 그것이 계기가 되어 그는 '과연 하느님이란 무엇인가?'에 대해 깊이 고찰하기 시작했던 것이다.

'아버지 손으로 만들어진 우상이 진정한 신일 리가 없다. 그렇다면 신은 태양일까, 아니면 달일까? 그러나 태양은 일몰과 함께 사라지고, 달은 해가 떠오르면 없어져 버린다. 그러므로 하느님은 달이나 태양이 아니라 더 뛰어난 것임에 틀림없다.'

그렇게 생각한 아브라함은 마침내 하느님이란 물질이 아닌 정신이라는 결론을 얻게 되었다. 인류 최초로 신에 대한 추상적인 개념을 추출해 낸 셈이다. 그리하여 이 이야기를 듣는 아이들도 아브라함의 체험을 간접적으로 느끼며 추상적 사고력을 키워간다.

일반적으로 동양인 중엔 무신론자가 많은 것으로 알고 있다. 그렇기 때문에 유대인들처럼 하느님에 대해 생각할 필요가 없다고 한다면 그것은 잘못된 생각이라 하지 않을 수 없다. 그들 역시 어떤 형태로든 종교를 가지고 있는 것이다. 스스로 알지 못하는 사이에 신에 대해 기도하고 있는 것이 아닐는지. 아무튼 반드시 필요한 것은 그 신을 의식화하는 일이다.

아이들에게 추상적인 사고를 가르치기란 매우 어려운 교육 과제로 인식되고 있다. 초등학교에 들어간 아이들이 산수를 잘 못하는 것은 학령기 이전에 추상에 대해 익숙해 있지 못한 것이 하나의 큰 원인이 된다.

유대 아이들에게 있어 하느님은 추상적인 사고력을 길러 주는 원동력이 되며, 그것을 보다 활발히 작용시켜 주는 에너지의 원천인 것이다.

어머니의 과보호가 필요할 경우도 있다

유대의 격언에 '신은 언제 어디에나 존재할 수가 없었으므로 어머니를 만들었다.'는 것이 있다.

아버지가 집안의 지도자임에는 틀림없다. 그러나 어머니의 애정은 아이들에게 있어 신처럼 절대적인 가치를 지고 있는 것이다. 때로는 그 애정이 지나쳐서 예의 'Jewish Mother'라는 말이 흔히 과보호하는 어머니란 비아냥거림으로 쓰이는 예가 있을 지경이다.

랍비 요셉은 바로 그런 어머니의 손에서 길러졌는데, 자기 어머니가 다가오는 발소리를 들으면 재빨리 일어서서 '성령이 다가오고 있다! 일어서야지.' 하고 말했다는 기록이 ≪탈무드≫에도 남아 있다.

일반적으로는 과보호가 아이를 망친다고 여겨지며 응석이 심한 아이를 보면 부모가 지나치게 받아 주기 때문이라는 비판이 나오기도 한다. 일견 맞는 경우일 때가 많다. 하지만 과보호가 반드시 아이를 망친다고 인정할 수는 없다. 그와 반대로 과보호가 아이들의 독창적인 재능을 활짝 꽃피운 예를 우리는 많이 알고 있다.

그 한 가지 예로, 유대계 프랑스 작가 마르셀 프루스트는 일반적인 눈으로 볼 때 지나친 응석받이로 자랐다. 어려서 어머니가 며칠 집을 비우면 울고불고 난리를 쳤으며, 13, 14세 때는 '너에게 있어 가장 비참하게 생각되는 일은 뭐지?' 하고 물으면, '어머니와 떨어지는 일.'이라고 대답했다고 한다. 33세의 어른이 되어서도 어머니에게 보내는 편지의 서두는 늘 '그립고 그리운 나의 어머니'로 시작되었고, 하루에 두세 번이나 어머니에게 전화를 거는 일도 드물지 않았다고 한다. 당시 그가 어머니에게 보낸 편지 내용 중의 하나를 보면 '어머니와 나는 무선전신 같은 것으로 이어져 있어 곁에 있건 멀리 떨어져 있건 항상 마음은 하나이며 마주 앉아 있는 셈입니다.'라고 씌어 있다. 마치 사랑하는 이에게 보내는 러브레터와도 같다.

하지만 그렇게 애정을 가지고 어머니를 대해 왔던 덕분에 그는 여느 아이들과는 다른 감정을 지니고 성장한 듯싶다. 예비 대학교인 리세에 다닐 때에도 장난꾸러기 급우들과는 어울리지 않아 계집아이 같다는 소리를 곧잘 듣곤 했다. 그런 성품이 어머니로부터 이어받은 문학적 소양과 결합되어 훗날 ≪잃어버린 시간을 찾아서≫와 같은 명작이 태어난 것이라 여겨진다. 분명히 보통 아이들과는 달랐고, 일반적인 상식의 테두리를 벗어난 기이한 존재였다고는 하지만 어머니의 애정이 그에게 잠재되어 있는 특이한 재능을 발굴하여 이끌어 올린 경우이다.

프루스트뿐 아니라 아인슈타인과 프로이드 역시 어머니의 뜨거운 애정 가운데서 성장했다는 것은 잘 알려진 사실이다. '꿈의 분석'으로도 유명한 프로이드는 어렸을 때 날카로운 부리를 가진 기이한 새같이 생긴 남자들이 침대에 누워 있는 어머니에게 덤벼들어 죽이려고 하는 꿈을 꾸었다고 회상하고 있다. 일종의 이상 성격이었는지도 모르지만, 그 위대한 업적의 배후에는 역시 어머니에 대한 남다른 집착이 있었던 것 같다.

어머니의 애정 과다는 아이들의 정신적 균형을 깨고 남과 원만히 사귈 줄 모르게 만든다고도 볼 수 있지만, 반대로 그 애정 과다가 아이만의 재능을 최대로 끌어올려 독창적인 인간으로 만드는 것도 사실인 듯하다.

무엇보다도 개성을 중요하게 여기는 유대의 어머니들로서는 다른 아이와 똑같은 아이를 기르기보다 두드러지게 다른 아이가 되기를 더 바란다고 할 수 있다. 그렇다고 해서 과보호를 권장하는 건 아니지만 아이들을 애정으로 대하는 것은 결코 나쁜 일이 아니라고 생각한다.

두뇌 비교는 해가 되고, 개성 비교는 발전이 된다

유대인들은 형제나 자매를 전혀 다른 인격체로 인식하므로 형과 아우를 비교하는 일 따위는 절대적으로 피한다. 다시 말해, 동생에게 '형은 저렇게 공부를 잘하는데 너는 뭐냐?'라는 식으로 두뇌의 우열을 비교하는 일은 없다는 얘기이다. 왜냐하면 그것은 아우로서 감당할 수 없는 일을 강요하는 것이며, 그런다고 해서 그의 두뇌가 좋아질 리도 없기 때문이다. 그렇게 비교할 경우 단지 아이를 실망시킬 뿐이고, 형과 다른 인간으로 자라날 싹을 짓밟아 버리는 결과만 낳을 뿐이다. 형제를 단 한 가지의 능력으로 비교하는 것은 해는 있을지언정 아무 이익도 없는 일이다.

미 국무장관이었던 헨리 키신저의 동생 워터 키신저는 현재 알렌전기설비 회사의 사장으로 존경받는 비즈니스맨이다. 그는 "어렸을 때 형과 나는 라이벌이었습니다. 그러나 그다지 큰 대립 관계는 아니었어요. 서로가 좋아하는 일이 다르고 성격도 달랐었거든요." 하고 술회한다. 아마도 그들 형제는 유대인 부모에게 다른 인격체로서 대우 받았을 것이라 생각된다. 그는 형이 국무장관을 하던 때에도 열등감을 가지기는커녕 "신문은 형만 쫓아다니지 말고 내 성공담도 좀 싣는 게 좋지 않겠나." 하고 정당한 라이벌 의식을 나타냈다고 한다.

형제라 하더라도 어디까지나 각기 다른 개인이라는 사고방식은 유대인에게 있어서 수천 년 전부터 이어져 내려오는 것이다.

≪구약성경≫에선 '아버지를 아들 때문에 죽여서는 안 되며, 아들 또한 아버지 때문에 죽여서도 안 된다. 저마다 가족 모두가 벌을 받아야 했다.'고 말한다.

그러나 그 당시에도 유대인만은 개인의 책임을 분명하게 한계 짓고, 아무리 한 가족이라 할지라도 개인이 우선한다고 주장했던 것이다.

유대인 부모가 아이들을 대할 때 가장 관심을 기울이는 점은 그들의 능력 차이가 아닌 개인 차이이다. 어느 경우에든 비교보다는 각자의 개성을 발전시키는 것을 중요시한다. 그러므로 아이들이 친구네 집에 놀러갈 때도 결코 형제를 함께 보내지 않는다. 서로의 흥미가 전혀 다르기 때문에 같은 장소에 가는 것은 의미가 없으며, 제각기 다른 세계를 배우는 것이 훨씬 이득이 되리라 생각하기 때문이다.

유대인 형제자매의 사이가 매우 좋다는 것은 잘 알려진 사실이다. 그건 부모가 어려서부터 차별하지 않고 대함으로써 그들 사이가 자유롭고 편안하게 되었기 때문이라고 할 수 있을 것이다.

외국어는 어릴 때부터 귀에 익도록 배려하라

유대인으로서 두 가지 이상의 외국어를 구사하지 못하는 사람은 거의 없다. 유대인은 세계 도처에 살지만 박해에 쫓겨 각지를 방랑해야 할 때가 많았으므로 필요에 따라 여러 언어를 습득해야 했다. 게다가 숙부나 숙모 같은 친척들이 가족의 일원으로 늘 드나들고 있기 때문에 어릴 때부터 몇 가지의 언어를 사용하면서 자라나게 된다. 당연히 저절로 외국어를 익히며 성장하게 되는 셈이다.

동양의 여러 나라에서는 중학교 때부터 영어가 필수 과목으로 책정되어 있다. 그럼에도 영어를 자유자재로 구사하는 동양인은 그리 흔치 않은데, 이것은 영어를 배우기 시작하는 시기가 너무 늦기 때문이 아닐까 하는 생각이 든다. 외국어일수록 될 수 있으면 어릴 때부터 가르쳐야 하는 것이다.

그렇다고 해서 아기에게 영어회화 공부를 시키라는 것이 아니다. 말을 할 수 있게 되기 전에, 마치 음악을 듣는 것처럼 외국어가 귀에 익도록 해주라는 것이다. 언어는 말하기보다 듣고 이해하는 것이 앞서기 때문이다.

근대 심리학의 아버지인 프로이드 역시 언어 영역이 풍부하여 라틴어, 그리스어, 프랑스어, 독일어에 전혀 불편을 느끼지 않았다고 한다. 전기 작가 러셀 베이커가 쓴 《프로이드, 그 사상과 생애》를 보면, 겨우 10세 정도의 프로이드가 벽을 두드리면서 라틴어의 어미변화나 그리스어 문법을 외우며 방 안을 걸어 다녔다는 에피소드가 있다. 이 얘기로 미루어 프로이드가 초등학교 때부터 그리스어와 라틴어를 배웠다는 사실을 알 수 있다.

유대인은 어려서부터 여러 나라 말을 접촉하므로 한 가지 언어만 쓰는 사람들보다 언어 능력이 훨씬 뛰어나다. 발음도 한 가지 언어에 묶이지 않은 상태이므로 원어에 가깝게 낼 수 있게 된다.

동양의 언어는 유럽의 언어와 구조가 크게 다르다. 히브리어도 역시 유럽의 언어와는 구조가 판이하다. 그러므로 유대의 아이들이 중학교에 들어가서야 비로소 외국어를 배우기 시작한다면 틀림없이 동양인과 똑같은 곤란을 겪게 될 것이다.

어쨌든 어렸을 때 그들이 외국어와 한 번이라도 접한 일이 있었느냐, 없었느냐 하는 사실이 성장 후 어학을 공부하는 데 큰 차이를 일으키는 요인인 듯싶다.

아이들이 스스로 사고하게 하라

아마도 유대인만큼 이야기를 좋아하는 민족도 드물 것이다. 모두 알다시피 《구약성경》은 거대한 이야기의 보고이며, 성전 《탈무드》는 일생을 두고 읽어도 다 읽을 수 없는 책이다. 그런데도 유대인은 새로운 것을 창작해 내어 남에게 이야기하는 것을 일종의 취미로 삼고 있다.

이처럼 이야기를 좋아하는 유대인 부모가 아이들에게 들려주는 것은 항상 교훈이 내포되어 있는 내용이다. 아이들은 부모의 이야기를 들으며 머리를 써서 그 교훈을 이해하려는 노력을 해야 한다. 얘깃거리를 한없이 제공해 주는 《탈무드》에는 사고력을 기르기 위해서 만들어진 내용이 많다.

한 예로, 유대 민족에 대해 이야기할 때 흔히 인용되는 '머리가 둘인 아기'를 살펴보자.

'만약에 머리가 둘 있는 아기가 태어났다면 이 아기는 두 사람인가, 한 사람인가?' 하고 물으면 아이들은 그 질문에 대해 갖가지 대답을 하면서 사고력을 키워가게 된다.

《탈무드》의 답은 간단하다. '만일 뜨거운 물을 한쪽 머리에 부어서 둘이 다 소리를 지르면 두 사람이다.'라는 것이다.

이것만 가지고는 하나의 유머로 들릴지도 모르지만 실은 결코 그렇지가 않다. 그 가운데서 '이스라엘의 유대인이 박해를 받거나 혹은 세계 도처에 사는 유대인이 괴로움을 받을 때 같이 아픔을 느끼고 소리를 지르는 사람은 유대인이고, 그렇지 않으면 유대인이 아니다.'라는 교훈을 끌어낼 수가 있다.

이처럼 이야기를 통해서 교훈을 끌어내면 머리를 쓰는 훈련과 동시에 그 교훈이 마음에 깊이 스며들게 되는 효과까지 얻어 낼 수 있는 것이다.

《성경》 이야기 중에서 자주 인용되는 것은 〈창세기〉의 첫 부분이다. 여기에는 하느님이 천지를 창조한 엿새 동안 어느 날에나 하루가 끝나면 '참 좋았다.'고 했다고 씌어 있다. 그러나 둘째 날만은 그것이 없다. 위쪽 물과 아래쪽 물을 나누는 작업이 셋째 날까지 이어졌기 때문이다.

그 이유에 대해 랍비들은 여러 가지 해석을 내리고 있다. 그 하나는, 천지 창조에는 불가피한 일이었지만 나눈다는 것이 일반적으로는 분열을 의미하는 등으로 바람직하지 않은 일이므로 좋았다고 하지 않았다는 것이다.

그러나 다른 랍비는 '그렇다면 왜 빛과 어둠을 나눈 첫날은 좋다고 되어 있느냐?'는 반론을 편다. 거기에 대해서는 빛과 어둠은 완전히 다른 것이므로 동질인 물을 나눈 둘째 날과는 다르다는 의견이 피력된다. 둘째 날에는 하느님이 위쪽 물과 아래쪽 물을 나누었다는 것이다.

이것에 대해서 해는 절대 밤에 볼 수 없으나 달은 낮에도 가끔 나타나는 것은 왜냐고 되묻는 랍비도 있어, 논의는 끊임없이 지속된다.

하느님이 해와 달을 만들자, 달은 한 세계에 위대한 빛이 두 개씩이나 필요하진 않다고 불평했다. 하느님의 지혜를 의심한 달은 그 벌로 빛이 약해지고 크기도 작아졌다. 그러나 하느님은 달의 이의에도 일리가 있다고 인정하고 그 보상으로 해는 밤에 절대 나올 수 없지만 달은 낮에도 가끔 나올 수 있게 해 주었다는 결론이 맺어진다.

아이들은 이러한 토론 전개에 이끌려가며 스스로 기초를 세워 사고하는 방식을 배우게 된다.

그러나 유대의 이야기나 우화는 꼭 한 가지 정답만을 끌어내는 데 의미가 있는 것이 아니라, 오히려 여러 가지 방법으로 심사숙고하는 그 과정 자체를 중요히 여긴다. 뿐만 아니라, 거기에서 교훈을 끌어내어 살아가는 데 이용하는 것이 더 큰 목적이라고 가르치는 것이다.

동양의 여러 나라에도 나름대로의 전통적인 이야기가 많은 것으로 아는데, ≪성경≫이나 ≪탈무드≫의 경우와 마찬가지로 그 이야기들에도 깊은 뜻이 내재되어 있을 줄로 믿는다.

만일 어른이 그 해석을 정답식으로 한정시켜 아이들에게 들려준다면, 그들이 두뇌를 활동시킬 수 있는 소중한 기회를 말살시켜 버리는 일이 되지 않을까 염려스럽다.

교육적인 장난감 선택에 신중을 기하라

유대인 어머니들이 '교육적인 어머니'임에는 틀림없다. 그러나 흔히 듣는 소문처럼 치맛바람을 일으키는 어머니는 절대 아니다. 그렇다고 극성스럽게 공부를 강요하는 열성파 어머니도 아니다. 아이들의 지능지수를 걱정하거나 영재교육 따위의 방식에 아이들을 얽어매려고도 하지 않는다. 단순히 '교육적인 어머니'이기보다 '교육 환경적인 어머니'라고 할 수 있다.

유대의 어머니는 아이들의 지적 성장을 돕는 환경을 정비하여 그 안에서 자유로이 자라게 하는 데 세심한 주의를 기울인다.

유아의 경우, 교육 환경 중에서도 가장 중요한 요소가 장난감이다. 유대의 어머니들은 어떠한 장난감을 주든 항상 교육적 배려를 해서 준다.

그렇다고 해서 이른바 교육 완구, 즉 학교 공부에 직결되는 장난감을 주는 것은 아니다. 아무리 하찮은 장난감이나 도구라 할지라도 선택하는 방법에 따라서는 눈부신 지적 자극이 됨을 알고 있다는 얘기이다.

특히 1세에서 3세 사이의 어린아이들에게 있어 장난감은 여러 가지 감각 자극을 주고 운동신경을 활발하게 해 주는 데 없어서는 안 될 것이다. 그러므로 마음과 두뇌의 성장을 촉진하는 면을 우선적으로 배려하여 선택하는 것이다.

유대의 어머니들이 예로부터 어떠한 장난감을 선택했는지 몇 가지 예를 들어 보기로 하겠다.

확대경, 쌓기 나무(모서리를 정확하게 다듬은 매끄러운 나무가 좋은데 삼각형, 정사각형, 직사각형 등 기본적인 패턴을 고루 갖추어야 한다), 로크 박스(자물쇠로 뚜껑을 잠그고 열쇠로 열 수 있는 것), 플래시, 간단한 리듬 악기(종, 트라이앵글, 탬버린, 드럼, 심벌즈, 목금 등), 분해할 수 있고 올라탈 수도 있는 장난감, 소꿉장난용 모자(여러 가지 역할을 할 수 있도록 세트로 되어 있는 것이 좋다), 커다란 자석, 숫자풀이 판, 놀이용 집(완성품이 아닌 재료), 아이들이 직접 조작할 수 있는 레코드, 주머니(무엇이든 넣을 수 있는 것), 농장 장난감(동물을 포함한 것) 등 이외에도 여러 가지가 있으나 대체적으로 이상과 같은 것이 유아들에게 좋다.

3세에서 6세가량의 아이들에게는 감각이나 운동신경의 자극보다 지적 자극이 될 만한 것이 선택 범위가 되리라 생각된다.

이 나이의 아이들에게 주는 장난감의 예로는 다음과 같은 것이 있다.

쌓기 나무(장소가 허락하는 한 큰 것을 구입해 준다), 어른 흉내를 낼 수 있는 것(유대인들은 아이들이 어른 흉내를 내면서 한층 많은 것을 배울 수 있다고 생각하므로 특히 이런 종류의 장난감은 매우 중요하다. 의사와 간호사 놀이 장난감, 돈 놀이 장난감, 살림살이 장난감, 목수 연장, 원예 장난감 등이 있다. 위험하지 않은 것이면 가게에서 파는 게 아닌, 실제로 어른이 쓰는 것이나 쓰다가 낡은 것을 준다), 그림과 조각 도구(크레용, 핑거 페인트, 색연필, 분필, 찰흙, 색과 크기가 다양한 종이 등), 악기(3세 이하 때 주었던 것도 계속 가지고 놀게 한다), 연극용 소도구(의상, 마스크, 손가락 인형, 가발 등), 손가락을 쓸 수 있는 것(주사위, 퍼즐, 도미노, 간단한 게임 판 따위).

물론 위에 든 것을 모두 줄 수는 없다. 그러나 아이들에게 장난감을 사줄 때는 어느 한쪽에 치우침 없이 모든 방면에 자극이 되도록 종류 선택에 신경을 써야 한다.

제2장

정(情)을 위하여

오른손으로 벌을 주면 왼손으로 안아 주어라

가정에서 아이들에게 벌을 주는 것은 그들이 올바르게 성장할 수 있도록 돕는 좋은 수단이다.

≪구약성경≫에 '아이는 마땅히 가야 할 길을 따라서 가르쳐라.'라는 대목이 있다.

아이를 '마땅히 가야 할 길'로 나아가게 하기 위해서 벌을 주는 것이다. 그러므로 벌을 주는 한편으로 반드시 애정의 표현이 따라야 한다. 벌로 끝나 버리면 부모는 권위에 의해서 아이들을 지배하게 되고, 아이들은 제 나름의 개성을 자유롭게 나타낼 수 없게 되어 버릴 것이다.

'오른손으로 벌을 주면 왼손으로 안아 주어라.'란 유대의 오래된 속담은 어떠한 벌에든 애정이 따라야 한다는 것을 뜻한 말이다. 그리하여 유대인은 어떤 도구 등을 써서 아이들을 때리는 잔인한 짓은 하지 않는다.

낮과 밤은 하느님이 만드신 것으로, 사람은 그렇게 하루를 매듭지어 가며 살아가도록 만들어져 있다. 아침에 잠에서 깨어나 밤에 다시 자리에 들기까지 계속되는 하루는 그것 자체로서 완전히 끝나 버려야 한다. 그러므로 아이들을 대할 경우에도 하루를 완벽히 구분지어 그날에 느꼈던 두려움이나 슬픔 따위가 다음 날까지 연장되지 않도록 마음을 써야 한다.

앞에서도 말한 것처럼 아이들을 심하게 벌 준 날에도 자리에 들어갈 때는 따뜻한 애정을 보여 줌으로써 나쁜 감정이 마음에서 깨끗이 씻겨 나가게 해 주어야 한다.

아이들의 마음은 스펀지와도 흡사하므로 벌을 준 뒤에 그대로 방치해 두면 나쁜 감정을 모조리 빨아들인다. 그러나 한 번이라도 좋으니 살며시 눌러 주면, 스펀지에서 물이 밀려나오는 것처럼 그들의 마음에서 여러 가지 불유쾌한 감정이 밀려나와 버리게 된다.

공포나 혐오, 미움 같은 부정적인 감정이 잠 속까지 들어와서 밤의 세계를 지배하는 것을 경계해야 한다. 일단 그런 감정이 꿈속에까지 스며들게 되면 하루라는 영역을 넘어서 다음 날로 이어지기 때문이다.

'꿈의 분석'에서 큰 공적을 남긴 프로이드는 가족들과 함께 산장에 놀러 가서 잘 때 어린 딸 안나가 외치는 잠꼬대를 들었다.

"안나 프로이드, 딸기 많이! 딸기……."

그 아이는 그날 아침에 배탈이 나서 매우 좋아하던 딸기를 먹지 못했던 것이다. 그래서 딸기를 많이 먹고 싶다는 강한 염원을 지니게 되었고, 그 염원이 꿈으로까지 연결된 것이란 사실을 프로이드는 깨달았다.

그는 1천 가지의 꿈을 수집하여 '꿈은 무의식에서 생성된다.'는 이론을 발표하기에 이르렀는데, 어렸을 때의 원시적 감정을 나타내는 것이 꿈이라고 그는 생각했다. 어릴 적의 불쾌했던 체험이 축적되면 어른이 되었을 때 꿈으로 나타나게 될 수도 있다는 얘기이다.

아이들에겐 그날 하루에 처리하지 못하는 감정이 분명 많이 있을 것이다. 그것이 무의식 속에 가라앉아 있다가 꿈의 구성 요소가 되는 셈인데, 어머니들이 그러한 감정 가운데서 최소한 부정적인 것만은 제거해 줄 의무가 있다고 생각된다.

잠자리에 들었을 때 어머니가 곁에서 따뜻하게 보살펴 주는 것만큼 아이들의 마음을 가라앉혀 주는 일도 없다. 아이들은 평화로운 기분으로 하루의 긴장을 완전히 풀고 잠들게 되며, 이튿날이 되면 또 새로운 기분으로 하루를 시작할 수 있게 된다.

어른과 아이의 세계는 다르다는 사실을 인식시킨다

유대인들은 어른과 아이가 전혀 다른 세계에 살고 있다는 것을 의도적으로 아이들이 늘 생각하게 만든다.

≪구약성경≫에 의하면, 부모는 자식에 대해서 언제나 책임이 있으며, 아이에게 죽음을 주는 일과 장남의 특권을 뺏는 일만 못할 뿐 절대의 권력을 가지고 있다고 되어 있다.

아이들을 어른의 세계에 가까이 오지 못하도록 하는 것은 어른의 책임을 분명히 밝히기 위해서이다.

요즈음 동양 각국에서는 아이들을 위한 화장품이 많이 팔리고 있다고 한다. 그러나 과연 그러한 상품을 아이들에게 사 줄 필요가 있는지 매우 의문이다.

또 텔레비전을 보면 어른의 유행을 그대로 흉내 내어 아이들에게 옷을 해 입히는 것을 자주 본다. 어떤 어머니는 자기 자녀가 어른처럼 행동하는 것을 자랑으로 여기고 있는 듯하다.

또한 부모와 자식 사이의 경계선을 없애는 것이 현대적인 부모 자식의 관계처럼 생각하는 사람이 차츰 늘어나는 것 같다.

그러나 유대인들은 부모 자식의 관계에 있어선 아무리 시대가 바뀌어도 본질적으로 달라지지 않는다고 생각한다.

아이들이 아이들답게 행동하기보다 어른 흉내를 내는 데 열중하고, 부모 역시 그런 행동을 좋게만 받아들인대서야 어떻게 스스로에 대한 존경을 아이들에게 가르칠 수 있을 것인가?

아이들은 작은 어른 따위가 아닌, 어른과는 다른 인간이라는 사실을 일상적으로 가르쳐 주어야 한다. 그렇지 않으면 가정의 질서가 유지되지 못할 것이다.

일생 동안 공부하게 하려면 어릴 때는 충분히 놀게 하라

동양의 아이들을 보면 어려서부터 공부만 강요당하기 때문에 거의 놀 틈이 없다. 그들은 놀 시간을 박탈당한 채 자라고 있다. 그런 것을 보면 마치 아이들을 일류 대학, 일류 회사에 밀어 넣어 하루속히 돈을 많이 벌게 해 자기의 뒷바라지를 시킬 생각인 듯도 싶다.

이런 점에서 동양권과 유대 어머니의 육아법이 다른 것은 부모 자식의 관계를 언제까지 지속시키느냐는 그 시간적 차이에 있다고 여겨진다.

좀 더 자세히 설명하자면, 유대인으로선 자식은 언제까지나 자식이고, 부모는 아무리 나이를 먹어도 부모 역할을 하는 것을 자랑으로 삼는다.

유대인 가운데 늙으면 자식들의 부양을 받겠다고 생각하는 사람이라곤 하나도 없다. 그렇게 되느니 차라리 죽어 버리는 것이 낫다고 생각한다. 이것은 가족이라는 테두리 안에서도 부모는 부모고 자식은 자식이라는 개인주의적 관념이 철저하기 때문이기도 하다.

그러나 많은 동양의 부모들은 자식이 대학을 졸업할 때까지 돌봐 줌으로써 부모의 역할은 끝난 것이라 생각하고 있는 듯하다. 지금도 자식이 부양하는 건 당연한 일이라고 부모 스스로 생각하는 경우가 많아, 자식이 대학을 나오면 이제 부모 역할을 집어치우고 이번에는 자식으로부터 부양을 받으려 한다는 것이다.

어느 쪽이 좋고 어느 쪽이 나쁜지 따지는 것은 그리 중요치 않다. 다만 동양인은 부모 자식의 역할 분담을 짧은 시간의 일로 생각한다는 것이다.

그에 비해 유대의 어머니는 부모 자식의 관계를 좀 더 긴 시각적 척도로 생각한다. 부모는 일생 동안 부모이고, 자식은 일생 동안 자식이므로 전혀 서둘 게 없는 것이다.

또한 앞서도 말한 것처럼 사람은 일생 동안 배워야 한다는 것이 유대인의 기본적인 생각이므로 놀 수 있는 동안은 충분히 놀게 해 주어야 한다고 생각한다. 만일 어린아이로부터 노는 것을 앗아 버리면 그 후로는 내내 학문의 연속이므로 일생 동안 놀이를 갖지 못하기 때문이다.

아이들에게 있어서 놀이는 정신 형성의 중요한 한 요소이다. 그것을 박탈하면서까지 공부를 강요하는 것은 긴 안목으로 볼 때 절대로 현명한 방법이 아니다. 진정한 학문은 어른이 되어서야 시작하는 것이란 생각을 가지고 있다는 얘기다.

이런 관점에서 볼 때 동양의 어머니들은 반대로 생각하는 것이 아닌가 싶다. 즉 아이들이 대학에 들어갈 때까지만 죽어라고 공부하면 그다음엔 학문이 그리 필요치 않은 인생이 기다리고 있다고 생각하여, 될 수 있는 한 어렸을 때 공부에 파묻히게 해서 유명 대학에 입학시켜 버리는 것으로 한시바삐 부모의 책임을 끝내려는 건 아닌지…….

그러나 아이들의 진정한 행복을 위해서는 그들의 욕구를 한껏 채워 줘야 하지 않을까 여겨진다.

이름의 유래로 가족의 맥락을 일깨워 준다

여러분이 유대인과 알게 되거나 유대인에 대한 책을 읽게 되면 그들의 이름이 좀 특이하다는 사실을 깨닫게 될 것이다. '야곱(Jacob)', '아브라함(Abraham)', '사무엘(Samuel)', '데이비드(David)', '이삭(Issac)' 등 유대적 분위기가 물씬 풍기는 이름이 많기 때문이다.

그들은 ≪성경≫이나 유대의 전통에서 따오거나, 할아버지나 할머니, 숙부나 숙모 등 친족의 이름을 아이들에게 주어서 그들에게 조상의 이어짐을 자각시키는 것이다. 같은 이름이 자주 나오는 것은 유대인이 가족, 즉 조상의 전통에 충실한 증거라고 할 수 있다.

유대 민족에겐 과거 수천 년에 걸쳐서 몇 만, 몇 십만 명이나 되는 타마르, 이삭, 다윗이 있었던 셈이다.

자식이 성장하면 부모는 그 아이의 이름의 유래를 설명함으로써 가족이란 일체감을 심어 준다. 더 나아가서는 그 이름을 바탕으로 ≪성경≫이나 이스라엘 전통에까지 거슬러 올라가 그것을 민족적인 자각으로 높이 일깨워 주는 것이다. 자기와 똑같은 이름의 훌륭한 조상이나 위인이 먼 옛날에 있었다는 것을 알게 된 아이들은 그것만으로도 조상에 대해 말할 수 없는 친근감을 느끼게 된다.

근래 동양에서는 이름을 짓는 데도 유행을 따르고 있다고 한다. 그것 유대인들의 사고로 보아, 앞에 말한 이유로 해서 조금 납득할 수 없는 일이기도 하다.

유대인으로서는 아이들의 이름은 아이들을 기르는 것과 깊이 관계되는 일이므로 시대 풍조나 유행과는 전혀 관계가 없다고 생각한다. 유행은 이내 지나가게 마련이므로, 아이가 어렸을 적엔 근사하게 생각되던 이름도 그 아이가 어른이 되었을 때는 완전히 광채를 잃을 수도 있다. 그렇게 되면 아이는 '왜 나에게 이런 시시한 이름을 붙였어요?' 하고 물을지도 모른다.

유대인들은 이름을 통해 선대 때부터의 전통을 아이들에게 설명해 줄 수 있는 것을 큰 긍지로 삼고 있다. 또한 자신의 이름 역시 손자나 증손자에게로 이어지리라 생각하면, 스스로의 이름을 더럽히지 않도록 거듭 주의를 기울이며 살아야 한다는 것을 통감하게 된다.

남의 쓸데없는 간섭에 화를 낼 만큼 엄격하라

아이들에 대한 책임, 특히 젖먹이나 유아에 대한 모든 책임은 부모에게 있는 것이다. 그러므로 유대의 어머니는 자기 아이들의 훈련 방식에 대해 누가 간섭하는 것을 인정하지 않는다. 왜냐하면 어린아이에게 성장의 지침이 되는 사람은 결코 남이 아닌 부모이기 때문이다.

어린아이들은 아직 자기가 어떻게 행동해야 하는지, 무엇을 하면 안 되는지 따위의 판단 기준을 전혀 갖고 있지 않기 때문에 그 기준을 부모가 분명하게 보여 줘야 한다. 동시에 그것에 대한 책임도 부모에게 있다는 것을 알려 줘야 한다. 그 기준에 의지하여 아이들의 몸과 마음이 자라나게 되며, 정서적으로도 안정감을 느끼게 되는 것이다. 책임이 없는 남이 가정 훈련에 간섭을 하면 안 되는 것도 바로 그러한 이유에서이다.

아이들로서는 책임 없이 시키는 대로 하는 것이 매우 쉽고 편할지도 모른다. 만일 어머니가 가정 훈련의 권리를 주장하지 않으면 아이들은 쉽사리 그것에서 벗어나는 길을 찾아내어 그쪽으로 달아나 버리려 할 것이다. 누구나 고달픈 쪽으로 가기보다 편한 쪽으로 가기를 원하기 마련인데, 아이들로서는 더 말할 필요조차 없는 일이다.

아이를 주체성 있는 인간으로 키우기 위해서는 부모가 엄격해야 한다. 남의 쓸데없는 간섭에 대해 화를 낼 만큼 엄격하지 않으면 아이는 스스로 아무런 판단도 할 수 없을 만큼 의지가 나약한 인간이 될 위험이 있다.

유대인은 다른 사람이 볼 때 지나치다 싶을 만큼 자기를 주장하는데, 아이들로선 그렇게 신념을 굽히지 않는 어머니를 보면서 자라나는 게 매우 좋으리라 생각한다. 그것은 그들에게 심리적인 거점을 주는 동시에 신념이 중요하다는 사실을 뇌리에 깊이 심어 주는 좋은 방법이라 여겨지기 때문이다.

휴일은 아이들 교육에 필수적인 시간이다

부모와 자식 사이의 단절이 사회적인 문제로 대두되고 있는 것은 비단 동양에만 국한된 일이 아니다.

어떤 통계 자료에 의하면, 미국에서 아버지와 아이들이 대화를 나누는 시간은 하루에 약 3분이라고 한다. 결국 인스턴트 카레를 데우는 시간 만큼밖에 커뮤니케이션이 없다는 얘기다. 이래 가지고 어떻게 아이들이 아버지의 태도나 생각을 배울 수 있을 것인가?

하지만 유대인 가정에선 결코 이러한 일이 있을 수 없다. 아이들은 어려서부터 아버지를 집안의 중심으로서 존경하고, 가장의 가르침에 어울리는 행동을 해 나간다. 아버지 역시 한 가정의 가장에 걸맞은 모범을 보이고, 자녀들은 자연히 아버지를 본받으면서 자라난다.

공부하는 습관도, 친구를 사귀는 것도 모두 아버지에게서 하나하나 배워나가게 되는데, 이것을 가능케 해 주는 것이 바로 유대의 위대한 안식일 제도인 것이다.

우선 《구약성경》에 기록되어 있는 안식일에 대한 부분을 보자.

'주님께서 너희에게 실천하라고 명하시는 말씀은 다음과 같다. 너희는 엿새 동안 일하고 이렛날은 너희가 거룩히 지내야 할 날, 곧 주님을 위하여 푹 쉬는 안식일이니, 그날 일하는 자는 누구든지 사형에 처하여야 한다. 안식일에는 너희가 사는 곳 어디에서나 불도 피우지 못한다.'

어떻게 보면 지나칠 정도로 엄격한 규율이다. 오늘날에는 안식일을 어긴다고 하여 죽이는 일 따위는 없겠지만, 유대인들은 지금도 금요일 해가 지면서부터 다음 날 해가 지기 직전까지 지속되는 안식일에는 지금도 여전히 불을 피우는 것을 금기시하고 있다. 요리도 할 수 없으므로 어머니들은 금요일 해가 지기 전에 미리 음식을 충분히 장만해 놓는다. 솥이나 냄비는 해가 떠 있을 때 붙여 놓은 불 위에 얹어 놓는다. 안식일 동안에는 불을 붙이지 못하기 때문에 미리 붙여 놓은 불이 꺼지지 않도록 조치하는 것이다. 또 안식일에는 자동차나 심지어는 엘리베이터도 탈 수 없다.

그날 이스라엘의 수도 예루살렘에 가 보면 '정통파'인 유대교인 수천 명이 검은 수염에 코트차림으로 모여드는 것을 볼 수 있다. 만약 그날 불이 붙은 담배를 물고 거리를 걷다가는 돌에 얻어맞을지도 모른다. 설사 돌에 얻어맞았다 해도 어느 누구 한 사람 보호해 줄 사람도 없다.

이처럼 엄격하게 안식일이 지켜지고 있는 덕택으로 가장인 아버지는 집안 안팎의 모든 걱정에서 벗어나, 평소 대화할 기회가 적었던 아이들과 대화할 기회를 갖게 되는 것이다.

아버지는 '교사'이기도 하다. 안식일이 되면 아버지는 아이들을 자기 방으로 하나씩 불러들여 친밀한 분위기 속에서 이야기를 나눈다. 한주일 동안 있었던 일이나 공부한 것에 대해 마음을 터놓고 서로 대화를 하는 것이다.

이것은 이미 단순한 부모와 자식의 관계를 넘어서는 것일 수도 있다. 아이들에겐 한 가정의 가장에 대한 존경과 아버지상의 이미지가 확고하게 확립되는 한편, 그러한 아버지야말로 산교육을 행하는 '교사'로 생각하게 되는 것이다.

그래서 유대 아이들에겐 자신의 아버지를 '나의 아버지이자 교사'라고 부르는 것이 보편화되어 있다. 그때의 대화 시간은 보통 30분 정도이지만 아이들에게 있어서는 지난 일주일 동안 겪은 일들에 대해 아버지의 의견을 듣고 총정리하는 매우 귀중한 시간이다.

또한 유대인 아버지들은 평일에도 특별한 사정이 없는 한 저녁식사를 가족과 함께 들 수 있게 일찍 귀가하는 것을 원칙으로 삼고 있다.

그런데 동양의 많은 아버지들은 귀가 시간이 일정치 않거나 자녀들이 잠든 후에 들어오는 경우가 많아 마치 아버지가 없는 것과 다를 바 없다. 게다가 쉬는 날이면 낚시나 골프 등 자신만의 취미에 몰두하여 가족들과 이야기할 시간을 갖지 못하는 것 같다. 안식일 같은 습관이 없는 동양에서도 일요일만은 아버지가 아이들과의 대화에 일정 시간을 할애하는 것이 바람직하리라 여겨진다.

어느 나라 아버지들이나 똑같겠지만 유대의 아버지들은 아이들 문제에 대해 진심으로 염려하고 배려한다.

아들의 비범한 재능을 알아차린 칼 마르크스의 아버지는 아들의 완고하고 비타협적인 성격을 크게 걱정하면서, 장성한 아들에게 '흥분하지 마라. 신중하게 행동하고 교양을 몸에 익혀라. 은인에게는 경의를 표할 줄 알아야 하며 반항적이고 비사회적인 사람이 되어서는 안 된다.'라는 편지를 끊임없이 보냈다고 한다.

이처럼 아이가 독립해서 나간 뒤에도 늘 편지를 써 보내 충고를 아끼지 않는 것이 극히 보편적인 유대의 아버지상이다.

아버지가 대화의 기회를 마련해 준다면 부모와 자식 간의 단절이란 있을 수 없을 것이다.

가족의 범주에 삼촌이나 사촌들을 끼워 넣어라

오늘날 동양에서도 급속도로 핵가족화가 진행됨에 따라 지금까지 생각지도 못했던 일들이 문제시된다고 한다. 부모와 자식의 2대로 구성되는 이 핵가족은 문명사회에선 거의 통념이 되다시피 하고, 서양에서는 핵가족이 아닌 가정이 드물 정도이다.

예전에는 어디서나 흔히 볼 수 있었던 대가족과 비교한다면 당연히 세대 간의 압력도 그만큼 적다. 가족 수가 적기 때문에 실내 공간도 여유 있게 사용할 수 있고, 특히 어머니로서는 여러 인간관계에 골치 앓을 것 없이 육아나 교육에 전념할 수 있는 이점을 가진 가족 형태라고 할 수 있다.

그러나 반면 아이들은 할아버지나 할머니나 다른 친척들로부터 좋은 영향을 받을 기회가 거의 없어진다. 때문에 지적 자극이 극소화된 일종의 폐쇄 공간에 놓일 위험이 있다. 아이들을 기르는 데는 가능한 한 여러 세대의 많은 사람과, 또 될수록 친밀하게 접촉하는 것이 그들의 장래를 위해서 중요하다고 유대인들은 생각한다.

유대인이 가족이라고 지칭하는 건 단지 아이들과 부모만을 가리키는 말이 아니라, 아이들의 할아버지와 할머니, 숙부와 숙모, 또 사촌들까지 포함하는 것이다. 동양에서 할아버지와 할머니는 포함되지만 숙부나 숙모, 사촌 등은

410

일가족으로 보지 않는 것과 비교해 생각하면 더 넓은 의미를 내포하고 있다.

그러한 대가족의 울타리 안에서 성장하여 훌륭한 재능의 열매를 맺은 예를 한 가지 들어 보기로 한다.

유대계 독일 시인인 하인리히 하이네는 자랄 때 외삼촌과 큰할아버지에게서 큰 영향을 받아 시인의 소질을 길렀다고 한다. 학교에서는 별로 배우는 것이 없었던 하이네는 외삼촌인 시몬 반 괴르테른의 커다란 서고를 혼자만의 '교실'로 삼아 데카르트, 네트스하임, 헤르몬트 등의 철학서를 독파하여 그 결과 '스스로 문필적 시도를 해 보고 싶은 욕망을 느꼈다.'고 고백한 바 있다.

그 서고에서 하이네는 큰할아버지 시몬의 '비망록'을 발견했는데, 시몬이라는 인물은 동양과 북아프리카까지 여행한 적이 있으며, 마적의 수령 같은 생활을 하던 완전한 자유인이었다고 한다. 하이네는 이 큰할아버지 시몬의 '방랑기'라 할 수 있는 비망록에 의해 상상력을 자극 받아 모험에의 동경을 느꼈다고 한다.

뛰어난 열정의 시인 하이네는 이러한 배경에 의해서 배출된 것이다. 만일 그가 핵가족의 테두리 안에서 성장했다면 그의 소질이 그처럼 꽃을 피우지 못하고 말았을지도 모른다.

유대인들의 가족 관계는 이처럼 아이들의 성장을 돕는 데 다시 없이 큰 역할을 하고 있다.

친구를 선택할 때는 한 단 올려다보게 하라

유대인은 친구와의 교제를 매우 중요시한다. 하지만 그것이 아무하고나 친구가 된다는 뜻은 아니다. 물론 많은 사람과 사귀게 되는 것은 좋은 일이나, 유대인들은 진정한 친구를 선택할 때는 될 수 있는 한 신중해지려고 한다.

친구는 우선 자기를 끌어올려 줄 수 있는 사람이어야 한다. 정신적 향상에 기여하는 친구가 가장 바람직한 친구이다. ≪탈무드≫는 그것을 '친구를 선택할 때는 한 단 올려다보라.'고 표현한다.

동양인도 그렇지만 유대의 어머니는 자기 아이가 친구를 집에 데리고 오는 것을 좋아한다. 그러나 만일 바람직한 친구가 아니라고 판단되면 "네가 그 아이와 사귀는 것을 반대한다."고 분명하게 말한다. 한 단 오르는 것이 아니라 그와 반대되는 상황이 될 때 그러는 것이다.

'한 단 오르라.'고 하면 동양의 어머니들은 '공부 잘하는 친구를 선택하라.'고 지레짐작을 할지도 모른다. 그러나 공부만이 친구를 선택하는 기준이 아님은 말할 필요도 없다.

유대인은 철저한 개인주의자들이다. 무엇보다도 개개인이 남과 다르다는 것을 중요시한다. 예를 들어, 조각도는 솜씨 있게 쓰지 못한다 해도 남보다 많은 언어를 구사할 수 있으면 그 나름대로의 가치를 인정해 주는 것이다. 공부를 잘하느냐 못하느냐는 단적인 기준에 지나지 않으므로, 비록 공부를 못할지라도 자기의 개성이나 잠재적 가능성을 끌어올려 주는 상대라면 '한 단 올라서서' 친구를 선택한 셈이 되는 것이다.

여기에서 주목해야 할 것은, 유대 어머니들은 자기의 좋고 싫음의 척도로 자식의 친구를 판단하진 않는다는 점이다. 자기 아이가 그 친구에 의해서 자극을 받고 개성을 빛낼 수 있다면 비록 싫은 타입이라 할지라도 반대할 이유가 없으므로 일단 아이의 입장이 되어서 생각해 준다. '그 아이는 너무 시끄러워.' 또는 '그 아이는 물건을 정돈할 줄 몰라.' 또 '그 애는 목소리가 너무 크니까.' 따위의 표면적이고 지엽적인 반대 이유는 아이로부터 좋은 친구를 선택할 시야를 차단해 버리는 결과를 낳게 할 것이다.

유대인은 친구를 신중히 선택하고 또 매우 아낀다. 그것은 어려서부터 친구의 선택을 '자기 향상'이라는 목적에 결부시키는 관념을 지니고 있기 때문이리라 여겨진다.

유대계 음악가 다리우스 미요가 청년기에 얻은 두 친구와의 우정에 잠재력을 자극 받아 많은 곡을 만들었다는 것은 잘 알려진 사실이고, 그 외에도 친구와의 교제에 의해서 천재성을 더욱 빛낸 예는 수없이 많다.

≪탈무드≫는 '애매한 친구가 되기보다는 분명한 적이 되라.'고 가르치는데, 이 말은 친구로 교제하려면 '분명한 친구'를 선택하라는 의미이다.

유아를 데리고 남의 집을 방문하지 마라

유대인들은 생후 1년 내외의 유아는 바깥 세계와 접촉시키지 않는 것을 원칙으로 삼고 있으므로 아기를 데리고 외출하는 일이 거의 없다. 특히 남의 집 방문을 삼간다. 어린아이를 데리고 가는 것은, 아기 자신은 물론이고 어른들로서도 귀찮은 일밖에 되지 않는다.

혹 낮에 누군가로부터 "잠깐 오시지 않겠어요?" 하는 초대를 받았을 때에도 아기가 있을 때는 "지금은 아기와 함께 있어야 하므로 안 되겠군요." 하고 정중하게 거절한다. 예외적으로 아기와 함께 초대를 받고서 데리고 갈 때도 있지만 그런 경우에도 절대 오래 있지 않는다. 말 그대로 커피 한 잔 마시고 나면 바로 돌아오는 수도 있다.

아기는 남의 집 집기들을 더럽히고 귀중품에도 거리낌 없이 손을 댄다. 그럴 때 어머니는 아기에게 연신 '안 돼!'라고 하는데, 아기 쪽에서 보면 자기의 모든 행동이 어머니로부터 부정 받게 되는 셈이다. 그렇게 되면 어머니나 아기나 또 방문을 받는 편 모두에게 이득 될 게 없다.

그래도 낮에는 어쩌다가 데리고 나가는 수가 있으나 밤엔 절대로 없다고 해도 과언이 아니다. 밤이 되면 아기는 오로지 자는 일에 전념해야 한다. 어려서부터 정해진 시간에 잠을 자는 습관을 들이기 위해서라도 아기를 데리고 밤에 외출하는 일은 피해야 한다. 육아에 전념해야 할 때는 아기에게만 마음 쓰는 것이 부모로서도, 또 아기로서도 행복하리라 생각된다.

그러나 동양에서는 친척이나 아는 사람들이 자꾸 아기를 만나고 싶어하고 어머니가 아기를 데리고 방문하는 것을 오히려 장려하는 것같이 보인다. 아기를 어르는 것은 그들로서는 즐거움일지 모르지만, 그러나 그들이 진심으로 즐기고 있다면 그것은 아기를 살아 있는 장난감 정도로밖에 여기지 않는 행위가 될 수도 있지 않겠는가.

왜냐하면 아기는 평소와는 다른 과도한 자극에 의해 몹시 흥분하게 되고, 어머니 역시 쓸데없는 심리적 피로에 빠지게 된다고 생각되기 때문이다. 다시 말해, 아기에게 정서적 불안감을 느끼게 할 염려가 있다는 말이다.

친절은 인생 최대의 지혜이다

유대인에게 있어서의 친절은 단순히 도덕이나 공공심 같은 교훈적인 행위의 문제가 아니다. 친절을 베풀면 그만큼 지혜 있는 사람으로 성장해 가는 것이라 생각하기 때문이다. 그러므로 아이가 어떤 친절한 일을 했다고 해도 부모가 칭찬해 주진 않는다.

또 칭찬을 기대하고서 남에게 친절히 대하는 것은 그다지 평가해 주지 않는다. 친절이란 특히 아이들의 마음이 얼마나 성장하느냐를 나타내는 행위이므로 어른들이 무조건 강요하거나 칭찬해 줄 것은 못 된다.

유대인이 아끼는 ≪구약성경≫에는 친절과 관련된 이야기가 여러 가지 나온다. 유명한 '소돔과 고모라'의 이야기는 친절이라는 지혜를 저버린 사람들의 죄를 표현한 것이라 할 수 있다.

'주님께선 손수 하늘에서부터 유황불을 소돔과 고모라에 퍼부으시어 거기에 있는 도시들과 사람과 땅에 돋아난 푸성귀까지 모조리 태워 버리셨다.'

이것이 친절한 사람을 죽인 도시의 운명이다. 이처럼 친절은 최고의 지혜이면서, 한편 친절을 부정하는 행위는 최고의 벌을 받는 것이다.

다른 사람으로부터 받은 친절에 대해 역시 친절로 보답하는 일은 가장 아름다운 행위로 묘사된다. 유대계 음악가 레너드 번스타인은 소년 시절에 헬렌코츠라는 여교사로부터 피아노를 배웠는데, 어른이 된 후에도 그녀의 친절에 대해 성실한 마음으로 보답하고 있다는 것은 널리 알려진 이야기이다.

유대의 격언에 '손님이 기침을 하면 스푼을 내어 드려라.' 하는 간결한 말이 있다.

손님으로선 식사 때 앞에 스푼이 없어도 주인한테 거리낌 없이 '스푼을 주시오.'라고 말할 수는 없다. 그래서 가볍게 기침을 하여 그 뜻을 전하면 주인은 이내 그 눈치를 알아차려 친절하게 스푼을 갖다 주어야 한다는 얘기이다. 가까운 사람에 대한 친절의 중요성을 나타낸 격언이다.

이처럼 친절이란 남으로부터 칭찬을 받기 위해서 보란 듯이 나타내는 행위가 아니라, 도리어 일상의 평범한 일에 마음을 쓰는 데서 나타나는 것이라고 유대의 어머니는 아이들에게 가르치고 있다.

친절이란 도덕이나 공공심에 맞는 행위이기 때문에 행하는 것이 아니라 남을 생각해 주기 때문에 행하는 것이라는 얘기이다. 그렇게 함으로써 남의 마음을 알게 되고, 반면 남의 친절을 받음으로써 그것이 아이들 스스로의 지혜에 이어진다는 생각이다.

자선을 통해 사회에 대한 눈을 뜨게 한다

길거리에서 불쌍한 이들을 위해 모금하는 것은 흔히 볼 수 있는 일이다. 이러한 '자선'이 동양인에게는 어떻게 받아들여지고 있는지 잘 모르지만, 유대인은 자선이나 남에 대한 선행을 매우 가치 높은 것으로 여기며, 그러한 행위에 대한 분명한 가치 기준이 오랜 옛날부터 전해져 내려오고 있다.

유대의 속담엔 '세계는 배움과 일과 자선 위에서 이루어지고 있다.'라는 것도 있다.

다시 말해, 아무리 열심히 배움에 임하고 제아무리 일을 잘한다 해도 모두가 '자선'을 망각해 버리면 이 세계는 이루어질 수 없다는 것이다.

자기보다 어려운 사람들에게 자선을 베풀 줄 아는 마음을 길러 주는 것은 어른으로서 아이들에게 마땅히 가르쳐야 하는 사회교육이다.

유대의 가정에서는 아이들에게 어려서부터 조그만 저금통을 주며 '자선'을 위해 저금하라고 가르친다. 아이들은 교회에 갈 때마다 그때까지 자기가 모은 돈을 가지고 가 내놓는다. 어릴 때부터 '자선'을 의무화시키는 것이다. 어른이 된 뒤에도 이 습관은 계속되어, 생활이 넉넉한 사람은 수입의 5분의 1을, 평균적인 생활을 하는 사람은 10분의 1을 자선금으로 내놓는다.

'자선'을 의미하는 히브리어 '체다카'는 '정의'라는 의미도 포함하고 있다. 영어로 '자선'에 해당하는 '체리티'가 라틴어의 '베푼다'라는 어원에서 비롯된 것과는 달리, 유대인에게 있어서 '자선'은 곧 '정의'인 것이다.

아이들은 조그만 저금통을 통해 자기 생활이 늘 사회와 이어져 있다는 것을 의식하면서 성장해 간다. 그리하여 그것은 어른이 되었을 때 아무런 저항감도 느끼지 않고 사회에 동화할 수 있는 기틀이 된다.

유대인은 남에게 선물 주기를 좋아한다는 얘기를 흔히 듣는데, 그건 '자선'이란 것이 그저 베푸는 게 아니라 사회생활을 하는 데 당연히 해야 할 행위라는 의식에서 기인하는 것이다.

아이들의 지능 계발 따위에 연연하기보다는 사회에 눈을 돌릴 계기를 만들어 주는 것이 결국 풍요로운 생활의 기초를 닦아 주는 일이 아닌가 싶다.

선물 대신 돈을 주지 마라

유대의 격언에 '큰 부자에겐 아들은 없다. 다만 상속자가 있을 뿐이다.'라는, 어찌 들으면 섬뜩하기까지 한 말이 있다.

오래전 지폐가 없던 시대의 돈은 곧 금이나 은이었으므로 '돈이란 소름 끼치도록 싸늘한 것'이라는 이미지가 강했다. 부자들은 그것을 많이 쌓아 두고 있기 때문에 그 싸늘함이 자신에게 옮고, 마침내는 가족에게까지 전염되어 따뜻한 정이 통하지 않는 냉랭한 가정이 형성된다는 얘기다.

이리하여 자식은 자식이 아니라 단지 부모의 그늘에 가려져 단순히 '싸늘한 재산'의 상속자가 되어 버림을 의미하는 격언인데, 이 말은 오늘날에도 부모와 자식 간에 금전이 개재된다는 게 얼마나 무서운 일인지를 가르쳐 주고 있다 하겠다.

유대의 어머니는 돈을 매개로 해서 아이들과 접촉하는 것을 극력 피하고 있다. 왜냐하면 돈을 주고받음으로써 앞의 격언처럼 부모 자식의 관계를 차갑게 냉각시키고 싶지 않기 때문이다.

그러므로 아이들에게 선물을 줄 때 결코 돈으로 대용하는 일은 없다. 만약 선물 대신에 돈을 준다면 아이 앞에 '자, 이것으로 뭐든 사거라.' 하고 돈을 내던지는 행위로, 아이에 대한 자상한 마음이 없다는 것을 증명해 보이는 것이나 다름없다. 선물이란 뭔가 의미가 있고 또 부모 자식 간의 긴밀한 인간적 연결을 확인하는 것이어야 할 필요가 있는데, 돈은 이런 것과는 아주 거리가 먼 존재이기 때문이다.

19세기 중엽까지 유대인들의 대부 격으로 로드차일드 가의 가장이었던 암셸은 반 유대 폭도들이 몰려들자 "너희들은 부자인 유대인으로부터 돈을 얻어가고 싶은 모양이로구나. 독일 인구가 4천만이지? 그 정도 수량의 프로링 금화는 가지고 있다. 우선 너희들 각자에게 1프로링씩 나누어 주겠다." 하면서 손을 벌리는 폭도들에게 돈을 주었다고 한다. 이 암셸에게는 끝내 아들이 생기지 않았다. 만약 아들이 있었다면 이처럼 '모멸적으로' 돈을 사용하진 않았으리라 생각된다.

돈은 사랑을 대신할 수 없다. 그러므로 사랑의 표시이어야 할 선물 대신이 될 수도 없는 것이다.

'유대인은 돈에 더럽다.'는 편견이 아직까지도 씻기지 않은 것 같다. 그 전형이 셰익스피어가 ≪베니스의 상인≫에서 묘사한, 피도 눈물도 없는 고리대금업자 샤일록이라고 할 수 있겠다.

그러나 셰익스피어가 태어난 시대는 이미 유대인들이 영국에서 추방된 뒤여서 그는 유대인에 대한 편견 속에서 성장했다. 그 때문에 '내재된 편견'에 의해 고리대금업자를 유대인으로 설정해 버린 것이다.

유럽의 지배적인 종교인 그리스도교가 돈을 죄악시하고 있으므로 돈은 도구로만 사용되었고, '부푼 지갑은 별로 좋은 것이 아니다. 그러나 빈 지갑은 나쁘다.'라는 격언 등의 영향으로 금전을 진지하게 생각하는 유대인이 상대적으로 이기주의자처럼 비친 것에 불과하다.

같은 유대의 격언에 '돈은 무자비한 주인이 되기도 하고 유익한 종이 되기도 한다.'는 것이 있다. 돈 자체는 좋은 것도 나쁜 것도 아니지만, 주인으로 섬기든가 종으로 삼든가 하는 것은 그것을 사용하는 사람의 됨됨이에 달려 있다는 뜻이다.

아이들에게 이같이 미묘한 돈의 성격을 명백히 가르치기는 매우 어려운 일이므로, 필자의 경우는 알기 쉽도록 에피소드를 얘기해 주곤 한다.

18세기까지 유대인에게는 이름뿐이고 성(姓)이 없었는데, 당시 유럽 여러

나라의 정부가 유대인들에게 성을 팔기 시작했다.

유대인들이 좋은 성을 사기 위해 많은 돈을 내야 하고, 그저 그런 성은 싼 값으로 살 수가 있었다. 예를 들면, 보석이나 꽃 이름은 비싼 값으로 샀다고 생각하면 될 것이다. 그중엔 골드 브룸(황금, 꽃) 따위의 욕심 많은 성도 있다. 값싼 것은 동물의 이름 등으로 울프슨(늑대) 같은 것이며, 돈을 낼 수 없는 사람에게는 힌터게시츠(엉덩이) 같은 성이 주어지기도 했다.

이 얘기를 들려주면 '그래도 나는 로젠탈보다 울프슨 쪽이 훨씬 좋은 것 같은데.'라고 말하는 아이도 있다.

돈이란 개개인에 따라 어떤 식으로든지 사용할 수 있으며, 로젠탈 씨가 힌터게시츠 씨보다 인간적으로 우월하다는 보증은 아무 데도 없는 것이다.

아이들은 그러한 얘기를 매우 즐거워하며 듣지만, 그러나 그것은 표면적으로 이해하는 것에 지나지 않으며 결코 내용의 본질을 알고 있는 것은 아니다.

음식에 대한 감사는 신에 대한 감사와도 같다

유대인은 매일 식탁에서 신에게 축복하고 감사를 드린다. 식사는 일종의 종교적인 행위이며, 신의 도움으로 매일 식사를 할 수 있다는 사실을 자식들에게 가르치는 것이다. 이렇게 하여 아이들은 그날 하루가 평온하게 끝난 기쁨을 저녁식사를 하면서 느끼게 된다.

특히 안식일이 시작되는 금요일 저녁엔 세 시간이나 걸려서 만든 고기요리를 차려 놓고, 역시 세 시간에 걸쳐 천천히 먹고 난 후에 노래하고 춤추며 즐겁게 시간을 보낸다. 인간은 동물과 다르므로 그냥 먹기만 해서는 인간으로서 가치가 없다고 믿고 있는 것이다.

축제 역시 식사가 중심이 되어, 신년 축제(음력인 유대력의 1월 1일로서 보통 쓰는 양력 9~10월경이 된다)의 식사는 다섯 시간이나 지속되는 경우도 있다. 봄 유월절(이스라엘 민족의 자유와 해방의 축제. 대략 3~4월 중의 일주일간)에는 식탁 위에 갖가지 음식들이 푸짐하게 차려지는데, 이때의 고기 역시 세 시간 이상 걸려서 요리된다.

축제 때는 할아버지, 할머니, 숙부와 숙모, 사촌과 조카 등 '가족 전원'이 대형 식탁에 둘러앉아 음식을 먹으며, ≪구약성경≫에서 따온 시나 전설을 얘기하고 듣고 또 노래를 부른다. 이처럼 신에게 기도하고 가족들의 굳건한 유대를 확인하는 식탁의 분위기 속에서 아이들은 자연스럽게 신께 감사하는 마음을 길러가는 것이다. 식사를 즐겁게 또한 천천히 음미한다는 것은 건강의 비결이기도 하므로 식탁에서 신을 축복하는 것은 스스로의 생명을 소중히 여기는 것과도 같다 하겠다.

또한 유대인은 무엇을 먹느냐에 대해서도 아주 예리한 느낌을 드러내는 민족이다. 무엇이든 먹으면 된다는 식의 생각은 절대 하지 않는다. '인간답게 깨끗한 음식을 먹는다.'는 것은 개나 고양이 등의 동물과 스스로를 엄격히 구별하는 것이라 믿는다.

≪탈무드≫에는 먹어서 좋은 것과 나쁜 것이 분명하게 나뉘어져 있다. 유대인은 이 계율에 맞는 청정한 음식을 '코샤 푸드'라고 하는데, 오늘날까지도 거의 모든 가정에서 엄격히 따르고 있으며 아이들이 어렸을 때부터 무엇이 코샤 푸드인가를 분명히 가르친다.

유대인의 식습관이 일반적인 것과 크게 다른 건 아마도 고기를 먹는 방법일 것이다. 유대인은 식육용으로 동물을 죽일 경우, 피가 살 속에 박힌 채 굳어 버리지 않게끔 단번에 죽여 거꾸로 매달아서 피를 뺀다. 그런 다음 다시 완전히 피를 빼내기 위해 고기를 30분간 물에 담갔다가 굵은 소금을 뿌린다. 이 소금이 피를 깨끗이 빨아내고 나서야 비로소 고기를 먹을 수 있게 된다.

이는 원래 ≪성경≫의 가르침에서 유래된 것이다. 노아의 홍수 때까지는 고기를 먹는 것이 허용되지 않았다. 하지만 노아가 방주에서 내린 뒤 신은 방침을 바꾸어 인간의 육식을 허용했다. 그러나 그때 생명의 상징인 피가 남아 있는 고기를 먹지 말 것, 죽인 뒤에 먹을 것 등의 조건이 붙은 것이다. 유대인은 그때의 가르침을 지금도 지키고 있는 셈이다.

아무튼 음식에 대한 계율은 지나칠 만큼 엄격해서 네 발 달린 동물로 두 개 이상의 위가 있고 발굽이 양쪽으로 갈라진 것만이 허용되므로, 위가 하나인 돼지는 먹을 수 없고 말은 발굽이 갈라져 있지 않으므로 안 된다. 또 물고기는 비늘이 있어야 한다는 조건 때문에 장어나 미꾸라지는 먹을 수 없다. 육식을 하는 새인 독수리는 먹지 않고, 새우도 먹을 수가 없다.

아이들도 물론 이것을 지키지 않으면 안 된다. 그들은 어려서부터 구체적인 음식물을 통해 '유대인다움'뿐만 아니라 '인간다움'을 자각해 가는 것이다.

유대인은 예로부터 일관되게 먹는 행위를 종교와 결부시켜 생활해 나가고 있는 민족이다. 그리하여 아이들은 음식을 먹을 때도 항상 신을 의식하는 것이 인간답게 사는 것이란 사실을 자각하도록 길러지고 있다.

성(性)에 대해서는 사실을 간결하게 알려 준다

유대인에게 있어서 섹스란 극히 자연스러운 것이다.

《구약성경》에 '아담이 아내 하와와 한자리에 들었더니 아내가 임신하여 카인을 낳고 이렇게 외쳤다. 주님께서 아들을 주셨구나!'라고 인류 최초의 성행위가 간결하게 기술되어 있다.

유대인은 크리스천들처럼 섹스에 대해 죄의 관념을 갖지 않는다. 신에 의해 허용된 일이므로 나쁘지 않다고 단순하게 정의하고 있는 것이다.

《탈무드》에도 '성은 자연의 일부이므로 섹스를 하는 데 있어 부자연스러운 것이라곤 아무것도 없다.'라는 거리낌 없는 표현이 있다.

섹스는 곧 자연이란 사고방식은 아이들의 성교육에도 그대로 적용된다. 아이들이 4, 5세가 되면 섹스에 대해 흥미를 갖기 시작하여 부모에게 여러 가지를 질문하게 되는데, 이런 질문을 받았을 때 어떻게 대답해야 하는지 따위의 성교육 문제가 거론되는 일은 그리 드물지 않다.

이런 때 유대의 어머니들은 결코 적당히 얼버무리거나, 얼굴을 붉히거나, 혹은 화를 내거나 하지 않는다. 질문에 대해 사실을 《성경》처럼 간결하게 아이에게 전달할 뿐이다. 그런 경우에 망설이는 것은 오히려 아이의 상상력을 자극하여 쓸데없는 호기심을 품게 하는 외엔 아무 이득도 없다. 바로 그런

순간에 '비밀스런 냄새'를 느끼게 되어, 섹스는 본연의 자연스러움을 잃고 아이의 생각 가운데서 괴물처럼 생성되어 부풀어 오를 것이다.

그렇다고 해서 질문하지 않는 것까지 구구하게 설명할 필요는 없지만, 만약 질문해 오면 절대로 거짓을 말해선 안 된다. 사실을 있는 그대로 얘기해 주면 대부분의 아이들은 더 이상 추궁해 오지 않는다. 상상력을 발휘할 여지를 잃고 들은 그대로를 받아들이기 때문이다. 나머지는 아이가 성장함에 따라 스스로 알게 하면 된다.

이스라엘의 키부츠에서는 어린아이가 자위행위를 해도 금지당하는 일은 없다. 어떤 키부츠에선 9세 전까지는 자위에 대해 아무런 주의도 받지 않으며 9세가 되면 비로소 '남이 모르게 해라.'는 말을 듣게 된다는 것이다. 또 6세 된 남자아이가 여자아이의 성기를 만지작거리는 것에 난처해진 부모가 '너의 몸으로 해라.'고 간결하게 말했더니 그때부터 그런 장난은 하지 않게 되었다는 것이다.

이처럼 아이가 이해할 수 있게 되면 섹스란 자연스러운 것이지만 극히 개인적인 공간에서 행해져야 한다는 것을 차츰 납득시킨다.

어린아이가 섹스에 연관된 행위를 공공연히 했을 때도 그 자리에서 한마디로 주의를 주는 것만으로 족하다.

유대인은 '5분 동안에 다 얘기할 수 없으면 말하지 마라.'는 경구를 흔히 듣는데, 무엇이든 간결하게 얘기하라는 그 구절은 성교육에도 알맞은 말이다.

어릴 때부터 남녀의 성별을 일깨워 준다

유대인은 이 의식을 행함으로써 일찍부터 아이에게 남녀의 성별을 명확히 일깨워 준다.

할례 의식은 다음과 같이 이루어진다.

한 가정에 아들이 태어나서 8일째가 되면 그 아이의 형제자매와 친척, 이웃들이 모여 주시하고 있는 가운데 먼저 아버지가 입에 술 한 모금을 머금게 된다. 그러고 나서 솜을 술에 적셔 아기의 입을 축여 준다. 이것은 통증을 느끼지 못하도록 하는 알코올 마취인 셈인데, 실상은 그렇게 하지 않아도 채 신경이 발달되지 않은 아기는 아픔을 느끼지 못한다.

할례를 행하는 이는 '모헤르'라고 불리는 특별한 사람으로서, 그는 비장하고 있는 예리한 칼로 아기 성기 끝의 껍질을 베어 낸다. 그것이 끝나면 모두들 춤추고 노래하고 잔치를 벌이는데, 어머니는 그 자리에 없는 것이 통례이다.

할례야말로 유대인의 조상인 아브라함 가족의 일원이 되는 계약 의식이기 때문에 할례를 하지 않은 남자는 유대인으로 인정되지 않는다. 그러나 태어난 아기가 여자일 때는 교회에서 이름을 붙여 주는 의식뿐, 남아의 경우와 같은 축하파티는 일체 없다.

할례는 순수한 종교적 의식이지만 최근에는 위생적인 의의도 크게 인정되어 유대인이 아니어도 부모가 이 같은 '수술'을 받게 하는 경우가 많아졌다.

어렸을 때 포피를 제거하는 것은 남자가 성장한 뒤 그 부분의 청결을 유지하고 또 포경 등으로 고생하는 일도 없어져 그 효용이 널리 인정되고 있다.

유대 남아가 장남일 경우 생후 30일째 되는 날에 또 다른 의식이 있으며, 13세가 되면 성인식이 거행되어 장차 존경받는 인물이 될 것을 다짐하게 된다. 이 성인식은 '바르 미스바'라고 하는데, 곧 '신의 계율을 지키는 아들'이라는 의미이다.

이 의식은 13회째 생일 다음의 안식일에 행해지는데 해당 소년은 교회에 가 여러 사람 앞에서 《성경》을 읽고, 집에 돌아와서는 친척과 친지들을 초대하여 축하 파티를 연다.

유대 사회는 이처럼 남성의 권위가 존중되는 사회이다. 아이들은 이런 의식을 통해 힘과 권위를 자각하면서 성장해 가는 것이다.

이것은 앞으로 가정을 이룰 때 가정의 중심에 남편이 굳건히 자리 잡고 아내가 그를 떠받들면서 아이를 기른다는 구조와 연결되는 것으로, 안정된 가정과 사회생활의 기초가 생후 8일째의 의식에서부터 이미 정착되어지는 것이라고 말할 수 있다.

TV의 폭력 장면은 보이지 말되, 전쟁 기록은 보게 하라

TV의 보급에 따라 폭력은 거의 일상적인 것이 되어가고 있다.

부모들은 흔히 'TV는 나쁘다.'고 말한다. 그러나 유대인들에겐 TV의 악영향이 거의 없다고 말해도 과언이 아니다.

아우슈비츠를 시작으로 하는 나치 포학의 역사는 다큐멘터리 영화로 남아 있는데, 이런 종류의 폭력을 묘사한 기록은 아이들에게 반드시 보여 주기로 하고 있다. 때로는 교회에서 직접 상영하기도 한다.

아이들에게 폭력을 전혀 안 보여 줄 수는 없다. 사실이라면 마땅히 보여 주어야 한다. 사실을 사실 그대로 받아들이는 자세가 형성되면 폭력이 아이들에게 악영향을 미치는 일은 없다. 그것이 아이들에게 나쁜 것은 사실과 픽션을 혼동해 버리는 '마음의 자세' 때문인 것이다.

아우슈비츠에서 죽어가는 겨레의 모습만큼 아이들에게 폭력의 적나라한 현실을 알려 주는 것은 없다. 아이들은 그것을 직시하도록 습관들여지며, 거기에서 끌어낼 수 있는 것은 결코 그 상황을 되풀이하고 싶어하는 소망이 아니라 절대로 반복되어선 안 된다는 '역사의 교훈'일 것이다.

그러므로 무조건 TV는 나쁘다고 매도해 버리는 것은 잘못이며, 오히려 TV와 현실의 차이를 아이들에게 명확히 가르쳐 주어야 할 것이다.

아이들에게 합리주의를 가르친다

유대인은 합리주의자들이다. 가령 ≪탈무드≫의 해석을 둘러싸고 수 시간에 걸쳐 토론할 때도 서로 이치를 따져 주장하는 것을 조건으로 한다.

유대의 어머니들은 현실적으로 아무 근거가 없는 거짓을 아이들에게 가르쳐서 쓸데없는 꿈을 갖게 하지 않는다. 그것은 일시적으로 아이의 상상력을 자극하게는 되겠지만 그들의 일생을 통해서 볼 때는 단지 덧없는 환상에 지나지 않는 것이기 때문이다.

이처럼 유아 때부터 합리주의적 환경 속에서 성장하는 유대인 가운데 상대성원리를 발견한 아인슈타인이나 매독 반응의 발견자 왓세르먼, 혈액형 발견자 란드슈타이너 같은 과학자, 또한 냉철한 현실적 감각으로 세계 제1의 금융재벌로 도약한 로드차일드 일족 등이 생겨난 것은 오히려 당연한 귀결이라 하겠다.

또한 합리주의자인 유대인들은 '기적'이라는 것을 절대로 믿지 않는다. '그렇다면 《구약성경》이 온통 기적으로 채워져 있는 것은 무슨 이유에서인가?'고 질문할지도 모르나 《구약성경》의 기적은 어느 것이든 과학적으로 입증할 수 있는 일뿐이다. 세밀히 살펴보면 이 세상에서 절대로 있을 수 없는 기적은 단 한 가지도 쓰여 있지 않음을 알게 될 것이다.

모세가 이집트의 노예가 된 유대인을 이끌어 도망쳐서 홍해에 이르렀을 때 이집트의 군대에 거의 붙잡힐 뻔한 얘기가 있다. 그런데 바로 이 절대 절명의 순간에 기적이 일어난다.

'모세가 팔을 바다로 뻗치자, 주님께서는 밤새도록 거센 바람을 일으켜 바닷물을 뒤로 밀어붙여서 바다를 말리셨다. 바다가 갈라지자 이스라엘 백성은 그 가운데로 마른 땅을 밟고 걸어갔다. 물은 그들 좌우에서 벽이 되어 주었다.'

홍해가 양쪽으로 갈라져 유대인들이 그 사이를 지나 도망쳤다는 것이다. 그런 일은 있을 수 없다고 단정할 수만은 없다. 왜냐하면 100년에 한 번쯤 지중해로부터 불어오는 강풍을 받아 바닷물이 밀려나게 되고, 홍해 가운데 사람이 건너갈 시간만큼 개펄이 드러나는 수가 있기 때문이다.

이 기적의 현상은 때마침 꼭 필요한 때에 일어난 것에 불과하다고 유대인들은 생각하고 있다. 즉 얘기를 보다 감명 깊게 하기 위해 이 현상을 적절한 시간에 맞춰 활용한 것이라고 할 수는 있지만, 그것이 결코 거짓은 아닌 것이다.

이렇듯 기적마저도 합리적으로 해석하려고 하는 것에서도 유대인의 철저한 합리주의 정신이 드러난다.

제3장

의(義)를 위하여

꾸짖을 때의 기준은 옳은가 그른가 뿐이다

'당신들 유대인은 신앙심이 돈독한 사람들이므로 아이들을 꾸중할 때 하느님이 화를 내신다며 옳은 것과 그른 것을 구별시키는 건 아닌가?'

이것은 드물지 않게 듣는 질문의 한 가지인데, 대답은 항상 '그렇지 않습니다.'이다.

유대의 어머니는 아이를 야단칠 때 절대로 하느님을 들먹이지 않는다. 꾸짖는다는 것은 부모와 자식의 문제이며, 거기에는 옳은가 그른가의 기준밖에 없다.

동양에서는 신뿐만 아니라 남이 욕한다면서 꾸짖는 일이 많다고 하는데, 이것 역시 좋은 훈계 방법이라고는 할 수 없다. 옳은가 그른가 외에 다른 어떤 것도 질책의 기준이 될 수 없기 때문이다.

아이들을 가르치는 것은 부모 자신이다. 부모는 아이에 대해 모든 책임을 지고 있으므로 꾸짖는다는 행위는 그 책임을 완수하기 위한 수단의 하나라고 말할 수 있겠다.

부모가 아이들에게 잘못했다고 꾸중할 때는 그것이 절대적인 의미를 갖고 있지 않으면 안 된다. 이를 위해서도 하느님이 이렇게 가르쳤다는 따위의 다른 요소를 끼워 넣어 부모의 책임을 흐지부지 흘려버려서는 안 되는 것이다.

미국에서 베스트셀러가 된 추리소설에 〈랍비 시리즈〉가 있는데, 이것은 유대계 작가인 해리 캐멜만이 쓴 것으로 그 첫 번째 작품인 ≪화요일에 랍비는 격노했다≫ 가운데 다음과 같은 대목이 있다.

'유대인의 종교는 매일매일 그것을 의식하며 선과 정의를 실현하는 것이다. 게다가 우리가 구하는 것은 인간적인 덕이지 초인간적인 성인의 덕이 아니다……'

이는 소설의 주인공 데이비드 스몰이라는 랍비의 말이다.

선과 정의는 매일매일 행하지 않으면 안 되는, 인간으로서 살아가기 위한 조건이다. 굳이 신을 끌어내지 않고도 현실세계에 적응해 가는 성실한 자세를 우리 스스로 확립하도록 요구되고 있으며, 아이들을 꾸짖을 때도 우선적인 목적은 그것을 분명히 하는 것이다.

≪탈무드≫에는 노아의 대홍수 때 '선'이 방주에 태워 달라고 하자 무엇이든 짝을 이룬 것만은 태운다고 거부당해 상대를 찾다가 결국은 '악'을 데리고 왔다는 얘기가 있다.

선과 악은 마치 동전의 앞면과 뒷면처럼 항상 동반하고 있다. 그러므로 모든 일에 있어 그것이 어느 쪽인가를 올바로 판단하여 아이들에게 전해서 그들 내부에 정의로운 가치 기준을 세워 주어야 한다.

'꾸짖는다'는 것은 바로 그 옳고 그름과 선과 악을 구별하는 하나의 기준을 자식에게 가르치기 위해 행하는 부모의 책임 행동이라고 생각한다.

침묵이란 벌이 한층 효과적일 경우도 있다

아이에게 어떤 벌을 줄 것인가? 다시 말해, 어떤 벌을 얼마만큼 효과적으로 주느냐 하는 것은 교육의 제1보라 할 수 있을 정도로 매우 중요하다.

아이가 만져서는 안 될 것을 만졌을 때를 예로 들어 본다면, '손대지 말라고 했잖아!' 하고 그저 야단치는 것과 아이를 때려서 금지시키는 경우 등 여러 가지가 있다. 아이가 저지른 일이 얼마나 나쁜가를 알게 하기 위해 갖가지 벌의 방법이 행해지는 것이다.

이것을 잘 조절하지 않으면 어머니의 주의나 꾸중은 아이에게 아무런 효과가 없는 것이 되어 버릇없는 아이로 자랄 것은 뻔한 일이다.

이 같은 형편은 어느 시대, 어느 사회나 마찬가지겠지만 유대의 어머니도 아이에 대한 처벌 방법엔 적잖이 고심하고 있다. 엄격한 면에서도 결코 누구에게 뒤지지 않는다. 그러므로 아이가 버릇없게 굴면 엉덩이나 뺨을 때리는 것도 주저하지 않지만 그러나 그보다 한층 가혹하고 특이한 벌로써 침묵이라는 게 있다.

어머니와 아이의 커뮤니케이션 수단인 언어를 일시에 단절한다는 것은 아이에 대한 최대, 최악의 벌이라고 생각한다. 침묵하고 있을 동안은 아이와의 교류를 중단하고 완전히 무시해 버리므로 그보다 더 무거운 벌은 없다. 경우에 따라서는 직접적으로 때리는 것보다 훨씬 더 아이의 마음을 아프게 하는 벌이다. 아이는 당황스럽고 의아해서 자기가 저지른 일에 대해 다시금 되새겨 보지 않을 수 없는 처지가 되는 것이다.

하지만 늘 사용할 수 있는 방법은 아니다. 이미 말로 주의시킨 것을 소홀히 넘겼다가 그 결과 최악의 사태를 초래한 경우나 또 부모를 모욕하는 언동을 취했을 경우, 예의와 범절의 뿌리가 굳건치 못하다고 느낄 경우에만 사용할 수 있는 일종의 '강력한 무기'라고 할 수 있다.

이 침묵은 어머니 자신에게 있어서도 실은 대단히 가혹한 벌이다.

유대인은 세계 제일의 수다쟁이 민족이라고 할 만큼 대화를 중시한다. ≪탈무드≫에도 입이나 말에 관한 경구가 숱하게 있다.

'이스라엘은 누에다. 그 입을 항시 움직이고 있다.'라는 경구도 그 하나이다.

지도에서 보면 이스라엘은 누에처럼 지중해에 면하여 길게 누워 있다. 원래의 뜻은 누에가 쉴 새 없이 뽕잎을 먹듯 그렇게 입을 움직여 기도하고 있다는 것이지만, 유대인들은 수다쟁이라는 의미도 있다.

이러한 이유로 해서 아이에 대해 침묵을 지키는 어머니는 아이의 버릇을 잘못 들인 자신도 벌하고, 동시에 아이에의 사랑도 새삼 확인하게 되는 것이다.

'침묵'의 효용은 벌 받는 쪽과 벌주는 쪽에 똑같이 대화의 끈을 끊어 버림으로써 독특한 심리작용을 일으키게 한다는 것이 다른 벌과 다른 점이라고 할 수 있다.

위협해선 안 된다

유대인들은 '건강'을 대단히 중요하게 생각한다.

물론 첫째로는 신체의 건강이 있다. 그를 위해 유대인들은 깨끗한 코샤 푸드를 먹고, 먹기 전에 손을 씻는 것을 종교적인 계율로까지 나타내고 있는 것은 앞에서 말한 바와 같다.

그러나 그보다 더욱 중요한 것은 마음의 건강이다. 마음의 건강이란, 몸의 컨디션이 좋지 않은 것 같은 상태에 인간의 마음이 빠져들지 않게 하는 것을 말한다.

즉 아이의 정신상태가 개운치 못하고 우울하여 기분이 좋지 않고 언제나 주저하며 남의 눈치나 보게 하지 않는 것이다.

이처럼 아이의 마음을 억압하지 않고 솔직 명랑한 마음을 갖게끔 하는 최대의 포인트는 부모가 자식에게 명쾌한 자세로 대하는 것이다. 그것은 아이들의 마음을 건강하게 하는 데 절대 간과할 수 없는 것이다.

부모가 아이들을 대하는 명쾌한 태도가 어떤 것인가에 대해서 유대의 격언은 '아이를 위협해선 안 된다. 벌하느냐 용서하느냐를 결정하라.'고 충고한다.

그러므로 벌하려고 마음먹은 이상 결코 망설이는 일이 없으며, 반면에 벌하지 않기로 작정했다면 모든 것을 잊고 완전히 용서해 버린다.

프로이드에게는 일곱 명의 충실한 제자가 있었다. 그들은 주피터의 두상이 새겨진 고대 로마의 모조품 반지를 스승으로부터 선물 받고 일치단결하여 정신분석 학계를 지도해 나가기로 다짐했었다.

그런 제자 중 한 사람인 오토 랭크가 프로이드 학파를 배반하고 자신의 학파를 형성한 일이 있었다. 랭크는 청년 시절에 프로이드가 측근에 끌어들여 정신분석 훈련을 시킨, 프로이드에겐 마치 자식과도 같은 제자였었다. 그러나 랭크의 배반에 대해서 프로이드는 '나는 하나부터 열까지 모두 용서하기로 마음먹었다. 이제는 끝났다.'라고 담담히 말했을 뿐이었다고 전해진다.

이 에피소드는 프로이드와 그 제자라는 사제관계에 있어서 스승이 명쾌한 판단을 내린 좋은 예이다.

이 같은 명쾌한 결단이 부모와 자식 간에 내려졌다면 자식은 벌 아니면 용서라는 분명한 부모의 태도로 인해 불필요한 마음의 부담을 느끼지 않고 넘어갈 수 있다. 반대로 부모가 어느 쪽인지 분명치 않은 태도를 취하게 되면 자식은 내내 불안감을 떨쳐 버릴 수가 없는 것이다.

동양의 어머니들이 자식에 대해 이처럼 어정쩡한 태도를 취함을 흔히 보게 된다. 분명하게 야단치는 것도 용서하는 것도 아닌 채 계속 중얼중얼 잔소리를 늘어놓는 것은 아이들에게 건강치 못한 심리상태를 안겨 줄 뿐이다.

또한 뭔가 잘못을 저지른 아이에게 '맙소사! 이런 일을 저지르다니! 무슨 벌을 받아도 너로선 할 말이 없어. 이번엔 가만 두지 않을 거야.' 하고 협박하면 아이들은 겁에 질려 버릴 것이다.

그렇게 위협하는 행위는 용서하는 것도 벌하는 것도 아니면서 아이로 하여금 무슨 일이 닥칠지 모른다는 불안감을 일으키게 하여, 그 결과 불건강한 요소를 부풀릴 뿐 아무런 이득이 없다.

매질을 늦추는 만큼 아이가 그릇된다

유대의 어머니들은 아이가 그릇된 일을 했을 때 지혜의 원천인 머리를 제외한 다른 부분에 매질하길 주저치 않는다.

아이와 함께 외출했을 때 아이가 남에게 해선 안 될 말을 했다든가 하면 아무리 중요한 일이 있더라도 다시 집으로 데리고 돌아와 엉덩이나 뺨을 때리고 꾸짖는다. 아이가 몹시 나쁜 일을 했을 때는 길거리 같은 대중 앞에서도 때리는 엄한 어머니까지 있을 정도이다.

부모의 손은 입(꾸짖음)이나 눈(침묵의 질책)과 마찬가지로 아이를 올바르게 가르치기 위한 하나의 도구라고 생각한다. 그 손은 아이에게 실제적인 아픔 때문에 자기 행위를 반성시키는 효과가 있다. 그러므로 아이의 마음을 바로잡는 데 필요하다면, 아이의 몸에 고통을 주는 건 오히려 마땅한 일이다.

매질을 주저했기 때문에 아이가 그릇된 일을 아무렇지도 않게 하는 인간이 된다면 그 부모는 자식에 대한 책임을 회피해 왔다는 말을 들어도 당연하다. 매질에 대해서는 ≪구약성경≫에 몇 군데 언급되어 있다.

'자식이 미우면 매를 들지 않고, 자식이 귀여우면 채찍을 찾는다.'

어떤 아이건 네 멋대로 하라고 응석을 받아 주고 방임하는 것은 부모의 책임을 다하지 못하는 것일 뿐 아니라 아이를 미워하는 것과 마찬가지라는 뜻이다.

다시 말해, 참으로 자식을 사랑하는 부모라면 매질을 할 수도 있으며, 그것을 하지 못하는 부모는 남들이 자식을 미워하고 있다고 생각해도 할 수 없다는 것이다.

또 다음과 같은 구절도 있다.

'아이들 마음에는 어리석음이 뭉쳐 있다. 채찍을 들어 혼내 주어야 떨어져 나간다.'

혹은 '아이는 매를 맞고 꾸지람을 들어야 지혜를 얻고, 내버려 두면 어미에게 욕을 돌린다.'

어느 것이나 매질이 자식의 버릇을 가르치는 데 반드시 필요하며, 그것이 슬기마저 깨우쳐 준다는 사실을 강조하고 있는 것이다.

물론 진짜 '채찍'을 가지고 아이를 때리는 부모는 없을 것이다. 이 말은 상징적인 의미이며, 부모의 손으로 직접 때리는 것이 미움이 아닌 '사랑의 채찍'임을 분명히 밝히고 있다.

유대의 격언에는 '아이를 때려야만 할 때는 구두끈으로 때려라.'라는 부드러운 조언도 있다.

매질의 목적은 육체적인 고통을 주는 데 있는 것이 아니라 마음의 교정에 있는 것이므로 아이에게 깊은 상처를 주거나 다치게 하는 매질은 피하는 것이 당연하다는 얘기이다.

요즈음은 아이들을 거의 때리지 않는다고 한다. 일반적으로 매질은 야만적인 행위라고 생각하는 풍조가 강해진 탓일 것이다.

그러나 매질은 단지 육체적 고통을 주려는 목적에서 사용될 때만 야만적인 것일 뿐, 비뚤어진 아이의 마음을 고치려는 매질은 오히려 더욱 장려할 만한 것이다. 그러므로 부모가 사사로운 감정에 이끌려 마구 때리는 것이 아니라면 아이는 부모의 손에서 애정을 느낄 것이다.

매질을 삼가는 것은 혹 부모 쪽에 자신이 없기 때문이 아닐까 생각된다. 어떤 경우이든 자기의 소신이 정당하다고 느끼며 그것을 자식에게 전하는 것이 부모에게 지워진 진정한 역할이라는 참된 의식이 있다면, 매질을 포함한 모든 수단을 동원해서라도 자식에게 전해 주려고 노력할 것이다.

부모가 스스로의 신념에 대해서 자신을 잃고 어정쩡하게 밖엔 훈계하지 못하면서 자기의 자식이 신념 있는 아이가 되기를 기대하는 것은 대단히 무리한 얘기이다.

매질을 혐오하는 최근의 풍조는, 민주주의 같은 것과는 상관없이 자신을 잃은 부모들이 어떻게 손을 써야 할지조차 몰라서 단지 자식에게 기대하기만 하는 상태를 반영하고 있는 것처럼 느껴진다.

정해진 일은 정해진 시간 안에 끝내도록 한다

유대인 가정의 아이들은 아버지가 귀가하기 전에 샤워를 끝내고 옷을 갈아입어야 한다. 그래야 아버지가 돌아오면 곧 샤워를 하고, 가족 모두가 여유 있고 즐겁게 저녁 식탁을 대할 수 있기 때문이다. 저녁식사 시간을 효과 있게 이용하고 있는 한 예이다.

이처럼 정해진 일은 정해진 시간 안에 끝내 버리는 훈련을 항상 또 철저히 받고 있는 것이 유대 아이들이다. 샤워뿐만 아니라 모든 일에 시간제한이 있어 그 안에 완성하도록 되어 있다.

안식일은 금요일 일몰 때부터 시작되는데, 학교에 다니는 아이들이라면 서둘러 귀가하여 숙제를 마치고 민첩하게 목욕을 하고 나서 가장 좋은 옷으로 갈아입지 않으면 안 된다. 이 같은 모든 일들이 어머니가 촛불을 켜기 전까지 끝내도록 정해져 있기 때문이다.

이런 점으로 보아 아이들은 매일, 매주 시간과 투쟁을 하고 있다고 해도 과언이 아니다. 이렇게 해서 아이들은 자기가 반드시 해야만 할 일을 한정된 시간 안에 하는 습관을 자연스럽게 익히는 것이다.

또 축제 때도 아이들이 시간의 중요성을 통감하도록 되어 있다. 예를 들면, 봄의 대축제인 유월절에는 과자 같은 마른 음식이 주가 되고 빵은 먹을 수 없다. 누구에게나 이 축제가 계속되는 7일 동안은 참고 견뎌야 할 의무가 있는 것이다. 이렇게 해서 시간의 중요성을 거의 생리적으로 이해하게 된다.

유대인에게 있어 시간은 생의 전부라고 해도 과언이 아니다. 불교나 그리스 도교와 같이 윤회나 부활을 믿지 않으므로 다시금 태어나리라고는 절대 생각하지 않는다. 그렇기 때문에 더욱 짧은 생애 동안 어떻게 시간을 유용하게 쓰느냐에 진지한 관심을 갖는 것이다.

유대 소년들은 13세가 되면 성인식을 거행하는데, 그때 선물은 일반적으로 손목시계이다. 시계를 선물함으로써 시간을 낭비하지 않는 사람이 될 것을 은연중에 가르치고 다짐받는 것이다.

유대 민족에게 '내일이 있다.'는 식의 사고방식은 존재치 않는다. 오늘의 일을 오늘이라는 시간 안에 어떻게 완성하느냐 하는 시간표 짜기에 익숙해져 있기에 그 시간표에 따라 일하는 것은 그들에게 하나의 기쁨이기도 하다.

흔히 부모들이 아이가 공부를 안 해서 걱정이라는 말을 많이 하지만, 이것은 아이나 부모가 제대로 된 시간 관리 습관이 없기 때문이 아닌가 생각된다. 아이들은 공부의 스케줄을 세운 후 곧 무리한 것임을 알고 몇 번 변경하는 동안에 공부가 싫어진 상태인데, 어머니는 단시간에 능률적으로 공부하는 방법을 아이들에게 가르치려 하기보다 오로지 책상 앞에 붙들어 두려고만 하는 것은 아닐는지……

시간을 유용하게 쓰는 방법을 아이가 학교에 들어간 뒤에 가르치려고 들면 이미 늦은 감이 없지 않다. 따라서 아직 유아일 때 부모 쪽에서 생활의 리듬이 몸에 배도록 배려해 주는 것이 필요하다.

결론적으로 유아기의 시간 관리가 앞으로 능률적으로 공부하는 방법의 기초가 된다는 말이다.

자리에 들게 한 후 책을 읽어 주어라

유대인 어머니로서 가장 중요한 시간은 아이들을 잠자리에 눕혀 놓고 그 옆에 있어 주는 짧은 동안이다. 아이들이 잠들기까지 함께 있어 주는 그 시간은 아이들에게도 그만큼 중요한 때이다.

낮에 아이들이 아무리 심한 꾸지람을 들었어도 일단 잠자리에 들어가면 될수록 따뜻하게 대해 주는 것이다. 어머니가 아이들의 가슴 위에 손을 얹고 내일이면 모든 걱정이 깨끗이 사라지고 없을 것이라고 말해 주는 건 아이들이 불안이나 걱정의 한 자락을 지닌 채 잠들지 않도록 하기 위해서이다. 아이들 하루의 끝이 편안하고 내일도 무사하기를 바라는 예부터의 관습이다.

아이들이 잠들기까지의 그 짧은 시간을 이용해서 대개의 어머니는 책을 읽어 준다. 그러므로 이것은 유대의 어머니가 아이들에게 직접 주는 지적 교육의 하나라고 하겠다.

유대의 전통에 따라 어머니가 읽어 주는 책은 대개 ≪구약성경≫이다. 물론 ≪성경≫엔 아이들이 이해할 수 없는 대목도 많은데, 그것을 풀이해 쉬운 이야기로 만들어서 읽어 주는 것이다.

≪성경≫의 이야기 중에서 아이들이 제일 좋아하는 것은 영웅들에 관한 것이다. 모세가 유대인들을 이끌고 이집트를 탈출한 이야기, 다윗 왕과 거인 골리앗의 이야기는 아이들이 매우 열중하여 몇 천 년의 오랜 역사를 단번에 거슬러 올라가서 마치 자기가 거기에 있는 듯 상상력을 전개시킨다.

가정뿐만 아니라 유치원에서도 ≪성경≫ 이야기를 곧잘 해 준다. 그것은 어머니의 '머리맡 이야기'와 함께 아이들에게 무한한 상상력을 심어 주는 것이다. 세계적으로 저명한 유대인 중에는 그처럼 어려서 들은 ≪성경≫ 이야기를 회상하는 사람이 많다.

'홍해의 대기며 바다의 향기가 산들바람에 실려 왔다. 우리는 구름기둥을 앞으로 나아가게 한 미풍의 한없이 부드러운 감촉이 피부에 와 닿는 느낌으로 이야기를 들었다.'고 상기하는 사람도 있다.

잠들기 전에 책을 읽어 주는 것은 유치원이나 학교 교육을 보강해 주는 효과도 있는 것이다. 또 이렇게 ≪성경≫의 영웅담을 듣고 마음에 새기게 되면 훗날까지도 그것이 계속되어 상상력이 풍부한 시인이나 작가를 낳는 계기도 된다. 그래서 그런지 유대인 중에는 시인 하이네를 비롯하여 작가인 프란츠, 토머스만 등 뛰어난 상상력을 구사하는 문학가가 많다.

하이네는 영웅 나폴레옹을 찬미하다 걸작을 낳게 되었고, 특히 토머스만은 몇 줄의 《성경》 구절에서 아이디어를 얻어 그처럼 훌륭한 장편을 썼다고 한다.

또 어머니의 머리맡 이야기는 2, 3세의 아이들에게 정해진 시간에 잠자리에 드는 좋은 습관을 붙여 주는 계기도 된다. 잠자리에 들었을 때 어머니가 재미있는 책을 읽어 주게 된다면 텔레비전 앞에 달라붙어서 자려고 하지 않는 나쁜 버릇 따위는 저절로 고쳐지게 될 것이다.

또 저녁마다 책을 통해서 어머니와 아들이 대화를 가지는 습관을 들여 놓으면 성장해서도 따뜻한 관계를 유지하게 된다.

유아를 외식(外食)에 동반하지 마라

레스토랑 등에 자녀를 동반한 부모들을 흔히 본다.

부모와 자녀가 집에서 먹는 것과는 색다른 분위기에서 식사하는 것은 사실 즐거운 일이다. 그러나 한 가지 걸리는 점은, 때때로 데리고 나온 아이들 중에 두세 살 정도밖에 안 되어 보이는 유아가 있다는 것이다.

가족 모두가 즐겁게 식사하는 것이 왜 나쁘냐고 의아해하는 사람도 있겠지만 유대인들의 상식으로 보면 이 같은 나이의 유아는 밖에서 식사하는 즐거움을 아직 이해하지 못하므로 아예 데리고 가지 않기로 하고 있다. 즉 유아에게 있어 외식이란 전혀 불필요한 것이기 때문이다.

아이들이 레스토랑에서 식사를 하면 주위의 시선을 아랑곳하지 않고 뛰어 돌아다니며 큰 소리를 내어 다른 손님들에게 폐를 끼치게 된다. 그러므로 레스토랑 측에서 환영치 않을 수도 있다. 그러나 유대의 부모는 이처럼 남에게 폐가 되기 때문에 유아를 데리고 나가지 않는 것은 아니다.

밖에서 식사하는 경우라면 생일 등 특별한 경사가 있을 때나 집에서는 먹을 수 없는 것을 맛보기 위해, 또는 단순한 기분전환일 수도 있다. 어른에게는 그 나름대로의 의미가 있지만 유아에게는 어느 경우이건 이해하기 힘든 것뿐이다. 아이들은 평소와 다른 상황에서 다른 음식이 나오는 것을 보고 흥분할 뿐이지 아무런 기쁨도 수확도 없다는 생각이 지배적이다.

이처럼 밖에서 식사를 하는 의미를 정당하게 평가할 수 없는 동안은 데리고 가도 그들 자신에게 조금도 이득이 안 되는 셈이고, 또 부모들도 그로 인해 즐거움이 줄어들 수밖에 없는 것이다. 요약하자면, 어른들에게는 즐거운 일일지라도 아이들에게 불필요한 것이면 하지 말아야 한다는 얘기이다.

≪탈무드≫ 가운데 '매일매일 오늘이 네 최후의 날이라고 생각하라.'는 말이 있다. 하루하루, 시간 시간을 모든 생애처럼 사는 것이 '내세'나 '영생'을 믿지 않는 유대인의 생활방식이다. 그러므로 외식 역시 귀중한 생의 한순간이며 내일은 어떻게 될지 모르기 때문에 그 시간에 만족스럽게 충실하지 않으면 안 된다.

밖에서의 식사에 유아를 동반하는 것은, 그런 유대인의 관념에 비추어 판단한다면 생활방식에 어긋나는 것이다. 레스토랑에서 아이가 남에게 폐가 된다는 것은 그 결과이지 결코 데리고 가지 않는 원인은 아니다.

개인주의에 투철한 유대인은 남에 대한 폐스러움 때문에 스스로의 행동을 제약하는 식의 발상은 하지 않는다. 스스로 충분히 사고하여 행동하는 것은 결과적으로 남과의 협조에 연결된다고 생각하기 때문이다.

동양에서는 남과의 협조라고 하면 곧 '자기희생'이라는 생각을 떠올리는데, 이런 것도 유대인의 사고방식으로 보면 매우 불합리한 것으로 여겨진다.

유아는 가족들과 함께 식탁에 앉히지 마라

앞서도 기술한 것처럼, 아이가 단순한 구성원으로서가 아니라 무엇인가 교류를 한다는 의미에서 가족의 일원으로 참가하는 최초의 장소는 식탁이다.

가족이 테이블에 둘러앉아 서로 얼굴을 마주했을 때 어른은 물론이거니와 비록 말을 못 하는 어린아이도 무의식중에 '가정'이라는 하나의 집단을 의식하기 때문이라고 생각한다. 물론 그 느낌에는 아이의 나이에 따라 상당한 차이가 있을 것이다.

예를 들어, 아직 말을 못 하는 아이와 말을 할 수 있게 된 아이와는 비록 같은 식탁에 앉아 있어도 의식되는 상황이 전적으로 다를 것이란 뜻이다.

아무리 식탁이 가족 교류에 있어 중요한 장소라 하더라도 한 살도 채 안 된 아기를 동석시킬 필요는 없다고 생각된다. 왜냐하면 젖먹이인 경우 때로는 식탁에의 참가자가 아닌 침입자가 될 수도 있기 때문이다. 그들은 식탁에서의 예의를 모르고 또 자기 몸을 자유로이 움직일 수도 없기 때문에 즐거워야 할 식탁 분위기를 엉망으로 만들어 버리기 십상이다.

그러나 어리다고 해서 언제까지나 가족과 따로 떼어 식사를 시킬 수만은 없다. 그래서 대부분의 유대 어머니들은 이 한계선을 첫돌로 정하고 있다. 이 무렵부터 아이는 비로소 다른 가족들과 함께하는 식사를 허용 받게 된다. 식사법을 겨우 흉내 낼 수 있는 수준에 도달했기 때문이다.

그래도 한동안은 여전히 식탁의 침입자일 수밖에 없지만, 어떤 아이든 부모의 흉내를 내면서 식탁에서의 예의를 배워가게 되므로 웬만한 것은 눈감아 주기도 하면서 협력한다.

지금까지 얘기한 사고방식의 바탕은, 첫돌까지는 아직 미숙하게라도 흉내 낼 수 있을 만한 수준이 못 되므로 함께 식탁에 앉는다 해도 아무런 의미가 없다는 것이다.

유대인은 동물이나 인간이 똑같이 하는 행위에 대해서는, 인간 역시 동물의 일종이기는 하지만 또한 그것을 초월한 존재라는 의미에서 특히 주의하지 않으면 안 된다고 생각한다. 단적으로 말해 동물과 인간이 똑같이 하는 행위는 섹스와 먹는 것이다. 섹스 문제는 차치하고, 먹는 경우에 있어 동물처럼 앞에 먹을 것이 있다고 해서 곧 입에 대거나 손으로 집는다면 인간으로선 실격이라고 여긴다. 포크나 나이프, 또는 젓가락 같은 집기를 사용하여 먹을 수 있게 되는 것이 인간답게 먹는 첫걸음이다.

그러므로 아이가 부모와 함께 식사를 하는 것은 무엇보다도 동물 졸업 훈련이라고 생각해도 좋겠다. 그러고 그 시기가 지나면 식탁에서 형성되는 가족 의식을 심어가는 순서가 된다.

이처럼 유대인은 식탁을 인간 형성의 장소로서 매우 중시하고 있다.

아이의 편식을 묵인하지 마라

이미 말한 바와 같이 'Jewish Mother(유대의 어머니)'라는 영어에서 맨 먼저 연상하는 것은 '교육에 극성스런 어머니'이고, 다음에는 성가실 정도로 아이에게 많이 먹으라고 하는 어머니이다.

사실 유대의 어머니들은 이런 지적을 받을 만큼 집요할 정도로 아이에게 많이 먹을 것을 권한다. 구미나 동양에서는 흔히 '치즈는 단백질이 많이 들어 있으니까.'라든가 '시금치는 철분이 많으니까.' 등 영양학적인 이유를 붙여서 아이가 싫어하는 음식을 먹이려는 어머니들이 많다고 들었는데, 유대의 어머니들은 '먹어라, 먹어라.' 하고 끈질기게 권하긴 하지만 그 같은 과학적인 이유를 부연하지는 않는다.

지나치게 소박하게 들릴지 모르나 아이에게는, 더구나 유아에게는 '성장'이 첫째 요건이다. 더욱이 모든 음식은 성장의 필수 요건이므로 아이가 자라서 어떤 생활환경에 처하든, 어떤 직업을 갖게 되든 남에게 뒤떨어지지 않을 '굳건한 체력'을 만들어 주는 것이 부모의 의무라고 유대인들은 믿고 있다.

그런 이유에서 아이들이 싫다거나 좋아하는 음식을 가려서 먹는 것을 허용하지 않는다. 싫으니까 안 먹는다는 것을 그냥 내버려 두면 그만큼 아이의 성장이 늦어지므로 그것은 자녀들에 대한 책임 회피라고 생각한다. 또한 아이 자신은 그때그때 기분에 따라 먹는 것이 달라지므로 일일이 영양학적 근거에서 설명해도 알아들을 리가 없다. 따라서 '많이 먹으라.'는 말만 되풀이할 뿐이고, 그것이 부모로서의 책임을 다하는 유일한 방법이라 여긴다.

음식점에 갔을 때, 간혹 아이들이 입맛에 맞지 않는다며 먹기를 거부할 때가 있다. 이럴 경우에는 '이곳에는 이 메뉴밖에 없으니 싫으면 너 혼자 딴 데 가서 먹어.' 하고 선언하기도 한다. 그러면 아이는 어쩔 수 없이 먹게 될 것이다. 또는 부모가 참을성 있게 건강을 위해 먹으라고 타이르면 대개의 아이는 먹게 되니까 편식 습관은 생길 수 없다고 생각한다. 단, 초콜릿이나 과자 따위의 자극성이 강한 것은 아이의 건강을 해칠 우려가 있으므로 결코 먹으라고 강권하지 않는다.

아이가 학교에 들어갈 무렵이 되면 사물을 웬만큼 판단하는 능력이 생겨 음식이 맛있느니 없느니 하며 가려먹는 습관이 생기기 쉽다. 따라서 아이가 자라남에 따라 식사는 단지 성장을 돕는 것만이 아니라는 사실을 확실하게 일깨워 줄 필요가 있다고 생각하여 유대 가정에서는 음식에 대한 문제를 더욱 엄하게 다룬다.

이미 말했듯이, 음식은 동물처럼 단지 먹기만 하면 되는 것이 아니다. 더구나 식사시간은 가족이 한자리에 모여 연대감을 결속하고, 나아가 하느님을 축복하는 신성한 자리이다. 그러므로 어렸을 때의 습관을 방임하거나 싫은 것과 좋은 것을 인정하여 여느 가족과 다른 것을 먹으라고 허락하는 것은 결국 가족의 일체감을 깨뜨리는 원인을 제공하는 셈이다. 이런 위험성이 예상되기 때문에 유대의 어머니들은 자녀들의 편식을 허용하지 않는다고 해도 과언이 아니다.

부모가 육류를 먹고 있는 옆에서 아이들이 생선을 먹고 있다면, 한 가족이 따로따로 살아가는 것과 무엇이 다르겠는가. 그런 광경은 생각만 해도 등골이 오싹하다.

유대인 가정에서는 음식은 되도록 어머니가 정성들여 손수 만든다. 어머니가 정성껏 직접 만든 음식은 가족의 마음을 하나로 뭉쳐 주는 중요한 역할을 함과 동시에, 자녀들에게 '식사'라는 의식이 얼마나 중요한가를 깨닫게 해주기 때문이다.

따라서 아이들도 그 의의를 알게 되는 나이가 되면 싫고 좋고를 얘기할 단계는 이미 지나 있지 않으면 안 되는 것이다.

몸의 청결은 신앙과도 직결되는 일이다

어머니가 아이들 버릇을 가르칠 때 가장 먼저 하는 건 식사 전에 손을 씻는 습관을 길러 주는 것이다. 손을 씻는 것뿐 아니라 자기 몸을 깨끗이 하고 단정한 외모로 나 아닌 남을 대한다는 것은 사회생활을 영위해 나가는

데 있어 반드시 지켜야 할 의무라고 생각한다.

이러한 사고방식은 다른 나라에 있어서도 마찬가지이겠지만, 유대인 가정의 경우엔 또 한 가지 중요한 뜻을 두고 있다. 손을 씻고 식탁 앞에 앉아 식사를 시작하기 전까지는 절대로 입을 열어선 안 된다고 아이에게 가르친다. 그렇게 함으로써 신을 축복하는 것이다. 유대인에게 있어서 손을 씻는 것은 신과 만나는 신성한 행위이므로 당연히 절대로 잊어서는 안 되는 일이다.

유대 교회 입구에는 물을 담아 놓은 그릇이 있어 누구든 손을 씻게 되어 있다. 유대인이 청결을 좋아하는 것은 예부터의 전통으로, 다음과 같은 에피소드까지 있을 정도이다.

중세 유럽에서 페스트가 유행하여 전 인구의 3분의 1가량이 죽은 일이 있었다. 그때 페스트를 유대인이 퍼뜨렸다는 소문이 떠돌았는데, 그 이유는 유대인들만이 페스트에 걸리지 않았기 때문이었다.

유대인들이 페스트를 면한 진짜 이유는 간단하다. 당시 크리스천들에게는 목욕하는 습관이 없었다. '크리스천으로부터 돈을 감추려거든 비누 밑에 놓아두라.'는 유머가 있을 정도로 실제 어쩌다 한 번씩밖에 목욕을 하지 않았기 때문에 비누를 거의 사용치 않았다고 한다.

하지만 유대인들에게는 늘 목욕하는 습관이 있어, 식사 전에 손을 씻고 화장실에 다녀온 뒤에도 반드시 손을 씻는 것은 종교상의 규칙이기까지 했다. 이 청결함 덕택으로 유대인들은 페스트에 감염되지 않았던 것이다.

그렇지만 어떤 시대나 소문이란 무서운 것이어서, 유대인이 페스트 병균을 우물에 넣었다고 하여 극심한 박해를 받았던 것이다.

유대인들은 신앙이 돈독하기도 하지만 또 대단히 현실주의적인 생활 태도를 꾸준히 지켜 내려온 민족이기도 하다. '몸을 청결히 하는 것이 신에게 이어진다.'는 신앙은 동시에 건강이나 위생이라는 과학적인 이유에 의해 뒷받침되고 있다. 다시 말해, 건강에 관한 생활의 지혜가 고대 유대인에 의해 신앙으로까지 승화되었다고 할 수 있을 것이다.

유대의 어머니들은 청결의 필요성을 아이에게 가르치는 경우에도 손을 씻고 샤워를 하는 것이 질병을 막고 외모를 깨끗이 하여 남에게 불쾌감을 주지 않을 뿐만 아니라 신앙과도 직결됨을 이해시킨다. 그럼으로써 아이들의 마음속에 그 습관이 보다 확고하게 뿌리내리도록 하는 것이다.

또 현대에서는 이렇게 의식처럼 되어 버린 습관을 통하여 단정한 태도와 경건한 마음으로 사물에 접하는 마음가짐을 기를 수 있으리라고도 믿는다.

용돈은 저축을 가르칠 훌륭한 계기이다

유대 아이들 가운데는 용돈을 받는 아이와 받지 않는 아이가 있는데, 그것은 부모들이 아이들에게 반드시 용돈을 줄 필요가 없다고 생각하기 때문이다.

아이들의 생활에 필요한 것은 부모가 사 주든지, 아이들이 요구하여 필요한 만큼의 돈을 받아 사기 때문에 그 이상으로는 아이들 생활에 돈이 필요치 않은 것이다. 물론 고등학교쯤 다닐 나이가 되면 다르겠지만, 적어도 초등학교까지의 아이들에겐 용돈이 절대적으로 필요한 것은 아니다.

만약 아이들에게 용돈을 준다면 돈을 쓰게 하기 위해서보다는 오히려 저금하는 것을 가르치기 위해서일 것이다. 아이들 역시 일상생활에 있어 돈으로 물건을 사는 데 익숙해 있지 않기 때문에 용돈은 저축을 위한 것이란 생각이 일반적이며, 부모가 개입되지 않은 아이들끼리의 '교제'에서만 돈을 쓰도록 버릇 들여져 있다. 친구가 놀러 와서 아이스크림을 먹기로 했더라도 어머니에게 '아이스크림을 사고 싶은데 용돈을 써도 괜찮을까요?' 하고 물어본 다음에야 돈을 쓰는 아이가 많다.

나의 경우는 아이들에게 미리 용돈을 주지 않는다. 아이들이 돈이 필요하다고 요구할 경우, 그때마다 필요한 만큼의 용돈을 준다. 이 경우에도 아이들은 쓰고 남은 돈은 반드시 저금한다. 그 대신 가족의 생일 등 선물을 살 때는 아끼지 않고 필요한 만큼 쓰는 것이 습관화되어 있다.

돈을 쓸 때는 마음과 일치해야 한다. 그래서 유대의 부모들은 아이들에게 항상 '돈을 쓸 때는 마음이 따르지 않으면 안 된다.'고 가르친다.

가족에게 줄 선물을 사는 것은 사랑의 표시이고, 친구와 아이스크림을 먹는 것은 우정의 표현일 것이다. 유대의 아이들이 조그만 저금통을 받아 자선용으로 저금을 하는 것과 용돈을 저축하는 것과는 똑같은 마음에서 출발한다.

돈이라고 하면 인간적인 정감과는 거리가 먼 차가운 것으로 생각되기도 하지만, 실제로는 사용 방법에 따라 얼마든지 인정이 실린 따스함을 느낄 수도 있다.

유대인들이 돈의 사용법에 마음을 쓰는 것은 흔히 일컬어지듯 구두쇠이기 때문은 아니다. 다만 돈의 귀중함과 무서움을 뼛속 깊이 알고 있기 때문이다.

'돈을 벌기는 비교적 쉬운 일이지만 어떻게 쓰느냐는 매우 어려운 것이다.'라는 유대의 격언이 있다.

유대 아이들은 '저축'하는 행위에서 무엇보다 돈을 신중하게 사용하는 방법을 먼저 배우는 것이다.

그릇의 겉을 보지 말고 내용을 보라고 가르쳐라

유대인들은 일반적으로 외모를 꾸미는 것에 매우 서투르다. 서투르다기보다 주저하고 싫어한다는 편이 옳겠다.

'그릇의 겉을 보지 말고 내용을 보라.'는 유대의 격언은 그 같은 사고의 바탕을 고스란히 표현하고 있다.

그들이 구애받는 것은 어디까지나 내면이며 따라서 표면을 지나치게 꾸미는 것은 내면을 위장하는 것이라고 생각한다. 그러한 생각이나 생활 의식은 비단 인간에 대해서 뿐 아니라 사물에 대해서도 철저해서, 쇼핑을 할 때도 그 상품이 번드르르하게 포장된 것은 소비자를 속이는 것이므로 사서는 안 된다고 아이들에게 가르친다.

인간이 외모를 꾸미는 데 집착하게 되면 아무래도 내면을 갈고 닦는 데 소홀해지기 쉽다. 또 내면이 잘 닦여져 있지 않은 사람일수록 표면만을 남과 다른 식으로 꾸며 마치 알맹이가 차 있는 것처럼 보이고 싶어하는 것은 동서를

442

막론하고 똑같다.

뉴욕의 유대계 부호 가운데 한 사람인 필립 J. 구다드 부인은 '은은 무겁지
않으면 안 된다. 그러나 무거운 것처럼 보여서도 안 된다.'란 금언을 좌우명으
로 삼고 있었다.

의복은 최고의 천, 최고의 바느질로 해 입어야 하지만 화려한 색이나 최신
유행에만 따른 것이어선 절대로 안 되며, 모피 코트는 아무리 부자라 할지라도
40세 이하의 여성은 입어선 안 된다. 또 벽에는 좋은 그림을 걸어 놓아야
하지만 손님 눈에 띄는 장소에 거는 것은 피한다. 소녀는 둥근 모자와 하얀
장갑을 끼어야 한다는 등이 그녀의 '무거운 것처럼 보이지 않는 방법'이었다.

자기를 필요 이상으로 꾸며 과시하지 않고, 그렇게 함으로써 남으로부터
쓸데없는 반감을 사는 일 없이 좋은 물건을 적절히 활용한다는 것이다.

또 런던의 로드차일드 가 초대 종주인 네이산 로드차일드도 당시 신사들에
게 유행되던 소매 끝 장식 등의 겉치레나 허식을 극단으로 경멸하고, 오직
실력이 전부라 믿고 있었다고 전해진다.

이처럼 유대인들은 외면치레를 경멸하는 만큼 은이 진짜 무게를 자랑하듯이
내면의 진실을 빛내기에 힘을 기울인다.

별로 좋은 예가 아닐지 모르나, 동양 사람들의 명함을 보면 흔히 직함이
즐비하게 나열되어 있다. 하지만 유대인들은 그 직함을 모두 떼어 버린다
해도 그 이상으로 인정받을 만한 실력을 기르고자 스스로 생각하는 것이다.

아이들에게 어려서부터 소박하지만 단정하게 차리고 눈에 벗어나는 행동을
하지 않도록 가르치는 것도 바로 그 때문이다.

내 것과 네 것, 우리 것을 확실히 구별케 하라

유대 어머니들이 어린 자녀들을 교육할 때 큰 비중을 차지하는 것 중 하나가
바로 '소유권'에 관한 것이다.

'소유권'이라고 하면 대단한 재산이 연상되는 거창한 말 같지만, 한 가정

내에서 그리고 비록 한 가족끼리지만 자기 물건 외에는 절대로 손을 대지 못하도록 가르치는 것이다.

물건의 소유는 다음의 세 가지 분류에 의해 구별한다.

1. 내 것(Mine)
2. 네 것(Yours)
3. 우리 것(Ours)

바로 이 점을 뚜렷이 구별시키면서, 비록 형제간이라도 쓰고 싶은 물건이 있을 때는 '빌려 줄래?' 하고 동의를 구하도록 가르친다.

공놀이 등을 하다가 유리창을 깨뜨렸을 경우에는 '이 유리창은 네 것이 아니라 우리 것이니 조심해야 한다.'라고 스스로 깨달을 수 있도록 부드럽게 타이른다.

한 가족이면서 왜 그렇게 사소한 것까지 소유권을 분명히 하느냐고 의아해 하는 사람이 있을지도 모른다. 그것은 어릴 때부터 이 '소유권' 문제를 확실히 교육시켜 두면, 그들이 커서 사회생활을 할 때에도 남의 물건이나 공공물을 어떻게 다루어야 하는지를 자연스럽게 터득할 수 있기 때문이다.

집 안의 모든 물건을 가족 전체의 것으로 알고 조심성 있게 다루는 어린이가 거리에서 함부로 침을 뱉거나 동물원의 동물들에게 장난을 치는 등으로 남에게 폐를 끼치는 일은 하지 않을 것이다.

소유권을 인식시키는 것은 결국 아이의 인격을 배양하는 더없이 훌륭한 교육 방법인 셈이다. 이러한 것들을 공중도덕이라고 새삼스럽게 가르칠 필요도 없이 가정교육 과정에서 스스로 이해하게 될 테니 말이다.

단 2, 3세까지는 앞에 든 세 가지를 구별해서 가르친다는 것이 사실상 불가능하다. 그러나 유대 어머니들은 아직 어리니까 어쩔 수 없다는 태도를 취하거나 제멋대로 하도록 내버려 두지 않는다. 진정으로 아이의 '인격'이나 '인권'을 존중한다면 '어린아이니까'라는 관용적인 태도나 특별 취급은 금물이라 여기기 때문이다.

노인 공경은 아이에게 물려주는 유산의 하나이다

'늙은이는 자기가 다시는 젊어지지 않는다는 것을 알고 있지만, 젊은이는 자기가 늙어간다는 사실을 잊고 있다.'라는 유대의 격언이 있다.

이미 인생에 대해 잘 알고 있는 노인과 인생을 전혀 모르는 아이들과의 사이에 세대 차가 생기는 것은 어쩔 수 없는 일이다. 그러나 보다 중요한 문제가 있다. 가족이 부모와 자식만으로 형성되어 가고 있는 핵가족 사회에서 노인이 무시되고, 그로 인해 문화의 전통성을 잃어가는 경향이 나타나고 있다는 점이다.

그러나 유대인들에게 있어 문화적인 전통은 마치 공기나 물처럼 절대로 없어서는 안 될 중요한 것이다. ≪구약성경≫의 가르침이 지금까지도 충실히 지켜지고 있다는 사실만 봐도 잘 알 수 있다.

유대 노인들은 전통의 '메신저'이므로 결코 무시당하는 일 따위는 없다. 그들은 긴 세월을 살아오면서 터득한 삶의 경험과 지혜를 후세에 전하고 가르치는 것을 보람으로 여긴다. 또한 젊은이들도 노인의 얘기에 귀 기울여 유대 5천 년 역사와 지혜를 배우며, 아울러 생활방식도 이해하고 취하려 노력한다.

히브리어엔 경어가 없지만 노인에 대해서는 '공손한 태도'로 얘기하는 것이 존경의 표현이 된다. 그러므로 노인에게 난폭한 행동이나 예의에 어긋난 말을 하는 사람은 유대의 전통을 경시하는 자로 취급받아 모두에게 경멸을 당할 뿐이다.

≪구약성경≫에도 노인을 공경하는 일에 대해 '백발이 성성한 어른 앞에선 일어서고 나이 많은 노인을 공경하며 너희 하느님을 경외하여라. 나는 주님이다.'라고 적혀 있다. 그렇듯이 젊은이들은 노인을 인간으로서의 역할이 끝난 '퇴물' 정도로 취급해서는 안 된다.

그런데 동양에서는 핵가족화 때문인지 노인 문제가 갑자기 사회적 이슈로 대두되고 있는 것 같다. 자식들로부터 외면당하고 모든 것에서 소외되어 쓸쓸함 속에서 살아가고 있는 노인들의 얘기가 자주 들린다.

이 같은 사회 문제는 차치하더라도 노인을 문화의 메신저로 존중하는 사고의식이 매우 희박한 듯하다. 얼마 안 있어 생을 마감하게 되는 그룹으로서만 노인들을 파악한다면, 젊은이들이 취할 태도란 연민을 보이든가 내버려 두든가 하는 길밖에 없을 것이다.

동양에서는 옛날에 고령의 노인을 산에 내다 버리던 관습이 있었다고 하는데, 노인을 문화의 메신저로 존중하는 유대인들에게는 생각할 수조차 없는 일이다.

노인의 '육체'가 아닌, 경험과 지혜가 풍부한 '정신'에 주목하는 사고법이 확립되면 그분들을 대하는 태도 또한 달라지지 않을까 생각된다.

노인은 불쌍한 사람도 아니고, 버림받을 이유도 없는 존재이다. 오히려 후손들에게 장차 살아가는 데 필요한 지혜와 조언을 주는 사람이며, 그렇기 때문에 당연히 존경받아야 마땅한 존재인 것이다.

박해 받은 역사는 기억하되, 용서하라고 가르쳐라

복수와 증오, 그 두 가지는 유대의 어머니들이 자기 아이에게 절대로 가르치지 않는 것이다.

잘 알다시피 유대 민족의 역사는 '박해의 역사'라고 해도 과언이 아니지만, 그러한 박해에 대해 증오로써 얘기한 유대의 문헌은 찾아볼 수 없다. 복수는 오직 하느님만이 할 수 있다는 사고방식을 지니고 있기 때문이다.

그러므로 아이들은 학교나 가정에서 '악한 자가 네게 한 일을 잊어서는 안 된다. 그러나 용서하라.'는 가르침을 받으며 자라난다.

유대인들에게 있어서 박해는 긴 역사상의 사실로도 여실히 증명되며, 그 잔인한 처사가 나치에서 비롯된 것은 결코 아니다. 이미 ≪구약성경≫ 가운데도 기원전 5세기 때의 박해에 대해 언급되어 있다.

페르시아의 왕 아하슈에로가 중신 하만의 참언에 따라, '12월, 곧 아달월 십삼 일 하루 동안에 유대인들은 남녀노소를 막론하고 다 죽인 뒤 사유재산을 몰수하라.'는 명령을 내리고 있다.

이 명령은 다행히 실행되지 않았지만, 그리스도교가 유럽의 지배적인 종교가 된 이래 유대인들에게 가해진 박해의 예는 열거하기조차 어려울 정도로 많다.

1215년 라테란 교회 회의에선 유대인들은 황색 또는 진분홍색의 천 조각을 '차별 표지'로 가슴에 달지 않으면 안 된다는 결의를 했고, 분간하기 쉽도록 눈에 잘 띄는 색깔의 모자까지 쓰도록 했었다. 나치에 의한 박해는 결국 그 '전통'을 계승한 데 불과한 것이다.

나치 치하의 네덜란드에 살고 있던 한 유대 소녀 안네 프랑크는 ≪안네의 일기≫에 이렇게 쓰고 있다.

'유대인은 천으로 만든 황색별을 가슴에 달지 않으면 안 됩니다. 유대인은 자전거를 공출하지 않으면 안 됩니다. 유대인은 전차도 자동차도 탈 수 없습니다. 유대인은 오후 3시부터 4시까지 하루에 한 시간밖에 쇼핑할 수가 없는데, 그것도 유대인 상점이라고 씌어 있는 곳밖에 갈 수 없습니다. 유대인은 밤 8시 이후엔 집 안에만 있지 않으면 안 됩니다……'

안네는 얼마 뒤 강제수용소에서 죽게 된다. 이것은 유대인들에게 있어서 단순한 비극이 아니라 개개인의 역사인 것이다.

미국 국무장관을 지낸 헨리 키신저는 독일에서 소년 시절을 보냈는데, 그의 아버지는 나치에 의해 교직에서 쫓겨나고 그 자신도 김나지움에서 퇴학 당해 유대인 학교에 들어가야 했다. 그가 14세가 되었을 땐 이미 친족 열네 명이 나치의 손에 살해되어, 키신저 일가는 얼마 후 뉴욕으로 이주하지 않으면 안 될 운명에 처해졌다.

유대의 어머니들은 이런 사실들을 '결코 잊지 마라.'고 아이들에게 반복해서 말한다. 동시에 '또다시 그런 일이 반복되지 않을 것을 기대하자. 역사는 좋은 방향으로 나아가는 것이니까.'라고 덧붙이는 것 또한 잊지 않는다.

복수나 증오는 과거에 얽매인 부정적인 태도이다. 그보다는 모두를 깨끗이 용서하고 미래에 희망을 걸고 살아가는 것이 더욱 건전한 삶일 테니까 말이다.